*Was Paris für Frankreich,
das ist Sansibar für Ostafrika.*

Paul Reichard (1854–1938),
Deutsch-Ostafrika. Das Land und seine Bewohner,
verfasst 1891 in Berlin

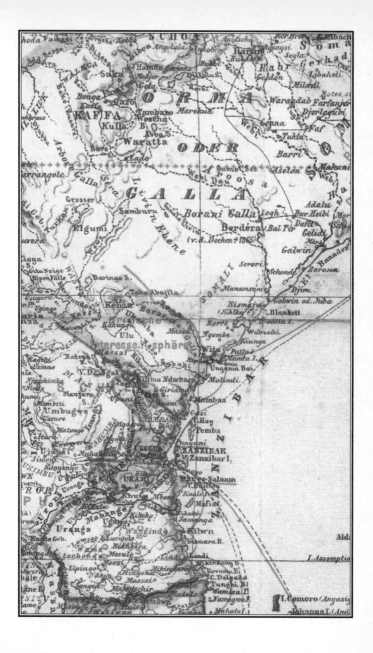

PROLOG

Alle Sünden in eine münden.

Deutsches Sprichwort

Viktorias Herz raste. Es hämmerte so schnell und heftig gegen die Brust, dass sie fürchtete, keine Luft mehr zu bekommen. Doch wahrscheinlich war es weniger die Aufregung als vielmehr das Korsett, das ihr den Atem raubte. Die Fischbeinverstrebung scheuerte ihren Oberkörper wund, da spielte es keine Rolle, ob der Schnürleib aus zartem Satin oder hartem Leinen gefertigt war.

Wenigstens war sie so schlank, dass sie fast eine Idealtaille besaß und das Einschnüren keine allzu arge Tortur bedeutete. Dennoch wünschte sie verzweifelt, sie müsste das Mieder nicht tragen. Ihre Lungen benötigten dringend ein wenig mehr Sauerstoff, sonst lief sie Gefahr, in Ohnmacht zu fallen. Im Theater oder auf einer Tanzveranstaltung mochte das kein Problem und zuweilen sogar dekorativ für eine junge Frau sein – bei einer Schiffstaufe hingegen brachte ein Zusammenbruch der Patin nichts als Unglück.

Ein Tusch. Der wichtigste Moment dieses Tages war gekommen. Die letzten Töne der Hymne verklangen, die Musiker legten ihre Blechinstrumente zur Seite und sahen erwartungsvoll zu ihr auf. Viele Dutzend Augenpaare waren auf Viktoria gerichtet, die Zuschauer starrten zu ihr hin auf das Podium, sahen eine hochgewachsene Zwanzigjährige mit ausdrucksvollem blassem Gesicht, einem ungewöhnlich großen Mund mit verheißungsvoll geschwungenen Lippen und blendend weißen, geraden Zahnreihen. Viktoria wusste, dass sie nicht dem gängigen Schönheitsideal entsprach, aber sie ahnte auch, dass ihre Erscheinung nicht zuletzt wegen ihrer tiefblauen Augen und des vollen braunen Haares in gewisser Weise spektakulär war; jedenfalls, wenn Persönlichkeit bei der unverheirateten Tochter eines Hamburger Reeders als positives Attribut gelten durfte.

Unter all den fremden Blicken spürte Viktoria den ihres Vaters mit durchbohrender Intensität auf sich ruhen. »Ich habe Großes mit dir vor«, hatte er ihr vorhin zugeflüstert, als er ihr die Hand reichte und auf das Podium half.

Was meinte er nur? Die Schiffstaufe? Die Zukunft des Dampfers, den Viktoria auf ihren Namen taufen würde, nicht auf den der neuen Kaiserin, die sich mit c schrieb? Sie stellte sich weder das eine noch das andere als so bedeutsam vor, dass ihr Vater daraus eine Art Kanone machen wollte, die abzufeuern ihm allergrößtes Vergnügen bereitete.

Die der Marschmusik folgende Stille dauerte eine gefühlte Ewigkeit. Viktoria durfte nicht länger grübeln. Wenn sie doch nur ein wenig mehr Luft bekäme. Dabei war das Wetter angenehm frisch: Ein leichter Frühlingswind strich über den Hafen, kräuselte die Wellen der Elbe, ließ die Fahne am Mast flattern, blähte die Segel der wenigen nicht mittels Dampfmaschine betriebenen Schiffe, die an der Werft vorbeifuhren, und zerrte an der kecken Feder von Viktorias Tellerhütchen. Sie sollte zur Tat schreiten, bevor Unruhe die vielen Zuschauer umtrieb – Werftarbeiter, Mitglieder des Kontors, geladene Gäste, Schaulustige.

»Viktoria, bitte!«, zischte ihr Vater prompt neben ihr.

Wenn sie die Flasche Sekt nicht kraftvoll genug gegen den Schiffsrumpf schleuderte, sodass diese zerschlagen würde, galt das ebenso als Zeichen künftigen Pechs wie eine unpässliche Patin. Letztlich war es gleichgültig, wie sie die Taufe anging, die Gefahr, dem Schiff kein Glück zu bringen, blieb so oder so bestehen. Genau genommen war es überhaupt einerlei, was sie tat oder nicht tat – ihre Eltern waren seit geraumer Zeit stets unzufrieden mit ihr. Eine Peinlichkeit mehr würde das Fass schon nicht zum Überlaufen bringen. Andererseits galt es als böses Omen, den Stapellauf nur halbherzig durchzuführen. Und Viktoria wollte gewiss nicht schuld daran sein, wenn dem nach ihr benannten Dampfer der Untergang drohte.

Entschlossen griff sie nach der Flasche Kupferberg Gold mit dem Bindfaden darum, den ein Palstek mit einer Art Galgen über dem Podium verband, auf dem die Ehrengäste saßen.

Und wenn die Seidenbänder in meinem Rücken reißen – auch egal, fuhr es Viktoria durch den Kopf, als sie die Lungen mit Luft füllte und ihre Brust sich weitete, bis ihr die Verstrebungen des Korsetts noch tiefer in die Seite stachen.

»Ich taufe dich auf den Namen *Viktoria*, wünsche allzeit gute Fahrt und eine Handbreit Wasser unter dem Kiel«, rief sie in einer Lautstärke, die anderen Damen zweifellos die Schamesröte ins Gesicht getrieben hätte.

Sie holte aus und schleuderte die Flasche mit Wucht gegen den Schiffsrumpf. Das Glas zerbrach, und schäumend sprühte der Sekt über die Planken. Applaus brandete auf.

Es hatte geklappt.

Erleichtert stieß Viktoria den Atem aus. Ihr war gar nicht aufgefallen, dass sie die Luft angehalten hatte. Warum war sie eigentlich so aufgeregt? Eine Schiffstaufe war doch nicht annähernd mit dem Verteilen von Flugblättern des Allgemeinen Deutschen Frauenvereins zu vergleichen.

Als sie gestern am Jungfernstieg einen Stapel mit Nachdrucken der sogenannten Gelben Broschüre unter die Leute gebracht hatte, war sie nicht halb so beunruhigt gewesen. Natürlich wusste sie, dass sie sich damit den Unmut ihrer Eltern zuziehen würde. Doch zufällig einer Freundin ihrer Mutter zu begegnen, die Einkäufe erledigte, beschwor höchstens einen kleinen Skandal herauf; ihren Vater aber bei einem so wichtigen Anlass wie einem Stapellauf zu enttäuschen brächte Schande über sie, daran war nicht zu rütteln.

Sehnsüchtig auf ein Lob hoffend oder zumindest Zustimmung heischend, drehte sie sich nach Albert Wesermann um. Ihr Vater hatte sich zwei Schritte neben ihr in Positur gestellt, auch er klatschte und sah sie wohlwollend an.

Ihr kam es vor, als würden Steine von ihrem Herzen fallen. Selbst das Korsett wirkte plötzlich nicht mehr so beengend. Endlich hatte sie einmal etwas richtig gemacht. Dankbar lächelte sie zu ihm auf.

Eine Gestalt löste sich aus der Gruppe hinter Viktorias Vater. Es waren allesamt Herren in dunklem Gehrock und mit Zylinder, die sie überwiegend zumindest vom Sehen kannte: Mitarbeiter aus dem väterlichen Kontor, wichtige Geschäftsfreunde, weitläufige Bekannte, die in irgendeiner Verbindung zur Schifffahrt standen. Der Mann, der vortrat, war jünger als die meisten anderen und von kleiner Statur, höchstens als mittelgroß zu bezeichnen, blond und farblos. Er trug dieselbe Garderobe wie die Älteren, seine Gestik wirkte jedoch aufgesetzt, weniger selbstverständlich und deshalb unelegant, als müsste er noch ein wenig an seinen Umgangsformen als Gentleman arbeiten. Viktoria vermutete allerdings, dass Hartwig Stahnke seinen Lernprozess auf dem Weg zum vornehmen Herrn für abgeschlossen hielt. Eine selbstbewusste Haltung, sicher gefördert durch das riesige Erbe, das er bei seiner Volljährigkeit kürzlich angetreten hatte.

»Das haben Sie ganz hervorragend gemacht«, lobte er und verbeugte sich vor Viktoria. »Ich bin sehr stolz auf Sie.«

»Ach, wirklich?!«

»Dass eine Frau so viel Kraft aufwenden kann«, fuhr er fort, »ist mehr als beeindruckend. Eine ebenso ungewöhnliche wie enorme Anstrengung für ein so zartes Wesen.«

»Es sind immer Frauen, die Schiffe taufen. Es heißt, ein Mann als Pate bringe Unglück.«

Hartwig Stahnke kicherte albern. »Das haben Sie jetzt erfunden, nicht wahr? Ich hörte schon, dass Sie Interesse an der Frauenbewegung zeigen. Aber diese exquisite Beschäftigung werde ich Ihnen schon austreiben«, in gespielter Manier wedelte er drohend mit dem Zeigefinger vor ihrem Gesicht herum.

Einen Moment lang kapitulierte Viktoria vor so viel Impertinenz. Sie war sprachlos. Was bildete sich dieser kleine Wicht ein? Er benahm sich, als hätte er einen Anspruch auf sie.

Hilfesuchend sah sie sich nach ihrem Vater um, doch der diskutierte gerade mit einigen seiner Mitarbeiter. Aus den Augenwinkeln beobachtete sie, dass der Stapellauf vorbereitet wurde: Kräftige Männer hantierten an den Seilen, die das Schiff auf einer Art Schlitten hielten, über den es zu Wasser gelassen wurde. Die Patin wusste, dass die *Viktoria* für den Überseeverkehr vorgesehen war. Ein imposanter weißer Dampfer, der in naher Zukunft einen Linienverkehr zwischen der Alten und der Neuen Welt aufnahm und Passagiere in drei Klassen von Hamburg nach New York und zurück beförderte. Es wäre wundervoll, mit auf die Reise zu gehen. Den Zwängen in Hamburg entfliehen, Atem holen. Aber wahrscheinlich dürfte sie an der Jungfernfahrt höchstens bis nach Cuxhaven teilnehmen, Übersee blieb ein unbekanntes, wenn auch extrem verlockendes Ziel.

Ob sie am anderen Ende der Welt wohl den verhassten Schnürleib ablegen könnte? Nie wieder ein Sportkorsett unter Badekleidung zu tragen, das Morgenkorsett und das Sommerkorsett ebenso wie das Mieder für ihre Gesellschaftskleidung im Kamin zu verbrennen – das musste Freiheit sein!

Als habe er einen Teil ihrer Sehnsüchte erkannt, sagte Hartwig Stahnke in ihre Gedanken: »Wir werden auf Reisen gehen, das verspreche ich Ihnen. So bald wie möglich werde ich für uns eine Passage buchen.«

Viktoria starrte ihn an. »*Wir* werden ganz gewiss nicht auf Reisen gehen«, widersprach sie barsch.

»Aber, Fräulein Viktoria, so zieren Sie sich doch nicht«, säuselte er und griff mit feuchten Fingern nach ihrer Hand.

Er wagte tatsächlich, in aller Öffentlichkeit nach ihrer Hand zu greifen! Eine vertrauliche Geste, die höchstens Verlobten erlaubt war.

Viktoria schnappte nach Luft. Einen Atemzug lang war sie baff, dann wallte in ihrem Innersten der Widerwille gegen diesen Mann auf. Mit einem Rest an Geduld und guter Erziehung meinte sie, die Peinlichkeit überspielen zu können, indem sie ihm die Hand entzog. Doch er hielt ihre Linke eisern umklammert und wie eine Trophäe auf Brusthöhe.

Noch einmal flogen ihre Augen zu ihrem Vater.

Albert Wesermann hatte seine Unterhaltung beendet, stand im Hintergrund und beobachtete sie und den jungen Stahnke. In seinem Blick leuchtete Zustimmung auf, ihr Vater wirkte selbstgefällig und zufrieden, gewiss nicht aufgebracht wie ein Mann, dessen Tochter gerade belästigt wurde.

Er will es so, fuhr es Viktoria jäh durch den Kopf. Er will mich mit diesem Widerling verkuppeln.

Ohne sonderlich über ihr Tun nachzudenken, holte sie mit der freien Hand aus. Es war eine automatische Bewegung, eine Reaktion auf ihren Ärger über Stahnkes Aufdringlichkeit, aber auch die einzige Antwort, die ihr auf das Verhalten ihres Vaters einfiel. Ihre Rechte traf mit ähnlicher Wucht Stahnkes Wange wie die Sektflasche eben den Rumpf des Schiffes.

Doch diesmal folgte kein Applaus.

Stille senkte sich über die Menge. Das Stimmengewirr verwandelte sich in erschrockenes Flüstern, in ein leises, aufgebrachtes Summen. Jedermann konnte die Szene beobachten, es musste kein Hals gereckt werden, denn Hartwig Stahnke hatte für seinen Annäherungsversuch ausgerechnet das hohe Podest gewählt, auf dem Viktoria als Patin fungierte. Öffentlicher hätte er kaum vorgehen können – peinlicher konnte ihre Abfuhr nicht sein.

»Viktoria!« Ihr Vater fand als Erster seine Stimme wieder.

Staunend über ihren Mut zur Selbstverteidigung rieb sie sich die Hände. Vor Schreck hatte Stahnke sie losgelassen. Auf seiner Wange zeichneten sich als rote Striemen ihre Finger ab, die nun höllisch schmerzten.

Albert Wesermann wandte sich mit beeindruckender Grandezza zu dem Publikum, das sensationslüstern auf die nächste Szene in diesem Skandal wartete: »Keine Aufregung, meine Damen und Herren, eine kleine Streitigkeit unter Verlobten. Was sich liebt, das neckt sich eben auch«, er machte dem Kapellmeister ein Zeichen. »Musik, bitte, Musik. So spielen Sie doch endlich etwas.«

Schwankte das Podest, als die Blasinstrumente mit Donnerschall einen Marsch der Kriegsmarine anstimmten? Oder wurde Viktoria tatsächlich in den Sog einer Ohnmacht gezogen? Ihre Knie zitterten, ihre Füße schienen die Bodenhaftung zu verlieren. Nicht umfallen!, warnte eine Stimme in ihrem Innersten. Nur nicht bewusstlos werden und dem Widerling die Gelegenheit geben, sich als Samariter aufzuspielen. Sie versuchte, Luft zu holen, und scheiterte wieder an ihrem Korsett. Ungeachtet der Tatsache, dass sie sich selbst wehtat, schlug sie sich mit der Faust gegen die Brust. Die Benommenheit verflog.

Hartwig Stahnke rieb sich derweil die Wange. Er starrte Viktoria wütend an. »So etwas wird sich hoffentlich nicht wiederholen«, brachte er in eisigem Ton hervor.

»Natürlich nicht«, versprach Wesermann eilfertig. »Meine Tochter ist nur ein wenig echauffiert. Die Schiffstaufe hat sie aufgeregt und …«

»Ich bin nicht aufgeregt!«, protestierte Viktoria.

»Eine Braut, die ihren künftigen Gemahl schlägt, ist meine

17

Sache nicht«, fuhr der junge Mann weinerlich fort, ihren Einwand ignorierend. »Ich bitte Sie, Herr Wesermann, dafür zu sorgen, dass sich Ihre Tochter in Zukunft ein wenig zärtlicher benimmt.«

»Ich denke nicht daran«, fuhr sie auf.

»Wie ich Ihnen bereits sagte, wird sich diese Szene nicht wiederholen«, erklärte ihr Vater freundlich. »Und nun kommen Sie. Wir sollten uns zum Essen setzen und dann die Verlobung offiziell verkünden. Das wird alle Gemüter beruhigen.«

Da sie sich offenbar kein Gehör hatte verschaffen können, hob Viktoria in einer Lautstärke zu sprechen an, die ihren Taufspruch fast noch übertraf: »Ich denke nicht daran, diesen Menschen zu heiraten. Was habe ich dir getan, Papa, dass du mich hier vor vollendete Tatsachen stellst? Ich will mit diesem Mann nichts zu tun haben! Eher gehe ich in die Hölle, als dass ich ein Bett mit Hartwig Stahnke teile.«

Sie redete sich in Rage, sie sagte verletzende Worte, die sie unter anderen Umständen niemals in den Mund genommen hätte. Sie benahm sich nicht minder peinlich als die beiden Männer, denen sie genau das vorwarf. Von Panik und Zorn erfasst, ließ sie die Beleidigungen nur so heraussprudeln.

Wahrscheinlich hätten allein die Umstehenden auf dem Podest erfahren, was ihr auf der Seele brannte, doch just beim Höhepunkt ihres Geschreis war der Marsch verklungen, und die Musiker setzten ihre Instrumente ab. Viktorias energische Stimme wehte durchdringend wie das Nebelhorn eines Lotsenschiffs über den Hafen.

Ihre Weigerung, Hartwig Stahnke zu heiraten, hörte man bis an die Landungsbrücken.

»Dein Benehmen ist unentschuldbar«, Albert Wesermanns
Stimme klang wie Donnerhall, die Tränen seiner Frau beglei-
teten das Gewitter wie ein Regenschauer. Er wanderte auf dem
Teppich in der Bibliothek seines imposanten Bürgerhauses am
Rothenbaum auf und ab, seine Gesichtsfarbe wechselte stän-
dig von einem hellen Rosa zu einem dunklen Blaurot. »Herr
Stahnke hat sein Eheversprechen selbstverständlich zurück-
genommen.« Nach diesen Worten wurde das Schluchzen im
Ledersessel noch ein wenig dramatischer.

Viktoria saß regungslos auf einem Lehnstuhl neben den Er-
kerfenstern, hinter denen die Dämmerung aufgezogen war. Sie
hatte versucht, alles richtig zu machen, doch dann war alles
anders gekommen, und sie hatte Schande über ihre Eltern gebracht. Ihr Vater war im Recht, daran gab es keinen Zweifel.

Natürlich hätte sie erwidern können, dass eigentlich Hartwig Stahnke an allem die Schuld trug. Er wäre besser ein wenig zurückhaltender gewesen – gleichgültig, ob Albert Wesermann ihm die Hand seiner Tochter versprochen hatte oder
nicht. Auch hätte ihr Vater sie in seine Absicht einweihen können, die Schiffstaufe mit der Bekanntgabe ihrer Verlobung zu
verbinden. Das alles wäre ihren Eltern vorzuhalten gewesen,
doch sie schwieg. Sie hatte genug gesagt an diesem Tag, und
nichts davon hatte die Mühe gelohnt.

Jedenfalls bist du den widerlichen Stahnke los, fuhr es ihr
durch den Kopf. Das war zwar ein Glück, doch Freude über das
Wie empfand sie nicht.

»Er ist die beste Partie in Hamburg«, schluchzte Viktorias
Mutter und tränkte ihr Spitzentaschentuch mit dem Strom aus
ihren Augen. »Dass er sich bereiterklärt hatte, dich zu heiraten,
war wie ein Wunder, denn als wirklich schön kann man dich

leider nicht bezeichnen. Und für deinen Vater wäre die Verbindung geschäftlich von Vorteil gewesen. Aber du hast alle Pläne zunichtegemacht.«

»Um deine Zukunft ist es in der Tat nicht sonderlich gut bestellt, junge Dame«, stimmte Albert Wesermann zu. Seine Stimme klang wie das Knurren eines großen, bösen Hundes.

Was habe ich denn deiner Ansicht nach für eine Zukunft?, hätte Viktoria gerne gefragt, doch wieder schwieg sie, denn sie kannte die Antwort und wusste, dass die Meinung ihrer Eltern keineswegs ihren eigenen Vorstellungen entsprach.

Ihre Rebellion ging trotz ihrer Abneigung gegen das Korsett nicht so weit, dass sie sich für sogenannte Reformkleidung entschied oder sich die Haare abschnitt. Aber sie setzte sich über das Verbot ihrer Mutter hinweg, moderne Literatur zu lesen, die sich mit gesellschaftlicher Moral befasste, und verschlang Romane wie *Madame Bovary*, *Anna Karenina* oder *Bel Ami*. Sie hatte sich heimlich der Frauenbewegung angeschlossen, weil sie beim besten Willen nicht verstand, wieso Mädchen nicht lernen durften wie Jungen.

Genau genommen wollte Viktoria eine Ausbildung zur Lehrerin machen, statt zu heiraten. Sie wollte an einer höheren Bildungseinrichtung Mädchen unterrichten. Deshalb hatte sie neulich auf Hamburgs Prachtstraße die Gelbe Broschüre verteilt, eine Petition, die eine mutige Frau namens Helene Lange gemeinsam mit anderen Frauenrechtlerinnen Anfang des Jahres im Preußischen Abgeordnetenhaus eingereicht hatte. Das Anliegen wurde zwar von den Parlamentariern in Berlin nicht ernst genommen. Aber eine breite Öffentlichkeit begann darüber zu diskutieren, ob mehr Lehrerinnen an staatlichen Schulen notwendig wären und Mädchen eine weiterführende Bildung genießen oder sogar zur Reifeprüfung zugelassen werden sollten. Für Viktoria war die Debatte der Schlüssel zu ihren Zukunftsträumen. Diese schlossen ein Verlöbnis aus, denn das

Lehrerinnenseminar durften nur ungebundene Frauen besuchen. Wer unterrichten wollte, unterlag einer Zölibatsregel.

»Über dich wird geredet, Viktoria!«, bellte ihr Vater mit hochrotem Kopf. An seiner Schläfe trat eine Ader blau hervor und pochte wild.

»Amelie von Bols hat dich gesehen«, klagte Gustava Frahnert, verehelichte Wesermann, »als du vor Sillem's Bazar Flugblätter verteilt hast. Sie erzählte es mir im Vertrauen, aber natürlich wird dein unbotmäßiges Verhalten nun das Thema eines jeden Damenkränzchens sein. Musstest du ausgerechnet auf dem Jungfernstieg mit Pamphleten aufwarten?«

Viktoria schluckte. Vielleicht sollte sie jetzt doch etwas zu ihrer Verteidigung vorbringen.

»Ich habe nichts Schlechtes getan«, sagte sie ruhig. Ihre Stimme klang so rein wie Glas. »Die Gelbe Broschüre ist eine Petition. Sie hat zwar bei den Abgeordneten in Berlin kein Interesse hervorgerufen, wurde aber nicht verboten. Eine höhere Schulbildung für Mädchen zu fordern ist nicht falsch.«

»Irrtum, Viktoria«, behauptete ihr Vater brüsk. »Jeder Pfennig, den es mich gekostet hat, dir Fremdsprachen, Geografie und die Werke Goethes nahezubringen, war eine Fehlinvestition. Du bist das lebende Beispiel dafür, was eine höhere Schulbildung aus einer jungen Frau macht – eine Schande für ihre Eltern. Jawohl!«

»Die Sache muss so schnell wie möglich aus der Welt geschafft werden, bevor wir alle noch unser Gesicht verlieren. Dein Bruder kommt im Sommer von der Kadettenanstalt nach Hause. Was soll er denken, wenn er seine Schwester als gefallenes Mädchen vorfindet?«

»Nun, nun«, machte Albert Wesermann begütigend, trat neben seine Frau und legte ihr die Hand auf die bebende Schulter, »so schlimm ist es mit Viktoria doch noch nicht gekommen. Sie hat sich geweigert, das Bett mit Hartwig Stahnke zu teilen, und nicht vorgeschlagen, sich ihm ohne Trauschein hinzugeben.«

»Albert, bitte sprich nicht so gewöhnlich!«, empörte sich Viktorias Mutter, ergab sich aber rasch der Zärtlichkeit ihres Gemahls. Ein weiterer Tränenstrom ergoss sich aus ihren Augen in das inzwischen komplett durchnässte Spitzentüchlein.

Der Reeder räusperte sich. Sein Tonfall wurde etwas sanfter, als er Viktoria seinen Entschluss mitteilte, den er großzügig auf seine Frau übertrug: »*Wir* haben entschieden, dass es am besten für uns alle ist, wenn du uns verlässt, bis Gras über die Sache gewachsen ist. In etwa einem Jahr dürfte das der Fall sein, schätze ich.«

In Gedanken ging Viktoria eilig alle Verwandten durch, die für einen längeren Aufenthalt infrage kamen. Die meisten Mitglieder der Familie Wesermann lebten in Hamburg, es gab allerdings einen als verschroben geltenden Onkel, der sein angeblich mittelloses Dasein als Künstler irgendwo auf einem Bauernhof in der Nähe von Bremen fristete. Er würde einen Logiergast aufnehmen und konnte das Geld sicher gut gebrauchen. Wenn Viktoria sich recht erinnerte, wurde die Gegend um den Hof Teufelsmoor genannt. Das schien ein passender Ort für eine missratene Tochter zu sein. Unwillkürlich schmunzelte sie. Gar nicht so schlecht …

»Du wirst nach Sansibar reisen«, unterbrach Albert Wesermann ihre Hoffnungen.

Ihr Lächeln erstarb. »Wohin?«

»Nach Ostafrika«, erwiderte er unwillig, löste sich von seiner Frau und nahm seine Wanderung durch den Raum wieder auf. »Ein mir gut bekannter Kaufmann besitzt auf Sansibar eine Niederlassung. Ich werde ihn bitten, dich als Gast aufzunehmen. Er wird keine Einwände haben. Sansibar ist weit genug entfernt, um die Gemüter hierzulande zu besänftigen.«

»Es gibt dort Hottentotten und Sklavenhändler, und die

Männer halten sich Frauen im Harem«, jammerte Viktorias Mutter. Und ihr Vater setzte nach: »Sansibar ist Tausende von Kilometern entfernt, aber wenn du dich ordentlich beträgst, wird dir nichts geschehen, und alles wird vergessen sein, wenn du nächstes Jahr wieder nach Hause kommst.«

»Sansibar«, wiederholte Viktoria nachdenklich und ließ die Silben auf ihren Lippen zerschmelzen wie süßes Eis. Sie hatte neulich von diesem Ort gehört, brachte ihn aber nicht wirklich in einen Zusammenhang. Der Name klang jedoch bezaubernd und geheimnisvoll, wie eine Verheißung.

Afrika also. Immerhin besaß sie so viel aktuelles Wissen, dass sie Kenntnis von den Bemühungen Bismarcks hatte, Kolonien für das Deutsche Reich nach britischem Vorbild einzurichten. Im Salon ihres Vaters drehten sich die Gespräche seiner Geschäftsfreunde seit geraumer Zeit um nichts anderes als um den Aufbau von Handelsstationen außerhalb Europas und Amerikas. Wenn sie den zufällig belauschten Unterhaltungen Glauben schenken durfte, befand sich in Afrika das Paradies. Es musste nur noch entdeckt und erschlossen werden.

Vor ihrem geistigen Auge wurden die Bilder lebendig, die sie sich kurz nach einer dieser Zusammenkünfte angeschaut hatte. Glücklicherweise ließ ihr Vater eine Ausgabe der Deutschen Kolonialzeitung neben seinem Frühstücksgedeck liegen und sie steckte das Blatt rasch ein, um sich später in ihrem Zimmer über die Inhalte zu informieren. Hauptsächlich handelten die Artikel von Forschungsreisenden, die auf Expedition im Landesinneren Ostafrikas unterwegs waren. Aber es gab auch einen mit kolorierten Fotografien bebilderten Bericht über einen schmalen Küstenstreifen, den irgendein einheimischer Herrscher starrsinnig für sich beanspruchte, obwohl es der notwendige Zugang zum Meer für die deutschen Kolonialherren war.

Sie sah türkisblaues Wasser im Sonnenlicht schimmern, bunte Fische, die mit den Wellen spielten, Palmen an einem weißen, feinkörnigen Sandstrand. War dies der Ort der ersehnten Freiheit? Konnte sie dort endlich tun, wonach ihr der Sinn stand? Den verhassten Schnürleib ablegen und an den hohen, leicht gebogenen Stamm einer Palme gelehnt die Bücher lesen, nach denen ihr wacher Geist verlangte? Waren die Tropen das geeignete Klima, um ihr Gemüt abzukühlen? Würde sie auf Sansibar gar die Ruhe finden, sich auf ihre Zukunft und die Lehrerinnenausbildung vorzubereiten? In einem Jahr …

»Sansibar kann man durchaus als Handelsmetropole bezeichnen«, dozierte Albert Wesermann. »Der Sklavenmarkt soll zwar geschlossen sein, aber die Insel ist das Tor nach Afrika und damit für den Handel mit Elfenbein, Edelsteinen und Gewürzen von Bedeutung. Auf Sansibar selbst werden vornehmlich Nelken, Zimt und Vanille angebaut.«

»Es riecht dort immer wie bei uns an Weihnachten, sagt man«, ließ sich Viktorias Mutter vernehmen. »Ist das nicht herrlich, mein Kind?«

»Sicher, Mama, sicher.«

Die Pläne ihrer Eltern klangen verlockend, doch Viktoria konnte noch nicht viel Begeisterung in ihre Zustimmung legen. Natürlich hatte sie sich gewünscht, eine weite Reise antreten zu dürfen, aber allein die Tatsache, dass ihr Vater das Ziel auswählte, ließ sie daran zweifeln, ob es das richtige für sie war. Was nutzten ihr wunderschöne Strände und sternklare Nächte, wenn sie weder das eine noch das andere genießen durfte? Wie viel würde ihr Vater dem ihm bekannten Kaufmann bezahlen, damit er Viktoria für ein Jahr Logis bot? Irgendeine Handelsbeziehung gehörte sicher dazu. Aber legte Albert Wesermann womöglich noch eine Zugabe drauf, um Viktoria wie in einem goldenen Käfig eingesperrt zu wissen?

»Nicht dass es eine Rolle spielen würde, ob du nach Sansibar reisen möchtest oder nicht. Es würde mir aber sehr am Herzen liegen zu wissen, dass du gerne fährst. Nun, Viktoria?«

Ihr Vater hatte sich vor ihrem Sessel aufgebaut. Sie wünschte, in seinen Zügen lesen zu können, doch die Dämmerung war so weit fortgeschritten, dass die Bibliothek fast schon vollständig im Zwielicht lag. Da niemand eine Lampe angeschaltet hatte, konnte Viktoria nur noch die Silhouette ihres Vaters ausmachen. Seine Frage war das höchste Maß an Freundlichkeit, das sie unter den gegebenen Umständen erwarten durfte. Vielleicht schwang sogar väterliche Liebe mit darin – oder Sorge. Sie wusste es nicht genau, aber alles zusammen genommen taten ihr seine Worte wohl.

Flüchtig dachte sie an ihre Freundinnen, die sie verließ, an das gewohnte Leben in ihrem Elternhaus, all die Alltäglichkeiten, auf die sie in den kommenden Monaten verzichten sollte. Das Abenteuer, das die Reise zu werden versprach, überwog jedoch und reduzierte alle Bedenken. Ein Jahr ist zu überstehen, fand sie. Dann nickte sie bedächtig.

ERSTER TEIL

Das Leben besteht aus zwei Teilen:
die Vergangenheit – ein Traum;
die Zukunft – ein Wunsch.

Arabisches Sprichwort

Der Sturm peitschte die Wellen auf und sprühte Viktoria die Gischt ins Gesicht. Wie winzig kleine Nadeln stachen ihr die Wassertropfen in Stirn und Wangen, blieben an ihren Wimpern kleben und benetzten ihre Lippen. Sie fuhr mit der Zunge darüber, um das Salz abzulecken. Doch das Mittelmeer schmeckte nicht so intensiv wie die von zahlreichen Ausflügen vertraute Nordsee, sondern eher fade.

Ein weiterer Mosaikstein im Bild einer insgesamt bisher recht eintönig verlaufenden Reise, stellte sie seufzend fest.

Das Wetter war seit ihrer Einschiffung in Genua regnerisch und windig, und die bunten Träume, die Viktoria von den Küstenlinien und Inseln Italiens hatte, verschmolzen zu tristen Farben: Die tiefhängenden Wolken waren von einem schmutzigen Silber, sprenkelten den Himmel zuweilen in Taubengrau oder flogen wie dunkler Rauch vorbei, der sich am Horizont mit dem Schieferton der unergründlichen Fluten verband, auf denen weiße Schaumkronen tanzten. Bei so viel Ödnis verloren sogar die Urgewalten der Natur an Faszination.

Viktorias Mitreisende litten stärker unter dem schlechten Wetter als die junge Hamburgerin. Das Motordampfschiff *Sachsen* schlingerte und stampfte durch die grobe See und zwang die meisten Passagiere, in ihrer Kabine auszuharren, gleichgültig, ob diese eine Passage der ersten, zweiten oder dritten Klasse gebucht hatten. Viktoria indes wurde nicht seekrank und verbrachte viel Zeit an Deck. Doch erfreulicher war die Überfahrt deshalb nicht.

Immerhin konnte sie dem Wind von ihren Sehnsüchten erzählen und ihre Wünsche auf diesem Wege nach Sansibar vorausschicken. Obwohl Regen und Sturm kaum dazu angetan waren, ihre Vorfreude zu steigern, bereute sie nicht, sich dem Willen ihrer Eltern gebeugt und Hamburg verlassen zu haben. Irgendwann, dessen war sie ganz sicher, würde sich das Wetter bessern, der Himmel aufreißen und jene türkisblaue Wasseroberfläche im Sonnenlicht schimmern, von der sie träumte, seit ihr Vater seine Entscheidung offenbart hatte.

Wie mochte der Indische Ozean wohl riechen? Dem Geschmack von Regen noch ähnlicher als das Mittelmeer? Lau wie abgestandene Brühe? Oder so frisch wie die Brise, die in den Palmwedeln rauschen würde? Viktoria blähte die Nasenflügel – und nahm nichts anderes wahr als die schwere Feuchtigkeit, die der Sturm über die Inseln Korsika und Sardinien trug.

Ein Geräusch riss sie aus ihren Gedanken. Trotz des tosenden Sturms, der pfeifenden Seile und der ächzenden Holzplanken war das leise Röcheln unüberhörbar, das sich vielleicht zu einem Würgereiz steigerte, jedenfalls aber in einen Hustenanfall mündete.

Während Viktoria noch überlegte, ob es nicht höflicher war, die Person zu ignorieren, statt ihre Hilfe anzubieten, wurde sie zur Seite gestoßen. Eine zierliche Gestalt stürzte herbei, beugte sich über das Geländer der Reling – um sich in die Fluten zu erbrechen oder sich hineinzustürzen.

Beherzt griff Viktoria nach dem Arm der Fremden. Es wäre nicht das erste Mal, dass ein Passagier bei Unwetter über Bord ging, und sie hatte zudem von schauerlichen Geschichten gehört, in denen Seekranke vor lauter Übelkeit und Schwindel an Selbstmord dachten.

»Lassen … lassen Sie mich … los …«

Viktoria packte fester zu und verlagerte ihr Gewicht gleichmäßig auf beide Beine, um den Schiffsbewegungen standzuhalten. »Ruhig atmen!«, befahl sie. »Durch die Nase ein- und durch den Mund wieder ausatmen. Konzentrieren Sie sich dabei auf den Horizont.«

»Nie, nie, nie … hätte ich diese Reise antreten dürfen …«, stammelte die Fremde. »Ich werde schon seekrank, wenn ich nur auf dem Neckar Boot fahre … oh!« Das Sprechen schien ihren rebellierenden Magen angeregt zu haben. Sie beugte sich weit über die Reling …

Erschrocken rief Viktoria: »Halt, halt! Hiergeblieben.«

In diesem Moment hob eine Welle den Bug an, als handelte es sich bei dem nach neuesten nautischen Erkenntnissen gebauten Reichspostdampfer um eine Nussschale. Viktoria strauchelte. Hätte sie nicht auf die verzweifelte Person, sondern auf sich selbst achtgegeben, hätte sie allerdings nicht den Boden unter ihren Füßen verloren und die andere mit sich gerissen.

»O Gott«, jammerte die Fremde und versuchte, sich von Viktoria herunterzuwälzen, auf die sie gefallen war. »O Gott, o Gott … Entschuldigen Sie bitte … wie unangenehm … ich wollte nicht …« Ihre Stimme verlor sich in Atemlosigkeit.

Durch die Fallbewegung war die Kapuze vom Kopf der Ärmsten gerutscht und hatte ein bleiches Gesicht freigegeben, von blonden Locken umrahmt, die feucht an den Schläfen klebten. Die Fremde war etwa in Viktorias Alter und unter anderen Umständen sicher sehr hübsch, ein puppenhaftes Persönchen mit einem Antlitz wie aus Marzipan. Aus Dankbarkeit für eine solche, ganz dem Zeitgeschmack entsprechende Tochter hätte Gustava Wesermann wahrscheinlich ihre Whist-Runde aufgegeben.

»Ich … ich heiße Juliane von Braun«, haspelte die Blonde wohlerzogen, was nicht ganz so glücklich war, denn sie ließ sich für einen Moment ablenken und verlor deshalb beim nächsten

Wellengang wieder das Gleichgewicht, worauf sie erneut auf Viktoria fiel, die sich noch nicht aufgerappelt hatte.

Viktoria schob ihre neue Bekanntschaft sanft von sich und richtete sich auf. Sie reichte Juliane von Braun die Hand, um sie auf die Beine zu ziehen. »Besorgen Sie sich eine geschälte Ingwerwurzel«, riet sie. »Das Personal an Bord ist sehr tüchtig, man kann Ihnen gewiss behilflich sein. Der Ingwer wird Ihnen guttun, wenn Sie eine Weile darauf kauen.«

»Haben Sie das probiert? Sind Sie deshalb nicht seekrank?«

»Mein Vater ist Reeder, das härtet vermutlich ab.«

»Meiner ist Winzer und versteht sich auf Araberpferde«, erklärte Juliane. Obwohl sie bereits wieder schwankend auf ihren Füßen stand, klammerte sie sich weiter an Viktorias Hand. »Ich wünschte, ich müsste … Ach, hätte ich doch zu Hause bleiben können! Bis Sansibar überlebe ich die Reise nicht.«

»Oh!«, machte Viktoria überrascht. Die meisten Passagiere der *Sachsen* befanden sich auf dem Weg nach Ostasien. Wer diesen Liniendienst nicht bis nach Singapur oder Shanghai nutzte und nach Ostafrika wollte, musste in Aden die Beschwerlichkeit des Umsteigens auf ein englisches Schiff in Kauf nehmen. Dieser kleinen Gruppe von Abenteurern hätte Viktoria die zerbrechlich wirkende Juliane von Braun niemals zugeordnet. Unwillkürlich fragte sie sich, ob sich die junge Frau als interessante Gesellschaft entpuppen würde, sobald Sturm und Seekrankheit nachließen. Sie schien auf den ersten Blick jedoch einem Bild zu entsprechen, das so gar nicht zu Viktorias rebellischem Charakter passte. Dennoch wirkte sie nicht unsympathisch in ihrer Verzweiflung und Hilflosigkeit.

Einem Impuls folgend nahm Viktoria die andere in die Arme. »Der Kapitän sagt, es handelt sich um einen für diese Gegend typischen Frühjahrssturm«, tröstete sie. »Er wird nicht ewig anhalten.«

Die farblosen Lippen zusammengepresst blickte Juliane ergeben zu Viktoria auf. Bevor sie jedoch etwas erwidern konnte, schluckte sie heftig, ihre Hand flog zu ihrem Mund.

»Zum Horizont sehen und tief durchatmen«, schrie Viktoria. Ihre Lautstärke war eine Art Reflex, als könnte sie dadurch verhindern, dass sich die andere übergab. Außerdem musste sie sich gegen das Tosen des auffrischenden Windes Gehör verschaffen. »Achten Sie auf die Wellen und wie sie auf den Bug treffen. Wenn Sie sich ein bisschen damit beschäftigen, werden Sie nicht mehr von den Schiffsbewegungen überrascht …«

Viktoria gab in einem schier endlos herausgebrüllten Monolog ihr gesamtes Wissen über Seekrankheit zum Besten. Es waren irgendwo aufgeschnappte Weisheiten, deren Wahrheitsgehalt genauso gut Seemannsgarn hätte sein können. Zu ihrer größten Überraschung entspannte sich die junge Frau in ihren Armen jedoch nach einer Weile, atmete endlich tief durch und schien von der schlimmsten Attacke befreit.

2
Neapel,
Mittwoch, 13. Juni

Die ersten schweren Tropfen fielen gegen das Dachfenster, und ihr metallisches Trommeln holte Antonia Geisenfelder aus einem Traum, den sie beim Aufwachen gleich wieder vergaß. Kaum drang die Tatsache in ihr Bewusstsein, dass dem Sturm der vergangenen Tage nun der Regen folgte, war sie auch schon hellwach vor Sorge.

Sie dachte an die feuchten Behausungen in den niedriger gelegenen Wohngegenden der Armen und an eine überlaufende Kanalisation, die sich mit dem Meerwasser mischte, das der Schirokko über die Hafenanlagen gespült hatte. Der Regen würde die feine Sandschicht von den alten Mauern Santa Lucias wischen, aber er würde auch die Pegelstände erhöhen. Es würden sich schmutzige Rinnsale in den mit Abfällen übersäten engen Gassen bilden, die je nach Wetterlage zu reißenden Bächen anschwellen würden. Das Wasser würde zum Waschen dienen und zum Trinken. Niemand machte sich die Mühe, es erst abzukochen, obwohl es entsprechende Warnungen seit Jahren gab. Aber keiner der Anwohner des schäbigen Hafenviertels scherte sich darum, ob sich winzige, kommaförmige Bakterien im Wasser befanden, die fast immer den Tod brachten. Nirgendwo sonst in Europa war die Cholera eine so beständig drohende Gefahr wie hier in Neapel.

Würde ihre letzte Nacht in der Stadt das brutale Gesicht der Krankheit offenbaren, das sie an der Seite von Doktor Max Seiboldt in den vergangenen drei Monaten zu mildern gehofft hatte? Mit der nüchternen Überlegung einer Naturwissenschaftlerin sagte sich Antonia, dass sie an den Lebensbedingungen der Menschen momentan nichts ändern konnte und deswegen auch nicht hier war. Wenigstens hatte die Stadtverwaltung Maßnahmen versprochen und Neubauten nicht nur geplant, vielmehr setzte sie die Vorhaben tatsächlich um. Aber bis die Projekte griffen, würden noch viele Tote zu beklagen sein.

Das Herz der jungen Frau krampfte sich bei dem Gedanken an die zerlumpten Kinder zusammen, die im Dreck lebten und hungerten und ihre Hände im Winter mangels anderer Heizquellen auf dem Pflaster einer sonnigen Piazza wärmten – aber von ihren Eltern vielleicht mehr geliebt wurden als mancher zweitgeborene Sohn eines preußischen Rittergutbesitzers. Kinder mit flehenden, dunklen Augen, die anfällig waren für die Infektion und sich vor Schmerzen wanden, wenn ihre Gedärme befallen waren. Nicht der Gallenbrechdurchfall an sich machte Antonia zu schaffen. Krankheiten waren ihr nicht fremd, denn sie hatte als Krankenschwester gearbeitet, weil ihr das Medizinstudium an der Universität in München verweigert worden

34

war. Es war die bittere Armut, die sie in Neapel erlebte und die ihr eine bisher unvorstellbare Dimension von Leid vor Augen führte. Selbst die gesunden Kinder besaßen hier kaum eine Zukunft, wie sollte es dann möglich sein, die kranken unter ihnen ordentlich aufzupäppeln?

Aber würde sich nicht alles zwangsläufig zum Besseren wenden, wenn Doktor Seiboldt erst seine Forschungsergebnisse in Deutschland veröffentlichte und den schwelenden Professorenstreit zwischen Robert Koch in Berlin und Max Pettenkofer in München um die Übertragungswege der Cholera entschärfte? Könnte die Seuche dann nicht endlich ausgemerzt werden?

Von ihren Fragen getrieben schlug Antonia die Bettdecke zurück. Sie würde nicht mehr schlafen können, das war gewiss. Hatten sie die Vorbereitungen für die Weiterreise nach Afrika lange wach gehalten, so waren es nun der Regen und seine Folgen, die sie jeden Gedanken an Ruhe vergessen ließen.

Seit sie als Sekretärin für Doktor Seiboldt arbeitete, hatte sich ihr Schlafbedürfnis deutlich verringert. Doktor Seiboldt nannte sie deshalb »mondsüchtig«, was er nicht böse meinte, denn er litt ebenso unter Schlaflosigkeit wie sie. Mehr als eine Nacht hatten sie gemeinsam vor dem Mikroskop gesessen und über die Erkenntnisse diskutiert, die der Mediziner dort gewann. Es erfüllte Antonia mit Stolz, dass er sie als Gesprächspartnerin akzeptierte. Dabei hatte sie nur einige Universitätsvorlesungen als Gasthörerin besuchen dürfen und nicht studiert wie sein eigentlicher Assistent Hans Wegener. Den konnte jedoch nichts aus seiner stoischen Ruhe bringen, der fiel jeden Abend unverdrossen ins Bett, und am Morgen kam er kaum aus den Federn.

Antonia fand sich mühelos in der Dunkelheit ihres Zimmers zurecht. Sie ergriff das große wollene Tuch, das sie am Abend über den einzigen Stuhl geworfen hatte, schlüpfte in ihre Pantoffeln und öffnete die Tür. Wie eine unsichtbare Hand strich ihr die Zugluft eine Locke ihres aschblonden Haares in den Nacken. Irgendwo klapperte ein Fensterladen. Dumpf drang das Bellen eines Hundes von draußen herein. Eine Frauenstimme brüllte einen Befehl durch den prasselnden Regen, und der Hund verstummte.

Unwillkürlich huschte ein Lächeln über Antonias müdes Gesicht. In der ersten Zeit in Neapel war sie von der fast Tag und Nacht gleichermaßen herrschenden Geräuschkulisse höchst verwirrt gewesen. Bis in die Nacht hinein lärmten die Menschen in den Gassen, auf Straßen und Plätzen. Wenn Bekannte in freundlichem Umgangston miteinander sprachen, taten sie dies lauter als die Nachbarn von Antonias Eltern in München beim Streiten. Während eines jeden Gesprächs wurde wild gestikuliert, manchmal auch geschrien und getobt. Selbst durch die besten Wohnviertel der Stadt zogen bis spät in den Abend hinein Musikanten, spielten eine Tarantella oder sangen aus vollem Halse ein Volkslied. Fuhrwerke knatterten, und die Kutscher schlossen nicht selten mit dröhnenden Stimmen Wetten auf ihre Fahrkünste und das Wetter oder andere Nebensächlichkeiten ab, meist aber bahnten sie sich mittels eines ohrenbetäubenden Wortschwalls aus italienischen Schimpfworten oder eines sich wiederholenden »Platz da!« den Weg vorbei an Holzträgern und Abortfegern, Lasten schleppenden Menschen und Leiterwagen, Spaziergängern, Muschel- und Schwefelwasserverkäufern, herrenlosen Hunden und Katzen.

Überhaupt schien sich das Leben der meisten Neapolitaner auf der Straße abzuspielen, die Leute saßen stundenlang vor ihren Häusern, was Antonia nicht sonderlich verwunderte, denn in die dunklen Höhlen der Altstadt wollte sie auch nicht ohne Not zurückkehren. Über dieser Kakophonie des Lärms hing trotz der unmittelbaren Nähe zum Meer stets ein leicht ranziger Geruch nach Fischen, die anscheinend an jeder Ecke in Öl gebraten und an hungrige Passanten verkauft wurden, dazu kam der typische Gestank einer Hafenstadt nach Fäulnis, Pech und Algen.

Doch Antonia hatte auch ein anderes Bild von Neapel kennengelernt: breite, mit Felsgestein gepflasterte Straßen, die Adelige an Sonn- und Feiertagen nutzten, um in eleganten Einspännern oder teuren Landauern zu posieren und die rassigen Pferde aus dem eigenen Stall zu präsentieren. Der Reichtum der Stadt verband sich unübersehbar mit den zahllosen Kirchen, die verschwenderisch mit Marmor, Alabaster und bedeutenden Kunstwerken ausgestattet waren, aber auch mit Palästen, einem beeindruckenden Opernhaus als Anbau des mächtigen ehemaligen Königsschlosses und dem gegenüberliegenden vornehmen Caffè Gambrinus. Hier wurden köstliche kleine Kuchen angeboten, deren häufiger Genuss Antonias schmale Figur inzwischen ein wenig runder hatte werden lassen. Am liebsten war Antonia in ihrer Freizeit jedoch mit der Standseilbahn gefahren, die einen der vielen Hügel um das Hafenbecken erklomm.

Im Licht einer noch blassen Frühjahrssonne hatte sie dann von einem höheren Punkt der Stadt aus auf das Häusermeer mit den ungewöhnlich vielen flachen grauen Dächern geschaut. Selbst die Altstadt wirkte von hier oben nicht so eng und dunkel und beklemmend. Der Vesuv entzog sich häufig durch einen Dunstschleier ihren Blicken, aber ihre Augen blieben ohnehin meistens an der Mole hängen, die wie ein langer, schmaler Finger in das tiefblaue, wie ein riesiges Seidentuch schimmernde Meer ragte. Hier hatten Seite an Seite Segler, Dampfschiffe und kleine Fischerboote festgemacht und wogten im sanften Rhythmus der Wellen.

In den gepflegten Gärten um sie her schien auf der fruchtbaren Vulkanerde alles zu gedeihen und in üppiger Pracht zu blühen, um diese Jahreszeit reiften Pfirsiche und Aprikosen unter dem glitzernden Blätterdach ihrer Bäume und verströmten ihr süßes Aroma. Das war das Antlitz Neapels, das vielleicht nicht so sehr Antonias Herz berührte wie die kranken Kinder, jedoch ihren Schönheitssinn ergriff. Oben in Vomero verstand sie, warum Goethe bezaubert gewesen war von dieser Stadt.

Sie lobte insgeheim Doktor Seiboldts Umsicht, für den Zeitraum ihres Aufenthalts eine kleine Villa in einem der besseren Viertel auf halber Anhöhe gemietet zu haben. Hier ging es zwar nicht so vornehm zu wie in den von prächtigen Wohnhäusern, eleganten Hotelneubauten und Parks bestimmten Stadtteilen, aber der kleine Garten wurde von Pinien, Zypressen und Platanen beschattet und vermittelte zumindest die Illusion von Ruhe. Leider waren die Fenster in dem etwas baufälligen Haus nicht mit Sorgfalt repariert worden, denn es zog immer und überall, sodass es vor allem in den vergangenen Tagen ziemlich kalt gewesen war, als der Sturm auf die Mauern gedrückt und an den Läden gerüttelt hatte. Der Kamin im Arbeitszimmer reichte kaum aus, um wenigstens diesen Raum zu beheizen; in den anderen Bereichen gab es gar keine Wärmequelle, deshalb sorgten Zugluft und Unwetter zusätzlich für Feuchtigkeit. Allein die Küche hätte eine heimelige Atmosphäre geboten, wenn die Köchin nicht so laut mit Töpfen und Pfannen geklappert und dabei aus vollem Halse eine Arie nach der anderen geschmettert hätte.

Antonia zog das Wolltuch fester um die Schultern, als sie die schön geschwungene Treppe aus grauem Marmor hinunterschlich. In der Eingangshalle brannte eine Öllampe, die ihr den Weg wies. Das Licht ließ die Wandvertäfelung wie rosa Turmalin schimmern, der an manchen Stellen kleine dunkle Stellen wie ein Bernstein aufwies. Schimmelflecken, die irgendwann auch die Leinwand der kleinformatigen, nachgedunkelten Bilder befallen würden, die unzählige Vorfahren des Hausbesitzers darstellten und den großen, hohen Raum bevölkerten wie alle Anverwandten ein neapolitanisches Familienfest.

Der Mann in dem goldenen Rahmen neben der Flügeltür, die

zum Arbeitszimmer führte, sah exakt so aus, wie Antonia sich einen Piraten vorstellte: schwarze Augen unter dichten Brauen, olivbraune fremdartige Züge, ein leuchtend roter Fez auf dem dunklen Haar. Der verwegene Sohn eines Orientalen, der eine neapolitanische Patrizierin in seinen Harem entführt und womöglich geheiratet hatte?

Antonia hatte in den vergangenen Tagen oft vor diesem Porträt gestanden und sich gefragt, ob das der Typus der Herrscher von Sansibar war. Schließlich wusste sie, dass die Insel von Arabern regiert wurde; die einheimische Bevölkerung war so schwarz wie Ebenholz und ihr Schicksal nicht heller – es hieß, dass auf Sansibar noch immer der Sklavenhandel blühte, obwohl er eigentlich verboten war. Wie auch immer: Unter diesen armen Menschen grassierten Infektionskrankheiten – darunter auch die Cholera – in einem Maße, das Antonia trotz ihres wissenschaftlichen Interesses erschauern ließ.

Sie nickte dem schnauzbärtigen Gesicht unter dem tief in die Stirn gezogenen Tarbusch zu, als handelte es sich um einen alten Freund, der ihren Gruß erwidern würde. Dann beugte sie sich vor, hob die Hand, um anzuklopfen.

In diesem Moment wurde die Tür von innen aufgezogen. Antonia verlor das Gleichgewicht, stolperte – und prallte mit dem Mann zusammen, der gerade im Begriff stand, das Arbeitszimmer zu verlassen.

Seine Hände umfassten ihre Oberarme so fest, dass es fast schmerzte. Dennoch hielt er sie nicht auf Abstand, sondern schien sie zu umarmen, als sie gegen ihn stieß. Durch den Baumwollstoff seines Hemdes fühlte sie die Wärme seines Körpers, den Kragen hatte er abgenommen, die Knöpfe geöffnet. Ihre Brüste drückten durch die Leinenwäsche und pressten sich gegen seine Brust. Der Duft von Tabak stieg ihr in die Nase und ein kaum wahrnehmbares Aroma von Zitronen. Noch nie war sie Max Seiboldt körperlich so nah gewesen.

»Geht es Ihnen gut?«, fragte er.

Antonia war auf unendlich aufregende, angenehme Weise schwindelig. Sie fühlte sich wie auf einem Karussell auf dem Münchner Oktoberfest. Gleichzeitig schien Eiswasser durch ihre Adern zu strömen, das sich in heiße Quellen verwandelte. Ihr Herz schlug bis zu ihrem Hals.

»Ihnen geht es nicht gut«, konstatierte Doktor Max Seiboldt.

Noch immer sprachlos vor Staunen über die Intensität ihrer verwirrenden Gefühle, legte Antonia den Kopf in den Nacken und sah zu ihm auf.

Verwirrt stellte sie fest, wie anziehend dieser große, kräftige Mann mit dem kantigen Gesicht war, dessen Oberlippe, Kinn und Wangen ein gepflegter, bereits leicht ergrauender Bart bedeckte. Wie grün seine Augen waren und wie dicht seine Wimpern. Durch das rotbraune Haar an den Schläfen zogen sich silberne Fäden. Rotbraune Härchen kräuselten sich auch auf seiner Brust. Auf eine herbe, männliche Art sah er ausgesprochen gut aus.

Als ihr einfiel, dass sie nur ein Nachthemd und einen Wollschal trug, errötete sie und wich erschrocken zurück, als würden seine Hände sie verbrennen. Sie verschränkte die Arme vor ihrem bebenden Körper.

»Doch, doch«, beeilte sie sich zu sagen, »mir geht es gut. Ich bin aufgewacht, und da dachte ich … ich sollte … vielleicht sind Sie noch wach … ach, ich …«, verstört brach sie ab.

»Mein tüchtiges, vernünftiges Fräulein Geisenfelder scheint nicht nur mondsüchtig zu sein, sondern auch von einem Albdruck geplagt«, diagnostizierte der Mediziner. »Sie zittern wie Espenlaub. Ich werde Ihnen ein Glas Branntwein verordnen.«

Ungeachtet ihrer plötzlichen Scheu nahm er ihre Hand und zog sie energisch mit sich zurück ins Arbeitszimmer. Taumelnd folgte sie ihm.

Im Kamin erlosch gerade das Feuer, die Glut sprenkelte glühende Punkte über die Asche und verbreitete noch ein wenig Wärme. Auf Antonias Stirn bildeten sich Schweißperlen, und ihre Wangen glühten, doch lag das tatsächlich nur am Ofen? Obwohl sie ahnte, dass sie besser unverzüglich in ihr Zimmer zurücklaufen sollte, blieb sie wie angewurzelt stehen, als er sie verließ, um das elektrische Licht anzuschalten.

Ein Blick auf den Schreibtisch sagte ihr, dass er bis eben gearbeitet hatte: Dort stapelten sich fein säuberlich geordnet seine Briefe, daneben lagen Umschläge, die sicher noch vor seiner Weiterreise abgeschickt werden sollten. Offensichtlich war er noch einmal seine Korrespondenz durchgegangen und hatte letzte Schriftstücke verfasst, die seine Forschungsergebnisse in Neapel dokumentierten. Üblicherweise war dies Antonias Aufgabe, aber da sie bereits geschlafen hatte und Mikroskop, Reagenzgläser und andere Gerätschaften wie die teure amerikanische Schreibmaschine reisefertig verpackt waren, hatte er sich wohl auf sich selbst, Feder und Tintenfass verlassen.

Neben der Lampe stand eine Kristallkaraffe, in der ein fingerbreiter Rest einer goldbraunen Flüssigkeit schimmerte. Seiboldt goss eines der kleinen Gläser auf dem hübsch bemalten und vergoldeten Holztablett neben der Karaffe randvoll. Dann reichte er Antonia das Getränk. Als sich dabei ihre Hände wieder zufällig berührten, zuckte sie zurück und spürte kaum, wie sie etwas Flüssigkeit verschüttete.

»Hoffentlich leiden Sie nicht unter Psychopathie«, meinte er prompt. »Wozu Schlafwandeln führen kann, wird in der Geschichte von Dr. Jekyll und Mr. Hyde für das breite Publikum eindrucksvoll beschrieben. Kennen Sie die Novelle?«

Sie schüttelte den Kopf und senkte ihren Blick auf das Glas, das sie glücklicherweise nicht hatte fallen lassen, sondern mit eiskalten Fingern fest umschloss.

»Ich würde Ihre Schlaflosigkeit ja verstehen, wenn Sie die

Geschichte gelesen hätten, es ist der reinste Horror«, fuhr er leutselig fort, um dann ernster hinzuzusetzen: »Unter den gegebenen Umständen halte ich Ihr Leiden allerdings für etwas übertrieben. Es herrscht nicht einmal Vollmond. Ist es womöglich ein Reisefieber, das Sie packt?«

»Der Regen weckte mich auf.«

»Der Regen?«, wiederholte er, als sei dies ein völlig abwegiges Vorkommnis. Dann fuhr er sich plötzlich mit der Hand durch das Haar und lauschte dem Plätschern. Das Wasser strömte inzwischen in Sturzbächen vom Himmel und prasselte mit ziemlicher Wucht gegen die Fenster. »Das Wetter hat ja fast die Intensität eines Tropenschauers«, stellte er nach einer Weile mit der Verwunderung eines Mannes fest, der sich über derartige Nebensächlichkeiten üblicherweise keine Gedanken machte.

»Meinen Sie, dass es auf Sansibar genauso sein wird?«, erkundigte sie sich, nachdem sie an dem vollmundigen, ihren Gaumen leicht reizenden Weinbrand genippt hatte. Sie war dankbar, dass ihr diese halbwegs vernünftige Frage eingefallen war. In ihrem Körper mischten sich noch immer die ungewöhnlichsten Empfindungen. Der Alkohol, der ihre Kehle hinabbrann, trug nicht dazu bei, ihren Geist zu klären.

»Ich habe an einer Expedition nach Indien teilgenommen, aber Afrika ist mir ebenso fremd wie Ihnen. Woher soll ich wissen, wie der Regen auf Sansibar fällt?«

Sie hob das Stamperl noch einmal an ihre Lippen und trank diesmal einen kräftigeren Schluck. Worüber sollte sie sich nur mit Seiboldt unterhalten, der mit aufmerksamem Gesichtsausdruck vor ihr stand. Was erwartete er? Wenn schon keine Unterhaltung über das Wetter, etwa eine Diskussion über die letzten Untersuchungsergebnisse? Sollte sie, eine Frau von vierundzwanzig Jahren, tatsächlich wie bei einem Empfang mit einem Glas in der Hand, gewandet in ein Nachthemd statt in ein Abendkleid, mit diesem überaus attraktiven Mann Konversation über den Darminhalt eines verstorbenen, sezierten Cholerapatienten führen? Es ist verrückt, dachte Antonia grimmig, eine völlig verrückte und unangemessene Situation.

Fragend blickte sie zu ihm auf, doch seine leuchtenden Augen gaben ihr keine Antwort, sondern stürzten sie in noch tiefere Verwirrung. Nach einer weiteren herzhaften Kostprobe hatte sie dem Weinbrand schon ganz erheblich zugesprochen.

»Es ist sehr freundlich von Ihnen, dass Sie Ihren Cognac mit mir teilen«, verkündete sie und wunderte sich, warum ihre Zunge beim Sprechen so pelzig war.

»Von Teilen kann keine Rede sein«, widersprach er schmunzelnd. »Und es ist kein französischer Cognac, sondern ein italienisches Destillat. Man nennt es hierzulande *aqua vitae*, was ich sehr passend finde, denn dieses alkoholische Wasser erhält tatsächlich die Lebensgeister.«

»Hm«, machte sie und leerte den Inhalt ihres Glases.

»Ich dachte bereits daran, eine Flasche Vecchia Romagna in mein Gepäck zu tun, aber wie ich hörte, rät der erfahrene Afrikareisende von Weinbrand ab. Unsere Freunde aus England, die bekanntlich viel Erfahrung in den Tropen gesammelt haben, behaupten, man überstehe das Klima nur mit Gin. Das ist ein Wacholderschnaps.«

»Haben Sie vorsorglich eine Flasche dieses Gins gekauft? Dann würde ich gerne ein Gläschen probieren. Wissen Sie, ich trinke normalerweise niemals Alkohol, aber er schmeckt mir gerade ausgesprochen gut.« Wie zur Untermauerung ihrer Worte spielte sie mit dem kleinen Kristallbecher in ihrer Hand. Tatsächlich fühlte sie sich mit einem Mal deutlich unbefangener in Max Seiboldts Gegenwart als noch wenige Minuten zuvor.

»Das erscheint mir keine gute Idee«, widersprach er. »Ich glaube, Sie haben genug getrunken, um noch ein wenig Schlaf zu finden. Der medizinische Nutzen verringert sich, je mehr Sie konsumieren. Nach einem Rausch werden Sie kaum zur Ruhe kommen.«

Antonia war nicht ganz klar, was er meinte, denn sie fühlte sich bereits ziemlich berauscht. Sie blinzelte, weil vor ihrem etwas benebelten Geist Bilder auftauchten, die sich auf merkwürdige Weise mit der Realität mischten. Seine offene Hemdbrust verwandelte sich in ihrer Fantasie in den gänzlich unbekleideten Oberkörper eines feurigen Liebhabers, der sich auf sie warf, sie in atemloser Leidenschaft niederstreckte und ihre Brüste aus der Enge des Leinenhemdes befreite. Was tat eine Frau, die mit plötzlicher, fast unmenschlicher Intensität einen Mann begehrte? Riss sie ihm die Kleider vom Leib? Das Glas fiel ihr aus der Hand.

»Großer Gott!«, entfuhr es Seiboldt. »Fräulein Geisenfelder, was ist mit Ihnen?«

Ich bin betrunken, dachte Antonia. Ich muss betrunken sein. Anders sind meine Gefühle nicht zu erklären. Du hast mich betrunken gemacht, damit ich dir zu Willen bin, Max Seiboldt.

Nach dieser Erkenntnis, die allerdings durchaus nicht so unangenehm war, wie sie hätte sein sollen, durchströmte Wärme ihre Sinne. Sie beobachtete, wie er sich nach dem Glas bückte, das dank des dicken Teppichs nicht zerbrochen war. Sollte sie sich vielleicht auf den Boden sinken lassen? Würde er sich dann zu ihr beugen?

Als er sich aufrichtete, begegnete sie seinem Blick. Er wirkte besorgt, väterlich besorgt, aber spiegelte sich nicht auch Abscheu in seinen Zügen? Die Sehnsucht verflüchtigte sich und wich einem unangenehmen Schwindel. Ich bin betrunken, fuhr es Antonia noch einmal und mit deutlichem Entsetzen durch den Kopf.

»Sie sind weiß wie die Wand«, bemerkte er. »Ich hatte ja keine Ahnung, dass ein einziges Glas diese Wirkung auf Sie ausübt. Kommen Sie«, er wollte sie am Arm fassen, doch sie schüttelte ihn ab.

»Nicht anfassen. Bitte, nicht anfassen.«

Er stieß einen tiefen Seufzer aus. »Kommen Sie«, wiederholte er und unterließ es, sie noch einmal zu berühren, »ich bringe Sie zu Ihrem Zimmer. Sie wirken auf mich, als hätten Sie gerade all Ihre Sinne verloren.«

»Wer weiß das schon.«

»Fräulein Geisenfelder, ich bin Arzt, ich kann Ihnen helfen. Niemand verliert den Verstand nach einem Glas Weinbrand. Es liegt an Ihrer Schlaflosigkeit. Hoffentlich keine Krankheit des Geistes …«

Eher des Fleisches, erwog sie in Gedanken. Tapsig wie ein Kind bei seinen ersten Schritten wandte sie sich zum Gehen.

»Du lieber Himmel«, Seiboldt stöhnte entnervt auf. »Geben Sie Obacht, wohin Sie treten, bevor noch ein Unglück geschieht. Nicht auszudenken, wenn ich Sie in Neapel lassen und ohne meine tüchtige Sekretärin nach Sansibar reisen müsste.«

3
Neapel,
Donnerstag, 14. Juni

Viktoria war tief enttäuscht von Neapel. Ungeachtet des strömenden Regens hatte sie sich auf das Panoramadeck begeben, um ein wenig von jenem Gefühl zu kosten, das Reisende von alters her in dieser Stadt zu ergreifen schien. Irgendwo hatte sie gelesen, Neapel sei ein Stück Himmel, das einst auf die Erde fiel. Doch die vom Nebel verhüllte, in Regenschleier gebettete Stadt bot keineswegs einen Anblick, für den es sich zu sterben lohnte. Der Ort wirkte auf Viktoria düster und schmutzig, überfüllt, unfreundlich, stinkend und laut.

Die *Sachsen* hatte festgemacht, als die meisten Passagiere gerade beim Frühstück saßen. Doch statt in den Speisesaal war Viktoria nach ihrer Morgentoilette ein Deck tiefer und nach draußen gegangen. Keine gute Idee, wie sie nun befand, denn es gab offenbar nichts zu sehen, was eine Erkältung rechtfertigte. Ihr Paletot war trotz der Überdachung binnen weniger Minuten vollständig durchnässt und ihr hübsches Hütchen wahrscheinlich ruiniert. Dennoch blieb sie länger, als eigentlich beabsichtigt, an der Reling stehen und beobachtete versonnen die zahllosen kleinen Kreise, welche die schweren Tropfen auf die glatte graue Wasseroberfläche malten.

Ihr Blick wanderte backbords auf die trutzigen Mauern des Castel dell'Ovo. Auf einem Felsen im Meer errichtet war die Burg, ein mächtiger Vorposten und ein imposanter Eingang zum Hafenbecken, ein wenig unheimlich. Der Regen klatschte gegen den vulkanischen Tuffstein und hinterließ große, feuchte Flecken, prasselte gegen die riesigen Wehrtürme und füllte die Schießscharten wie mit einem Vorhang.

Vielleicht sieht die Festung bei Sonnenschein romantisch aus, erwog Viktoria. Bei diesem Wetter hatte sie jedoch etwas seltsam Mystisches, als wäre sie mit einem bösen Zauber belegt. Ob wohl Prinzessinnen in dem Gebäudekomplex gefangen gehalten und heldenhafte Prinzen dort von Hexenmeistern gefoltert wurden?

Unwillkürlich huschte ein Lächeln über ihr Gesicht. Märchen waren bisher nicht gerade Viktorias Lieblingslektüre gewesen. Als kleines Mädchen hatte sie zwar davon geträumt, eine schöne Fee zu sein, später waren jedoch andere Frauenbilder in den Vordergrund getreten: Ihre Freundinnen redeten noch immer von Märchenprinzessinnen in weißen Kleidern und Rittern in goldener Rüstung, da entdeckte sie im Französischunterricht die Schriftstellerin George Sand. Die hieß eigentlich Amandine-Aurore-Lucile Dupin de Francueil, hatte vornehmlich Männerkleidung getragen, sich für die Rechte von Frauen eingesetzt und trotzdem erreicht, dass sich ein Schöngeist wie Frédéric Chopin unsterblich in sie verliebte. Das wäre es, dachte Viktoria angesichts der mystischen Burg: Reformkleidung, eine Stelle als Lehrerin an einer Mädchenschule und ein Künstler als Liebhaber – selbstverständlich kein Kaufmann, der nur seine Bilanzen im Kopf hatte, und auch kein alberner Erbe, der nicht einmal Manieren besaß. Warum lästerte ihre Mutter eigentlich über Bohemiens, während sie einen Geck wie Hartwig Stahnke über den grünen Klee lobte?

Dieser Gedanke erinnerte sie an ihre Eltern. Man erwartete gewiss eine Nachricht von ihr. Neapel war überdies der letzte europäische Hafen auf ihrer Reise, sodass es vernünftig wäre, an diesem Ort wenigstens eine Korrespondenzkarte aufzugeben. Dafür musste sie nicht einmal an Land gehen, sondern nur in die Postkammer im Bauch des Schiffes, denn schließlich befand sie sich auf einem Reichspostdampfer. Doch sie verspürte keine Lust darauf. Die Feuchtigkeit wurde langsam unangenehm, und ihr Magen knurrte. Sie sehnte sich nach einem heißen Getränk und einem üppigen Frühstück, um ihre Glieder von innen zu wärmen. Ein Vorteil des Alleinreisens war zweifellos, so viel essen zu können, wie sie wollte, und nicht bei jedem Bissen die Empörung ihrer Mutter auf sich zu ziehen: »Es schickt sich nicht, sich wie ein Gassenjunge zu bedienen, Viktoria. Eine Dame speist wie ein Vögelchen und nicht wie ein Elefant.«

Das Frühstück wurde – wie alle Mahlzeiten an Bord der *Sachsen* – für die Erste-Klasse-Passagiere in dem langen Speisesaal serviert, der sich über die gesamte Breite des Oberdecks zog. Der Regen prasselte so laut auf die Bleiverglasung des großen Deckenfensters, dass das Stimmengewirr der morgendlichen Gespräche fast unterging. In dem hohen Raum, in dem es weder an Fresken noch an Putten und Goldverzierungen wie auch an Vertäfelungen mangelte, waren die langen Tafeln mit weißem Tischleinen und Silberbesteck eingedeckt.

Es war relativ leer in dem nicht nur für ein Schiff überaus feudalen Raum, nur eine Handvoll Gäste hatte sich eingefunden. Die meisten Reisenden der Oberschicht zogen es offenbar vor, sich von der stürmischen See in ihren Kabinen zu erholen. Neben den Fenstern saßen ein Herr mittleren Alters und eine junge Dame beisammen, die sofort Viktorias Aufmerksamkeit auf sich zogen. Die Teller des ungleichen Paares schienen unter Eierspeisen, Wurst und Butterbroten zu bersten. Gustava Wesermann hätte den Appetit der Blonden als absolut inakzeptabel kritisiert, doch Viktoria dachte amüsiert, dass dies sicher eine Folge der Seekrankheit und ausgesprochen sympathisch war.

Als Juliane von Braun zufällig den Kopf hob, fühlte sich Viktoria einen Atemzug lang unangenehm berührt, als wäre sie bei etwas Verbotenem ertappt worden. Tatsächlich hatte sie an der Tür gestanden und die fremde junge Frau unverhohlen angestarrt, was nach dem Verhaltenskodex ihrer Mutter wahrscheinlich ebenfalls unmöglich war. Vielleicht hätte Gustava Wesermann jedoch recht, denn Viktorias Blick war sicher ein wenig dreist gewesen. Deshalb fiel ihr Gruß formvollendeter aus, ihr Nicken devoter, als sie dies unter anderen Umständen einer Gleichaltrigen zugebilligt hätte.

»Guten Morgen«, rief Juliane von Braun mit einer Unbekümmertheit, die in starkem Kontrast zu der Person stand, die Viktoria womöglich vor einem Sprung über Bord bewahrt hatte. »Möchten Sie sich nicht zu uns setzen? Platz ist genug da.«

Ein Steward in frisch gebügelter weißer Uniform eilte auf Viktoria zu, um ihr den Mantel abzunehmen. Die Feuchtigkeit tropfte aus ihrem Paletot und vom Saum ihres Rocks und wurde von dem hochflorigen orientalischen Teppich zu ihren Füßen aufgesogen.

Viktoria spürte, wie ihr ein feines Rinnsal vom Hut herab über Schläfe und Wange lief. Als das Wasser ihr Kinn erreichte, hob sie die Hand und wischte sich über das Gesicht. Entschlossen zog sie die Hutnadel aus dem Aufbau, den sie auf ihrer schlichten Hochsteckfrisur platziert und keck in die Stirn gezogen hatte. Natürlich gehörte es sich nicht, den Hut in einem Gesellschaftsraum abzulegen, aber darauf konnte sie keine Rücksicht nehmen, gleichgültig, ob ihre Mutter auch über dieses Fehlverhalten entsetzt gewesen wäre. Also reichte sie dem Steward ihren Hut und schritt selbstbewusst zu ihrer neuen Bekannten.

»Guten Morgen, Fräulein von Braun, wie schön zu sehen, dass es Ihnen wieder gutgeht.«

Juliane strahlte. »Die Ingwerwurzel hat Wunder gewirkt. Sie haben mir mit Ihren Ratschlägen sehr geholfen. Darf ich Ihnen meinen Vater vorstellen? Papa, das ist Fräulein Viktoria Wesermann. Wir sind uns an Deck begegnet, als ich unpässlich war.«

Der Herr war während Julianes Rede aufgestanden. Er besaß ein ebenso fein gezeichnetes Gesicht wie seine Tochter, das allein durch den Bart und die Falten an den Mundwinkeln an Weichheit verlor. Nur sein Haar war nicht von diesem leuchtenden Weizenton, sondern wirkte, grau gesträhnt, eher wie schmutziger Sand. Während Juliane ein atemberaubend modisches Reisekleid mit Stehkragen, enger Taille, Schößchen und gerafften Ärmeln aus schottisch kariertem Tuch trug, war ihr Vater in einen strengen dunklen Anzug gewandet, als wäre er gerade auf dem Weg zu einem königlichen Empfang. Dennoch schien er nicht so steif zu sein, wie seine Garderobe vermuten ließ, denn in seinen Augen, die ebenso veilchenblau waren wie Julianes, blitzten Fröhlichkeit und Humor.

Er reichte Viktoria die Hand. »Heinrich von Braun. Ich freue mich sehr, Ihre Bekanntschaft zu machen, Fräulein Wesermann, meine Tochter hat in leuchtenden Farben von Ihnen gesprochen. Möchten Sie eine Tasse Kaffee mit uns trinken?«

»Das ist sehr freundlich, danke«, erwiderte Viktoria und setzte sich auf den freien Stuhl neben Juliane. »Ich habe noch nicht gefrühstückt, weil ich mir zuerst Neapel anschauen wollte. Es war leider nur nass und grau, kein besonders reizvoller Anblick.«

»In der Tat«, bestätigte Heinrich von Braun, »für einen Landgang eignet sich das Wetter nicht. Außerdem hörte ich von einem neuerlichen Ausbruch der Cholera im Hafenviertel. Man sollte also tunlichst vermeiden, mit den Einheimischen irgendwie in Kontakt zu kommen.«

»Aber vielleicht könnten wir nachher wenigstens an Deck gehen und uns auf diese Weise einen Eindruck …«

Von Braun streichelte Julianes Hand. »Du wirst dich allein umschauen müssen, mein Herz …«

Der liebevolle Umgang von Vater und Tochter versetzte Viktoria einen Stich.

»Ein Kunde kündigte mir telegrafisch seinen Besuch an. Ich kann ihm unmöglich absagen.«

»Wir wollten mehr Zeit miteinander verbringen«, maulte Juliane. »Das war doch der Grund, warum ich dich begleitet habe. Damit hatten wir aber nicht gemeint, dass du ausschließlich arbeitest, Papa, und ich allein die Sehenswürdigkeiten betrachte.«

»Es ist der Direktor des Grand Hotels«, erklärte von Braun geduldig, obwohl Viktoria das Gefühl hatte, dass dieser Dialog eine Wiederholung anderer Auseinandersetzungen dieser Art war. »Für einen Winzer aus Deutschland ist es eine große Ehre, dass sein Wein in einem traditionsreichen Land wie Italien verkostet wird.«

Juliane zog einen Flunsch. »Wen interessiert der Direktor des

Grand Hotels? Der Sultan von Sansibar ist dein Kunde, und der ist ein viel bedeutsamerer Mann.«

»Vielleicht möchten Sie mit mir vorliebnehmen«, warf Viktoria rasch ein, weil ihr Heinrich von Braun leidtat. Die Vorstellung, ihr eigener Vater würde sich vor ihr für einen beruflichen Termin rechtfertigen müssen, berührte sie. »Ich war zwar schon an Deck, aber meine Korrespondenz kann warten, und womöglich sieht Neapel in Gesellschaft erfreulicher aus.«

»Was für eine wundervolle Idee!«, stimmte Juliane sogleich erfreut zu. »Und wie nett, dass Sie Ihre Post für mich hintanstellen wollen. Hoffen wir, dass der Regen nachlässt. Bestimmt gibt es viel zu sehen. Kommen nicht am Vormittag neue Passagiere an Bord? Dann lernen wir unsere Mitreisenden gleich kennen. Meinen Sie nicht auch, dass das interessant werden könnte, Fräulein Wesermann?«

Das spöttische Funkeln in den Augen der anderen erweckte in Viktoria den Verdacht, dass ihre neue Freundin ihre Neugier mit einer kleinen Lästerei zu verbinden gedachte. Eine spitze Bemerkung über die schlecht sitzende Turnüre einer Dame hier, die Attraktivität eines jungen Mannes umschwärmend dort, womöglich eine heimliche Bemerkung über die beeindruckenden Muskeln eines Hafenarbeiters. Die typische, Viktoria normalerweise lähmende Plauderei von gelangweilten Töchtern aus gutem Hause. Besser, als an ihre Mutter zu schreiben und sich an deren Vorwürfe zu erinnern, war die harmlose Albernheit aber allemal, entschied sie.

Deshalb nickte sie Juliane lächelnd zu und stopfte sich zufrieden ein Brötchen, dick mit Butter und Erdbeermarmelade bestrichen, in den Mund. Dann machte sie sich eben einer weiteren Verfehlung schuldig, indem sie ihre Eltern warten ließ. Der nächste Hafen, den die *Sachsen* anlief, war Port Said, auch von dort aus wurde Post nach Deutschland befördert. Es dauerte nur ein wenig länger.

Im Laufe des Vormittags ließ der Regen nach, und die Wolkendecke riss auf. Vereinzelt zeigte sich hinter dem Dunst ein blassblauer Himmel, aber die schwachen Sonnenstrahlen reichten nicht aus, um die Pfützen am Kai zu trocknen. Wenn Kutschenräder durch die Lachen rollten, spritzte Wasser in ganzen Fontänen auf. Die Lastenträger und Hafenarbeiter sprangen dann zur Seite, Waren und Gepäckkisten in ihren Händen schwankten bedenklich, feuchte, schmutzige Flecken klebten sich an ihre Kleidung. Ein Gemisch aus den unterschiedlichsten Sprachen wehte mit dem auffrischenden Wind über das Hafenbecken, doch Flüche und halbherzige Drohungen klangen so verständlich, als wären die Worte einerlei.

Die beiden jungen Frauen standen auf dem Promenadendeck der *Sachsen*, die zwischen den Fischkuttern, Lotsenbooten und Ausflugsschiffen wie ein schöner weißer Riese unter Spielzeugkähnen wirkte. Von hier oben hatten sie einen vortrefflichen Blick auf das bunte Treiben, doch Juliane schien sich schnell zu langweilen. Nur einen Moment schaute sie schweigend zu, dann wandte sie sich um, lehnte sich mit dem Rücken gegen die Reling und betrachtete Viktoria mit unverhohlener Neugier.

»Warum fahren Sie ganz allein nach Sansibar?«

Viktoria fand diese Direktheit ein wenig unhöflich – aber auch erfrischend offen. Vielleicht war Juliane von Braun doch nicht so oberflächlich, wie sie befürchtet hatte.

»Ich bin das schwarze Schaf der Familie und wurde ausgeschickt, so weit weg wie möglich einen Besuch zu machen«, erwiderte sie leichthin. Sie horchte kurz in sich hinein und stellte fest, dass sie tatsächlich keinen Groll empfand. Achselzuckend fügte sie hinzu: »Auf die Schnelle ließ sich keine Begleitung finden, nur eine Zofe, die sich um meine Garderobe kümmert.«

»Da hat sie ziemlich viel zu tun«, meinte Juliane schmunzelnd und deutete auf das vom Regen ruinierte Tellerhütchen, mit dem Viktorias Finger spielten.

Unwillkürlich erwiderte Viktoria das Lächeln der anderen. »Das hat sie gewiss, denn ich kann ziemlich unordentlich sein. Ich nehme an, sie ist dankbar dafür, dass sie in Aden das nächste Schiff nach Hamburg zurück nehmen darf.«

»Oh! Wer packt denn dann Ihren Koffer aus?«

»Wahrscheinlich ich selbst. Und ich habe mir vorgenommen, mit meinen Kleidern künftig ebenso vorsichtig umzugehen wie mit meinen Büchern. Dann wird alles bestens sein.«

»Sie lesen?«, fragte Juliane erstaunt, wartete die Antwort jedoch nicht ab, sondern fuhr in sich hineinmurmelnd fort: »Ich dachte immer, Frauen, die lesen, seien Mauerblümchen. Sie sind aber ganz anders … Meine Mutter war auch anders. Sie interessierte sich für Musik, wissen Sie, und am liebsten wäre sie eine berühmte Konzertpianistin geworden.«

»Warum hat sie ihren Traum nicht verwirklicht?«

»In unseren Kreisen?« Julianes Hand fuhr entsetzt an ihren Hals, ihre Finger schlossen sich um die goldene Kette, die unter dem Kragen hervorblitzte. »Undenkbar. Was hätten die anderen Damen bei Hofe dazu gesagt?«

Nun war Viktoria überrascht. »Ihre Mutter wird bei Hofe empfangen?« Es hatte sie schon gewundert, dass sich ein Weinhändler die Erste-Klasse-Passage leistete, aber der gesellschaftliche Umgang des Herrn von Braun war weit ungewöhnlicher.

»Nicht der Hof zu Berlin, wenn Sie das meinen. Der Kaiser gehört nicht zu den Kunden meines Vaters. Papa verkehrt als Weinlieferant im Schloss zu Stuttgart. Bevor wir in Genua an Bord gingen, waren wir sogar in der Sommerresidenz von König Karl in Nizza zu Gast. Es war ganz unglaublich: So viele hübsche junge Männer habe ich noch nie versammelt gesehen.«

»Es ist sicher bedauerlich, dass Ihre Mutter Sie und Ihren Herrn Vater nicht beglei…«

»Sie ist tot«, unterbrach Juliane brüsk. »Es passierte vor einem Jahr. Sie habe ein schwaches Herz, behauptete der Arzt, aber ich sehe es anders. Ich glaube, meine Mutter starb an gebrochenem Herzen, weil sich ihr größter Wunsch niemals erfüllte. Ihr Klavierspiel bedeutete ihr alles. Mehr noch als Papa oder ich.«

Was für eine traurige Geschichte! Weil Viktoria keine angemessenen Worte fand, um ihr Mitgefühl mehr als nur oberflächlich auszudrücken, legte sie ihre Hand auf den Unterarm der neuen Freundin.

Doch Juliane entzog sich ihr, fingerte die Kette aus ihrem Ausschnitt und öffnete das kleine, mit winzigen Perlen besetzte Medaillon, das sie in ihrem Mieder versteckt trug. »Da ist eine Fotografie von Mama«, erklärte sie, plötzlich schüchtern. »Möchten Sie sie sehen?«

Das Amulett war zu klein, um einen wahrhaftigen Eindruck von der Dame zu vermitteln, die ernst in das Objektiv blickte. Die Ähnlichkeit mit Julianes bildhübschem Puppengesicht fiel jedoch auf. Sicher war dies eine Frau, die um ihres Aussehens geliebt wurde, nicht wegen ihrer Qualitäten als Musikerin. Viktoria schluckte betroffen. Julianes Theorie vom gebrochenen Herzen ihrer Mutter war plötzlich kein leeres Wort mehr.

»Sie sehen ihr sehr ähnlich«, sagte Viktoria zögernd, weil ein höflicher Kommentar von ihr erwartet wurde. Dabei gingen ihr ganz andere Gedanken durch den Kopf – von versäumtem Leben, verlorenen Träumen …

»Ja, das sagen alle«, wisperte Juliane.

Die neue Freundin schien in ihren Erinnerungen versunken, und Viktoria störte sie nicht, sondern ließ ihre Blicke in schweigendem Einverständnis über den Kai wandern.

Uniformierte kletterten den Landungssteg hinunter, wahrscheinlich Beamte der Hafenbehörde, die sich von der Ladung und der Korrektheit der Passagierlisten überzeugt hatten. Gerade wurden die Pferde einer mit ungewöhnlich umfangreichem Gepäck beladenen Droschke vor der Gangway gezügelt, der Kutscher sprang vom Bock und klappte den Tritt herunter.

Viktoria betrachtete neugierig den jungen Mann, der ausstieg. Er war groß und hager und verbarg Haare und Gesicht unter einem breitkrempigen Strohhut, der in starkem Kontrast zu seinem vorbildlich geschnittenen Gehrock stand. Ihm folgten ein eleganter Herr mittleren Alters und eine junge Frau, um die sich die beiden Männer jedoch kaum zu kümmern schienen. Ohne sie eines Blickes zu würdigen, marschierten die beiden auf die Schiffsleiter zu, erst an deren Fuße verharrte der Ältere und wandte sich zu seiner Begleiterin um.

»Fräulein Geisenfelder, kümmern Sie sich bitte um das Gepäck.«

»Selbstverständlich, Herr Doktor«, antwortete die junge Frau beflissen.

»Sind Sie sicher, dass Sie die Post dem richtigen Boten gegeben haben?«

»Ja, Herr Doktor, das bin ich.«

»Wo ist mein Hut?«

»Hier, Herr Doktor.« Ihre Hand schoss vor, mit dem gesuchten Canotier.

Es schien ein Ritual zu sein, das sich da vor Viktorias Augen abspielte, ein lächerliches überdies. Sanft stupste sie Juliane an. »Schauen Sie nur«, unterbrach sie deren mit Trauer geschwängerte Tagträume. »Es kommt eine Gruppe Komiker an Bord.«

Juliane wandte sich um und blickte hinab zur Gangway, wo ein Schiffsoffizier gerade die Namen der neuen Passagiere mit einer Liste verglich, die er in Händen hielt. »Die Leute sehen doch sehr ordentlich aus«, bemerkte sie. »Wie kommen Sie darauf, dass es Schauspieler sein könnten?«

»Nicht wirklich Komiker, eher Harlekine im Leben …«

»Vorsicht!«, kreischte die junge Frau am Kai, die als Fräulein Geisenfelder angesprochen worden war. Ihre Aufregung galt dem Kutscher, der mithilfe eines Hafenarbeiters eine Kiste vom Gepäckträger hob, deren Gewicht er anscheinend unterschätzt hatte und die in bedrohliche Schieflage geriet. »Das Mikroskop. So passen Sie doch auf.«

»Aha«, resümierte Viktoria, »Wissenschaftler.«

»Dann sind das Doktor Max Seiboldt und Begleitung«, rief Juliane aus. »Mein Vater erzählte mir, dass ein Dozent des Hygienischen Instituts der Universität München mit uns reist. Seine Expedition nach Sansibar wird durch den Großherzog von Sachsen-Weimar-Eisenach und die Deutsch-Ostafrikanische Gesellschaft finanziert.«

»Bemerkenswert«, murmelte Viktoria und beobachtete weiter Fräulein Geisenfelder, die in einem unverständlichen Gemisch aus deutschen Wörtern und italienischen Silben radebrechend gegen den kaum vorsichtig zu nennenden Umgang der Träger mit ihrem Gepäck anzukämpfen versuchte. Die Frau war sicher nur unwesentlich älter als sie und Juliane von Braun, mittelgroß und recht hübsch mit einem fein gezeichneten, freundlichen Gesicht und vollem aschblondem Haar, auf dem ihr Hütchen bei jeder Geste hin und her rutschte, als habe sie es nicht ordentlich festgesteckt. Fräulein Geisenfelder wirkte ein wenig fahrig, aber Viktoria beeindruckte vor allem, dass die andere sich einem offenbar bekannten Naturwissenschaftler angeschlossen hatte und mit diesem nach Afrika reiste.

Als seine Geliebte?, fragte sich Viktoria im Stillen. Kaum, dachte sie, der Umgang der beiden sah nicht danach aus. Als seine Mitarbeiterin? Das wäre allerdings faszinierend. Dann wäre Fräulein Geisenfelder einen deutlichen Schritt weiter im Leben gekommen als Viktoria mit ihrem einsamen Traum vom Lehramt. Und diese Tatsache lohnte ganz gewiss eine Bekanntschaft. Dafür würde sie auch einen Besuch in der zweiten Klasse machen.

Vom ersten Moment an Bord der *Sachsen* war Antonia klar, dass es besser gewesen wäre, mit dem nächsten Zug nach München zurückzufahren.

Doktor Seiboldt hatte für sich und seine Begleitung Passagen der ersten Klasse gebucht. Antonia, die höchstens mit einer Kabine der zweiten Klasse gerechnet hatte und auch mit einer Koje im Unterdeck zufrieden gewesen wäre, fand sich in einer luxuriösen Umgebung wieder, die nicht ihrem gesellschaftlichen Stand und schon gar nicht ihrer mitgebrachten Garderobe entsprach. Da die Reservierung ohne Rücksicht auf die Bedürfnisse einer jungen Frau durchgeführt worden war, besaß sie kein einziges Kleid, das auch nur annähernd zu der Eleganz des Oberdecks passte. Allein diese Tatsache schüchterte sie ein, und die anderen Damen waren alle viel kultivierter und schöner als sie. Ihr Selbstbewusstsein ließ in einem Maße nach, das sie bei nüchterner Betrachtung erschreckt hätte. Doch Antonia schien nicht mehr in der Lage, vernünftig zu denken. Zu verwirrend waren ihre neuen Gefühle.

Sie verbrachte viel Zeit in ihrer Kabine, bei einer Lektüre im Damenzimmer oder an Deck. Sie vermied es, Bekanntschaften zu schließen. Und sie zog sich von ihren Begleitern zurück. Vor allem versuchte sie, Seiboldt aus dem Weg zu gehen. Jede Stunde in seiner Nähe wurde für sie zur Qual, denn jeder Tag auf See machte ihr deutlicher, dass sie ihn begehrte. Schlimmer noch – ihre tiefe Bewunderung verwandelte sich in Liebe. Jedenfalls glaubte sie, dass es sich so anfühlen musste, wenn man verliebt war.

Denn die Schmetterlinge in ihrem Bauch hatten gewiss nichts

mit dem Seegang zu tun. Das in einem tiefen Blaugrün schimmernde Mittelmeer war jenseits Italiens fast so ruhig wie der Kleinhesseloher See daheim im Englischen Garten. Die Sonne schien von einem lichten kobaltblauen Himmel, an dem sich nur gelegentlich ein weißes Wölkchen zeigte, wie eine Baumwollflocke, die zufällig durch die Lust schwebte und auf ihrer Reise das Firmament berührte. Es war ein überaus angenehmes Klima, noch nicht zu heiß, und der Fahrtwind war lau. Die anderen Damen packten ihren Sonnenschirm aus, wenn sie an Deck flanierten, doch Antonia war nicht zimperlich und fürchtete die Sonne viel weniger als den Blick auf die rotbraunen Härchen auf Seiboldts Handrücken, die sich in dem flirrenden, hellen Licht in Kupferfäden verwandelten. In diesen Momenten wünschte sie sich mit fast an Verzweiflung grenzender Intensität, ihn anfassen zu dürfen.

»Geht es Ihnen nicht gut?«, fragte er, als sie im Rauchzimmer beisammensaßen, während sich die meisten Herren, die diesen Salon üblicherweise frequentierten, beim Shuffleboard an Deck aufhielten. »Bekommt Ihnen die Reise nicht? Sie sehen blass aus.«

»Es geht mir gut«, gab sie hastig zurück.

Sie zwang sich, den Blick von seinen Händen auf die in die Wandtäfelung eingelassenen Bilder zu richten. Ihre Augen trafen das Porträt einer rassigen Schönheit, deren volles Haar ein Schleier bedeckte. War dies das Bild einer Frau, für die ein Mann alles vergaß? Sah so die Leidenschaft aus, die selbst nüchterne Männer um den Verstand brachte? Antonia hatte aus persönlicher Erfahrung nicht die geringste Ahnung davon, wenngleich sie sich aus wissenschaftlicher Neugier ein wenig über das Thema Erotik informiert hatte. Schließlich gab es Infektionskrankheiten, die durch die Liebe übertragen wurden. Zwei Körper vereint in gemeinsamer Lust …

»Mir schwant Schreckliches, wenn wir in einen Sturm kommen sollten. Warum haben Sie mir nicht gesagt, dass Sie nicht seefest sind?«

Eine tiefe Röte überzog ihre Wangen. Sie spürte es, weil ihr heiß bis zu den Ohren wurde. Dabei ahnte er sicher nicht im Entferntesten, woran sie gedacht hatte. Er hatte weniger fürsorglich geklungen als vielmehr verstimmt. Ich falle ihm lästig, dachte Antonia. Obwohl sie sich für die Situation zutiefst schämte, konnte sie den Schauer nur schwer unterdrücken, der beim Blick in seine Augen durch ihren Körper rieselte.

»Sie übertreiben! Es geht mir ausgezeichnet. Warum sollte es anders sein? Das Leben hier an Bord ist so … so exklusiv.«

Seiboldt drehte kurz den Kopf, um den Rauch seiner Zigarette nicht in ihr Gesicht zu blasen. »Ich sehe, was ich sehe, Fräulein Geisenfelder. Und das ist eine junge Frau, die häufig in sich versunken ist und grübelt. Sie wirken, als wären Sie todunglücklich. Wenn es keine Seekrankheit ist, kann es nur ein Anfall von Melancholie sein. Und darüber haben wir bereits in Neapel debattiert. Es gefällt mir nicht.«

»Es ist nichts, Herr Doktor. Wie gesagt, es geht mir gut, und ich genieße die Reise sehr.« Ihre Worte klangen wie auswendig gelernt, was ihnen jede Wahrhaftigkeit nahm.

»Hm. Wahrscheinlich ist Ihnen ein wenig langweilig«, diagnostizierte er nach einem letzten aufmerksamen Blick auf ihr Gesicht, bevor er sich wieder über seine Aufzeichnungen beugte, die er auf dem mit weißem Leinen eingedeckten Tisch ausgebreitet hatte. Da er bei der Arbeit selten Rücksicht auf seine Umwelt nahm, war das Tuch inzwischen mit Asche übersät.

»Ich kann das verstehen«, fuhr er fort, während er die losen Blätter sortierte, »diese Untätigkeit setzt mir selbst zu. Deck-Billard zu spielen ist ebenso wenig meine Passion, wie es die Ihre zu sein scheint. Ich habe nicht die geringste Ahnung, was Wegener daran findet.«

Da es ihr ebenso erging, schwieg sie.

»Vielleicht sollte ich als Zeitvertreib damit beginnen, Ihnen meine Lebenserinnerungen zu diktieren. Ich erwarte allerdings, dass das Beste noch kommen wird. Nun ja, man ist wohl nie zufrieden mit dem, was man hat.«

»Man nennt es Antrieb, Herr Doktor Seiboldt.«

Seine Augenbrauen hoben sich. »Dieser Satz wäre Wegener nie in den Sinn gekommen«, mit einem kleinen Lächeln auf den Lippen sah er wieder zu ihr hin. »Sehen Sie, Fräulein Geisenfelder, das mag ich so an Ihnen: Sie sind nüchtern und präzise, bringen immer alles auf den Punkt. Das sind unschätzbare Voraussetzungen für einen guten Forscher.«

Ihr Herz zog sich zusammen. *Ein guter Forscher!* Er nahm sie nicht als Frau wahr. Nüchtern betrachtet war dies eine logische Konsequenz ihrer Zusammenarbeit.

Warum sollte sich Doktor Seiboldt auch für sie als Frau interessieren? Als Dame hatte sie wesentlich weniger zu bieten denn als Sekretärin. Allabendlich konnte sie die Konkurrenz im Speisesaal beobachten. Sie war nicht so hübsch wie das Fräulein von Braun, mit der sie bei Tisch saßen, und nicht annähernd so modisch gekleidet wie die forsche Reederstochter, die sich ebenfalls zu ihnen gesellte. Viktoria Wesermann benahm sich zwar ausgesprochen höflich und wohlerzogen, doch die kostspielige Fassade war trügerisch. Wenn Herr von Braun und Doktor Seiboldt etwa über Politik debattierten, lauschte sie und schien taub für jedes andere Gespräch.

Hans Wegener hatte gestern erst das Nachsehen gehabt, als er Fräulein Wesermann mit einem Theaterbesuch kürzlich in Wien zu beeindrucken versuchte. Er hatte *Die Fledermaus* gesehen und ließ sich darüber aus, ob die Hosenrolle des Prinzen Orlofsky für eine Frau angemessen und nicht nur neumodischer Unsinn sei.

»Ich teile Ihre Meinung überhaupt nicht«, widersprach die junge Hamburgerin, während ihre Augen zwischen Wegener und den anderen beiden, in ihr Gespräch versunkenen Herren hin und her flogen. »In Paris tritt die berühmte Schauspielerin Sarah Bernhardt seit Jahren in Männerkleidung auf. Und das, obwohl in Frankreich Frauen das Tragen von Hosen verboten ist. Man kann also angesichts dieser einen Bühnenrolle kaum von neumodischem Unsinn sprechen.« Und dann neigte sie ihren Oberkörper so, dass das Ende ihrer Unterhaltung deutlich wurde.

Gestern war Antonia beeindruckt gewesen. Wenn sie nun im Rauchzimmer, verwirrt von Seiboldts Gesellschaft und ihren Gefühlen für ihn, darüber nachdachte, fand sie den brüsken Protest ein wenig aufgesetzt. Viktoria Wesermanns gesellschaftliche Stellung, ihr Aussehen und ihr üblicherweise formvollendetes Auftreten nährten Antonias Vermutung, dass die andere nichts sonst im Sinn hatte als die Suche nach einem passenden Ehemann. Sie wird nach Sansibar reisen, um dort einen Gatten zu finden, befand Antonia im Stillen. Gott weiß, warum ihr das in Hamburg nicht gelungen ist.

Und während sie Doktor Max Seiboldt zusah, wie er den Zigarettenstummel tief zwischen Zeige- und Mittelfinger klemmte, traf sie eine beängstigende Überlegung: Hoffentlich hat sie es nicht auf ihn abgesehen; wissenschaftliche Lorbeeren würden selbst einen weniger attraktiven Mann schmücken. Dass er zu alt für Viktoria Wesermann war, spielte bei Antonias Betrachtung keine Rolle. Sie hatte seine annähernd vierzig Jahre ja selbst längst vergessen.

Die Glut leuchtete in der Dunkelheit auf wie ein winziger Feuerball. Aber auch ohne die glimmende Zigarette hätte Antonia ihn erkannt: Seine vertraute Silhouette zeichnete sich schwarz gegen die nachtblaue Kulisse aus Himmel und Meer ab. Es war nicht ganz finster, auf dem Wasser tanzten helle Schaumkronen, der Sternendom funkelte wie ein Edelstein, dessen Staub hinter den Bergen am Horizont zu versinken schien. Hin und wieder sprenkelten Lichtpunkte die karge, dunkle Küstenlinie. Das Rauschen des Meeres verband sich mit dem Puffen des im Schornstein ausgestoßenen Dampfes und der leise im Fahrtwind klappernden Takelage.

Max Seiboldt stand mit dem Rücken zu den Aufbauten und blickte reglos in die Ferne, nur hin und wieder in einem fast gleichförmigen Rhythmus den Arm hebend, um an seiner Zigarette zu ziehen; anschließend stiegen aschgraue Wölkchen vor seinem Gesicht auf, kringelten sich und verloren sich ziemlich rasch in der Dunkelheit.

Die Beleuchtung an Bord war längst abgeschaltet worden, die meisten Passagiere waren zu Bett gegangen, und wer von der Mannschaft keinen Dienst versah, befand sich wohl auch im Tiefschlaf in seiner Koje. Von ihren Sehnsüchten und den täglich steigenden Temperaturen gequält hatte Antonia ihre Kabine verlassen und beschlossen, sich in der Nachtluft abzukühlen. Kaum hatte sie einen Fuß auf das Promenadendeck gesetzt, war ihr der einsame Raucher an der Reling aufgefallen. Unvermittelt verharrte sie in der Bewegung.

Was sollte sie tun? Verschwinden und weiter von ihm träumen? Oder ihren Mut zusammenraffen und hinausgehen, wie sie es geplant hatte? Vielleicht sollte sie eine harmlose Unterhaltung mit ihm beginnen, wie man sie bei zufälligen Treffen zu führen pflegte.

Während sie sich noch den Kopf über ein geeignetes Thema zerbrach, vernahm sie Schritte auf den Planken. Da spazierte eine Person durch die Nacht – weniger zurückhaltend, als Antonia es gewagt hätte.

Seiboldt hatte die Geräusche offenbar ebenfalls wahrgenommen, denn er wandte sich um. »Oh!«, machte er und wünschte dann höflich: »Guten Abend.«

Antonia reckte den Hals, um den Störenfried auszumachen. Es dauerte nicht lange, und Viktoria Wesermann trat in ihr Blickfeld. Sie erkannte sie an dem unordentlich aufgesteckten, unzähmbaren Haar, dessen Strähnen im Wind flatterten, und an dem hellen, mit Volants verzierten Kleid, das sich wie Nebel von der dunklen Kulisse abhob. Offensichtlich hatte sie sich noch nicht zur Nacht umgezogen, denn diese Robe trug sie beim Abendessen. Antonia in ihrem schmucklosen Nachthemd, den üblichen Schal halbherzig um den Körper geschlungen, fühlte sich mit einem Mal unansehnlich und plump.

»Guten Abend, Herr Doktor Seiboldt«, erwiderte Viktoria leise und stellte sich ohne Aufforderung neben ihn. Einen Moment schwieg sie, doch als er Anstalten machte, die Zigarette ins Meer zu werfen, legte sie ihm rasch die Hand auf den Arm. »Meinetwegen brauchen Sie nicht auf Ihr Vergnügen zu verzichten. Es macht mir nichts aus, wenn Sie rauchen. Außerdem habe ich *Sie* gestört.«

»Das haben Sie nicht«, widersprach er galant. »Eine Unterhaltung mit Ihnen ist mir immer willkommen.«

»Ach, ich bin überhaupt nicht schläfrig. Komisch, so etwas passiert mir zu Hause fast nie, aber gerade habe ich das Gefühl, als könnte ich kein Auge zutun.«

»Es ist das Wetter«, erklärte Seiboldt. »Die Temperaturen steigen, die Luftfeuchtigkeit wird höher. Diese Veränderungen setzen einem Menschen zu.«

»Das klingt gerade so, als würde ich überhaupt nicht mehr schlafen können, wenn wir erst auf Sansibar angekommen sind«, resümierte Viktoria und lachte leise, wie über einen gelungenen Scherz.

Die Zigarette glomm wieder auf, dann sagte er: »Das glaube ich kaum. Spätestens im Suezkanal werden Sie beginnen, sich an die Veränderungen zu gewöhnen. Dann wird es Ihnen genau andersherum gehen – die Hitze wird Sie dermaßen erschöpfen, dass Sie nur noch schlafen wollen.«

»Das klingt auch nicht besonders verlockend, fürchte ich.«

»Kommt auf Ihre Pläne an, oder?«

Antonia schnappte in ihrem Versteck nach Luft. Poussierte Seiboldt etwa mit Fräulein Wesermann? Oder war dies nur eine höfliche Frage, die sich aus dem zwanglosen Gespräch ergeben hatte? Sie hielt den Atem an, um keine einzige Silbe der Antwort zu überhören. Ohne jeden Gedanken daran, sofort in ihre Kabine zurückzukehren, blieb sie wie magisch angezogen von der Szene an der Reling auf ihrem Posten.

»Ja, das tut es wohl«, murmelte Viktoria. Sie schwieg einen Moment, dann fragte sie: »Und Sie? Leiden Sie unter Schlaflosigkeit?«

»Nicht immer. Meist dann, wenn ich in einer Arbeit versunken bin. Heute Nacht hat mich das Sternbild hier draußen festgehalten. Eine für uns Mitteleuropäer ungewöhnliche Konstellation, die um diese Jahreszeit nur südlich des Peloponnes sichtbar ist. Und genau da befinden wir uns.«

Viktoria beugte sich über die Reling, um an der Überdachung vorbei in den Himmel zu schauen. »Astronomie ist nicht gerade mein Steckenpferd«, gab sie kleinlaut zu. »Ich liebe das Funkeln der Sterne, aber ich erkenne die Bilder nicht. Den Blick dafür haben mir meine Ahnen, die Seefahrer, wohl versäumt mitzugeben.«

»Dem kann abgeholfen werden«, wild gestikulierend deutete er nach oben. »Zwischen den intensiver leuchtenden Sternen gibt es unsichtbare Linien, die wie eine Karte aussehen. Schauen Sie nach Westen und Süden, dort steht eine Art Kiel in den Himmel geschrieben. Man nennt dieses Sternbild Achterdeck …«

»Das haben Sie gerade erfunden, weil wir uns auf einem Schiff …«

»Mitnichten«, unterbrach er sie. »Dieses Sternbild war bereits in der Antike bekannt und wurde von den alten Griechen *argo navis* genannt. Ende des achtzehnten Jahrhunderts hat man die Karte zusätzlich in Kiel und Segel unterteilt.«

»Ja, ja«, jubelte Viktoria. »Ich sehe es. So, wie Sie es erklären, kann ich das Sternbild erkennen!«

Antonias Herz krampfte sich zusammen. Sie litt körperliche Qualen, ihre linke Brust tat weh, die Schulter und der Oberarm. Es ist ungerecht, hämmerte es in ihrem Kopf. Wäre sie nur eine Minute früher auf Seiboldt zugetreten, würde sie nun an seiner Seite in den Himmel schauen und sich die Astronomie über dem östlichen Mittelmeer von diesem wunderbaren, klugen Mann erklären lassen. Doch: Ginge er mit ihr auch so geduldig um?

»Ich freue mich, dass ich Ihnen behilflich sein kann«, ließ er sich vernehmen. Ohne dass sie es sah, hörte Antonia am Klang seiner Stimme, dass er schmunzelte. »Sie können sich jederzeit an mich wenden, wenn Sie eine Erklärung benötigen.«

»Wirklich?« Viktorias Ton war erstaunlich ernst. Es entstand eine seltsame Pause, dann fragte sie: »Darf ich Sie bitten, mir nicht nur die Astronomie, sondern auch die Naturwissenschaften näherzubringen? Wäre dies möglich? Verzeihen Sie, wenn meine Bitte vermessen ist, aber die Gelegenheit lässt mich unverfroren sein.«

Auf Antonias Stirn erschien eine tiefe Falte, und sie war ziemlich sicher, dass dies bei Seiboldt auch der Fall war. Was wollte Viktoria Wesermann von ihm? Ihre Forderung war kaum der richtige Annäherungsversuch einer jungen Frau, die einen attraktiven Mann einfangen wollte.

»Wie? Ich verstehe nicht ...«, reagierte Seiboldt prompt hilflos.

»Meine Ziele dürften Sie schockieren, Herr Doktor, aber ich werde mich keinesfalls davon abbringen lassen ...«, das leichte Zögern verschwand aus Viktorias Stimme, fast atemlos setzte sie hinzu: »Sie sind ein Wissenschaftler, ein Forscher, der Leben retten möchte. Deshalb wage ich, mich Ihnen anzuvertrauen. Sehen Sie, auch ich möchte etwas erreichen, was für andere Menschen von Vorteil ist, genau genommen für Mädchen. Ich habe vor zu lernen. Wenn ich im nächsten Jahr nach Hamburg zurückkehre, möchte ich das Rüstzeug besitzen, die Aufnahmeprüfung für das Lehrerinnenseminar für die höheren Schulen zu bestehen ...«, plötzlich brach sie ab. Sie schien wie ausgelaugt von ihrer leidenschaftlichen Rede. »Ich habe das noch nie jemandem in dieser Weise gesagt.«

Stille senkte sich über die beiden. Jeder hing seinen Gedanken nach. Viktoria fragte sich vermutlich, ob sie zu voreilig und aufdringlich war, und Seiboldt musste die für eine höhere Tochter ungewöhnlichen Zukunftspläne wahrscheinlich erst verdauen. Antonia auf ihrem Horchposten hatte ja selbst damit zu kämpfen. Die Ideen der anderen trafen auch sie vollkommen überraschend.

Also wartete in Ostafrika kein Verlöbnis auf Viktoria Wesermann. Und offenbar wünschte sie auch keines. Dennoch spürte Antonia keine Erleichterung. Ihre Sorge, dass die Bekanntschaft mit Doktor Seiboldt in den Hafen einer Ehe münden könnte, verwandelte sich in die Angst, die angehende Lehrerin werde einer Liebschaft nicht abgeneigt sein. Die Zuversicht, mit der Viktoria ihre Ziele zu verfolgen suchte, war bezaubernd. Ihr haftete eine Arglosigkeit an, die Antonia auf ihrem steinigen Weg bereits verloren hatte.

Tatsächlich schien Seiboldt empfänglich für Fräulein Wesermanns reizende Lebhaftigkeit. Nach einer Weile sagte er: »Gut. Ich werde Ihnen helfen. Es mag ungewöhnlich sein, aber es ist wenigstens ein vernünftiger Zeitvertreib auf einer ansonsten langweiligen Seereise.«

»Ich wurde in Fremdsprachen unterrichtet, in Geschichte, Literatur und Kunst«, beeilte sich Viktoria zu erklären. »In den Naturwissenschaften fehlt mir jedoch jegliches Wissen.

Ich weiß ja nicht einmal, wie das elektrische Licht in meinem Elternhaus funktioniert und wieso dieses Schiff an manchen Abenden taghell erleuchtet ist.«

»Das ist zwar auch nicht gerade mein Fachgebiet, aber einige grundsätzliche Züge der Gleitstromerzeugung werden wir Ihnen schon vermitteln können.«

»Wir?«

Er lachte leise. »Ich sehe mich allein kaum in der Lage, Ihnen ein derart umfassendes Wissensgebiet wie die gesamten Naturwissenschaften nahezubringen. Eigentlich würde ich meinen Assistenten in den Unterricht einbeziehen, aber der ist ein Hohlkopf und beim Deck-Billard besser aufgehoben. Meine Sekretärin indes wäre eine vortreffliche Wahl, Fräulein Geisenfelder wird Sie sicher gerne unterstützen. Ich kenne keine Frau von solcher Intelligenz. Sie wird von Ihren Plänen sehr angetan sein.«

Antonias Herzschlag beschleunigte sich in beängstigendem Tempo. Sie wollte nach Luft japsen, unterdrückte jedoch ein schweres Atemholen, um nicht entdeckt zu werden. Max Seiboldt hatte ihr noch nie ein vergleichbares Kompliment gemacht. Es klang so wunderbar, dass ihr die Knie zitterten.

Ihr Hochgefühl verflog, als sie beobachtete, wie die andere ihm die Hand entgegenstreckte. Voller Entsetzen befürchtete Antonia, dass Seiboldt nun Viktorias Rechte an die Lippen führen werde.

Doch er blieb Wissenschaftler, dem es fernlag, mit seiner künftigen Studentin zu poussieren. Er schlug ein und schüttelte die zarte Hand mit einer Distanz, die Antonia erleichtert aufatmen ließ. Dennoch verfolgte sie das Bild eines in Leidenschaft verstrickten Paares.

Der riesige Vogel erhob sich aus der roten Felswand in den schon am Morgen so tiefblauen Himmel, dass er zweifellos mit dem Farbton des Zwiebelmusters auf dem Meissener Porzellan konkurrieren konnte, das sonntags bei Familie von Braun den Tisch zierte.

Bei diesem Gedanken fragte sich Juliane, ob sie das Geschirr aus der Aussteuer ihrer Mutter jemals wiedersehen werde. Oder ob sie demnächst den Kopfschmerzen erlag, unter denen sie litt, seit die *Sachsen* den Suezkanal passiert hatte. Das klare, helle Licht Arabiens war zu grell und brannte selbst im Schatten des Promenadendecks in ihren Augen. Trotzdem hätte sie den glatten, im Morgenlicht in allen Gold- und Orangetönen schimmernden Teppich des Roten Meeres nicht mit den schiefergrauen Wellen tauschen mögen, die ihr an der italienischen Westküste zugesetzt hatten. Der Gedanke, dass sie ihrem Ziel stetig näher kam, half ihr sogar, die Migräne etwas besser zu ertragen als vor Wochen die schlimme Seekrankheit. Dennoch quälte sie sich fürchterlich.

Und dann noch diese unmenschliche Hitze! Selbst um diese frühe Stunde sammelte sich der Schweiß bereits in ihrem Nacken, unter ihren Achseln und zwischen ihren Brüsten. Zu schwitzen war unerträglich, peinlich und ordinär. Juliane fragte sich ernsthaft, wie sie das Klima auf Sansibar ertragen sollte, wo es angeblich schwüler und nicht weniger heiß war. Welcher Teufel hatte sie geritten, diese Reise zu unternehmen?

Sie warf einen raschen Blick zur Seite. Fühlten ihre neuen Bekannten wie sie? Ging es den beiden jungen Damen ebenso schlecht? Keineswegs, stellte Juliane mit einem Anflug von Ärger fest.

Fräulein Geisenfelder schien immun gegen das Wetter. Ihre schlichte weiße Bluse wirkte so frisch, als wäre sie eben erst gewaschen, gebleicht und gebügelt worden. Dabei trug sie ihre Garderobe gewiss schon seit ein paar Stunden. Sie hatte Juliane erzählt, dass sie schlecht schlief und meist bereits an Deck den Sonnenaufgang beobachtete. Viktoria Wesermann indes war wie immer modisch perfekt gekleidet, vielleicht sah sie etwas aufgelöster aus als sonst, wenngleich dies wohl keine Folge der Witterung war. Mit vor Aufregung und Staunen angespannten Gliedern blickte sie in den Himmel.

»Sehen Sie nur!«, rief sie. »Da ist ein Fischadler. Wie wunderschön …«

Der dunkelbraun und weiß gefiederte Vogel schwebte mit weit ausgebreiteten Schwingen wie ein Sinnbild für Freiheit über dem Meer. Viktoria hatte recht. Er war wunderschön. Woher wusste die Reederstochter nur, dass dies ein Fischadler war? Juliane hätte das Tier nicht einmal aus weniger großer Entfernung erkannt. Genau genommen war sie nie zuvor eines Fischadlers ansichtig geworden – und eigentlich interessierte sie sich auch nicht besonders für Flora und Fauna.

Inzwischen hatte sich hinter Juliane, Viktoria und Antonia Geisenfelder, die an der Reling entlanggeschlendert und bei Viktorias Ausruf stehen geblieben waren, eine kleine Gruppe Schaulustiger gebildet. Passagiere der ersten Klasse, die sich von ihren Liegestühlen erhoben und träge dem Schauspiel zuwandten, das ihren Alltag an Bord durchbrach.

Plötzlich verharrte der Greifer auf der Stelle. Er schien in der Luft zu stehen, als wollte er sich seinen Bewunderern in Ruhe präsentieren. Im nächsten Moment setzte er mit vorgestreckten Füßen fast senkrecht zum Sturzflug auf die Riffplatte an. Juliane begriff nicht, warum er kurz auf der Wasseroberfläche landete. Erst nachdem der Adler wieder mit seinen Flügeln schlug und sich in sein Element erhob, erkannte sie einen silbern schimmernden, überraschend großen Fisch, der in den Krallen des Jägers zappelte.

Ihre Mitreisenden starrten gebannt, staunend, vielleicht auch hingerissen von der brutalen Macht der Natur auf das Spektakel. Agrarromantische Großstädter, dachte Juliane verächtlich. Mit diesem Ausdruck bezeichnete ihr Vater gern jene Leute, die sich der neuen Naturbewegung anschlossen.

Obwohl sie es widerlich fand zuzuschauen, wie die Beute ebenso verzweifelt wie vergeblich um ihr Leben kämpfte, konnte sie den Blick nicht abwenden. Sie kniff die Augen zusammen und bildete sich ein, aus den Schuppen rinnendes Blut zu erkennen. Ob es sich dabei um ihre überreizte Fantasie oder um die grausame Realität handelte, wusste sie nicht einzuschätzen. Während sie noch darüber grübelte, verschwand das Raubtier in Richtung Felsen.

Das atemlose Schweigen der anderen Passagiere verwandelte sich in Murmeln, das zu vereinzelten Gesprächen anschwoll. Über diese unerwartete Demonstration von Fressen und Gefressenwerden diskutierend zogen sich die Damen und Herren wieder auf ihre Liegestühle zurück.

»Armer Fisch«, kommentierte Viktoria die Jagd. »Hoffen wir, dass alle Adlerjungen etwas davon abbekommen.«

»Meines Wissens interessiert sich der Greifvogel nur für das Filetstück seiner Beute. Den Kopf trennt er ab und lässt ihn irgendwo fallen, wo sich andere Tiere darüber hermachen können«, dozierte Antonia. »Der König der Vögel ernährt sich und seine Familie also, wie es sich für seinen Stand gehört. Bemerkenswert, dass es diese Regeln auch in der Tierwelt gibt, nicht wahr?«

»Ich habe so etwas noch nie gesehen«, gab Juliane zu und leckte sich über die Lippen. Sie schmeckte Salz und Feuchtigkeit. Schwitzte sie jetzt etwa schon im Gesicht? Das passierte nur alten, fetten Weibern und war abstoßend. Die Kopfschmerzen, die sich für den Moment der Sensationslust verflüchtigt hatten, kehrten mit einem Trommelwirbel in ihre Schläfen zurück.

Viktoria achtete nicht auf Juliane. Sie sah Antonia verwundert an: »Sind Sie eine Sozialistin?«

Die Angesprochene zuckte gleichmütig mit den Schultern. »Ich bete dafür, dass alle Kinder satt, sauber und gesund heranwachsen können. Das ist genauso gut ein wissenschaftliches wie ein politisches Ziel, denn Hygiene hilft, Infektionskrankheiten einzudämmen.«

»Und ich bete dafür, dass die Mädchen unter diesen Kindern genauso lernen dürfen wie die Knaben«, erwiderte Viktoria. Obwohl sie einen breitkrempigen Strohhut trug, der ihre Augen beschattete, sah Juliane den Schalk aufblitzen. »Wie gebildet sind wohl die Weibchen unter den jungen Fischadlern? Wissen Sie das zufällig?«

Antonia lachte hell auf, und Juliane wunderte sich, was an Viktorias Bemerkung so amüsant war. Die beiden tauschten häufig Bonmots aus, die Juliane nicht verstand. Überhaupt verbrachten die Sekretärin von Doktor Seiboldt und die Reederstochter viel Zeit miteinander. Juliane fühlte sich ausgeschlossen, denn die meisten ihrer Gesprächsthemen interessierten sie nicht, geschweige denn, dass sie irgendetwas dazu hätte beitragen können. Es war ein Jammer.

Von ihrer ersten Begegnung an war ihr Viktoria Wesermann wie eine sprudelnde Quelle in der Wüste erschienen. An keinem Tag während der Reisevorbereitungen hatte sie damit gerechnet, eine fast Gleichaltrige zu treffen, mit der sie sich die Zeit vertreiben könnte, wenn ihr Vater anderweitig beschäftigt war. Doch nun steckten Viktoria und Fräulein Geisenfelder andauernd die Köpfe zusammen.

War es vielleicht Eifersucht, die so schmerzhaft hinter Julianes Stirn pochte? Nicht dass die kultivierte Viktoria ihr nur noch die kalte Schulter gezeigt hätte. Die vornehme Hamburgerin verteilte ihre Sympathie unverändert auf die Gefährtinnen, doch verbrachte sie weit mehr Zeit mit Antonia, seit sie von dieser in irgendeiner Weise unterrichtet wurde. Dabei war Viktoria so klug. Was könnte ihr ein Mauerblümchen wie Antonia Geisenfelder wohl beibringen? Dass Fischadler ihren Jungen das Filetstück vorsetzten? Lächerlich.

»Ich verstehe nicht, wieso irgendjemand Gefallen an diesem Schauspiel findet«, hob Juliane brüsk an. »Die Jagd unter Tieren ist schockierend und primitiv.«

»Beutezüge sind eine Notwendigkeit«, erwiderte Antonia geduldig. »Sie gehören zum Kreislauf des Lebens.«

Juliane rümpfte die Nase. »Das mögen Männer verstehen. Ich für meinen Teil ziehe es vor, mich von brutalen Bildern fernzuhalten. Ich habe noch nie zugeschaut, wie unsere Köchin etwa einen Hasen ausnimmt oder eine Gans rupft. Mir ist es egal, woher das Fleisch auf meinem Teller kommt. Ich will es gar nicht wissen. Und ich bekomme Kopfweh, wenn ich darüber nachdenke.« Zur Untermauerung ihrer Worte drückte sie sich mit den Fingerspitzen gegen die Stirn.

»Leiden Sie unter Migräne?« Viktorias Stimme war ganz Mitgefühl und tat Juliane ausgesprochen wohl. »Das ist bedauerlich. Sie sollten die Seereise genießen, anstatt sich zu quälen.«

»Eigentlich fühle ich mich nur in den Häfen wohl.«

»Dann werden Sie sich in den kommenden Tagen gewiss auskurieren«, versicherte Viktoria. »Morgen laufen wir in Aden ein, und bis zur Abfahrt unseres Schiffes nach Sansibar können Sie ein paar Tage an Land ausspannen. Das wird Ihnen guttun.«

Antonia legte ihre Hände auf Julianes Schultern und schob sie von der Reling fort zu den Deckchairs. »Kommen Sie in den Schatten. Sie sehen aus, als würden Sie im Gesicht glühen.«

Ich sehe wie eine Vettel aus, dachte Juliane verdrossen. Unwillkürlich zerrten ihre Hände an dem kleinen Seidenbeutel, in dem sie ein Spitzentüchlein und ein paar Kosmetikutensilien verstaute und den sie meist mit sich führte.

Als ihre Finger jedoch den Griff des kleinen silbernen Taschenspiegels ertasteten, hielt sie inne. Lieber nicht ihrer möglicherweise roten, schlimmstenfalls verbrannten Wangen ansichtig werden. Sie hatte stets auf ihre Blässe geachtet und war sehr stolz auf ihre zarte Haut gewesen. Wenn sie jetzt irgendwelche Verwundungen ihrer Schönheit betrachten müsste, würde sie wahrscheinlich in Tränen ausbrechen. Und lieber fiel sie in Ohnmacht, als sich diese Blöße vor den anderen Passagieren zu geben. Julianes Arme sanken herab.

Sie nickte dem fremden Herrn höflich zu, der auf dem Liegestuhl neben dem freien Deckchair lag, auf den Antonia sie mit sanfter Gewalt drückte. Der Passagier reagierte nicht, er döste wohl eher, als dass er tatsächlich in der Vossischen Zeitung las, die er vor sein Gesicht hielt. Seufzend ließ sie sich in seiner Nachbarschaft nieder und blickte ebenso ratlos wie unglücklich zu ihren Reisebekanntschaften auf – Antonia und Viktoria hatten sich wie Schildwachen vor ihr postiert.

»Besitzen Sie eine Arznei gegen die Kopfschmerzen?«, erkundigte sich Antonia.

»Ich habe ein Riechfläschchen in meiner Kabine. Aber eigentlich wird mir übel davon, deshalb verwende ich es nur selten und …«

»Es geht mir genauso. Ich finde den schalen Geruch des unparfümierten Hirschhornsalzes auch ganz entsetzlich«, unterbrach Antonia. »Aber wenn es mit Eukalyptus versetzt ist, verschafft einem ein rasches Durchatmen durchaus Linderung. Leider habe ich keinen Flakon bei mir, sonst würde ich Ihnen davon anbieten.«

»Ich habe diesen Weiberkram zu Hause gelassen.« Viktoria drehte sich im Kreis. Dabei wirkte sie ausgesprochen resolut, und Juliane war wieder einmal tief beeindruckt von der Lebhaftigkeit und Gesundheit der anderen. »Eine der Damen hier kann uns sicher aushelfen …«, sie unterbrach sich, während sie offenbar erwog, welche sie ansprechen sollte.

Juliane griff hastig nach Viktorias Hand. »Nein, bitte, kein Riechsalz. Ich vertrage das nicht.«

»Salicylsäure wäre ein gutes Mittel gegen Kopfschmerzen«, fuhr Antonia in einem Ton fort, als hielte sie einen medizinischen Vortrag. »Herr Doktor Seiboldt verwahrt einen kleinen Vorrat davon in seinem Arzneikoffer. Oder ich bitte den Schiffsarzt darum. Kennen Sie es?« Da ihre Frage rein rhetorisch war, setzte sie ohne Atempause hinzu: »Dummerweise verursacht Salicin gelegentlich Magenbeschwerden, sodass es unter den gegebenen Umständen vielleicht doch nicht die erste Wahl für Sie ist.«

Ein feuchtes Tuch, mit dem sie Stirn, Schläfen und Augen kühlen könnte, wäre sicher auch hilfreich, dachte Juliane. Doch sie bat nicht darum. Das Sprechen begann, sie anzustrengen. Außerdem würde sich jeder Lappen bei den herrschenden Temperaturen viel zu schnell erwärmen und trocknen. Und natürlich konnte sie in der Öffentlichkeit nicht darauf zurückgreifen. Aber in ihre Kabine wollte sie auch nicht gehen. Allein zu sein war das Letzte, was sie sich wünschte.

Ihr fiel etwas ein, was sie für eine wichtige Information hielt: »Ich nehme Chinin.«

»Das tun wir alle«, erklärte Viktoria und drückte verständnisvoll Julianes Hand, »damit es uns vor einer Malaria-Erkrankung schützt. Hilft Chinin nicht auch bei Kopfschmerzen?«, wandte sie sich an Antonia und ließ Julianes Hand los.

»Soviel ich weiß – ja. Herr Doktor Seiboldt erwähnte jedoch kürzlich, dass die allergischen Reaktionen vielfältig sind. Vielleicht löst die Arznei bei Fräulein von Braun das eine Leiden aus, statt es zu lindern. So etwas kommt vor.«

»Neulich hörte ich einen Herrn erzählen, dass eine Flasche

Wacholderschnaps ebenso gut gegen die Malaria wirke wie Chinin«, sagte Viktoria lächelnd. »Ich fürchte jedoch, das ist keine Empfehlung für unsere arme Kranke hier.«

Es ärgerte Juliane, dass sich ihre Gefährtinnen wieder mehr miteinander beschäftigten als mit ihr und darüber hinaus von ihr sprachen, als wäre sie nicht anwesend. Sie schloss die Augen, beleidigt, weil sie nicht genug Aufmerksamkeit erhielt, aber auch tatsächlich ermattet. Die Sonne war inzwischen weitergewandert, und das Promenadendeck lag nun vollständig im Schatten. Nicht mehr von der Helligkeit geblendet zu werden war wohltuend.

Die Geräuschkulisse lullte Juliane ein. In einem gedämpften Ton führten die anderen Passagiere ihre Unterhaltungen. Irgendwo begannen lautstark Kinder zu spielen, ihre Schritte polterten über die Planken. Doch einen Atemzug später nahm Juliane die Ermahnung eines Erwachsenen wahr und den Ruf nach der Gouvernante, welche die Kleinen ins Kinderzimmer bringen möge. Für eine Weile war danach nur das Puffen in den Schornsteinen zu hören, das sich mit dem Rauschen der Wellen mischte. Selbst Julianes Gefährtinnen schwiegen. Die beiden anderen jungen Frauen waren unverändert an ihrer Seite; Juliane spürte ihre Nähe ganz deutlich.

Als sie einnickte, kam ihr der Gedanke, dass Antonia Geisenfelder recht haben könnte. Die Sekretärin von Doktor Seiboldt war so gebildet und wusste gewiss, wovon sie sprach. Wenn die Einnahme von Chinin für Kopfschmerzen sorgte, sollte Juliane vielleicht lieber darauf verzichten. Andererseits gab es in Afrika Infektionskrankheiten, die mit der Arznei bekämpft wurden. Was sollte sie nur tun?

Mit dieser Frage beschäftigt sank sie in einen angenehmen Dämmerschlaf.

Max Seiboldt bummelte durch die vor Hitze glühenden engen Gassen des Bohra Bazars, als der Ruf des Muezzins über die Dächer Adens hallte und die für die arabische Halbinsel typische kurze Dämmerung hereinbrach. Ohne sonderlich darüber nachzudenken, beschleunigte er seine Schritte. Max trieb die Befürchtung an, sein Ziel in dem verwinkelten Quartier zu verpassen, sobald es Nacht geworden war. In Händen hielt er eine Zeichnung, die ihm den Weg weisen sollte. Und er bezweifelte, dass er im fahlen Licht der Ölfunzeln zu dem Teehaus finden würde, das ihm der Schiffsarzt der *Sachsen* empfohlen hatte. Wahrscheinlich könnte er die Skizze bei schlechterer Beleuchtung nicht einmal mehr entziffern. Max gab es nur ungern zu, aber sein Augenlicht verschlechterte sich mit jedem Jahr in der Forschung und mit jedem Tag seiner Arbeit an einem Mikroskop.

Obwohl er sich bemühte, kam er nicht schneller voran. Auf dem Markt wimmelte es von Menschen. Bärtige Männer jeden Alters mit meist langen Haaren und olivbrauner Haut unterhielten sich, diskutierten, feilschten mit den Händlern, die genauso aussahen und gekleidet waren wie die meisten ihrer Kunden. Die Einheimischen trugen weiße Hemden über Wickelröcken, die man *Futah* nannte und die von breiten Ledergürteln zusammengehalten wurden, in denen ebenso beeindruckende wie beängstigende Krummdolche steckten.

Die gelegentlich in weiblicher Begleitung vorbeihuschenden ortsansässigen Frauen waren von den mit bunten Mustern bedruckten baumwollenen *Sitaras* von Kopf bis Fuß vollständig verhüllt, ihre Gesichter versteckten sie hinter schwarzen Schleiern. Während ihres Einkaufs drängten sie sich in die dunkelsten

Ecken des Suqs und hofften wohl, auf diese Weise vollkommen unsichtbar zu sein. Deshalb versuchte Max, den Bürgerinnen von Aden so gut es ging auszuweichen – was ihm auf Kosten eines Halbwüchsigen in Matrosenkluft auch gelang …

»Beg your pardon«, murmelte er, sich der Sprache der britischen Kolonialherren bedienend. Nach intensivem Studium von Baedecker's Konversationsbuch für Reisende beherrschte er das Englische ganz gut.

Der Junge schien die Kollision gar nicht bemerkt zu haben. Mit großen Augen bestaunte er eine Europäerin mittleren Alters, die an einem Stand unter dem eindringlichen Wortschwall des Händlers herrlich gearbeitete Ketten aus Silber anprobierte. Sie war so in das Betrachten und Berühren des Schmucks versunken, dass sie ihren Bewunderer wohl nicht einmal wahrnahm. Dabei wusste sie sicher um ihre Wirkung auf das andere Geschlecht. Ihr Haar war so orangerot wie die Flammen, mit denen die untergehende Sonne den amethystfarbenen Himmel färbte. Ihr Ausschnitt war züchtig, aber ihr Busen, der die Korsage aus blassrosa Taft zu sprengen drohte, unanständig.

Gewiss gehörte diese Frau zu jenem Gewerbe, das bereits der Königin von Saba bekannt gewesen sein dürfte, dachte Max amüsiert. Freudenmädchen wurden mit dem Strandgut an die Ufer der großen Hafenstädte geschwemmt, und es hieß, der Steamport sei nach den Kais in New York und Liverpool der drittgrößte Hafen der Welt. Die meisten Touristen und Auswanderer, die sich auf der Durchreise befanden, gingen jedoch nicht in das Stadtviertel Crater, das älteste von Aden, das fast ausschließlich den Einheimischen vorbehalten war. Eine Ausnahme bildeten die indischen Kaufleute, die sich in größeren Gruppen gelegentlich durch die Menge schoben. Glatt rasierte Männer in *Dhotis,* ihren traditionellen, im Schritt zur Hose gebundenen Kitteln, an ihrer Seite häufig elegante Damen in kostbaren Saris aus Seide.

Der Bohra Bazar war eine Sinfonie mit mehreren Sätzen, stellte Max in Gedanken fest. Fremdsprachige Laute bildeten den Kopf, das Adagio waren die kaum wahrnehmbaren Geräusche der Teppichweber. Das Scherzo wurde vom Schmied gegeben, der mit einem Hammer gerade die Scheide eines Krummdolches vollendete. Für das Rondo war der junge Händler zuständig, der seine Zwiebeln, Knoblauchknollen und Karotten in einer raschen Abfolge arabischer Laute anbot, die jeden Verkäufer im Münchner Großmarkt, der Schrannenhalle, vor Neid hätte verstummen lassen.

Trotz der vielen Menschen und der sommerlichen Hitze duftete es verführerisch. Ganz Aden roch nach frisch gebranntem Kaffee. Im Suq vermischte sich dieses Aroma mit dem Bukett von Weihrauch und den Gewürzen, die hier feilgeboten wurden. Im Vorbeilaufen erblickte Max eine Auswahl, die in Körben oder Tonzeug angeboten nicht nur die Nase, sondern auch die Augen erfreute: dunkelrote Safranfäden, gelbes Kurkumamehl, umbrabraune Zimtstangen, weißlicher Galgant. Auch Säcke mit Pfeffer sollten den Besitzer wechseln oder kleine Kisten mit blaugrauen Mohnsamen und ockerfarbener Macis.

Abgelenkt von den Auslagen fiel er im Weitergehen fast über einen Esel, der ungeachtet der Passanten vor einem Laden angebunden worden war. Ein Mann mit weißem Bart und langem weißem Haar entlud die Ledertaschen auf dem Rücken des Lasttieres. Der Alte sah beinahe aus, wie Max sich Petrus vorstellte; lediglich das um den Kopf geschlungene und kunstvoll drapierte Tuch störte diesen Eindruck. Obwohl der Mann so zerbrechlich wirkte wie ein sterbender Ast, schien er über ungeahnte Kräfte zu verfügen. Ohne Eile ging er seiner Arbeit nach. Weder der Ruf des Muezzins noch das Gedränge um ihn her änderte etwas an seinen ruhigen Bewegungsabläufen. Von dem Fremden seltsam berührt hielt Max inne und stützte sich auf den Knauf seines Spazierstocks.

Bei der Ware, die der Mann in den kleinen Laden schleppte, handelte es sich auf den ersten Blick um Blattwerk, bei näherem Hinsehen vermutete Max, dass es Heil- und Rauschmittel waren. Er fragte sich, ob er es sich anders überlegen und lieber Einblicke in die orientalische Pharmazie suchen sollte, anstatt sich dem geplanten Selbstversuch zu unterziehen. Doch der Alte ging seiner Tätigkeit mit schlafwandlerischer Sicherheit nach, achtete auf nichts um sich her, schien den Europäer gar nicht zu bemerken, als stünden sein Geist und Körper unter dem Einfluss irgendeines Krautes.

Max zögerte, den Händler anzusprechen und in seiner Trance zu stören. Obwohl es ihn danach drängte, mehr über das Warenangebot zu erfahren, schob er sich schließlich unverrichteter Dinge weiter durch die Menge.

Sein Ziel war ein kleines Teehaus, das er nun mit schlafwandlerischer Sicherheit überraschend schnell fand. Es schien von außen ein winziger Raum zu sein, eingezwängt zwischen zwei größeren Läden, einem Magazin für Tonwaren und einer Tuchhandlung. Als Max an den zu dicken Bündeln geflochtenen und im Eingangsbereich aufgehängten Stoffbahnen vorbeiging, streifte ein Zipfel dünner indigofarbener Baumwolle seine Wange.

Diese zufällige, kaum wahrnehmbare Berührung verwirrte ihn so sehr, dass er eine Hand hob und seine Lider für einen Moment bedeckte. Er hoffte, auf diese Weise die Assoziation an zarte Finger zu verscheuchen, die über die Haut oberhalb seines Bartes streichelten. In der flüchtigen Dunkelheit trat die Erinnerung jedoch noch deutlicher hervor als in dem farbenprächtigen, lärmenden Rausch des Marktes.

Unfähig, sich zu rühren oder die Augen wieder zu öffnen, blieb Max vor dem Laden stehen und ließ seinen Geist in ein schwarzes Loch fallen. Er nahm die Menge um sich her nicht mehr wahr, spürte nicht den leichten Stoß, als ihn ein unvorsichtiger Unbekannter anrempelte, war nicht nur blind, sondern auch taub. Seine Sinne mochten ausgeschaltet sein, seine Gefühle drohten ihn jedoch zu überwältigen.

Seit langer Zeit hatte er nicht mehr mit dieser Intensität an seine Frau gedacht. Das hauchdünne Gewebe hatte ihre Zärtlichkeiten so lebendig gemacht, als hätte er sie gestern erst gespürt.

Tatsächlich war diese Erinnerung aber Illusion, denn sie hatte ihn in den letzten Jahren ihrer Ehe kaum noch mit Liebkosungen verwöhnt. Ihr Zusammengehörigkeitsgefühl war damals schon so fern wie der Mond, der Bruch vorbestimmt. Eine Frau wie sie, deren sanfte Schale über die innere Stärke hinwegtäuschte, konnte langfristig niemals die Konkurrenz zu seinem Beruf ertragen. Er machte sich zu lange etwas vor. Dabei hörte er nie auf, Anna zu lieben.

Doch damals wie heute bestimmte die kalte, eiserne Faust, die sein Herz umklammert hielt, sein Tun. Der Gedanke an seine Arbeit brachte Max zurück in die Gegenwart. Er ließ die Hand sinken und öffnete die Augen.

Vor ihm lag das in einem langen, schmalen Raum untergebrachte Teehaus. Um diese Tageszeit war das Lokal in ein diffuses Halbdunkel getaucht, die verschiedenen Stapel Teppiche und Kissen auf dem Boden verschwammen zu einem Ganzen. Es war kaum erkennbar, ob die wie verstreute Münzen herumstehenden niedrigen Tische aus Silber, Messing oder Kupfer gefertigt waren, die Farbe des Metalls variierte im Licht der Öllampen, die ein halbwüchsiger Junge in der Tracht der Einheimischen gerade entzündete. Es duftete stark nach Weihrauch und einem anderen süßen Aroma, möglicherweise von einem berauschenden Kraut.

Eine Gruppe Männer unterschiedlichen Alters saß im Halbkreis um ein etwa ein Meter hohes, bauchiges Gefäß, das auf einem silbernen Gestell Halt fand. Von dem aus Holz gedrechselten, reich verzierten Rohrstück ging ein langer, aus Leder gefertigter Schlauch ab. Eigentlich stellte sich Max Aladins wundersame Lampe aus dem Märchen aus Tausendundeiner Nacht exakt so vor, er wusste jedoch, dass es sich um eine Wasserpfeife handelte. Die Rauchenden hatten das Mundstück der Shisha abgelegt und die in Griffweite befindlichen bunten Becher geleert. Sie bereiteten sich auf das gemeinsame *Maghrib* vor, und Max beschloss, geduldig am Eingang zu warten, bis das traditionelle Gebet beendet war. Er wollte die Männer keinesfalls beim Ausüben ihrer religiösen Pflichten stören.

Dass er sich am richtigen Ort befand, erkannte Max an den Paketen, die neben den Gästen des Teehauses lagen. Mit stiller Belustigung überlegte er, dass die meisten Männer in seiner Heimat ihren Tabak in Lederbeuteln, mehr oder weniger hübschen und kostbaren Dosen oder in billiges Papier gewickelt mit sich herumtrugen. Die Männer in Aden verpackten ihr beliebtestes Rauschmittel in Bananenblätter. Dieses Grünzeug, das Max im schummrigen Licht an Küchenlorbeer erinnerte, war nichts zum Rauchen, wie ihm der Schiffsarzt erklärt hatte, dennoch gehörte es zu jedem Beisammensein der Jemeniten wie eine Prise Schmalzler zu einem bayerischen Stammtisch.

Von der geheimnisvollen Droge Kath wollte Max kosten, um am eigenen Leibe die Wirkung zu erleben.

7

»Da sieht man mal wieder, was die Passagiere der *Preußen* verpasst haben«, bemerkte Hans Wegener und ließ den Fingerbreit der nach einem herzhaften Schluck verbliebenen durchsichtigen Flüssigkeit in seinem Glas kreisen. Er erklärte nicht, ob er die Getränke meinte, die an der Hotelbar konsumiert wurden, oder die Kapelle, von der es hieß, sie sei von einem Engagement in den Londoner Vauxhall Gardens abgeworben worden. Letztere schien ihn immerhin mehr zu fesseln als die junge Dame in seiner Gesellschaft, denn seine Aufmerksamkeit war auf die Orchestermitglieder gerichtet und nicht auf Antonia, die neben ihm stand.

Fünf Musiker spielten exzellente Tanzmusik, ein Titel folgte dem nächsten, und einige Paare drehten sich zu Wiener Walzer und Boston oder wirbelten bei Galopp und Polka über das Parkett. Wer nicht tanzte, stand an der Bar, saß an einem der wenigen Tische oder flanierte an der Fensterfront entlang, wo weit offen stehende Türen zur Terrasse hinausführten. Lachen unterbrach die Melodien und hier und da eine hitzigere Debatte, ein Durcheinander an Sprachen und Klängen. Die meisten Gäste stammten von den Britischen Inseln oder aus Indien, einige französische Zivilbeamte in vorzüglich geschnittenen Anzügen waren anwesend und natürlich die Passagiere der Reichspostdampfer, die sich hier die Zeit bis zu ihrer Weiterreise nach Afrika vertrieben.

Niemand schien sich an den trotz fortgeschrittener Stunde noch herrschenden Temperaturen zu stören. Ein leichter Durchzug verschaffte die Illusion von Abkühlung. Oder zumindest ein wenig frische Luft. Dennoch sammelte sich der Puder der Damen in Gesichtsfalten, die Herren schwitzten unter ihren engen Krägen. Unter mannshohen Palmen in groben Steintöpfen, die geradewegs aus den Felsen geschlagen schienen, wurde trotzdem ausgelassen gefeiert. Besonders Juliane schien in ihrem Element zu sein. Das an Bord ewig nörgelnde und kränkelnde Fräulein von Braun hatte sich in eine Ballkönigin verwandelt.

Staunend beobachtete Antonia, welcher Ausbund an wahrhaftiger Lebenslust sich hinter der bislang so zerbrechlich wirkenden Fassade verbarg. Juliane schien nicht müde zu werden, wechselte von einem Kavalier zum nächsten. Ihre Augen strahlten, und ihr helles Lachen wehte über die Köpfe der anderen Paare. Sie trug eine märchenhaft anmutende Soireetoilette aus weißer Seide, die mit schwarzen Applikationen und einer modisch gewagten schwarzen Schleppe versehen war. In ihrem kunstvoll aufgesteckten Haar wippten farblich passende Federn im Rhythmus der Musik.

Antonia hatte eine solche Aufmachung nie zuvor aus der Nähe gesehen. Genau genommen hatte sie nicht einmal von einer Robe zu träumen gewagt wie jene, die sie an diesem Abend selbst trug. Viktoria hatte ihr ausgeholfen. Und eigentlich war es auch die Idee ihrer neuen Freundin gewesen, Antonias schlichte Garderobe für diesen einen Abend gegen ein exklusiveres Modell aus Viktorias Gepäck auszutauschen.

Ihre Angst, die in Viktorias Unterrock eingearbeiteten Fischbeinstäbchen zu zerbrechen oder dem Rosshaarpolster Schaden zuzufügen, das zu ihrer neuen Turnüre gehörte wie ein Faden zur Nadel, war enorm. Deshalb setzte sie sich nicht. Mit den langen geknöpften Handschuhen ging es ihr ähnlich: Sie getraute sich nicht, nach einer Erfrischung zu greifen. Natürlich hatte ihr Viktoria nichts dergleichen verboten. Aber Antonia wollte keinesfalls etwas beschädigen, was ihr nicht gehörte, besonders nicht dieses dunkelblaue Abendkleid. Bedauerlicherweise fühlte sie sich dank des tiefen, runden Ausschnitts alles andere als wohl darin. Noch nie hatte sie in der Öffentlichkeit derart viel Haut gezeigt.

Sie hatte sich im Schatten einer Palme postiert – hin- und hergerissen zwischen dem Wunsch, sich den anderen jungen Leuten anzuschließen, und der Befürchtung, tatsächlich aufgefordert zu werden. Entsprechende Angebote hatte sie bisher so erfolgreich abgelehnt, dass sie von den infrage kommenden Tanzpartnern inzwischen in Ruhe gelassen wurde. Nun hatte sich jedoch Hans Wegener zu ihr gesellt, und Antonia fragte sich verzweifelt, wie sie ihren Kollegen abweisen könnte, ohne unhöflich zu sein. Die Wahrheit, dass sie niemals eine Tanz-stunde besucht hatte, wollte sie ihm keinesfalls offenbaren.

Doch der junge Bakteriologe suchte anscheinend keine Tanz-partnerin, sondern eine Zuhörerin. »Die *Preußen* ist das Schwes-terschiff der *Sachsen*, wussten Sie das?«, lamentierte er und fuhr, ohne ihr Gelegenheit zu einer Antwort zu geben, leicht lallend fort: »Ach, ist ja auch egal. Wichtig ist, dass die Passagiere der *Preußen* wochenlang an Bord festgehalten wurden und nicht an Land gehen durften. Arme Teufel! Mussten auf diesen köstli-chen Gin verzichten ...« Er hob sein Glas erneut, prostete ihr zu und probierte mit affektiertem Gehabe von seinem Getränk.

»Warum denn?«, erkundigte sich Antonia ohne sonderliches Interesse.

Viel mehr beschäftigte sie die Frage, wo Doktor Seiboldt war. Er war seit Stunden abgängig, und sie hatte nicht die geringste Ahnung, wo er sich befand und wann er ins Hotel zurückkom-men werde. Das schien Wegener nicht aufzufallen, jedenfalls wirkte der keineswegs besorgt.

Der junge Forscher sah sie erstaunt an. »Warum – was? Ach, so. Sie sprechen von der *Preußen*. Ja. Also, alle Passagiere wur-den zwei Monate unter Quarantäne gestellt. Irgendwer hatte sich leichtsinnigerweise mit den Pocken infiziert.«

»Tatsächlich?« Antonias Augen wanderten suchend über die anderen Gäste. Doktor Seiboldt war auch in den vergangenen Sekunden nicht eingetroffen.

»Hoffentlich befand sich genug Gin an Bord.« Wegener schien Antonias Desinteresse nicht aufzufallen. Sein zwischen-zeitlich geleertes Glas trieb ihn offenbar um. »Ohne Wacholder-schnaps kann man die Tropen nicht überleben. Alte britische Weisheit. Entschuldigen Sie mich, bitte, ich geh mir noch etwas Nachschub holen, bevor die Flaschen leergetrunken sind.« Er kicherte und drängte sich dann auf dem kürzesten Weg unge-lenk zur Bar.

Für seinen Abgang ausgesprochen dankbar, atmete Antonia tief durch. Das Korsett behinderte sie dabei. Meine Güte, welche Torturen mussten modebewusste Frauen auf sich nehmen! Immer wieder warnten Ärzte vor Organschädigungen und Knochendeformierungen durch den Schnürleib, doch offensichtlich wollte sich niemand nachdrücklich für die Gesundheit der Trägerinnen einsetzen.

Noch einmal holte Antonia Luft. Es wurde Zeit, dass sie sich auf ihr Zimmer begab. Wozu auf Doktor Seiboldt warten? Er zog es anscheinend vor, diese Nacht an einem anderen Ort zu verbringen. Und wer war sie, dass sie sich als seine Gouvernante aufspielte?

Andererseits: Es konnte so viel passieren! Wer garantierte ihr, dass er nicht irgendwo in der Stadt in einen Streit geraten war und in einer Gasse liegend mit dem Tode rang, verletzt von einem dieser Furcht einflößenden Krummdolche, die hier jeder Mann an seinem Gürtel trug? Vielleicht bedurfte er gerade jetzt – mehr als je zuvor – ihrer Hilfe …

Der Dirigent sagte ein Chanson des berühmten französischen Kabarettsängers Aristide Bruant an. Die das allgemeine Gemurmel und Lachen übertönenden Worte unterbrachen Antonias düstere Gedanken. Als die schwermütige Musik angestimmt wurde und die Paare sich im langsamen Walzerschritt wiegten, traf Antonia ein neues Bild.

Vor ihrem geistigen Auge sah sie Max Seiboldt in einem Bordell. Nicht dass sie eine Ahnung davon gehabt hätte, wie es in einem Freudenhaus zuging. Aber ihre Einbildungskraft war stark genug, sich den Mediziner in den Armen einer leicht bekleideten, üppigen Frau vorzustellen. Es war, als schlüge ein Blitz direkt in ihrem Kopf ein. Ihr Körper begann unkontrolliert zu zittern.

Wieder suchten ihre Blicke die Menge ab. Sie sah Juliane mit ihrem Vater tanzen, und auch Viktoria hatte einen Verehrer erhört und sich auf das Parkett begeben. Wegener indes war offensichtlich an der Bar aufgehalten worden und redete auf einen älteren Herrn im Frack ein; wahrscheinlich fabulierte er über die richtige Getränkewahl in den Tropen. Noch immer war Doktor Seiboldt nicht eingetroffen.

Natürlich nicht, dachte Antonia bitter. Wenn er irgendwo herumhurt, ist er natürlich nicht im Hotel.

Entsetzt über die eigenen schamlosen Gedanken und obszönen Worte, die ihr dazu einfielen, verstärkte sich das Beben in ihren Gliedern. Ihre Knie drohten nachzugeben. Obwohl ihr Körper eine eigene Sprache zu sprechen schien, riet der Verstand ihr dringend, ins Bett zu gehen.

Vielleicht trieb sie in Wirklichkeit auch nur die eigene Müdigkeit um und nicht die Sorge um ihren Chef. Es war schließlich schon spät.

Ein letztes Mal wanderten ihre Augen durch den Raum. Sollte sie Viktoria und Juliane eine gute Nacht wünschen oder sich klammheimlich davonschleichen? Ihre beiden Gefährtinnen schienen auf der Tanzfläche unabkömmlich. Es wäre unverzeihlich, sie wegen eines Abschiedsgrußes zu stören. Ohne Not …

Antonia schüttelte sich, als könnte sie auf diese Weise die Last von ihren Schultern werfen. Tapfer drückte sie ihr Kreuz durch, raffte den Rock und schritt in Richtung Eingang. Auf halbem Wege hielt sie inne.

Dummerweise hatte sie sich an der Palme postiert, die sich näher an der Terrassentür befand. Um direkt zum Hotelfoyer zu gelangen, hätte sie sich durch die Paare auf dem Parkett drängen müssen. Sie würde das Ende des Chansons abwarten müssen, wenn sie die Bar ohne Aufhebens verlassen wollte. Allerdings könnte sie auch über die Terrasse zur Hotelhalle kommen. Auf diese Weise würde sie keine Aufmerksamkeit erregen und gleichzeitig frische Luft schnappen.

Ein paar Schritte später stand sie in der schwülen Nacht. Die Terrasse war eigentlich ein Portikus, dessen Decke ein kunstvolles, aus farbigen Steinen gefertigtes Gewölbe darstellte. Antonia hatte das Mosaik bei Tage betrachtet und mit ähnlichen Bildern in Italien verglichen. Jetzt konnte sie es kaum ausmachen.

Am frühen Nachmittag war sie vor dem Hotel auf und ab geschlendert und hatte vor allem die wie von Klöpplerinnen hergestellte Fassade bewundert. Die Ornamentbänder, weiß gekalkte Fensterumrandungen, die kunstvoll aus Holz geschnitzten, reich verzierten Erker und Säulen sowie die zinnenbewehrten Dachabschlüsse wirkten, als wären sie aus Spitze. Es war ein Haus wie viele in Aden, mehrgeschossig und mit Ziegeln aus einer Mischung von Sand, Asche und Stroh erbaut, die seit mehr als zweitausend Jahren die Architektur Südarabiens bestimmten. Die meisten Gebäude der Stadt unterschieden sich jedoch in einem wesentlichen Punkt von dem Hotel der Peninsula and Oriental Steam Navigation Company: Während die meisten Fenster am Tage üblicherweise geschlossen gehalten wurden und sich das Leben der Einheimischen im Inneren ihrer Wohnungen abspielte, hielten sich die Gäste aus Europa bevorzugt unter dem Säulengang auf.

Bereits bei ihrem ersten Rundgang war Antonia aufgefallen, dass die Bauweise des Portikus eine Brise ermöglichte, es hatte Zugluft geherrscht. Auch zu dieser späten Stunde ließ der vom Meer her auffrischende, leichte Wind die Fächer der mittelgroßen Zierpalmen klappern. Es war so dunkel unter den Arkaden, dass Antonia wahrscheinlich gegen einen der Steinkübel gestoßen wäre, wenn sie sich an deren Existenz neben jeder Säule nicht erinnert hätte. Dennoch verfehlte sie es, den spitzen Faltkanten der Palmblätter auszuweichen. Das faserige Grün berührte sie am Hals, und unwillkürlich wich sie einen Schritt zur Seite aus.

Ihre Füße trafen auf ein unerwartetes Hindernis. Sie stolperte …

»Au!«

Antonia war viel zu sehr damit beschäftigt, ihr Gleichgewicht zu halten, um auf den zornig ausgestoßenen Schmerzenslaut zu reagieren.

In der kurzen Stille, die dem Protest folgte, hörte sie, wie Seide zerriss. Der Absatz ihres Schuhs hatte sich im Saum verfangen und Viktorias schönes Kleid ruiniert. Wenigstens war sie nicht hingefallen und hatte dadurch einen noch größeren Schaden verursacht …

»Können Sie nicht aufpassen?«, wurde sie von einer Männerstimme angeherrscht.

Wie auf der Projektionsfläche einer hektisch bedienten Laterna magica wechselten sich verschiedene Bilder vor Antonias geistigem Auge ab. Ein vernünftiger, von der Forschung besessener Doktor Seiboldt am Mikroskop. Max Seiboldt, der ihr in Neapel ein Glas mit Weinbrand reichte. Ein Europäer, der blutüberströmt mit einem Krummdolch im Rücken in einer Gasse starb. Ihr Chef, der vor jeder Abreise ein Ritual vollzog und seinen Hut suchte. Und als würde ein Föhnsturm in der heimischen Bergwelt die Aussicht klären, erkannte sie in der Dunkelheit seine vertrauten Umrisse.

Seiboldt hatte in einem der Korbsessel wohl mehr gelegen als gesessen und die Beine ausgestreckt. Vielleicht hatte er geschlafen und die Knie deshalb nicht angezogen, obwohl er das leise Klappern von Absätzen auf dem Fliesenboden eigentlich gehört haben musste.

Unendliche Erleichterung erfasste Antonia. Er lebte. Es ging ihm gut. Gleichzeitig wallte Empörung in ihr auf. Warum war er zum Schlafen nicht auf sein Zimmer gegangen? Weshalb saß er einsam im Dunkeln auf der Terrasse herum, anstatt sich zu seinen Mitarbeitern und Reisegefährten in die Bar zu begeben?

Wie auf ein Stichwort drang helles Lachen durch die Fenster des Tanzclubs. Am Kai pfiff jemand ein Lied, das Puffen eines Schiffsmotors hallte durch die Nacht, irgendwo lärmte ein Esel. Im nächsten Moment stimmte die Hotelkapelle einen Cancan an, den obszönsten aller Tänze, den keine anständige Frau in Europa auf das Parkett legen würde. Aber in Südarabien herrschten wohl andere Gesetze. Alles war anders in den Tropen. Antonia dachte an die fauligen Gerüche, die vom Hafenbecken in Neapel aufstiegen. Die späte Hitze Adens war dagegen süß und schwer, geschwängert vom Aroma der Kaffeebohnen, dem Duft der Damaszener Rosen, von Weihrauch und Myrrhe.

Ja, alles war anders jenseits des Suezkanals.

Statt ihrem Impuls zu folgen und kommentarlos ihres Weges zu gehen, blieb Antonia schweigend neben Seiboldt stehen und blickte auf ihn hinab, ohne ihn wirklich zu sehen.

»Was fällt Ihnen ein, hier in der Dunkelheit herumzuschleichen?«, knurrte er.

Erstaunlicherweise sprach er Deutsch, obwohl die meisten Hotelgäste aus anderen Ländern als seiner Heimat stammten. Wusste er, wen er vor sich hatte?

Antonia bezweifelte, dass er sie bei den herrschenden Lichtverhältnissen erkannte. Die Öllampen der Bar warfen nur direkt bei den Terrassentüren helle Streifen auf den Steinboden, die Sitzgruppe, die sich Seiboldt für sein Nickerchen ausgesucht hatte, befand sich im Schatten. Durch die Überdachung war der Mond ausgesperrt, lediglich die dank modernster Elektrizität beleuchteten europäischen Schiffe auf der anderen Seite der Promenade brachten einen Hauch von Helligkeit in die Schwärze. In ihrer ungewohnten Aufmachung waren ihm ihre Umrisse gewiss nicht vertraut. Oder doch? Hatte er sie in der Vergangenheit so genau beobachtet, dass er sie immer und überall erkennen würde?

Ihr Herz begann schneller zu klopfen.

»Hallo, Sie! Warum stehen Sie da rum zur Salzsäule erstarrt? Sind Sie Lots Frau, oder was? Verschwinden Sie. Verschwinden Sie und lassen Sie mir meinen Frieden.«

Sein Geschrei zuvor hatte sie darüber getäuscht, dass seine Stimme verändert klang. Da er nun ruhiger sprach, nahm sie den leicht belegten Ton wahr. Seltsam. So hörte es sich an, wenn Menschen unter einem eitrigen Zahn litten.

Antonias zwiespältige Gefühle konzentrierten sich unverzüglich wie die Lichtquelle der Laterna magica auf einen bestimmten Punkt – ihre Sorge um seine Gesundheit. Sie sank vor ihm in die Knie. Auf Augenhöhe mit ihm sprudelten die Fragen aus ihr heraus: »Brauchen Sie Hilfe? Geht es Ihnen schlecht? Haben Sie Schmerzen?«

»Doch nicht Lots Frau«, stellte er trocken fest. »Was tun Sie hier, Fräulein Geisenfelder?«

»Ich bin zufällig vorbei…«

»Sie sind auf mich getreten wie auf einen Wurm. Nein, nein, Sie nicht. Das ist das falsche Bild. Ich bin sicher, Sie sind niemals auf einen Regenwurm oder so etwas getreten. Wahrscheinlich haben Sie jedes Exemplar der *lumbricidae* von der Straße aufgelesen und in Sicherheit gebracht, bevor irgendjemand es verstümmeln konnte. Sie treten sicher nur nach Männern. Ja, ja, so wird es sein.«

Wovon redete er? Entrüstung mischte sich mit ihrer Besorgnis. Sie griff nach der einzigen Möglichkeit, die sich ihr für sein merkwürdiges Verhalten bot: »Sind Sie betrunken?«

Zu ihrer größten Überraschung brach er in schallendes Gelächter aus. »Ich schätze Sie sehr, Fräulein Geisenfelder«, prustete er, »aber an Ihren Diagnosen müssen wir noch ein wenig arbeiten. Falsch, Sie liegen vollkommen falsch. Ich habe keinen Tropfen getrunken.«

Nachdem er sich einigermaßen beruhigt hatte, setzte er zu

einer ausschweifenden Erklärung an, deren Worte sie wohl verstand, deren Inhalt ihr jedoch verborgen blieb: »Jedenfalls keinen Alkohol. Nur sehr süßen Tee mit Milch und ein Zeug, das aus den getrockneten Schalen von Kaffeebohnen gekocht und mit Ingwer und Zimt gewürzt wird. Schmeckt nicht schlecht, aber der Tee war mir lieber, wenn auch nicht wirklich meine Sache. Ich musste mich anpassen. Ohne Getränk kein Kath, verstehen Sie?«

»Nein …«

Er ignorierte ihren Einwand. »Die Männer nippten andauernd an ihren Gläsern, rauchten und kauten dabei«, schwafelte Seiboldt. »Das Blubbern der Wasserpfeife hatte etwas Beruhigendes, keine Frage, dabei machen einen diese Blätter ziemlich munter. Frisch sollten sie sein, das ist wichtig. Bauchgrimmen habe ich trotzdem, denn wie alle Anfänger habe ich die Pflanzenteile geschluckt statt nur den Saft. Verstehen Sie?«, wiederholte er, Beifall oder zumindest Zustimmung heischend.

»Sie sprechen in Rätseln. Ich weiß nicht, was Sie meinen. Aber ich bin überzeugt davon, dass Sie schlafen gehen sollten. Es war ein langer Tag und …«

»Es war eine Menge Kath«, unterbrach er sie und kicherte albern, verschluckte sich an irgendetwas, das sich offenbar in seinem Mund befand, schmatzte, hustete. Er zerrte ein Taschentuch aus seinem Rock und spuckte hinein. »Ich hab mir noch ein paar Blätter mit auf den Weg genommen, obwohl die Sitzung eigentlich beendet war. Keine Ahnung, wie ich hierherfand … Doch, doch, ich erinnere mich wieder: Einer meiner neuen Freunde brachte mich her. Jussuf? Yazeed? Ich hab's vergessen. Schade, dass ich seinen Namen nicht mehr weiß. Er war nett. Sah ein bisschen furchterregend aus, aber war nett. Ihnen hätte er natürlich nicht gefallen … Äh … Entschuldigung … gefällt Ihnen überhaupt irgendein männliches Wesen?«

Antonia schnappte nach Luft, doch bevor sie etwas erwidern

konnte, machte er eine wegwerfende Handbewegung. »Nein, natürlich nicht, sonst würden Sie ja nicht Medizin studieren wollen. Wie schrieb Professor Theodor Bischoff, mein Anatomielehrer, vor Jahren: *Es ist ganz unmöglich, dass junge Mädchen und junge Männer in ihren kräftigsten und begehrlichsten Jahren täglich und stündlich in solche Gemeinschaft kommen, wie dies der Besuch medizinischer Vorlesungen mit sich bringt, dass dieses zu fortgesetzten geschlechtlichen Beziehungen Veranlassung geben muss* ...«, während des Monologs verlor sich Seiboldts Ton, und Antonia hoffte, dass er endlich schweigen werde. Doch plötzlich erwachte er aus seinem Gebrabbel und fügte klar und deutlich hinzu: »Diese Befürchtung kann Ihnen gleichgültig sein, nicht wahr? Deshalb arbeiten wir auch so gut zusammen. Sie haben kein Interesse an Männern ...«

»Herr Doktor Seiboldt!« Ihr Protest klang schwach. Sie war zu sehr damit beschäftigt, die Tränen hinunterzuschlucken, die in ihre Augen stiegen.

»... und ich keines an Frauen. Jedenfalls nicht an Frauen, die vom Alter her für mich infrage kämen. Na ja, das trifft auf Sie nun auch nicht zu. Sie sind zu jung. Aber tüchtig. Das muss man Ihnen lassen. Sie sind eine patente Frau, obwohl Sie in Ihren Kleidern nicht so aussehen, wie ein Mann sich eine Frau gemeinhin vorstellt. Das ist gut so, denn es erleichtert die Zusammenarbeit. Wissen Sie, ich hätte es niemals für möglich gehalten, dass ich meinem alten Anatomie-Professor eines Tages recht geben würde. Wenn man andauernd abgelenkt wird, kann man nicht forschen. So ist das.«

Antonia fühlte sich, als hätte er sie geschlagen. Natürlich sagte er all das, was vernünftigerweise nötig war, um ihren Ambitionen Respekt zu zollen. Aber das wollte sie nicht hören, denn es war zutiefst verletzend. Obwohl sie befürchtete, nicht von ihren zitternden Beinen getragen zu werden und beim ersten Schritt lang hinzufallen, richtete sie sich auf.

»Wollen Sie schon gehen?«, erkundigte sich Seiboldt prompt. »Nicht doch. Wir unterhalten uns gerade so gut …«, seine Worte gingen in den Rhythmen unter, die von der Bar herwehten.

Die Stimmung schien ihrem Höhepunkt entgegenzustreben. Dem Cancan war ein Galopp gefolgt, und nun spielte die Kapelle eine Polka. Frauenstimmen kreischten vor Vergnügen, die Absätze der Tanzenden stampften so laut auf das Parkett, dass es bis heraus auf die Terrasse zu vernehmen war.

»Von guter Unterhaltung kann keine Rede sein«, protestierte Antonia stockend. »Sie beleidigen mich, und ich habe nicht die geringste Ahnung, warum Sie so mit mir sprechen. Ich möchte nichts mehr hören. Ich will …«, ebenso entsetzt wie fassungslos hielt sie inne.

Seiboldt hatte nach ihrer Hand gegriffen. Seine warmen, kräftigen Finger umfassten sie und schickten Stromstöße durch ihren Körper.

»Bleiben Sie, bitte«, sagte er sanft.

»Aber, aber …«

Rasch richtete er sich auf. Plötzlich stand er so nah vor ihr wie damals in ihrer letzten Nacht in Neapel. Und Antonia konnte sich ihm nicht entziehen, obwohl sie sich dies von Herzen wünschte. Sie ärgerte sich über sich selbst, weil sie nicht die Kraft aufbrachte, sich von ihm zu lösen und auf ihr Zimmer zu gehen. Er war gewiss nicht der Mann, den zu lieben sich lohnte. Seine wenig schmeichelhaften Worte sollten ihren Blick auf das Wesentliche schärfen, auf die gemeinsame Forschungsreise. Doch seine Nähe betäubte sie ebenso wie die würzigen Aromen, welche die Luft von Aden erfüllten. Irgendwo in ihrem Gehirn meldete sich eine Warnung. Mit einem letzten Rest Klarsicht versuchte sich Antonia, ihm zu entziehen. Bei der heftigen Bewegung raschelte die Seide ihres Rocks.

Plötzlich lag seine Hand, von der sie sich eben befreit geglaubt hatte, auf ihren Schultern. Seine Finger tasteten über den edlen Stoff, fühlten Applikationen, Knöpfe und Nähte.

»Meine Güte«, stieß er verblüfft hervor, »was tragen Sie da? Das sieht nach der Robe einer Dame aus. Was für eine Überraschung! Sind Sie sicher, dass Sie es sind, Fräulein Geisenfelder?«

Er war ihr so nah, dass sein heißer Atem ihre Haut streifte. Unwillkürlich senkte er seinen Kopf und vergrub sein Gesicht in ihrer Halsbeuge. »Sie duften wundervoll. Wie eine richtige Frau. Großer Gott, was ist mit Ihnen geschehen? Was tun Sie mit mir? Ich finde Sie äußerst begehrenswert.« Und als müsste er seine Feststellung noch untermauern, zog er sie an sich.

Antonias Rücken fühlte sich an, als hätte sie einen Stock verschluckt. Ihre Muskeln schienen zum Zerreißen gespannt. Wie die Saiten eines Instruments warteten sie darauf, gestimmt zu werden. Wenn sie nicht sofort floh, würde sie Seiboldt Gelegenheit geben, auf ihr zu spielen wie auf einer Violine, die sich dem Bogen des Virtuosen überlassen musste. Sie hatte nicht die geringste Ahnung, ob Disharmonie oder Verzauberung die Folge wären.

Dennoch rührte sie sich nicht. Zum Fortlaufen war es zu spät.

»Es ist lange her …«, nuschelte er, während er an ihrem Ohrläppchen knabberte.

Seine Lippen wanderten ihre Kinnlinie entlang, und Antonia hörte eine Frau leise stöhnen. Mit einiger Verzögerung begriff sie, dass sie selbst es gewesen war. Sie öffnete den Mund – vielleicht zu einem letzten Protest, wahrscheinlich, um tief Luft zu holen, weil seine Zärtlichkeiten ihr den Atem nahmen. Doch ihr blieb keine Wahl. Er hob kurz seinen Kopf, beugte sich dann über sie, und sein leidenschaftlicher Kuss nahm ihr jeden Willen zum Widerstand. Da war keine Vorsicht mehr, keine Rücksicht auf die Schamhaftigkeit einer jungen Frau. Er küsste sie gierig, heißhungrig, wollüstig, nahm mit zügelloser Heftigkeit unverzüglich in Besitz, was er begehrte. Und sie ließ ihn gewähren, gab sich dem Sturm mit Freude hin.

»Eine Frau«, flüsterte er in ihren Mund. »Eine richtige Frau ... Endlich ...«

Sie war nicht in der Lage, seine Worte einzuordnen. Ihr Verstand war vollkommen ausgeschaltet. Sie fühlte nur noch, spürte Punkte in ihrem Körper, deren Existenz ihr bislang verborgen geblieben waren. Ihre Zurückhaltung wich der Erfüllung ihres Sehnens. Selbst als seine Hände – fast grob vor Verlangen – über ihren in das Korsett gepressten Busen strichen, stieß sie ihn nicht von sich. Die Seide verstärkte den Druck seiner Finger und löste eine Flutwelle aus, die sie erbeben ließ und sich zu einem sprudelnden See zwischen ihren Beinen sammelte.

»Anna«, hauchte er. Antonia war sich sicher, dass seine Stimme verzerrt geklungen und er ihren Namen genannt hatte.

In der Bar steigerte sich die Musik zum Crescendo.

8

Mittwoch, 27. Juni

»Sie sehen beklagenswert aus«, bemerkte Viktoria.

»Ich weiß«, erwiderte Antonia matt. Ihre Lider waren rot gerändert von den vielen Tränen, die sie vergossen hatte. Sie war bleich und presste die Lippen zu einem schmalen Strich zusammen. Der schmerzte von den wilden Küssen, die sie völlig hemmungslos ausgetauscht hatte. Glücklicherweise war ihre weiße Bluse so hochgeschlossen, dass sie unter dem Kragen die blauen Flecken verbergen konnte, die ihr Max Seiboldts Leidenschaft zugefügt hatte. Die Zerstörung ihres Herzens war jedoch selbst im Spiegel des Kleiderschranks auf ihrem Hotelzimmer unsichtbar geblieben.

»Darf ich mich setzen?« Viktoria wartete die Antwort nicht ab, sondern nahm an dem kleinen Teetisch auf der Hotelterrasse Platz, bevor die andere sie dazu auffordern konnte.

»Bitte«, murmelte Antonia mit Verzögerung.

Damit schien alles gesagt, die jungen Frauen schwiegen. Antonia bedrückt, Viktoria offensichtlich ratlos. Ihre Blicke wanderten mit unverhohlener Neugier zu dem Koffer, der neben Antonias Stuhl darauf wartete, fortgetragen zu werden. Doch obwohl ihr sicher eine Menge Fragen auf der Zunge brannten, blieb sie still. Für zur Schau gestellte Ungeduld war Viktoria wohl zu gut erzogen. Dabei beschäftigte sie im Augenblick möglicherweise nichts mehr als eine Erklärung dafür, dass Antonia ausgehfertig gekleidet anscheinend ihrer Abreise harrte. Das Schiff, mit dem sie nach Sansibar reisen wollten, würde Aden erst morgen verlassen.

Es war unmöglich, Viktoria die Wahrheit anzuvertrauen, befand Antonia. Statt sich dem einzigen Menschen zu öffnen, der ihr an diesem Ende der Welt so nahestand, dass sie auf Verständnis hätte hoffen können, sagte sie zusammenhanglos: »Ich habe Ihr Kleid zum Reinigen gegeben. Sie werden es heute im Laufe des Tages zurückbekommen.«

»Ach, das ist nicht so wichtig«, wehrte Viktoria ab und schenkte Antonia ein begütigendes Lächeln. »Sie können es gerne behalten, wenn Sie möchten.«

Tränen sammelten sich in Antonias Augen, und sie fragte sich, wie lange sie diese Unterhaltung würde führen können, ohne Viktoria schluchzend an die Brust zu sinken. Sie rettete sich in schroffen Sarkasmus: »Das ist sehr nett von Ihnen, aber ich bedaure. Die Robe passt keinesfalls mehr in meinen Koffer, und es wäre schade, wenn ich den guten Stoff zerdrücken müsste.«

»Hm«, machte Viktoria nur. Rücksichtsvoll drang sie nicht weiter in Antonia, sondern verhielt sich, als würde sie die Aussicht genießen. Sie beschirmte ihre Augen mit der Hand und schaute auf das Treiben am Hafen.

Antonia folgte ihren Blicken, ohne wirklich wahrzunehmen, was geschah. Es war noch zu früh am Morgen für die Ströme europäischer Reisender und Auswanderer, die im Laufe des Tages von den anlegenden Dampfern ausgespuckt würden wie der Ruß aus den rauchenden Schiffsschornsteinen. Statt Familien im abgetragenen Sonntagsstaat, die von ihren mageren Ersparnissen die Passage gekauft hatten und auf ein neues Leben an einem anderen Ende der Welt hofften, Herrschaften in weißen Kleidern und Anzügen, Offizieren und Kaufleuten, hatten dunkelhäutige Arbeiter den Pier eingenommen.

Es war die Stunde wichtigen Seeguts. Nur mit einem Lendenschurz bekleidete, ausgemergelte Leiber glänzten schweißnass in der Sonne, Muskeln wie Stahlseile zeichneten sich gegen die dunkle Haut ab. Zwischen den Afrikanern wuselten Einheimische in ihren Wickelröcken herum. Einer der Araber bediente einen ziemlich modernen Eimerkettenbagger, der die Ladung eines britischen Frachtschiffes löschte. Die Dampfmaschine, durch die der Bagger angetrieben wurde, ratterte und puffte. Ein englischer Zollbeamter und ein Tallymann kontrollierten den Wareneingang, offensichtlich Steinkohle, die am Kai auf Karren zu kostbaren anthrazitfarbenen Miniaturbergen aufgebaut wurde.

Antonia wandte sich ab. Sie räusperte sich. »Ich muss es Ihnen gestehen, und es ist mir sehr unangenehm: Mir ist ein Malheur mit Ihrem Kleid passiert …«

Viktorias Kopf fuhr herum, sie sah Antonia verwundert an. Einen Vorwurf konnte Antonia in ihren Zügen nicht erkennen.

»Der Absatz meines Schuhs hat sich im Saum verfangen«, fuhr Antonia fort und wich dem Blick der Freundin aus. »Glücklicherweise ist es nur ein kleiner Riss. Ich hoffe, er kann repariert werden.«

»Sicher. Machen Sie sich darum keine Sorgen. Ich bin ohnehin noch immer der Meinung, Sie sollten die Toilette behalten. Sie stand Ihnen viel besser als mir.«

»Nein«, brach es unvermittelt aus Antonia heraus. »Niemals!«

Viktorias Augenbrauen hoben sich. »Wie Sie meinen … und«, sie deutete auf das Gepäckstück zu Antonias Füßen, »ja, das Kleid passt wohl tatsächlich nicht in Ihren Koffer.«

Nachdenklich begann sie, an ihrer Unterlippe zu knabbern. Wieder belastete eine unnatürliche Stille ihr Beisammensein. Diese beendete Viktoria schließlich mit einer direkten Frage: »Wollen Sie mir nicht verraten, warum Sie so plötzlich abzureisen gedenken?«

Nein, fuhr es Antonia durch den Kopf. Nein, ich will es Ihnen nicht verraten. Laut sagte sie: »Ich habe meine Pläne geändert.« Und sie wunderte sich, wie fest ihre Stimme klang.

»Ach? Keine Cholera-Expedition nach Sansibar? Es wird Herrn Doktor Seiboldt sicher sehr betrüben, seine Mitarbeiterin zu verlieren. Er hat mir immer wieder versichert, wie sehr er Sie schätzt … Oder hat er vielleicht auch andere Pläne?«

»Nein. Ich denke, nein.«

»Sie reisen allein?« Viktoria schüttelte den Kopf, als wollte sie Antonia ihre Zustimmung versagen. »Wohin denn nur?«

»Nach Hause. Ich möchte nach München zurück.«

Zu Antonias größter Überraschung fragte Viktoria nicht nach dem Grund. In einer unerwartet vertraulichen Geste beugte sie sich aber plötzlich vor und legte ihre Hand auf Antonias Arm.

»Ich werde Sie vermissen«, sagte Viktoria. »Unsere Gespräche waren wie … wie ein Genuss für mich. Sie sind die erste Frau, die ich näher kennenlernen durfte, die es durchgesetzt hat, ihre Träume zu leben. Sie sind ein wahrhaftiges Vorbild für mich.«

»Das hoffe ich eher nicht«, murmelte Antonia und entzog sich der Berührung.

»Ich bewundere Sie sehr«, setzte Viktoria liebenswürdig hinzu.

Antonia kam einem Tränenausbruch immer näher. Ja, es hätte perfekt werden können – und sie hatte alles vermasselt. Sie hatte eine Anstellung gefunden, die ihrer Berufung entsprach, war zu einer unvergesslichen Expedition aufgebrochen, hatte reizende Gefährtinnen gefunden – und hatte selbst zerstört, was so vielversprechend begann. Im Grunde hatte sie den Beweis für alle Vorurteile geliefert, denen ihre Geschlechtsgenossinnen ausgeliefert waren. Frauen waren nicht fähig, Seite an Seite mit einem Mann zu arbeiten, ohne dass beide Beteiligten über kurz oder lang von der schlichten Tatsache abgelenkt würden, eben Mann und Frau zu sein.

Tapfer schluckte sie den Kloß in ihrem Hals hinunter. »Ich bin sie nicht wert«, sagte Antonia leise. »Ich bin Ihre Bewunderung nicht wert. Meine Träume haben sich gewandelt, und ich weiß nicht mehr, ob richtig ist, was ich mir vom Leben ersehnte …«

»Aber …«

»Viktoria«, fuhr Antonia eindringlich und ungeachtet des Einwurfs fort, »wenn ich Ihnen einen Rat geben darf: Machen Sie Ihren Eltern die Freude und heiraten Sie einen netten jungen Mann. Vergessen Sie das Lehrerinnenseminar und die Zölibatsregel.«

»Was?« Viktorias Aufschrei war ein Ausdruck des tiefen Schocks, den Antonias Worte ihr versetzt haben mussten. Obwohl Antonia es nicht wirklich erkennen konnte, glaubte sie, dass die andere erbleichte.

»Ja, sehen Sie, ich … ich bin … ich habe …«, Antonia geriet ins Stottern, weil ihr die Halbwahrheiten, die ihr auf der Zunge lagen, plötzlich falsch erschienen. Sie wünschte, Viktoria nicht belügen zu müssen. Doch sie wollte der Freundin nicht anvertrauen, was in der schwülen Nacht geschehen war.

Da Viktoria offenbar eine Antwort erwartete, legte sich wieder eine unbehagliche Stille über die Gefährtinnen. Beide schienen ihren Gedanken nachzuhängen, wobei Antonia sich bemühte, die Erinnerung an Max Seiboldt zu verdrängen.

Ihre Blicke flatterten umher, als wären ihre Augen auf der Suche nach einem Halt. Schließlich blieben sie an den Hafenarbeitern hängen, die noch immer damit beschäftigt waren, die Ladung britischer Kohle zu löschen. Ob das Sklaven waren?

Als sie sich vor ihrem Reiseantritt ein wenig über ihr Ziel informiert hatte, war ihr in einer Zeitung die Bemerkung aufgefallen, dass der Handel der Araber mit Menschen aus Afrika schon vor der sogenannten Kongokonferenz vor drei Jahren verboten worden war. Doch hatte der Autor des Leitartikels reklamiert, dass sich kaum jemand an dieses Interdikt hielt und im Indischen Ozean geheime Sklaventransporte ebenso an der Tagesordnung waren wie Piratenüberfälle.

Hätte ich mich doch nur ausschließlich um das Leid der Armen und Kranken gekümmert, dachte Antonia traurig.

Sie musste laut gesprochen haben, denn Viktoria erhob ihre Stimme: »Was hindert Sie denn daran?«

»Hier sind Sie also!«

Ein Überfall durch Seeräuber hätte Antonia nicht weniger erschrecken können als das plötzliche Auftauchen Max Seiboldts. Wie bei einem Schüttelfrost begann sie unvermittelt zu zittern, gleichzeitig wurde ihr so heiß, dass ihre Ohren und Wangen glühten. Der Schweiß brach ihr aus allen Poren. Sie sprang auf, obwohl sie eigentlich lieber sitzen bleiben wollte, wusste nicht, wohin mit ihren Händen. Es war ihr nicht möglich, ihn anzuschauen, deshalb flatterten ihre Blicke noch hektischer umher als zuvor. Und sie bekam mit einem Mal entsetzliche Kopfschmerzen.

»Guten Morgen, Herr Doktor Seiboldt«, wünschte Viktoria.

Ganz so arglos, wie ihr freundlicher Ton vermuten ließ, schien sie nicht zu sein, beobachtete Antonia. Die Freundin sah höchst interessiert, eigentlich sogar offen neugierig von ihr zu ihrem Chef. Was mochte sie wohl ahnen? Womit hatte sich Antonia verraten? Hätte sie ihr doch die Wahrheit anvertrauen sollen? Zumindest den Teil, der den leidenschaftlichen Ausbruch beendet und sie in gewisser Weise ins Tal der Schicklichkeit zurückgebracht hatte? Jetzt war es zu spät. Wie es für alles zu spät war.

»Oh, verzeihen Sie, Fräulein Wesermann«, Seiboldt wirkte zerstreut, als er sich Antonias Begleiterin zuwandte, die er bei seinem Eintreffen offenbar gar nicht bemerkt hatte. Er lüftete seinen Hut und legte ihn auf das Teetischchen. »Ich wünsche Ihnen auch einen guten Morgen. Wie geht es Ihnen?«

»Ganz hervorragend«, versicherte Viktoria und strahlte ihn an. »Hatten Sie einen angenehmen Abend? Ich hörte von Herrn Wegener, dass Sie ausgegangen waren.«

»Ja … in der Tat … ja …«, Seiboldt räusperte sich. »Die Eindrücke, die ich hier in Aden gewinnen konnte, sind unvergesslich …«

Schwindel erfasste Antonia. Die Steine unter ihren Füßen drohten zu zerbersten, der Boden sich zu öffnen und sie zu verschlingen. Sie wagte nicht aufzusehen, sondern starrte durch ihre Wimpern auf die Spitzen ihrer praktischen Schuhe.

»Die kulturellen Eigenheiten eines fremden Landes zu erforschen lohnt sich«, fuhr Seiboldt fort, und sein Ton gewann sowohl an Festigkeit wie auch an Distanz. »Mein Ausflug auf den Markt der Einheimischen brachte einige interessante Erlebnisse, auch wenn ich Ihnen nicht raten kann, es mir gleichzutun. Der Besuch eines Suqs empfiehlt sich nicht für eine Dame aus Europa.«

»Dann lassen Sie uns wenigstens durch Ihre Erinnerung daran teilhaben«, forderte Viktoria ihn prompt auf. »Bitte, nehmen Sie Platz und erzählen Sie uns von dem Bazar.«

Antonia wünschte, Viktoria wäre nicht so wissbegierig und aufdringlich. Die Höflichkeit zwang sie, in Gesellschaft ihrer Gefährtin und ihres Chefs auszuharren, obwohl sie am liebsten davongelaufen wäre. Sie ertrug Seiboldts Gegenwart kaum. Allein sein ungewöhnlich schwerer Atem brachte ihr die vergangene Nacht ins Gedächtnis. Der Klang seiner Stimme wirbelte ihre Gefühle durcheinander wie ein Föhnsturm die Blätter im Münchner Hofgarten. Dabei war die Luft in Aden schon am Morgen so dick wie die Mehlsuppe, mit der die viele Kinder in der Heimat ernährt wurden.

Ihre Gedanken waren voller Wehmut. Sie wollte nach Hause, ihre Wunden lecken und einen Neuanfang finden. Nichts besaß im Moment einen größeren Zauber für sie als die Erinnerung an ihr bescheidenes Mädchenzimmer daheim. Nicht einmal Max Seiboldt, der Viktorias Aufforderung nur teilweise nachgekommen war und gerade über die Schönheit jemenitischen Silberschmucks referierte.

»Das Edelmetall kommt hierzulande hauptsächlich in Form des Maria-Theresia-Talers in Umlauf, auch wenn diese Münze längst kein offizielles Zahlungsmittel in Europa mehr ist. Es ist nach wie vor eine beliebte Währung für den Handel der Araber, die die Geldstücke einschmelzen und dank des hohen Feingehalts zu Ketten, Armbändern und Ringen verarbeiten. Angeblich besitzen die Frauen hier mehrere Kilo davon und tragen ihren Schmuck sogar bei der Landarbeit.«

»Wie ungewöhnlich«, warf Viktoria ein, während Antonia dem Vortrag weiterhin im Stehen und schweigend, mit Beklemmung und niedergeschlagenen Augen lauschte.

»Ja, das ist es wohl für uns. Man stelle sich eine Bäuerin auf einem deutschen Acker vor, behängt mit ihrer Mitgift. Andererseits ist es der persönliche Besitz der Araberinnen. Es ist daher verständlich, wenn sie ihn bei sich haben wollen. Doch das erschließt sich unseren Blicken«, er legte eine kleine Pause ein, die seinen Zuhörerinnen wohl deutlich machen sollte, was er von der Kultur der Verschleierung hielt, »bedauerlicherweise nicht.«

»Vielleicht ist es die Freiheit der Frauen, unsichtbar zu sein«, entfuhr es Antonia.

Sie spürte, wie sich zwei Augenpaare auf sie richteten. Offenbar hatten Viktoria und Seiboldt über dem Gespräch ihre Anwesenheit vergessen. Dabei hatte er sich wohl aus Höflichkeit gegenüber Antonia nicht auf dem dritten Stuhl am Tisch niedergelassen. Wie konnte er sie also übersehen haben? Vielleicht dozierte er auch gerne im Stehen. Antonia fiel ein, dass er seine besten Vorträge niemals im Sitzen gehalten hatte, nicht einmal in seinem Labor und schon gar nicht an der Universität. Mit glühendem Interesse hatte sie ihm einst gelauscht … Sie wischte die Erinnerung so energisch beiseite wie die Staubschicht auf einem selten benutzten Mikroskop. Dann hob sie ihre Lider.

Zum ersten Mal an diesem Morgen blickte sie Max Seiboldt offen an – und war erschrocken über seinen Zustand. Offensichtlich war die vergangene Nacht seiner Gesundheit alles andere als zuträglich gewesen. Seine Gesichtshaut wirkte aschfahl, seine Augen waren rot gerändert und blutunterlaufen, die Pupillen unnatürlich erweitert, die Lider zitterten. Schweißperlen tropften von seinem nur nachlässig gekämmten Haar in seinen Kragen. Seine Kleidung war an sich tadellos, doch die lose herabhängenden Enden der Krawatte ließen ihn ein wenig liederlich oder wie einen Schwabinger Bohemien aussehen. Ohne das saubere Hemd und das gebürstete Sakko hätte man ihn sogar durchaus für einen armen Teufel halten können, der unter irgendeiner Isarbrücke lebte. Den vornehmen Wissenschaftler, der in einem mit allem Komfort ausgestatteten Hotelzimmer residierte, sah man ihm nicht an.

Unwillkürlich fragte sich Antonia, ob ihre Hingabe für diese erschreckende Veränderung verantwortlich war. Sie hatte kaum Erfahrung mit Männern, schon gar nicht mit Herren, die keine Jungspunde mehr waren. Vertrug diese Generation keine Leidenschaft? Machte das Begehren die Menschen krank? Es gab wissenschaftliche Untersuchungen von Hysteriespezialisten in Paris und auch in Wien zu diesem Thema, davon hatte Antonia gehört, aber Genaueres wusste sie nicht.

Ach, wenn sie sich doch nur nicht ausschließlich für die Vorlesungen über Hygiene und Infektionskrankheiten interessiert hätte!

Oder war Max Seiboldt die Begegnung mit ihr bei Tageslicht einfach nur so peinlich, dass er wie jemand reagierte, der zu viel Morphium konsumiert hatte?

Er maß sie seinerseits mit nachdenklichem Blick. »Bemerkenswert«, stellte er fest, und es war nicht klar, ob er ihre Meinungsäußerung oder ihre Aufmachung meinte. Schließlich deutete er mit einer großartigen Geste auf ihren Koffer. »Haben Sie nicht ein wenig zu früh für unsere Abreise nach Sansibar gepackt?«

Antonia biss sich auf die Unterlippe. Sie war so früh unterwegs, um genau diese Konfrontation zu vermeiden.

Während sie nach einer Erklärung suchte, die auch für die Öffentlichkeit geeignet war, sprang ihr Viktoria bei: »Fräulein Geisenfelder scheint ihre Pläne geändert zu haben …« Ein »Wussten Sie das nicht, Herr Doktor Seiboldt?« lag in der Luft, aber Viktoria stellte diese leicht vorwurfsvolle Frage glücklicherweise nicht.

»Ach? Tatsächlich?!«, war sein einziger Kommentar.

Da Antonia noch immer zauderte, war es wieder an Viktoria, die Stille zu durchbrechen: »Ja … ehmmm…«, sie lachte albern und erhob sich mit plötzlicher Eile. »Ich habe eine Verabredung vergessen. Wie konnte mir das nur passieren? Entschuldigen Sie bitte meine Unhöflichkeit. Es ist dringend, ich werde erwartet.«

Trotz ihres stets vorbildlichen Benehmens war es Viktoria anzusehen, wie erleichtert sie war, Antonia und Seiboldt sich selbst überlassen zu können. Sie lächelte zum Abschied flüchtig und floh mit raschen Schritten in Richtung Foyer.

Ihre Absätze klapperten auf dem Fliesenboden, bis sich das Geräusch schließlich verlor und nur noch das Rattern und Puffen, das dumpfe Klirren und Rufen der Arbeiter vom Kai herüberwehte. Irgendwo schrie ein Esel, und die Räder eines Leiterwagens knarrten, den ein alter Mann an der Hotelterrasse vorbeizog.

»Es tut …«, begann Antonia.

»Ich möchte …«, hob Seiboldt im selben Moment an.

Zum ersten Mal an diesem Morgen begegneten sich ihre Blicke. Wieder berührten Antonia seine müden, kranken Augen.

Überraschenderweise überwog das Gefühl des Mitleids. Am liebsten hätte sie sich nach seinem Befinden erkundigt, ihn vielleicht getröstet, mögliche Schmerzen zu lindern versucht. Doch jede Form der Nähe, selbst die einer Krankenschwester, erschien ihr mit einem Mal zu viel. Verlegen wischte sie sich ihre feuchten Handflächen an ihrem Rock ab.

»Sie wollten etwas sagen«, erinnerte er.

»Nein, nein«, sie schüttelte den Kopf, und der Schmerz kehrte mit der schnellen Bewegung zurück. Während sie eine Hand hob und mit den Fingerspitzen ihre Nasenwurzel zu massieren begann, fügte sie hinzu: »Bitte, Sie zuerst, Herr Doktor.«

»Geht es Ihnen nicht gut?« Seine Stimme klang besorgt, und Antonia fragte sich unwillkürlich, wer von ihnen sich eigentlich mehr um den anderen kümmern wollte – und es doch nicht konnte. Er wartete ihre Antwort nicht ab, sondern fuhr in drängendem Ton fort: »Setzen Sie sich endlich, Fräulein Geisenfelder, tun Sie mir den Gefallen. Ich würde es vorziehen, nicht länger stehen zu müssen, und dann können Sie mir in Ruhe erklären, warum – und vor allem – wohin Sie heute zu reisen gedenken.«

Sie tat, wozu er sie aufgefordert hatte, und auch er nahm unverzüglich Platz. Wie zuvor Viktoria ließ er seine Blicke über den Hafen schweifen. Antonia war froh, dass er sie nicht ansah. Ihre Wangen glühten und wechselten wahrscheinlich ständig die Farbe. Ich sehe nicht sonderlich attraktiv aus, dachte sie grimmig. Bei der spärlichen Beleuchtung in der Nacht, in Viktorias Kleid und mit einer ansprechenden Frisur, die nichts mit den wie immer nachlässig hochgesteckten Haaren dieses Morgens zu tun hatte, war sie ihm natürlich bezaubernder erschienen. Gewiss bereute er sein Tun aus ganzem Herzen. Es war ein Versehen gewesen, womöglich die Verwechslung mit einer anderen Frau … Der Gedanke zerriss ihr wundes Herz.

»Es tut mir leid, was geschehen ist«, sie murmelte in sich hinein, jedes Wort fiel ihr schwer. Obwohl sie wusste, dass sie nicht in der Lage sein würde, etwas davon zu wiederholen, sprach sie so leise, dass er sie wahrscheinlich kaum verstand: »Ich trage allein die Schuld daran und würde gerne ungeschehen machen, was …«

»Reden Sie keinen Unsinn!«, unterbrach er sie barsch. »Glauben Sie mir, ich war trotz meines Zustands noch so sehr Herr meiner Sinne, dass ich in der Lage gewesen wäre, mich einer Frau zu erwehren, wenn ich dies gewünscht hätte.«

Verblüfft sah sie auf. »Ich verstehe nicht …«

»Haben Sie nichts bemerkt?«, fragte er seinerseits offenbar zutiefst verwundert zurück. »Ich war berauscht. Nicht von Ihnen, wie ich leider zugeben muss, sondern von dem Kraut, das ich unvorsichtigerweise in großen Mengen verköstigt hatte.« Er sah sie eindringlich an und wiederholte: »Ist Ihnen wirklich nichts aufgefallen?«

Sie zuckte ratlos mit den Schultern.

»Lieber Himmel, Sie wollen Medizinerin sein, da müssen Sie eine Veränderung beobachtet haben!«, rief er fast verzweifelt aus. »Sie können doch nicht ernsthaft annehmen, dass ich mich Ihnen bei nüchternem Verstand in dieser Weise nähern würde.«

Antonia schnappte nach Luft. Die Deutlichkeit, mit der er seine Situation darstellte, raubte ihr den Atem. Sie begann zu schwitzen. Die Bilder des arbeitsamen Treibens am Kai verschwammen vor ihren Augen. Waren das Tränen oder Schweißperlen, die sich zwischen ihren Lidern sammelten? Mit zitternden Lippen entrang sich ihr ein geflüstertes »Es tut mir leid«.

»Entschuldigen Sie sich nicht«, entgegnete er ungeduldig. »Ihr einziges Vergehen war, dass Sie bezaubernd aussahen, aber das kann man Ihnen nicht wirklich als Vorwurf ankreiden, nicht wahr?«

Am liebsten hätte sie noch einmal »Es tut mir leid« gesagt, aber sie biss sich auf die Zunge und schwieg. Kopfschmerz und Verwirrung pochten in ihrem Hirn und begannen, ihren Verstand in einen unangenehmen Nebel zu hüllen.

»Es lag am Kath«, verkündete er, als handelte es sich dabei um einen Triumph, »dem Laster der Jemeniten. Ich hörte schon vor unserer Abreise aus Deutschland von dem Blattwerk und hatte mir sogleich vorgenommen, die Wirkung auszuprobieren, wenn sich mir die Gelegenheit böte ... Haben Sie von den Studien Professor Freuds gehört?«

»Es ... Nein.«

»Die pathologische Anatomie ist wohl nicht so Ihre Sache. Wichtiges Gebiet, kann ich nur empfehlen ... Nun, Sigmund Freud hat einen Lehrstuhl für Neuropathologie an der Universität Wien. Er beschäftigte sich einige Jahre intensiv mit der Wirkung des Kokains, über den reinen Gebrauch als Lokalanästhetikum hinaus, und unterzog sich dabei mehreren Selbstversuchen. Vor einem Jahr erschien seine Studie Über Coca, die für einiges Aufsehen sorgte. Natürlich ist dies auch nicht gerade mein Fachbereich, aber ich kann nicht behaupten, kein Interesse an derartigen Untersuchungen zu haben ...«

Seine Stimme hatte wieder jenen Klang gewonnen, der seine ruhigen, präzisen Vorträge so unnachahmlich anschaulich machte. Dies war ein Terrain, auf dem sich Antonia mit einem Mal sicherer fühlte. Ihre tiefe Bewunderung für den Wissenschaftler Seiboldt war die Basis ihrer Beziehung zu ihm gewesen. Die Leidenschaft hatte ihrer Zusammenarbeit heute Nacht den Boden entzogen. Doch nun erwachte in ihr wieder die neugierige Studentin. Mit seinem Bericht schaffte er es mühelos, das Geschehene für ein paar Minuten vergessen zu machen.

»Ich hatte und habe die Absicht, die Expedition nach Sansibar nicht nur hinsichtlich des Cholera-Erregers erfolgreich zu führen, sondern auch darüber hinaus Erfahrungen zu sammeln. Zum Zwecke des Selbstversuchs ging ich also gestern Nachmittag auf den Markt. In einem mir vom Schiffsarzt empfohlenen Teehaus wurde ich sehr gastfreundlich aufgenommen. Die Männer verkauften mir Kath und teilten mit mir den Genuss der Wasserpfeife. Ich habe nicht die geringste Ahnung, welches Zeug ich da geraucht habe. Vielleicht hat es die Wirkung des Blattwerks verstärkt. Vielleicht auch nicht. Ich habe nämlich ziemlich viel Kath zu mir genommen. Ist Ihnen nicht aufgefallen, dass die Einheimischen ständig mit einer dicken Backe herumlaufen?«

»Ich nahm an, die Männer litten unter starken Zahnschmerzen«, gab sie zu, zögernd, weil sie ahnte, dass ihre Antwort nicht zu seiner Zufriedenheit ausfiel.

Prompt reagierte er aufgebracht: »Wo haben Sie Ihren sonst so geschliffenen Verstand gelassen, Fräulein Geisenfelder? Glauben Sie wirklich, ein Großteil der jemenitischen Bevölkerung hätte eitrige Kieferentzündungen?«

Betreten senkte sie die Augen auf ihre Hände, die in ihrem Schoß lagen. Nervös knetete sie die feuchten Finger.

»Wie auch immer«, ein tiefer Seufzer beendete seine offenkundige Verzweiflung über die Einfältigkeit seiner Sekretärin. »Ich kann die Ausführungen Professor Freuds in vielfältiger Weise teilen. Er beschrieb die Folgen des Kokaingenusses mit ›Aufheiterung, anhaltender Euphorie und Lebenskraft‹. Die Wirkstoffe des Kath sorgen für eine ähnliche Stimmung. Allerdings hatte ich nicht mit einer Erscheinung gerechnet, die … mhmmm …«, er räusperte sich, unvermittelt zurückhaltender in seinen Ausführungen, dann: »Im Rausch wird das Verlangen stark gestei…«

Ein lautes Scheppern. Irgendwo fiel Porzellan zu Boden, ein Teller vielleicht, der auf den Fliesen zerbrach. Im nächsten Moment ergoss sich ein Schwall aus arabischen Sätzen aus dem Mund eines Einheimischen, dem leise zischende Ermahnungen in englischer Sprache eines anderen Mannes folgten.

Sichtlich irritiert wandte sich Seiboldt um. Offenbar hatte er nicht mit möglichen Zuhörern seines nur für Antonia bestimmten Vortrags gerechnet. Auch Antonia drehte sich um und bemerkte erst jetzt die beiden Kellner, die am anderen Ende der Terrasse mehr oder weniger lautstark damit beschäftigt waren, sich nun über den Schaden zu streiten. Zuvor hatten sie wohl begonnen, die Tische einzudecken, auf einigen stand bereits das Geschirr mit dem Emblem der britischen P&O-Linie.

Seiboldt räusperte sich wieder und fand zu seinem Thema und seiner Gesprächspartnerin zurück, sprach angesichts der möglichen, des Deutschen mächtigen Zuhörer im Hintergrund aber deutlich gedämpfter: »Unter dem Einfluss des Kath habe ich jeden Anstand verloren. Nicht dass Sie jetzt denken, mir wäre gleichgültig gewesen, welche Frau ich begehre. Das war es nicht. Sie waren da und vertraut und, wie ich schon sagte, ganz bezaubernd. Allerdings kann ich Ihnen versichern, dass sich ein derartiger Vorfall nicht wiederholen wird.«

»Oh!«, machte Antonia nur.

Sie versuchte, das Gehörte einzuordnen und zu verstehen. Doch Vernunft und Liebe kämpften in ihrem Gehirn noch um die Vorherrschaft. Er hatte freundliche Dinge gesagt, die aber begleitet von Betrachtungen waren, die nichts oder zu wenig mit seinen Gefühlen für sie zu tun hatten.

Nur langsam dämmerte ihr, dass er ihr durch seine Erläuterung die Möglichkeit zum Vergessen und für eine weitere Zusammenarbeit bot. Verletzung, Eitelkeit, Liebe und Dankbarkeit befanden sich in erbittertem Wettstreit.

»Warum steht eigentlich Ihr Koffer hier herum?«, fragte er plötzlich. »Haben Sie sich in unserem Abfahrtstag geirrt? Also wirklich, Fräulein Geisenfelder, ich habe Sie engagiert, damit *mir* kein solcher Fehler unterläuft, nicht, damit ich *Sie* über das Versehen aufklären muss.«

Lieber Gott, was soll ich tun? Ihre Blicke hoben sich, doch kein Wölkchen zeigte sich in dem mit jeder Stunde intensiveren Blau des Himmels über dem Hafen. Sie wartete einen, zwei Atemzüge ab, doch Gott hörte sie nicht oder war nicht willens, ihr ein Zeichen zu senden.

Seiboldt schien die Situation indes mit einiger Verzögerung zu begreifen. »Sie wollen mich verlassen!«, stellte er heiser fest. »Sie setzen meine Expedition, die Forschungsgelder, die mir bewilligt wurden, die Hoffnung, die wir nähren, die Möglichkeiten, die wir haben … all das setzen Sie aufs Spiel«, fügte er voller Bitterkeit hinzu, »weil ich mich vergessen habe.«

Er erhob sich schwerfällig aus dem für seine Statur viel zu zierlichen Korbsessel. »Ich hielt Sie immer für besonders patent. Ist es ein Zeichen Ihrer Tüchtigkeit, dass Sie zimperlich auf eine Situation reagieren, die sich niemals wiederholen wird?«

Stumm schüttelte sie den Kopf.

»Glauben Sie am Ende, Wegener sei mir Hilfe genug? Das ist lachhaft. Wenn Sie gehen, Fräulein Geisenfelder, kann ich ebenfalls meine Koffer packen und jeden Gedanken an Sansibar vergessen. Mein Ruf dürfte dann allerdings ruiniert sein … Wohin wollen Sie überhaupt?«

»Nach Hause …«

»Wohin?«, wiederholte er, als hätte er sie nicht gehört.

»Nach Hause«, sagte sie etwas lauter.

Er wischte ihre Antwort mit einer zornigen Geste fort. »Wenn Sie damit Ihren eigentlichen Wohnort meinen, vergessen Sie das. Nicht München ist Ihr Zuhause, sondern das Laboratorium, in dem wir beide arbeiten, einerlei, wo sich dies gerade befindet. Also, wohin wollen Sie?«

»Nach Sansibar?«, schlug sie langsam vor, keineswegs überzeugt von ihrer Antwort. Und überhaupt nicht sicher, ob sie tatsächlich die Tapferkeit aufbrachte, künftig weiter Seite an Seite mit ihm zu arbeiten. Denn etwas verstand sie mit einem Mal: Es gehörte Mut dazu, die Sehnsucht nach Liebe und das Verlangen nach Leidenschaft zu ignorieren, wenn der Mann, dem diese Gefühle galten, einen großen Teil ihres Alltags ausmachte. Aber war Antonia Geisenfelder jemals feige gewesen?

Seiboldt atmete tief durch. »Na, also«, seufzte er erleichtert, »es geht doch … Ich sollte mir nun ein wenig die Füße vertreten, das dürfte erholsam sein. Als wenn ich nicht schon genug gesundheitliche Probleme mit den Folgen des Selbstversuchs hätte …«, kopfschüttelnd und wohl auch ein wenig verärgert über ihre mangelnde Rücksichtnahme trat er den Weg in Richtung Promenade an. Doch bevor er unter der Überdachung hervortrat, wandte er sich noch einmal zu Antonia um.

»Fräulein Geisenfelder, schaffen Sie diesen Koffer weg. Er steht nur im Weg.«

»Selbstverständlich, Herr Doktor«, erwiderte Antonia.

»Wo ist mein Hut?«

»Hier, Herr Doktor.« Sie griff nach dem Canotier, den er bei seinem Eintreffen auf das Teetischchen gelegt hatte, und erhob sich, um ihm das Gewünschte zu reichen.

Ihre Hände berührten sich.

»Danke«, raunte Seiboldt.

Dann nahm er ihr den Hut ab, setzte ihn sich verwegen auf den Kopf und begann mit festen Schritten, seines Weges zu gehen.

ZWEITER TEIL

Wichtig ist nicht, wo du bist,
sondern was du tust, wo du bist.

Suaheli-Sprichwort

1

Im Erwachen registrierte Roger Lessing den Moschusduft in seinen Laken und jenen Hauch von Jasmin, der Zouzan stets zu umgeben schien. Obwohl er ihren Geruch wahrnahm, wusste er, dass sie ihn längst verlassen hatte.

Sie schlief nie in seinem Bett. Selbst wenn er sie ausdrücklich darum bat, schlich sie davon, nachdem er befriedigt eingeschlafen war. Er wusste es, und doch flehte er sie in der Ekstase an, bei ihm zu bleiben, wenn sie mit ihm spielte, bis er einen atemberaubenden, überwältigenden Höhepunkt erlebte. Immer war ausschließlich er es, der im Nirwana des Rausches landete; er konnte sie nicht glücklich machen. Zouzan war wie alle Massai-Frauen beschnitten, und er lehnte es ab, in die zerstörte Muschel einzudringen, aus Furcht, ihr wehzutun. Die meisten weißen Männer waren weniger rücksichtsvoll als er, aber die waren selten in die Frauen verliebt, die sie auf geheimen Sklavenmärkten auf dem Festland entdeckt und als Wohltäter zu sich genommen hatten.

Als er vor fünf Jahren nach Sansibar gekommen war, um die Handelsniederlassung seines Vaters zu führen, hatte Roger Lessing nicht damit gerechnet, jemals einer Frau zu verfallen, die eine samtweiche Haut in der Farbe von Ebenholz besaß. Natürlich befand sich in seinem ganz persönlichen Gepäck eine gewisse Neugier auf die Andersartigkeit der Afrikanerinnen, aber er rechnete eher damit, über kurz oder lang die Tochter eines anderen Europäers oder eines Yankees zu ehelichen. Stattdessen kaufte er auf einer Reise nach Tanganjika von einem Araber Zouzan, die schöne Massai mit den tiefen dunkelbraunen Augen. Vielleicht war es ihre trotz der entwürdigenden Situation auf dem Sklavenmarkt aufrechte Haltung, die ihn für sie eingenommen hatte. Von ihr gingen Kraft und Stolz aus wie von keiner anderen, der er je begegnet war.

Zouzan war aus ihrem Dorf weit weg entführt worden, als ein Mann das Gastrecht der Massai missachtete. Er nötigte die jüngste der Ehefrauen seines Gastgebers, heimlich mit ihm zu kommen, nachdem er die Nacht mit ihr verbracht hatte. Später bot sie der Mann feil wie ein uninteressant gewordenes, jedoch nicht ganz wertloses Souvenir. Der Sklavenhändler stammte von der Insel Madagaskar und gab ihr den arabischen Namen Zouzan, der Roger gefiel – wie fast alles an ihr; Roger hatte ihr nur nicht abgewöhnen können, sich den Schädel zu rasieren, wie es in ihrem Stamm üblich war.

Ein Windhauch blähte das Moskitonetz und strich über seine Schultern. Er schlief nackt. Zu Hause in Hamburg wäre das ein Skandal und keinem Butler jemals zu erklären. Hier auf Sansibar gehörte diese Freiheit zu einer Reihe von Lebensfreuden, die sich der weiße Mann fern der Heimat gönnte. Zumindest störte sich kein schwarzer Hausdiener daran, wenn sein *bwana* kein Nachthemd trug. Auch nicht an seiner Geliebten, denn die meisten Fremden vergnügten sich auf die eine oder andere Weise mit einer oder mehreren Einheimischen. Allerdings drängte so manche Gattin seiner Freunde darauf, Roger möge sich endlich eine standesgemäße Gemahlin suchen, und versuchte, ihn mit einer Tochter aus den eigenen Kreisen zu verkuppeln. Doch der Heiratsmarkt war in Ostafrika recht überschaubar, sodass er bisher davongekommen war, ohne allzu deutliche Avancen grob abwehren zu müssen.

Der Gedanke an die anderen Deutschen und Engländer, zu

denen er vornehmlich gesellschaftlichen Kontakt pflegte, erinnerte ihn daran, dass er aufstehen sollte, um das Schiff zum Festland nicht zu verpassen. Er wollte mit seinem Freund und Geschäftspartner Friedrich van Horn nach Pangani reisen, um eine Kaffeelieferung in Empfang zu nehmen. Die Qualität war nicht das Problem, Betrügereien eigentlich nicht zu erwarten, da es sich um einen Landwirt handelte, der im Auftrag der Deutsch-Ostafrikanischen Plantagengesellschaft arbeitete. Doch seit die Deutschen auf einer Übernahme nicht nur des Hinterlandes, sondern auch der Küstenregion mit ihren wichtigen Häfen bestanden, häuften sich die Übergriffe bewaffneter Banden. Araber und schwarze Stämme, die durch den wachsenden Einfluss der Europäer ihre wirtschaftliche Macht bedroht sahen, rotteten sich zusammen.

Roger schlug die Decke zurück und gleich darauf das Moskitonetz. Durch die Ritzen der geschlossenen Läden wehte ein laues Lüftchen in das offene Fenster. Das Sonnenlicht malte helle Streifen auf den grauen Marmorboden des mit europäischen Möbeln aus Kirschholz ausgestatteten Schlafzimmers. Er hatte die Einrichtung von den Vorbesitzern, einer Familie aus England, übernommen, das Mobiliar allerdings mit einer Reihe von Kissen, Decken, Tüchern und Vorhängen dekoriert, die farbenprächtiger nicht sein konnten und aus Zouzans Einkäufen auf dem Bazar stammten.

Sein nächster Handgriff galt dem abgetragenen blausamtenen Morgenmantel, der auf einem Hocker neben seinem Bett lag, und er schlang ihn um seinen durchtrainierten Körper. Gerade als er die Läden aufstoßen wollte, öffnete sich die Tür.

»*Jambo, bwana*«, grüßte Ali, sein Leibdiener, der ihn entfernt an die Zeichnungen von Mohren in alten Geschichtsbüchern erinnerte.

In früheren Jahrhunderten hatten sich reiche Kaufleute häufig dunkelhäutige Diener aus Afrika mitgebracht und diese wie

Trophäen in ihren Haushalten in Deutschland oder anderswo in Europa ausgestellt, pompös ausgestattet mit bunten Pumphosen und orientalischen Kopfbedeckungen. Ali erinnerte jedoch nicht an diese Karikaturen. Er trug stets würdevoll ein blütenweißes langes Hemd, *Kanzu* genannt, und auf den Locken eine für seine Stellung überaus reich bestickte *Kofia,* den traditionellen randlosen und ziemlich flachen Hut.

»*Habari*«, erwiderte Roger nach Landessitte.

»*Mzuri sana*«, schloss Ali das Begrüßungsritual mit einer tiefen Verbeugung.

Roger sprach zwar ein paar Brocken Suaheli, aber er war dankbar, dass Ali deutlich mehr Worte auf Deutsch gelernt hatte. »Bereite mir ein Bad und bring mir eine Tasse Kaffee«, bat der Hausherr und fügte hinzu: »Ich muss gleich in die Stadt. Nadar soll anspannen, ich habe es eilig.«

Bei seinem Butler in Hamburg hätte er sich jetzt nach der genauen Stunde erkundigt, doch auf Sansibar unterließ er diese Frage. In Ostafrika gab es eine andere Zeitrechnung, die für ihn anfangs höchst verwirrend gewesen war, denn zwölf Uhr mittags wurde etwa von einem Suaheli »sechs Uhr« genannt. Irgendwann hatte er es aufgegeben, sich nach den Zeitmessern anderer zu richten, sondern verließ sich nur noch auf sein eigenes Chronometer, ein Erbstück seines Großvaters, das sich in der Tasche seines Morgenmantels befand.

Endlich öffnete Roger die Fensterläden, und mit dem hellen Morgenlicht empfing ihn der Farbenrausch von blühenden Bougainvilleen, Oleander und Hibiskus, selbst den Regenbaum in seinem Garten zierten um diese Jahreszeit zauberhafte rosafarbene Blüten. Ihm strömte der schwere Duft von Orangen, Jasmin, Nelken und warmer, feuchter Erde entgegen. In der Nacht mochte es geregnet haben, doch der Morgen war klar und sonnig. Das Plätschern eines Brunnens mischte sich mit dem leisen Klappern der Palmwedel, in die der Wind fuhr, und dem Rauschen der Wellen, die gegen das Riff am Rande seines Gartens schlugen. Er hatte sein Schlafzimmer absichtlich so gewählt, dass sein Blick hinaus von Magie getragen wurde: Hier üppige Blüten und Grün, dahinter die in einem tiefen Blau glänzende See.

Der Tanz der Elemente jenseits seiner Fenster war einer der Gründe gewesen, warum er ausgerechnet diese Schamba nördlich der Stadt gekauft hatte. Eine Villa direkt am Strand der Inselhauptstadt konnte er sich noch nicht leisten, derartige Gebäude standen etwa dem kaiserlichen Gesandten zu, und in dem engen Labyrinth der Gassen wollte er nicht wohnen. Natürlich war die tägliche Fahrt ein wenig unpraktisch, aber er hatte schon immer die Weite des norddeutschen Flachlandes und des Meeres geliebt; Häuserschluchten wirkten auf ihn beklemmend. Sein Kontor befand sich in günstiger Lage am Hafen, und an Abenden, an denen es später wurde, übernachtete er bei seinen Freunden, dem Ehepaar van Horn, im Gästezimmer. Dieses besaß einen Zugang zur Dachterrasse, von der aus er einen fantastischen Weitblick genießen konnte. Dennoch wollte er keine andere Wohnung mit seinem Zuhause tauschen und nahm dafür jede Unannehmlichkeit in Kauf – selbst eine gewisse räumliche Distanz zu seinen Bekannten, die sich andauernd zum Tennis- und Kartenspielen, Musizieren oder zu Dinnerverabredungen trafen.

Ein leises Klirren in seinem Rücken veranlasste ihn, sich umzudrehen. Zouzan schritt fast geräuschlos auf bloßen Füßen durch den Raum, nur die Porzellantasse schepperte auf der Untertasse. Ihm stieg der Duft frisch gebrühten Bohnenkaffees in die Nase – und das süße Aroma seiner Geliebten.

Wie schön sie war! Hochgewachsen, schlank, feingliedrig. Sie trug einen *Kanga,* die traditionelle Kleidung der Ostafrikanerinnen, der ihm zu Ehren in Blautönen gewebt war, seiner Lieblingsfarbe. An ihren Ohren schaukelten bei jeder Bewegung die breiten, mit Perlen bestickten Ringe der verheirateten Massai-Frauen, die einzigen Erinnerungsstücke aus ihrer fernen Heimat.

»*Jambo, bwana*«, sagte sie, und ihre Augen strahlten ob seines glücklichen Lächelns.

»*Habari*«, gab er zurück, doch sein Ton klang anders als zuvor während des Begrüßungsrituals mit seinem Diener Ali. Roger wartete die weiteren Floskeln diesmal auch nicht ab, sondern fügte rasch hinzu: »Ich hatte vergessen, es dir zu sagen, Zouzan: Ich muss in geschäftlichen Angelegenheiten auf das Festland reisen.«

Wie immer, wenn er nach Pangani fuhr, umwölkte sich ihr Blick. Diese schöne Stadt am Ufer des gleichnamigen Flussdeltas war das Tor zum Hinterland – und der Schlüssel zu ihrer Heimat nordwestlich davon. Obwohl sie es niemals aussprach, ahnte Roger, dass sie viel dafür geben würde, ihn zu begleiten. Irgendwann, das hatte er sich seit ihrer ersten Begegnung vorgenommen, wollte er ihr behilflich sein, zu ihrem Stamm heimzukehren. Er würde sie ziehen lassen, keine Frage, aber momentan war das glücklicherweise nicht möglich. Und überhaupt waren Massai Nomaden, redete er sich ein, es wäre keinesfalls einfach, ihre Sippe in der Endlosigkeit der Savanne zu finden.

Als er ihr die Tasse abnahm, umschlossen seine Finger kurz ihre Hand. »Ich wünschte, du könntest an meiner Seite reisen«, sagte er, und das entsprach der Wahrheit. Ihre Gesellschaft hätte er genossen, nicht aber die Furcht vor ihrem anschließenden heimlichen Verschwinden. »Ich habe es dir schon so lange versprochen, ich weiß. Heute nehme ich nicht das eigentliche Küstenschiff, sondern den britischen Dampfer, der aus Aden kommt und drei Knoten fährt. Für mich ist es sehr bequem, aber dir würde es nicht gefallen, und ich möchte dich nicht in der dritten Klasse eingesperrt wissen.«

Sie verstand kein Wort von dem, was er ihr zu erklären versuchte, aber der Glanz war immerhin in ihre Augen zurückgekehrt, und das genügte ihm als Antwort.

Ihm ging der Gedanke durch den Kopf, dass er Zouzan gerne geheiratet hätte. In der letzten Zeit trug er sich häufig mit derartigen Zukunftsplänen. Die Hochzeit mit einer Afrikanerin war zwar im Deutschen Reich nicht verboten, aber gesellschaftlich nicht adäquat. Außerdem war er sich bis heute nicht darüber im Klaren, ob Zouzan ihn mit derselben Intensität liebte wie er sie. Waren ihre Gefühle überhaupt identisch? Waren ihre Kulturen nicht viel zu unterschiedlich, um die gleichen Empfindungen zu teilen? Er war sich nur sicher darin, dass sie höchst eifersüchtig reagieren würde, falls eine andere Frau ihren Platz einnähme. Doch eine andere wollte er nicht.

2

Am Horizont tauchte ein Streifen weißen Strandes unter einer sanft geneigten graugrünen Hügelkette auf. Eigentlich war es eher ein Punkt, der Traum einer unwirklichen, fast öden Landschaft, die über dem im Morgenlicht schimmernden Meer zu schweben schien. Die See funkelte in etlichen Farbnuancen, und Viktoria hätte nie für möglich gehalten, einmal eine Wasseroberfläche in Amethyst, dann in Smaragd oder in Saphir und Aquamarin wie einen endlosen Teppich aus Edelsteinen glitzern zu sehen. Durchzogen wurde dieses Wunder von Sandbänken und Korallenriffen wie von hellen Strichen auf buntem Grund.

Zum letzten Mal stand sie mit ihren Gefährtinnen auf dem Promenadendeck und fieberte erwartungsvoll einem neuen Hafen entgegen, dem letzten auf ihrer Reise. Der Kapitän hatte den Passagieren der ersten Klasse gestern Abend während einer kleinen Ansprache vor dem Dinner erklärt, dass Sansibar keinen Landungssteg besaß. Die stets heftig blasenden Winde und die zahllosen Untiefen und Riffe vor der Küste erschwerten das Anlegen in der Hauptstadt des Sultanats. Deshalb sei es ratsam, in der Nacht auf See Anker zu werfen und sich erst nach Sonnenaufgang der Insel zu nähern. Im Übrigen wüte an Land gerade ein Unwetter.

Begleitet von dem Geschnatter Hunderter Delfine, stampfte das Schiff in der kristallenen Morgensonne nun endlich seinem Etappenziel entgegen. Der nächtliche Tropenregen hatte die Landschaft wie mit einem Wischtuch blankgescheuert. Nicht nur die See in ihren unterschiedlichen Blautönen erschien Viktoria leuchtender als je zuvor während ihrer Fahrt. Je näher die *Britannia* dem bewohnten Teil der Insel kam, desto farbenprächtiger wurde die Aussicht.

Der schwebende Punkt verwandelte sich in lange, flache Strände, von Palmenhainen gesäumt und von kleinen Buchten unterbrochen, Mangroven wechselten sich mit Schraubenbäumen ab, gepflegte Rasenflächen senkten sich vor weißen Landhäusern zum Meer hin oder gingen in Plantagenanlagen über. Je abwechslungsreicher die Küstenlinie wurde, desto lebendiger das Treiben auf dem Wasser. Zahllose Segelschiffe waren unterwegs: Stabile Dhaus kreuzten die Fahrrinne des Dampfers, klapprige, eher Nussschalen ähnelnde Kähne wurden von Männern, deren muskulöse Körper im hellen Sonnenlicht wie Pech glänzten, vom Strand in die Wellen geschoben, einfache Fischerboote kehrten vom morgendlichen Fang zurück.

Obwohl sie sich über ihre Ankunft freuen sollte, fühlte sich Viktoria seltsam niedergeschlagen. Das für sie relativ freie, selbstständige Leben an Bord hatte ihr gefallen. Wochenlang hatte sie in einer Art Kokon gelebt – und stand nun vor der Herausforderung, sich in einem gänzlich neuen Leben und unter der Obhut völlig fremder Menschen zurechtzufinden. Es war ihr bis jetzt erfolgreich gelungen, den Gedanken an jene Zwänge zu verdrängen, vor denen sie geflohen war. Furcht vor dem Ungewissen und die Angst vor Enttäuschung begannen jedoch plötzlich in ihr zu brennen.

Juliane indes freute sich auf Sansibar. Sie sprühte vor Lebendigkeit. »Die arabische Gastfreundschaft soll unbeschreiblich sein«, plapperte sie. »Mein Papa sagt, sie sei nicht annähernd vergleichbar mit der größten Herzlichkeit bei uns. Deshalb hat sicher niemand etwas dagegen, wenn Sie mich besuchen. Der Sultanspalast ist gewiss ziemlich beeindruckend.«

»Das ist sehr nett«, erwiderte Antonia mit erhobener Stimme, um das Hupen des Signalhorns der *Britannia* zu übertönen, »aber ich fürchte, für das Besichtigen von Sehenswürdigkeiten wird mir die Zeit fehlen. Die reiche Steinstadt Sansibars soll zwar sehr malerisch sein, aber das Ziel unserer Expedition liegt auf der anderen Seite der Landzunge in der Madagaskarvorstadt, wo die Armen wohnen.«

Juliane schlug sich entsetzt die Hand vor den Mund. »Werden Sie dort etwa Quartier nehmen?«

»Ich nehme an, Herr Doktor Seiboldt hat eine angemessene Unterkunft gemietet«, sagte Antonia, und Viktoria glaubte, ein flüchtiges Zögern zu bemerken. »So war es jedenfalls in Neapel, wo wir auf den Hügeln und nicht im Hafenviertel lebten.«

»Wie auch immer«, Juliane ließ sich von ihrer Einladung nicht abbringen: »Wenn Ihnen die schlimmen Lebensumstände der Eingeborenen, Cholera und was es sonst noch alles gibt, zu viel werden, besuchen Sie mich einfach.«

Viktoria hatte ihre Augen mit der Hand beschattet und blickte zu den schlanken Seeschwalben mit den hübschen schwarzen Hauben hinauf, die ihre Kreise um Masten und Schornsteine drehten. Auf ihren Sonnenschirm, den sie bei diesen Lichtverhältnissen dringend gebraucht hätte, musste sie verzichten. Er war vorhin unter ihre Koje gerollt, und sie hatte sich nicht danach gebückt, weil sie schnell an Deck wollte, um von ihren Freundinnen Abschied zu nehmen. Der Gedanke, dass dies vielleicht ihr letztes Zusammentreffen war, betrübte sie.

»Warum verabreden wir uns nicht zu einem Jour fixe?«, hörte sie sich plötzlich fragen, bevor der Plan ernsthaft Gestalt annehmen oder verworfen werden konnte.

Sie wandte sich von den Vögeln ab und sah die beiden anderen aufmerksam an. Als sie Antonias hochgezogene Augenbrauen bemerkte, fügte sie hinzu: »Wir treffen uns regelmäßig zu einer bestimmten Uhrzeit an einem bestimmten Ort. Es ist eine feste Abmachung und bedarf nicht jedes Mal eines neuen Hinweises. Das hat den Vorteil, dass man das eine oder andere Mal fernbleiben, aber dennoch sicher sein kann, einander bei nächster Gelegenheit zu sehen. So treffen wir uns immer wieder und können uns erzählen, was in der Zwischenzeit geschehen ist.«

Die Krempe von Julianes Florentinerhut wackelte, als sie eifrig nickte. »O ja, das ist wundervoll. Ich wünsche mir so sehr, dass wir uns nicht aus den Augen verlieren.«

»Also, ich weiß nicht …«, Antonia hob zögernd die Schultern. »Ich kann über meine Zeit nicht frei bestimmen, das wissen Sie doch. Wie soll ich mich zu einem bestimmten Termin verabreden, wenn ich nicht weiß, ob ich meiner eigenen Wege gehen darf?«

»Irgendwann werden Sie schon einen freien Nachmittag bekommen«, behauptete Viktoria. »Herr Doktor Seiboldt ist kein Unmensch. Er wird Sie nicht an der Schreibmaschine festbinden.«

»Nein, natürlich nicht«, stimmte Antonia hastig zu und senkte die Lider. Eine feine Röte überzog ihre Wangen.

Wie sehr Antonia den Wissenschaftler verehrte, war für Viktoria von Anfang an unübersehbar gewesen. Dass etwas zwischen den beiden vorgefallen war, ein Streit vielleicht, ließ sich ebenfalls nicht verbergen. Viktoria hatte dies nicht nur an jenem Morgen in Aden auf der Hotelterrasse bemerkt, sondern vor allem danach an Bord der *Britannia*. Seitdem begegneten sich Antonia und Seiboldt anders als zuvor auf der *Sachsen*. Der Ton zwischen Forscher und Sekretärin war inzwischen kühl und distanziert. Wenn Viktoria mit der Freundin und ihrem Lehrer zusammensaß und Formeln paukte, konnte sie hin und wieder bemerken, wie Antonias Blick versonnen auf Seiboldt ruhte. Sobald Antonia aber wahrnahm, dass sie beobachtet wurde, schaute sie rasch zur Seite, als fühlte sie sich bei etwas Verbotenem ertappt. Seiboldt verhielt sich gelegentlich genauso, und seine Augen wirkten dann auch keineswegs frostig.

Viktoria sprach bewusst leichthin, um Antonia nicht noch tiefer in Verlegenheit zu bringen: »Falls Sie ein Treffen nicht wahrnehmen können, kommen Sie eben zum nächsten. Das gilt für uns alle. Keine von uns weiß, was sie erwartet.«

»Wahrscheinlich werde ich mich schrecklich langweilen«, prophezeite Juliane. »Mein Vater wird den ganzen Tag in Geschäften unterwegs sein – mit dem Sultan, dem deutschen Gesandten, dem Konsul der englischen Königin oder dem Vertreter der Vereinigten Staaten von Amerika. Er sagt, diese Herren seien die wichtigsten Personen in Sansibar und sehr interessiert an Weinlieferungen aus Deutschland. Und was mache ich die ganze Zeit? Nichts. Das kann ich Ihnen versichern, meine Lieben. Nichts.«

Viktoria streckte ihre Hand flach aus. »Heute ist Donnerstag. Was halten Sie davon, wenn wir uns in zwei Wochen nachmittags zwischen vier und fünf Uhr zum Tee … ach, warum nicht … im Haus meiner Gastgeber einfinden? Und vierzehn Tage später machen wir es ebenso. Ich behaupte, es wird keine Einwände geben. Was ist schon schicklicher als eine mit Freundinnen verbrachte Stunde? Was meinen Sie?«

»Ich bin einverstanden«, verkündete Juliane und schob ihre Rechte über Viktorias Hand.

Antonia legte ihre an Arbeit gewöhnte Hand auf Julianes zarte Kinderfinger. »Hoffentlich haben die Herrschaften nichts dagegen … Ich werde tun, was ich kann, um unsere Verabredung einzuhalten.«

»Dann sind wir uns einig«, bekräftigte Viktoria und besiegelte das Versprechen mit ihrer Linken. »Ehrlich gesagt, das ist für mich nicht nur eine Freude, sondern auch eine Erleichterung. Nichts geht über ein vertrautes Gesicht in der Fremde.«

Juliane hielt die anderen Hände mit erstaunlichem Druck fest. »Wollen wir dann nicht wenigstens *du* sagen? Ich hatte eigentlich längst vor, Sie darum zu bitten, aber dann ergab sich keine Gelegenheit, und ich war so oft unpässlich …«, ihre anfangs entschlossene Stimme klang unsicher.

»Das ist eine gute Idee!«, unterbrach Antonia die kurze Stille, um jede Peinlichkeit zu vermeiden. »Ich heiße Antonia.«

»Und ich Viktoria«, sie lachte, »aber das wissen Sie ja.«

Bevor Juliane ihren eigenen Namen nennen konnte, wie bei solchen Gelegenheiten üblich, erhob sich lautes Geschrei aus den Wellen. Es übertönte die Schiffssignale ebenso wie das Geschnatter der Delfine, die sich auf das offene Meer zurückzuziehen begannen, je näher die *Britannia* dem Hafen kam und je mehr sich der Bootsverkehr verdichtete. In stillem Einvernehmen lehnten sich die Freundinnen neugierig über die Reling.

Neben dem in dieser Kulisse riesenhaft wirkenden britischen Dampfschiff drängten sich fünf oder sechs Dhaus. Zwei Einbäume schienen ein regelrechtes Wettrudern zu veranstalten, um so nah wie möglich heranzukommen. Schwarze lenkten kleine Boote mit unverhältnismäßig großen weißen Segeln, die unter dem Gewicht ihrer Ladung bedrohlich tief ins Wasser einsanken. Bananenstauden in unvorstellbaren Mengen lagerten auf einem der Kähne, ein beeindruckender Berg praller Mangos, deren Schale zinnoberrot und grün in der Sonne leuchtete, auf einem anderen.

Die verschiedenen Händler priesen ihre Waren in ihrer für die meisten Reisenden wohl unverständlichen Sprache an, aber es war durchaus zu begreifen, dass etwa das Getränk, das ein ziemlich dunkelhäutiger Araber aus den faserigen zimtfarbenen Kokosnüssen auf seinem Boot gewann, die beste Kokosmilch diesseits des Äquators sei. Ein anderer Mann bot indes mit lautstarkem Geschrei seinen Orangensaft als Begrüßungstrunk an. Er presste ihn vor den Augen der potenziellen Kunden in kleine Beutel, genehmigte sich aber zuweilen selbst einen Schluck, was er mit genussreichen Gesten begleitete.

Auf den Decks sammelten sich die Passagiere, für die das Treiben eine willkommene Abwechslung bedeutete oder eine Atempause vor der aufregenden Landung. Das vielsprachige Stimmengewirr schwoll in Minutenschnelle zu einem Lärm an, der den Rufen der Händler kaum nachstand.

»Schaut nur!«, rief Juliane.

Ihre Aufmerksamkeit hatte ein Boot erregt, auf dem nicht Früchte oder andere Lebensmittel sich stapelten, sondern Käfige mit Tieren. Ein mittelgroßer Affe mit buschigem schwarzem Haupthaar, schwarz-weißem Fell und einem faltigen schwarzen Gesicht knabberte griesgrämig an irgendwelchen Blättern herum, sein Schwanz war länger als sein Körper und hing traurig zwischen den Gitterstäben herab. Sein Kumpan im Pferch daneben zeigte Drohgebärden und veranstaltete ein Brüllkonzert. In einem anderen Käfig waren zwei kleinere Meerkatzen untergebracht, die sich gegenseitig lausten.

»Das sind Stummelaffen«, erklärte Viktoria. »Sie sind auf Sansibar verbreitet, heißt es. Ich habe sie bei einer Völkerschau gesehen.«

Ihr Besuch im Tierpark Hagenbeck hatte zu den Vorbereitungen ihrer Reise gehört. Eigentlich erinnerte sie sich nur ungern daran, denn Neugier und Sensationslust verwandelten sich angesichts der ausgestellten afrikanischen Krieger – Massai aus Ostafrika, wie man ihr sagte – und der ebenfalls präsentierten Eskimos vom Nordpol in Abscheu und Verlegenheit. Ihre Mutter hatte auf dem Besuch bei dem Tierhändler bestanden, damit Viktoria nicht allzu überrascht von dem wäre, was sie auf Sansibar erwartete. Gustava Wesermann hatte nicht erklärt, ob sie damit die Menschen oder die Tiere meinte.

»Da ist ein Papagei!« Juliane war begeistert von so viel Exotik.

Auf dem Mast des Bootes mit den Affen thronte tatsächlich ein bunter Vogel, der mit größter Würde und Gelassenheit das Durcheinander auf dem Wasser zu beobachten schien, obwohl ihm vermutlich die Flügel gestutzt worden waren und er überdies an die Segelstange gekettet war.

»Wenn uns keine wilderen Tiere begegnen, soll's mir recht sein«, erklärte Antonia lächelnd. »Doktor Seiboldt sagt, auf Sansibar würden kleine Affen als Haustiere gehalten. Offensichtlich treibt man hier im Hafen einen schwunghaften Handel damit.«

»Ich habe zu Hause nicht einmal einen Hund«, protestierte Juliane. »Was, um alles in der Welt, macht man mit einer Meerkatze? Flanieren doch wohl eher nicht, oder?« Sie lachte und winkte der Dhau mit dem lebenden Angebot fröhlich zu. »Irgendwie sehen sie ja schon niedlich aus …«

Viktoria griff nach ihrer Hand. »Vorsicht! Du machst den Händler auf dich aufmerksam. Er wird annehmen, du wolltest einen Affen kaufen. Als Gastgeschenk, vielleicht. Was würde dein Vater dazu sagen?«

»Keine Ahnung, aber ich werde es auch nicht erfahren. Danke für die Warnung. Ich verspreche, künftig umsichtiger zu sein. Ob es im Palast des Sultans Haustiere gibt?«

»Warum nicht?«, fragte die pragmatische Antonia und fügte

gleich hinzu: »Sieh dich nur vor, Juliane, dass du nicht gebissen wirst. Schließlich sind wir an den Umgang mit Affen nicht gewöhnt. Man weiß nie, welche Krankheiten dabei übertragen werden.«

Mit bewundernden »Ahs« und »Ohs« quittierten die Passagiere den ersten Blick auf die Stadt, die – wie einst Aphrodite aus der Muschel – aus dem Meer geboren schien. Hatten bisher die vielen Boote, die auf Reede liegenden Handelsschiffe aus allen Teilen der Welt und die Flottenverbände der kaiserlichen Marine, des Empire und Frankreichs die Aussicht auf den Strand und die hohen Gebäude dahinter weitgehend versperrt, so boten sich nun schneeweiße, im Sonnenlicht blendende Häuser dem Betrachter dar. Hinter den Hafenanlagen stachen zwischen den flachen arabischen Dächern zahllose Minarette in den fast wolkenlosen Himmel, sogar einige spitze Kirchtürme zeichneten sich vor dem Firmament ab. Trotzige Wahrzeichen einer Kultur, die auch von den wenigen Ziegelgauben mancher Villa am Meer geprägt wurde. Auf den Dächern des einen oder anderen europäischen Hauses flatterten vertraute Fahnen in der Brise. Die Farben des Deutschen Reiches waren auf Anhieb erkennbar, die Trikolore ebenso, die Flagge Großbritanniens hatte sich um den Mast gewickelt.

Viktorias Herzschlag beschleunigte sich. Das also würde für ein Jahr ihr Zuhause sein. Ein Ort, der auf den ersten Blick Magie ausstrahlte, bewacht von einem erstaunlich schlichten Leuchtturm. *Stonetown* war eine schöne Stadt aus Korallenstein, die den Gast einlud, ihren Zauber zu erkunden. Es erschien Viktoria unmöglich, dass sich hinter den strahlend weißen Mauern eine Welt befand, die von Cholera und anderen Krankheiten, von Sklavenhandel und Armut geprägt sein sollte. Sie warf einen raschen Seitenblick auf Antonia, die offenbar gerade etwas Ähnliches dachte, denn ihr Gesicht war umwölkt, die Stirn in Falten gelegt.

Antonia hielt Viktorias Blick mit ihren Augen fest. »Jetzt heißt es Abschiednehmen«, sagte sie leise, und in ihrer Stimme schwang Bedauern. Darauf wandte sie sich an Juliane und fügte ungewohnt rührselig hinzu: »Ich werde euch beide vermissen.«

In dem für sie typischen Überschwang umarmte Juliane die Ältere. »Ich dich«, anschließend fiel sie Viktoria um den Hals, »und dich auch.«

»Wir sehen uns wieder!«, versprach Viktoria.

3

Und dann war sie plötzlich allein. Die Freundinnen hatten sich zerstreut. Juliane war in die Obhut ihres Vaters zurückgekehrt, Antonia überprüfte mit Doktor Seiboldt und Hans Wegener noch einmal das Gepäck der Forschungsreisenden. Und zum ersten Mal seit Wochen fühlte sich Viktoria zutiefst einsam.

Nicht nur, dass sie ihrer Gesellschaft beraubt war. Es gab für sie nichts mehr zu tun. Ihre Koffer standen gepackt in der Kabine, und um den Transport an Land würde sich ein Steward kümmern. Niemand bedurfte ihrer, nicht einmal sie selbst. Wie verlassen stand sie an dem schönen Aussichtsplatz auf dem Promenadendeck und hatte mit einem Mal keinen Blick mehr für die Kulisse, sondern sah nur in ihr Herz. Fast erschrocken beobachtete sie den Schmerz, der sich dort ausbreitete. Die Aufregung war dahin, die Freude über die Ankunft ebenso. Zu Beginn ihrer Reise hatte sie das Alleinsein als eine Form von Freiheit geschätzt, nun verwandelte es sich zu einer Art Ausgeschlossenheit.

Sie spürte Panik in sich aufsteigen, die ihre ursprüngliche Furcht vor dem Neuen noch übertraf. Dunkle Gedanken bemächtigten sich ihrer. Wie hatte sie nur einen Augenblick lang annehmen können, dass in Afrika irgendetwas anders wäre als in Hamburg? Sie war eine Fremde. Jemand, der ungewollt das Gastrecht einer Familie in Anspruch nahm, die Viktorias Vater vielleicht erst genötigt hatte, sie bei sich aufzunehmen. Keine guten Voraussetzungen für ein erträgliches Zusammenleben.

Die schwere, feuchte Luft, die über dem Indischen Ozean hing wie ein undurchdringliches Tuch und an die sich Viktoria eigentlich längst gewöhnt hatte, drückte auf ihre Lungen. Es fiel ihr schwer zu atmen. Doch das lag wieder einmal nicht nur am Klima, sie wurde von ihrem Schnürleib behindert, obwohl sie sich beim Ankleiden für das leichtere Sommerkorsett entschieden hatte.

Ein wenig schämte sie sich für ihre Feigheit. Natürlich hätte sie so mutig wie Antonia sein können und auf das einengende Requisit ein für alle Mal verzichten. Es stand jedoch zu befürchten, dass ihre Gastgeberin Anstoß an dieser Art von Freiheit nahm, und Viktoria wollte nicht schon auf Anhieb für Wirbel sorgen und die möglicherweise zarte Pflanze der Sympathie zerstören, auf die sie inständig hoffte. Irgendwann, das hatte sie sich fest vorgenommen, würde sie die verhassten Mieder im Meer versenken.

Aus einem Wunsch nach Protest heraus hatte sie die am festesten geschnürte ihrer Korsagen unter die Koje geworfen und mit der Fußspitze ganz weit nach hinten an die Wand geschoben. Es war natürlich unmöglich für sie, das Stück aus dieser Ecke wieder herauszufischen. Und es war unsinnig und lächerlich, aber Viktoria hatte sich anschließend wohler gefühlt.

Sogar jetzt brachte die Erinnerung daran ihre Lebensgeister zurück. Nichts konnte so schlimm werden wie eine Ehe mit Hartwig Stahnke. Der Aufenthalt bei den van Horns würde daran nichts ändern, selbst wenn sich der Geschäftsfreund Albert Wesermanns als der bigotteste aller Hausherren diesseits des Äquators herausstellen sollte. Sie musste nach vorn schauen!

Der Gedanke stimmte sie zuversichtlicher. Sie nahm ihre Umgebung wieder wahr, als habe sie eine schwarze Klappe von den Augen genommen. Ihre Blicke glitten über die Hafenanlage mit dem langen Zollschuppen im Vordergrund, während das Rattern der Ankerketten anzeigte, dass die *Britannia* ihren Platz im Gewimmel der großen Schiffe und kleinen Kähne gefunden hatte.

Auf der Promenade herrschte ein buntes Getümmel an Menschen verschiedener Hautfarben, unterschiedlichsten Kleidern und Uniformen, Sprachen und wohl auch Düften. An ihrem Platz an Deck stieg Viktoria allerdings vor allem der Geruch von Fisch und fauligen Algen in die Nase, aber auch das feine Aroma der See. Die Ladungen der Dhaus und das Warenangebot am Strand nährten in ihr die Vermutung, dass es auf Sansibar ebenso würzig duftete wie in Aden. Doch nicht die Aussicht auf tropische Delikatessen erregte Viktorias Aufmerksamkeit, sondern das Gebäude, das fast die gesamte Breite des Kais einnahm. Zwischen der Ruine eines alten Forts und einer Reihe von hübschen Kaufmannshäusern mit grün, gelb und leuchtend blau gestrichenen Fensterläden erstreckte sich die atemberaubende Palastanlage.

Uralte Mangroven mit dicken Stämmen und breit ausladendem, dichtem Blattwerk beschatteten den Weg vor den aus weißen Korallensteinen errichteten Gebäuden. Säulengänge umgaben das Erdgeschoss hinter halbhohen Mauern, darüber erhoben sich auf der einen Seite Veranden und eine Loggia unter einem roten Ziegeldach, auf das wiederum die oberen beiden Stockwerke gebaut worden waren. Hier befand sich eine mit Zinnen und Türmchen bewehrte Dachterrasse, deren Mauerwerk mit Ornamenten und Schnitzereien verziert war. Die zum Meer gewandte Front auf der anderen Seite des Gebäudes bestand ausschließlich aus verandageschmückten Etagen, durchbrochen in der Mitte nur von einem Uhrenturm. Er schien das höchste Gebäude der Stadt zu sein – doch die Zeit war anscheinend stehen geblieben, denn es war ganz gewiss nicht vier Uhr, das wusste Viktoria. Vor dem königsblauen Himmel wirkte die Palastanlage wie ein verwunschenes Schloss aus einem alten Märchen. Diesen Eindruck verstärkte der Frieden, der es aus der Ferne zu einer Insel inmitten des chaotischen Betriebes am Hafen machte. Es war wie auf den Bildern, die Viktoria gesehen hatte, nur noch fantastischer.

Sie wusste nicht, wie lange sie an der Reling stand und sprachlos vor Staunen auf die orientalische Pracht starrte, die selbst die wie Spitze wirkenden jemenitischen Konstruktionen übertraf. Für Viktoria, die in einer Stadt geboren und aufgewachsen war, deren Schönheit entscheidend von der Nähe zum Wasser bestimmt wurde, übte der erste Blick auf die Steinstadt Sansibars einen ganz besonderen Zauber aus. Langsam aus ihrer Faszination erwachend spürte sie Neid auf Juliane in sich aufsteigen, die in diesem Palast wohnen würde. Ob der Sultan aus dem Oman wirklich so großzügig war und Juliane erlauben würde, Besuch zu empfangen? Viktoria hatte nicht die geringste Vorstellung von arabischer Gastfreundschaft, aber ihre Neugier auf das Innere des Prachtbaus wuchs mit jeder Minute, die sie ihn betrachtete.

Überrascht stellte sie plötzlich fest, dass sich die Gruppen von Schaulustigen auf dem Promenadendeck gelichtet hatten. Sie stand fast allein an der Reling. Die Landgänger hatten das Schiff offensichtlich verlassen. Auch die Reisenden, welche die Fahrt bis zum Festland und dann südwärts bis zum Kap fortsetzten, hatten sich zerstreut.

Hatte sie über ihren Träumereien das Ausschiffen verpasst? Viktoria sah sich ratlos um. Zu spät war es hoffentlich noch nicht, sonst müsste sie bis nach Tanganjika weiterreisen und von dort ein anderes Schiff zurück nehmen. Einen Moment lang erwog sie diese Möglichkeit. Es wäre ein Abenteuer. Die

Begegnung mit ihren Gasteltern würde dadurch aufgeschoben werden. Andererseits würde sie durch ihr Verhalten für Aufregung sorgen und wahrscheinlich Unfrieden stiften.

Seufzend beschloss sie, dass es Zeit für sie wurde, das Schiff zu verlassen und ihre neue Heimat zu erobern. Zielbewusst drehte sie sich um, straffte die Schultern und marschierte dorthin, wo sie die Schiffsleiter vermutete. Sie schritt aus, als wollte sie noch an Bord jene Kraft ausstrahlen, mit der sie sich gegen künftige Unannehmlichkeiten zu wappnen gedachte ...

»Hoppla! So passen Sie doch auf!« Die Männerstimme war tief, volltönend und sprach Deutsch.

Viktoria sah verblüfft zu einem Herrn auf, der anscheinend von ihr unbemerkt ihren Weg gekreuzt hatte. Er war fast um Haupteslänge größer als sie, von schmaler Gestalt und trug einen hellen Gehrock und eine exakt gefaltete dunkle Halsbinde.

Mit mürrischem Gesichtsausdruck rieb er seinen Arm, den sie bei dem Zusammenprall wohl mit dem Ellbogen getroffen hatte.

Eigentlich war er recht attraktiv, seine energischen Züge zeigten eine leichte Sonnenbräune, die golden und gerade noch standesgemäß war. Über einem weichen Mund wuchs ein brauner Schnauzbart, seine schwarzen Brauen waren buschig und seine dunkelblauen Augen von ungewöhnlichem Glanz. Unter einem Panamahut erkannte sie braunes Haar, das im Sonnenlicht vielleicht wie poliertes Mahagoniholz leuchtete, doch er nahm seine Kopfbedeckung trotz der Gegenwart einer Dame nicht ab.

Flegel!, dachte Viktoria.

»Ich habe Sie nicht gesehen«, erwiderte sie kühl.

»Das habe ich bemerkt«, gab er trocken zurück.

Wie zwei Ringer standen sie sich gegenüber, bereit zum Kampf. Keiner rührte sich. Schweigend starrten sie sich mit zornig funkelnden Augen an, und weder Viktoria noch der Unbekannte wich einen Schritt zurück, um den anderen vorübergehen zu lassen.

Es dauerte eine Weile, bis Viktoria begriff, wie lächerlich die Situation war. Wie kam sie dazu, sich mit einem Fremden zu streiten? Er wollte ihr offenbar eine Szene machen, doch warum ließ sie sich darauf ein? Sie sollte lieber dafür sorgen, dass ihr Gepäck nicht verloren ging, und unter den Wartenden am Kai ihre Gastgeber suchen, bevor diese annahmen, dass sie tatsächlich mit einem späteren Schiff in Sansibar eintreffen werde.

Trotz ihrer aufflammenden Vernunft blieb sie wie magisch angezogen auf ihrem Platz und erlaubte dem Mann, der sicher kein Herr war, obwohl er so aussah, in ihre Augen zu schauen – und sah unverwandt zurück.

Nach einer Weile trat sie kommentarlos zur Seite.

»Danke«, endlich schien er sich eines guten Benehmens zu besinnen, denn die Hand, die eben noch seine Schulter massiert hatte, schnellte nach oben und lüftete kurz den Hut.

Viktoria schaffte es nicht, eine regungslose Miene aufzusetzen. Ein amüsiertes Schmunzeln teilte ihre Lippen. Wie lächerlich er sich benahm! Wie peinlich! Und wie gut er trotzdem aussah!

Sie schüttelte den Kopf – vielleicht über die eigenen verwirrenden Gedanken, vielleicht aber auch über die Erkenntnis, dass es als Frau gar nicht so schwer war, wenigstens einen kleinen Sieg über einen Mann zu erringen. Dann wandte sie sich ohne ein weiteres Wort hoch erhobenen Hauptes ab.

Ihr Blick schweifte mehr zufällig als absichtlich noch einmal über den Kai. Sie konnte sich nicht erklären, warum sie ausgerechnet zu einem bestimmten Mangrovenbaum sah. Und sie würde nie begreifen, warum sie unter den vielen Menschen am Ufer ausgerechnet eine einzige Person mit aller Deutlichkeit wahrnahm, wie einen Scherenschnitt, der aus einem Bild herausgetrennt worden war.

Da stand eine Frau, groß, schlank, von stolzer, aufrechter Haltung. Viktoria hatte nie eine schönere Frau gesehen als diese wie aus Ebenholz gemeißelte Gestalt, gehüllt in ein kunstvoll drapiertes Tuch aus verschiedenen Blautönen. Überraschenderweise störte es nicht, dass ihr Schädel kahlgeschoren war, denn die Form ihres Kopfes und vor allem ihr Gesicht waren von einer Intensität, welche die fehlende Haarpracht nicht vermissen ließ.

Es schien, als würde die Unbekannte direkt zu Viktoria hersehen. Sie hob die Hand, ihre Handfläche schimmerte hell.

Verblüfft starrte Viktoria zu der schönen Schwarzen hin, irritiert von dem Wunsch zurückzuwinken. Erst mit einiger Verzögerung begriff sie. Unwillkürlich drehte sich Viktoria um.

Aus den Augenwinkeln nahm sie den Mann von eben wahr, der schräg hinter ihr stand. Er gestikulierte in Richtung Land. Und es war eindeutig, wem sein Abschiedsgruß galt.

4

»Ich gehe da nicht rein!«, verkündete Juliane. Sie schaffte es gerade noch, ihren Protest nicht mit einem Fußaufstampfen zu verbinden. Aber sie stemmte die Hände in ihre Taille, um den Worten wenigstens durch ihre Körperhaltung Nachdruck zu verleihen.

»Juliane!«, seufzte Heinrich von Braun, der sich sichtlich Mühe gab, seine Missbilligung nicht allzu deutlich herausklingen zu lassen. Mit der Verzweiflung eines Vaters, der seinem Lieblingskind immer wieder die gleiche Standpauke halten musste, fügte er entnervt hinzu: »Es geht nicht anders. In arabischen Haushalten ist es nicht üblich, dass Männer und Frauen in denselben Zimmerfluchten leben.«

»Dann ziehen wir in ein Hotel«, erklärte Juliane. Als sie den abwehrenden Ausdruck in seinen Augen bemerkte, ließ sie ihre Arme an der Seite herabfallen und fragte zögernd: »Gibt es in Sansibar keine Herberge?«

»Wir sind Gäste von Sultan Khalifa. Und als solche werden wir uns an die Gepflogenheiten in seinem Palast halten. Ich bin sicher, es wird dir in der Gesellschaft seiner Frauen und Töchter gefallen.«

Sie hatte mit ihrem Vater zusammen sein und ihre Zeit nicht mit Fremden verbringen wollen. Warum hatte er sein Wort gebrochen? Natürlich hatte sie erwartet, häufig auf sich gestellt zu sein, wenn Papa seinen Geschäften nachging. Aber dass sie nicht einmal eine Zimmerflucht teilen würden, wie dies für die erwachsenen Familienmitglieder in einem europäischen Herrenhaus üblich war, entsprach ganz und gar nicht ihren Vorstellungen.

Die Aufregung, die sie bei ihrer Ankunft erfasst und in einen Zustand reinster Freude versetzt hatte, war verflogen. »Warum hast du mir verschwiegen, dass wir in verschiedenen Teilen des Palastes wohnen werden …?« Ihr versagte die Stimme. Tapfer bemühte sie sich, die aufsteigenden Tränen hinunterzuschlucken.

Was würde sie im Harem des Sultans erwarten? Furcht schnürte Juliane die Kehle zu. Das Tor zu den Frauengemächern wirkte allein schon bedrohlich – wie mochte es dahinter aussehen? Es war ein zweiflügeliges Portal und maß sicher gut drei Meter in der Höhe. Die oberen Teile der Türen liefen spitzwinkelig aufeinander zu, sodass sie in etwa die Form eines Zwiebelturms besaßen. Kassetten und Schnitzereien in unglaublicher Vielfalt zierten die Holzarbeit. Doch sie hatte keinen Sinn für das Kunsthandwerk.

Ein Blick auf den Schlüsselbund des Pförtners genügte, um ihre Befürchtung zu nähren, für die Dauer ihres Aufenthalts im Beit al-Sahel eingesperrt zu sein wie seinerzeit die bedauernswerten Nonnen im Dominikanerinnenkloster zu Weil. Auf fürstlichen Erlass hin sollte der Konvent im sechzehnten Jahrhundert »aussterben«, was bedeutete, dass die Ordensfrauen völlig abgeschieden leben mussten und man ihnen jede Unterstützung, sogar medizinische Hilfe, versagte. Es war eine der Schauergeschichten ihrer Kindheit, an die sie sich nun schmerzlich erinnert fühlte.

Der Kastellan flößte ihr nicht weniger Furcht ein als das Tor, über das er die Schlüsselgewalt besaß. Er war ein riesenhaft wirkender Mann mit milchkaffeebrauner Haut, der sich gerade hielt wie ein Baumstamm, obwohl sein weißer Bart auf ein hohes Alter schließen ließ. Sein Schädel war kahlgeschoren, was ihn nicht vertrauenerweckender machte. Juliane versuchte, hinter die Fassade aus Gleichmut und Würde zu blicken. Doch die klaren Augen des Alten verrieten weder Missfallen noch Verständnis für die junge Weiße.

»… und mit dem da gehe ich erst recht nicht«, stellte sie schniefend klar.

»Juliane, bitte! Was führst du denn für eine Sprache? Man könnte dich verstehen …«

»Das ist auch so etwas«, unterbrach sie rasch. »Wie soll ich mich verständigen? Wer hört mich, wenn ich nach dir verlange? Hier spricht kein Mensch Deutsch.«

Heinrich von Braun überging ihre Fragen und fuhr sachlich fort: »Said war der persönliche Sklave des alten Sultans, und er steht als Vertrauensperson nun in den Diensten von dessen Bruder, dem neuen Herrscher. Er trägt den Namen des Vaters Seiner Majestät, was eine besondere Auszeichnung ist.«

»Du kannst mich nicht alleinlassen, Papa!« Ihre Stimme wurde schrill. »Ich werde dich niemals wiederfinden in diesem … diesem Durcheinander hier.«

Und das war noch der freundlichste Ausdruck, der Juliane für das Treiben im Innenhof des Sultanspalastes einfiel. Was von außen ruhig und friedlich gewirkt hatte, entpuppte sich als ein unvorstellbar lautes, lärmendes Chaos aus Menschen verschiedener Hautfarben und Tieren, eher Marktgetümmel als Herrscherhaus.

Wasser- und andere Warenträger, mit nichts als einem Lendenschurz um ihre dunklen Hüften, kamen und gingen in einer endlosen, ungeordnet wirkenden Schlange. Nachdem sie ihre Lasten abgeliefert hatten, sanken sie zu einem kurzen Nickerchen neben einer der Säulen zusammen, um im nächsten Moment von einem hochrangigeren Diener aufgescheucht zu werden. Ziegen wurden in eine dunkle Ecke gezerrt, und Juliane mochte sich nicht vorstellen, dass dort die Schlachterei lag. Angesichts des in der Nähe aufgestellten Bratrostes, dessen Rauch sich in feinen aschgrauen Girlanden in den Himmel drehte, lag die Vermutung jedoch nahe. Aus der Küchenecke wehte das Aroma exotischer Gewürze durch den Hof, fing sich unter den Säulengängen und zog nur langsam ab. Der schwere Duft von Weihrauch, der ihr schon in Aden Kopfschmerzen verursacht hatte, und das süße Parfüm, das im Orient bevorzugt wurde, überdeckten jeden schlechten Geruch.

Kleine Kinder beiderlei Geschlechts stolperten kreischend vor Vergnügen durch die Menge, hielten sich zuweilen an den Beinen eines Dieners fest, wenn sie das Gleichgewicht zu verlieren drohten. Von ihren Müttern war nichts zu sehen, die verbargen sich offenbar hinter dem Haremstor. Bittsteller fanden sich am Hauptportal ein, die um eine Audienz beim Sultan ersuchten. Sie hatten im benachbarten moderneren, für die Empfänge bestimmten Beit al-Ajaib, dem »Haus der Wunder«, keinen Zugang mehr gefunden: Männer jeden Alters und unterschiedlicher Hautfarbe, mit oder ohne Bart. Ein Völkergemisch, wie es auf Sansibar offenbar alltäglich war. Die Leute trugen verschiedenartige Kleidung und mal die flache, reich bestickte Kappe auf dem Kopf, die Juliane schon am Hafen aufgefallen war, zuweilen einen roten Fez, gelegentlich eine Art um den Schädel geschlungenes Kopftuch oder auch einen Turban. Jeder schien gleichzeitig etwas sagen zu wollen, alle redeten durcheinander und aufeinander ein. Juliane vernahm die verwirrendsten Klänge, doch ein Ton, der ihrer Muttersprache nahekam, war in diesem Babylon nicht auszumachen.

»*Bebe bwana ...*«, die Stimme des Pförtners war leise, ein unüberhörbares Drängen schwang darin.

»Juliane, bitte!« Ihr Vater drohte die Geduld mit ihr zu verlieren. »Sei so gut und blamiere mich nicht gleich in der ersten Stunde unseres Hierseins. Ich verspreche dir, dass ich mich regelmäßig nach dir erkundigen werde. Und wir machen auch gemeinsame Ausflüge, eine Stadtbesichtigung etwa oder eine Fahrt an einen schönen Strand ...«

Ihr kam ein Gedanke, an den sie sich klammerte wie an einen Rettungsring: »Könnte ich nicht versuchen, anderswo Quartier zu finden? Es ist doch gleichgültig, wo ich schlafe, wenn wir ohnehin nicht in ein und demselben Trakt untergebracht sind. Die Familie, bei der Viktoria Wesermann wohnt, wird sicher einen zweiten Gast aufnehmen können. Sollten wir dort nicht erst einmal nachfragen ...?«

»Du bleibst selbstverständlich unter dem Dach, unter dem auch ich mich befinde. Glaubst du allen Ernstes, ich würde mein kleines Mädchen sich selbst überlassen?«, fügte er ansatzweise scherzhaft hinzu.

Sie besaß nicht die geringste Vorstellung von dem, was sie glauben konnte und was nicht. Ihr Vater hatte sie zutiefst enttäuscht. Der Verrat wurde durch den Umstand bekräftigt, dass der Kastellan das Tor zu den Frauengemächern einen Spaltbreit öffnete.

Julianes Hand flog an ihren Hals. Das Medaillon mit der Fotografie ihrer Mutter schien ihr der einzig verbliebene Halt zu sein. Sinnbild für Trost, Vertrauen und Zuversicht.

Ihre Augen füllten sich erneut mit Tränen, doch sie biss die Zähne zusammen, um sich nicht die Blöße eines Weinkrampfs zu geben.

Als sich ihr Vater zu ihr herunterbeugte, um ihr einen Kuss auf die Wange zu drücken, drehte sie sich fort.

Wenn doch nur eine ihrer Freundinnen in der Nähe wäre! Sie wollte so schnell wie möglich einen Hilferuf an Viktoria und Antonia senden. Nie hätte sie es für möglich gehalten, dass sie eines Tages Schutz vor ihrem Vater bei eigentlich fremden Menschen suchen würde. Dass er ihr eine Art Gefangenschaft aufnötigte, war das Letzte. Sie fügte sich nur, weil sie augenblicklich keine andere Wahl hatte. Aber sie würde nicht lange in den Frauengemächern ausharren – das war gewiss!

Vor Juliane öffnete sich nicht nur das imposante Tor, sondern eine andere Welt.

Auch die Frauengemächer gingen von Galerien ab, die an den Innenhof grenzten. Zwischen die Säulen hatten die Diener Sessel gestellt, auf denen die älteren zum Haushalt gehörenden Damen saßen. Sie plauderten, gestikulierten oder schauten den Kindern zu. Die jagten den umherstolzierenden Pfauen nach, spielten mit Rollrädchen und kleinen Holzkugeln oder kuschelten mit ihren schwarzen Ammen in der Sonne, um wahrscheinlich irgendwelchen Märchen aus dem Inneren Afrikas zu lauschen.

Wie im Eingangsbereich des Hauptgebäudes waren so ziemlich alle Hautfarben unter den Anwesenden vertreten, und zum ersten Mal sah sich Juliane unverschleierten Araberinnen gegenüber. Es waren überwiegend ausgesprochen attraktive Frauen, gleichgültig welchen Alters, ob rundlich oder schlanker, alt oder jung, milchkaffeebraun, olivfarben oder heller, mit geschorenem Kopf oder glänzendem Haar. Das gemeinsame Merkmal waren vor allem die wunderschönen, ausdrucksstarken Augen. Und der Schmuck. Noch nie hatte Juliane eine solche Fülle an Silberwaren, Goldketten und Edelsteinen auf der Haut eines Menschen gesehen wie am Hals, an den Ohren, Armen, Fingern und Fußgelenken dieser Haremsbewohnerinnen.

Unwillkürlich blickte sie an sich hinunter. Sie trug ihr modisches Reisekleid, das plötzlich gar nicht mehr so vorteilhaft wirkte wie an Bord unter ihresgleichen. Die Frauen und weiblichen Verwandten des Sultans hatten ihren Körper in die mit leuchtenden Blautönen bedruckten Tücher geschlungen, die Juliane schon am Hafen an den Einheimischen aufgefallen waren. Viele trugen hochgeschlitzte bunte Kittel mit langen Ärmeln über Pumphosen, die ebenso verschwenderisch bestickt waren wie die Hemden. Diese Garderobe sah deutlich bequemer aus, luftiger und dem Klima angemessener. Auch fühlte sich Juliane recht ärmlich angesichts der glitzernden Pracht um sie her. Ihr Zierrat waren schlichte Ohrstecker und die Kette mit dem Medaillon.

Juliane kam in den Sinn, dass die weiblichen Verwandten, Frauen und Töchter des Sultans wahrscheinlich allesamt Prinzessinnen waren. Sie standen demnach gesellschaftlich über ihr. Dann war es wohl nicht so schlimm, dass sie keine große Ehre für ihren Vater einlegen konnte. Im Gegenteil: Es wäre vermessen und sehr unhöflich gewesen, sich genauso herauszuputzen. Aber die Schweißflecken, die sich unter ihren Achseln ausbreiteten, waren trotzdem nicht schicklich. Juliane presste die Oberarme fest an den Körper.

Neugierige Blicke richteten sich auf sie. Und nicht nur das: Eine Alte zeigte sogar mit dem Finger auf Juliane, bevor sie in einer weit ausholenden, theatralischen Geste vermutlich Allah beschwor. Andere Frauen steckten die Köpfe zusammen und kicherten.

Das sah nicht nach einer höfischen Begrüßung aus. Wo war

sie nur hingeraten? Vielleicht war alles ein Irrtum und dies nicht der Zugang zu den Gemächern der adeligen Damen.

Sie blickte sich nach Said um, doch der Kastellan war verschwunden. Das Tor hinter ihr verschlossen.

Eingesperrt!

Juliane schnappte nach Luft.

Es kostete sie viel Kraft, aber sie widerstand dem Impuls, zur Tür zu laufen, mit den Fäusten dagegenzuhämmern und ihren Zorn, ihre Furcht, ihre Verzweiflung laut hinauszubrüllen. Dennoch wurde sie von Panik erfasst.

Was tat ihr Vater ihr an? Verschwendete er überhaupt einen einzigen Gedanken darauf? Oder zählte für ihn nur, dem Sultan zu Gefallen zu sein, um ein gutes Geschäft abzuwickeln? Wein und Sekt für den Herrscher von Sansibar und Araberpferde für den König von Württemberg.

In ihrem Kopf überschlugen sich die Gedanken. Wie rasch würde es ihr gelingen, eine Nachricht an Viktoria zu schreiben? Wenigstens von dieser Freundin wusste sie eine Adresse, Antonia hatte bei ihrem Abschied selbst noch nicht geahnt, wo sie unterkommen werde. Aber: Wo fand sie einen Boten, der ihre Notiz weitergab? Dies war kein von Engländern geführtes Hotel mit zuverlässigem Personal wie in Aden. Wem konnte sie an diesem Ort vertrauen?

Trotz des ziemlich lauten Stimmengewirrs bemerkte Juliane eine junge Frau, die sich ihr näherte. Die Unbekannte lief rasch eine der beiden freischwebenden, breiten Treppen herunter und direkt auf sie zu. Sie war etwa so groß wie Juliane, was an den zehn Zentimeter hohen Absätzen ihrer Holzsandalen lag und nicht an ihrer Statur. Eine bildschöne, sehr zarte Person mit einem scharf geschnittenen, wie aus Stein gemeißelten Gesicht. Ihre Haut war von der Farbe polierter Bronze, erinnerte Juliane aber auch ein wenig an altes Gold. Das Haar der anderen fiel in dicken schwarzen Flechten auf ihre Schultern.

Ihr safrangelbes, mit Gold- und Silberfäden besticktes knöchellanges Gewand und ihre großen funkelnden Ohrgehänge ließen darauf schließen, dass es sich nicht um eine Dienerin handelte. Die dunkelbraunen Augen blitzten fröhlich, als sie Julianes verzagten Blicken begegneten.

Die Fremde legte die Handflächen vor ihrer Brust aneinander und neigte hoheitsvoll den Kopf. »*As-salam alaikum. Ahlan wa sahlan.*«

Juliane versuchte ein Lächeln, war aber nicht sicher, ob ihr dies gelang. »Tut mir leid, ich kann kein Arabisch«, sagte sie und erinnerte sich im selben Moment an die Regeln von Höflichkeit und Anstand, die ihr beigebracht worden waren: »*Parlez-vous français?*« An europäischen Höfen war das Französische schließlich die vornehmste Möglichkeit zur Kommunikation.

»Leider nein, aber das macht nichts«, erwiderte die andere in fast akzentfreiem Deutsch, »dafür habe ich deine Sprache gelernt. Ich bin Nassim al-Tahabi und heiße dich im Beit al-Sahel willkommen. Mein Gebieter möchte, dass ich dir helfe, dich bei uns einzuleben.«

Mit offenem Mund starrte Juliane ihr Gegenüber an.

Die Alte, die zuvor mit dem Finger auf Juliane gezeigt hatte, rief etwas auf Arabisch.

Nassim schrie in einem Ton zurück, der Tote zum Leben erweckt hätte.

Die Erleichterung, die Juliane angesichts der Fremdsprachenkenntnisse der jungen Araberin empfand, verwandelte sich wieder in Unmut. Was für ein Haus war dies? Wieso wurde in einem Palast dermaßen geschrien? In den vornehmen Häusern, die Juliane bisher kennengelernt hatte, geziemten sich leise Unterhaltungen. Hier aber wechselten sich gackerndes Gelächter und fremdländische Klänge in einer fast ohrenbetäubenden Lautstärke ab.

Während Juliane noch über den Lärm grübelte, wurde sie

plötzlich von einer Schar schwatzender Frauen umringt. Es gehörte sich nicht, anderen Personen dermaßen nahe zu kommen. Und keine Fremde hatte es jemals gewagt, sie in irgendeiner Weise zu berühren. Kichernd betatschten die Haremsbewohnerinnen Juliane. Fremde Hände zupften an den Seidenblumen an ihrem Hut und am Rüschenbesatz ihres Kleides, betasteten das Rosshaarpolster der Gesäßauflage, zogen an ihren blonden Korkenzieherlocken …

»Au!«

Nassim klatschte in die Hände, gleichzeitig sprudelten rasch aufeinanderfolgende Laute über ihre Lippen.

Unverzüglich wurde von Juliane abgelassen.

Eine schöne, junge Frau mit ebenfalls bronzefarbener Haut sagte etwas zu Nassim, woraufhin die anderen wieder in Gelächter ausbrachen und neugierig die Köpfe zusammensteckten.

»Iman fragt, ob du in eine Maschine eingeschlossen bist«, übersetzte Nassim.

Juliane, die versucht hatte, den durch das Interesse der anderen verrutschten Hut wieder gerade zu rücken, hielt in der Bewegung inne. Sie war verstört, verärgert und verzweifelt. Unwillig schüttelte sie den Kopf. Die Widerworte, die ihr auf der Zunge lagen, schluckte sie hinunter und schwieg.

»Dein Körper ist in einen Panzer gezwängt«, behauptete Nassim und deutete auf Julianes schmale Taille. »Ich habe dieses Ding bei einer Europäerin gesehen, der ich einmal zufällig im Persischen Bad begegnet bin. Leider weiß ich nicht, wie es genannt wird.«

»Korsett. Es ist ein Korsett.«

Auf Julianes Stirn erschien eine steile Falte. Die Antwort war ihr ganz automatisch über die Lippen geflossen, bevor sie darüber nachgedacht hatte. Ihre Unverfrorenheit mochte an der unkonventionellen Umgebung liegen. Zu Hause hätte sie niemals bereitwillig Auskunft über ihre Unterwäsche gegeben. Genau genommen hatte sie nie zuvor mit einer Fremden darüber debattiert. Es war unanständig und peinlich. Was würde ihr Vater sagen, wenn er erführe, dass sie einer anderen jungen Dame gegenüber ihren Schnürleib beim Namen nannte?

Wieder wurden einige arabische Sätze gewechselt, dann meinte Nassim: »Du bist also in diesem Korsett eingeschlossen. Was machen wir da nur im Bad mit dir? Und für die Massage ist dieses Korsett ebenfalls sehr unpraktisch.«

Die Wörter *Bad* und *Massage* brachten in Juliane eine Saite zum Klingen. Das eine war ihr durchaus ein Bedürfnis, das andere unbekannt. Aber auch Körperpflege gehörte nicht zu den Themen, die eine Besucherin in einem Palast ansprach.

»Schade, dass du das Korsett nicht ausziehen kannst. Bei unserem Klima ist es sehr angenehm, den Leib regelmäßig mit kühlem Wasser abzureiben«, bedauerte Nassim, die Julianes Schweigen womöglich missverstand.

Juliane spürte, wie die Schweißperlen ihre Achseln hinabrannen. Da das Gespräch Nassim offenbar nicht peinlich war und Juliane nicht den Eindruck von Unfreundlichkeit erwecken wollte, beschloss sie, die Andersartigkeit der Konversation zu akzeptieren. Die erwartungsvollen Blicke, die sie auf sich fühlte, brachten sie dennoch in Verlegenheit.

Zögernd antwortete sie: »Ich kann mich des Mieders jederzeit entledigen. Dafür bedarf es nicht einmal der Hand einer Zofe.« Sollte sie noch anmerken, dass es da Haken gab, die leicht zu bedienen waren?

Zu Julianes größter Überraschung war Nassim über ihre Antwort entsetzt. Die dunklen Samtaugen weiteten sich vor Fassungslosigkeit. »Besitzt nicht dein Gemahl die Herrschaft darüber?«

»Wer? Was?«

Als Juliane meinte, dass Nassim einem Übersetzungsfehler zum Opfer gefallen sein musste, sagte die junge Araberin schon: »Liegt es nicht an deinem Ehemann, dich aus dem Panzer zu befreien, den du Korsett nennst?«

Julianes Gesichtsfarbe wechselte von Puterrot zu Kalkweiß. Sie schluckte. »Ich habe noch nicht geheiratet, ich bin nicht einmal verlobt.«

»Was?« Nassim war zutiefst erstaunt. Sie beriet sich kurz mit den anderen Frauen, einige schlugen vor Schreck die Hände vor den Mund. »Nicht verheiratet! Wie alt bist du?«

»Ich werde bald neunzehn Jahre.«

Aufgeregtes Getuschel erhob sich.

»Es heißt, dein Vater sei ein vermögender Mann. Wie kann das sein, wenn er noch keinen Bräutigam für dich gefunden hat? Kann er sich deine Mitgift nicht leisten?«

Die Peinlichkeiten nahmen kein Ende. Juliane wünschte sich Antonia an ihre Seite. Oder Viktoria. Die beiden hätten gewiss eine höfliche Antwort parat. Sicher wussten die Freundinnen sogar über arabische Sitten Bescheid. Juliane versuchte sich zu erinnern, ob Antonia und Viktoria jemals über die Situation der Frauen in der fremden Welt gesprochen hatten. Doch Juliane hatte die Unterrichtsstunden und anschließenden Unterhaltungen nie verfolgt. Meist wollte sie ja nicht einmal hinhören, wenn Antonia und Viktoria über die Reformbewegung in Deutschland debattierten.

»Ich verstehe deine Fragen nicht«, erwiderte sie kühl. Als ihr bewusst wurde, wie abweisend sie dabei klang, gaukelte sie Nassim Interesse vor und setzte hinzu: »Wann heiratet ihr hierzulande?«

»Häufig sucht der Vater den Ehemann bald nach der Geburt eines Mädchens aus, manchmal auch später. Der Brautpreis besiegelt den Ehevertrag. Und wenn die monatliche Regel einsetzt, wird es Zeit für die Hochzeitsnacht. Dann ziehen wir zu unserer neuen Familie.«

Die Begriffe *monatliche Regel* und *Hochzeitsnacht* trieben Juliane erneut die Schamesröte ins Gesicht. Darüber sprach man nicht! Und wenn, dann redeten kichernde Gören darüber, die ein wenig Ahnung von dem einen, aber überhaupt kein Wissen über das andere hatten.

Prüfend musterte sie Nassim. Die Araberin erwiderte ihren Blick ernst und gelassen. Offensichtlich war ihr nicht klar, wie sehr sie Juliane in Verlegenheit brachte. Und sie pflegte anscheinend einen freimütigeren Umgang mit gewissen Themen.

Juliane erwog, dass es interessant sein könnte, sich ausführlich mit Nassim zu unterhalten. Vielleicht würde sie auf diese Weise ein wenig über die Sache erfahren, die sich zwischen Mann und Frau in der ersten Nacht einer Ehe abspielte. All ihre unverheirateten Freundinnen zu Hause wussten, dass es da ein Geheimnis gab, aber keine hatte es entschlüsselt oder wurde darauf vorbereitet. Was für ein Souvenir, wenn sie diese wichtige Information aus Sansibar mitbringen könnte!

»Bei uns ist wohl alles ein wenig anders«, gestand Juliane. Endlich gelang es ihr, Nassim ein herzliches Lächeln zu schenken. »Wir sollten uns darüber einmal unterhalten.«

»Ja, das machen wir«, bestätigte Nassim. »Aber jetzt bist du bestimmt müde von der Reise. Ich zeige dir dein Schlafgemach.« Sie klatschte in die Hände, und die goldenen Reifen an ihren Handgelenken klapperten.

Zwei dunkelhäutige Dienerinnen lösten sich aus dem Schatten einer Säule, wo sie offenbar ein kurzes Nickerchen gehalten hatten. Sich die Augen verschlafen reibend trotteten sie näher.

Verwundert überlegte Juliane, ob das Klatschen die in europäischen Haushalten übliche Glocke ersetzte. Sie wollte sich merken, dass man an diesem Ort nicht nach dem Personal klingelte.

Einer der Männer, die im Hof eine Art Wache hielten, trat

den trödelnden Frauen entgegen. Der Mann war groß und besaß hellbraune, glatte Haut, er hatte ein weiches, etwas feistes Gesicht und einen schönen Mund, aber keinerlei Bartansatz. Letzteres erstaunte Juliane sehr, denn er war dem Knabenalter schon deutlich entwachsen. Mit einer Kopfnuss und kurzen Schlägen auf den Rücken trieb er die beiden Dienerinnen zur Eile an. Ein Wortwechsel folgte, der anders als das Arabische aus Nassims Mund klang.

Die anfängliche Furcht kehrte kurz zurück. Das Personal sah wenig vertrauenerweckend aus.

Dennoch überwog in Julianes Gefühlen plötzlich die Neugier. Sie beschloss, den Hilferuf an Viktoria erst morgen abzusenden. Ein Tag im Harem konnte so schrecklich nicht sein. Bis morgen wollte Juliane auch über die Sache in der Hochzeitsnacht im Bilde sein. Es würde sicher nicht allzu lange dauern, Nassim auszufragen.

Juliane stellte sich vor, wie sie Seite an Seite mit Viktoria durch einen Palmenhain spazierte und das Geheimnis weitergab, während einzig das Rauschen der Meeresbrise sie begleitete. Sicher war Viktoria in dieser einen Angelegenheit ebenso unwissend wie sie selbst. Für Antonia galt das möglicherweise nicht. Vielleicht lernte man solche Dinge an der Universität. Vielleicht aber auch nicht. Unwillkürlich grinste Juliane. Nicht auszudenken, wenn sie einmal mehr wusste als das kluge Fräulein Geisenfelder. Allein diese Möglichkeit war es wert, in den Frauengemächern des Sultanspalastes auszuharren.

Bis morgen, dachte Juliane trotzig. Ich bleibe bis morgen. Aber nicht länger. Da kann Papa sagen, was er will.

Verblüfft registrierte sie, dass sie in den vergangenen Minuten keinen einzigen Gedanken an ihren Vater verschwendet hatte. Im Grunde hatte sie seine Anwesenheit auf Sansibar sogar kurz vergessen. Geschah ihm ganz recht. Er hatte ihre Ignoranz verdient.

5

Auf den ersten Blick war Viktoria klar, dass sich ihr Vater geirrt hatte. Friedrich van Horn mochte ein angesehener Kaufmann und zuverlässiger Geschäftspartner Albert Wesermanns sein, seine Gattin war jedoch eine Abenteurerin und offensichtlich nicht dazu geeignet, Viktoria in die Schranken eines bürgerlichen Lebens zu weisen. Ihre Gastgeberin wirkte dermaßen verwegen, dass Viktoria erleichtert aufatmete, als sie Luise van Horn zum ersten Mal sah.

Die Frau trug Männerhosen!

Und sie nahm kein Blatt vor den Mund: »Sie haben sich aber Zeit gelassen«, stellte sie ohne Umschweife fest. »Alle anderen Passagiere haben das Schiff längst verlassen. Freuen Sie sich nicht auf Sansibar?«

Viktoria erwiderte den festen Händedruck. »O doch, ich freue mich sehr. Vor allem freue ich mich, Ihre Bekanntschaft zu machen, Frau van Horn ...«

»Luise«, unterbrach diese rasch. »Ich heiße Luise. Alles andere macht mich alt, und das werde ich von allein. Man braucht den Zustand des Älterwerdens nicht auch noch unnötig zu verstärken.«

Tatsächlich schien Luise van Horn nicht mehr so jung, wie ihre ungewöhnliche Garderobe und ihr flottes Auftreten nahelegten. Vielleicht war sie noch nicht doppelt so alt wie Viktoria, aber gewiss Mitte dreißig. Sie war mittelgroß und von einer fast knabenhaften Statur, was vielleicht auch nur an dem eng geschnürten Korsett lag, das sie offensichtlich trug. Keine Frau ihres Jahrgangs besaß eine so schmale Taille. Im seltsamen Kontrast zu diesem Ausflug ins Weibliche standen die kurzgeschnittenen Haare, die in grauen und blonden Locken ein nur durchschnittlich hübsches Gesicht umrahmten.

Als sie Viktorias Verwunderung bemerkte, fuhr sich Luise mit der Hand über den Kopf, und die vielen Lachfältchen um ihre bemerkenswert funkelnden meerblauen Augen vertieften sich.

»Das waren die Läuse. Eine Expedition zum Kilimandscharo-Gebiet ist meinem Haar nicht bekommen. Diesmal hat leider auch keine Papaya geholfen.«

»Sie waren in Tanganjika?«, fragte Viktoria beeindruckt.

»Nur ein Stück weit den Pangani-Fluss hinauf«, wehrte Luise bescheiden ab und lachte ein wenig verlegen. »Nicht der Rede wert.« Aber es wurde deutlich, dass sie nicht ohne Stolz auf ihre Erlebnisse zurückblickte.

Obwohl Viktoria die andere am liebsten an Ort und Stelle ausgefragt hätte, nickte sie nur und schwieg. Die Erfahrungsberichte mussten auf eine günstigere Gelegenheit warten, ihre Neugier ebenfalls. Wie viel konnte man sich in einem Jahr erzählen? Viktoria schmunzelte bei der Vorstellung, an Luises Lippen zu hängen. Die Frau war ein großes Geschenk. Wie groß, davon hatte Albert Wesermann nicht die geringste Ahnung. Wahrscheinlich wusste er überhaupt nichts von Friedrich van Horns Gattin und nahm an, dass es sich um eine respektable Dame handelte, die den Vorbildern der Hamburger Gesellschaft entsprach. Genau genommen war Frau van Horn das Gegenteil. Eine unkonventionelle Person, eine Abenteurerin, vielleicht gar eine Glücksritterin. Auf jeden Fall wohl niemand, der Viktoria einzusperren gedachte. Schnürleib hin oder her.

»Und wo ist Herr van Horn?«, erkundigte sich Viktoria und blickte sich suchend um.

Hoffentlich war der Mann kein Ausbund an Tugend, missverstandenen Ehrbezeugungen und überholten Moralvorstellungen, der keiner anderen als seiner Gemahlin gewisse Freiheiten gestattete. Einer Fremden, für die er die Verantwortung trug, gleich gar nicht. Ein schrecklicher Gedanke nach der ersten Entspannung.

»Er bedauert sehr, dass er Sie nicht persönlich empfangen kann, und ich soll Ihnen seine herzlichsten Grüße ausrichten. Leider zwangen ihn seine Geschäfte zu einer Reise auf das Festland.«

»Natürlich. Die Arbeit geht immer vor«, antwortete Viktoria mechanisch.

»Sie haben ihn gerade verpasst. Friedrich ist auf dem Weg nach Pangani. Auf Ihrem Schiff, da dauert die Überfahrt nicht so lange wie mit der Fähre. Er wollte zwar für eine kurze Begrüßung warten, aber da Sie so spät erst von Bord gingen ... Einerlei. In ein paar Tagen sind er und Roger zurück.«

»Ist das Ihr Sohn?«, fragte Viktoria weniger aus tatsächlichem Interesse als vielmehr aus Höflichkeit.

»Roger Lessing ist ein guter Freund von uns. Gewürzhändler. Sie werden ihn kennenlernen, wenn die Männer zurück sind. Er ist unser anderer Untermieter.« Luise zögerte kurz, dann gestand sie so leise, dass Viktoria ihre Worte kaum verstand: »Wir haben keine eigenen Kinder.«

»Das tut mir leid«, erwiderte Viktoria rasch und diesmal voller aufrichtiger Anteilnahme. »Ich wollte nicht indiskret sein.«

»Keine Sorge, das waren Sie nicht. Früher oder später hätten Sie mich nach unserem Nachwuchs gefragt ...« Luises Lachen klang freudlos.

Nach einer kleinen Pause gewann sie ihre Selbstsicherheit zurück und wechselte das Thema: »Roger Lessing ist übrigens noch unverheiratet. Gemeinsam mit seinen anderen Freunden versuchen wir, ihn von einer Eheschließung zu überzeugen ... Bislang ohne Erfolg«, fügte sie verschmitzt hinzu.

Sie betrachtete Viktoria mit unverhohlener Neugier. Dann zwinkerte sie.

Deutlicher hätte sich Luise kaum verhalten können. Viktorias Wangen färbten sich tiefrot. Nicht aus Scham über das Angebot, sondern aus Zorn – und Enttäuschung.

Jede andere potenzielle Heiratskandidatin hätte jetzt wahrscheinlich albern gekichert, eine scherzhafte Bemerkung gemacht und offengelassen, ob Roger Lessing als Ehemann infrage kam. Vielleicht war er sogar eine gute Partie. Allemal für eine junge Frau, die nach einem Skandal aus Hamburg ans andere Ende der Welt fliehen musste. Eine Verbindung mit diesem Mann war sicher die beste Gelegenheit, einen beschädigten Ruf wiederherzustellen. Luises Vorschlag war möglicherweise sogar gut gemeint. Doch Viktoria dachte nicht daran, sich angemessen zu verhalten.

»Nichts liegt mir ferner, als auf Sansibar nach einem Verlöbnis Ausschau zu halten«, erklärte sie frostig.

Luise schnappte nach Luft. »Ihre Eltern …«, hob sie an, brach dann jedoch ab. »Ach, was stehen wir hier herum und reden Unsinn!«, rief sie schließlich in einem fröhlichen Ton aus, der ein wenig aufgesetzt klang. »Wir sollten uns lieber auf den Weg nach Hause machen. Sie werden sich einrichten wollen. Die Träger habe ich mit Ihrem Gepäck vorausgeschickt. Es ist nicht weit, wir müssen nur ein paar Schritte gehen.«

Was nach einem harmlosen Spaziergang geklungen hatte, entpuppte sich nach wenigen Augenblicken als Spießrutenlauf durch ein chaotisches Getümmel in einem Labyrinth von engen Straßen. Das Gedränge erweckte den Eindruck, als wäre die gesamte Bevölkerung Sansibars auf den Beinen. Immerhin rund hunderttausend Menschen, wie sich Viktoria erinnerte, gehört zu haben. Für ein Fuhrwerk war die Menge zu dicht, die Gassen zu schmal, ein Durchkommen so oder so unmöglich. Statt in einer Kutsche oder zu Pferde unterwegs zu sein, wogte die Masse an den Häusern entlang wie eine Flutwelle, die vom Hafen hereingespült worden war.

Luise bewegte sich mit großer Sicherheit durch die Straßen.

Mehr noch, sie wirkte wie das fehlende Teilchen in einem Puzzle für den Erdkundeunterricht.

Viktoria hätte die Gelassenheit ihrer Führerin gerne bewundert, war jedoch zu sehr damit beschäftigt, Luise nicht aus den Augen zu verlieren. Die Furcht, von ihr getrennt zu werden, ließ sie sogar ihre Verärgerung vergessen. Sie trottete hinter ihrer Gastgeberin her, da es zu eng war, um Schulter an Schulter zu gehen. Auch Viktorias Achtsamkeit gegenüber den anderen Menschen wurde zunehmend geringer. Was war schon ein kleiner Tritt oder ein unbeabsichtigter Stoß in die Seite? Nichts gegen die Angst, hoffnungslos verloren umherzuirren.

Fast alle Hautfarben und Altersgruppen schienen sich versammelt zu haben. Erwachsene, Kinder, Weiße, Neger, Araber, Inder. In den unterschiedlichsten Trachten, Uniformen und Kleidern war das Völkergemisch unterwegs. Staunend beobachtete Viktoria vier Wasserträgerinnen, die Vasen und Schüsseln auf ihren Köpfen balancierten, ohne dass sie einen Tropfen verschütteten. Im nächsten Moment wich sie erschrocken vor einer mageren Kuh zurück, die jemand durch die Menge trieb. Dann wurde sie gegen eine Hausmauer gedrängt, als die Masse vor einer Gruppe vornehmer Herren zurückwich. Viktoria nahm an, dass es sich um Angehörige der Familie des Sultans handelte. Die Männer in den kostbar bestickten Mänteln und Turbanen gehörten gewiss zur herrschenden Schicht auf Sansibar. Sie schritten mit einer Grandezza durch das Chaos, die selbst Luises weit ausholenden Schritt in den Schatten stellte.

Als Viktoria gegen die Mauer stolperte, bröckelte der Putz, Steinchen rieselten auf sie herab. Verblüfft reckte sie den Hals. Sie stand vor einer Ruine, einem verlassenen Haus zwischen intakten, gepflegten Gebäuden. Die Fenster waren leere Höhlen, die Läden hingen verwittert und schief in den Angeln. Auf einem verrotteten Sims nisteten Vögel, die sich laut kreischend stritten. Dieser Lärm ging jedoch fast in dem Geschrei, dem

Rufen und Johlen in der Gasse unter. Ein Esel, der gerade von seinem Besitzer am Halfter vorbeigeführt wurde, versuchte, in das Eingangsportal auszuweichen. Die Haustür war aus den Korallensteinen gerissen worden. An ihrer Stelle klaffte ein Loch und öffnete die Sicht auf einen Raum, in dem Staubkörner in dem durch ein poröses Dach fallenden Sonnenlicht tanzten.

»Die Steinstadt ist voller dem Zerfall preisgegebener Häuser«, sagte Luise neben Viktoria. Ihre Finger spielten mit dem losen Mörtel. »Die Araber kümmert die Zerstörung nicht. Sie verlassen ihre Wohnungen, wenn diese reparaturbedürftig sind. Der Erhalt käme ihnen nicht in den Sinn.«

»*Epa! Epa!*« Es war mehr ein Kreischen als ein Rufen. In dem sich hinter den vornehmen Arabern wieder schließenden Getümmel war kaum auszumachen, aus welchem Mund das Geschrei kam.

»Wir sollen aus dem Weg gehen«, übersetzte Luise und zog ihre Begleiterin rasch weiter, was nur halbherzig gelang, denn die meisten Passanten strömten in dieselbe Richtung. »Da kommen *Hamali*.«

Diesmal störten Lastenträger den Fluss. Zwei muskulöse Männer, schwarz wie Kaffeesatz, die offenbar Ballast von hohem Gewicht beförderten. Die dicken Tragestangen bogen sich, die Verbindungsstöcke aus Kokosholz schienen jeden Moment durchzubrechen. Die *Hamali*, wie Luise die Transporteure nannte, marschierten geduckt und auf einer Linie, jeder Schritt seitlich hätte sie wahrscheinlich ins Wanken gebracht. Menschliche Fuhrwerke, dachte Viktoria entsetzt. Dort, wo sie herkam, benutzte man mindestens Handwagen für eine schwere Ladung, hierzulande genügten Schultern.

Sie schüttelte den Kopf, als könnte sie auf diese Weise ihre Gedanken ordnen. Die vielfältigen Eindrücke begannen, sie zu überfordern. Ihre Neugier auf alles Unbekannte zerfiel wie die Steine der verlassenen Häuser. Langsam und unter dem Druck der Zeit, des Klimas und der Gleichgültigkeit. Tatsächlich erschien Viktoria in der herrschenden Hitze und bei dem unübersichtlichen Treiben eine weitere Stadtbesichtigung vernachlässigbar. Sie wollte so schnell wie möglich in ihr neues Zuhause und beschloss, auf Spaziergänge ohne kundige Begleitung zu verzichten. Von ihrem Freiheitsdrang war an ihrem ersten Tag auf Sansibar nicht mehr viel übrig. Die fremden Menschen, ihre unverständlichen Sprachen, die unbekannten Sitten schüchterten sie ein. Lieber Gott, fuhr es ihr durch den Kopf, worauf habe ich mich eingelassen?

6

FREITAG, 13. JULI

»*Allahu akbar* …«, der Ruf des Muezzins riss Juliane aus einem unruhigen Schlaf.

Dem Singsang folgten die Schritte barfüßiger Sohlen und das Klappern von Holzabsätzen. Seide raschelte. Stimmengemurmel drang in ihr Bewusstsein. Es klang nach höchster Eile.

War etwas geschehen? Ein Feuer, vielleicht. Kein Wunder, dass bei der herrschenden Hitze ein kleiner Funke genügte, um ein ganzes Stadtviertel in Brand zu setzen. Flucht, durchfuhr es Juliane. Sie musste aus dem Gefängnis fliehen, in das ihr Vater sie gesteckt hatte. Die Gitter des goldenen Käfigs durchbrechen …

Noch nicht ganz wach, erschrocken, weil sie Traum und Wirklichkeit verwechselte, richtete sich Juliane auf. Sie rieb sich die Augen, auf der Zunge lag ihr ein Hilferuf. Der Schrei blieb ihr jedoch in der Kehle stecken, als sie sich an das Halbdunkel gewöhnte, das sie umfing, und die Umgebung erkannte. Es gab keinen Grund zur Aufregung. Jedenfalls tat es nicht not, sich zu echauffieren.

»*Allahu akbar* …«, die stetige Wiederholung des Rufes machte Juliane klar, dass die Bewohnerinnen des Harems unterwegs waren, um Allah vor Sonnenaufgang zu preisen. Heinrich von Braun hatte ihr in Aden erklärt, dass die Muslime fünf Mal am Tag zum Gebet gerufen wurden.

Was für schreckliche Aussichten, in den kommenden Wochen jeden Morgen zu nachtschlafender Zeit geweckt zu werden. Wahrscheinlich, überlegte Juliane, würde sie am Nachmittag ruhen – ebenso, wie sie es gestern bei den anderen Frauen beobachtet hatte. Es war zwar eine etwas seltsame Vorstellung, sich zu einer Uhrzeit hinzulegen, zu der in den vornehmen Häusern in Württemberg Besuche empfangen wurden, aber wenn sie nicht ständig mit zufallenden Augen kämpfen wollte, musste sie sich wohl oder übel an die örtlichen Gepflogenheiten halten.

Ermattet sank sie in die Kissen zurück. Noch nie hatte sie auf so vielen, mit Seide bezogenen Polstern gelegen wie auf diesem Lager, das aus Rosenholz gefertigte und mit Schnitzereien verzierte Bett überstieg die kühnsten Vorstellungen, denn es war nicht nur bequem, sondern auch unglaublich breit und hoch – zum Ein- und Aussteigen bedurfte es einer kleinen Trittleiter. Kein Vergleich zu dem spartanischen Jungmädchenbett in ihrem Zimmer zu Hause mit seinem harten Lattenrost und der Matratze, die ihren Rücken stärken sollte, damit sie eines Tages kräftig genug wäre, ein Dutzend Kinder auszutragen.

Sie lauschte auf die Geräusche, auf die hastigen, huschenden Schritte über die Veranda vor ihrem Zimmer, die Stimme des Muezzins, auf das leise Rauschen des Meeres vor ihrem Fenster, zählte die Regelmäßigkeit, mit der die Wellen an den Strand rollten. Eine sanfte Brise wehte durch die durchbrochenen Fensterläden und strich über ihren Körper wie ein zärtlicher Hauch. Sie spürte es, obwohl sie ihr bestes Batistnachthemd trug. Plötzlich wirkte die Fremdartigkeit um sie her gar nicht mehr bedrohlich. Sie lullte Juliane ein und zog sie erneut in die Tiefe eines Traumes, während sich der Himmel über dem Beit al-Sahel von einem dunklen Schiefergrau in Violett und Orangerot zu verfärben begann und goldene Streifen den Ozean in glühendes Glas verwandelten.

Zum zweiten Mal schreckte Juliane auf, als ihre Oberarme gerieben wurden. Die Berührung schockierte sie dermaßen, dass sie nicht nur aus dem Schlaf hochfuhr, sondern sich zusammenkauerte und zur anderen Bettseite rückte. Verstört zog sie das dünne Seidenlaken bis ans Kinn.

»*Bebe bwana* ...«, die schwarze Dienerin, die neben Julianes Lager kniete, war nicht minder bestürzt über die Reaktion. Hilflos sah sie aus ihren großen dunklen Augen zuerst auf ihre Hände, dann auf Juliane, dann wieder auf ihre Hände.

Juliane kreuzte die Arme vor der Brust, teils in Abwehrhaltung, teils Schutz suchend. Warum fasste die Frau sie auf diese Weise an? Der Griff war fest gewesen, sicher und zielstrebig, dabei sanft und wohltuend – schlimmer noch: Juliane hatte ihn als ausgesprochen angenehm empfunden. Im Nachhinein war das köstliche Gefühl sogar irritierender als die Tatsache, von fremden Händen geweckt zu werden.

Wie spät mochte es sein? Es war heller Morgen, selbst bei geschlossenen Fensterläden wirkte das Gästezimmer freundlich und sonnig. Die Brise war jedoch nicht mehr so erfrischend wie zur Zeit der Dämmerung, sondern verbreitete warme Luftschwaden, Vorboten der zu erwartenden Mittagshitze. Und die Geräuschkulisse hatte sich verändert: Jenseits von Türen und Paravents herrschte wieder der Lärm, der Juliane bei ihrem Eintreffen aufgefallen war. Schuheklappern, Lachen, Rufen, Händeklatschen, Gegackere, Zoten und Zornesausbrüche mischten sich zu einer Kakophonie, die anscheinend zum Alltag in den Frauengemächern gehörte. Selbst das Rauschen des Meeres klang inzwischen gedämpft. Nur das Horn eines

Dampfschiffes übertönte für einen Moment die Lautstärke diesseits der Palastmauern.

Ein leises Knurren unterbrach Julianes Angespanntheit. Verlegen registrierte sie den Protest ihres Magens. Sie war hungrig.

Gestern Abend hatte sie sich unpässlich gefühlt und die Zuckerwaren abgelehnt, die zur für Juliane ungewohnt frühen Schlafenszeit gereicht wurden. Das Räucherwerk, das jemand in ihrem Zimmer abbrannte, verursachte ihr Übelkeit. Auch das intensive Aroma von Moschus und Ambra, das die Araberinnen offenbar liebten und durch alle Räume des Harems trugen, verstärkte nur die aufflammende Migräne.

Lediglich das Bad in kühlem Wasser hatte sie angenommen – und es genossen. Obwohl es sie einige Überwindung kostete, sich vor den fremdländischen Dienerinnen auszukleiden. Glücklicherweise ließ Nassim sie in Frieden, weil sie vom Hörensagen wusste, dass Europäerinnen beim Bad allein sein wollten, so drückte sie sich aus. Juliane war davon leicht verunsichert, denn wie sonst sollte sich eine anständige Frau waschen? Sie fragte jedoch nicht nach. Ihre Kopfschmerzen peinigten sie, und die nach wie vor in ihrem Herzen glühende Enttäuschung über das Verhalten ihres Vaters setzte ihr zu. Doch trotz allem war sie anschließend eingenickt und hatte fest geschlummert – bis der Muezzin zum ersten Gebet des Tages rief.

Der intensive Duft, der plötzlich durch den Raum strömte, lenkte sie ab. Das Aroma von Orangen, Mandarinen und Zitronen zog in ihre Nase. Die schweren orientalischen Gerüche des vergangenen Abends hatten sich verflüchtigt, und jetzt erfreute das belebende Bukett ihre Sinne. Juliane reckte den Kopf und sah, dass eine zweite Dienerin Blüten auf ihren Kleidern verstreute, die zum Lüften ausgebreitet dalagen.

»Massage … Massage …«, die Kammerfrau, die noch immer neben Julianes Bett kniete, versuchte mittels unterschiedlicher

Betonung der Silben, auf sich aufmerksam zu machen. Weiter reichten ihre Fremdsprachenkenntnisse wohl nicht, denn als Juliane verständnislos den Kopf schüttelte, ergoss sich ein Redeschwall auf Suaheli über die vollen Lippen.

Juliane entsann sich, dass Nassim von einer Massage gesprochen hatte. Wenn das genauso angenehm war wie das kühle Bad, sollte sie es vielleicht kennenlernen. Viktoria hätte gewiss nicht gezögert, das Neue auszuprobieren.

Bei dem Gedanken an die Freundin wurde Julianes Herz leichter. Wie viel erfreulicher wäre es, die mannigfachen Abenteuer auf Sansibar an Viktorias Seite zu bestehen. Sie musste ihr so rasch wie möglich eine Notiz senden. Und dann würde sie ihren Vater überreden, ihrem Umzug zuzustimmen. Koste es, was es wolle.

Sie würde toben und den Palast zusammenschreien, wenn es sein musste. Das schickte sich natürlich nicht. Es ziemte sich auch nicht für eine anständige junge Frau, einer schwarzen Dienerin nahe zu kommen. Wenn sie ihrem Vater erst erzählte, dass die Sitten in diesem Palast körperlichen Kontakt mit dem Personal nicht ausschlossen, würde er sie sicher unverzüglich in einen Haushalt schicken, in dem man eine Lebensart wie im Kaiserreich pflegte. Sie würde ihm von den unzulänglichen Verhältnissen berichten, sobald sie die Massage über sich hatte ergehen lassen.

So lange würde sie die Knetbewegungen aushalten.

Hoffentlich dauerte das noch ein Weilchen.

Eigentlich war die Massage nicht unangenehm. Ganz und gar nicht …

Als es an der Tür zu seiner Suite klopfte, erwartete Heinrich von Braun seine Tochter zum Frühstück. Umso überraschter war er, einem jungen Araber zu öffnen, mit dem er zuletzt in der Kneipe seines Studentenkorps in Heidelberg gezecht hatte. Wie lange war das her? Zwei oder höchstens drei Jahre, fuhr es dem Deutschen durch den Kopf, aber es schien eine Ewigkeit zu sein. So viel war seitdem passiert.

»Omar! Ich freue mich«, überschwänglich umarmte von Braun sein Gegenüber. »Was tust du hier? Ich wähnte dich im Oman.«

»In der Tat komme ich gerade aus Maskat«, bestätigte Prinz Omar ibn Salim strahlend. »Als ich hörte, dass mein *alter Herr* im Palast weilt, habe ich Allah für die Vorsehung gedankt, die mich zur selben Zeit nach Sansibar schickte.«

Er war deutlich jünger als der Winzer und Weinhändler, doch das hatte der Freundschaft nie geschadet. Auch der Standesunterschied spielte keine Rolle. Der Großneffe des Sultans war Heinrich von Braun sogar eine Hilfe gewesen, die richtigen Kontakte für eine unschätzbar wichtige Geschäftsbeziehung zu knüpfen. Omar ibn Salim war ein weitgereister junger Mann von Mitte zwanzig, nicht besonders groß, von schlanker Statur. Seine Hautfarbe war golden, und ein kurzer dunkler Bart umrahmte sein scharf geschnittenes, schmales Gesicht, das ein wenig an die Skulpturen antiker Gottheiten erinnerte. Er trug das lange weiße Hemd, das im Oman *Dishdasha* genannt wurde und das am Kragen mit Silberfäden bestickt war. Auf seinem Kopf saß – ein wenig schief und daher ziemlich verwegen – ein zum *Muzzar*, einer Art Turban, gewickeltes Tuch mit ebenfalls reich verzierten Rändern. Die traditionelle Garderobe hatte Omar während seines Aufenthalts im Kaiserreich nur selten getragen, weshalb er nun von dem Senior seiner ehemaligen Studentenverbindung ebenso aufmerksam wie anerkennend gemustert wurde.

»Du siehst gut aus«, stellte Heinrich von Braun fest und wies auf den Stuhl an seinem Tisch, der eigentlich für Juliane bestimmt war. »Nimm bitte Platz und frühstücke mit mir.«

Nachdem er der Aufforderung nachgekommen war, betrachtete Omar ibn Salim die zuvor von Dienern aufgetragenen Speisen: köstlich nach Zimt, Kardamom und Rosenwasser duftender Hirsepudding, mit Blättern dekorierte, appetitlich aufgeschnittene Früchte wie Mango, Papaya, Bananen, Orangen und Ananas, noch warmes Fladenbrot und gewürzter Tee in einer silbernen Kanne, die aussah wie Aladins Wunderlampe.

»Anscheinend habe ich die richtige Tageszeit für meinen Besuch gewählt«, stellte er schmunzelnd fest. »Ich habe euch Deutsche immer um euer reichhaltiges Frühstück beneidet. Selbst hier ist das so. In arabischen Familien wird morgens eine Milchsuppe serviert, keinesfalls vergleichbar mit diesen Köstlichkeiten.«

Von Braun unterdrückte die Bemerkung, dass ihm gekochte Eier und eine Wurstplatte fehlten. »Wie lange ist es her, dass du Heidelberg verlassen hast?«, erkundigte sich Heinrich und bediente den Prinzen mit Tee. Die Tasse, die er ihm reichte, war eigentlich für Juliane bestimmt. Da seine Tochter jedoch – wie meistens – unpünktlich war, kümmerte ihn dies nicht.

»Meinem Gefühl nach eine Ewigkeit«, Omar ibn Salim legte eine Gedankenpause ein und schwelgte offenbar in seinen Erinnerungen an die ferne Universitätsstadt. »Tatsächlich aber sind es noch nicht einmal zwei Jahre. Ich werde meinem Großonkel Barghash immer dankbar sein, dass er mich für zwölf Monate zum Studium eurer Sprache nach Deutschland schickte. Allah möge seiner Seele gnädig sein.«

»Seine Hoheit war gewiss ein großer Herrscher«, erklärte Heinrich, ohne mit der Wimper zu zucken. Er war sich nicht recht im Klaren darüber, ob er den verstorbenen Sultan von Sansibar wirklich so hochschätzte. In einem Punkt jedoch bewunderte er die Weitsicht des Arabers: Der ältere Bruder des derzeitigen Herrschers hatte die abendländische Bildung als vorteilhaft erkannt und Ostafrika für Expeditionen geöffnet. Was die Sklaverei betraf, strebte Barghash jedoch rein nach seinem eigenen wirtschaftlichen Vorteil. Ebenso bei seinem Protest gegen die Schutzverträge, welche die Deutsch-Ostafrikanische Gesellschaft mit Häuptlingen der afrikanischen Stämme geschlossen hatte. Barghash erhob eigene Ansprüche auf das Land jenseits seines Einflussbereichs an der Küste. Erst eine von Bismarck angeordnete Flottenpräsenz vor Sansibar hatte Barghash umgestimmt. Aber es stand einem ausländischen Gast, der Geschäfte mit dem neuen Sultan machen wollte, natürlich nicht zu, Kritik zu äußern.

»Es war eine weise Entscheidung«, meinte Heinrich. »So kannst du jedes Wort deiner Gesprächspartner aus Deutschland verstehen … nehme ich an«, fügte er mit einem kleinen, amüsierten Lächeln hinzu – und fragte dann ernst: »Gibt es Neuigkeiten über weitere Gebietsabtretungen auf dem Festland? Bist du deshalb auf Sansibar?«

»Es geht um einen neuen Pachtvertrag für die Hafenstädte«, bestätigte Omar, nachdem er an seinem Tee genippt hatte. Er stellte die kleine Tasse vorsichtig ab und griff nach einer Banane, die er mit spitzen Fingern schälte. »Die Anerkennung der Souveränität Sansibars auf einem zehn Kilometer breiten Küstenstreifen war von Anfang an Illusion.« Er zerteilte die Frucht mit der Hand und stopfte sich ein kleines Stück in den Mund. »Es war falsch anzunehmen, dass eine Nation mit ökonomischen Interessen ausgerechnet in Afrika auf einen Zugang zum Meer verzichtet.«

»Ich hörte davon«, gab Heinrich vage zu. Vor seiner Abreise hatte er sich bei den zuständigen Stellen in Berlin informiert und erfahren, dass über eine deutsche Verwaltung der Städte Bagamoyo, Pangani und Daressalam diskutiert wurde. Gegen eine jährliche Pachtsumme sollte der Sultan die Kontrolle der Häfen abgeben und sein Recht auf die Zolleinnahmen übertragen. Der Tod von Barghash ibn Said hatte die Verhandlungen jedoch unterbrochen.

»Seltsamer Zufall«, sagte er, »dass Kaiser Wilhelm und Sultan Barghash beide innerhalb von drei Wochen gestorben sind. Ich habe erfahren, dass Sultan Khalifa die Politik seines Vorgängers fortführen will. Das ist gut, Omar, das ist sehr gut.«

»Die Verwaltung von Mombasa wurde bereits im vorigen Jahr an die Imperial British East Africa Company übertragen«, entgegnete Omar. »Den Küstenorten im Süden wird es nicht anders ergehen. In diesem Fall wäre das Deutsche Reich am Zuge. Wie groß ist das Interesse von Kaiser Friedrich an Ostafrika?«

Heinrich schüttelte betrübt den Kopf. »Seine Majestät ist todkrank. Es wird täglich mit seinem Ableben gerechnet, und ein gerade mal neunundzwanzigjähriger junger Mann wartet darauf, Monarch zu werden. Es ist zweifellos ein Glück, dass Reichskanzler Bismarck für Stabilität im Deutschen Reich sorgt.«

»Ich bin überzeugt, mein Großonkel Khalifa wird der Ostafrikanischen Gesellschaft gegenüber freigebiger sein, als es Großonkel Barghash je war.« Omar senkte seine Stimme: »Das hat mit seiner Lebensweise zu tun. Seit er dem Cognac immer mehr zuspricht, wird es einsamer um …«

Ein energisches Klopfen an der Tür ließ ihn abrupt innehalten. Mit achtsamem Blick erwartete er den Störenfried. Womöglich fürchtete er, bei seiner despektierlichen Bemerkung über den amtierenden Herrscher belauscht worden zu sein.

Heinrich wusste, dass Loyalität in arabischen Familien großgeschrieben wurde.

»Das wird meine Tochter sein«, beschwichtigte er und erhob sich, um Juliane zu öffnen. Doch die hielt sich gar nicht erst auf, sondern rauschte ungeachtet aller weiterer Formalitäten in den Salon, der für die Zeit seines Aufenthalts zu den Gemächern ihres Vaters gehörte.

Juliane war nach der Massage noch einmal eingenickt. So erreichte sie die Einladung zum gemeinsamen Frühstück mit ihrem Vater erst verspätet beim morgendlichen Bad.

Sie empfand es zwar als unerhörte Verschwendung, das Becken so rasch wieder zu verlassen, doch die Vorfreude auf das Zusammensein trieb sie aus dem Wasser. Es gab so vieles, über das sie mit ihm reden wollte. Nicht nur über den allerhöchsten und ihr bislang unbekannten Luxus, sich täglich in dieser Form ausgiebig zu waschen und abzukühlen, sondern auch darüber, wie angenehm dies bei dem herrschenden Klima für Körper, Geist und Seele war. Und sie wollte mit ihm über Viktoria sprechen. Und einen möglichen Umzug. Ob in einem deutschen Haushalt auf Sansibar auch so ausschweifende Pflege betrieben wurde?

Mit dieser Frage beschäftigt stürmte sie nach einem energischen Klopfen und ohne eine Aufforderung abzuwarten in die Suite ihres Vaters – und wich erstaunt zurück.

Nicht die atemberaubende Aussicht durch die offenen Fenster auf das silbrig und aquamarinfarben in der Sonne schimmernde Meer fesselte sie, sondern der Blick auf den unbekannten jungen Araber, der offensichtlich ihren Platz an Heinrich von Brauns Frühstückstisch eingenommen hatte.

In Julianes Herz riss eine nur oberflächlich verheilte Wunde auf.

Es war ihrem Vater gar nicht wichtig, mit ihr zusammen zu

sein. Die durch einen Eunuchen vorgetragene und von Nassim übersetzte Einladung war ein Irrtum. Papa zog die Gesellschaft eines Fremden vor. Sie war nur ein Anhängsel. Vielleicht eine hübsche Dekoration für ein erfolgreiches Geschäftsgespräch.

Ihre Hand flog an ihren Hals, die Finger umschlossen das Medaillon. Sie biss sich auf die Unterlippe, um vor dem Fremden Haltung zu bewahren und ihrem Vater nicht Dinge an den Kopf zu werfen, die sie später bedauern würde.

Der Habitus des jungen Mannes ließ darauf schließen, dass er im Beit al-Sahel zu Hause war. Der Putz an seiner Garderobe wies ihn als Mitglied der herrschenden Klasse aus. Offenbar überraschte ihn ihr Auftauchen ebenso sehr wie sie das seine. Er wirkte regelrecht erschrocken. Ihre Blicke trafen sich – und im selben Moment verwandelten sich seine feurigen dunklen Augen in unergründlich tiefe Seen. Er lächelte sie an.

»Guten Morgen, mein Kind.«

Juliane hörte die Worte ihres Vaters wie durch dichten Nebel, sie spürte kaum den auf ihre Wange gehauchten Kuss.

Der Blick des Fremden zog sie in seinen Bann. Er traf sie völlig unvorbereitet. Nie zuvor hatte ein Mann sie so angesehen. Respektvoll, interessiert, anerkennend, dabei voller Wärme und keinesfalls anzüglich. Obwohl es sich nicht schickte, bis in die Seele eines anderen Menschen zu schauen, konnte sie sich unmöglich abwenden.

»Juliane, darf ich dir Prinz Omar ibn Salim vorstellen? Er ist ein Großneffe des Sultans und gerade aus Maskat angekommen … Omar, das ist meine Tochter Juliane.«

Der Prinz hatte sich ebenfalls erhoben und die Handflächen vor der Brust aneinandergelegt. »*As-salam alaikum*«, grüßte er und neigte höflich seinen Kopf.

Fieberhaft überlegte sie, ob sie vor dem omanischen Adeligen in einen formellen Hofknicks versinken solle, wie dies im Deutschen Reich angebracht wäre. Als Großneffe des Sultans stand er gesellschaftlich weit über ihr. Aber bisher hatte ihr niemand gesagt, wie sie sich bei einer derartigen Begegnung zu verhalten habe. Alles, was sie machte, könnte falsch sein.

Einer raschen Eingebung gemäß entschied sie sich für eine Mischung der kulturellen Gepflogenheiten, knickste kurz und hob dann zu der traditionellen arabischen Antwort an, die ihr gestern Abend Nassim beigebracht hatte: »*Wa-alaikum assalam.*«

»*Tasarrafna*«, erwiderte Prinz Omar ibn Salim mit erfreut aufleuchtenden Augen.

Irritiert blinzelte sie. Ihre Sprachkenntnisse waren erschöpft. Sie besaß nicht die geringste Ahnung, was ihr Gegenüber meinte. Und natürlich wusste sie nicht, wie sie darauf reagieren sollte.

»Es ist mir eine Ehre«, fuhr er in fließendem Deutsch fort und hielt ihren Blick mit aufregender Intensität fest, »Sie kennenlernen zu dürfen. Ihr Arabisch ist vortrefflich, Fräulein von Braun.«

Sie spürte, wie sich ihre Wangen färbten. Über ihren Rücken schienen Wellen aus Wärme und Kälte zugleich zu fließen. In ihrem Kopf drehte sich ein Karussell, das sie schwindelig machte. Ihr Herz klopfte wild, nahm ihr fast den Atem zum Sprechen: »Aber … nein …«

Heinrich von Braun räusperte sich. »In der Tat, dein Arabisch klingt schon ziemlich perfekt …«

»*Sie* sind perfekt!«, behauptete der Prinz.

Nie zuvor war es Juliane so schwergefallen, die Contenance zu wahren – nicht einmal see- und hitzekrank an Bord der *Sachsen*. Sie fühlte sich, als würde sie mit einem Mal schweben. Omar ibn Salims Kompliment entsprach in seiner Deutlichkeit zwar nicht allen Regeln des Anstands, aber es klang wundervoll. Vor lauter Begeisterung schaffte sie es nicht einmal, die Lider zu senken und seinem Blick auszuweichen, wie es sich für eine tugendhafte junge Dame gehört hätte. Sie sah ihm in die Augen – und erwiderte sein Lächeln.

Ihr Vater klatschte nervös in die Hände. »Ein Diener soll kommen und einen Stuhl für dich herbeischaffen, mein Kind. Dann können wir uns in Ruhe setzen und gemeinsam frühstücken.«

»Ich bedauere«, wehrte der junge Araber ab. »Leider kann ich nicht bleiben. Ich muss zur Audienz meines Großonkels. Es war mir jedoch wichtig, zuerst unserem Gast meine Aufwartung zu machen.«

»Das ist sehr aufmerksam.« Heinrich von Braun atmete tief durch.

Juliane schien es, als wäre ihr Vater erleichtert über den Abgang, den sie ausgesprochen betrüblich fand. Sie hätte sich so gerne noch ein wenig unterhalten …

»Hoffentlich lassen dir deine Termine die Zeit, in Bälde noch einmal vorbeizuschauen«, fuhr er fort.

»Gewiss.« Omars dunkle Augen flogen von Heinrich von Braun zu Juliane, dann wieder zu ihrem Vater und schließlich blieben sie an ihr hängen. »Darf ich Sie zu einem Ausflug einladen? Wir könnten mit meiner Dhau an der Küste entlangsegeln, und ich würde Ihnen die schönsten Buchten von Sansibar zeigen.«

Seine schwärmerischen Worte lullten sie ein. »Sehr gerne«, stimmte Juliane zu, bevor sie darüber nachgedacht hatte.

»Eine Segeltour kann noch unangenehmer werden als eine Überfahrt mit dem Dampfschiff«, bemerkte ihr Vater prompt. »Bist du sicher, dass du dir einen solchen Ausflug zutraust, Juliane?«

»Ich verspreche Ihnen, der Indische Ozean wird so glatt sein wie ein aufgespanntes Seidentuch«, versicherte Omar eifrig. »Es wäre zu schade, wenn Sie den Blick auf Sansibar vom Meer aus versäumen würden. Außerdem wäre es auch eine schöne

Gelegenheit, Ihnen die vorgelagerten Inseln des Atolls zu zeigen.«

Die Warnung hatte Juliane in die Wirklichkeit zurückgebracht. Eine Besichtigungsfahrt auf dem Boot des Prinzen war eine reizende Idee, aber ihr Vater hatte recht: Es würde bei einem Traum bleiben. Wenn Juliane an ihre Befindlichkeiten auf dem viel größeren Schiff zurückdachte, wurde ihr ganz anders. Die Vorstellung, der schöne, junge Mann müsste ihr zuschauen, wie sie von Übelkeit geplagt über der Reling hing, war grausam. Schlimmer noch war allerdings der Gedanke, ihn vielleicht niemals wiederzusehen.

»Wenn Sie Ihr Versprechen halten«, hob Juliane tapfer an, »würde ich mich auf Ihre Dhau wagen.«

Heinrich von Braun seufzte wieder. »Ich befürchte, dass ich gar nicht die Zeit …«

»Vielleicht möchte uns Viktoria Wesermann begleiten«, unterbrach Juliane und dankte im Geiste allen Engeln für diesen Einfall. »Ich bin sicher, dass ihr der Ausflug ebenfalls Freude bereiten würde. Am besten, ich schreibe ihr gleich ein paar Zeilen.«

Omar ibn Salim verneigte sich vor Juliane. »Es wird mir eine Ehre sein, Sie und Ihre Freundin wohlbehalten in den Beit al-Sahel zurückzubringen. Du kannst dich auf mich verlassen, Heinrich.« Seine zweite, noch tiefere Verbeugung galt ihrem Vater.

In einer Geste der Resignation hob dieser die Arme und ließ sie wieder fallen. »Dann, bitte, wie ihr wollt. Ich werde überlegen, ob ich mich den jungen Damen anschließen kann, Omar.«

»Es wäre eine große Freude«, versicherte ihm der Prinz. »Bitte geben Sie mir Nachricht, gnädiges Fräulein, wann Sie in See zu stechen wünschen.«

8

Der Geruch wechselte ständig. Während ihres Spaziergangs zog ein Gewürzaroma in Antonias Nase, das sie stark an die Düfte in Aden erinnerte. Ein paar Schritte weiter traf sie der scharfe Geruch von Petroleum, ein anderes Mal der Gestank aller Häfen der Welt nach salziger Luft, Brackwasser, morschem Holz und in der Sonne getrockneten Fischteilen. Faulende Früchte und welkende Blumen sammelten sich mit an den Strand gespülten Algen und Muscheln zu stinkendem Unrat. Möwen pickten im Dreck herum, stritten sich laut kreischend um die besten Stücke von den Abfällen. An der nächsten Hausecke empfing Antonia eine Straßenbraterei. Der köstliche Duft eines Currygerichts stieg aus dem zerbeulten Blechtopf auf dem Rost wie eine Nebelwand in den Himmel. An Antonias Gaumen prickelte es. Zeit zum Innehalten und Probieren blieb ihr jedoch nicht. Ihr Chef marschierte unbeeindruckt weiter.

Voller Bedauern folgte sie Doktor Seiboldt und Hans Wegener an der Promenade entlang. Vielleicht würde sie auf dem Rückweg Gelegenheit zu einem Imbiss finden. Sie hatte außer einem Stück Fladenbrot den ganzen Tag über noch nichts gegessen, von den Vorbereitungen für die Forschungsarbeit auf Sansibar ununterbrochen in Anspruch genommen.

Doktor Seiboldt wies mit seinem Spazierstock auf ein noch im Bau befindliches Gebäude. »Das wird das neue Hospital.«

Antonia blickte zu einem zweistöckigen, aus Steinblöcken errichteten Haus auf, einer Mischung aus arabischer und europäischer Architektur. Veranden, die sich auf weiße Säulen stützten, umgaben die beiden oberen Etagen, Spitzgiebel aus roten Ziegeln bildeten die Überdachung der Balkone, das Geländer erinnerte sie vage an die wie aus Spitze gefertigten Verzierungen der jemenitischen Häuser. Der Aufbau erschien ihr wie ein Sammelsurium an Stilrichtungen, zur Straßenfront hin überwog europäischer Barock, auf dem Dach mit einer hölzernen Terrasse die venezianische Renaissance, der Glockenturm mochte nach mittelalterlichen englischen Vorbildern errichtet sein.

Ein Flaschenzug transportierte Eimer und Bauschutt aus luftiger Höhe nach unten. Das Gewinde klapperte und quietschte, irgendetwas rasselte. Die Festigkeit des Seils hielte einer genauen Überprüfung wohl kaum stand, es faserte an manchen Stellen bereits stark aus. Doch niemand kümmerte sich darum. Irgendjemand schrie einen Befehl. Antonia verstand kein Suaheli, war sich aber sicher, dass der Vorarbeiter die Männer zu mehr Eile antrieb. Die schweißnassen Körper glänzten wie frischer Teer in der Sonne.

Sklaven, dachte sie grimmig. Überall Sklaven. Sogar beim Bau eines Hospitals.

Oder bekamen die Männer einen Sold für ihre Schufterei? Wahrscheinlich konnten sie froh sein, wenn sie nicht geschlagen wurden, eine saubere Unterkunft besaßen und nahrhaftes Essen bekamen. Andererseits: Für die Arbeiterklasse im Deutschen Reich waren die Lebensumstände oftmals kaum besser. Deshalb schlossen sich Arbeiter dort vielerorts zusammen und gründeten Vereine oder Parteien, die ihre Interessen vertraten. Doch wer kämpfte für die Rechte der Neger?

Es hieß, die Engländer hätten viel getan für die Freiheit der Schwarzen. Auch die französischen Missionare leisteten wohl sehr gute Arbeit. Das Krankenhaus der Spiritaner am Rande der Steinstadt war eine vorbildliche Einrichtung, hatte Antonia gehört. Da sich der Kaiser und Reichskanzler Bismarck im Gegensatz zu Königin Victoria und dem französischen Staatspräsidenten Carnot nur halbherzig auf das Abenteuer Ostafrika eingelassen hatten, waren die deutschen Handelsniederlassungen in Tanganjika und auf Sansibar weiter verbreitet als die

Hospitäler. Deshalb hatte Seiboldt wohl beschlossen, zunächst den Damen im Kuratorium der Missionsstation Saint-Esprit seine Aufwartung zu machen. Die entsprechende Einladung hatte Antonia im Posteingang vorgefunden, wo sich die Empfehlungsschreiben stapelten.

Zu ihrer größten Überraschung hatte Seiboldt keine Zimmer im Grand Hôtel de l'Afrique centrale und auch kein Haus für sich und seine Begleitung gemietet, sondern bereits vor ihrer Zeit als seine Sekretärin die Gastfreundschaft des kaiserlichen Gesandten angenommen. Bei den Vorbereitungen für die Expedition, möglicherweise auch auf der Suche nach Geldgebern, war er mit Konsul Michahelles in Kontakt getreten, der den Forschungsreisenden eine Unterkunft im Konsulat anbot.

»Das Portal erinnert mich an meinen Aufenthalt in Indien«, bemerkte Max Seiboldt, als sie an dem Neubau vorüberschritten. Er deutete auf die Beschläge im Holz, runde Ornamente mit bedrohlich wirkenden Stahlspitzen, groß wie ein Omelette. »Das sind dort die gängigen Waffen, um den Angriff eines Kriegselefanten auf das Haus abzuwehren.«

»Eine unangebrachte Vorsicht«, schnaubte Wegener. »Die Gassen sind so schmal, dass kaum ein Esel hindurchkommt, geschweige denn ein Elefant.«

Seiboldt ignorierte den Einwand. »Ist Ihnen aufgefallen, dass man diese Tore fast an allen größeren Häusern der Steinstadt sieht?«

Die beiden Flügeltüren, auf die er aufmerksam machte, waren in einen reich mit Schnitzereien versehenen Rahmen eingelassen. Tatsächlich besaß das Tor eine frappierende Ähnlichkeit mit dem Eingang des kaiserlichen Konsulats und anderen Portalen, auf die Antonia während ihres Spaziergangs einen Blick erhascht hatte.

»Vielleicht gibt es einen gewissen Einfluss Indiens auf das Leben hierzulande«, überlegte sie.

»Unsinn«, widersprach Hans Wegener übelgelaunt. »Der Sultan von Oman hat Sansibar im sechzehnten Jahrhundert von den Portugiesen erobert, und meines Wissens liegt sein Heimatland in Arabien und nicht in Indien.«

Antonia wollte ihren Kollegen schon fragen, ob ihm die glühende Nachmittagshitze nicht bekomme oder es einen anderen Grund für seine Indisponiertheit gebe, als Seiboldt ausrief: »Oh, gut. Sie haben Ihre Hausaufgaben gemacht.«

Seiboldts Tonfall klang nicht nach Lob, sondern troff vor Zynismus. »Dann wissen Sie gewiss auch, dass die Handelsbeziehungen zwischen Indien, Arabien und Ostafrika uralt sind.«

»Selbstverständlich, Herr Doktor Seiboldt«, bestätigte Wegener eifrig, obwohl Antonia vermutete, dass der junge Mann gerade zum ersten Mal davon hörte.

Einen nachdenklichen Blick lang musterte Seiboldt seinen Assistenten, dann zuckte er gleichmütig mit den Achseln und wandte sich ab. Wie stets hatte er es vermieden, Antonia direkt anzusehen. Dennoch glaubte sie, seine Augen hätten sie kurz gestreift. Und wie immer, wenn sie sich von ihm beobachtet fühlte, stellte sich dieses leise Prickeln ein, das ihre Hände zittern und ihre Kehle trocken werden ließ. Die kühle Brise, die sie jenseits des Häusermeers empfing, tat nicht nur ihren heißen Wangen wohl.

Hohe Kokospalmen, buschige Orangenbäume und duftender Jasmin warfen lange Schatten auf die Zufahrt der katholischen Mission. Die Anordnung der Pflanzen erlaubte die Illusion, sich in einem französischen Barockgarten zu befinden. Vom Boskett führten die sternförmig angelegten Wege über das Parterre zu dem Hauptgebäude des Anwesens. Vergleichbar mit einem Schloss, das über der Loire thront, lag es oberhalb des Meeres, erbaut in einem überraschend ähnlichen Stil mit Erkern, Zinnen, Türmen und Arkaden. Fast war Antonia am Eingangstor geneigt, ein Burgfräulein zu erwarten, doch tatsächlich war die Pförtnerin eine junge Schwarze in weißer Ordenstracht.

Die Nonne wünschte höflich *bon jour* und ließ die Gäste in einen Innenhof ein. Das Atrium war zu allen Seiten von säulengeschmückten Loggien umgeben. Die Steine waren so makellos weiß, als würden sie täglich mit der Karbollösung geputzt, deren charakteristischer Geruch schwach in den Mauern hing. Selbst Hitze, Staub und Krankheit konnten das vertraute Desinfektionsmittel nicht aus der Luft vertreiben. Unwillkürlich lächelte Antonia. Es roch wie in den moderneren Krankenanstalten daheim. Was für eine unerwartete Entdeckung am anderen Ende der Welt!

Schließlich wurden sie in einen Raum gebeten, der sich als die modernste Apotheke entpuppte, die sich Antonia vorzustellen vermochte. Regalreihen aus dunklem Teakholz beherbergten ordentlich sortierte Flaschen, Glasdosen und Phiolen, deren Inhalt auf Etiketten beschrieben stand. In einem Schrank befanden sich Gefäße aus Ton und Blech sowie aus Bast geflochtene Schachteln mit Zetteln daran.

Antonia konnte nur vage entziffern, welche Arzneien hier gelagert wurden, denn die geschlossenen Fensterläden sorgten für dämmriges Licht. Sie vermutete, dass es sich nicht nur um Medikamente handelte, wie sie Ärzte in Europa oder Amerika verschrieben, sondern auch um solche von afrikanischen Medizinmännern. Es roch jedenfalls nicht wie in der königlichen Apotheke in der Münchner Residenz, eher wie in einem Laden, in dem mit exotischen Gewürzen gehandelt wurde. Und es duftete nach Ambra, Moschus, Zitronelle und Rosenwasser – den Parfüms der vier Damen, welche die Forschungsreisenden erwarteten.

Die Gastgeberinnen konnten unterschiedlicher nicht sein. Im Hintergrund standen drei Europäerinnen, zwei, auf die der Begriff *graue Maus* zutraf, die dritte sehr vornehm. Den größten Teil des Zimmers nahm jedoch die Persönlichkeit einer in ihrer Eleganz beeindruckenden Französin ein. Madame Chevalier, schon in mittleren Jahren, leitete die Nonnen zur Krankenpflege an, wie man Antonia im Konsulat erzählt hatte – sie war sehr wohlhabend und stellte ihr gesamtes Vermögen in den Samariterdienst.

Seiboldt knickte ob dieser Dame zu einem fast höfischen Kratzfuß ein.

Hinter ihr warteten die beiden weniger auffälligen Erscheinungen darauf, vorgestellt zu werden. Sie machten den Eindruck alternder Gouvernanten. Vielleicht waren sie diesem Beruf in ihrer Heimat – der Bretagne, wie Antonia alsbald erfuhr – auch tatsächlich nachgegangen. Eine Heirat oder Abenteuerlust mochte sie nach Sansibar gebracht haben. Antonia hatte gehört, dass die Grenzen der gesellschaftlichen Regeln in den Tropen nicht ganz so eng gesteckt waren wie in den Mutterländern der Kolonialherren. Und auf Sansibar waren sie wohl fließend.

Die vierte Kuratorin fingerte auf dem großen Tisch vor der Fensterfront herum, der anscheinend halb Laden-, halb Schreibtisch war. Eine hochgewachsene, schlanke Person in einem eleganten Kleid aus heller taubenblauer Seide und mit einem Tellerhütchen derselben Farbe, das mit ihrem mahagonibraunen, im Nacken zu einem strengen Knoten geschlungenen Haar harmonierte. Ihr Gesicht war abgewandt, da sie gerade das Tablett mit den Gewichten neben der Waage aus Messing hin und her schob.

Verwundert beobachtete Antonia die Dame aus den Augenwinkeln. Die Fremde benahm sich seltsam. Sie schaute nicht einmal auf, als Madame Chevalier das Bekanntmachen von Gästen und Kuratorinnen übernahm. War sie schwerhörig, blind oder einfach nur unhöflich? Ihre Aufgabe schien nicht bedeutungsvoll genug, um diese Ignoranz zu rechtfertigen.

Antonia lächelte den anderen Frauen freundlicher zu, als sie es ohne die merkwürdige Beobachtung getan hätte.

»Anna Freifrau von Rosch«, stellte Madame Chevalier vor.

Obwohl sie in seinem Rücken stand, bemerkte Antonia eine plötzliche Anspannung bei Max Seiboldt. Seine Schultern strafften, sein Nacken verspannte sich. Ihr schien es, als würde er die Luft anhalten.

War es so ungewöhnlich, eine deutsche Baronin in einem von Franzosen erbauten Armenkrankenhaus auf Sansibar anzutreffen?, fragte sich Antonia, erstaunt über seine Reaktion. Auf Sansibar lebten viele Deutsche, hatte Konsul Michahelles berichtet. Die meisten waren Kaufleute aus Hamburg oder Bremen, manche Forschungsreisende, andere Mitglieder der Deutsch-Ostafrikanischen Gesellschaft oder Beamte aus Berlin. Dann gab es noch eine große Gruppe von Offizieren der kaiserlichen Marine, die zu den auf Reede liegenden Flottenverbänden gehörten und gesellschaftliche Kontakte in der Stadt pflegten. Sicher war die Mehrzahl dieser Männer verheiratet, und einige wurden gewiss von ihren Gattinnen begleitet.

Anna Freifrau von Rosch ließ den Klang ihres Namens einige Atemzüge lang wirken. Erst nach einem seltsam stillen Moment richtete sie sich auf. Ihre Augen verdeckte ein kleiner Hutschleier, doch Antonia vermutete allein durch die Haltung und den Geschmack der Dame, dass es sich um eine attraktive, wenn auch nicht mehr ganz junge Frau handelte.

Mit einer fast lasziven Geste schlug sie den zarten Stoff zurück. Sie sah Seiboldt durchdringend an, ihr Blick war sogar bei der schlechten Beleuchtung als aufreizend erkennbar. Gebieterisch trat sie auf ihn zu und streckte ihm die Hand entgegen.

»Herzlich willkommen auf Sansibar, Herr Doktor Seiboldt«, ihre Stimme klang überraschend tief, fast rauchig und gleichzeitig weich.

Wäre eine Stecknadel zu Boden gefallen, man hätte es gehört.

Es herrschte eine noch intensivere Ruhe als zuvor. Anna von Rosch liebte offenbar große Auftritte und konnte sich entsprechend in Szene setzen.

Abgestoßen von dieser Darbietung flogen Antonias Augen zu Max Seiboldt, dem die ungeteilte Aufmerksamkeit der Dame galt.

Erstaunt registrierte Antonia, dass seine Hände zitterten. Er kannte diese Frau – das machte nicht nur das Verhalten der Baronin deutlich. Ein Wiedersehen mit einer Jugendfreundin? Eine Patientin aus seinen frühen Jahren als Arzt? Aber er hatte nicht lange praktiziert, so viel wusste Antonia über seine Vergangenheit. Eine Affäre?!

Sie versuchte, nicht zu viel in die Begegnung hineinzuinterpretieren. Doch Neugier, ein undefinierbarer Schmerz und wild aufflammende Eifersucht trübten ihren Blick.

Seiboldt hatte die Hand der Dame ergriffen und zog sie an seine Lippen. Er räusperte sich, wieder und wieder. »Freifrau von … Entschuldigung … es ist lange her …«, in beredtem Schweigen brach er ab.

Noch nie hatte Antonia ihn so hilflos erlebt. Sie sah zu den anderen Kuratorinnen hin, doch die lächelten nur milde und teilten eine Wiedersehensfreude, die sie schlichtweg nicht verstanden. Keine von ihnen sprach Deutsch.

»Von Rosch«, erklärte diese langsam und deutlich, als wäre Seiboldt ein Ausländer. »Anna von Rosch.«

»O ja, natürlich.«

»Mein Mann gehört zum Geschwader Seiner Majestät, das vor der Küste kreuzt«, plauderte sie. »Er befehligt die *Leipzig*. Ein imposantes Schiff. Sie sollten es besichtigen, wenn sich die Möglichkeit ergibt. Doch gewiss ist Ihre Zeit begrenzt. Wissenschaftler sind ja immer so beschäftigt.«

»So schlimm ist es nun auch nicht«, meldete sich Wegener zu Wort. »Ihr Gatte befehligt also die *Leipzig*. Wir waren mit der

Sachsen unterwegs. Was für ein ulkiges Zusammentreffen …
die Geografie. Ich meine, Stadt und Land passen so gut …«
Er kicherte übertrieben gut gelaunt, wohl, weil niemand seinen Witz teilte, und er begriff, dass er irgendwie fehl am Platz
war.

»Wir befinden uns auf einer Expedition«, erwiderte Seiboldt
ungerührt, »und sind nicht auf Vergnügungsreise.«

»Ich hörte davon …«

»Herr Doktor Seiboldt«, brachte sich Wegener wieder in
Erinnerung, »würden Sie mich bitte der Dame vorstellen. Ich
brenne darauf, die Bekanntschaft von Freifrau von Rosch zu
machen.«

Beide sahen Wegener an, als hätten sie die Anwesenheit der
anderen Personen im Raum völlig vergessen.

Antonia schluckte. Sie suchte fieberhaft nach einem Vorwand, um das Hospital unverzüglich zu verlassen. Allein die
Art, wie Seiboldt zerstreut der Aufforderung seines Assistenten
nachkam, überstieg ihr Fassungsvermögen. Hatte er vielleicht
Wegeners Namen über der Begegnung mit Frau von Rosch vergessen? Am liebsten wäre Antonia weit fortgelaufen, zu einer
einsamen Bucht, wo sie dem Meer von diesem seltsamen Wiedersehen erzählen konnte und wo die Antworten auf ihre Fragen mit dem Wind in den Palmen rauschten.

»Sehr erfreut«, sagte Anna von Rosch höflich, sie klang nicht
sonderlich begeistert.

Madame Chevalier klatschte in die Hände. Wie auf ein Stichwort erschien eine Dienerin und reichte ein Tablett herum, auf
dem sich Gläser mit einer Erfrischung befanden. Die allgemeine Aufmerksamkeit teilte sich, man konzentrierte sich nicht
mehr nur auf Doktor Seiboldt und Frau von Rosch.

Antonia jedoch konnte den Blick nicht von dem Paar wenden. Das unsichtbare Band zwischen den beiden war nicht zu
ignorieren. Ihr sank das Herz. Fort, bitte, ich will fort …

»Und wer sind Sie?«

Antonia schreckte aus ihren Tagträumen auf. Obwohl auf Frau von Rosch gerichtet, war ihr Blick leer gewesen. Sie hatte die Fremde nicht mehr gesehen. Auch nicht, dass diese sich mit unverhohlener Neugier ihr zuwandte. Jetzt maß die Dame sie mit unerhörter Eindringlichkeit. Sie schien jeden Zentimeter ihres Körpers einer abschätzenden Betrachtung zu unterziehen. Sie begutachtet mich wie ein Metzger die Sau auf dem Viehmarkt, fuhr es Antonia durch den Kopf. Nie zuvor hatte sie sich vor einer anderen Frau wie nackt gefühlt.

»Fräulein Geisenfelder ist meine Sekretärin«, erläuterte Seiboldt.

»Oh«, Anna von Rosch ließ ein kehliges Lachen hören, das auf den ersten Ton falsch klang. »Eine Frau an Ihrer Seite. Wie ungewöhnlich.«

»Ich wollte auf die Qualifikation von Fräulein Geisenfelder auf dieser Reise nicht verzichten.«

Zum ersten Mal wärmte ein Lob ihres Chefs nicht Antonias Herz. Es interessierte sie nicht einmal sonderlich, denn es klang wie eine Rechtfertigung. Warum verteidigte er sich vor der fremden Frau, die ihm anscheinend gar nicht fremd war?

Von dem Tablett mit den Getränken hatte Antonia gedankenverloren ein Glas ergriffen. Nun hielt sie es in der Hand, und ihre Finger zitterten so sehr, dass sie fürchtete, etwas von dem nach Mango und Pfirsich duftenden Saft zu verschütten. Ein Fleck auf ihrer Bluse wäre das Letzte, was sie sich unter den gegebenen Umständen erlauben wollte. Eine derartige Unachtsamkeit unter den Augen der Freifrau von Rosch? Niemals!

Krampfhaft hielt Antonia das Glas umschlungen.

Seiboldt indes goss sein Getränk in einem Zug in seine Kehle. Eine deutliche Geste, wie aufgewühlt er war. Doch mit dem Saft schluckte er wohl auch seine Unsicherheit hinunter.

Er lächelte die Dame unverbindlich an. »Entschuldigen Sie

mich bitte, ich möchte mich kurz mit Madame Chevalier beratschlagen. Vielleicht ergibt sich bei anderer Gelegenheit die Möglichkeit zu einem Gespräch.« Abrupt wandte er sich an die Kuratorin und verwickelte auch ihre beiden Kolleginnen in eine auf Französisch geführte Unterhaltung.

Wegener schien sein anfängliches Interesse an Anna von Rosch ebenfalls verloren zu haben, denn er schloss sich seinem Chef an.

Plötzlich war Antonia allein mit ihr. Sie senkte die Lider in der Hoffnung, Anna von Rosch werde sich langweilen oder sie so unwichtig finden und die Gesellschaft der anderen vorziehen, vielleicht sogar Seiboldt nachlaufen. Doch die Dame blieb an Antonias Seite. Das leise Rascheln von Seide verriet, dass sie sogar noch näher trat.

»Verzeihen Sie meine Neugier«, hob die ungewöhnlich tiefe Stimme in leisem, verschwörerischem Ton an, »aber verraten Sie mir bitte, wieso sich eine Frau für eine Cholera-Expedition interessiert.«

Antonia schnappte nach Luft. Vor wenigen Minuten noch war ihr die Temperatur in dem gut belüfteten Raum angenehm erschienen. Nun wurde ihr zu heiß. Der hochgeschlossene Kragen ihrer Bluse drückte auf die Gurgel. Sie zitterte und wünschte sich in das Auditorium der Universität zurück. Unter den Studenten hatte sie sich niemals so unsicher gefühlt wie in Gesellschaft von Anna von Rosch. Sie fühlte sich klein und hässlich, dumm und ungelenk.

»Ich interessiere mich für Medizin«, sagte sie. Noch nie war sie sich bei dieser Aussage einfältig vorgekommen. Nie zuvor hatte sie ihre Hinwendung als Makel betrachtet.

Anna von Roschs Entrüstung war offenkundig. »Haben Sie etwa studiert?«

»Nein. Leider nicht, nein. Ich durfte lediglich einige Vorlesungen als Gasthörerin besuchen.« Warum erzählte sie das?

»Und deshalb fahren Sie mit einem berühmten Forscher bis ans andere Ende der Welt?« Die Freifrau schüttelte entrüstet den Kopf. »Es ist mir gänzlich unverständlich …«

»Die Reise verlief bisher sehr angenehm«, warf Antonia ein. Wieso rechtfertigte sie sich?

»Wie schön für Sie. Dennoch verstehe ich nicht, dass er die Anwesenheit einer jungen Frau der eines männlichen Sekretärs vorzieht.«

»Wie Ihnen Herr Doktor Seiboldt bereits sagte: Er ist zufrieden mit meiner Arbeit.« Was ging das die andere an?

Ein kleines Lachen entrang sich Anna von Roschs Kehle. »Das hoffe ich für ihn. Er scheint sich sehr verändert zu haben … in den letzten Jahren. Früher lehnte er weibliche Begleitung auf seinen Forschungsreisen rundweg ab …«, sie verfing sich offenbar in irgendwelchen Erinnerungen, ihre Augen verdüsterten sich, als sie in die Vergangenheit schauten.

Dann zuckte sie unvermittelt mit den Schultern, wie um ihre Gedanken abschütteln, und wechselte das Thema: »Gewiss möchten Sie einen Rundgang durch die bereits fertiggestellten Räume des Hospitals machen. Durch die Großzügigkeit von Madame Chevalier ist es bereits möglich, die Krankheiten der ärmsten Seelen auf angemessene Weise zu behandeln … *Oh, ma chère* …«, mit diesen Worten rauschte sie zu der etwas abseitsstehenden Madame Chevalier. Ein Schwall französischer Laute ergoss sich über ihre schön geschwungenen, wenn auch etwas schmalen Lippen. Als wäre es ihr natürlicher Platz, trat sie neben Max Seiboldt.

Sie ist die Frau eines Marineoffiziers, erinnerte sich Antonia. Sie tut wohltätige Dinge, während er seinen Dienst versieht. Das ist völlig normal, redete sie sich ein. Leute dieses Standes sind oft Mäzene und schmücken sich gerne mit ihrer Bekanntschaft zu bedeutenden Wissenschaftlern oder namhaften Künstlern. In München passiert das jeden Tag – warum nicht auch auf Sansibar? Sicher kennen sich Anna von Rosch und Doktor Seiboldt aus diesen Gründen …

Antonia sah zu den beiden hin – und wusste, dass sie sich irrte.

9
Mittwoch, 18. Juli

Ein Geräusch weckte Viktoria aus ihrem Tagtraum. Träge räkelte sie sich und versuchte mit geschlossenen Augen, seine Ursache zu erraten.

Tiere? Unmöglich. In die zweite Etage verirrte sich nicht einmal eine Maus. Und so etwas gab es im Haus des Kaufmanns van Horn wahrscheinlich ohnehin nicht. Lebten überhaupt Mäuse auf Sansibar? Viktoria beschloss, ihre Gastgeberin danach zu fragen.

Schritte? Kaum. Luise van Horn war ausgegangen, um ihren Mann vom Schiff abzuholen und anschließend in sein Kontor zu begleiten. Das Personal hielt in der Zwischenzeit bestimmt Siesta. Viktoria war in den vergangenen Tagen aufgefallen, dass der Arbeitseifer unverzüglich nachließ, sobald die Hausherrin außer Sichtweite war. Die farbige Dienerschaft nutzte jede Gelegenheit, alle fünfe gerade sein zu lassen.

Viktoria hatte Verständnis dafür. Sie selbst lebte lethargisch in den Tag hinein. Die Temperaturen kletterten von Stunde zu Stunde, die schwüle Hitze machte jeden Handgriff zu einer schweißtreibenden Bewegung. Deshalb beruhigte sie sich damit, das Klima sei der Grund, warum sie das Haus seit ihrer Ankunft nicht mehr verlassen hatte. Auf der Dachterrasse und in den tagsüber abgedunkelten Räumen ließ es sich angenehmer verweilen. Sie träumte oft vor sich hin, las viel und versuchte, sich in ihrem neuen Zuhause einzurichten. In Wahrheit hielten sie jedoch nicht Luftfeuchtigkeit und Celsiusgrade von einem Spaziergang ab – sie fürchtete sich vor dem Unbekannten, vor den engen Gassen und dem kulturellen Schmelztiegel Sansibar.

Es war eine Sache, Flugblätter vor Sillem's Bazar zu verteilen, aber eine völlig andere, sich in der Fremde zurechtzufinden. Der Jungfernstieg war vertraut, die Steinstadt fremd. Und Viktoria hätte es nie für möglich gehalten, dass ihr das Fremde fürchterliche Angst einjagen könnte. Was sie noch vor Monaten mutig fand, erwies sich vor dem exotischen Hintergrund als Kinderkuss – und ihre Tapferkeit war auf Nimmerwiedersehen verschwunden wie ein Kieselstein in tiefem Wasser. Ich bin ein Hasenfuß, stellte sie nüchtern fest.

Als wollte ihr eine himmlische Macht die Bestätigung senden, blähte sich das Moskitonetz über ihrem Bett in der Zugluft. Sie spürte die Brise auf ihrer Haut und fröstelte – aus Angst.

Ein Einbrecher! Irgendwer war unbemerkt in ihr Zimmer geschlichen. Schlimmer noch: Sie hatte sich für die Mittagsruhe ausgekleidet und lag hier vollkommen nackt …

Viktoria schlug die Augen auf.

Im selben Moment fiel ein schwerer Gegenstand polternd zu Boden.

»Wer sind Sie?«, hauchte eine verblüffte Männerstimme.

Viktoria schwankte zwischen Erkennen und Entsetzen. Mitten im Raum stand der Fremde, dem sie kurz vor dem Ausschiffen an Bord der *Britannia* begegnet war. Er hatte seine lederne Reisetasche neben sich fallen lassen. Und starrte aus seinen bemerkenswert blauen Augen zu ihr her. Sie fühlte sich seinem undefinierbaren Blick ausgesetzt, mit jedem Zentimeter ihres Körpers, in all ihrer Blöße.

Ihr schien es, als löste sich ihr Gehirn von der Hülle, als würde sie sich selbst zuschauen.

Dummerweise war das Laken außer Reichweite, sodass sie sich nicht einmal bedecken konnte. Um danach zu greifen, hätte sie die Knie anziehen müssen, was unter den gegebenen Umständen ganz ausgeschlossen war.

Ohne die kleinste äußere Regung hoffte sie, dass ihre Gestalt unter dem Moskitonetz leicht verschwommen wirkte. Wie auf einem impressionistischen Gemälde. Sie hatte von den skandalösen Bildern gehört, ohne je eines mit eigenen Augen betrachtet zu haben. Ihre Gedanken schweiften ab. Auf diese Weise gelang es ihrem Verstand, neue Kraft zu schöpfen.

Er konnte einfach ignorieren, dass sie nicht schrie, sondern zuließ, dass fremde Augen ihre hübschen, sich aufrichtenden weißen Brüste ansahen, dann hinabwanderten zu ihrem flachen Bauch mit dem runden Nabel, der schmalen Taille und den Hüften, die sie immer viel zu rund fand, und schließlich hängen blieben an dem goldenen Dreieck zwischen ihren Schenkeln …

Zu ihrer eigenen Überraschung hörte sie sich empört ausrufen: »Drehen Sie sich gefälligst um. Verlassen Sie mein Zimmer.«

»Das ist *mein* Zimmer!«, behauptete er verärgert. »Und ich finde es nicht angemessen, wie Sie sich in meinem Bett breitmachen.«

Viktoria schnappte nach Luft. Bevor ihr jedoch eine zornige Erwiderung über die Lippen kam, wurde ihr wieder bewusst, in welcher Lage sie sich vor diesem unverschämten, ungehobelten, ungezogenen Unbekannten befand. Sie war definitiv nicht angekleidet, und dieser Umstand erlaubte ihr keine ausführlichen Diskussionen.

Im nächsten Moment traf sie eine höchst verwirrende Erkenntnis. Sie empfand es als gar nicht so scheußlich, von einem attraktiven Mann angestarrt zu werden. Es gehörte sich nicht, natürlich. Aber das Frivole an der Situation gefiel ihr. Sie fühlte sich schön.

Allerdings nur, bis sie bemerkte, dass in seinem Blick keinerlei Bewunderung lag.

»Verschwinden Sie!«, fauchte sie. Sie kreischte ein wenig. Vor Verlegenheit und Enttäuschung gleichermaßen.

»Nein!«, gab er prompt zurück. »Dies ist mein Zimmer, das zu verlassen ich Sie auffordere!«

»Erinnern Sie sich an Ihre Manieren und warten Sie vor der Tür, bis ich fertig bin. Dann … dann können wir uns unterhalten«, fügte sie stockend hinzu.

Ihr Mut sank. Das angenehme Gefühl hatte sich verflüchtigt. Tränen stiegen ihr in die Augen, Schamesröte zog über ihre Wangen. Sie fühlte sich bloßgestellt. Der Fremde behandelte sie nicht wie eine Dame, sondern wie … wie eine …

Es war unaussprechlich, obwohl Viktoria die Hurenhäuser am Hafen und neben den Amüsierbetrieben der Vorstadt St. Pauli vom Hörensagen kannte. Allerdings hatte sie bisher angenommen, Männer seien Freudenmädchen mehr als zugetan. Dieser hier verhielt sich, als fände er sie abstoßend.

»Beeilen Sie sich«, schnaubte er. Dann schob er seine Tasche mit dem Fuß vor den Kleiderschrank. Der Hut in seiner Hand flog auf einen Stuhl. Allein mit diesen Gesten machte er sein Anrecht auf dieses Zimmer geltend. Vor sich hin grummelnd wandte er sich schließlich um und verließ den Raum. Die Tür fiel ungebührlich laut ins Schloss.

Ein leichter Schüttelfrost erfasste Viktoria. Er hatte nichts mit der Zugluft zu tun, die vom Abgang des Fremden herrührte. Ein paar Herzschläge lang blieb sie bewegungslos auf dem Bett liegen, atmete tief durch und hoffte darauf, sich wieder zu beruhigen.

Das Pochen in ihrer Brust verlangsamte sich nach einer Weile tatsächlich. Der Kloß in ihrem Hals löste sich auf – glücklicherweise nicht in Tränen. Auch ihr Atem ging gleichmäßiger. Hatte sie etwa die Luft angehalten?

Langsam begannen sich ihre Gedanken wieder zu ordnen. Sie erinnerte sich, dass Luise van Horn von einem anderen Kostgänger gesprochen hatte. Einem Mann namens Roger Lessing, der gelegentlich in van Horns bestem Gästezimmer übernachtete. Da er nur selten vorbeikam und eine Gewürzplantage im Norden der Insel besaß, hatte die Hausherrin seine Sachen in einen anderen Raum schaffen lassen. Offenbar ohne ihn rechtzeitig darüber zu informieren.

Und nun? Luise war fort, und das Personal hatte die Anwesenheit des Herrn Lessing entweder nicht bemerkt oder ihn zumindest nicht gewarnt …

Durfte ein schwarzer Diener einem weißen Mann überhaupt sagen, was der zu tun und zu lassen hatte?, fragte sich Viktoria plötzlich. Ihr fiel ein, wie sehr sie sich bisher in ihre Bücher vergraben und wie wenig sie sich nach den örtlichen Gepflogenheiten erkundigt hatte. Aus Angst vor dem Neuen. Aus Dummheit, dachte sie bitter.

Seufzend richtete sie sich auf. Es hatte keinen Sinn, weiter im Bett zu liegen und sich Vorwürfe zu machen. Der Mensch, der getadelt gehörte, wartete auf der Veranda vor dem Zimmer. Wahrscheinlich war er bereits außer sich. Jede Minute, die er untätig auf sie warten musste, kostete ihn gewiss Überwindung. Es wurde Zeit, dass sie ihm gegenübertrat.

Luise van Horn hatte Viktoria erklärt, dass die meisten Steinhäuser auf Sansibar im Karree um einen Innenhof gebaut waren, wie auch das ihre. Die Zugänge zu allen Räumen befanden sich auf den Veranden, in jedem Winkel lag eine Treppe. Im Erdgeschoss hatte sich Friedrich van Horn ein kleines Arbeitszimmer eingerichtet, das an die Küche und ein Lager sowie an die Unterkünfte für das Personal grenzte, sofern die Diener überhaupt im Haus schliefen. Die Wohnräume lagen in den beiden oberen Etagen, und wären die Fenster nicht so ausgerichtet gewesen, dass man von fast allen Zimmern wenigstens einen Seitenblick auf den Indischen Ozean oder die Minarette und Kirchtürme der Steinstadt erhaschen konnte, hätte Viktoria kaum einen Unterschied zu einem Haushalt in Norddeutschland gefunden.

Trotz ihrer eigenen verwegenen Aufmachung bewahrte Luise die hanseatischen Traditionen: Die dunklen Möbel aus ihrem Elternhaus hatte sie einst hierher transportieren lassen, altmodische Öllampen standen auf dem Buffet und den Beistelltischen, Stiche von Landschaften, Karten oder Segelschiffen hingen an den Wänden, dicke Teppiche lagen auf den gebohnerten Böden. Es duftete nur schwach nach den exotischen Gewürzen, von denen sogar Gustava Wesermann im fernen Hamburg gehört hatte, sondern vielmehr wie zu Hause nach Wachs, Rosenwasser und Mottenpulver. Selbst das süße Aroma der Bougainvilleen, die in Töpfe gepflanzt im Innenhof an den Säulen der Galerien emporkletterten, konnte den vertrauten Geruch nicht vertreiben. Ebenso wenig die Muskatnüsse, die auf den Fensterbrettern lagen, angeblich als bester Schutz gegen Diebe. Nichts war bunt und leicht in dieser Wohnung. Und fast nichts erinnerte hinter den verschlossenen Türen und Fensterläden daran, dass man sich in Afrika befand. Die Moskitonetze über den Betten waren das einzige Indiz.

Viktoria hatte sich ihrer neuen Umgebung nur teilweise angepasst. In Hamburg würde sie um diese Uhrzeit ein Nachmittagskleid tragen und die Freundinnen ihrer Mutter begrüßen, die zu Besuch kamen. Auf Sansibar konnte sie sich die Ungeheuerlichkeit erlauben, in ihrem Hausmantel zu empfangen. Genau genommen stand ihr auch keine gesellschaftlich relevante Begegnung bevor, sodass ihre Nachlässigkeit durchaus angemessen erschien. Es war ja nicht einmal jemand in der Nähe, um ihr den Mann vorzustellen, der sich eben so unerhört benommen hatte.

Als wären nicht genug Unverschämtheiten aus seinem Mund geflossen, hob er verärgert an, kaum dass sie die Tür öffnete: »Da sind Sie ja endlich! Hören Sie, ich bin von einer anstrengenden Reise zurück und möchte mich ausruhen.«

»Das glaube ich Ihnen gerne«, flötete sie zuckersüß.

Sie hatte während des Ankleidens beschlossen, beide Augen zuzudrücken und diesem Roger Lessing so höflich wie möglich gegenüberzutreten. Immerhin war er ein enger Freund ihrer Gastgeber und würde – gleichgültig, in welchem Zimmer – für eine Weile unter demselben Dach mit ihr leben. Daran ließ sich vermutlich nichts ändern, obwohl sie wünschte, ihn niemals wiedersehen zu müssen.

Er nahm seinen nervösen Gang über den Steinboden der Veranda wieder auf – drei Schritte vor, drei zurück. Ihr Erscheinen hatte ihn dabei unterbrochen. Plötzlich blieb er stehen.

»Könnten Sie so freundlich sein und Ihre Sachen nehmen und dorthin verschwinden, wo Sie hergekommen sind?« Seine Stimme klang trotz ihres Versuchs einer angemessenen Kommunikation nach wie vor unfreundlich, fast beleidigend. »Gehen Sie also wieder hinein und ziehen Sie diesen unpassenden Fummel aus.«

Indigniert blickte Viktoria an sich hinunter. Sie fand sich ganz passabel, wenn auch natürlich nicht für einen Stadtbummel oder einen Nachmittagsempfang gekleidet. Über einem hochgeschlossenen, bis zum Kinn gerüschten Hemd trug sie ein meerblaues bodenlanges Hauskleid, das züchtig ihren Körper verhüllte. Auf ein Korsett hatte sie verzichtet, aber das spielte wohl angesichts ihres Zusammentreffens vorhin keine Rolle. Außerdem hatte sie in den vergangenen Tagen kaum Appetit verspürt und daher sicher jedes überschüssige Gramm an ihrer Idealtaille verloren.

»Für einen Spaziergang ist Ihr Aufzug definitiv die falsche Garderobe«, fügte der Mann, den sie für van Horns Freund

Roger Lessing hielt, nachdrücklich hinzu. »Wie peinlich, wenn man Sie so das Haus verlassen sähe.«

Nur weil Luise van Horn ihm versehentlich den Zimmerwechsel nicht mitgeteilt hatte, brauchte er sie doch nicht gleich hinauszukomplimentieren, befand Viktoria. Sie versuchte noch immer, gute Miene zum bösen Spiel zu machen, und begann in ausgesucht höflichem Ton: »Es handelt sich um ein Missverständnis. Luise …«

»Ich weiß, dass Sie von Frau van Horn engagiert worden sind«, schnitt er ihr das Wort ab. In einer überraschend resignierten Geste fuhr er sich mit der Hand durch das Haar. »Sie versucht wirklich alles, um mein Interesse an einer weißen Frau zu wecken.«

Viktoria war so verblüfft, dass ihr keine Antwort einfiel. Fassungslos vor Staunen sah sie ihn stumm an.

Seine Stimme, eben noch verzagt und leise, wurde wieder laut und zornig: »Es ist verlorene Mühe, verstehen Sie? Wenn Sie möchten, sage ich ihr, dass Sie verteufelt hübsch sind und auch gar nicht so aussehen wie eine Person, die sich für Geld in das Bett eines fremden Mann…«

»Was fällt Ihnen ein?«, brach es aus ihr heraus. »Wie reden Sie mit mir? Sind Sie verrückt?«

Langsam dämmerte ihr, welchem Missverständnis er zum Opfer gefallen war. Er glaubte, dass Luise eine Geliebte für ihn bezahlt hatte. Viktoria konnte sich zwar nur schwerlich vorstellen, warum ein so attraktiver Mann darauf angewiesen sein sollte. Doch sie erinnerte sich auch daran, dass Luise gleich bei ihrer Ankunft auf einen möglichen Heiratskandidaten zu sprechen gekommen war und dabei ihren Logiergast Roger Lessing erwähnt hatte.

Vielleicht will ihn keine anständige Frau, weil er sich nicht benehmen kann, resümierte Viktoria. Womöglich fühlt sich Luise deshalb verpflichtet, ihn unter die Haube zu bringen.

Plötzlich erschien vor ihrem geistigen Auge das Bild einer stolzen Frau, schön wie eine aus Ebenholz geschnitzte Statue. Seine einheimische Mätresse? Eine Art schwarze Madame Pompadour? Viktoria runzelte unwillig die Stirn.

Ihr Protest hatte ihn zum Schweigen gebracht. Sein Mund öffnete und schloss sich in dem tonlosen Versuch einer Erwiderung. Schließlich sah er sie eindringlich an, wandte sich dann aber rasch ab und hieb mit der Faust auf das kunstvoll geschnitzte hölzerne Geländer der Galerieumfassung. Immerhin schrie er sie nicht mehr an.

»Mein Name ist Viktoria Wesermann«, erklärte sie kühl. »Es ist mir äußerst unangenehm, diese Unterhaltung mit Ihnen führen zu müssen, Herr Les…, ehm … Sie sind doch Roger Lessing, nicht wahr?«

Er ließ sich Zeit mit seiner Antwort. Als er sich wieder zu ihr umdrehte, wechselte die Farbe in seinem Gesicht, seine Lippen zuckten. Belustigung oder Verärgerung? Es war für sie nicht erkennbar.

»Jetzt fällt es mir wieder ein …! O Gott …! Ich hatte völlig vergessen, dass van Horns einen Gast aus Hamburg erwarteten. Ich dachte, Sie wären … Sie sollten …«, in beredtem Schweigen brach er ab.

Die Verwechslung war ihm nun anscheinend weniger unangenehm als ihr. Er betrachtete sie aufmerksam, als hätte er sie zuvor nicht so gesehen, wie Gott sie schuf.

Sie errötete vor Scham bei diesem neuerlichen Angriff auf ihre Tugend. Er schien durch ihren Hausmantel hindurchzuschauen. Es blieb jedoch ungewiss, ob ihm gefiel, woran er sich erinnerte, sein Blick war verschlossen.

»Was das Zimmer betrifft …«, begann er.

»Ich fürchte, Sie können es nicht wieder in Besitz nehmen«, unterbrach Viktoria rasch. Diesen einen Trumpf wollte sie sich nicht fortnehmen lassen. Wahrscheinlich lag ihm etwas an dem

Raum. Es war auch ein sehr angenehmes Zimmer, der Zugang zur Dachterrasse bequem und der Blick aus dem Fenster ganz fantastisch. Aber sie dachte nicht daran, auf all das zu verzichten. Nicht für einen Mann, der kein Herr war und sich nicht einmal vorstellte.

»Luise van Horn hat es mir zugewiesen«, setzte sie energisch hinzu. »Wahrscheinlich ist ihr entfallen, Sie zu informieren und Ihnen den Weg in ein anderes Quartier zu weisen. Sie sehen, Herr Lessing, nicht nur Sie sind vergesslich. Wenn Sie sich gedulden wollen, wird sich die Frage nach Ihrem Nachtlager gewiss aufklären. Ich erwarte Luise jeden Moment zurück.«

Er schüttelte den Kopf. »Kaum. Sie ist mit ihrem Mann ins Kontor gegangen, um die Warenlieferung aufzunehmen. Wussten Sie nicht, dass sie die Buchführung für ihn macht, Fräulein Schlaumeier?«

Mit einem Mal sackten seine Schultern herab. Er wirkte unendlich müde. Seine Züge waren nicht mehr angespannt vor Wut, sondern aus Erschöpfung, seine zuvor noch leuchtenden Augen blickten matt. Er wirkte verletzlich, und zu ihrer größten Überraschung fühlte Viktoria Mitleid in sich aufsteigen. Ausgerechnet mit dem Mann, der sie in die peinlichste Lage ihres Lebens versetzt hatte. Ihr fiel sein zerknitterter Rock auf. Anscheinend war seine Rückfahrt vom Festland weniger angenehm verlaufen, als es die Hinreise an Bord der *Britannia* zweifellos gewesen sein musste. Wahrscheinlich war er am Ende seiner Kräfte.

Seltsam, fuhr es Viktoria durch den Kopf: Zum zweiten Mal fühlte sie sich ihm überlegen. Bei ihrer ersten Begegnung auf dem Schiff war es ihr so ergangen – und nun spürte sie wieder diese Stärke. Kein Hasenfuß mehr, dachte sie zufrieden.

Trotz der widrigen Umstände, ihrer Blöße und seines schlechten Benehmens kam sie sich großartig vor. Was war das nur für ein Mann, der ihr zu einer solchen Haltung verhalf?

»Irgendwer vom Personal wird wohl auf die Beine zu bringen sein«, meinte sie und klatschte in die Hände. So wie es ihr Luise gezeigt hatte, um die Diener zu rufen. »Man soll Ihnen Ihr Zimmer zeigen, damit Sie sich einrichten und ausruhen können. Wenn Sie Ihre Tasche bitte mitnehmen wollen.« Mit einer hoheitsvollen Geste zeigte sie hinter sich auf die Tür zu dem Raum, über den sie allein zu herrschen beabsichtigte.

Und Roger Lessing kapitulierte vor ihr.

Viktoria sah ihm nach und überlegte, dass sie nach dieser Szene und ob ihres Sieges wohl auch keine Furcht mehr vor einem Spaziergang in den verwinkelten Gassen zu haben brauchte. Jedenfalls nicht im Europäer-Viertel Shangani. Alles andere würde sich später finden.

10

Das Grillfeuer tauchte die Gesichter in weiches orangefarbenes Licht. Es war die einzige Beleuchtung, denn Luise hatte verfügt, die Kerzen in den silbernen Kandelabern auf der mit weißem Linnen gedeckten Tafel erst wieder zu entzünden, wenn das Hauptgericht aufgetischt werde. Eine Vorsichtsmaßnahme gegen die Stechmücken, hatte sie Viktoria erklärt. Nur die kleine Flamme in der Öllampe erlaubte die Hausherrin, weil darin Zitronenessenz verbrannte, welche die Moskitos angeblich vertrieb. Offensichtlich waren diese Vorsichtsmaßnahmen jedoch nicht nachhaltig, denn Friedrich van Horn schlug immer wieder nach einem durch die Dunkelheit flirrenden Tier. Oder er besaß einen nervösen Tick.

Viktorias Gastgeber war ein hagerer, früh ergrauter Mann mittleren Alters. Sein Haarschnitt war schlecht, sein Anzug saß nicht, und seine Finger waren voller Nikotinflecken. In seinen bernsteinbraunen Augen jedoch fand sie Klugheit, Wärme und

Liebenswürdigkeit, all jene Attribute also, die ein wenig attraktives Auftreten vergessen machten. Seine Stimme war leise und angenehm, seine Wortwahl zeugte von einer erstklassigen Erziehung. Friedrich van Horn war ganz gewiss nicht immer der leicht abgerissen wirkende Kaufmann aus Afrika gewesen, der aufgrund seines Äußeren keinen Zutritt zu den feinen Herrenclubs in Hamburg bekommen hätte.

Wusste ihr Vater eigentlich, zu welch unkonventionellen Leuten er sie geschickt hatte?, sinnierte Viktoria. War er dem Ehepaar van Horn zu einer Zeit begegnet, als das Leben in den Tropen Friedrich und Luise noch nicht verändert hatte?

»Die einflussreichen arabischen Familien an der Küste machen Schwierigkeiten«, berichtete der Hausherr. »Seit die Deutsch-Ostafrikanische Gesellschaft die Kontrolle über alle Häfen zwischen Tanga und Lindi übernehmen will, sehen sie sich ihrer wichtigsten Einnahmequelle beraubt.«

Belustigt erinnerte sich Viktoria, wie sie in ihrem Elternhaus hinter verschlossenen Türen gelauscht und nicht für ihre Augen bestimmte Zeitungen gelesen hatte, um Dinge zu erfahren, die für eine junge Dame üblicherweise tabu waren. Nachrichten über das politische Geschehen gehörten eindeutig dazu. Und nun saß sie unter dem funkelnden Sternenzelt Afrikas über den Dächern der Steinstadt, an einem wie in deutschen Kaufmannshäusern gedeckten Tisch – mit dem guten, wenn auch durch die Unachtsamkeit der Dienerschaft etwas angeschlagenen Porzellan sowie Silberbesteck mit Monogramm –, wartete auf das Abendessen und ließ ihre Gedanken umherschweifen, während freimütiger als in jedem hanseatischen Speisesaal gesprochen wurde. Die Stimmung war so angenehm, dass sie sogar die Dramatik der Berichte dämpfte.

Obwohl sich Viktoria fragte, warum sie sich für ihre Begegnung am Nachmittag nur ein bisschen, aber nicht in Grund und Boden schämte, machte sie sich keine Vorwürfe. Noch immer fühlte sich die Szene in Luises bestem Gästezimmer nicht so verwerflich an, wie sie es zweifellos als Außenstehende empfunden hätte.

Hinter vorgehaltener Hand hatte sie von Nudisten reden hören, die zu kleinen Gruppen versammelt nackt in Seen und Flüssen schwammen. Selbst Georg Christoph Lichtenberg soll für das Luftbad geschwärmt haben, aber der war schon so lange tot, dass die Meinung des berühmten Schriftstellers und Mathematikers heutzutage wohl kaum als Referenz für Freizügigkeit gelten durfte.

Aus einer Laune heraus hatte sie sich für den Abend aufwendig gekleidet. Sie trug die ausgeschnittene Galarobe, die ihr an Bord viele Komplimente eingebracht hatte. Auf van Horns Terrasse wirkte das Kleid jedoch ein wenig überkandidelt, eigentlich sogar deplatziert. Luise und Friedrich hatten sich nicht umgezogen, Roger Lessing hatte Hemd und Rock gewechselt, wenngleich keinen Abendanzug gewählt. Dennoch war Viktoria nicht unglücklich über ihre Aufmachung, denn sie fühlte sich irgendwie majestätisch darin.

Der Koch, der auf dem Rost gewürfelte Maniokwurzeln und Spieße mit in Gewürzöl eingelegtem Hähnchenfleisch briet, stimmte leise ein wehmütiges Lied an. Er war ein portugiesischer Inder aus Goa, wie die meisten Köche der Europäer hier. Mit seinem Gesang übertönte er das gleichmäßige, ferne Rauschen der Brandung und die gedämpft klingenden Straßengeräusche. Von weit her, vielleicht aus der Madagaskarvorstadt, wehten Trommelrhythmen herüber und verschmolzen mit dem Gesang des Kochs zu einer Melodie. Die Flammen zischten, als Flüssigkeit auf die glühenden Kohlen tropfte, und der Duft von Knoblauch, Tamarinde, Kardamom, Ingwer, Nelken und anderen exotischen Gewürzen zog mit dem beißenden Dampf aus dem Kochgerät über die Dachterrasse.

Viktoria fühlte sich leicht. Ihr Geist flatterte umher wie die

Fledermaus, die sich gerade vom Turm der Anglikanischen Kirche löste und ihren typischen abgehackten, sich wiederholenden Schrei ausstieß. Nicht einmal die Anwesenheit Roger Lessings war ihr peinlich. Allerdings war sie bei ihrem Wiedersehen vorhin ein wenig errötet – alles andere wäre wohl auch nicht akzeptabel gewesen. Der Gedanke amüsierte sie.

»Kein Sklavenhandel, kein Elfenbein, keine Millionen«, hörte sie ihn schläfrig murmeln. Er saß reichlich bequem und keineswegs der Dinnereinladung angemessen in einem Sessel, den Viktoria für eine gute Kopie norddeutschen Barocks hielt. Sein Kopf ruhte an der Lehne, die Lider waren schwer und halb geschlossen.

»Es geht so weit, dass schwarze Stämme zu Übergriffen auf deutsche Siedler angestachelt werden«, fuhr Friedrich van Horn fort und stieß den Rauch der Zigarette aus, den er tief inhaliert hatte. »Die Überfälle auf die Plantagen häufen sich.«

»Es klingt wie damals«, erwiderte Luise betrübt. »Ob es wohl wieder zu einem Aufstand kommt?«

Die Besorgnis in ihrer Stimme ließ Viktoria aufhorchen. Bevor van Horn die Frage seiner Frau beantworten konnte, erkundigte sie sich rasch: »Meinen Sie eine Revolte? Gibt es das hier öfter?«

Unvorstellbar, dass ihre Eltern sie nicht nur dem Abenteuer einer weiten Reise, sondern auch noch großer Gefahr ausgesetzt hatten.

»Vor fünfundzwanzig Jahren kam es zu Sklavenaufständen in Pangani gegen die Araber«, erklärte Roger Lessing, ohne seine Haltung oder seinen Augenaufschlag zu verändern. Er drehte nicht einmal den Kopf in ihre Richtung. »Und vor zehn Jahren zu einer relativ kleinen Revolte arabischer Händler und befreiter Sklaven in Ujiji gegen die Engländer.«

Viktoria schnappte verärgert nach Luft. Ihm war gewiss klar, dass sie nur vage ahnte, wo sich die Stadt Pangani befand, weil die *Britannia* nach ihrer Ankunft in Sansibar dorthin weiterfuhr. Von einem Ort namens Ujiji hatte sie nie zuvor gehört. Sie wagte jedoch nicht, dies vor dem unhöflichen Herrn Lessing zuzugeben, um sich eine pampige Bemerkung zu ersparen.

In Hamburg galt ich den Herren als zu wissensdurstig und gebildet, ging es ihr grimmig durch den Sinn, hier werde ich von einem Mann, der sich nicht einmal gerade hinsetzen kann, wie eine dumme Göre behandelt. Schlimmer noch: Sie kam sich in der Tat reichlich unwissend vor.

»Sie brauchen sich keine Sorgen zu machen«, beschwichtigte Viktorias Gastgeberin, die ihren zerknirschten Gesichtsausdruck natürlich missverstehen musste. »Die Unruhen damals auf dem Festland griffen nicht auf Sansibar über. Auch als letztes Jahr …«

»Luise!«, mahnte Friedrich van Horn leise und legte seine Hand kurz auf die seiner Frau. »Wir wollen Fräulein Wesermann nicht beunruhigen. Die neuen Eindrücke sind für die junge Dame sicher so vielfältig, dass wir sie nicht auch noch mit unserem Gerede über die Verhältnisse an der Küste und an den großen Seen belasten sollten. Es tut mir leid, dass ich davon angefangen habe.«

»Ach, ich glaube, sie ist hart im Nehmen«, nuschelte Roger Lessing.

»Oh, bitte!« Viktoria, die gerade nach ihrem Glas gegriffen und an der erfrischenden Zitronenlimonade genippt hatte, verschüttete ein paar Tropfen.

Als sie das Gefäß wieder absetzte, zitterte ihre Hand noch stärker, ihre Augen versuchten, in Lessings Gesicht zu lesen. Beabsichtigte er etwa, ihren Gastgebern zu verraten, was sie lieber als Geheimnis bewahrte? Würde er tatsächlich so indiskret sein? Ihr Umgang mit seiner Anwesenheit neben ihrem Bett war eine Sache, eine Debatte über ihre Nacktheit mit Luise und Friedrich van Horn eine andere.

Obwohl es eine mondhelle Nacht war, verschwammen seine Züge. Sie konnte lediglich erkennen, dass er erst ein Auge träge öffnete, dann das zweite aufschlug. Und er lächelte breit. Seine Zähne blitzten auf wie helle Punkte in einer rätselhaften Maske. Plötzlich richtete er sich auf.

»Wird es nicht langsam Zeit für das Hauptgericht, liebste Luise? Wir sollten nicht mehr warten, bis dein Koch sein Liedchen beendet hat. Ich meine, Verbranntes zu riechen.«

Ohne es wirklich zu wollen, atmete Viktoria tief durch. Er war also doch kein so unverschämter Geselle, wie sie angenommen hatte. Vom Grillrost wehten köstliche Aromen über die Terrasse, aber ganz sicher nicht der ätzende Gestank von verkohltem Fleisch. Die Notlüge war charmant. Deshalb pflichtete sie ihm bei: »O ja, ich rieche es auch. Und ich bin ausgesprochen hungrig.« Ein großer Appetit gehörte sich zwar nicht für eine junge Dame, aber wen interessierte das hier schon?

»Tatsächlich?«, fragte Luise prompt und klatschte nach dem Diener. »In den vergangenen Tagen haben Sie gegessen wie ein Spatz.«

»Appetit ist ein Zeichen, dass sie sich eingelebt hat«, meinte Friedrich van Horn. Die anscheinend unvermeidliche Zigarette, die er sich in der kurzen Zeit seiner Anwesenheit bei Tisch wohl schon drei- oder viermal neu angezündet hatte, schwebte wie ein Glühwürmchen durch die Luft. »Dann werden Sie sicher bald zu Erkundungstouren über die Insel aufbrechen wollen, nicht wahr, Fräulein Wesermann?«

»Ja … nein … ich meine …«, stammelte sie, irritiert von der Frage, die sie zwang, entweder ihre Ängste zu offenbaren oder schneller als beabsichtigt dem Abenteuer Sansibar entgegenzutreten.

Niemand eilte ihr zu Hilfe. Während sich der Diener anschickte, die Kerzen in den Kandelabern zu entfachen, warteten die Gastgeber und deren Freund auf Viktorias Antwort. Die eintretende Stille wurde nicht einmal mehr vom Gesang des Kochs unterbrochen. Nur die Trommeln erklangen in der Ferne. Von irgendwoher kam das etwas zu laute und aufdringliche Lachen einer Frau. Am vereinzelt in der Dunkelheit schimmernden Licht der Grillfeuer erkannte Viktoria, dass auch andere Bewohner der Steinstadt den Abend auf einer Terrasse wie dieser verbrachten.

Viktoria betrachtete nachdenklich die Tischdekoration. Der Hausboy hatte Mühe, die Flamme am Zündholz lebendig zu erhalten, denn der Wind frischte vom Meer her auf. War das ein Vorbote des legendären Monsuns?

Plötzlich fiel ihr der Brief ein, der in ihrem Zimmer lag. In der Aufregung um Roger Lessing hatte sie Juliane völlig vergessen. Dabei hatte sie der Freundin postwendend absagen wollen. Was war das auch für ein Unsinn, sie habe sich mit einem Prinzen zu einer Bootsfahrt verabredet und brauche eine Begleiterin? Die Nachricht irritierte Viktoria, vor allem aber die Tatsache, dass sich Juliane ohne Notwendigkeit freiwillig auf das Meer hinauswagen wollte. Vermutlich war ihr die Hitze zu Kopf gestiegen, und sie fantasierte.

»Gewiss werde ich mir die Insel anschauen«, antwortete sie endlich mit einer Begeisterung, die sie selbst überraschte. »Übermorgen werde ich damit beginnen. Eine Freundin hat mich eingeladen, auf einem Segelschiff die Küste zu erkunden.«

»Aber doch nicht ohne erfahrene Begleitung!«, protestierte Friedrich van Horn.

Luise brach in schallendes Gelächter aus. »Nun spiel dich mal nicht auf, mein Lieber. Die Tochter eines Reeders wird sich kaum ohne Skipper auf das Meer trauen, so viel Erziehung und Verstand wird sie wohl haben. Außerdem halte ich Sie, liebe Viktoria, nicht für fahrlässig oder gar leichtsinnig.«

»Nicht?«, fragte Roger Lessing leise.

Viktorias Wangen wurden heiß. Sie spürte es deutlich und

hoffte, dass niemand bei Tisch ihr Erröten bemerkte. Trotzig ignorierte sie den Einwand und erklärte: »Ich habe durchaus Respekt vor Booten.« Um die Spannung zu lösen, kicherte sie albern.

Ihr Gastgeber war nicht überzeugt. Offenbar erinnerte er sich an irgendwelche Gebote ihres Vaters. »Ich wusste gar nicht, dass Sie bereits Freundschaften auf Sansibar geschlossen haben.« Friedrichs anfangs angenehme Stimme klang plötzlich wie die eines ewigen Nörglers. »Es gehörte sich, dass Ihre Bekanntschaften uns erst einmal ihre Aufwartung machen und dann …«

»Meine Freundinnen lernte ich auf dem Schiff kennen. Es handelt sich um respektable junge Damen, seien Sie dessen versichert.«

»Nachdem wir das nun geklärt haben«, mischte sich Roger Lessing ein, »wäre es vielleicht angebracht, die Damen in mein bescheidenes Heim einzuladen. Sollten Sie genug vom Wasser haben und sollte Ihnen und Ihren Freundinnen der Sinn nach einem Landausflug stehen, sind Sie bei mir jederzeit willkommen.«

Sicher war dies nur eine Floskel. Er eilte ihr zu Hilfe, was eigentlich nett, aber absolut unnötig war. Viktoria war überzeugt, dass er seine Worte nicht ernst meinte. Warum sollte sie ihn auch besuchen?

»Das ist eine glänzende Idee«, sagte Luise automatisch und ohne ihre Gäste eines Blickes zu würdigen, da sie den Koch beobachtete, der mit einer Platte voller Fleischspieße und Maniokwurzeln an den Tisch kam.

Viktoria überlegte gerade, wie sie Roger Lessings Einladung höflich, aber nicht allzu brüsk ablehnen könnte, als Friedrich ausrief: »Diesen Ausflug sollten Sie unbedingt unternehmen. Ich werde Sie zu Rogers Schamba bringen. Lessings Gewürzplantage ist eine der schönsten Anlagen auf Sansibar.«

»Zu viel der Ehre«, wehrte sein Freund ab und beugte sich in seinem Stuhl leicht vor, als wollte er sich verneigen. »Hören Sie nicht auf Friedrich, Fräulein Wesermann, er übertreibt. Mein kleines Anwesen steht in keinem Verhältnis zu den Plantagen der arabischen Familien auf der Insel. Aber ich habe es recht nett, das stimmt. Zouzan …«

»Wollen wir nicht mit dem Essen beginnen?«, fiel ihm Luise ins Wort. »Man glaubt gar nicht, wie schnell eine warme Mahlzeit trotz der Hitze abkühlt.«

»Ja, unbedingt«, stimmte Friedrich zu, »die Spieße unseres Kochs sind ganz vortrefflich.«

Überrascht hob Viktoria die Augenbrauen. In Roger Lessings Leben gab es also etwas, von dem sie nichts wissen sollte. Das klang interessant. Warum auch immer sie neugierig auf sein Geheimnis war – sie meinte das Läuten einer Glocke zu vernehmen, die sie zu diesem Landsitz lockte, ähnlich dem Angelusläuten, das die Gläubigen der katholischen Kirche zum Gebet rief.

Sie schenkte ihm ein freundliches Lächeln, das nicht ganz so unverbindlich ausfiel, wie es wünschenswert gewesen wäre. »Ich werde Sie gewiss besuchen kommen, Herr Lessing.«

Zouzan, fuhr es ihr durch den Kopf. Ein schöner Name. Hieß so die Frau am Hafen? Sie beschloss, es herauszufinden.

11

»Wir können von großem Glück sagen, dass uns die Spenden aus dem Reich den Bau eines Hospitals ermöglichten«, erklärte die Diakonissin in breitem, ostpreußisch gefärbtem Deutsch. »So können wir die medizinische Fürsorge für die Eingeborenen sicherstellen und uns vor allem um befreite oder freigekaufte Sklavenkinder kümmern.«

Während Antonia neben der in ein dunkles Kleid und wei-ßen Schleier gewandeten evangelischen Schwester die Räume des Lutheraner-Hospitals durchquerte, fragte sie sich, warum sie eigentlich nie erwogen hatte, sich ausschließlich der Kran-kenpflege zuzuwenden. Das war für eine junge Dame inzwi-schen eine überaus ehrenhafte Tätigkeit und wurde selbst in bürgerlichen Kreisen nicht mehr als verwerflich und skandalös betrachtet. Außerdem sicherte es einen bescheidenen Lebens-unterhalt. Gehorsam, Tugend und Ehelosigkeit waren wohl kein Problem. Doch nicht der tätigen Hilfe hatte sie sich ver-schrieben, sondern dem steinigen Weg der Forschung, sie woll-te das Übel an der Wurzel packen und bildete sich ein, auf diese für ein Weibsbild ungewöhnliche Weise mehr für die Mensch-heit leisten zu können.

Daheim in München war alles so einfach erschienen. Zumin-dest in ihren Träumen. Die Schwierigkeiten bei der praktischen Umsetzung hatten ihren Ehrgeiz nur angefacht – anstatt sie zur Vernunft zu bringen. Bis nach Sansibar war sie nun gekom-men. Und inzwischen schien sie nicht einmal mehr ihre Träu-me bewahrt zu haben. Fast unaufhörlich ging Antonia durch den Kopf, dass sie einer fatalen Fehleinschätzung der Realität zum Opfer gefallen war. Jedenfalls hegte sie den Verdacht, man brauche sie in Ostafrika weniger an der Seite Doktor Seiboldts als vielmehr zur Unterstützung der Missionsangehörigen.

»In Berlin wurde sogar eine Lotterie für uns organisiert«, plapperte Schwester Edeltraut weiter. »Der Gewinn hat die Durchführung aller unserer Vorhaben beschleunigt. Schon bald werden wir mehr als die ewig überbelegten hundert Betten haben. Und die Ambulanz wird auch ausgebaut.«

Antonia murmelte ihre Zustimmung und nickte geistesabwe-send. Das Krankenhaus der Evangelischen Missionsgesellschaft machte einen völlig anderen Eindruck auf sie als das im Bau befindliche Hospital, das sie vorige Woche besucht hatten und das sicher einmal ganz großartig werden würde. Die Lutheraner hatten bei ihrem Projekt weniger auf architektonische Vielfalt und Schönheit gesetzt denn auf praktischen Nutzen. Diese Klinik war eher nüchtern gestaltet, mehr ein Klotz als eine Komposition und dennoch eine gelungene Mischung aus europäischem und orientalischem Stil. Der Geruch von menschlichen Ausdünstungen stieg Antonia in die Nase, von Fäulnis, Phenolsäure und der Chlorkalklösung, mit der die Diakonissinnen ihre Hände desinfizierten. Obwohl die bis zur Erschöpfung Dienst tuenden Missionsschwestern auf beeindruckende Weise für Sauberkeit zu sorgen verstanden, konnten sie doch nicht ganz verhindern, dass Fliegen durch die Krankenzimmer schwirrten. In den Fluren und auf den Veranden wimmelte es von Menschen, die in der Mehrzahl schwarzen Patienten wurden anscheinend von Familienmitgliedern oder zumindest Stammesangehörigen begleitet. Möglicherweise hatten sich die befreiten Sklaven auch zu neuen Sippen zusammengefunden. Antonia konnte kaum unterscheiden, wer zu wem gehörte. Die Menschen lärmten, sie unterhielten sich lauthals, stritten, riefen vielleicht auch ihre Ahnen oder Medizinmänner an, wenn sie in den Singsang ihres Volkes verfielen. Jedenfalls vermutete Antonia, dass es sich um irgendwelche speziellen Lieder der Einheimischen handelte, die scheinbar zusammenhanglos angestimmt wurden. Doktor Seiboldt hatte erzählt, dass die Afrikaner an schwarze Magie glaubten und es für die Ärzte aus Europa nicht immer einfach war, sich mit ihren Behandlungsmethoden durchzusetzen.

Schwester Edeltraut blieb vor dem letzten Raum am Ende des Flurs stehen. Ihre Stimme wurde leiser, ihr vom tropischen Wetter gegerbtes, freundliches Gesicht nahm eine düstere, sorgenvolle Miene an. »Da sind unsere schwersten Fälle. Sind Sie sicher, dass Sie mit hineingehen wollen, Fräulein Geisenfelder?«

»Selbstverständlich!« Antonias Ton klang unbeabsichtigt scharf. Es war weniger eine Antwort auf die gut gemeinte Frage als vielmehr eine Bestätigung der eigenen Ziele. Nicht zweifeln, betete sie sich hartnäckig vor.

»Ich sage das nur«, erklärte die Diakonissin ruhig, »weil wir in Ostafrika innerhalb von zwei Jahren fünf hervorragende Ärzte verloren haben. Sie starben alle an Tropenkrankheiten und sind als Menschen und Mediziner unersetzlich.«

»Die Cholera ist keine Tropenkrankheit.«

»Nein, natürlich nicht.« Schwester Edeltraut zuckte mit den Schultern und trat in das Krankenzimmer.

Kaum stand sie zwischen den Strohmatten, überfiel sie hektischer Arbeitseifer. Als sei die Besucherin gar nicht anwesend, begann die Diakonissin mit den alltäglichen Handgriffen ihres Berufs: Sie überprüfte die Laken der kleinen Patienten auf Verschmutzungen, legte ihnen die Hand auf die Stirn, goss Wasser aus einer Karaffe in angeschlagene Becher, hielt diese an trockene Lippen.

Es war ein kleiner Raum mit Fenstern auf zwei Seitenwänden. Die Läden waren geschlossen, aber durch die Spalten kamen Hitzeschwaden und eine Brise vom Meer, die sich mit dem Luftzug des elektrisch betriebenen Ventilators an der Decke verbanden. Acht oder zehn Kinder jeden Alters drängten sich auf den am Boden liegenden Matratzen, ihre Gesichter waren ausgemergelt, die Nasen spitz, die Bäuche aufgequollen vor Hunger oder wegen des ständigen Brechdurchfalls, der ihre kleinen Körper schüttelte. Einige schrien, ein paar brabbelten leise vor sich hin, aus den anderen wich nur noch flacher Atem. Zwei oder drei Frauen, gehüllt in den traditionellen farbenfrohen Umhang ihres Stammes, wiegten ihre Säuglinge bekümmert im Arm.

Stumm beobachtete Antonia die Szene. Mit wachsendem Entsetzen erkannte sie, dass die Mutter eines Kleinkindes selbst noch ein Kind war. Sie zählte höchstens zwölf Jahre, wirkte mit ihren eingefallenen Wangen und den ausdruckslosen dunklen Augen aber wie doppelt so alt. Das Baby hing an ihren leeren Brüsten und greinte. Doch die Afrikanerin reagierte nicht darauf, rührte sich nicht, war in ihrer Lethargie wie gefangen. Flüssigkeitsmangel, fuhr es Antonia durch den Kopf.

Beherzt griff sie nach der Karaffe, die Schwester Edeltraut gerade abgestellt hatte, und nach einem Glas. Obwohl sie nicht wusste, ob dieses bereits benutzt worden war, füllte sie es mit Wasser und hielt es dem jungen Mädchen hin. Doch die blieb benommen sitzen, den Rücken gegen die Wand gelehnt, und starrte vor sich hin. In einer resignierten, traurigen Geste sank Antonias Hand herab.

»Wenn sie nicht so kräftig wäre, hätten wir sie bestimmt längst verloren«, sagte Schwester Edeltraut bekümmert. »Ich habe ihr Cannabis gegen den Brechreiz gegeben, aber sie will trotzdem nicht gesund werden.«

»Sie ist noch so jung und hat schon ein Kind ...«

»Das sind viele Mütter in Ostafrika. Daran müssen Sie sich gewöhnen. Schauen Sie sich in den Gassen um: Es ist keine Seltenheit, einer Elfjährigen zu begegnen, die ihr Neugeborenes in einem Umschlagtuch auf dem Rücken durch die Stadt trägt.«

Antonia stellte das Glas auf den wackeligen Tisch zurück. Doktor Seiboldt hätte sie für ihr ungestümes Verhalten getadelt. Aber der befand sich in einem schönen, sauberen, wohlriechenden Raum im Erdgeschoss des Hospitals und richtete dort gemeinsam mit Wegener sein Laboratorium ein. Der Ort schien Antonia meilenweit entfernt zu sein, fast wie eine andere Welt.

»Können Sie denn nicht wenigstens etwas für das Kind tun?«

Schwester Edeltraut bückte sich nach einem Nachttopf. »Wir müssen hier ständig über Leben und Tod entscheiden, Fräulein

Geisenfelder, und letztendlich liegt jedes Schicksal doch nur in Gottes Hand.«

Der Gestank der flüssigen Ausscheidungen des Gallendurchfalls stieg Antonia in die Nase. Obwohl sie die Exkremente von Cholerakranken an der Seite von Doktor Seiboldt mehr als einmal unter dem Mikroskop untersucht hatte, waren ihr diese Proben immer wie körperlos erschienen. Der Geruch hatte ihr nichts ausgemacht. Hier aber, wo sie den Inhalt des Nachttopfs mit dem Elend der kranken Kinder verband, wühlte er ihren Magen auf. Ihr wurde übel.

Es war mehr ein Reflex als eine überlegte Handlung, als sie sich abwandte. Angezogen von dem Schicksal der blutjungen Mutter bückte sie sich und nahm ihr das Kind aus den Armen. Auch darauf erhielt Antonia keine Reaktion von dem Mädchen.

Sie steckte dem Säugling den kleinen Finger in den Mund. Prompt hörte er auf zu jammern, begann kräftig zu saugen. »Er hat Durst«, frohlockte sie und wunderte sich insgeheim über das Glücksgefühl, das sie dabei empfand. »Falls er sich bereits angesteckt hat, ist das ein gutes Zeichen. Solange er trinken möchte, kann er die Krankheit überstehen.«

»Sind Sie Ärztin?«

»Was?« Verwundert blickte Antonia zu der Diakonissin hin. Die Stimme der Krankenschwester hatte seltsam abweisend geklungen, auf Vorsicht bedacht, fast unfreundlich. Womit konnte sie ihren Unmut hervorgerufen haben?

»Ich dachte, Sie wären die Sekretärin von Herrn Doktor Seiboldt und nicht seine Assistentin«, ergänzte Schwester Edeltraut empört.

Offenbar hielt sie nicht viel von jungen Frauen, die sich in die Männerdomäne eines Medizinstudiums wagten. In ihrer Vorstellung hatten wahrscheinlich alle Personen einen von vornherein festgelegten Platz. Und da Antonia nun nicht mehr so einfach einzuordnen war, verflog ihre anfängliche Sympathie. Du lieber Himmel, dachte Antonia voller Bitterkeit, wie sollen Frauen jemals als Ärztinnen praktizieren können, wenn sich schon Krankenpflegerinnen dagegen wehren? Wie sollten die Studien einer Forschungsreisenden allgemeine Anerkennung finden, wenn ihr nicht einmal ihre Geschlechtsgenossinnen die Intelligenz dafür zutrauten?

Tief durchatmend beschloss Antonia, die Entrüstung von Schwester Edeltraut zu ignorieren. Vielleicht trug sie selbst eine gewisse Schuld an dem mangelnden Vertrauen in ihre Fähigkeiten. Die ständigen Zweifel, die sie seit Neapel umtrieben, blieben einer lebensklugen Person wie dieser Ordensfrau wahrscheinlich nicht verborgen.

Der Säugling wurde müde. Von seinem Hunger, seinem Lebenskampf, seinem Geschrei. Die Wärme, die ihm Antonias Körper schenkte, mochte ihn ebenso einlullen, wie ihn das Saugen an ihrem Finger beruhigte. Sein Köpfchen sank an ihre Brust, seine Gliedmaßen entspannten sich, er kuschelte sich in ihren Arm.

Sanft und freundlich, aber gleichzeitig bestimmt bat sie: »Schwester Edeltraut, würden Sie wohl dafür sorgen, dass der Kleine hier eine Flasche bekommt. Frische Ziegenmilch wird doch gewiss irgendwo aufzutreiben sein. Ich möchte mich persönlich darum kümmern, dass er wieder gesund wird ...«

Es ist ungerecht, schimpfte eine unbekannte Stimme in ihrem Hinterkopf. Du willst dich eines einzigen Kindes annehmen, während andere sterben. Was soll aus ihm werden, wenn er es tatsächlich schafft? Seine Mutter wird wahrscheinlich sterben – und wo sind sein Vater, seine Angehörigen?

»Ein Forschungsobjekt«, fügte Antonia entschieden hinzu und beschloss, nicht länger auf die warnenden Worte in ihrem Gehirn zu hören. »Die Untersuchung eines Säuglings wird hilfreich für die Heilung anderer kleiner Patienten sein. Gerade die

Kinder waren bei den Epidemien in Europa am meisten betroffen.« Ob das stimmte, wusste sie nicht genau zu sagen, aber sie fand, dass diese Bemerkung durchaus wissenschaftlich klang.

Schwester Edeltraut musterte sie scharf. Antonia erhaschte einen mitleidigen, verständnisvollen Blick. Lag darin die stumme Übereinkunft mit einer Frau, die sich ebenfalls für ein Leben ohne Ehemann und Kinder entschieden hatte? Wusste sie, was die Zärtlichkeit eines Babys in den Armen einer jungen Person anrichten konnte?

Antonia hielt dem fast schwermütigen Augenaufschlag stand. »Ist der Kleine überhaupt schon getauft?«, erkundigte sie sich.

»Dafür war noch keine Zeit. Der Pastor tauft die meisten Heidensäuglinge erst, wenn sie uns unter der Hand wegsterben.«

Ein Lächeln huschte über Antonias Gesicht. Das Kind in ihrem Arm wurde schwerer, war ihr aber keine Last. »Nennen wir ihn Max«, schlug sie einer plötzlichen Eingebung folgend vor. Ihr Herz hämmerte in der Brust, und sie wusste nicht recht, woher die Aufregung kam, die sich ihrer mit einem Mal bemächtigte.

Dann wurde ihre Miene wieder ernst, und ohne darüber nachzudenken, gab sie Schwester Edeltraut atemlos Anweisungen, die ihre Kompetenzen und ihr Gastrecht überstiegen, für sie selbst sogar ein wenig unverhofft kamen und mehr trotzig als überzeugt klangen: »Sorgen Sie bitte für sein Fläschchen. Und dann sollten wir versuchen, die Mutter mit Flüssigkeit zu versorgen. Vielleicht überlebt sie ja doch. Und wenn Sie mich einweisen wollen und Herr Doktor Seiboldt mich entbehren kann, helfe ich Ihnen gerne.«

Verwundert blinzelte die Missionspflegerin. Dann nickte sie.

»Reiten? Ich?« Juliane zuckte zurück. »Auf diesem Tier?«

Ihr Entsetzen galt dem ziemlich großen Maultier, das mit silberbeschlagenen Bordüren, Trensen und Decken aufgezäumt und gesattelt in einer Dreiergruppe ebensolcher Esel stand und offenbar darauf wartete, dass sie sich ihm näherte. Bei genauerer Betrachtung ähnelte das hellgraue, fast weiße Reittier mehr einem Pferd, aber das machte es Juliane nicht sympathischer.

»Das ist ein Muskatesel«, erklärte Prinz Omar ibn Salim und tätschelte dem Exemplar, das er offenbar für Juliane auserwählt hatte, zärtlich den Hals. »Diese Tiere sind zuweilen kostbarer als Vollblüter, denn sie sind ausdauernder und in unseren Breiten unverzichtbar.«

»Aha«, gab Juliane unbeeindruckt zurück.

Der Prinz war die Ratlosigkeit in Person. »Alle vornehmen Araberinnen reiten darauf.«

»Na, komm schon«, rief Viktoria vom Rücken ihres Reittieres. »Es sitzt sich ganz bequem … und es ist nicht so hoch«, fügte sie hinzu. Sie lachte über ihren Scherz, denn ihr im Damensattel ausgestrecktes Bein kam dem Boden ziemlich nahe.

Juliane blickte von ihrer Freundin zum Gastgeber und zurück. Sie hatte nicht erwartet, dass sie auch nur einen Moment bedauern könnte, die Einladung zu diesem Ausflug so freimütig angenommen zu haben. Im Gegenteil. Sie war ja sogar mit einem Segeltörn einverstanden gewesen. Glücklicherweise hatte ihr Vater Prinz Omar jedoch davon überzeugt, wie wenig erbaulich das für eine junge Dame aus nördlichen Breitengraden wäre. Daraufhin verschwendete sie keinen Gedanken mehr auf ihr Fortbewegungsmittel, auch das Ausflugsziel war von untergeordnetem Interesse. Letztlich hätte nicht einmal die Aussicht, in einer Dhau zu fahren, ihre Vorfreude auf das Wiedersehen mit Omar ibn Salim trüben können. Hauptsache, sie durfte Zeit mit ihm verbringen.

Und jetzt erwartete er, dass sie auf den Rücken eines Mulis kletterte. Niemals! Ihr Vater war Fachmann für edle Araberpferde; wie sollte sie als seine Tochter mit einem geringeren Tier als einem Vollblüter vorliebnehmen? Wobei sie sich im Stillen eingestand, dass ein temperamentvollerer Hengst als dieser Muskatesel ihre Reitkünste überforderte und sie zum vorzeitigen Abbruch des Ausflugs gezwungen hätte. Aber das wollte sie Omar ibn Salim gegenüber selbstverständlich nicht zugeben. Ein Fräulein von Braun ließ sich nicht im Sattel eines in ihren Augen minderwertigen Tieres in der Öffentlichkeit sehen.

»Gibt es hier keine Pferde?«, erkundigte sie sich.

»Das ist ein Pferd«, behauptete der omanische Prinz. »Wir nennen es zwar Muskatesel oder zuweilen auch afrikanischer Esel, aber tatsächlich ist es ein Wildpferd, das domestiziert wurde.«

Skeptisch beäugte Juliane das Tier mit gesenkten Lidern. Eigentlich galt ihr Misstrauen inzwischen mehr Omar und der Frage, ob er sich über sie lustig machte.

Er wirkte jedoch weder albern noch erheitert und schon gar nicht böswillig. Tatsächlich war ein dritter Esel – oder Pferd, wie er meinte – für ihn reserviert. Und Viktoria schien die Rasse auch nicht zu kümmern. Kerzengerade saß sie auf ihrem Reittier, ein zufriedenes Lächeln im Gesicht, mit ihren leuchtenden Augen mal den Palast musternd, mal die Uferpromenade und das morgendliche Treiben auf dem Wasser.

Noch stand die Sonne nicht an ihrem höchsten Punkt, der Himmel war blassblau und die Temperaturen angenehm. Vor dem Haus der Wunder und dem Beit al-Sahel hatten sich die üblichen Menschenschlangen formiert, Untertanen, Freunde, Verwandte des Sultans oder Ausländer mit den verschiedensten Anliegen auf dem Weg zu einer Audienz. Die Wachen versuchten, der Besucherströme irgendwie Herr zu werden, doch mündete das Aufgebot um diese Uhrzeit wie an jedem anderen Tag in ein lärmendes Chaos. Fliegende Händler bahnten sich einen Weg zwischen den Wartenden hindurch, priesen ihre Waren lautstark an und boten erfrischende Orangen, Kokosmilch, Zuckerrohrlimonade und gewürzten Tee aus Blechkannen zum Verkauf. Ihre Kollegen schoben derweil stabile Dhaus und wackelige, nussschalenähnliche Kähne vom Strand in das flache, glasklare Wasser, um zu dem prächtigen weißen Dampfschiff zu staken oder zu rudern, das seit gestern auf Reede lag. Und die Passagiere würden wie Juliane selbst vor einer Woche an der Reling stehen und den Marktschreiern lauschen, wie gefangen von der Buntheit des Angebots, den vielfältigen Sprachen und den fremdartigen Menschen.

»Was sind das für Schiffe?«, fragte Viktoria und wies mit der Hand in die Ferne. Vor dem Horizont, wo sich der hellblaue Himmel mit dem Lapiston des Meeres traf, zeichneten sich dunkel die Masten mehrerer Fregatten ab.

»Die Marine Ihres Kaisers«, erwiderte Omar. »Ich glaube, den deutschen Adler auf der Fahne zu erkennen.«

»Eine ziemliche Machtdemonstration, wie mir scheint. Wir befinden uns doch nicht im Krieg mit dem Sultan von Sansibar.«

»Nein. Jedoch vor einer Kolonialisierung. Mein verstorbener Großonkel, Sultan Barghash, erlag bereits dem Irrtum, das Deutsche Reich sei ein Anhängsel Englands. Nur die Fakten, die auch Sie sehen, konnten ihn von der Wahrheit überzeugen. Damals waren die Kanonen auf Sansibar gerichtet. Ein Umstand, vor dem wir uns heute allerdings nicht mehr zu fürchten brauchen …«

»Mit Ihnen in der Rolle des Vermittlers gewiss nicht«, gab Viktoria charmant zurück.

Er verneigte sich. »Ich bin nur der Dolmetscher, gnädiges Fräulein. Und da die Abtretung der Küstengebiete wohl beschlossene Sache ist, habe ich wenig zu tun.«

In Juliane wallte Ärger auf. Woher wusste Viktoria etwas über Prinz Omars Aufgaben bei Hofe? Hatte sich die Freundin über ihn informiert? Warum? Und wieso unterhielt sie sich mit ihm über Politik? Keine Frau, die Juliane zu Hause kannte, sprach in der Öffentlichkeit über Kriegsschiffe und deren Funktionen oder Befehle. Dennoch schien der Prinz, obwohl den Bescheidenen mimend, nicht abgeneigt, Viktoria Weiterführendes über die politische Situation in Ostafrika zu berichten. Seine Augen strahlten Begeisterung aus; offensichtlich bewunderte er sie für ihr Interesse und ihren Scharfsinn.

Trotzig trat Juliane auf den Muskatesel zu. Wenn du mir nichts tust, tue ich dir auch nichts, beschwor sie das Tier im Stillen. Wehe, du bist so störrisch, wie es von deinen Brüdern und Schwestern in unseren Bergen heißt. Ich peitsche dich eigenhändig aus, wenn du mich abwirfst. Sie bedachte das kleine Muli, das eigentlich ein Wildpferd sein sollte, mit einer Reihe von Schimpfworten, die ihr gerade durch den Sinn gingen – und meinte mit ihrer stummen Kanonade eigentlich Viktoria, die vor Prinz Omar schöntat.

Sie sah herausfordernd zu ihrem Gastgeber hin. »Worauf warten wir noch? Wollen wir nicht endlich aufbrechen?«

Kurz darauf setzte sich die kleine Karawane in Bewegung. Neben dem Prinzen und seinen beiden Begleiterinnen befanden sich noch zwei Diener und mehrere Wachen in dem Gefolge. In gemächlichem Tempo ging es gen Norden, was Juliane trotz ihrer mangelhaften astronomischen Kenntnisse daran ablas, dass das Meer links von ihnen lag und sie nach kurzem Ritt den Leuchtturm passierten. Omar hatte zwar nicht verraten, welchen Ort er Juliane und Viktoria zeigen wollte, aber offensichtlich führte ihr Weg aus der Steinstadt hinaus. Ein Ausflug aufs Land, dachte Juliane und bedauerte, dass sie nicht allein mit ihrem Verehrer unterwegs war und der Anstand sie gezwungen hatte, ihre Freundin mitzunehmen. Nun, ja, immerhin verbot ihm seine gesellschaftliche Stellung ebenfalls jede kompromittierende Zweisamkeit. Dieser Gedanke tröstete sie, und sie begann sich zu entspannen.

Sie ließen die zwei- und vierstöckigen Häuser hinter sich. Die von Sand und ausgewaschenem Korallenstein elfenbeinfarbene Straße wurde von den Schatten der Bäume gesprenkelt. Palmenhaine erhoben sich am Wegesrand, lichteten sich und erlaubten den Ausblick auf sanft zum Wasser hin abfallende Buchten, Strände und das im Morgenlicht wie eine zerbrochene Glasscherbe glitzernde Meer. Zwischen den Bäumen lagen vereinzelt kleine Dörfer, eine Handvoll auf einen Fleck verdorrten Grases erbaute zerbröckelnde Lehmhütten mit Strohdächern; lachende Kinder spielten im Staub, ein paar Hühner pickten zwischen ihnen herum.

Zwei Reiter auf mit Säcken bepackten Eseln, die mehr den Tieren ähnelten, die Juliane aus der Heimat kannte, kamen ihnen entgegen. Es waren Schwarze, die in schneeweiße Hemden gekleidet und mit ihren bestickten runden Mützen auf dem Kopf recht wohlhabend aussahen. Als sie den prächtigen Zug gewahrten, stiegen die Männer ab und warteten respektvoll, bis die Karawane des Prinzen im Schritttempo vorübergezogen war.

Ein brackiger Bach durchschnitt die Straße und öffnete sich zu einer Bucht hin. Juliane führte unwillkürlich eine Hand vor das Gesicht und bedeckte Mund und Nase.

Viktoria indes schien von dem Gestank nach Fäulnis weniger betroffen. Sie deutete auf die verrottenden Hüllen alter Boote, die an diesem Ufer gestrandet waren. »Ist das so etwas wie ein Schiffsfriedhof?«, rief sie Omar zu, der die Gruppe anführte.

Er drehte sich im Sattel zu ihr um. »Was für ein schöner Gedanke. Aber nein, leider. Dieser Ort liegt außerhalb der Flutgrenze. Wahrscheinlich hat ein Sturm die alten Dhaus eher zufällig angetrieben. Ein wenig weiter westlich, und sie wären auf den Ozean geschwemmt worden.«

Seine Augen wanderten zu Juliane, die neben Viktoria ritt, aber sie schwieg. Es fiel ihr partout nichts ein, was sie hätte beisteuern können. Viktoria war so vielfältig interessiert. Niemals wäre Juliane auf den Gedanken gekommen, sich nach faulenden Holzplanken zu erkundigen. Ihre Fähigkeiten zur Konversation beruhten auf ihrem Wissen um Schöngeistiges, wie sich das für eine höhere Tochter gehörte. Jedenfalls daheim in Deutschland. Wenn doch nur nicht alles auf Sansibar so anders wäre … Selbst der Versuch eines Lächelns schlug fehl, denn er konnte es hinter ihrer Hand nicht sehen.

Achselzuckend wandte Omar seine Aufmerksamkeit wieder dem Weg zu.

Schilf säumte den Bach, an dessen Ufer sie eine Weile entlangritten, Binsen wucherten über Tümpeln, Windengewächse kletterten über Steine und an den Stämmen der halb im Wasser stehenden Pandanusbäume hoch. Der Geruch von Fäulnis nahm ab, das Aroma von Zimt und Nelken lag in der flirrenden, staubigen Luft. Ordentlich angelegte Reihen der Gewürzpflanzen bestimmten die Landschaft jenseits des kleinen Flusses. Schließlich wurde die Straße zu einer Allee aus blaugrünen, riesigen Mangobäumen, mit Blattwerk so dicht wie Pelze. Unter den weit ausladenden Ästen hindurch mussten sich die Reiter ducken, und der Duft von Lilien kribbelte Juliane in der Nase.

Der Lärm der Stadt war längst vergessen, auch in den Palmenhainen pulsierte kein menschliches Leben mehr. Stille hatte sich über die kleine Karawane gesenkt, das dumpfe Getrappel der Hufe, das Schnauben der Muskatesel und das leise Klirren der Waffen an den Schenkeln der Wachen waren die einzigen Laute. Hin und wieder erhob sich ein wütend zirpender Vogel aus einer der Baumkronen, ein Rascheln ließ weitere Kolibris, Finken oder Sperlinge vermuten, aber je weiter die Tageszeit voranschritt, desto mehr verstummte die tropische Tierwelt.

In einer Lichtung hinter den Mangobäumen tauchten die Umrisse einer Ruine auf. Der Zerfall war auf den ersten Blick deutlich erkennbar, auch dass es sich einmal um ein ziemlich großes Gebäude gehandelt haben musste. Unkraut überwucherte die verbliebenen Treppen. Wo einst Mauern gestanden hatten, bildeten zerborstene Steine Schutthaufen neben schwarzen Ameisenhügeln. Die Anlage war zwar dem Vergessen anheimgefallen, besaß aber etwas seltsam Mystisches. Wie ein verwunschenes Märchenschloss.

»Es sieht aus, als wäre Dornröschen hier zu Hause«, entfuhr es Juliane entzückt.

Viktoria lachte. »Die Voraussetzungen sind gut. Immerhin werden wir von einem echten Prinzen begleitet.«

Omar zügelte seinen Muskatesel und sprang aus dem Sattel. »Ich freue mich, dass Ihnen die Wahl meines Ausflugsziels gefällt«, sagte er, als er neben Juliane trat. Er streckte die Rechte aus, um ihr beim Absteigen behilflich zu sein.

Ihre Finger berührten sich, und Wärme durchströmte Julianes Körper. Rauschte das Meer hinter den Säulengängen, die ihres Daches beraubt waren? Oder kam dieser Eindruck von Omars Blick in ihre Augen? Litt sie unter Ohrensausen?

Juliane neigte den Kopf, damit die breite Krempe ihres Florentinerhutes ihr Gesicht beschattete. Omar sollte ihre Gefühlswallung nicht erkennen. Außerdem wusste sie, dass sie so sehr hübsch aussah, vielleicht ein wenig geheimnisvoll – das hatte sie vor dem Spiegel geübt. Sie sprach kein Wort, weil ihre Lippen zitterten.

»Willkommen in Bait al-Mtoni!«, sagte er leise und ließ ihre Hand viel zu spät los. Dann fügte er vernehmlicher und auch an Viktoria gerichtet hinzu, welche die Zügel ihres Muskatesels gerade einem Bediensteten übergab und näher trat: »Dies ist der älteste omanische Sultanspalast auf Sansibar. Leider befindet er sich derzeit in keinem besonders guten Zustand, aber ich wollte Ihnen beiden die Anlage zeigen, weil sie mir am Herzen liegt. Als Kind habe ich viel Zeit hier verbracht. Da wurde das Haus noch bewohnt.«

»Haus?« Viktoria drehte sich lachend im Kreis. »Sie untertreiben – es ist riesig.«

»In den Glanzzeiten von Bait al-Mtoni lebten hier über tausend Menschen. Und Pfauen, Gazellen, Perlhühner, Flamingos, Gänse, Enten, Strauße …«

»Strauße?«, wiederholte Juliane ungläubig. »Wirklich? Zu Hause habe ich einen Hut, der mit den Federn dieses Vogels geschmückt ist.«

Viktoria stöhnte leise, aber vernehmlich auf.

»Möchten Sie ein wenig spazieren gehen?«, erkundigte sich Omar und überging höflich die Frage der Dekoration von Julianes Kopfbedeckung. »Auch wenn die Dächer fehlen, die Fußböden herausgerissen wurden und von den beiden Freitreppen nur noch eine übrig ist, werden Sie erahnen, wie schön der Palast einst war.«

Zu dritt schlenderten sie über den verbliebenen Grundriss, und Omar erzählte seinen beiden Begleiterinnen von den zahllosen Gängen und Korridoren, in denen sie als Kinder Fangen spielten. Dieser Palast sei bescheiden das »Strandhaus« genannt worden, weil er sich am kleinen Delta des Flüsschens Mtoni befand; tatsächlich war es aber fast ein Dorf gewesen. Der große Sultan Sayyid Said, der seine Hauptstadt vor rund sechzig Jahren von Maskat im Oman nach Sansibar verlegt hatte, wohnte hier. Seine Nachfolger bauten sich andere Sommerhäuser, sodass diese Anlage nach dem Ableben des letzten, schließlich einsamen Bewohners, eines Sohnes Sayyids, dem Verfall preisgegeben war.

Juliane lauschte ergriffen Omars Bericht. Sie kam sich ein wenig vor wie der Großwesir in den Märchen aus *Tausendundeiner Nacht*, und Omar war die männliche Variante von Scheherazade. Ihr erschienen seine Worte so unwirklich wie eine alte Sage. Konnten diese Tümpel, an deren Ufern Frösche quakten, wirklich die Bassins eines Persischen Bades gewesen sein, von dem Bach gespeist, der das Grundstück durchfloss? Schief in den verrosteten Angeln hängende geschnitzte Türen und morsche Balken erinnerten daran, wo einst die Zugänge zu den Ruhestätten lagen. Die Betrachtung stimmte Juliane traurig, aber Omars Geschichten waren voll reinster Fröhlichkeit und brachten sie schließlich zum Lachen.

Nach einer Weile verstummte Omar. Er blieb unter einem der riesigen Orangenbäume stehen, die die Badeanlage flankiert hatten. Die runde Krone war dicht belaubt und wie mit weißen Blüten überzogen. Gedankenverloren zog er einen Ast zu sich herab, neigte sich vor und sog den süßen Duft ein. Offenbar befand er sich für einen Moment in einer anderen Welt – in seiner Vergangenheit.

Viktoria entfernte sich einige Schritte. Neugierig trat sie mit der Fußspitze gegen einen Schutthaufen. Sie hatte anscheinend zwischen den Steinen etwas Interessantes entdeckt.

Nach kurzem Zögern folgte Juliane ihr nicht, sondern blieb an Omars Seite. Keine Schatzsuche konnte bedeutender sein als seine Nähe, der Blick in sein ebenmäßiges Gesicht, die Beobachtung, wie seine langen, dunklen Wimpern leicht flatterten. Juliane war überzeugt, nie zuvor einen schöneren Mann gesehen zu haben.

Er hob seine Lider, und ihre Augen trafen sich.

»Als Kind bin ich oft in diesen Baum geklettert und habe nach den Handelsschiffen Ausschau gehalten, die der Monsun nach Sansibar wehte«, erzählte er. »Ich träumte davon, Kapitän zu sein und eine ganze Flotte zu befehligen. Ich wollte die Welt bereisen, alle Ozeane mein Eigen nennen. Den Omanis liegt das Meer im Blut, wissen Sie. Wir sind große Seefahrer.«

»Warum tun Sie nicht, was Ihr Herz begehrt?«

Seine dunkelbraunen Augen verwandelten sich in tiefe, unergründliche Seen. Seine Blicke hielten die ihren fest, Juliane kam sich von ihnen nicht mehr nur angezogen, sondern wie umklammert vor.

Sie konnte nicht wegschauen, war gefangen von dem Sog, bereit, darin zu ertrinken.

»Es ist nicht immer möglich zu tun, was man sich am meisten wünscht«, erwiderte er langsam. »Andernfalls könnte ich eine Orangenblüte jetzt in eine rote Rose verwandeln und Ihnen zu Füßen legen.«

Ihre Stimme klang rau, als sie fragte: »Gibt es Rosen auf Sansibar?«

»Nein, eher nicht, das Klima eignet sich kaum für die Rosenzucht. Die Blumen sind zu zart, sie verwelken rasch. Man muss sehr gut auf sie aufpassen. Das ist eine Verpflichtung. Im Islam sind Rosen heilig.«

Sie sah in seine Augen und hoffte, er werde in ihren Blicken lesen können, was ihr die Zunge verweigerte auszusprechen. Dass sie sich jetzt umso mehr eine Rose von ihm wünschte. Eine rote Rose, die in ihrer Heimat zwar nicht göttlich war, aber ein Symbol für die Liebe. Sie war wie verzaubert. Von seinen Worten, dem Duft des Apfelsinenbaumes, der Magie des Ortes.

»Am liebsten würde ich jeden Weg, auf den Sie Ihren Fuß gesetzt haben, mit Rosenblüten bestreuen«, sagte er.

»Ich würde auch die Erinnerung an eine Orangenblüte in Ehren halten«, flüsterte Juliane.

Er sah sich demonstrativ um und brach nach einer Weile einen dürren Zweig ab, den er wohl für angemessen hielt. Der feine Ast war übersät mit tiefgrünen ledrigen Blättern und weiß und blassrosa schimmernden Blütenkelchen. Er war gerade im Begriff, ihr sein Geschenk zu reichen, als er zurückzuckte.

»Dornen«, erklärte er und zeigte eine zerknirschte Miene. »Ich hatte vergessen, dass die Stängel von Orangenblüten Dornen haben. Sie sind nicht so spitz wie die von Rosen, aber dennoch unangenehm.«

Ohne darüber nachzudenken, streckte Juliane spontan die Hand aus und berührte vorsichtig seine Finger. »Hoffentlich ist Ihnen nichts Ernsthaftes geschehen …«

»Wenn die Menschen aus dem Blut der Götter erschaffen wurden, dann hoffe ich, mein Blut ist das des Adonis. Dass Sie das Ebenbild von Aphrodite sind, habe ich auf den ersten Blick erkannt.«

Juliane errötete.

»Ich habe etwas gefunden!«, jubelte Viktoria. Sie stand nur wenige Meter von Juliane und Omar entfernt, ihre Stimme schien jedoch aus einer völlig anderen Welt zu kommen: »Es sieht aus, als läge zwischen den Steinen eine goldene Kanne.«

»Vielleicht haben Sie einen Dschinn entdeckt«, rief Omar zurück. Er knipste eine Blüte von dem Zweig und reichte diese Juliane. Dann wandte er sich seiner zweiten Begleiterin zu.

Sollte sie lachen oder weinen? Die Störung als Pause empfinden, eine Gelegenheit, in dem Strudel ihrer Gefühle Atem zu schöpfen? Oder zugeben, dass sie Viktoria im tiefsten Inneren ihres Herzens gerade am liebsten zum Teufel wünschte?

Benommen trottete Juliane zu ihrer Freundin. Durch einen Blick über die Schulter hatte sich Omar überzeugt, dass sie ihm folgte, als er zu Viktoria trat. Das Leuchten in seinen Augen schenkte ihr Zuversicht und brachte ihre Freude an dem Ausflug zurück.

»Auf den kleinen vorgelagerten Inseln, die zu Unguja gehören, wie die Hauptinsel des Sansibar-Archipels auf Suaheli genannt wird, sollen Dschinns zu Hause sein. Das sind Fabelwesen in der arabischen Mythologie, die in Flaschen eingesperrt leben. Wer die Flasche öffnet und den Dschinn befreit, der hat drei Wünsche frei.« Bei seinen letzten Worten sah er flüchtig zu Juliane hin.

Viktoria stocherte mit der Schuhspitze in dem Schutt herum. »Mir würde fürs Erste ein einziger erfüllter Wunsch genügen«, meinte sie.

Tatsächlich glänzte zwischen zerstörten Korallensteinen, zerborstenen Fliesen und Unkraut etwas Goldenes im Sonnenlicht. Es war wie ein Spiegel, der aufblitzte und die Besucher der Ruine kurz blendete, als wollte er sie an die einstige Pracht erinnern.

Omar winkte einen der Diener herbei, die sich im Hintergrund gehalten hatten. Nach einer knappen Anweisung in seiner Sprache bückte sich der Mann und grub mit den Händen nach dem Objekt, das Viktorias Interesse erregt hatte. Eine in ihrem Schlaf gestörte Landkrabbe wurde dabei aufgeschreckt und huschte über die Steine. Schließlich förderte Omars Helfer eine mit Gold verzierte Kachel aus dem Trümmerberg hervor und reichte sie seinem Herrn mit einer tiefen Verbeugung.

»Keine Flasche«, stellte Viktoria bedauernd fest. »Kein Dschinn. Keine Wünsche. Nun ja, dann müssen wir unser Schicksal wohl wieder selbst in die Hand nehmen.«

»Die Fliese ist wunderschön«, befand Juliane. »Waren die Bäder damit ausgestattet?«

»Ja, das waren sie. Besonders die Badehäuser der Damen waren kunstvoll mit Gemälden und Mosaiken dekoriert.« Wieder schaute Omar nur Juliane an. »Es geht die Legende, Sultan

Sayyid habe seinen Frauen beim Baden zugesehen und sich dabei eine Favoritin für die folgende Nacht ausgesucht.«

»Oh!«, machte Juliane, scheinbar empört über diese Frivolität, doch ihre Augen sprühten Funken, die sich in Omars Blicken zu einem Feuerwerk entzündeten.

»Wie viele Frauen hatte er denn?«, wollte Viktoria wissen.

»Für Ihre Vorstellung gewiss zu viele.« Omar lachte leise. »Ich glaube, es waren bei seinem Tod fünfundsiebzig Witwen. Aber er besaß nur eine *Horme,* eine einzige ebenbürtige Hauptfrau.«

»Wie umsichtig«, bemerkte Viktoria lakonisch.

Juliane starrte Omar mit offenem Mund an. »Fünfundsiebzig Frauen? Du lieber Himmel, ist es denn erlaubt, so oft verheiratet zu sein?«

»Einer seiner Nachfolger besaß einhundertzweiundvierzig Frauen«, gab er lächelnd zurück. »Es ist eine Frage von Macht, Einfluss und finanziellen Mitteln, wie viele Frauen ein Mann kaufen und unterhalten kann. Der Koran erlaubt die Eheschließung bis zu vier Mal, Konkubinen sind in unbeschränkter Zahl möglich.«

»Und wie viele Frauen haben Sie?«, entfuhr es Juliane.

Viktoria schnappte nach Luft. Ob sie sich über Julianes Impertinenz, die dreiste Frage oder über die mögliche Polygamie ihres Gastgebers echauffierte, blieb offen.

Irritiert sah Omar von einer zur anderen. Dann schüttelte er den Kopf und klatschte in die Hände. »Es wird Zeit für unser Picknick. Sie werden Hunger und Durst haben.«

Es ist ein Nein, fuhr es Juliane durch den Kopf. Sein Kopfschütteln bedeutet ganz klar, dass er nicht verheiratet ist. Er besitzt keine Frau. Keine einzige.

Ihr Herz frohlockte.

Erleichtert registrierte Antonia, dass Hans Wegener nach seinem Rock griff und ihn sich über die Schultern warf. Es war längst Zeit für ihn, Feierabend zu machen. Sie hatte sich bereits gewundert, dass er noch so lange trödelte, ohne wirklich eine Aufgabe zu haben.

Als Doktor Seiboldt seinen Arbeitsbereich im Lutheraner-Hospital vor etwa einer Stunde verlassen hatte, waren alle in Phiolen aufbewahrten Stuhlproben, Säuren und anderen labormedizinischen Untersuchungsmittel bereits ordentlich aufgeräumt gewesen. Antonia hatte den Eindruck gewonnen, Wegener wolle die Zeit totschlagen, als er das bereits mehrfach am Tag gesäuberte Mikroskop noch einmal liebevoll abzustauben begann und anschließend gedankenverloren in irgendwelchen Unterlagen blätterte, die in Mappen sortiert von Antonia abgelegt worden waren. Vielleicht wartet er auf eine Verabredung, hatte sie überlegt und sich wieder ihrer eigenen Tätigkeit zugewandt.

Genau genommen ging es ihr ähnlich wie Wegener – sie war eigentlich mit allem fertig. Aber sie wollte das Laboratorium unter gar keinen Umständen schon verlassen. Wohin hätte sie auch gehen sollen?

Natürlich hätte sie sich in ihr Zimmer im kaiserlichen Konsulat zurückziehen können, aber das tat sie fast immer, wenn sie von der Arbeit für Max Seiboldt und dem Dienst im Krankenhaus erschöpft genug war. Meistens träumte sie dann von Spaziergängen am Strand, von einem romantischen Abendessen unter dem funkelnden Sternenzelt auf einer der Dachterrassen. Nie hätte sie es für möglich gehalten, wie sehr ihr plötzlich die Besuche von Konzerten fehlen würden, das Zusammensein mit ihrer Familie, die Gespräche mit Freunden.

Vielleicht hatte sie ja gehofft, einen Ersatz in dem kleinen Jungen zu finden, für den sie die Patenschaft übernommen hatte. Doch war es natürlich unmöglich, sich mit einem fremden Säugling zu befassen, als wäre sie selbst noch ein Mädchen, das mit einer Puppe spielte. Und bis zu dem verabredeten Jour fixe mit Viktoria und Juliane waren es noch ein paar Tage hin. All diese Gedanken machten sie tieftraurig. Vor allem, wenn ihre Enttäuschung über den Rückzug von Max Seiboldt in ihrer Einsamkeit die Oberhand gewann.

Heute Abend war sie das Alleinsein und die unzähligen Fragen, die sich ihr aufdrängten, gründlich satt. Er hatte in einem Nebensatz anklingen lassen, dass er noch einmal zurückkommen wolle. Darauf wartete sie. Dann würde sie ihn zur Rede stellen. Jedes einzelne Wort hatte sie sich genau überlegt und die Szene in Gedanken mehrfach durchgespielt: »Sind Sie nicht mehr zufrieden mit meiner Arbeit? Warum reden Sie nicht mit mir? Jedenfalls nicht mehr als unbedingt nötig. Warum verbringen Sie Ihre Freizeit nicht mehr mit Hans Wegener und mir?«

Besonders die letzte Frage brannte auf ihrer Seele. Doch sie war zweifellos die schwierigste und indiskreteste, denn natürlich verpflichtete einerseits nichts ihren Chef, sich privat mit seinen Mitarbeitern auszutauschen. Andererseits war ihr Zusammensein in Neapel so harmonisch verlaufen, die Wochen an Bord, selbst nach ihrem … Zusammentreffen in Aden …, waren angenehm gewesen. Welchen Grund gab es, daran etwas zu ändern?

Antonia hatte nicht die geringste Ahnung, wohin Max Seiboldt ging, wenn er das Laboratorium verließ, und woher er kam, wenn er die Gesandtschaft betrat. Was immer er tat – es schien ihm nicht zu bekommen. Er wirkte übernächtigt, fahrig, häufig schlecht gelaunt, verschlossen. Seine Forschung begann unter seinem veränderten Verhalten zu leiden, da er mit den Gedanken offenbar selbst im Laboratorium nicht immer bei der Sache war.

Mehr als einmal hatte sich Antonia in den vergangenen Tagen und Nächten gefragt, ob sich Max Seiboldt in einer Art Abhängigkeit befand. Wer wusste schon, wie die Kräuter langfristig wirkten, die er in Aden probiert hatte? Zwang ihn dieses Kath, immer mehr Blätter davon kauen zu wollen? Oder war er nach etwas anderem süchtig, das seine Handlungsweise bestimmte und seinen Verstand benebelte? Streifte er in aller Heimlichkeit durch die engen, verwinkelten Gassen der Steinstadt auf der Suche danach?

Antonia tippte, ohne sonderlich über ihr Tun nachzudenken, auf die Tasten ihrer Schreibmaschine. Natürlich strapazierte sie damit das Farbband, aber auf diese Weise gaukelte sie Hans Wegener wenigstens eine Beschäftigung vor. Sie hoffte, dass er endlich seines Weges gehen und sie allein in dem kleinen, inzwischen nur von einer Schreibtischlampe mit einem Glasschirm erhellten Arbeitszimmer zurücklassen werde.

Vor den Fenstern war es längst finster, und Antonia hatte vorhin die Läden aufgestoßen, um die nach Meer duftende nächtliche Brise hereinzulassen. Mit dem Wind wehten die Geräusche der Wellen herein, die sich am Ufer brachen, und das Lärmen der Nachtschwärmer, die einen Ausflug am Strand entlang unternahmen: das stete Schlagen der Trommeln, die Melodien der afrikanischen Flöten, Gesänge, Lachen und Sprachengewirr, das monotone Rufen eines fliegenden Händlers, der seine Waren anpries, vielleicht ein Kokosnussverkäufer …

»Wollen Sie nicht mitkommen?«, fragte Hans Wegener von der Tür her. Er trat unschlüssig von einem Bein auf das andere, anscheinend unsicher, ob er tatsächlich schon gehen sollte.

Antonia schenkte ihm ein freundliches Lächeln und deutete auf die Remington. »Oh, nein, vielen Dank. Ich bin noch nicht fertig mit meinem Bericht. Tut mir leid.«

»Tatsächlich?«, fragte er zweifelnd. »Nun, ich dachte, Sie würden vielleicht gerne etwas an einer der Garküchen essen. Ich habe da neulich einen ganz hervorragenden indischen Koch entdeckt. Sein Curry riecht nicht nur vortrefflich, es mundet auch und verbrennt einem nicht gleich den Gaumen.«

»Ich bin nicht hungrig«, versicherte sie und spürte gleichzeitig, wie ihr Magen knurrte. Rasch hämmerte sie auf die Tasten der Schreibmaschine ein, damit Wegener das Grummeln nicht hörte. Wehmütig dachte sie daran, wie sehr sie sich eine Einladung zum Abendessen von Max Seiboldt wünschte.

»Dann sollten Sie wenigstens einmal das einheimische Bier probieren. Die Leute hier nennen es Schamba pombe. Klingt interessant.«

Antonia schüttelte den Kopf. Weniger aus Ablehnung als vielmehr aus Verwunderung über die Frage, ob Wegener mit ihr poussierte. »Ich trinke keinen Alkohol«, erklärte sie standfest.

»Das ist schlecht«, behauptete er. »Ich meine, Sie wissen, dass Wein ein guter Schutz gegen die Ansteckung mit Cholera ist. Es ist besser, Wein statt Wasser zu trinken.«

»Und Sie wissen, dass noch nicht endgültig bewiesen ist, wie man sich ansteckt. Wir arbeiten daran, nicht wahr?« Ihr Lächeln wurde breiter.

»Hmmm…« Wegener zögerte. Offenbar wollte er sie noch immer nicht verlassen. Als sein Schweigen peinlich zu werden begann, erkundigte er sich: »Was tun Sie da eigentlich? Welchen Bericht tippen Sie?«

Gute Frage, fuhr es Antonia mit einem Anflug von Panik durch den Kopf. Vielleicht hätte sie doch lieber mit ihm ausgehen sollen, anstatt sich dabei ertappen zu lassen, wie sie die Zeit in Erwartung ihres Chefs totschlug.

Einer Eingebung folgend behauptete sie kühn: »Ich prüfe das M. Die Taste klemmt. Das ist mir aufgefallen, als … als ich einen Brief schrieb … an einen Mister Meier … Stellen Sie sich vor, ich schreibe ihm, und da steht dann *ister eier*. Unmöglich, nicht wahr?«

»Sehr witzig!« Wegener lachte nicht, sondern versetzte ihr einen verbalen Dolchstoß: »In Wahrheit warten Sie auf Doktor Seiboldt, nicht wahr?«

Antonia konnte nicht verhindern, dass sie errötete. »Wie kommen Sie denn darauf?«, fragte sie mit scheinbarem Erstaunen.

Den Blick wandte sie von ihm ab und konzentrierte sich auf den Nachtfalter, den das Licht auf ihrem Schreibtisch angelockt hatte. Er umschwirrte den milchweißen Glasschirm der Lampe.

Wegener stieß einen tiefen Seufzer aus, löste sich von seinem Platz an der Tür und trat neben sie. Offenbar richtete er sich auf ein längeres Gespräch ein.

»Fräulein Geisenfelder, ich bin nicht blind. Und selbst wenn ich es wäre, spräche der Name Ihres Schützlings Bände. Sie können sich nicht mehr verstellen, seit Sie das Negerkind haben *Max* taufen lassen. Wie geht es ihm eigentlich?«

»Was? Wem?«

»Na, dem Mohren. Wie geht es ihm?«, erkundigte er sich und ließ sich auf einer Ecke des Schreibtisches nieder.

Gedankenverloren schob Antonia den Papierstapel zur Seite, in dessen Nähe sich Wegener gesetzt hatte. »Gut«, murmelte sie. »Es geht ihm gut.«

Sie starrte auf den Nachtfalter. Wie viel Zeit blieb ihm, bevor er sich an der Lampe verbrannte? Sicher fühlte sich das Insekt im Moment zufriedener als sie, weniger bedroht von der Wahrheit. Wie dumm von dem düster aussehenden Schmetterling, sich für einen Moment im trügerischen Licht dem Tod hinzugeben. Wie dumm von ihr, sich an der Klugheit und dem spröden Charme Max Seiboldts zu verbrennen …

»Hoffen wir für ihn, dass er nicht eines Tages von der Straße weggestohlen wird …«

»Wer?« Sie sah ihren Kollegen begriffsstutzig an. Von wem sprach Wegener?

»Wenn Ihr Schützling Glück hat, wird er später nicht irgendwo abgefangen, in einer der geheimen Höhlen an der Küste versteckt und dann auf einem Sklavenschiff nach Madagaskar und Mauritius oder Arabien gebracht«, erklärte er.

Auch er beobachtete den Nachtfalter – und schlug zu, als dieser sich kurz von dem Lampenschirm trennte und in die Luft erhob. »Eine Motte«, fügte er entschuldigend hinzu und rieb sich die Reste des Insekts von der Hand.

Sie schluckte. Armer kleiner, hässlicher Schmetterling. Ein hübscheres Exemplar seiner Gattung, das bei Tageslicht um die Blüten flatterte, hätte Wegener zweifellos am Leben gelassen.

Unwillig riss sie sich von dem Blick auf die Milchglaskugel los. Es widerstrebte ihr, mit Hans Wegener Konversation zu betreiben. Hätte sie mit ihm reden wollen, wäre sie auf die Einladung zum Curry eingegangen. Doch sie konnte ihn nicht fortschicken, ohne seine Aufmerksamkeit noch stärker auf sich und ihre Gefühle für Max Seiboldt zu lenken. Wahrscheinlich wollte er auch nicht tändeln, sondern sie nur aushorchen, war neugierig auf das Liebesleben seines Chefs und dessen Sekretärin. Obwohl sie schon so lange gemeinsam unterwegs waren, hegte er sicher dieselben albernen Vorurteile wie jeder andere, der eine gute Zusammenarbeit zwischen Mann und Frau ausschloss. Und wie lächerlich war es anzunehmen, Wegener hätte Interesse an ihrer Person.

Fast trotzig dozierte Antonia: »Nicht jeder Eingeborene wird wieder zum Sklaven. Ich hörte, dass es auf dem Festland Stämme gibt, die mit den Arabern zusammenarbeiten und deshalb sicher sind. Auf Sansibar wohnen inzwischen auch Schwarze, die ihr eigenes Land bestellen dürfen. Ein paar Kokospalmen, und sie haben ein Auskommen. Außerdem richtete der anglikanische Universitätsbischof ein Waisenhaus für freigekaufte oder freigelassene Sklavenkinder ein. Dort können sie auch zur Schule gehen. Ich finde, das ist eine äußerst nützliche Einrichtung, die gewiss auch für meinen M...«, Antonia verschluckte sich fast an dem Namen und hustete. Als sie sich wieder gefangen hatte, korrigierte sie sich: »Ich denke, mein Patenkind und seine Mutter, so sie denn überleben wird, sind in diesem Haus fürs Erste gut aufgehoben.«

»Gewiss, gewiss«, versicherte Wegener. »Sehr löblich, diese ganzen Pläne. Allerdings frage ich mich langsam, ob es dabei mehr um gesellschaftliche Reputation geht oder tatsächlich um menschliche Fürsorge.«

»Das ist zu streng geurteilt, Herr Wegener. Ohne die Unterstützung eines gewissen Standes könnten viele Krankenhausprojekte nicht verwirklicht werden. Sicher, es gab die Lotterie, die den Bau dieses Hospitals hier gefördert hat, aber dennoch war die Zuwendung einiger Industrieller des Ruhrgebiets hochwillkommen.«

»Ja, ja«, Wegener machte eine wegwerfende Handbewegung. »So trafen wir ja auch mit Frau Anna von Rosch zusammen. Die scheint hier so etwas wie die Heilige vom Dienst zu sein. In Ihrer Sklavenschule mischt sie auch irgendwie mit. Was für ein Glück, dass ihr die Diakonissinnen keine Bühne bieten wollen. Die Freifrau ist katholisch, verstehen Sie?«

Antonia sah ihn scharf an. »Mögen Sie die Dame nicht?« Sie entsann sich einer schönen, überaus kultivierten Frau und Wegeners, der fast schon verzweifelt darauf drängte, ihr vorgestellt zu werden. Doch Anna von Rosch hatte nur Augen für Max Seiboldt besessen ...

»Mögen Sie sie denn?«, fragte er grimmig zurück. »Sie verdreht Doktor Seiboldt gehörig den Kopf. Und das bekommt hier niemandem. Ihm am allerwenigsten. Weiß der Himmel, wie sie die Affäre vor ihrem Mann geheimhalten kann. Ein Skandal ist jedenfalls unausweichlich. Stellen Sie sich nur vor, welche Folgen das ganze Gerede für unsere Forschungsarbeit haben wird!«

Antonias Stimme klang heiser: »Welche Affäre?«

»Wie?« Wegener wirkte verwirrt. »Sie wissen nichts davon?«

Ein Ungeheuer schien durch ihren Körper zu kriechen. Eine Schlange, die sich um ihren Magen wickelte, dann um ihr Herz und schließlich ihre Lungen bedrohte. Nach Luft japsend kreischte Antonia: »Nein. Ich … Nein!«

Sie riss sich zusammen, als ihr einfiel, dass alles sicher ein Irrtum war und Wegener nichts als Unfug schwätzte. »Was sollte ich wissen?«, erkundigte sie sich gefasster.

»Doktor Seiboldt läuft ständig hinter dieser Frau her und macht sich damit zum Gespött der Leute. Im Europäerviertel wird schon über ihn geredet. Er benimmt sich wie ein Dackel, der eine läufige Hündin gefunden hat. Wahrscheinlich macht er auch Männchen, wenn er mit ihr zusammen ist.«

»Bitte?«

»Wo, dachten Sie denn, dass er seine Abende verbringt?« Wegener erhob sich von seinem Platz auf ihrem Schreibtisch und ging zum Fenster. Eine Weile sah er hinaus, betrachtete wohl die Sternbilder.

Unwillkürlich erinnerte sich Antonia an eine heimliche Beobachtung auf der *Sachsen*. Damals hatte Max Seiboldt ihrer späteren Freundin Viktoria erklärt, wie ein Achterdeck am Himmel auszumachen war. Ob er jetzt wohl auf irgendeiner Dachterrasse stand und mit einer anderen Frau, die niemals Antonias Kameradin sein würde, über Astronomie sprach? Die Zigarette zwischen den Fingern, würde er die Himmelsbilder nachzeichnen, vielleicht davon sprechen, dass der Mond über Sansibar wie eine verzauberte chinesische Laterne aussah, seine Hand würde ihren Arm streifen …

»Sie … sie ist verheiratet!«, stammelte Antonia. Es war ein Strohhalm, der letzte Versuch, das Unübersehbare ungeschehen zu machen.

Wegener fuhr herum. »Davon spreche ich doch! Der Skandal ist, dass die vorbildliche und wohltätige Freifrau von Rosch verheiratet ist. Sie verdreht unserem Doktor den Kopf, während ihr Mann auf See Dienst fürs Vaterland tut. Er ist nicht zur Stelle, also vertreibt sie sich die Zeit mit einem anderen.«

»Aber … sie … ich meine … ich dachte … sie ist eine Dame … sie …«, hilflos brach Antonia ab. Ihr gingen die Argumente aus, die gegen eine Liaison zwischen Anna von Rosch und Max Seiboldt sprachen. Mein Gott, gestand sie sich ein, es ist wahr!

»Ich hoffte, dass wir gemeinsam einen Plan ersinnen, wie wir Doktor Seiboldt wieder … nun ja, auf den Pfad der Tugend zurückbringen können. Was meinen Sie dazu, Fräulein Geisenfelder? Frauen sind in solchen Sachen so viel fantasiebegabter. Und Sie haben doch gewiss auch ein persönliches Interesse daran.«

Sie wünschte nichts mehr, als dass er gehen würde. War sie vorhin noch des Alleinseins überdrüssig gewesen, so sehnte sie jetzt die Einsamkeit herbei. Sie brauchte Zeit, die Neuigkeit zu verarbeiten. Sie wünschte, hemmungslos weinen zu dürfen, um Schmerz und Enttäuschung aus ihrer Seele zu schwemmen.

Am meisten verletzte sie nicht einmal, dass sich Max Seiboldt in eine andere Frau verliebt hatte, sondern wer die Person war. So leicht ließ er sich also einfangen. Eine schöne Larve, eine rauchige Stimme, eine deutliche Körpersprache. Dabei hatte Antonia geglaubt, dass er Klugheit bei einer Frau honorierte. Warum sonst hatte er eingewilligt, Viktoria zu unterrichten? Doch letztlich war selbst der intelligenteste und integerste Mann, den sie zu kennen geglaubt hatte, nur ein ganz normaler Mann …

»Fräulein Geisenfelder, geht es Ihnen nicht gut?«

Irritiert sah Antonia zu Hans Wegener auf. Wieso stand er nicht mehr am Fenster? Was tat er an ihrer Seite? Warum lag seine Hand auf ihrer Schulter? Eine Berührung wie diese gehörte sich nicht für Menschen, die miteinander arbeiteten …

»Sie sind ganz bleich«, stellte er mit besorgter Stimme fest. »Kommen Sie. Kommen Sie mit mir nach draußen an die Luft … Ach, wenn ich doch gewusst hätte, dass Sie nicht im Bilde sind. Die Spatzen pfeifen es von den Dächern, aber Sie …«

Seine Hände versuchten, sie von ihrem Stuhl hochzuziehen, doch Antonia machte sich absichtlich schwer.

»Ich habe noch zu tun«, wehrte sie ab. Ihre Stimme klang seltsam belegt, als käme sie – aus einer Gruft. Ich fühle mich wie tot, dachte sie.

»Vielleicht sollten Sie einen Gin trinken. Irgendwo werden wir schon etwas Starkes für Sie auftreiben …«

Sie wollte gerade wiederholen, sie trinke keinen Alkohol, als ihr einfiel, dass sie in jener Nacht in Aden vollkommen nüchtern gewesen war. Vielleicht wurde es Zeit, sich zu verändern. In jeder Hinsicht.

»Ja, lassen Sie uns gehen«, stimmte sie zu und wunderte sich, dass ihre Worte fest klangen und ihre Stimme nicht gewackelt hatte. Sie fühlte sich, als wären ihre Beine aus Gummi. Die Hand, mit der sie das Blatt Papier aus der Schreibmaschine zog, zitterte. Ihre Arme waren schwer wie Blei. Doch ihr Verstand arbeitete mit einem Mal wieder ganz vernünftig.

Das Korsett erschien Viktoria plötzlich so unhandlich wie eine Kleiderpuppe aus Gips. Ihre seit Wochen großartig geplante Tat war mit einem Mal nur unter Schwierigkeiten durchführbar. Ihr Sinnbild für Freiheit drohte zu zerplatzen wie die Mangos, die überreif von den Bäumen fielen.

Als sie an Bord davon geträumt hatte, den Schnürleib im Meer zu versenken, wusste sie noch nichts von dem Gedränge, das auf Sansibar herrschte. Es war ausgeschlossen, dass sie mit dem Mieder in der Hand van Horns Haus verließ und zum Strand marschierte. Sie hatte sich zwar inzwischen allein vor die Tür getraut und war auch unversehrt wieder zurückgekommen, aber was würden die Leute sagen, wenn sie ihr Requisit bemerkten? Ein Flugblatt in der Hand war etwas völlig anderes als ein Korsett!

Sich mit einem Koffer aus dem Haus zu schleichen und diesen am Strand auszupacken war ebenfalls unmöglich. Dazu hätte sie sich auf den Schutz der Dunkelheit verlassen müssen. Doch auch wenn Viktorias Mumm so weit zurückgekehrt war, dass sie sich bei Tage in den Gassen überraschend gut zurechtfand, fehlte ihr die Courage für einen nächtlichen Spaziergang. Selbst das wunderbare Gefühl, das kühle Leinen ihres Unterkleides auf dem Bauch zu spüren und eine Brise ohne die einengenden Fischgrätverstrebungen in die Lungen zu saugen, verlieh ihr nicht den nötigen Mut. Der Plan, den verhassten Schnürleib im Meer zu versenken und damit ein Zeichen ihrer persönlichen Unabhängigkeit zu setzen, blieb deshalb ein frommer Wunsch. Bis zu dem Abend, an dem Viktoria beim Essen auf der Dachterrasse eine Idee kam.

Während Friedrich von den Vorkommnissen in seinem Kontor berichtete, starrte Viktoria gedankenverloren ins Grillfeuer und wartete auf ihre Portion Fisch und Muhogo. Roger Lessing war nicht anwesend, sodass sie sich ungezwungener fühlte als in seiner Gegenwart. Die durch die Asche züngelnden Flammen ergriffen ihre Fantasie.

Schon als kleines Mädchen saß sie gern stundenlang vor dem Kamin und schaute dem Feuer zu. Meist geriet ihre Mutter außer sich, weil Viktoria zu nah an den Rost heranrückte. Gustava Wesermann täuschte dann Ohnmachtsanfälle vor und erinnerte mehr als ein Kindermädchen empört an deren Aufsichtspflicht. Im Nachhinein verstand Viktoria die Aufregung: Wie leicht konnte der Volant ihres Kleidchens zu nah an die Glut geraten. Immer wieder erschreckten Berichte die Gesellschaft, nach denen sich Damen mit ihrer langen Schleppe zu nah an einen Kamin gewagt hatten und anschließend lichterloh brannten …

Das war die Lösung!

Sie würde das Korsett verbrennen.

Öfen gab es bei dem herrschenden Klima natürlich keine, aber das Grillfeuer eignete sich ebenso gut für ihr Vorhaben. Durch den praktischen Zugang von ihrem Zimmer zur Dachterrasse würde sie später heraufkommen können, ohne irgendwen auf sich aufmerksam zu machen. Mit etwas Glück glomm dann noch Glut in der Asche. Sie würde vorsichtshalber die Schwefelhölzer mitbringen, die neben dem Kerzenständer auf ihrem Nachttisch lagen, und Holz und Kohle wieder anfachen.

Ihr war aufgefallen, dass das Personal den Rost erst am Morgen säuberte – und morgen früh würden sich in der Asche die Überreste ihres Korsetts befinden. Viktoria hatte zwar keine Ahnung, wohin der Abfall gebracht wurde, aber das spielte auch keine Rolle. Die letzten Bestandteile ihres Mieders auf dem Müll zu wissen ließ ihr Herz schneller schlagen vor Freude.

Luise hatte Viktoria erzählt, dass die meisten Europäer zeitig zu Bett gingen, sofern keine gesellschaftlichen Verpflichtungen anstanden und irgendwo empfangen wurde. So war es glücklicherweise auch an diesem Abend. Die kleine Tischrunde löste sich relativ rasch auf, Luise und Friedrich verabschiedeten sich in ihre jeweiligen Zimmer, Viktoria zog sich in ihres zurück. Dort lauschte sie – atemlos vor Spannung –, bis die Geräusche im Haus verklangen und auch das Personal zur Ruhe kam.

Sie zählte bis einhundert, nachdem sich die letzten Schritte von der Veranda entfernt hatten. Dann öffnete sie einen Spaltbreit die Tür und spähte hinaus.

Die Blätter der Bougainvillea, welche die Säulen umrankte, bewegten sich leicht unter dem Gewicht einer Nachtschwalbe. Ansonsten war es still im Haus.

Viktoria klemmte sich ihr Korsett unter den Arm, nahm die Öllampe in die andere Hand und lief mit raschen Schritten die Treppe hinauf. Die Schwefelhölzer klapperten leise in dem Päckchen, das sie in einem Beutel an ihrem Gürtel bei sich trug. Sie war barfuß. Ihre Schuhe hatte sie neben dem Bett stehen lassen, um kein unnötiges Geräusch zu verursachen.

Die Steine fühlten sich erstaunlich kühl unter ihren nackten Sohlen an. Einen Moment lang fragte sie sich, ob die Gefahr bestand, auf ein Tier zu treten. Ein kleines Insekt vielleicht, das über den Boden krabbelte und sein Gift in Todesangst in ihre Fersen spritzen würde.

Einerlei, entschied sie. Wenn sie jetzt nicht über die Terrasse schritt und ihr Korsett in das hoffentlich noch glimmende Grillfeuer warf, würde sie es nie tun.

Der beeindruckende afrikanische Himmel empfing sie. Er spannte sich wie ein seidener Schirm über die Tropen, durchsetzt von einem Meer aus glitzernden Punkten, wie Diamanten funkelnde Sterne, mal heller, mal gedämpfter blinkend. Viktoria schien es, als leuchte das Firmament heute Nacht besonders stark. Vielleicht lag das am Vollmond – oder an der Tatsache, dass sie den Blick vom Dach ganz allein genießen konnte.

Sie stellte die Lampe bei der Treppe ab und drehte den Docht herunter. Dann trat sie vor, legte den Kopf in den Nacken und versuchte, die Bilder auszumachen, die Doktor Seiboldt ihr gezeigt hatte. Doch es waren zu viele Sterne. Sie verschwammen vor Viktorias Augen zu einer einzigen schillernden Wolke. Die Verbindungslinien der Astronomen waren für sie unsichtbar.

Ein wenig enttäuscht über ihre mangelnde Sachkenntnis wandte sie sich ihrem eigentlichen Vorhaben zu. Sie trat neben den Grillrost, betrachtete skeptisch die graue Asche. Noch immer das Korsett unter den Arm geklemmt, griff sie mit der freien Hand nach der langen Gabel, die auf dem Anrichtetisch daneben lag, und begann, auf der Suche nach Glut, in dem Kehricht herumzustochern …

»Was machen Sie da?«

Viktoria erschrak so heftig, dass das Küchengerät aus ihren Fingern glitt und laut scheppernd auf den Eisenrost krachte. Der Schnürleib fiel hinterher. Die Holzkohle brannte zwar nicht mehr, aber die erkaltete Asche verdarb den feinen Stoff in Sekundenschnelle. Die Flecken würden sich nie wieder aus der Seide waschen lassen. Doch das war in diesem Augenblick ihre geringste Sorge.

Ihr war nicht aufgefallen, dass einer der Stühle, die unter der Überdachung aus Palmblättern einem nächtlichen Regenguss trotzen sollten, an der Balustrade stand. Die Füße auf die niedrige Mauer gelegt, kippelte Roger Lessing auf seinem Platz. Wahrscheinlich hatte er zuvor ebenso still in den Himmel geschaut wie sie. Auf jeden Fall konnte er beobachten, wie sie am Grill hantierte, mit ihrem Korsett unter dem Arm.

Wie peinlich!

Wenn Viktoria geglaubt hatte, es könnte nach ihrer Begegnung in van Horns Gästezimmer nicht schlimmer kommen, war sie einem Irrtum aufgesessen. Wie sollte sie ihm ihr Tun erklären? Gab es für eine unverheiratete, anständige junge Frau überhaupt Worte, um einem ledigen Mann beizubringen, was es bedeutete, einen Schnürleib zu tragen? Vor allem, nachdem er sie bereits völlig nackt gesehen hatte?

Sprachlos verharrte sie auf der Stelle. Ihr Mund klappte auf und zu, aber sie schnappte eher nach Luft, als dass sie nach den geeigneten Sätzen für eine angemessene Kommunikation suchte.

»Wollen Sie das Haus in Brand stecken?«, bohrte er. Irrte sie, oder klang seine Stimme äußerst vergnügt?

Sie hob die Arme und ließ sie zum Zeichen der Resignation wieder fallen. »Das war nicht meine Absicht. Nein. Ich wollte …«, hilflos brach sie ab.

Wie hatte sie nur auf die Idee kommen können, ihr Korsett zu verbrennen? Sie wusste ja nicht einmal, welche Rückstände davon im Kehricht verbleiben würden. Sie, die so viel Wert darauf legte, eine junge Frau von Format und Verstand zu sein, kam sich mit einem Mal schrecklich albern vor.

Er hörte auf zu kippeln, stellte den Stuhl gerade und stand auf. »Es wäre kein nettes Gastgeschenk, wenn Sie Friedrichs Besitz abfackeln wollten«, konstatierte er, während er neben sie trat … und des Korsetts gewahr wurde. Bevor sie dagegen protestieren konnte, zog er es mit spitzen Fingern aus der Asche. »Was ist das?«, fragte er gedehnt.

Glücklicherweise konnte er im Sternenlicht nicht erkennen, wie sie puterrot anlief. »Ich kann das erklären«, behauptete sie kühn.

»Tun Sie das.«

»Nun … es … es ist verschmutzt … ja. Mein Mieder ist nicht mehr sauber, und ich kann es nicht reinigen. Deshalb habe ich mir gedacht, ich verbrenne es, bevor … bevor es meine andere Wäsche ruiniert und … ehm … nichts mehr zu retten ist.«

Was redete sie da für einen Unsinn? Ihre Kehle war trocken. Sie räusperte sich. Verlegen. Lüge und Peinlichkeit waren mit jedem Wort ihrer Ausflucht nur noch deutlicher geworden.

Roger Lessing schwieg. Nach einer Weile sagte er »Aha« und ließ das Corpus Delicti zurück in die Asche fallen. Er rieb sich die Hände, als müsste er diese von Staub befreien. Schließlich sagte er: »Sie sind eine ziemlich merkwürdige Person.«

Unter anderen Umständen hätte Viktoria diese Feststellung als Beleidigung empfunden. Die Gegebenheiten ließen jedoch keinen anderen Schluss zu. Sie senkte die Lider und schwieg.

»Erwarten Sie von mir, dass ich Sie jetzt verführe?«

Sie riss die Augen auf. »Bitte … was?«

»Nun, ich habe Sie bislang in zwei durchaus kompromittierenden Situationen angetroffen. Ein anderer Mann mag diese Intimität ausnutzen und zudringlich werden. Vielleicht kommt das Ihrem Wunsch auch entgegen, aber ich …«

»Sie interessieren sich nicht für weiße Frauen, weil Sie eine schwarze Mätresse haben!«, platzte sie heraus.

»Oh!« Für einen Moment verschlug ihm ihre Offenheit die Sprache, dann: »Hat Ihnen das unsere gemeinsame Freundin Luise erzählt? Ich dachte, sie würde mein Privatleben totschweigen.«

»Ich habe sie gesehen.« Plötzlich fiel es Viktoria unendlich leicht, Konversation mit ihm zu betreiben. Es kam ihr vor, als wären alle Barrieren zwischen ihnen beiden eingerissen und als könnten sie nun ohne Vorbehalte und Täuschung offen miteinander reden.

»Das Schiff, mit dem Sie und Friedrich van Horn auf das Festland gefahren sind, war die *Britannia*, nicht wahr? Mit diesem Dampfer bin ich angekommen. Und am Hafen stand eine wunderschöne Negerin. Als ich sie bemerkte, war ich sehr beeindruckt.«

»Welch überraschende Gemeinsamkeit.«

»Erinnern Sie sich nicht? Wir sind an Deck zusammengestoßen.«

»Das waren Sie?! Was bin ich für ein Narr, dass mir diese Szene entfallen ist. Sie verstehen es ausgezeichnet, Ihre Ellbogen einzusetzen … Und warum haben Sie Ihr Korsett nun wirklich auf die Feuerstelle geworfen?«

Der abrupte Themenwechsel irritierte sie nur ein kleines bisschen. Die umgängliche Art, mit der Lessing mit ihr zu plaudern begonnen hatte, veränderte ihren Blickwinkel. Warum sollte sie ihm nicht die Wahrheit gestehen? Peinlicher als ihre Erklärungsversuche konnte sie ohnehin nicht sein.

Sie atmete tief durch und begann: »Ich möchte es als Zeichen meiner persönlichen Freiheit verbrennen. Es ist für mich das Sinnbild der Enge, der ich in Hamburg ausgesetzt war.«

Leise pfiff er durch die Zähne.

Fiel ihm nicht mehr dazu ein? Kein Wort der Anerkennung? Selbst ein Protest wäre ihr lieber gewesen. War seine Reaktion ein Zeichen von Spott?

»Falls Sie das für einen Witz halten«, setzte sie ärgerlich hinzu: »Das ist es nicht. Es ist auch nicht die von der Tropenhitze beeinflusste Idee einer verwöhnten jungen Dame, die nicht weiß, womit sie ihre Zeit verbringen soll. Ich habe Ziele …«

»Und deshalb verbrennen Sie Ihr Mieder«, unterbrach er sie belustigt. Als sie zu einer Erwiderung anhob, brachte er sie mit einer raschen Handbewegung zum Schweigen. »Nun verdammen Sie mich mal nicht gleich«, fuhr er in freundlichem Ton, aber ernster, fort. »Ich bin beeindruckt. Ehrlich. Sie imponieren mir. Gehören Sie der Reformbewegung an oder etwas in der Art?«

»In gewisser Weise … Ich möchte Lehrerin werden«, entfuhr es ihr, bevor sie sich überhaupt sicher war, ob sie ihm ihren Lebenstraum preisgeben wollte.

Mit angehaltenem Atem wartete sie auf seine Reaktion. Nicht

dass ihr sein Urteil sonderlich wichtig gewesen wäre. Sie fürchtete nur, er könnte sich deshalb über sie lustig machen.

Doch nichts dergleichen geschah. Statt etwas zu erwidern, fingerte er in seiner Hosentasche herum. Unwillkürlich erinnerte er Viktoria an ihren jüngeren Bruder, der als kleiner Junge immer ein Sammelsurium an Souvenirs und unverzichtbaren Gegenständen in seinen Hosentaschen verstaut hatte. Eigentlich war ihm diese Leidenschaft untersagt, aber Alexander hatte immer wieder einen neuen Geheimvorrat angelegt. Und Zündhölzer hatten auch dazugehört. Diese förderte Roger Lessing nun zutage.

Er sagte noch immer nichts, weshalb sie zu einer Erklärung ansetzte: »Nach meiner Rückkehr möchte ich das Lehrerinnenseminar besuchen und nach der sechsjährigen Ausbildung an einer höheren Schule für Mädchen unterrichten. Um die Aufnahmeprüfung zu bestehen, lese und lerne ich ständig. Es ist mir sehr wichtig, etwas zu tun, damit auch Frauen Zugang zu höherer Bildung erhalten.«

Seine Zähne blitzten weiß in der Dunkelheit, als er ihr ein breites Lächeln schenkte. »Ich habe Sie schon verstanden, Fräulein Wesermann, und ich finde Sie großartig. Also werde ich Ihnen behilflich sein, wenigstens den Teil Ihrer Träume umzusetzen, bei dem ich Ihnen zur Hand gehen kann«, erklärte er und beugte sich über den Rost.

»Haben Sie Ihre Träume schon verwirklicht?«

Er hielt in der Bewegung inne. Die Flamme, die er eben entzündet hatte, lief vom Schwefelkopf abwärts den Holzstift entlang. Er schien es nicht zu bemerken, starrte gedankenverloren und scheinbar blicklos vor sich hin. Als das Feuer seine Fingerkuppe verbrannte, ließ er das Zündholz erschrocken auf die Asche fallen.

»Ich träume nicht«, erwiderte er schroff.

15

Antonia wurde übel. Ihr Körper wehrte sich, sie wollte wegsehen, doch vergeblich. Mit all ihren Sinnen erfasste sie das Elend auf dieser Seite der Lagune, welche die noble Steinstadt von dem erbärmlichen Viertel der Eingeborenen trennte.

In der Madagaskarvorstadt war nichts so wie jenseits der Brücke, die sie gerade zielstrebig an der Seite von Doktor Seiboldt überquert hatte. Da glaubte sie noch, die Lebensverhältnisse auf Sansibar könnten kaum schlimmer sein als in den Herbergshäusern in Untergiesing und der Au oder sogar in den Armengegenden von Neapel.

An der Brüstung hatten Bettler jeden Alters und beiderlei Geschlechts gekauert. Bei zwanzig hatte Antonia aufgegeben, sie zu zählen. Es waren Ausgestoßene, einige von ihnen litten unter Aussatz, die meisten an der Elefantitis. Sie riefen den Vorübereilenden ein fröhliches »*Jambo, bibi! Jambo, bwana!*« zu und erwarteten eine Handvoll Kupfermünzen. Mit den aufdringlichen Bittstellern am Strand und in den Gassen der Steinstadt waren diese vom Leben vergessenen Menschen nicht vergleichbar, was sie nur noch anrührender machte.

Inzwischen führte jeder Schritt Antonia und Max Seiboldt tiefer in die Hölle menschlichen Leids. Die Quartiere der in die Freiheit entlassenen Sklaven waren gezeichnet von Armut und Krankheit, Kriminalität und Gewalt. Von Fröhlichkeit war hier nichts mehr zu sehen. Die Qualen überstiegen alle ihre Befürchtungen.

Über den Lehmhütten hing nicht nur der Gestank von Viehdung und menschlichem Kot, verrottenden Fischen und Algen, faulenden Früchten und Tierkadavern, sondern auch der von verwesenden Leichen. Da es weder gepflasterte Straßen noch eine Gosse gab, türmte sich der Abfall zu größeren wie kleineren Bergen zwischen den Behausungen. Voller Entsetzen sah Antonia die Toten – oder zumindest das, was von ihren dunkelhäutigen Körpern übrig geblieben war: aufgequollene, zerschundene Leiber, die niemand einer Beisetzung für würdig hielt und um die sich nun streunende Hunde, Möwen und Krähen knurrend und kreischend zankten. Inmitten des furchtbaren Unrats staksten nackte kleine Kinder auf dünnen Beinen umher, die Augenlider schwarz vor Fliegen.

Antonia presste ihre Hand vor den Mund und versuchte, den Würgereiz zu unterdrücken, der wie ein Kloß in ihrer Kehle steckte. Am liebsten hätte sie die Augen geschlossen, aber sie musste ja weitergehen über die staubige Piste, in der die Pfützen des morgendlichen Regens unter der sengenden Vormittagssonne bereits ausgetrocknet waren. Jeden Moment drohte sie in einem der harten Löcher, die Regen, Wind und endlose Reihen von Füßen in die Straße gegraben hatten, umzuknicken und sich den Knöchel zu verstauchen.

Für eine kurze Weile vergaß sie die abscheuliche Szenerie und gönnte ihrem gemarterten Geist die alberne Frage, was Max Seiboldt wohl tun würde, wenn sie sich tatsächlich verletzte. Würde er sie auf seinen Armen zum Konsulat tragen? Oder sie unbeholfen stützen und zu einer mühevollen Humpelei durch die halbe Stadt zwingen? Antonia entschied, dass sie auf sich achtgeben musste.

Plötzlich spürte sie seine Hand auf dem Arm. Mit leichtem Druck hielt er sie zurück.

»Es tut mir leid, dass ich Ihnen das hier nicht ersparen kann«, sagte er. »Wegener ist kein so zuverlässiger Assistent bei der Probenabnahme wie Sie. Deshalb habe ich lieber ihn im Labor zurückgelassen.«

Sie nickte stumm. Vor nicht allzu langer Zeit hätte sie seine Worte als Kompliment aufgefasst und sich an dem warmen

Klang seiner Stimme gelabt, als wäre Honig von seinen Lippen getropft.

In diesem Abgrund zwischen Leben und Tod, zwischen menschlichen Hüllen, die um das nackte Überleben kämpften, und Leichen, die vergessen wurden, spielte nur der sachliche Inhalt seiner Aussage eine Rolle.

Ja, Doktor Seiboldt würde die Cholerakranken in der Madagaskarvorstadt ansehen, deren Fäkalien und Wasserproben untersuchen und alles mit den Erregern von Patienten des Lutheraner-Hospitals vergleichen. Sie ging ihm dabei sowohl im Laboratorium zur Hand als auch bei der Untersuchung der Infizierten und trug seine Tasche durch das Elend, in dem jede Menschlichkeit verloren schien. Das war ihre Aufgabe, ging es Antonia wie ein Mantra durch den Kopf. Deshalb war sie nach Sansibar gereist.

»Hier, nehmen Sie das«, er hatte ein Taschentuch hervorgezogen und reichte es ihr, »halten Sie es sich vor Mund und Nase.«

Ein Sechserzug kam ihnen entgegen. Sechs abgemagerte, ausgezehrte Gestalten, die mit Halseisen und Fußketten aneinandergefesselt ihre bloßen Sohlen kaum heben konnten. Zwei Männer waren zusätzlich mit einer Sklavengabel belastet, einem in sich gegabelten, dicken Ast, fast ein Baumstamm, der sie fast in die Knie zwang. Flankiert wurden die Delinquenten von mit Krummdolchen und Gewehren bewaffneten Arabern in schmutzigen Uniformen. Einer der Militärs schwang eine Peitsche.

Der flüchtig überwundene Würgereiz kehrte zurück. Antonia ließ die Arzttasche fallen, mit der einen Hand drückte sie auf ihren Magen, die andere presste das Tuch auf ihre Lippen. Sie konnte den Blick nicht abwenden, starrte auf die misshandelten Menschen – und wusste nicht, wessen Schicksal schlimmer war, das der Lebenden oder das der Toten, die den Aasfressern gehörten.

Seiboldt riss sie herum. »Schauen Sie nicht hin!«, herrschte er sie an.

Im selben Moment zischte etwas durch Luft. Dann ein dumpfer Knall. Das Rasseln der Ketten. Schreie. Stöhnen. Aufgeregte Worte, die nach Suaheli klangen. Wütende Stimmen, die arabische Befehle ausstießen.

Max Seiboldt hielt sie fest umklammert, barg ihr Gesicht an seiner Schulter. So verhinderte er, dass sie zusah, was unmittelbar vor ihnen geschah. Sie spürte seinen Herzschlag, seinen raschen Atem und wusste, dass er sich ebenso aufregte wie sie.

Denn vor Antonias geistigem Auge spielte sich die Szene mit fast derselben Deutlichkeit ab, als hätte sie den Blick offen auf die Kreaturen gerichtet: auf den Schwarzen, der unter dem Peitschenhieb zusammenbrach, auf seinen Scharfrichter, der ungerührt zu einem neuen Schlag ausholte.

Seiboldts Hand strich in einer verlegenen, hilflosen Geste über ihr Haar. »Es sind keine Sklaven«, flüsterte er ihr zu. »Nicht mehr jedenfalls. Es sind Verbrecher. Sie verbüßen eine Strafe und verdienen vielleicht kein Mitleid. Aber es ist unmenschlich!«

Die Bilder der Madagaskarvorstadt sollten Antonia nicht verlassen. Weder, was sie mit eigenen Augen wahrgenommen, noch, was sie nur in ihrer Fantasie gesehen hatte. Letzteres war am schlimmsten, denn die brutalen wie die gequälten Laute hatten sich tiefer in ihr Gedächtnis eingegraben als etwa die Eindrücke aus den Hütten der Cholerakranken. An das Leid der Patienten, an ihre flüssigen Ausscheidungen, an ihr Delirium war sie gewöhnt. Es ließ sie zwar nicht kalt, aber sie hatte es als Teil ihrer Forschungsarbeit akzeptieren gelernt. Doch das Elend, in dem diese Menschen lebten, Kinder aufwuchsen und selbst den Toten die ewige Ruhe verwehrt wurde – es erschütterte sie zutiefst.

Es war später Nachmittag, als sie in das Konsulat zurückkehrte. Nachdem sie sich gewaschen und umgezogen hatte, wanderte sie ruhelos in ihrem Zimmer auf und ab, den Kopf voller Gedanken an Grausamkeit und bitterste Armut. Selbst die Zusammenarbeit mit Doktor Seiboldt hatte ihr ausnahmsweise keine Freude bereitet, war Notwendigkeit gewesen.

Da sie die Schrecken verjagen und die Grübelei über den geliebten Mann verscheuchen wollte, floh sie auf eine der Veranden. Um diese Uhrzeit war es hier still, und sie hoffte, Trost in der Schönheit der Natur zu finden. Vielleicht würde ein langer Blick auf das Meer ihre Seele wieder einigermaßen ins Gleichgewicht bringen.

Als sie auf den obersten Balkon trat, hing die Sonne als blassgoldener Ball an einem orangeroten, wie in Flammen getauchten Himmel. Die glatte See schimmerte in allen Farbnuancen von Kupfer bis zu dunkler Bronze. Im Gegenlicht wirkten die Segel der heimkehrenden Dhaus wie perlgraue Zeltplanen über schwarzen Nussschalen. Ein Schwalbenschwarm formierte sich zu einem Ypsilon und zog in einer eleganten Kurve einen Kreis über den Strand.

Vor dem glühenden Abendrot machte sie die Silhouette eines Mannes aus, der sich beim Klang ihrer Absätze von der herrlichen Aussicht abwandte und zu ihr umdrehte.

»Offenbar hatten wir denselben Gedanken«, hob Max Seiboldt an. »Nur Schönheit ist in der Lage, die schrecklichen Bilder zu vertreiben.«

»Vielleicht gehören Tapferkeit und Fortschritt auch dazu«, erwog Antonia und trat zögernd an seine Seite.

Die Umgebung war für sie beide ungewohnt, und in der privaten Atmosphäre würde sich ihr Gespräch wohl bald vom Beruflichen entfernen. Aber hatte sie sich nicht genau das gewünscht? Wollte sie nicht seit Tagen mit ihm reden? Seltsamerweise erschienen ihr die Fragen, die ihr auf der Seele gebrannt hatten, plötzlich unwichtig und sogar lächerlich. Das alberne Gezänk einer enttäuschten Verehrerin, dachte sie beschämt und schob sich eine Strähne ihres aufgelösten Haares hinters Ohr.

»Meinen Sie nicht, es wird eines Tages möglich sein, die Lebensbedingungen der Einheimischen zu verbessern?«, fuhr sie sachlich fort.

»Einiges hat sich schon verändert. Ich hörte, dass bis vor wenigen Jahren über der Steinstadt derselbe ekelerregende Gestank hing wie über dem Negerviertel. Die von dem verstorbenen Sultan Barghash erbaute Abwasseranlage hat da schon für einen erheblichen Fortschritt gesorgt.«

»Nicht bei den Ärmsten der Armen«, bedauerte Antonia.

Seiboldt lachte leise und voller Bitterkeit. »Na, irgendwo musste schließlich begonnen werden …«

»Wenigstens eine ordentliche Bestattung sollte jedem Menschen erlaubt sein.«

»Das ist es inzwischen meist auch, machen Sie sich darüber keine Sorgen. Schauen Sie sich den Strandabschnitt dort unten an. Er ist elfenbeinweiß und sieht von hier oben ziemlich sauber aus. Das war nicht immer so. Bis zum Verbot der Sklaverei türmten sich auch dort die Leichen. Kaum jemand fühlte sich verpflichtet, einen toten Sklaven beizusetzen. Die Leiber wurden abgelegt wie Abfall.«

»Genau wie in der Madagaskarvorstadt«, murmelte sie in sich hinein. Obwohl sie den feinen Duft von Seiboldts Kölnisch Wasser wahrnahm, bildete sie sich ein, wieder den unerträglichen Leichengeruch in der Nase zu haben. Sie wusste, dass es ihr hier nicht helfen würde, aber sie bedauerte, Seiboldts Taschentuch auf ihrem Zimmer gelassen zu haben.

»Schlimmer noch«, antwortete Seiboldt ernst. »Die Zahl derer, die unfrei ihr Dasein fristen, war bis vor etwa fünfzehn Jahren erheblich größer als die Zahl derer, die heute ohne Familie sterben. Die Sklaverei gehört noch nicht völlig der Vergangenheit an, aber für viele Menschen hat sich die Situation gebessert. Lieber fessellos im Dreck leben als leibeigen, oder?«

Er klang so sachlich, fast zynisch. Was er sagte, war wohl richtig. Aber Antonia hätte sich mehr Mitgefühl von seiner Seite gewünscht. Sie besaß nach diesem Tag zwar nicht mehr die Kraft für Widerworte, doch für Enttäuschung war noch genug Raum in ihrem Herzen.

Bittere Tränen stiegen plötzlich in ihr auf. Sie wollte nicht weinen, aber Anspannung, Entsetzen und Niedergeschlagenheit überwältigten sie. Und sie konnte nichts tun, außer die Hand zu heben und sich über die Wangen zu wischen.

Max Seiboldt ignorierte ihre Rührseligkeit. Sie war ihm dankbar dafür. Er blickte schweigend auf das Meer hinaus, und sie tat es ihm gleich. Sie hoffte, ihre Fassung wiederzugewinnen, doch der Zauber der Aussicht berührte sie so stark, dass ihre Tränen nicht versiegen wollten.

Der goldene Ball sank wie ein Lampion ins Meer und überließ den orangeroten Flammen das Firmament. Der stille Teppich des Ozeans verlor nach dem spektakulären Sonnenuntergang jede Farbe und wirkte wie grauer Achat. Nur wenige Atemzüge später wurde der Himmel in ein schimmerndes Rosa getaucht.

»Warum tun Menschen anderen Menschen so viel Grausamkeit an?«, hauchte sie und fragte sich im selben Moment, ob sie nicht auch ein bisschen über sich selbst sprach. Warum hatte sich Max Seiboldt in eine andere Frau verliebt?

»Nicht weinen«, erwiderte er.

»Ich weine nicht«, heulte sie.

»Umso besser. Ich habe stets auf Ihre Tapferkeit vertraut und würde mich doch sehr wundern, wenn ich an Ihnen Labilität entdecken müsste.«

Seine Worte klangen brüsk, seine Stimme hatte jedoch an

Leichtigkeit gewonnen. »Sie sollten wirklich nicht weinen. Sehen Sie, das ist der Lauf der Welt. Der Glaube von uns Christen beruht darauf, dass einem Mann unvorstellbare Gewalt angetan wurde. Die Kreuzigung Jesu soll uns vor Augen führen, wie grausam die Menschen sein können. Am Ende siegt jedoch die Hoffnung … oder die Naturwissenschaften, die unseren Blick auf das Wesentliche lenken.«

Es wurde rasch dunkler, als das Abendrot in einen Fliederton überging, der Himmel sich lavendelblau färbte und von grünen und grauen Wolkenfetzen durchzogen wurde. Das elektrische Licht des Leuchtturms warf sein Signal auf die dunkle See, erfasste ein keines Mxumli, das im flachen Wasserstreifen an Land gerudert wurde, und streifte für einen kurzen Moment die Dächer der am Ufer erbauten Häuser und Paläste.

Eigentlich ein viel zu schöner Moment, um Probleme zu wälzen, dachte sie und wischte sich über die feuchten Wangen. Der Tränenstrom wollte noch immer nicht abebben.

Offenbar einer Eingebung folgend griff Seiboldt zuerst in seine Rocktasche und klopfte anschließend seine Garderobe suchend ab. »Sie haben mein Schnupftuch«, erinnerte er sich schließlich. »Ich kann Ihnen leider nicht mit einem zweiten aushelfen.«

Kurz umspielte ein Lächeln Antonias Mund. Sie schniefte wie ein kleines Mädchen. »Haben Sie vielen Dank. Das geht schon in Ordnung … Ich weiß gar nicht, was mit mir los ist«, fügte sie hinzu, als ein erneuter Wasserfall aus ihren Augen zu quellen drohte. »Ich sollte besser … gehen …«

»Es wäre zweifellos sinnvoll, Sie würden sich das Gesicht waschen«, gab er trocken zurück. Doch auch diesmal täuschten seine Worte: Er hob eine Hand und strich mit dem Daumenballen sanft über ihre Wange.

Antonia schloss die Augen. War nicht jede einzelne Träne diese eine liebevolle Geste wert? Sie wünschte, er würde sie in die Arme schließen. Nicht unbedingt, um sie zu küssen. Vielmehr aus Sehnsucht nach ihrer Nähe, nach der Wärme ihres Körpers.

»Genug der Rührseligkeit!«, unterbrach er plötzlich barsch ihre Gedanken. »Wir stehen hier herum, und die Zeit läuft uns davon. Haben Sie heute Abend schon etwas vor? Dann möchte ich keinesfalls dafür verantwortlich sein, dass Sie zu spät zu Ihrer Verabredung kommen.«

»Aber ich habe keine …«, sie biss sich auf die Zunge. Er interessierte sich gar nicht für ihren Terminplan – er wollte sie los sein!

Als sie ihre Lider hob, sah sie, dass er die Hände in die Hosentaschen gestopft hatte. Ballte er sie zu Fäusten? Wollte er auf diese Weise verhindern, dass er noch einmal über ihre Haut strich? Oder schämte er sich für seine unvermittelte Zärtlichkeit?

»Ich wünsche Ihnen auch einen schönen Abend«, sagte sie kühl und wandte sich ab. Ruhigen Schrittes ging sie zur Treppe, dabei wäre sie am liebsten gerannt.

Max Seiboldt antwortete ihr nicht. Er blieb auf der Terrasse zurück. Allein unter dem sich ausbreitenden funkelnden Sternenzelt.

16
DONNERSTAG, 26. JULI

»Es war enttäuschend, wie wenig passierte«, berichtete Viktoria ihren Freundinnen.

»Du meinst, dass er dich nicht verführt hat?«, piepste Juliane aufgeregt wie ein Vögelchen vor seinem ersten Flug aus dem Nest.

Antonia stöhnte gequält. »Natürlich nicht! Das hätte Viktoria niemals zugelassen. Ich denke, sie meint, dass das Korsett nicht lichterloh gebrannt hat.«

»Oh!«, war Julianes einziger Kommentar, der eindeutig ihrem Missvergnügen darüber Ausdruck verlieh, dass Viktoria keine aufregenderen Geheimnisse als die Zerstörung ihres Schnürleibs zum Besten gab.

Es war der Nachmittag ihres ersten Jour fixe, den Viktoria spontan aus van Horns düsterem Besuchszimmer ins Freie verlegt hatte. Antonia und Juliane waren pünktlich erschienen, und nach der ersten Tasse Kaffee fand Viktoria die Atmosphäre ein wenig beklemmend, fühlte sie sich doch stark an ihr Elternhaus erinnert. Dies war keine geeignete Umgebung, um Neuigkeiten privater Natur oder ein bisschen Klatsch auszutauschen. Selbst die Dachterrasse schien ihr nicht verschwiegen genug.

Den Freundinnen erging es wohl ebenso, denn sie stimmten Viktorias Vorschlag, einen Spaziergang zu unternehmen, sofort zu. Statt zum Strand zu laufen, wohin es Viktoria eigentlich zog, ließen sie sich vom Strom der Menge in die entgegengesetzte Richtung treiben, und Viktoria fühlte sich in Begleitung dermaßen sicher, dass ihre Augen nicht einmal mehr den Turm der Anglikanischen Kirche suchten, der ihr in dem Gewirr von Torbogen und Gassen als Anhaltspunkt diente. Deshalb fiel ihr nicht auf, dass sie sich praktisch im Kreis bewegten. Die drei bemerkten kaum, wohin sie eigentlich gingen, vertieft in ihr Gespräch. Vor allem Viktorias Bericht über ihre kleine Mutprobe und Roger Lessings Hilfsbereitschaft beim Anzünden ihres Korsetts fesselte ihre Zuhörerinnen.

»Es machte *zisch*, und schon war der Stoff verbrannt«, fuhr Viktoria ungeachtet Julianes skandalöser Neugier fort. »Die Flamme verlosch leider ziemlich rasch. Ach, ich wünschte, das Feuer hätte mir ein wenig mehr Freude bereitet.«

»Du bist schließlich keine Hexe!«, protestierte Juliane lachend und fügte ein fröhliches »Oder, doch?« hinzu, bevor sie fortfuhr: »Kennt ihr diese Sagen und Legenden zum ersten Mai? Bei mir zu Hause in Württemberg ist die Walpurgisnacht ein großes Fest, ein Maibaum wird aufgestellt und ein Freudenfeuer entzündet.«

»Ja, so wollte ich mich fühlen: wie eine Hexe bei einem magischen Ritual«, bestätigte Viktoria. »Ich finde, dass das sehr gut zu Sansibar passt. Hatte uns Prinz Omar nicht von Fabelwesen erzählt? Von Dschinns, die in Flaschen leben?«

»Das ist alles Unsinn. Zauberei gibt es nicht«, behauptete Antonia nüchtern. »Hier nicht und bei uns auch nicht. Ich vermute, die Tradition der Festlichkeiten in der Hexennacht hält sich nur, weil Verliebte dann in aller Öffentlichkeit miteinander tändeln dürfen.«

»Was hast du dagegen?«, gab Juliane leicht beleidigt zurück.

Antonia wurde einer Antwort enthoben.

Ein Rasseln und Klirren, begleitet von einem merkwürdigen Singsang, erfüllte die Gasse und lenkte die Freundinnen von ihrer Unterhaltung ab. Die anderen Passanten wichen der nahenden Gruppe Furcht einflößender Männer unverzüglich aus, und Juliane schob ihre Freundinnen überraschend resolut in eine Tornische.

»Das sind die Irregulären des Sultans«, wisperte sie, bevor sie ein Tüchlein aus ihrer Tasche zog, das mit Orangenöl parfümiert, ihre Nase wohl vor den Ausdünstungen des Mobs schützen sollte.

In schmutzigen Hemden und bis an die Zähne mit Krummdolchen, Messern, Degen und Gewehren bewaffnet tanzten die finsteren Gestalten vorüber. Einige der Männer hatten ihre dunkle Haut mit weißer Tonfarbe beschmiert, was ebenso wenig vertrauenerweckend aussah wie die gefährlich rollenden Augen und zerzausten Bärte der gelben Belutschen. Während Viktoria panisch den Atem anhielt und befürchtete, jeden Moment Ziel eines Angriffs zu sein, schienen die Krieger niemandem Beachtung zu schenken. Wie in Trance, sich ihren eigenen Bewegungen hingebend und dem Gewicht ihrer schweren Waffen trotzend, zogen sie blicklos weiter zur Uferstraße.

»Die Leute hier nennen diesen kriegerischen Haufen Wiroboto«, flüsterte Juliane, als fürchtete sie, das Interesse der Männer auf sich zu ziehen, wenn sie die Landessprache benutzte. »Prinz Omar sagt, sie leben von der Hand in den Mund, aber es sind die tapfersten Söldner des Sultans.«

»Hartschiere wären mir lieber«, gab Antonia trocken zurück und fügte, als sie die verständnislosen Blicke der anderen bemerkte, hinzu: »Das ist die Haustruppe des Königs von Bayern. Die Männer tragen schmucke Uniformen und befleißigen sich keines bedrohlichen Kriegstanzes.«

»Es ist ein Ritual«, erklärte Juliane, die sich wieder gefasst hatte und ganz offensichtlich darüber freute, einmal mehr zu wissen als ihre Freundinnen. »Prinz Omar sagt, die Irregulären kommen regelmäßig zum Haus der Wunder, um ihre Ergebenheit vor dem Sultan zu zeigen. Ihr Tanz gehört dazu, und Prinz Omar sagt …«

»Wer, um alles in der Welt, ist Prinz Omar?«, fiel ihr Antonia ins Wort.

Juliane zupfte nervös an den langen Bändern, die ihr vom Florentinerhut auf die Schultern fielen. Eine feine Röte überzog ihre Wangen, über die selbst der Schatten ihrer Hutkrempe nicht hinwegtäuschen konnte. »Prinz Omar ibn Salim ist ein Neffe des Sultans. Mein Vater ist gut bekannt mit ihm. Deshalb hatte ich mehrfach Gelegenheit, mir die Eigenheiten Sansibars von ihm erklären zu lassen.«

»Aha«, meinte Antonia. Sie sah Viktoria neugierig an. »Und woher kennst du den hochwohlgeborenen Herrn?«

Verwirrt blickte Viktoria zu der Freundin hin. In Gedanken wunderte sie sich noch darüber, dass Juliane so vernünftig auf das inzwischen in der Ferne verklingende Rasseln und Klappern der Irregulären reagiert hatte, während sie selbst durchaus mit einer gewissen Atemlosigkeit kämpfte. Die Frage nach Prinz Omar irritierte sie. Hatte sie seinen Namen erwähnt? Jäh wurde ihr bewusst, dass sich ihr Zögern auch als Ausdruck von Verlegenheit deuten ließ.

»Ich kenne ihn kaum«, versicherte sie Antonia und schien es damit ausgesprochen eilig zu haben, was auch wieder die falschen Rückschlüsse erlaubte, wie sie sich unverzüglich klarmachte. Dabei war sie nur darauf bedacht, keinen falschen Eindruck zu erwecken. »Juliane hat uns vorgestellt.«

Doch Antonia missverstand die Situation. »Ach, Viktoria«, seufzte sie, »deshalb hatte der nette Herr Lessing also keine Chancen. Ich dachte, es läge am Zölibat.«

Julianes hübsches Gesicht wurde bleich. »Wieso Viktoria? Ich …«, sie unterbrach sich und wedelte mit dem Taschentüchlein vor ihrer Nase herum, sodass der Duft des Orangenöls ihre Freundinnen einhüllte.

»Passt auf eure Herzen auf!«, forderte Antonia. »Ein arabischer Mann darf vier Ehefrauen und so viele Mätressen besitzen, wie er sich leisten kann. Aber wer will schon die Geliebte eines vierfach verheirateten Mannes sein?!«

Viktoria wünschte, sie könnte den Verdacht ausräumen, Prinz Omar schöne Augen gemacht zu haben. Aber sie wusste, dass Antonias Irrtum umso wahrhaftiger wurde, je mehr sie sich zur Wehr setzte. Kurz entschlossen hakte sie sich bei den Freundinnen unter, zog sie aus dem Schatten des Torbogens auf die Gasse zurück und schlenderte ziellos weiter.

»Habe ich euch schon erzählt, dass nicht alle Bestandteile meines Korsetts verbrannt sind?«, plauderte sie dabei. Und ohne eine Antwort abzuwarten, fuhr sie fort: »Die Fischbeinverstrebung verkohlte, und es stank ganz entsetzlich, aber die Knochen blieben weitgehend erhalten. Glücklicherweise gab es zum Abendessen Fisch. Ich hoffe, dass sich deshalb niemand über die Rückstände in der Asche gewundert hat.«

»Und wie ging es dann weiter?«, erkundigte sich Juliane rasch, anscheinend ebenfalls erleichtert, Antonia nicht Rede und Antwort über die Tugenden oder Vorlieben arabischer Männer stehen zu müssen.

Eine seltsame Ernsthaftigkeit erfasste Viktoria, in der Erinnerung wunderte sie sich: »Es geschah nichts. Wir haben gelacht. Schallend gelacht. Wenn ich jetzt darüber nachdenke, frage ich mich natürlich, was so lustig war. Im Nachhinein war die ganze Sache eher peinlich. Und unser Gelächter … unanständig.«

»Wenn du eine Hexe sein willst, gerätst du nicht in Verlegenheit«, meinte Juliane. »Ich wäre manchmal auch gerne ein Dschinn und würde dann nach Belieben spurlos verschwinden.«

»In eine Kanne?«, spöttelte Viktoria. »Was machst du denn, wenn sich niemand findet, der dich erlöst?«

»Oh, darüber sorge ich mich nicht. Ich wüsste schon jemanden …«

»Prinz Omar!«, flöteten Viktoria und Antonia wie aus einem Mund.

»Ihr seid wirklich albern!«, protestierte Juliane, stampfte bekräftigend mit dem Fuß auf und marschierte los. Sie ließ ihre Freundinnen ein paar Meter hinter sich, vielleicht, um sich wieder zu fassen. Weiter voran kam sie jedoch nicht, da ihr eine indische Großfamilie den Weg versperrte, die sich nur langsam fortbewegte.

Antonia verlangsamte ihren Schritt, anstatt ihn zu beschleunigen. »Was hat sie denn?«, fragte sie.

»Die Hitze ist ihr bestimmt nicht zu Kopf gestiegen«, entgegnete Viktoria achselzuckend. »Und ob die Person des Prinzen ibn Salim für Julianes Verhalten verantwortlich ist, wage ich ebenfalls zu bezweifeln. Ihr Vater würde einer solchen Verbindung niemals zustimmen. Da bin ich ganz sicher.«

Ein tiefer Seufzer entrang sich Antonias Kehle. »Hoffentlich sagst du das nicht nur, weil du selbst eine Schwäche für den Herrn hegst.«

»Ich bitte dich!«, rief Viktoria empört aus.

Antonia verhielt sich reichlich anmaßend, fand sie. Was war nur in die sonst so gelassene, kluge Freundin gefahren? War sie etwa selbst so unglücklich, dass sie keiner anderen auch nur einen Funken Freude gönnte?

Sie warf ihr einen Seitenblick zu, während sie Juliane schweigend folgten. Antonias Gesicht war verschlossen und ernst. Bei näherer Betrachtung und außerhalb des lebhaften Gesprächs wirkte sie müde, ihre Augen waren umschattet und rot gerändert, als wäre sie übernächtigt.

Der Ärger auf die junge Forschungsreisende verebbte schnell. In Viktoria wallte Mitleid auf. Doch wie konnte sie der Freundin helfen? Was sollte sie fragen, was nicht impertinent und indiskret klingen würde? Lag Antonias offensichtliche Verstörtheit an Doktor Seiboldt? Oder arbeitete sie zu viel? Viktoria zermarterte sich das Gehirn auf der Suche nach einer Antwort.

»Schaut nur!« Juliane wandte sich nach den Freundinnen um. Ihr Zorn war anscheinend verraucht, sie strahlte wieder sorglose Lebendigkeit und reinste Freude aus. »Da vorn ist der Markt!«

Antonia beschleunigte ihren Schritt, und Viktoria passte sich dem an. Beide verloren kein Wort.

Die Gasse, aus der sie kamen, öffnete sich auf einen Platz. Das für Sansibar typische Menschengewirr war unterwegs, um Besorgungen nachzukommen, zu feilschen, zu schwatzen oder einfach nur im bunten Treiben die Zeit totzuschlagen. Frauen in leuchtend blauen Kangas balancierten Tongefäße und Körbe mit ihren Einkäufen auf dem Kopf, eine Gruppe vornehmer Araber in weißen Gewändern bahnte sich mittels ihrer ausgestreckten Spazierstöcke den Weg durch die Menge. Wie eine Glocke hingen die ineinander verschmelzenden Laute der unterschiedlichen Sprachen über dem Ort, es herrschte ein Lärm, ohne den sich Viktoria die Steinstadt inzwischen kaum noch vorstellen konnte.

Alles, was irgendwie zum Tragen taugte, wurde als Verkaufstisch verwendet: Auf einem Handkarren stapelten sich Unmengen von Papayas mit orangegelber bis blassgrüner Schale, dreibeinige Hocker dienten dazu, Körbe mit zapfenartigen, stacheligen Ananas zu tragen, einfache Bretter, über Holzböcke gelegt, bogen sich unter der Last riesiger flaschengrüner Melonen. Über einem Marktstand war eine zerschlissene Zeltplane zum Schutz gegen die Sonne ausgebreitet worden, und an der einfachen Tragekonstruktion aus Palmholzstangen hingen etliche mehr oder weniger reife Bananenstauden. Neben aus Blättern zurechtgeschnittenen Behältern mit stark duftenden Zimtstangen, Gewürznelken und Yamswurzeln wurden auf einem Tisch rotbraune, schrumpelige Früchte angeboten, groß wie Hühnereier. Das Spannende an diesem unansehnlichen Angebot war das allgemeine Interesse daran: Männer jeden Alters, vor allem Inder und Araber, aber auch einige Schwarze, scharten sich um den Verkäufer; Frauen gehörten anscheinend nicht zu den Kunden.

Während Julianes Aufmerksamkeit von den hübschen kleinen orangeroten und etwas größeren limettengrünen Früchten des Nachbarhändlers angezogen wurde, blieb Antonia bei den wenig ansehnlichen, aber offenbar deutlich beliebteren Waren stehen. Viktoria hielt sich unschlüssig im Hintergrund, die Freundinnen abwechselnd mit den Augen verfolgend.

Juliane ließ sich von dem Verkäufer in ein Gespräch verwickeln, das sie ebenso radebrechend wie mehrsprachig mit atemberaubendem Temperament führte. Sie wirkte so sprühend und bezaubernd, dass Viktoria regelrecht spürte, wie Juliane eine Aura des Charmes um sich aufbaute. Das Angebot zum Probieren nahm sie sichtlich gerne an. Als sie in die Frucht biss, die wie eine winzige Orange aussah, verzog sie für einen Moment angewidert das Gesicht – und lachte anschließend mit dem jungen Schwarzen hinter dem Tisch darüber.

»*Bibi janga* ...«, der Gewürzhändler, ein älterer Inder, hatte Antonias Neugier registriert. Er fuchtelte wild mit seinen Armen, nahm die vertrocknet wirkende eiförmige Ernte in jede Hand und bot sie ihr dar.

»*Wadatschi?*«, fragte er, als Antonia mit einem entschuldigenden Schulterzucken reagierte.

Antonia nickte, und Viktoria lächelte unwillkürlich, weil dieses Wort einer der wenigen Begriffe auf Suaheli war, die sie schon kannte. Der Mann, anscheinend ein brillanter Verkäufer, hatte Antonia gefragt, ob sie Deutsche sei.

Die anderen Kunden beäugten die Fremde mit einer Skepsis, die deutlich machte, dass junge Frauen aus Europa an diesem Stand eigentlich nichts zu suchen hatten.

»Betel«, erklärte der Kaufmann und deutete auf seine ebenso hässliche wie beliebte Ware.

»Oh!«, machte Antonia, nickte und murmelte ernst: »Ich verstehe.«

Der Inder grinste und entblößte dabei eine nicht mehr vollständige Zahnreihe, deren Zwischenräume mit Edelsteinen ausgefüllt worden waren. Obwohl er sich im Schatten seines Zeltdachs aufhielt, blitzten die Diamanten. Über Antonias Zuspruch erfreut pries er seine Ware gestenreich und mit einem unverständlichen Wortschwall an.

Ein arabischer Kunde verlor über dem Geplänkel die Geduld und warf entnervt ein paar Münzen auf den Tisch.

Antonia schüttelte bedauernd den Kopf und kehrte unter

den nunmehr etwas weniger freundlichen Blicken des Händlers an Viktorias Seite zurück.

»Was sind das für Früchte?«, erkundigte sich Viktoria.

»Betelnüsse. Man zerreibt sie, mischt sie mit den Blättern des Betelpfeffers und einigen anderen Substanzen. Das ergibt einen berauschenden Kautabak. Die Einheimischen lieben das wohl. Leider zerstört der Priem Zähne und Zahnfleisch.«

Viktoria erschien dies als günstiger Moment, einen Vorstoß in Richtung des Bakteriologen zu wagen. Sie beschattete ihre Augen mit der Hand und blickte ihre Freundin erwartungsvoll an. »Hochinteressant. Das hat dir sicher Doktor Seiboldt erklärt. Wie geht es ihm?«

»Wem?« Antonia zuckte zusammen, als hätte Viktoria sie geschlagen. Sie schluckte. »Gut, glaube ich. Ja, es geht Herrn Doktor Seiboldt gut. Aber die Sache mit den Betelnüssen hat mir die Diakonissin im Hospital erzählt«, fügte sie fast ein wenig trotzig hinzu, wie um Viktoria deutlich zu machen, dass noch andere Menschen über ein gehöriges Maß an Fachwissen verfügten.

Viktoria zögerte. Ihr lag noch ein halbes Dutzend Fragen auf den Lippen, doch dies war der falsche Ort und nicht die richtige Zeit, sie zu stellen. Nach einer Weile sagte sie in einer Mischung aus Offenheit und höflicher Konversation: »Schade, dass man sich aus den Augen verloren hat. Ich würde Doktor Seiboldt gerne einmal wiedersehen. Unsere Gespräche waren immer sehr inspirierend.«

»Leider ist er stets so beschäftigt, dass selbst ich ihn kaum zu Gesicht bekomme.«

Die feine Röte, die über Antonias Wangen zog, fiel Viktoria sofort auf. Auch dass die Freundin während des Sprechens die Lider senkte, verriet viel über ihre Empfindungen. Viktoria wünschte, Antonia besäße ein wenig mehr Mitteilsamkeit. Wie gerne hätte sie ihr Trost gespendet! Vielleicht einen Rat gegeben, ihre Hilfe angeboten – obwohl sie in Lebensfragen auch nicht gerade mit der gebotenen Weisheit gesegnet war.

Unwillkürlich stieß sie einen tiefen Seufzer aus.

Antonia sah erstaunt auf, doch Julianes Auftauchen hinderte sie daran, sich nach Viktorias Befinden zu erkundigen.

»Da seid ihr ja«, rief sie fröhlich winkend und in etwas übertriebener Wiedersehensfreude aus, da sie sich ja nur wenige Meter von den anderen entfernt hatte. »Ich habe gerade eine Bekanntschaft gemacht und möchte meine besten Freundinnen vorstellen.«

In Julianes Gesellschaft befand sich eine Dame, die auf den ersten Blick Viktorias Antipathie erregte. Schön und stolz, fielen ihr als Attribute ein. Im nächsten Moment dachte sie an Zouzan, die afrikanische Geliebte von Roger Lessing, die ihr ebenfalls unendlich schön und stolz erschienen war. Doch die Frau, die Juliane gerade kennengelernt hatte, war in ihrer Attraktivität und Kühnheit nicht annähernd zu vergleichen mit Zouzans Natürlichkeit. Die Weiße wirkte arrogant.

Und wenn Viktoria als Tochter Albert und Gustava Wesermanns mit einer Charakterschwäche umzugehen gelernt hatte, so war dies zweifelsfrei Arroganz. Mit hochgezogenen Augenbrauen betrachtete sie die Unbekannte.

»Das ist Freifrau von Rosch«, stellte Juliane strahlend vor. »Sie war so freundlich, mir zu erklären, dass die Früchte, die wie zu groß geratene Limetten aussehen, Guaven heißen. Und die winzigen bitteren Orangen nennt man Kumquata.«

»Wie hilfreich«, bemerkte Viktoria und streckte der fremden Dame die Hand entgegen. »Ich bin Viktoria Wesermann.«

»Und das ist meine Freundin Antonia Geisenfelder«, fügte Juliane hinzu.

»Danke, wir kennen uns bereits«, erwiderte Freifrau von Rosch. Sie ließ Viktorias Rechte los und vermied einen Händedruck mit Antonia, indem sie nach etwas in ihrem Täschchen suchte. »Oh, wo habe ich nur meine Geldbörse gelassen? Seit es so viele freigelassene und freigekaufte Sklaven auf Sansibar gibt, ist es um die Sicherheit hierzulande leider geschehen.«

»Ach, Sie kennen sich …« Juliane war enttäuscht. Offenbar hatte sie ihren Freundinnen die neue Bekanntschaft als ihre Eroberung präsentieren wollen. »Woher denn, wenn ich fragen darf? Antonia, du hast uns gar nicht erzählt, dass du gesellschaftliche Verbindungen geknüpft hast.«

Zu ihrer größten Verwunderung registrierte Viktoria Blässe und hektische rote Flecken, die sich nun auf Antonias Wangen ablösten. Die sonst so souveräne Naturwissenschaftlerin schien angesichts der eleganten Dame in Hilflosigkeit zu erstarren.

Wie ein Lamm auf dem Weg zur Schlachtbank, dachte Viktoria. Im selben Moment nahmen ihre Augen zufällig die engmaschigen Netze im Hintergrund wahr, die an einem provisorisch zusammengezimmerten Galgen über einem Verkaufstisch hingen und in denen Hühner zappelten. Ja, genauso gefangen erschien ihr Antonia gerade.

»Wir haben in Doktor Seiboldt einen gemeinsamen Freund«, erwiderte Frau von Rosch mit ihrer rauchigen, angenehmen Stimme. Ihre Selbstsicherheit ließ keinen Zweifel an der engen Beziehung zu Max Seiboldt.

Viktoria warf Antonia einen raschen Seitenblick zu. Dann plauderte sie, als befände sie sich im Salon ihrer Mutter: »Gerade erwähnte ich Fräulein Geisenfelder gegenüber, wie sehr ich es bedaure, dass sich Doktor Seiboldt so rar macht.«

»Ach, ja?« Die Baronin tat überrascht. »Ich sehe ihn indes recht häufig … Da ist ja meine Börse. Wie erfreulich, dass ich keinem Langfinger zum Opfer gefallen bin.«

Sie lächelte ihre neue Bekanntschaft an, und Viktoria fragte sich, ob ihre Zufriedenheit vielleicht eine andere Ursache hatte.

Der Ruf des Muezzins schallte von einem nahen Minarett

herab und vervielfachte sich in etlichen Wiederholungen des immer gleichen »*Allahu akbar*«. Unverzüglich wurde die betriebsame, wenn auch gelassene Stimmung auf dem Markt unterbrochen und von Hektik abgelöst. Kunden beeilten sich, die letzten Besorgungen zu erledigen, Händler wollten ihre Waren so schnell wie möglich verkaufen; manche Obstverkäufer warfen ihre Restbestände einfach zu Müllbergen auf, bevor sie ihre Tische, Stühle, Körbe oder sonstigen Requisiten zusammenräumten.

»Schon wieder ein *Salat*«, stellte Frau von Rosch fest. »Zwei Gebete sind dem gläubigen Mohammedaner untertags vorgeschrieben, die anderen drei finden zu unchristlicheren Zeiten statt. Jedes Mal wird der Markt abgebaut und nach dem Besuch der Moschee wieder eröffnet. Es ist unglaublich, welche Energie die sonst eher gemächlich arbeitenden Eingeborenen für diese Tätigkeit aufwenden.«

»Wie schade! Ich hätte mich gerne noch ein wenig umgesehen«, meinte Juliane.

»Für mich wird es ebenfalls Zeit zum Aufbruch«, ließ sich Antonia leise vernehmen. »Ich muss zurück ins Hospital …«

»Sie wollen noch arbeiten?«, rief die Freifrau aus. »Das ist bestimmt nicht nötig. Doktor Seiboldt ist nicht mehr lange im Laboratorium. Ich erwarte ihn zum Abendessen.«

»Die Anwesenheit von Herrn Doktor Seiboldt ist nicht erforderlich«, erwiderte Antonia.

Viktoria kam es vor, als hätte ihre eben noch am Boden zerstört wirkende Freundin in geheimnisvoller Weise plötzlich an Stärke gewonnen.

Als wäre ein Dschinn seiner Flasche entschlüpft. Das Fabelwesen schien nicht nur ihre Bewegungen zu koordinieren, sondern auch ihre Sprache zu bestimmen und ihr die richtigen Worte einzuflüstern.

Unwillkürlich fiel Viktoria ihr Gespräch über den Maitanz

der Verliebten ein – darauf hatte Antonia zum ersten Mal an diesem Nachmittag unangemessen reagiert. Liebeskummer!, diagnostizierte sie. Viktoria hatte gehofft, Antonias romantische Gefühle würden im Lutheraner-Hospital abkühlen …

Freifrau von Rosch war über die knappe Antwort offenbar ebenso verwundert. »Dann möchte ich Sie nicht aufhalten«, sagte sie. »Vielleicht sehen wir uns ja ein andermal wieder.«

»Gewiss«, behauptete Antonia, und es war klar, dass sie keinen Wert auf ein Wiedersehen legte. Sie hauchte jeder ihrer Freundinnen einen Kuss auf die Wange, nickte ihrer Widersacherin kurz zu und wandte sich zum Gehen. Ein paar Schritte nur, und sie tauchte ein in die unübersichtliche Menge, die sich um einen Händler scharte, der seine Restbestände auf die Schnelle versteigerte.

»Sie sollten wiederkommen und den Fischmarkt besuchen«, empfahl die Baronin, ohne Antonias Abgang auch nur eines Blickes zu würdigen. »Es riecht zwar ganz schrecklich, aber die Farben sind bemerkenswert. Haben Sie je türkisblaue oder korallenrote Fische gesehen, Fräulein von Braun?«

Julianes Augen flogen in offensichtlicher Verwirrung von ihrer neuen Bekanntschaft zu dem Platz, auf dem bis eben noch Antonia gestanden hatte. »Nein … Und ich glaube auch nicht, dass ich sonderlich interessiert daran bin.«

»Fräulein von Braun ist keine große Freundin des Meeres«, warf Viktoria ein und wünschte, die Fremde würde ebenfalls ihres Weges gehen, anstatt sich in einer sinnlosen Konversation zu verfangen.

»So?« Die Angesprochene neigte überrascht den Kopf. Ihr entfuhr ein kleines amüsiertes, kehliges Lachen. »Dann sollte ich wohl dafür sorgen, dass Sie niemals meinem Mann begegnen. Er ist Kapitän und liebt die See mehr als alles andere auf der Welt.«

»Man kann nicht alles haben«, erwiderte Viktoria.

»Nein, natürlich nicht«, bestätigte Frau von Rosch mit erstaunlichem Ernst. »Leider, möchte ich sagen. Aber da mein Mann ohnehin mehr auf seinem Schiff als an Land lebt, empfange ich meist allein. Ich würde mich freuen, wenn Sie mich einmal besuchten. Jeder Tag ist mir recht, außer Samstag und Dienstag, da gehe ich meiner Verpflichtung zur christlichen Nächstenliebe nach und betreue die armen kleinen Mohren im Waisenhaus. Nun ja, und manchmal bin ich für das eine oder andere Wohlfahrtskuratorium tätig, aber das ist weniger zeitraubend.«

»Meinen Sie diese englische Schule für ehemalige Sklavenkinder?«, fragte Viktoria und spürte ein wachsendes Interesse an der Dame. Roger Lessing hatte ihr von diesem Institut berichtet und ihr vorgeschlagen, sich dort erste Sporen als Lehrerin zu verdienen.

»Kennen Sie es?«

»Ich hörte davon. Und ich wäre interessiert an einem Besuch, vielleicht sogar an einer …«, Viktoria stockte. Ihre Ambitionen gingen Anna von Rosch nichts an, und sie befürchtete auch, dass diese Dame kein Verständnis dafür haben würde. Deshalb setzte sie vage hinzu: »Man kann nicht genug für die armen Kleinen tun, nicht wahr?«

»Großherzigkeit ist eine der angenehmsten Beschäftigungen auf Sansibar«, bestätigte Frau von Rosch. »Man ist sonst so unausgefüllt. Schließlich steht es uns nicht zu, Tag und Nacht Besuche zu machen wie die Araberinnen. Und in den großen *Susa* möchte man auch nicht andauernd gehen, obwohl man in dem Laden alles von der Stecknadel bis zum Hut und zu den feinsten Konserven bekommt … Also, Sie können jederzeit im Waisenhaus vorbeigehen und sich auf mich berufen.«

»Gerne«, sagte Viktoria und dachte bei sich, dass sie nur dann in dem Heim vorbeischauen würde, wenn die Baronin beliebte zugegen zu sein. Sie wollte die ältere Frau unbedingt in ein privates Gespräch verwickeln. Denn vielleicht würde sie bei einem zwanglosen Zusammensein herausfinden, von welcher Intensität die Beziehung zwischen der Dame und Max Seiboldt war.

Juliane hatte der Unterhaltung stumm gelauscht. Sie schmollte, wie Viktoria an ihren leicht hängenden Mundwinkeln feststellen konnte. Genau denselben Gesichtsausdruck hatte sie an Bord aufgesetzt, wenn sich Antonia und Viktoria über Themen austauschten, denen sie nicht folgen konnte oder wollte.

Um der Freundin eine Freude zu bereiten, schlug Viktoria vor: »Lass uns zurückgehen und einen Mokka trinken. Ich glaube, den können wir jetzt gut gebrauchen. Möchten Sie sich uns anschließen, Baronin? Ich wohne bei Herrn und Frau van Horn.«

»Herzlichen Dank, aber meine Zeit reicht leider nicht aus. Wie ich schon sagte: Ich erwarte Herrn Seiboldt zum Abendessen«, wenig damenhaft zwinkerte Frau von Rosch verschwörerisch und ließ damit keinen Zweifel daran, dass es sich um einen intimen Besuch handelte. Sie schien es sogar darauf anzulegen, ihren Ruf als Protagonistin eines amourösen Abenteuers zu festigen. »Adieu, Fräulein von Braun, ich freue mich, Sie kennengelernt zu haben. Wohin darf ich Ihnen eine Einladung zu meinem nächsten Empfang schicken?«

»Ich logiere im Sultanspalast«, versetzte Juliane würdevoll.

Mit Vergnügen beobachtete Viktoria, dass die vornehme Dame mit dieser Unterkunft offenbar nicht gerechnet hatte. Frau von Rosch schnappte verdattert nach Luft, zögerte, fragte sich wohl, ob sie auf den Arm genommen wurde, entschied sich dann, diese Information nicht zu kommentieren. Sie nickte den Freundinnen zu, bevor sie über den sich inzwischen leerenden Marktplatz davonging.

»Meinst du, sie hat eine heimliche Affäre mit Doktor Seiboldt?«, platzte Juliane heraus.

Viktoria nahm sich nicht die Zeit, Julianes Scharfsinn zu bewundern. »Ich werde es herausfinden«, versprach sie und sah der schlanken, schönen Frau in dem eleganten blassgelben Kleid nach. »Das bin ich Antonia schuldig.«

17
Sonntag, 5. August

Durch die geschlossenen Lider bemerkte Juliane, wie die Dämmerung in ihr Zimmer schlich. Die Plötzlichkeit, mit der sich die Tageszeit in den Tropen änderte, berührte sie noch immer auf seltsame Weise. Der Untergang des Lichts kam ihr jedes Mal vor wie das abrupte Ende eines blühenden Lebens. Dabei konnte das Verblassen des Abendrots gerade heute ein Neubeginn sein. Ein Anfang – so aufregend und sinnlich wie die eben noch flammenden Farben der ins Meer versinkenden Sonne, verheißungsvoll wie die ersten Sterne, die am von Lavendelblau zu Petroleumgrün wechselnden Himmel funkelten.

Obwohl sie nicht aus dem Fenster sah, spielte sich jedes Detail des atemberaubenden Sonnenuntergangs wie von selbst vor ihrem geistigen Auge ab. Wenn sie jetzt aber versuchte, sich genau die gleiche Szenerie in Weil ins Gedächtnis zu rufen, musste sie angestrengt nachdenken. Das heimische Gut erschien ihr nur noch als ferner Traum, der nicht mehr zu ihrer jetzigen Wahrnehmung passte. So viel war geschehen in den vergangenen Monaten, während ihrer Überfahrt und hier auf Sansibar. Alles war anders – und wunderbarer, als sie je gehofft hätte, sodass sie sich kaum mehr vorstellen konnte, eines Tages in ihren gewohnten Alltag zurückzukehren.

Selbst das Bild ihrer Mutter begann zu verblassen. Juliane konnte kaum noch unterscheiden, ob die Erinnerung an ihr Klavierspiel der eigenen Fantasie entsprang oder dem tatsächlichen Erleben. Oder kam der Hinweis darauf eher von ihrem Vater, der ihr von vielen kleinen, wichtigen Begebenheiten in der Vergangenheit immer wieder erzählte? Würde Juliane sie ganz vergessen, wenn sie ihrem Leben die ersehnte Wendung gab? Blieb statt des gefühlvollen Menschen irgendwann nur die steif wirkende Person auf der Fotografie in ihrem Medaillon zurück?

Juliane versuchte, an etwas anderes als an ihre tote Mutter zu denken. Das gelang ihr allerdings nicht, denn gerade jetzt hätte sie deren Rat gebraucht. Oder auch nicht. Wäre Mama in Liebesfragen überhaupt die passende Ansprechpartnerin gewesen? War sie, die zugunsten ihrer Rolle als Ehefrau auf ein freies Leben für die Musik verzichtet hatte, die Richtige, um darüber zu urteilen, ob Juliane alle Konventionen über den Haufen werfen und sich mit einem jungen Mann ohne jede Begleitung treffen sollte?

Es stand außer Frage, dass diese Begegnung in das Nirwana von Sehnsucht, Leidenschaft und Begehren führen könnte … Wahrscheinlich wäre es sinnvoller, sich mit Viktoria auszutauschen. Doch von der hatte sie sich vorgestern getrennt, ohne auch nur ein Wort über die wundervollen Briefe zu verlieren, die sie täglich von Prinz Omar ibn Salim erhielt. Sie hatte sich der Freundin nicht geöffnet – aus Angst, Neid und Eifersucht zu provozieren. Hatte nicht selbst die kluge Antonia bemerkt, dass Viktoria ein heimliches Interesse an dem Herrn hegte? Natürlich stritt Viktoria alles ab. Aber ganz sicher war sich Juliane nicht über die Gefühle der anderen.

Über die Empfindungen des Prinzen herrschte indes keine Ungewissheit. In blumigen Worten hatte er in seinem bisher letzten Schreiben Juliane selbst mit einer Rose verglichen – und sein eigenes Liebesleben mit der Kargheit der Wüste Rub al-Chali im Oman. Die dem Mohammedaner heilige Blume. Eine Rose in der Wüste …

Gab es wirklich eine Wüstenrose? Obwohl sie nicht besonders bibelfest war, fiel Juliane während ihres Dämmerschlafs eine Stelle aus dem Alten Testament ein, in der es um die Rose von Jericho ging. Aber das bedeutete natürlich nicht, dass diese Blume existierte. Letztlich spielte es auch keine Rolle. Die einzig entscheidende Frage war: Sollte sie sein Flehen erhören?

»Ach, Mama, was soll ich nur tun?«, flüsterte sie.

Ein Rascheln ließ sie aufhorchen.

Sie hatte nicht bewusst laut gesprochen. Aber ihr Ton war wohl deutlich genug gewesen, um ihre Dienerinnen aufzuschrecken. Als Juliane die Augen öffnete, standen die beiden Sklavinnen erwartungsvoll neben ihrem Bett – bereit für ihre Abendtoilette.

Sollte sie es wagen, ihrer Sehnsucht nachzugeben?

Niemand gab ihr eine Antwort. Weder auf die an ihre tote Mutter gerichteten Worte noch auf ihre stumme Frage.

Es war Flut, und die Wellen umspülten die Wurzeln der Mangrovenbäume, schlugen gegen den Strand und brachten mit dem Wind den Geruch von Algen und Fisch an Land. Zu einer Stunde, in welcher der Mond am Himmel stand und sich die Minarette und Kirchturmspitzen wie die schwarzen Silhouetten eines Scherenschnitts vor dem sternenübersäten nachtblauen Himmel abzeichneten, schritt eine sonderbare Prozession durch das Tor des Palastes.

Trotz der späten Stunde ging es noch recht lebhaft zu in der Steinstadt. Die Menge, die sich durch die engen Gassen schob, war um diese Uhrzeit überschaubarer als bei Tage. Dennoch herrschte ein gewisses Gedränge, und Juliane wunderte sich vor allem über die vielen Frauen, die in Gruppen und in einer atemberaubenden Parfümwolke unterwegs waren. Sie hatte Nassim nicht glauben wollen, als die vorhin behauptete: »Alle

Frauen machen am späten Abend irgendwelche Besuche. Du wirst in unserer Mitte nicht auffallen.«

Juliane war tatsächlich irgendwie unsichtbar. Sie trug das von einer anderen Haremsbewohnerin ausgeliehene traditionelle Gewand der Araberinnen, das ihre afrikanischen Zofen *Buibui* nannten. Es hüllte sie von Kopf bis Fuß in schwarzen Stoff, denn es war so lang, dass der Saum durch den Staub schleifte. Die mit Gold- und Silberfäden bestickte Gesichtsmaske ließ nur einen winzigen Schlitz für ihre Augen frei, sodass in der Dunkelheit wahrscheinlich nicht einmal deren Farbe erkennbar war. Durch die dünne Seide, die über Nase und Mund lag, konnte sie zwar einigermaßen Luft schöpfen, aber weder den fäulnisartigen Geruch noch das Patschuli-Aroma der Frauen einatmen, obwohl beides von der Uferpromenade her durch die Straßen zog.

Sie hielt sich dicht an Nassims Seite, seit sich das Tor des Harems geöffnet hatte. In ihrer Gesellschaft waren noch zwei andere junge Frauen, die sich mit gesenkter Stimme lebhaft unterhielten, während Juliane schweigend den vorauseilenden Eunuchen folgte. Die Gruppe wurde von bewaffneten Wachen und Lampenträgern flankiert. Überraschend wuchtige Laternen beleuchteten den Weg. Juliane hatte nie zuvor so große Leuchter gesehen, und die Kerzen darin warfen durch bunte Glasscheiben rote, blaue, gelbe und grüne Punkte auf Straße und Hauswände. Hinter den Fassaden der europäischen und amerikanischen Kontore und Konsulate ging es vergleichsweise ruhig zu, durch die Fensterläden der arabischen, indischen und afrikanischen Familien drangen die Klänge von orientalischen Instrumenten, lautes Lachen und Stimmengewirr.

Julianes Herz schlug bis zum Hals, je weiter sie sich vom Beit al-Sahel entfernte. Aufgeregt knabberte sie auf ihrer Unterlippe herum. Ihr Pflichtbewusstsein und ihr schlechtes Gewissen zogen sie zurück in den Palast. Die sehnsuchtsvolle Erwartung trieb sie jedoch unverdrossen voran.

Nie zuvor hatte sie ihren Vater dermaßen schändlich belogen. Sie hatte behauptet, Nassim zu einem Besuch bei nahen Verwandten zu begleiten. Das stimmte zwar auf gewisse Weise, doch Heinrich von Braun ging natürlich von einer Tante oder Kusine aus. Er dachte gewiss nicht an den jungen Mann, der Juliane erwartete. Und Nassim würde sie vor dem Haus verlassen, in dem sie ihr erstes richtiges Rendezvous zelebrieren wollte. Auch das würde eine neue Erfahrung sein: Juliane war noch niemals mit einem Verehrer allein in einem geschlossenen Raum gewesen, geschweige denn der Versuchung nahe, mit diesem Mann eins zu werden.

Gedankenverloren war sie neben Nassim einhergetrottet; als die Freundin stehen blieb, um eine Gruppe Frauen zu begrüßen, die ihr entgegenkam, überrannte Juliane fast einen der Lampenträger. Die Laterne schaukelte in seiner Hand. Sie lächelte ihm bedauernd zu, doch dann wurde ihr bewusst, dass er das gar nicht sehen konnte.

Es herrschte plötzlich ein Durcheinander an schwarz gewandeten und völlig verschleierten Personen. Juliane war umringt von über einem halben Dutzend Frauen, die fröhlich schnatternd und wild gestikulierend dem Schwarm Trauerschwänen glichen, den Juliane einmal in einem Ziergarten gesehen hatte. Arabische Laute flogen hin und her, Wortfetzen, die sie nicht verstand, über welche die Gesprächspartnerinnen sich aber köstlich zu amüsieren schienen.

Wie hatte Nassim hinter den Masken Freundinnen entdecken können? Wie sollte Juliane überhaupt noch wissen, zu welcher Gruppe sie gehörte? Wenn sie nun mit den falschen Frauen ging und ihr Ziel verfehlte? Bei diesem Gedanken wurde sie von Panik erfasst – weniger aus Furcht, sich zu verlaufen, als aus Sorge, ihr Treffen nicht einhalten zu können.

Der Trommelwirbel in ihrer Brust verstärkte sich, ihre Unterlippe begann zu bluten.

Juliane hätte sich jedoch nicht so aufzuregen brauchen. Am Ende der Unterhaltung teilten sich die beiden Gruppen wieder, und sie ging nicht verloren.

Nassim geleitete sie zu einem Haus in einer Seitengasse, dessen zur Straße weisende Fenster eher den Schießscharten mittelalterlicher Burgen glichen, und das über ein Tor mit aufwendigem Schnitzwerk verfügte. Letzteres konnte Juliane bei der herrschenden Beleuchtung allerdings nur vermuten.

Überhaupt fühlte sie sich einen Moment lang wie blind. Waren es Tränen, Schweißperlen, oder narrte sie einfach nur eine alberne Irritation?

Verzagt fragte sie sich, ob es nicht besser wäre, der Wahrheit alle Ehre zu machen und Nassims unbekannte weibliche Verwandtschaft aufzusuchen. Handelte sie nicht völlig unverantwortlich, wenn sie sich allein in das Haus eines Mannes begab, den sie kaum kannte? Juliane fürchtete zwar nicht um ihr Leben, aber um ihre Tugend, ihren guten Ruf, ihre Zukunft, die Liebe ihres Vaters …

In diesem Moment öffnete sich die zweiflügelige Eingangstür, und ein breiter Streifen gelben Lichts ergoss sich auf die Gasse. Arabische Rhythmen, die Juliane bereits im Palast kennengelernt hatte, drangen nach draußen. Lieder, die für ihre Ohren unmelodisch klangen, aber wehmütige und deshalb romantische Weisen waren, die von einem schmachtenden Tenor begleitet wurden. Es wirkte ein wenig wie die orientalische Variante einer Soirée, befand Juliane. Aus dieser Überlegung zog sie Selbstvertrauen und trat auf die Schwelle.

»*Ma salama*«, rief Nassim, bevor sie ihren Begleiterinnen und dem Gefolge gestenreich mitteilte, dass sie nicht zu verweilen gedachte. »Wir holen dich in etwa drei Stunden ab.«

Die kleine Prozession setzte sich wieder in Bewegung. Zurück blieb für eine Weile das starke Aroma des Duftöls, mit dem sich die Frauen parfümiert hatten.

Juliane war nicht fähig zu einem Abschiedsgruß, ihre Kehle fühlte sich trocken an. Hinter ihrer Stirn zuckte ein wohlbekannter Schmerz.

Es gibt noch ein Zurück!, mahnte eine Stimme der Vernunft.

Doch ihr Herz hatte sich bereits in dem Moment entschieden, in dem sie die Musik wahrnahm. Daran konnte auch das Kopfweh nichts ändern.

Sie sah den bunten Lichtern nicht nach, die sich von ihr fortbewegten, sondern folgte dem in ein blütenweißes Gewand gekleideten Diener in eine schlichte, lediglich mit kostbaren Teppichen ausgestattete Eingangshalle. Dort streifte sie ihre Schuhe ab, wie es in arabischen Haushalten zum guten Ton gehörte. Es war ungewohnt, ihre nackten Beine unter dem zarten Stoff ihres Gesellschaftskleides zu fühlen. Barfuß lief sie über die dicken Läufer zum Innenhof des Gebäudes, als schwebte sie über den Boden.

Wie ein junger Sperling bei seinem ersten Flugversuch, kam es ihr in den Sinn.

Ein Meer von Kerzen beleuchtete das Atrium. Sie tauchten den nach oben geöffneten Raum in blendendes Licht, als wollte ihr Gastgeber mit dem glitzernden Sternenhimmel in Konkurrenz treten. Wie zur Erinnerung an die rauschende Flut, die gerade den Strand umspülte und von jedem Fenster des Sultanspalastes zu beobachten war, plätscherte in der Mitte des Innenhofs ein Springbrunnen. Das Wasser sprudelte aus einer mit goldenen Delfinen verzierten künstlichen Quelle. Hinter der Fontäne hatten sich die Musiker in farbenprächtigen Gewändern zu einem Halbkreis formiert. Sie spielten Laute, Zither, eine Art Geige, Flöte und trommelten, und sie bildeten offensichtlich die arabische Version eines kleinen Ballorchesters, das bei ähnlicher Gelegenheit in Deutschland wahrscheinlich einen Walzer angestimmt hätte.

»Fräulein von Braun … meine Rose …«, mit ausgebreiteten Armen trat Omar aus dem Schatten einer Säule hervor. »*Salam alaikum*«, hieß er sie in seiner Muttersprache willkommen.

Juliane spürte, wie ihre Wangen heiß und ihre Hände feucht wurden. »Guten Abend«, erwiderte sie leise, fast flüsternd.

Er war der attraktivste Mann, den sie je gesehen hatte. Den Turban, den er sonst trug, hatte er abgelegt. Sein Haar war ordentlich gekämmt und vielleicht mit Pomade an Ort und Stelle gelegt, was ihm die Verwegenheit nahm und eine gewisse Schneidigkeit verlieh. In seinen Augen spiegelte sich der Glanz der Kerzen. Er streckte die Hand aus, ergriff einen Zipfel ihres Kopftuchs und küsste den Saum.

»Wollen Sie nicht ablegen? Es würde mich sehr traurig machen, wenn Sie Ihr schönes Gesicht vor mir verbergen wollten.«

Ihre Hände zitterten so stark, dass sie nicht in der Lage war, Nadeln und Bänder zu öffnen. Sie stach sich in den Finger, als sie die Brosche zu lösen versuchte, mit der das *Niqab* festgesteckt war. Tränen traten ihr in die Augen, und ihre Zähne gruben sich in die Unterlippe, um Zorn, Schmerz und Verlegenheit zu unterdrücken, die sich mit einem wütenden Schluchzen Raum schaffen wollten.

»Leider kann ich Ihnen keine Kammerfrau bieten«, sagte der Prinz und hob in einer hilflosen, entschuldigenden Geste die Arme, »aber wenn ich Ihnen ausnahmsweise helfen dürfte, wäre dies womöglich von Vorteil.«

Glücklicherweise konnte er nicht sehen, wie sie puterrot anlief. Sie erstarrte zur Salzsäule. »Ja … ich … weiß nicht«, stammelte sie.

»Ich habe Schwestern«, erklärte er und trat dicht genug an sie heran, um mit zwei Griffen die Verschlüsse zu lösen, die das riesige Tuch zusammenhielten.

Es blieb ihr keine Zeit, darüber nachzudenken, dass ein

Mann niemals den Schleier einer Frau öffnete, es sei denn bei seiner Gemahlin. Die Kopfbedeckung glitt auf ihre Schultern.

Seine kundigen Hände öffneten die Knoten, welche die Bänder der Maske fixierten. Einen Atemzug später war Julianes Gesicht unbedeckt, und sie fühlte sich wie nackt unter seinem in ihren Zügen forschenden Blick. War es ihr Herz oder der Musiker an seinem Schlaginstrument, der diesen Trommelwirbel veranstaltete?

Wie die moslemischen Frauen trug Juliane eine eng anliegende Kappe und darunter ein breites Band. Diese Kopfbedeckung, die unter dem *Buibui* saß, hielt ihr Haar fest, umrahmte ihr zartes alabasterweißes Gesicht und lenkte die Aufmerksamkeit ihres Gegenübers auf ihre Augen und ihren Mund.

Er hob den Arm – und ließ ihn gleich darauf wieder sinken. »Ich glaube, das können Sie allein abnehmen«, seine Stimme klang heiser.

»Ja …, natürlich.« Im nächsten Moment ergossen sich Julianes goldblonde Kringellocken über ihre Schultern.

Unwillkürlich hob er nun doch die Hand und schob sie in ihre wundervolle Mähne. »Ihre Haare sind wie Sonnenfäden«, sagte er. Seine Blicke tauchten in ihre Augen, in ihnen lag endlose Bewunderung.

Ihre Lippen bebten, sie fuhr sich mit der Zunge darüber. Auf ihrer Wange spürte sie seinen Atem. Sie schwieg, weil ihr niemand beigebracht hatte, wie man auf ein solches Kompliment reagierte. Und letztlich war sie stumm vor Staunen über die Gefühle, die sich in ihrem Körper ausbreiteten. Es begann mit einer seltsamen Wärme, die sich in einem Punkt zwischen ihren Brüsten sammelte und von dort langsam durch ihren Leib strömte.

Er wickelte sich eine Strähne um den Finger. »*Wer der Geliebten Haar und Antlitz sah, blickt nicht mehr auf den Morgen, auf die Nacht!*«, rezitierte er und fügte nach einer Pause hinzu: »Das schrieb Mir Taqi Mir. Er war einer der bedeutendsten Dichter Indiens und bediente sich der persisch-arabischen Sprache Urdu.«

»Wundervoll. Es ist wundervoll.« Sie wagte nicht, sich zu bewegen, nicht einmal, richtig Luft zu holen. Wenn ich jetzt sterben sollte, dachte sie, habe ich wenigstens den schönsten Moment meines Lebens nicht versäumt.

»Es ist eigentlich der zweite Teil eines Gedichts, den ersten erfahren Sie, wenn …«, er brach ab, was Juliane zutiefst enttäuschte, denn der Klang seiner Stimme hüllte sie ein wie der Tau eine aufblühende Rose.

»Würden Sie mir die Ehre erweisen und mir diese Locke zum Geschenk machen?«, fragte er nach einer Weile.

Ihr Mund fühlte sich wie ausgetrocknet an. Noch einmal benetzte sie ihre Lippen mit der Zunge. Wie magisch angezogen gelang es ihr nicht, die Augen von den seinen abzuwenden. Verwundert stellte sie fest, dass seine Blicke einen sonderbaren Glanz annahmen. Stumm nickte sie.

Die Scheide eines Krummdolchs blitzte im Kerzenlicht auf. Juliane hatte nicht die geringste Ahnung, wie die Waffe so plötzlich in Omars Hand gelangt war. Sie nahm kaum wahr, wie sie herabsauste. Es ging alles so schnell, dass sie erst zurückwich, als ihre Haarsträhne bereits abgeschnitten war.

»Ich bitte um Entschuldigung, wenn ich Sie erschreckt haben sollte. Wir Südländer haben häufig ein etwas … exzentrisches Temperament. Verzeihen Sie mir?«

Sie schluckte. Der Schock saß tiefer, als er annahm. Dennoch versuchte sie ein Lächeln, was jedoch eher kläglich ausfiel. »Vielleicht könnte ich ein Glas Wasser bekommen«, bat sie mit zaghafter Stimme.

»Wo habe ich nur meine Gedanken gelassen? Sie rauben mir den Verstand, Fräulein von Braun. Ich benehme mich wie ein

Bauer. Legen Sie bitte den Mantel ab und nehmen Sie Platz, damit ich Sie mit allem bewirten kann, was Ihr Herz begehrt.«

Nachdem sie sich des fremden Kleidungsstücks entledigt hatte, fühlte sie sich plötzlich sicherer und gewandter. Sie trug eine cremeweiße Abendrobe, deren offener Kragen den Schwung ihres Halses betonte; der lange, schmale Ausschnitt ließ ausreichend Haut sehen, um eine Ahnung von ihrem Dekolleté zu geben, war aber züchtig genug, um selbst in der Gesellschaft älterer Damen zu bestehen.

Im nächsten Moment wurde sie erneut von Bestürzung erfasst. Omar bot ihr als Sitzgelegenheit eines der dicken, mit golddurchwirktem Stoff bezogenen Polster an, die wie zufällig um den Springbrunnen verteilt lagen. Die niedrigen Hocker daneben dienten offenbar als Beistelltische. Juliane hätte sich lieber auf einen von ihnen gesetzt, als sich mit Korsett und Turnüre auf dem Boden niederzulassen. Die orientalische Art des Sofas schloss eine elegante, elfengleiche Bewegung definitiv aus.

Als Omar sich zu dem Diener umdrehte, der auf einem Tablett Getränke in winzigen Tassen servierte, ließ sich Juliane ebenso schnell wie ungelenk auf eines der Sitzkissen fallen. Erst danach streckte und beugte sie anmutig ihre Gliedmaßen und legte den Musselin ihres Rocks in Falten.

Prinz Omar hielt Wort: Sein Personal servierte Köstlichkeiten, bei deren Anblick Juliane schon das Wasser im Mund zusammenlief. Zuerst wurde starker, süßer Kaffee gereicht, dazu ein wie Fruchtgelee wirkendes Konfekt, das nach Ingwer schmeckte und in Puderzucker gewälzt war. Davon nahm Juliane wenig. Dafür bediente sie sich lebhafter bei den frischen Früchten, die wie farbenfrohe Kunstwerke aufgeschnitten eine Freude für Augen und Gaumen waren.

Danach ließ ihr Gastgeber Palmwein ausschenken, der ihr ausgezeichnet mundete, da er sie an den vergorenen Traubenmost ihrer Heimat erinnerte. Es gab Spieße mit stark gewürzten Filetstücken vom Hähnchen und von der Ziege, dazu frisch gebackenes, noch warmes Fladenbrot und mit Gemüse, Fleisch oder Süßkartoffeln gefüllte Teigtaschen. Zu ihrer eigenen Überraschung schaffte sie es anschließend noch, süßes Brot und kleine rautenförmige, in Rosenwasser und Sirup eingelegte Kuchen zu vertilgen. Alles war in einer Größe zubereitet, die es ihr erlaubte, grazil mit den Fingern zu essen.

Julianes Gastgeber hatte sich auf dem Polster ihr gegenüber niedergelassen. Sie spürte, wie er sie beobachtete, während sie aß und leichte Konversation betrieb. Anfangs war sie ein wenig verkrampft, bewegte sich kaum und änderte ihre Sitzhaltung so selten wie möglich. Mit der Zeit aber ließ ihre Verunsicherung nach.

Er brachte sie mit Anekdoten aus seiner Studentenzeit in Heidelberg zum Lachen und erzählte weitaus ernsthafter von seiner Heimat und den berühmten Seefahrern aus dem Oman. Er sprach vom Monsun und von den alten Reiserouten nach Indien und Afrika und zog sie mit harmlosen Neckereien auf, als sie ihm gestand, dass sie schon vom Zuhören seekrank wurde. Langsam kehrte ihre Lebendigkeit zurück.

Die Zeit floss dahin. Wahrscheinlich schneller als die Wassermassen, die durch den Brunnen zirkulierten. Bald würde sie diesen zauberhaften Ort verlassen und in die Gesellschaft der anderen Haremsbewohnerinnen zurückkehren müssen. Eine schreckliche Vorstellung.

Beherzt griff sie erneut nach einem der kleinen Kuchen, die auf einem silbernen Teller auf dem Beistelltischchen in ihrer Nähe lockten. Wenn Süßspeisen traurige Gedanken verscheuchen konnten, dann wollte Juliane in diesem Moment den Beweis dafür haben.

»Sie besitzen einen guten Appetit«, stellte Omar schmunzelnd fest. »Ich schätze das sehr. Europäerinnen, die einem Vögelchen gleich zugreifen, sind wie verdorrte Pflanzen.«

»Ihr Küchenchef leistet ganz vorzügliche Arbeit«, lobte sie und erwiderte sein Lächeln. »Alles, was Sie auftischen lassen, ist köstlich. Besonders dieses Dessert. Ich liebe diesen flüssigen Honig …«

Es gehörte sich natürlich nicht, aber ihre Zunge schleckte blitzschnell gierig einen Tropfen Honig aus dem Mundwinkel.

»Die Süße des Zuckers kann nur bitter sein gegen die Süße Ihrer Lippen.«

Juliane erstarrte. Ihr Rücken fühlte sich an, als hätte sie einen Stock verschluckt. Sie zitterte, weil dieses Kribbeln, das ihre Wirbelsäule entlangrieselte und sich auf wundersame Weise in ihrem Bauch wiederholte, allein durch seinen intensiven Blick ausgelöst wurde. Wie mochte es erst nach einer Berührung sein? Nach einem Kuss …?

Zu ihrer größten Enttäuschung wandte er sich von ihr ab. Er winkte dem im Hintergrund wartenden Diener, sprach ein paar Worte auf Suaheli. Dann schienen mehrere Dinge zur selben Zeit zu geschehen: Zwei untergeordnete Bedienstete tauchten auf, um die Reste des Essens und das Serviergeschirr abzuräumen, während der Kammerherr jede zweite Kerze löschte, bis der Innenhof in einer matten Beleuchtung versank. Nur die Musiker blieben auf ihren Posten und spielten weiter die schmachtenden Melodien in ihrem seltsamen Rhythmus.

Mit zwei Schritten überwand Omar die unsichtbare Trennlinie zwischen sich und Juliane und ließ sich auf dem Polster neben ihr nieder.

Sie hatte erwartet, dass er sie – von ungezähmter Leidenschaft getrieben – in die Arme reißen würde. So stand es jedenfalls in den Liebesromanen geschrieben, die sie sich gelegentlich von ihrem Stubenmädchen zu Hause hatte besorgen lassen. Eine junge Dame erwarb keine derartige Lektüre in der Buchhandlung – aber lehrreich erschien sie ihr trotzdem.

Doch Omar verhielt sich anders als die Protagonisten von E. Marlitt. Er berührte Juliane nicht. Er sah sie nur an.

Sie fürchtete sich indes davor, sich ihm unverzüglich an den Hals zu werfen. Das Warten war für sie kaum noch auszuhalten. Sie spürte seinen Blick auf sich gerichtet und senkte die Lider, weil sie nicht wollte, dass er in ihren Augen las, wie sehr sie ihn begehrte.

Plötzlich verklang die Musik.

Juliane wandte nicht den Kopf, um dem Abgang des kleinen Ensembles zuzuschauen. Es war ja auch einerlei, wohin die Männer gingen, wenn sie es gewesen waren, die Omar davon abhielten, ihr mit seiner Leidenschaft den Atem zu rauben.

Ein Klappern, als die Musiker ihre Instrumente ablegten, fast lautlose Schritte auf dem Steinboden. Zurück blieb Stille, unterbrochen nur von dem gleichmäßigen Plätschern des Springbrunnens. Nicht einmal von der Straße drangen irgendwelche Geräusche herein.

Omar ergriff ihre Hand, die in ihrem Schoß lag, liebkoste die Finger und legte seinen freien Arm um ihre Schultern. Dann neigte er sich über sie und küsste ihre Oberlippe so zart, als wäre sein Mund der Flügelschlag eines Schmetterlings. Er ließ sich Zeit, ihre Lippen zu erkunden. Peinlich berührt fragte sie sich, ob er sich womöglich vor ihrer aufgebissenen Unterlippe ekelte. Doch seine spielerischen Küsse lenkten sie von jedem vernünftigen Gedanken ab.

Nach einer Ewigkeit ließ er von ihr ab und kniete sich vor sie, hob ihren Rock, schob ihn hoch. Seine Finger berührten ihre Füße, tasteten etwas höher. Er streichelte aufreizend lange ihren Knöchel, beugte sich schließlich hinunter und hauchte einen zarten Kuss darauf, bevor er seine Hände über ihre Unterhose gleiten ließ. Seine Berührungen schickten Stromschläge durch ihren Körper, und die zarte Seide ihrer Wäsche verstärkte diese um ein Vielfaches. Er schenkte ihren Beinen seine ungeteilte Aufmerksamkeit, ihren Kniekehlen und Schenkeln, ohne sie von dem lästigen Stoff zu befreien – bis sie selbst es nicht mehr aushielt, stöhnte und zappelte.

War es wirklich ihre eigene Stimme, die ihn anflehte, ihr beim Ausziehen behilflich zu sein?

Nie zuvor in ihrem Leben war Juliane so schnell entkleidet gewesen. Sie wunderte sich, wie wenig sie sich schämte, als sie halbnackt, nur noch in ihr Korsett geschnürt, die Beine leicht gespreizt, auf dem Polster lag und ihm zusah, wie er sein Hemd abstreifte.

Auf seiner unbehaarten goldbraunen Brust spielten die Muskeln. Sie konnte seinen schnellen Herzschlag beobachten, an seinem Hals pulsierte eine Ader. Die Kerzen warfen lange Schatten auf seinen Körper. Als er sich neben sie legte und sein Leib den ihren berührte, stöhnte sie auf.

Seine Hände und seine Lippen kosteten auf verzehrende Weise von ihrer Haut, ihrem Duft. Sie bewegte sich nicht, aus Angst, er würde aufhören, wenn sie es tat.

Regungslos ließ sie zu, dass er sie auf den Bauch drehte und seine Zärtlichkeiten auf die prallen Rundungen auf ihrer Rückseite konzentrierte.

»*Frag nicht, wie lieblich zart ihr Körper ist – man weiß nicht, ist es Seele oder Leib*«, flüsterte er in ihr Ohr, während er seinen Körper an ihrer Haut rieb. »*Wer der Geliebten Haar und Antlitz sah, blickt nicht mehr auf den Morgen, auf die Nacht!*«

Selbst als seine Stimme verklungen war, berauschte sie sich noch an seinem Ton und den zärtlichen Worten. Deshalb nahm sie im ersten Moment nicht wahr, wie seine Finger mit einer Öffnung ihres Körpers spielten, deren Namen sie nicht einmal zu denken wagte. Ihr lag ein Protestschrei auf der Zunge. Doch es entrang sich ihrer Kehle nur ein lustvolles Seufzen.

Am südlichen Rand der Steinstadt befand sich Viktorias Ziel. Die St. Mary's School war ein überraschend großer Komplex: Ein weiß aus einem dichten dunkelgrünen Blätterwald leuchtendes Gebäude inmitten von Plantagen. Die Auffahrt wurde von Mangroven und Palmen gesäumt, Boungainvillea, Frangipani und Hibiskus blühten im Eingangsbereich, der Küchengarten wurde von gepflegten Beeten bestimmt, dahinter erstreckten sich Felder mit lorbeerartigen Zimt- und Nelkenbäumen. Bei näherer Betrachtung war die Schule eine pittoreske Mischung aus einem alten Fort, arabischer Architektur und einem mittelalterlichen Kloster, was an den vielen Um- und Anbauten in den vergangenen Jahren lag, wie Luise van Horn erklärte.

»Ursprünglich hatten hier portugiesische Händler gebaut, dann die Araber, und vor fünfundzwanzig Jahren etwa kamen die englischen Missionare, übernahmen, was zu übernehmen war, und vervollkommneten das Anwesen in mehreren Schritten. Seit vorigem September ist endlich alles fertig, und der Schulbetrieb wächst ständig.«

Viktoria atmete tief durch, sog diese Mischung von süßen Blütendüften, dem herzhaften Aroma der Gewürzpflanzen und der Meerluft ein, welche die sogenannte Mbweni Point Schamba erfüllte. Unwillkürlich verglich sie das Areal mit den Lehranstalten in Hamburg – düsteren Gebäudekomplexen ohne jegliches Grün im weiteren Umfeld. Sie brauchte nicht lange zu überlegen, um zu entscheiden, welche Schülerinnen es besser hatten. Stellte sich nur die Frage, ob es angenehmer war, im Gängeviertel zur Welt gekommen zu sein oder als Tochter einer Sklavin. Das war etwas schwerer zu beantworten, und Viktoria beschloss, darüber ein anderes Mal nachzugrübeln.

Der dumpfe, blecherne Ton einer Kirchenglocke ließ Viktoria zusammenfahren. Auch der Esel, der den Wagen zog, mit dem sie und Luise unterwegs waren, erschrak und machte einen Satz nach vorn, der Viktoria fast vom Bock warf.

Lachend zog Luise an den Zügeln und legte die Bremse ein. »Wie Sie hören, ist auch eine neue Kirche erbaut worden. Aus den kleinen schwarzen Heidenmädchen sollen schließlich ordentliche Anglikanerinnen werden.« Der Zynismus in ihrer Stimme war nicht zu überhören.

Viktoria sah sie irritiert an. »Was ist daran falsch, die schwarzen Kinder in einer christlichen Religion zu unterrichten?«

Die Fröhlichkeit erlosch in Luises Augen. Sie legte die Hände auf die Knie und beugte sich vor, starrte scheinbar blicklos auf das Hinterteil des Esels. Erst nach einer Weile wandte sie den Kopf. »Nichts. Natürlich ist nichts schlecht daran, aus Sklaven Christenmenschen zu machen. Warum auch? Ich habe nur …«, offenbar unschlüssig, ob sie Viktoria ihre Meinung anvertrauen sollte, brach sie ab.

Nie im Leben hätte Viktoria erwartet, dass sie mit ihrer harmlosen Frage eine Grenze überschritt. Als wäre sie nicht weiter an der Erörterung dieses Themas interessiert, zuckte sie mit den Achseln. »Ach, es ist eigentlich einerlei, nicht wahr?«

»Nein. Ist es nicht«, widersprach Luise und schob ihren altmodischen Strohhut mit einer deutlich männlichen Geste in den Nacken. »Es fällt mir schwer, eine Schule zu besuchen.«

Vom Inneren der Anlage wehten Lachen und das Getrappel von Dutzenden von Füßen zur Einfahrt. Offenbar war eine lärmende Rasselbande damit beschäftigt, dem Ruf der Glocke zu folgen, vielleicht zur Andacht oder zu einer Schulstunde. Die Stimmen klangen so aufgeregt wie überall auf der Welt, wenn junge Mädchen in Gruppen unterwegs waren und auf die Schnelle enorm wichtige, aufregende Informationen austauschten, über die Erwachsene bestenfalls milde lächelten – und anscheinend spielte es keine Rolle, in welcher Sprache die Unterhaltung geführt wurde.

Luise seufzte. »Sie haben mich bei Ihrer Ankunft nach Kindern gefragt, erinnern Sie sich?« Als Viktoria nickte, fuhr sie fort: »Es ist nicht so, dass wir keine Kinder wollten, Friedrich und ich. Wir mussten uns nur entscheiden – Sansibar oder Nachwuchs.«

Viktorias Verwunderung wuchs. Was gab es da zu ermessen? Van Horns hatten hier doch alles, was das Herz begehrte.

»Gerade dachte ich«, gestand sie langsam, »dass Sansibar ein so viel schönerer Ort für ein Kind ist als manche Gegend in Hamburg.«

»O nein, das stimmt nicht. Es heißt, dass von Weißen geborene Kinder zugrunde gehen, wenn man sie nicht in einem gemäßigten Klima erzieht. Ostafrika hat aber keine milden Temperaturen, wir befinden uns in den Tropen. Wir wollten daher kein Risiko eingehen, Friedrich und ich. Verstehen Sie?«

»Es tut mir leid …«

»Das muss es nicht. Ich bin glücklich mit meinem Leben …, aber eben nicht immer. Vor allem dann nicht, wenn ich eines Haufens kleiner Mädchen ansichtig werde, so sie denn schwarz, braun, gelb oder weiß sind. Ich hatte mir bei unserer Hochzeit nämlich eine Tochter gewünscht.«

Luise klopfte sich auf die Schenkel, die wie immer in Männerhosen und Stiefeln steckten, und schickte sich an, vom Bock des Wagens zu springen, doch Viktoria legte ihr rasch die Hand auf den Arm und hielt sie mit dieser Geste auf.

»Sie hätten mich nicht begleiten müssen«, sagte sie leise, die Stimme schwer und tief vor schlechtem Gewissen. »Der Weg hierher wäre gewiss auch für mich nicht so schwer zu finden gewesen, jemand vom Personal hätte mich kutschieren können und …«

Endlich lachte Luise wieder. »O nein, den Spaß hätte ich mir nicht nehmen lassen.«

Sie schüttelte Viktorias Hand ab und sprang in den Sand der Auffahrt, dann beugte sie sich über den Kutschbock und fügte vergnügt hinzu: »Auch wenn ich nicht so aussehe – für ein bisschen Klatsch bin ich durchaus zu haben. Und tatsächlich redet ganz Sansibar über diese Person, die Sie zu besuchen beabsichtigen. Ich wollte die Baronin unbedingt kennenlernen, scheint ja eine fantastische Frau zu sein.«

»Oh!« Viktoria hatte nicht gewusst, dass Anna von Rosch eine kleine Berühmtheit war.

Sie kam sich albern vor, weil sie sich so wenig für den Alltag außerhalb van Horns Haus interessierte. Seit fast drei Wochen befand sie sich auf Sansibar und hatte nicht die geringste Ahnung, worüber man hier sprach und welche Persönlichkeiten von Bedeutung waren. Sie wusste lediglich, dass ein Gewürzhändler namens Roger Lessing eine afrikanische Mätresse besaß. Aber das war nun wirklich nichts, was sie etwas anging. Genau genommen stand es ihr allerdings auch nicht zu, hinter den Bekanntschaften von Doktor Max Seiboldt herzuschnüffeln. Doch sie hatte Antonias Glück im Auge, und das Wohl einer Freundin ging ihr über alles. Und wenn die Baronin dann noch jemand war, den man kennen musste – umso besser.

Von diesem Gedanken beflügelt, raffte sie den schlichten weißen Rock, den sie zu einem ebenfalls weißen Oberteil mit dunkelblauen Applikationen trug, und sprang leichtfüßig von dem Eselskarren, um den sich ein zuvor unter einem Mangrovenbaum dösender und nun herbeigeeilter Stallbursche zu kümmern begann.

Luise steckte dem Kleinen eine Münze zu. »Er gehört nicht zu St. Mary's«, meinte sie, während sie neben Viktoria durch das wuchtige, nach arabischer Bauweise oben spitz zulaufende Eingangstor schritt. »Hier werden nur Mädchen unterrichtet, die Jungenschule liegt ein wenig entfernt in Kiungani. Ich nehme an, unser Knecht stammt von einer der Negerschambas und verdient für sich und seine Familie mit Hilfsdiensten ein paar Groschen hinzu. Allemal besser als Betteln.«

Die Augen mit der Hand beschattet, wandte sich Viktoria zu der weitläufigen Plantage, die sich bei näherer Betrachtung in viele Parzellen mit einfachen Hütten gliederte. »Es sieht ein bisschen wie eine Siedlung mit Armengärten aus«, meinte sie.

»Ist auch etwas Ähnliches. Die Schamba wurde für entflohene Sklaven gegründet. Vor etwa fünfundzwanzig Jahren gelang rund zweihundert Negern die Flucht von einem Schiff an diesen Küstenabschnitt. Die britischen Universitätsmissionare kauften das Land und gaben den Leuten die Möglichkeit, hier in Freiheit zu leben. Daraus entwickelte sich dann auch die Schule. Kommen Sie, gehen wir hinein.«

Ein italienisch anmutender Säulengang erstreckte sich vor den beiden Besucherinnen. Er setzte sich um den von Palmen beschatteten Innenhof im Quadrat fort. Schwatzende, lachende, hopsende junge Mädchen kamen ihnen entgegen. Angesichts der beiden fremden weißen Frauen formierten sich die zehn etwa Vierzehnjährigen zu einem Zweierzug und versuchten, ruhigeren Schrittes ihres Weges zu gehen, was offensichtlich nur tuschelnd und kichernd möglich war. Dabei wirkten die in eine rot-weiße Schuluniform gekleideten Sklaventöchter so rührend und töricht wie ihre Altersgenossinnen, denen Viktoria eines Tages eine höhere Bildung beizubringen hoffte.

»Ich finde es sehr löblich, dass die Mädchen hier ebenso unterrichtet werden wie die Jungen«, sagte sie und sah den schwarzen Backfischen lächelnd nach.

Die Schülerinnen steckten die Köpfe zusammen und spähten über die Schulter zu ihr zurück, wohl hoffend, dass sie nicht bemerkte, wie sie sich über sie unterhielten.

Obwohl Luise bereits geklopft hatte und die Tür zu einem

Raum aufstieß, in dem sich die Schulleitung befand, blieb Viktoria einen Moment unter dem Säulengang stehen. Sie lauschte dem Klang der jungen Stimmen, dem Nachhall ihrer Schritte, dem Rauschen der Palmwedel im Innenhof.

Es roch nicht so muffig wie in den Lehranstalten, die sie in Hamburg besucht hatte, nicht nach Kreide und Schiefertafeln, altem Papier – und Versagensangst. Es duftete nach der Meeresbrise, nach Zimt und Nelken – und Hoffnung. Der Hauch eines Küchengeruchs hing in der Luft, doch kochte hier niemand die ewig gleiche Kohlsuppe, sondern offenbar ein Curry, denn das Aroma von angebratenem Kardamom drang in Viktorias Nase. Das Essen dürfte hier auch schmackhafter sein, dachte sie und folgte Luise in das Büro.

Die beiden Frauen, die bei ihrem Eintreten an dem roh zusammengezimmerten Tisch gesessen hatten und in ein Gespräch vertieft gewesen waren, erhoben sich angesichts der Besucherinnen. Die eine war Anna von Rosch, schön und elegant, die andere eine freundlich lächelnde Afrikanerin mittleren Alters in einem dunklen Rock und weißer Bluse, die Viktoria in ihrer Schlichtheit an Antonias Garderobe erinnerten.

»Es freut mich, dass Sie kommen konnten, Fräulein Wesermann«, die samtweiche, rauchige Stimme der Freifrau schien tatsächlich Freude auszudrücken. »Macht es Ihnen etwas aus, wenn wir unsere Unterhaltung in englischer Sprache führen? Elizabeth Kidogo spricht kein Deutsch, und ich würde sie Ihnen gerne vorstellen. Frau Kidogo und ihr Mann Vincent Mkono waren die ersten Schüler der Mbweni Point Schamba und sind nun hier die Lehrer.«

»Wie interessant«, erwiderte Viktoria und meinte dies absolut aufrichtig. »Und ich bin der englischen Sprache mächtig, ebenso wie Frau van Horn hier.«

Nach den Begrüßungsfloskeln und den üblichen einleitenden Sätzen schlug Anna von Rosch eine Besichtigung der

Anlage vor. Die Baronin wollte die beiden Besucherinnen herumführen, da Elizabeth Kidogo zur Stunde eilen musste. »Wir unterrichten unsere Mädchen nicht nur«, erzählte die Schwarze, »wir bilden sie auch als Lehrerinnen aus.«

Viktorias Augenbrauen hoben sich. »Tatsächlich?«

»Wenn sie die Schule beendet haben, schicken wir sie in Missionsstationen nach Tanganjika. Dafür lernen sie alle Fächer, wie sie auch in Europa üblich sind. Lesen, Schreiben, Mathematik, Religion, Geschichte … Im Moment besuchen achtzig Mädchen St. Mary's.«

»So viele Lehrerinnen wollen Sie auf das Festland schicken?«, wunderte sich Viktoria.

In Gedanken fügte sie die Frage hinzu: Brauchen Sie noch eine angehende Lehrerin, die sich für die Aufnahme in das Seminar wappnen möchte? Doch zu ihren Träumen äußerte sie sich nicht. Vielleicht ein anderes Mal, beschloss sie im Stillen und wusste im selben Moment, dass sie wiederkommen würde. Wenn es in ihrem Exil einen Ort gab, zu dem sie sich auf magische Weise hingezogen fühlte, dann war es gewiss diese auf den ersten Blick so freundlich anmutende Schule in einem blühenden Garten zwischen Gewürzfeldern und korallenweißem Strand.

Elizabeth Kidogo lachte, und eine Reihe strahlend weißer Zähne blitzte in ihrem dunklen Gesicht auf. »Nein. O nein. Es wäre schön, wenn wir so viele von uns ins Innere Afrikas schicken könnten, und vielleicht wird es eines Tages auch so sein, aber es gehen nicht alle Mädchen fort. Viele bleiben auf Sansibar und bei ihren Familien. Es eignen sich auch nicht alle für die Arbeit in den Missionsschulen. Eine Gruppe von Mädchen bilden wir auch in Haushaltsführung, zur Köchin …«

»Köchin?«, unterbrach Viktoria verblüfft.

»Das klingt in der Tat verwirrend für unsere Ohren«, bestätigte Luise rasch. »Während bei uns für gewöhnlich ein Koch am Herd steht, befindet sich die Zubereitung der Mahlzeiten in Afrika nicht nur in den Familien in Frauenhand. Ich hatte vergessen, Sie darauf hinzuweisen.«

»Es gibt so vieles, das ich noch verstehen muss …«

»Die Mädchen lernen nach ihren eigenen Traditionen zu kochen«, ergänzte Anna von Rosch. »Also keinen englischen Plumpudding oder deutschen Braten zuzubereiten, sondern vor allem Currys, den traditionellen Maisbrei, Reiskuchen und Fisch in Kokossauce. Wenn Sie möchten, zeige ich Ihnen die Küche. Gewiss wird man Ihnen auch eine Kostprobe kredenzen, falls Sie daran interessiert sind.«

»Sehr freundlich«, erklärte Luise bereitwillig.

»Dürfte ich bitte zuerst die Klassenzimmer sehen?«, warf Viktoria ein. Sie sah auffordernd zu Elizabeth Kidogo, die einen Stapel Bücher vom Tisch nahm, vermutlich Unterrichtsmaterial. Am liebsten hätte Viktoria darum gebeten, einen Blick in die Schullektüre werfen zu dürfen, doch diese Bitte verkniff sie sich – für heute.

Elizabeth Kidogo nickte. »Wenn das Ihr Wunsch ist – selbstverständlich. Kommen Sie mit mir, aber erwarten Sie nicht den Standard, den Sie aus Ihrer Schulzeit gewohnt sind.«

»Ich bin nichts gewohnt – ich wurde in meinem Elternhaus von einem Privatlehrer unterrichtet.«

Sie war drauf und dran, von ihren Ambitionen und den heimlichen Besuchen in den tristen Lehranstalten für kleine Mädchen zu sprechen, deren Eltern sich die sechsjährige, gesetzliche Unterrichtspflicht an Volksschulen kaum leisten konnten, sagte jedoch nichts. Es war nicht auszudenken, was für ein Aufsehen sie erregen würde, wenn sie vor der Freifrau und Luise van Horn ohne Umschweife von ihren Plänen erzählte! Wenn sie etwas durch den Eklat mit ihren Eltern gelernt hatte, dann, dass Vorsicht und Überlegen die besseren Wege zum Ziel waren als Eigensinn und Spontaneität.

»Ja, dann …«, Anna von Rosch blickte etwas ratlos zu Luise. Viktorias ungewöhnlicher Wunsch hatte offenbar ihre Tagesplanung durcheinandergebracht. »Möchten Sie auch an einer Geschichtsstunde für angehende Missionslehrerinnen teilnehmen, oder darf ich Sie auf eine Erfrischung einladen?«

»Ihr Angebot klingt verlockend«, sagte Luise und atmete tief durch, »das nehme ich gerne an. Es ist sehr schwül heute, nicht wahr?«

Der Anflug eines schlechten Gewissens durchfuhr Viktoria. Wie hatte sie nur vergessen können, welchen Schmerz sie Luise durch den Besuch in einem Klassenzimmer zufügen würde? War sie nicht außerdem hierhergekommen, um Frau von Rosch über deren Beziehung zu Max Seiboldt auszuhorchen? Das Gespräch, das sich gleich zwischen der Baronin und Luise entwickeln würde, war zweifellos bestens für die entsprechenden Nachforschungen geeignet. Doch Viktoria entschied, dass sie Antonias Liebesglück hintanstellen musste. Sie würde nicht so bald eine zweite Chance bekommen, an einem Unterricht für angehende Lehrerinnen teilzunehmen. Und wer konnte schon sagen, ob Elizabeth Kidogo dabei nicht der Unterstützung durch eine junge Deutsche bedurfte?

Es wird sich finden, dachte Viktoria frohlockend. Alles wird sich finden. Irgendwie.

19

An dem Tag, an dem Antonia glaubte, die Mutter des kleinen Max sei über den Berg, tat diese den letzten Atemzug. Die blutjunge Kindfrau hatte länger durchgehalten als die meisten anderen dem Tode geweihten Cholerapatienten – und führte der Forscherin am Ende doch nur wieder einmal die Machtlosigkeit der Medizin vor Augen.

Zornig über die Gnadenlosigkeit des Schicksals ballte Antonia die Hände. In einem Moment, in dem sie sich unbeobachtet fühlte, schlug sie mit ihren Fäusten gegen die Wand neben der Tür zu Seiboldts Laboratorium. Wut und Verzweiflung zerrten an ihrer Beherrschung, ihre Blicke waren blind vor zurückgehaltenen Tränen.

Wie sollte sie nach diesem Rückschlag konzentriert ihrer Arbeit nachgehen? Der Jetzt-erst-recht-Gedanke hatte sich verflüchtigt wie die kleinen Pfützen des nächtlichen Regengusses in der Sonne des Tages. Der Tod der Zwölfjährigen setzte ihr mehr zu als der Verlust anderer Kranker. Sie wusste, dass diese Nähe durch ihre Hinwendung zu dem Säugling Max genährt worden war, denn sie hatte niemals mehr als das Wort *jambo* mit dessen stark geschwächter Mutter gesprochen. Auch wusste sie, dass ein zu starkes persönliches Engagement der Forschungsarbeit nicht dienlich war. Doch dieser Tod war trotz aller Vernunft ein weiterer Punkt, den sie der Liste ihrer Zweifel hinzufügen konnte. Besaß das Leben, dem sie sich verschrieben hatte, wirklich einen Sinn? In der Theorie, an der Universität und im Laboratorium war es ihr aufregend, zwingend, geradezu herrlich erschienen – in der Realität fühlte sie sich ernüchtert, traurig und hilflos …

»*Bibi bwana!*«

Antonia nahm die Anrede wie durch einen Nebel wahr. Sie verspürte keine Lust, mit der Fremden zu reden, die sie angesprochen hatte. Eine schwarze Frau, vielleicht so alt wie sie selbst, von schmaler Gestalt, aber recht hübsch in einem bunten Kanga und mit zahllosen kleinen Zöpfen, die fröhlich von ihrem Kopf abstanden.

Sie erinnerte sich, die Afrikanerin im Hospital gesehen zu haben. Nicht als Patientin, sondern als Mutter eines Kindes, das an Durchfall litt und nicht an Cholera. Was konnte die Frau von ihr wollen? Ihr Kleines war doch genesen.

Seufzend lehnte sich Antonia mit dem Rücken gegen die Wand und schloss die Augen, in der Hoffnung, die andere werde begreifen, dass sie nicht in der Verfassung für eine Unterhaltung war.

»*Bibi bwana*«, hob die junge Frau zum zweiten Mal an und legte ihre Hand kurz auf Antonias Arm, »ich helfen.«

Verwirrt über die Berührung und die deutschen Worte, die über die vollen Lippen flossen, vergaß Antonia ihren Vorsatz, die Fremde zu ignorieren. »Was möchtest du?«, fragte sie schniefend und wischte sich die Tränen aus den Augenwinkeln.

»Gehen nicht gut. Du brauchen Hilfe. Ich helfen. Onkel sein *Mganga* und helfen. Onkel kommen von Zauberinsel Pemba.«

»Wer ist dein Onkel?«

»*Mganga*«, wiederholte die Schwarze strahlend, offensichtlich von Stolz erfüllt. »Mann von Medizin. Wie Doktor. Wie *Hakim*. Er machen Sohn gesund.«

»Deinen Sohn?« Antonia schüttelte widerwillig den Kopf. Hatte die Frau sie etwa angesprochen, um ihr mitzuteilen, dass sie einem schwarzen Medizinmann die Genesung ihres Kindes verdankte und nicht Schwester Edeltraut? Das war gewiss kein Thema, ihre Laune zu heben. »Nein«, widersprach sie verärgert. »Nein. Dein Onkel hat mit der Behandlung nichts zu tun. Ganz sicher nicht. Der Arzt aus Deutschland und die Krankenpflegerin haben deinen Sohn geheilt.«

»*Mganga* haben Teufel aus Essen … austreiben«, erklärte die Afrikanerin und runzelte angestrengt die Stirn, weil ihr wohl nicht auf Anhieb die richtigen Vokabeln einfielen. »Essen waren … verhext … man sagen verhext, nicht wahr? Essen machen Sohn krank.«

»Aha«, war der einzige Kommentar, der Antonia einfiel.

»Onkel kochen Kräuter mit Wasser, Sohn trinken, dann baden in Medizin und Pepo-Teufel austreiben.« Das für einen

Moment erloschene Strahlen kehrte in das Gesicht der Afrikanerin zurück. Zufrieden über die eigenen Sprachkenntnisse und sicher auch über den Erfolg ihrer Stammesmedizin blickte sie Antonia beifallheischend an. »Kosten zwei Ziegen und zwei Hähne. Aber Onkel gute *Mganga,* auch Leoparden hören auf ihn.«

Antonia beschloss, dass ihr nichts anderes übrig blieb, als auf die Geschichte einzugehen. Sie hoffte, die Frau schnell abzuwimmeln, wenn sie ihr zu dem Hokuspokus des offenbar ziemlich raffgierigen Onkels gratulierte, anstatt irgendetwas infrage zu stellen. »Großartig!«, rief sie heiter aus. »Ganz großartig. Richte deinem Onkel Pepo schöne Grüße aus und sage ihm …«

»Onkel nicht Pepo!«, unterbrach die Afrikanerin und rollte über so viel Unwissenheit mit den Augen. »Pepo sein Geister, helfen bei Kranksein. Wichtiger als Jujus.«

»Verzeihung«, Antonia hob wie zur Kapitulation die Hände. »Also gut. Richte deinem Onkel Mganga schöne Grüße aus, ich bewundere ihn sehr, aber im Moment habe ich leider etwas zu tun. Es ist wichtig. Ich muss gehen. Entschuldige mich bitte.«

Mit diesen Worten drehte sie sich um und drückte rasch die Tür zum Laboratorium auf, um dem Gerede über einen Medizinmann, Geister und Kräuterbäder zu entfliehen. Sie wollte sich lieber nicht ausmalen, was mit dem Sud geschehen war, nachdem der von Diarrhö geheilte Junge darin gebadet hatte. Aber sie wollte sich auch nicht der Diskussion über die Sauberkeit von Wasser stellen. Nicht mit einer an die Heilkraft von Pepo glaubenden Afrikanerin. Und nicht in dem Moment, in dem sie den Tod der blutjungen Mutter des kleinen Max noch nicht verkraftet hatte.

Seiboldt sah verblüfft von seinem Mikroskop auf, als Antonia atemlos in das vom Sonnenlicht überhitzte Arbeitszimmer trat. »Was ist in Sie gefahren, Fräulein Geisenfelder? Sie sind so bleich, als hätten Sie einen Geist gesehen.«

»Etwas Ähnliches, Herr Doktor Seiboldt«, gestand sie und sank auf den Stuhl an ihrem Schreibtisch. »Mir wurde die Hilfe eines Medizinmannes angeboten und auch von Pepo, das sind Wesen, die auf Sansibar für die Genesung von Krankheiten zuständig sind. Jujus sind nicht so nützlich, so viel habe ich gelernt.«

Der Ausdruck in seinen Augen veränderte sich, wechselte zu Aufmerksamkeit und Neugier. Er hatte sich gerade wieder über das Okular des Mikroskops beugen wollen, lehnte sich jedoch interessiert zurück. »Davon habe ich gehört«, erwiderte er, »aber als Fremder erhält man keinen Zutritt zu einem Schamanen. Die Neger bleiben bei den wirklich bedeutenden Riten lieber unter sich.«

»Mir wurde der Besuch bei einem *Mganga* angeboten«, warf sie ein und rang die Hände in ihrem Schoß. »Selbstverständlich habe ich diesen Humbug abgelehnt.«

»Sind Sie des Wahnsinns?« Seiboldt schlug mit der Handfläche auf den Tisch, sodass Objektträger und Beleuchtungsspiegel seines kostbaren Zeiss-Mikroskops erzitterten. »Es ist eine geheimnisvolle Welt, die uns Weißen üblicherweise verschlossen bleibt, jedoch dazu angetan, erforscht zu werden. Wie können Sie es wagen, das Angebot der Bekanntschaft mit einem einheimischen Heilkünstler auszuschlagen?«

Obwohl sie sich eigentlich keiner Schuld bewusst war, konnte Antonia nicht verhindern, dass sie errötete. Auch traten wieder Tränen in ihre Augen. »Ich wüsste nicht …«, hob sie an, es fiel ihr jedoch keine andere Rechtfertigung ein als die Redlichkeit der eigenen medizinischen Ambitionen, die nun einmal nichts mit Zauberei zu tun hatten. Vor allem nichts mit Teufeln, die das Essen eines Kindes verdarben.

»Wer immer Sie eingeladen hat zu einem *Mganga* … laufen

Sie zu der Person und nehmen Sie das Angebot dankend an«, forderte Seiboldt in einem barschen, keinen Widerspruch duldenden Ton. »Nun, machen Sie schon, Fräulein Geisenfelder, bewegen Sie sich. Dies ist ein Forschungsauftrag. Ich möchte unbedingt die Bekanntschaft eines Medizinmannes machen und mir das, was Sie Humbug nennen, mit Ihnen gemeinsam anschauen. Das traditionelle Heilwesen der Einheimischen ist von Bedeutung!«

Antonia hatte es satt, angeschrien zu werden und angeblich alles falsch zu machen. Sie wollte auch nichts mit Geistern zu tun haben. Und ganz sicher hatte sie nicht die Absicht, noch einmal in das Negerviertel zu gehen. Auch nicht mit Max Seiboldt. Dennoch folgte sie kommentarlos seiner Aufforderung.

»Wie kann man nur so ignorant sein?!«, rief er ihr nach.

20
Mittwoch, 8. August

Die Sterne waren von Wolken verhangen, der Mond stand als silberne Sichel am Himmel wie eine gefaltete Laterne, jedoch hell genug, um den nächtlichen Wanderern den Weg zu weisen.

Fast lautlos bewegte sich die kleine Gruppe am Strand entlang, nur gelegentlich durchbrach das Knirschen von zertretenen Muscheln die Stille. Antonias Füße schmerzten vom langen Marsch durch den Sand, aber sie wagte nicht, einen Laut von sich zu geben oder um eine Pause zu bitten. Selbst ihr Gefühl für Zeit hatte sich inzwischen verflüchtigt. Wie apathisch trottete sie an Max Seiboldts Seite einher.

In einer auffrischenden Brise raschelten die Blätter der Mangrovenbäume, erzitterten die Fächer der Kokospalmen. Die Szenerie erschien ihr wie in einem altdeutschen Märchen, wenn das Seufzen des Windes im Nadelwald der von einer bösen Fee verhexten Prinzessin schreckliche Angst einflößte. Die Schreie eines Ziegenmelkers hallten rau aus den dichten Büschen, während mit ruhiger Regelmäßigkeit die Flutwellen gegen den Strand schwappten und kleine Krabben über den Sand huschten.

Der Wind fuhr unter Antonias Rock. Um ihre Beine nicht den Blicken der Männer preiszugeben, bückte sie sich im Gehen und drückte den sich wie einen Ballon aufblähenden Stoff gegen ihre Knie. Dabei übersah sie, wie Seiboldt mit seinem Spazierstock vor ihren Füßen herumwedelte. Sie verfing sich in dem Stab, stolperte …

Zwei starke Hände zerrten sie hoch, bevor sie hinfiel. Die Finger bohrten sich in ihre Oberarme.

Verstört blickte Antonia in das Gesicht eines Mannes, das so schwarz wie die Nacht war. Er lächelte nicht, das einzig Helle in seinem Antlitz war das Weiß seiner Augen, seine Züge verschwammen in der Dunkelheit. Aber auch ohne ihn genau sehen zu können, fürchtete sie sich vor ihm. Er war einer ihrer drei Begleiter, die sie und Seiboldt zu der Hütte des Schamanen bringen sollten, wirkte auf sie jedoch ebenso undurchsichtig wie die zu erwartende Zauberkunst selbst. Unter den Afrikanern hatte sie weder in der Steinstadt noch in der Madagaskarvorstadt bisher jemanden kennengelernt, der sich bei Anbruch der Dämmerung mit Tierfellen behängte wie ein Steinzeitmensch. Seine Berührung war ihr unangenehm.

Sie nickte ernst und hoffte, er werde verstehen, dass sie sich auf diese Weise bedankte und wieder fest auf beiden Beinen stand.

Unwillkürlich flog ihr Blick zu Seiboldt. Doch der achtete nicht auf sie. Er malte mit seinem Stock versonnen Bilder in den Sand.

Im nächsten Moment ließ der Schrei einer Eule sie zusammenfahren. Der Saum entglitt ihren Händen, und ihr Rock blähte sich erneut im Wind. Doch diesmal achtete sie nicht darauf, wenigstens ihre Schenkel und Knie zu bedecken, denn einen Atemzug später erklang wieder ein durchdringendes *Uhu-huuu*, diesmal so nah, als säße der Vogel auf ihrer Schulter. All jene dämonischen Geschichten gingen Antonia wie in einem sich blitzschnell drehenden Kaleidoskop durch den Kopf, die über den *Hexenvogel* seit dem Altertum durch die Legenden kreisten. Der Hinweis auf ein schlechtes Vorzeichen war dabei noch der harmloseste Fingerzeig.

Wieder sah sie zu Seiboldt hin. Diesmal flehend und Hilfe suchend. Er beachtete sie nicht. Auf seinen Stock gestützt, mit erhobenem Kopf, schien er auf etwas zu warten.

Tatsächlich kam Bewegung in ihre Gruppe. Der Mann, der sie eben noch vor einem Sturz bewahrt hatte, zog eine primitiv zusammengebaute Rassel aus dem Beutel, den er bei sich trug. Er machte damit einen Höllenlärm.

Hinter den gebogenen Stämmen der Kokospalmen bewegten sich plötzlich Schatten. Anfangs dachte Antonia, es wären Glühwürmchen, die ebenso geisterhaft wie die kleinen Sandkrabben herumhuschten. Doch dann erkannte sie Lichter, die sich in den Händen von Menschen befanden.

Ihr kleiner Trupp setzte sich wieder in Marsch. Keine zwanzig Schritte weiter entdeckte sie das Glühen eines Treibholzfeuers. Sie hatten ihr Ziel erreicht.

Der Medizinmann thronte unter einem Strohdach, das auf Holzpfeilern ruhte, die in den Sand gerammt worden waren. Er saß mit dem Rücken zum Busch, die Sicht auf das weite, silbern schimmernde Meer – oder auf Mama Wati, seine Meeresgöttin.

Verblüfft betrachtete Antonia einen Schwarzen, der auf sie wirkte wie geradewegs einem Zirkuszelt entsprungen: Er war alt, trug einen grauen Bart zu seinem kahlgeschorenen Schädel und war eingehüllt in verschiedene Tierfelle, von denen sie nur die gefleckte Haut eines Leoparden erkannte. Um seinen mageren Hals und die dünnen Arme hatte er Ketten geschlungen, auf die kleine helle Nüsse in der Form von Perlen aufgezogen waren.

Bei ihrem Eintreffen schüttete er den Inhalt seines Beutels auf dem Sand aus. Der Schein der Flammen tauchte seine Requisiten in rotgoldenes Licht: Die getrocknete Lippe einer Kuh, die Haut einer Schlange, ein getrocknetes Gehirn, und Antonia wünschte unwillkürlich, sich weniger mit Pathologie beschäftigt zu haben.

Ein Schädel rollte über die glatte weiße Fläche.

Antonia zuckte zusammen, trat hektisch einen Schritt zurück und stieß gegen Seiboldt, der fasziniert jeden Handgriff des Schamanen verfolgte. Sah er nicht, dass dies der Kopf eines Kindes war?

»Es ist das *cranium* eines Affen«, flüsterte er ihr zu, als hätte sie ihre Frage laut gestellt.

Der Medizinmann sah auf und zu den beiden Fremden hin, starrte sie durchdringend an.

»*Shikamoo*«, grüßte Seiboldt ehrfurchtsvoll und verneigte sich.

Einer ihrer Begleiter, die sie am Strand entlang hierhergeführt hatten, trat gemessenen Schrittes näher, beugte sich zu dem *Mganga* hinab und wechselte ein paar geflüsterte Worte mit dem alten Mann. Schließlich nickte dieser und antwortete: »*Habari daktari.*«

Dieser Einleitung folgte ein weiterer kurzer Wortwechsel, der damit endete, dass der Schamane auf Antonia deutete und fragte: »*Mpenzi?*« Er lächelte Seiboldt zuversichtlich an und entblößte dabei einen zahnlosen Oberkiefer.

»Was will er?«, wisperte Antonia. Es war ihr nicht wohl dabei, dass der Zauberer, Magier, Heilkünstler oder was immer er war – dass dieser Mensch sein Interesse ausgerechnet auf sie fokussierte.

Die Meeresbrise strich über ihre Wange, und sie fühlte einen Schauer durch ihren Körper rieseln. Trotz der warmen Nachtluft schlang sie fröstelnd die Oberarme um ihren Körper.

»In der Tat, dieses Wort verstehe ich«, behauptete Max Seiboldt. »Er will wissen, ob Sie meine Geliebte sind.«

»Nein!«, rief Antonia entsetzt aus. Da ihr nicht einfiel, was »Nein« auf Suaheli hieß, fügte sie ein »Nicht gut« hinzu, weil sie das häufiger von den Patienten im Lutherischen Krankenhaus gehört hatte: »*Siyo nzuri.*« Damit war ihr Vokabular in der Fremdsprache weitgehend erschöpft.

Alle Augen richteten sich auf sie.

Mit einiger Verzögerung begriff sie, dass sie ein Tabu gebrochen und zu laut gesprochen hatte. Peinlich berührt errötete sie, aber das sah niemand bei der herrschenden Beleuchtung. Sie senkte die Lider.

»*Ndio*«, sagte Seiboldt. Ja.

Antonia starrte ihn an. »Was?«

»Es ist doch einerlei«, flüsterte er ungehalten. »Hier geht es um die Arbeit des Medizinmannes und nicht um Ihre oder meine Gefühle, Fräulein Geisenfelder. Lassen Sie ihn bitte in dem Glauben, Sie wären mein Schatz. Die Wahrheit kann ich ihm in seiner Sprache ohnehin nicht erklären.«

Seine Logik raubte ihr den Atem. Verunsichert blickte sie von ihrem Chef zu dem Schamanen. Wenn er nun doch kein Scharlatan war, sondern ein ernstzunehmender Magier? Was sollte sie tun, wenn er sie oder – schlimmer noch – Max Seiboldt mit einem wirksamen Zauber belegte?

Ihre heimliche Liebe, eine leidenschaftliche Stunde, die längst vergessen sein sollte, ihre nagende Eifersucht auf Anna von Rosch – sie wollte nicht, dass ein schwarzer Medizinmann irgendeinen Einfluss auf ihr Leben nahm. Ihr Verstand sagte ihr zwar, sie wäre übergeschnappt, wenn sie an seine Kräfte glaubte. Doch sie konnte sich der Befürchtung trotzdem nicht entziehen, dass der Mganga seinen Willen sogar einem Leoparden aufzwang.

»Hokuspokus!«, zischte sie.

21

DONNERSTAG, 9. AUGUST

»Habe ich mich verändert?«, wollte Juliane wissen und musterte sich aufmerksam in einem Spiegel. Sie hatte den Kopf ein wenig zur Seite geneigt und beobachtete die Rundungen ihres Körpers, die von dem Korsett hochgeschobenen Brüste und die wohlgeformten Hüften. Sie drehte sich um die eigene Achse und warf über die Schulter einen kritischen Blick auf ihr hübsches rundes Hinterteil, das sich deutlich unter dem lose um ihre Taille geschlungenen Tuch abzeichnete.

Ohne richtig zu ihr hingesehen zu haben, antwortete Viktoria: »Nein, hast du nicht!« Sie war damit beschäftigt, die Zipfel des eigenen Badeschals über ihrem Busen zu verknoten. Der hauchdünne Stoff reichte ihr knapp bis zu den Oberschenkeln, und sie blickte skeptisch an sich hinunter.

Antonia lächelte über Eitelkeit und Verwirrung ihrer jüngeren Freundinnen. Juliane zeigte sich geradezu hingerissen von sich selbst, während es Viktoria trotz ihrer Befreiung vom Mieder ganz offensichtlich nicht angenehm war, so viel unbedeckte Haut zu zeigen, obwohl ihre Zuschauer nur Frauen waren, in der Mehrzahl Fremde.

Sie hatten sich zu ihrem zweiten Jour fixe in den Persischen Bädern eingefunden. Diese hatte der verstorbene Sultan Barghash für seine gesellschaftlich hochgestellten Untertanen mit verschwenderischem Luxus im Zentrum der Steinstadt erbauen lassen. Eine Oase, hatte Juliane geschwärmt, die ihre Informationen von den anderen Bewohnerinnen des Harems bezog. Ruhe und Schönheit standen angeblich für den Hamam, doch Antonia vermisste zumindest Ersteres.

Tatsächlich fühlte sie sich, als befände sie sich in einem Gänsestall. Die jungen Mädchen und Frauen schnatterten, lachten und lärmten in einer Lautstärke, die sie als ausgesprochen entnervend empfand. Keine der einheimischen Besucherinnen schien sich an der Freizügigkeit zu stören. Araberinnen, die üblicherweise tief verschleiert durch die Gassen schlenderten, entledigten sich nach dem Entrichten des Eintrittsgeldes ohne jedes Schamgefühl ihrer Garderobe und hüllten sich mit der größten Selbstverständlichkeit in jene dünnen, kurzen Tücher, die der Bademeister – ein Eunuch – auch den Europäerinnen ausgehändigt hatte und die Viktoria anscheinend vor eine Mutprobe stellten. Die anderen Mädchen und Frauen steckten die Köpfe zusammen, sprachen Arabisch, Suaheli oder Indisch und tauschten sich ganz offensichtlich mehr oder weniger amüsiert über die drei weißen Freundinnen aus, die zum ersten Mal in ihrem Leben eine orientalische Badeanstalt besuchten.

»Also, ich sehe schon eine Veränderung«, behauptete Juliane und drehte sich wieder selbstverliebt vor dem Spiegel, mal in die eine, mal in die andere Richtung. »Meine Brüste sind gewachsen … Doch, ja, das sehe ich ganz genau!«

»Wie kannst du das, wenn du dein Korsett nicht ablegst?«, fragte Viktoria.

»Ich denke nicht daran, meinen Schnürleib abzulegen«, protestierte Juliane. »Das habe ich ja nicht einmal …«, sie brach errötend ab, und in ihre Augen trat ein eigentümlicher Glanz, der Antonia nie zuvor an der Freundin aufgefallen war.

Nach einer Weile, in der sie versonnen vor sich hingestarrt hatte, senkte Juliane die Lider und spielte mit den Seidenbändern ihres Mieders. Viktoria und Antonia sahen ihr dabei aufmerksam zu, auf die Fortsetzung des angefangenen Satzes gespannt.

»Was hast du nicht?«, platzte Viktoria heraus, nachdem das Schweigen zu lange währte, um von ihr und Antonia übersehen werden zu können.

Die Röte auf Julianes Wangen vertiefte sich. Sie schaute nicht auf, nicht einmal in den Spiegel. Ihre Finger ließen die Schnüre los und tasteten vorsichtig über ihren Brustansatz, als könnten sie dort die Antwort erfühlen. Obwohl sie nichts sagte, war ihre Körpersprache deutlich.

Viktoria riss die Augen auf. »Du hast doch nicht etwa …?« Fassungslos vor Staunen über die unerwartete Frivolität der Freundin brachte sie ihre Frage nicht zu Ende, sondern klappte den Mund wortlos auf und zu.

»Es ist Julianes Sache und nicht unsere«, entschied Antonia strikt.

Sie nahm die Neuigkeit nicht halb so gelassen auf, wie sie klang. Einerseits empfand sie ein wenig Neid auf die Jüngere, weil die jene Leidenschaft erfahren hatte, von der sie nur träumte. Andererseits waren da ihre bürgerliche Erziehung und die Vorstellung, ein Adelsfräulein bewahre seine Jungfräulichkeit bis vor den Traualtar. Mit wem Juliane eine vorgezogene Hochzeitsnacht gefeiert hatte, brauchte sie nicht zu erläutern, das stand nach ihrem letzten Treffen fest. Und mit dem Gedanken an Prinz Omar wurde Antonia plötzlich von Sorge um die Freundin erfasst. Denn ebenso klar wie sein Name stand das Wissen um die Konventionen vor ihrem geistigen Auge: Juliane würde mit diesem Mann niemals eine Ehe eingehen dürfen.

Lautes Gelächter im Hintergrund ließ sie zusammenzucken. Sie, die als Naturwissenschaftlerin den Umgang mit ihrem Körper nüchterner sah als die vornehme Viktoria, fühlte sich in ihrem Badetuch deutlich angezogener. Deshalb beschloss sie, den

Hamam zu erkunden. Vielleicht würden sie in einem der angrenzenden Räume die Ruhe finden, die sie für dieses wahrhaft intime Gespräch mit Juliane benötigten. Resolut hakte sie sich bei den Freundinnen unter.

»Kommt mit, Mädels, erkunden wir den Orient! Dabei lässt es sich gewiss besser reden.«

Mit bloßen Füßen tappten die drei in einen langen Flur. Dieser lag im Halbdunkel, spärlich beleuchtet von Wandlampen, in denen Duftöle verbrannt wurden. Das starke, süße Aroma von Jasmin und Moschus erfüllte den langen fensterlosen Raum. Sie schritten über einen hellen Marmorboden, der angenehm warm war, zuweilen aber fast so heiß wie eine Herdplatte wurde. Verstohlen blickten sie zu den Araberinnen hin, die auf Holzpantinen des Weges klapperten.

Juliane sprang erschrocken auf einem Bein herum, als sie auf einen Quadratmeter trat, der von unterirdisch verlaufenden Wasserrohren zu stark erhitzt wurde.

»Stell dir vor, unter uns wäre eine mit Eis gefüllte Leitung«, schlug Antonia pragmatisch vor. »Dann ist es gleich nicht mehr so heiß.«

»Ach, dagegen hätte ich nichts einzuwenden. Spürst du nicht, wie die Luftfeuchtigkeit ansteigt? Man kann ja kaum noch richtig Atem schöpfen.«

»Stimmt«, erwiderte Viktoria und wischte sich einen Tropfen von der Stirn, der sie gerade getroffen hatte. Sie spähte mit zusammengekniffenen Augen an die Decke, wo sich Kondenswasser bildete.

Antonia legte ihre Hand fürsorglich auf Julianes Schulter und hinderte die Freundin damit am Weitergehen. »Wenn du dein Korsett nicht ablegst, wirst du Probleme mit der Atmung bekommen. Ein eng geschnürtes Mieder ist gewiss nicht das richtige Kleidungsstück für ein Dampfbad.«

»Niemand wird auf deine Idealtaille achten«, fügte Viktoria

hinzu. »Ich meine, vor deinem Verehrer mag das noch angehen, aber hier nimmt kein Mensch davon Notiz. Die Frauen dort …«, sie brach ab und starrte zu drei jungen Araberinnen hin, die sich weder ihrer üppigen Körper noch ihrer völligen Nacktheit zu schämen schienen.

Die Frauen standen am Ende des Flurs an einem Becken und begossen sich gegenseitig mit Wasser aus einer silbernen Flasche, lachend, voller Lebensfreude und für deutsche Verhältnisse unglaublich ausschweifend. Doch das war wohl nicht allein der Grund für Viktorias Erstaunen. Entsetzt brach es aus ihr heraus: »Die … die … haben keine Haare da unten!«

»Wie auch?«, gab Antonia unaufgeregt zurück. »Der Islam verlangt, dass sich die Frauen unter den Achseln und zwischen den Beinen rasieren. Im Hospital habe ich Patientinnen gesehen, die sich jedes Härchen ausreißen, das nachwächst. Eine Krankenschwester hat mir erklärt, es sei eine alte Tradition.«

»Das muss ja schrecklich wehtun!«, rief Viktoria schockiert.

Juliane biss sich auf die Unterlippe, dann gestand sie mit überraschend fester Stimme: »Ich möchte es ausprobieren. Meint ihr, man versteht mich, wenn ich hier darum bitte? Nassim, meine Freundin im Palast, sagt, im Hamam würden die Badewärterinnen nach den Waschungen Epilationen durchführen.«

»Was?« Viktorias Aufschrei hallte von den Mosaiken an den Wänden und den Marmorverkleidungen wider.

Der Druck von Antonias Hand auf Julianes Schulter wurde fester. »Du machst das doch nicht, um deinem … ehmmm… diesem Prinzen gefällig zu sein, oder?«, erkundigte sie sich besorgt.

Sie wusste zwar, dass auch die Haare an delikater Stelle nachwuchsen, aber sie fürchtete, dass sich Juliane einer Faszination aussetzte, die sie weder überblicken noch bewältigen konnte. Hoffentlich opfert sie mit ihrer Tugend nicht auch ihren Verstand, fuhr es Antonia durch den Kopf. Fast alle gefallenen Mädchen waren einmal blind gegenüber der Realität gewesen.

»Na, wenn schon«, gab Juliane zurück. »Ich möchte eine vollwertige Frau für ihn sein. Und wenn in seiner Kultur die Enthaarung dazugehört, werde ich mich daran halten. Als seine Gemahlin habe ich mich sowieso seinen Wünschen zu fügen. Das ist bei uns nicht anders als hierzulande, nicht wahr?«

»Du wirst Prinz Omar heiraten?«, hauchte Viktoria, die vor zunehmender Betäubung ganz heiser klang. »Gütiger Himmel. Und ich dachte, ich könnte euch damit beeindrucken, dass ich Aushilfslehrerin in St. Mary's geworden bin. Das ist gegen Julianes Neuigkeit ja so langweilig wie kalter Kaffee.«

»Was sagt dein Vater zu deiner Verlobung?«, wollte Antonia wissen.

Juliane schüttelte ihre Hand ab und ging ohne ein Wort ein paar Schritte weiter. Nebelschwaden zogen ihr entgegen. Der Flur öffnete sich in einen sehr heißen, feuchten Raum, an dessen Rändern Becken mit fließendem Wasser eingelassen waren. Durch den feuchten Dunst schimmerten kostbare Mosaiken, die Bilder von exotischen Blumen darstellten. In der Mitte des Raumes erhob sich ein mehrstöckiges Rondell, auf dem die Damen sitzen oder sich ausstrecken konnten. Selbst Gold und Halbedelsteine schmückten die Einrichtung des Dampfbades.

»Ich liebe ihn!«, rief Juliane ihren Freundinnen zu, und ihre Stimme hallte ein wenig erstickt von den Wänden wider.

»Offenbar weiß es ihr Vater noch nicht«, konstatierte Viktoria.

»Hoffentlich weiß es dieser Prinz Omar schon«, gab Antonia zurück.

Schweigend folgten die beiden Juliane. Viktoria brauchte es nicht laut auszusprechen – Antonia war sicher, dass die Hamburgerin ihre schlimmsten Befürchtungen teilte. Aber Viktoria war sicher ebenso klar, dass es keiner von ihnen zustand, Juliane vor einer unüberlegten Handlung zu warnen. Schließlich kannten sie beide die Absichten des Prinzen nicht. Womöglich war er kein skrupelloser Verführer wie die meisten Liebhaber in Groschenromanen, und sie taten ihm unrecht. Vielleicht wurde Julianes Liebe erwidert, und alles endete eines Tages vor dem Traualtar.

Dennoch ließ Antonia das Gefühl nicht los, dass sie Zeugin einer Tragödie wurde. Du bist nicht ihre Mutter, warnte eine innere Stimme. Du bist übervorsichtig, reagierst durch deine eigene Geschichte zu verletzlich und mit übertriebenem Pessimismus.

Aber sollte sie als ältere Freundin nicht auf Juliane aufpassen?

Wer bin ich, dachte Antonia im nächsten Moment, dass ich Juliane Vorhaltungen machen dürfte? Brach sie nicht selbst alle Regeln, seit sie sich auf diese schmerzliche, atemberaubende, lustvolle Weise zu Max Seiboldt hingezogen fühlte?

Schlimmer noch: Trotz ihres anfänglichen Entsetzens hatte der *Mganga* eine Saite in ihr zum Klingen gebracht, von der sie gehofft hatte, sie sei in den vergangenen Wochen verstummt. Seit der Nacht am Strand spielte sie jedoch eindringlicher als je zuvor.

Es war gar nicht so viel passiert. Jedenfalls nichts, dessen sie sich bei Tageslicht allzu sehr schämen müsste. Letztlich hatte Max Seiboldt ja selbst behauptet, sie sei seine Geliebte. Und ihr Nein war von dem Schamanen so ausgelegt worden, dass sie den Mann an ihrer Seite nicht wollte – oder er sie nicht glücklich machen konnte. Je nach Betrachtung, was wohl sogar einleuchtend war, zumindest für ihn. Und ganz genau hatte Seiboldt sowieso nicht verstanden, was der Heilkünstler auf Suaheli sagte. Vielleicht hatte er ihr die Wahrheit auch nicht übersetzen wollen. Darüber machte sich Antonia jedoch keine Gedanken, weil es keine Rolle spielte.

Gegen eine Handvoll Maria-Theresia-Taler hatte ihnen der Medizinmann zwei kleine Wurzeln gegeben, deren Preis gewiss überteuert war. Zuvor hatte er die Meeresgöttin angerufen und ihr Wohlwollen erbeten. Offenbar entsprach sie seinem Wunsch, denn er wies Seiboldt und Antonia an, die aromatischen, scharfen Ingwerwurzeln nun zu kauen. Ihr Chef begegnete dem Vorschlag mit der gebotenen Ernsthaftigkeit, während sie sich in ihrer Meinung bestätigt sah. Alles nur Zauberei. Teuer und nutzlos. Doch insgeheim hoffte sie auf die Wirkung des Aphrodisiakums – oder zumindest der Zauberformel, die auf der Pflanze lag.

Allerdings kam es nicht zu einem Nachweis, denn Seiboldt steckte die mystische Arznei in seine Tasche und verlor auf ihrem Rückweg kein Wort mehr darüber. Da schien er dann zu sehr damit beschäftigt, seine in den Sand gemalten Zeichen wiederzufinden. Doch der Wind oder die Helfer des *Mganga* hatten die Spuren verwischt. Und in Antonia nagte die Frage, ob Seiboldt den für sie bestimmten Ingwer einer anderen Frau anbieten würde.

Ich darf den ersten Stein nicht werfen, dachte sie grimmig, als sie sich auf dem lapisblau glänzenden Rondell ausstreckte.

Es war wie ein Spiel mit vertauschten Rollen, fuhr es Viktoria durch den Kopf. Sie kam sich reichlich naiv vor, während Juliane die erfahrene Geliebte gab. Unter halb geschlossenen Lidern beobachtete sie die Freundin verstohlen, musterte deren Leib auf der Suche nach Hinweisen auf die erfüllte Liebe.

In der heißen Feuchtigkeit des Dampfbades sah Juliane nicht sonderlich attraktiv aus, denn ihr Gesicht lief krebsrot an, und ihr alabasterweißes Dekolleté wurde von rosa Flecken verunstaltet.

Unwillkürlich fragte sich Viktoria, was sie tun sollte, wenn Juliane aus Sauerstoffmangel in Ohnmacht fiele. Angesichts des Korsetts eine durchaus nicht weit hergeholte Möglichkeit. Auch ohne Mieder wurde ihr, Viktoria, schon ziemlich heiß. Das Wasser sammelte sich zwischen ihren Brüsten und unter ihren Achseln und lief in Strömen unter dem aus einem Handtuch geschlungenen Turban ihren Nacken hinab. Riechsalz war nicht greifbar. Hoffentlich würde Antonia wissen, was im Notfall zu tun sei.

Viktoria warf Antonia einen Seitenblick zu. Deren Züge wirkten angespannt, was bei den herrschenden Temperaturen womöglich ebenso ungesund war wie das Tragen eines Mieders. Ganz so, als wäre Antonia in Grübeleien vertieft. Noch ein Problem, schlussfolgerte Viktoria. Ihr Mitleid für die ältere Freundin und deren Hingabe zu Max Seiboldt überwältigte sie fast. Am liebsten hätte sie die Hand nach Antonia ausgestreckt, unterließ dies aber. Umso mehr nagte das schlechte Gewissen an ihr, weil sie trotz ihrer Begegnung mit Anna von Rosch in St. Mary's keine Erkundigungen über deren Privatleben eingeholt hatte. Aber es war so aufregend, zum ersten Mal in ihrem Leben vor einer Klasse halbwüchsiger Mädchen stehen zu dürfen, dass sie darüber alles andere vergaß – nur die Befriedigung nicht, die sie beim Unterrichten erfüllte.

Obwohl sie meist offen für neue Erlebnisse war und am liebsten alles ausprobierte, was es zu erfahren gab, fühlte sie sich in dem Schwitzbad nicht wohl und wurde zunehmend nervös. Zu viele Gedanken stürmten auf sie ein. Sie war unfähig, sich auf ihren Körper zu konzentrieren. Allerdings gehörte dies auch nicht zu ihren gewohnten Übungen. Keine Dame in Hamburg beschäftigte sich auf solche exzessive Weise mit der eigenen Haut. Schon beim bloßen Gedanken an die Rituale in einem Hamam wäre ihre Mutter gewiss in Grund und Boden versunken. Sie hätte ihr unverzüglich jeden Kontakt zu den Freundinnen verboten, vor allem zu Juliane, die den Besuch vorschlug.

Gustava Wesermann wäre wahrscheinlich in Ohnmacht gefallen, hätte sie mitansehen müssen, wie ihre Tochter das den Körper schützende Tuch ablegte und so, wie Gott sie geschaffen hatte, in eines der Brunnenbecken stieg. Das sanfte Plätschern, das mal in lauwarmen Bächen über die Mosaiken floss, mal kalt aus den goldenen Hähnen strömte, hätte Viktorias Mutter kein Vergnügen bereitet.

Und auch Viktoria fand es ein bisschen eigentümlich, splitternackt vor ihre Freundinnen zu treten und sich gegenseitig mit Wasser zu bespritzen. Seltsamerweise empfand sie vor Juliane und Antonia deutlich mehr Schamgefühl als vor Roger Lessing.

»Du denkst an etwas Schönes!«, stellte Juliane kichernd fest. Sie hatte ihr Korsett noch immer nicht abgelegt und ließ gerade einen Wasserstrahl in ihren Ausschnitt fließen.

Eine anstößige Art, das Bad zu genießen, wie Viktoria im Stillen befand. Sogar ziemlich vulgär, dachte sie und fühlte sich im nächsten Moment dermaßen an ihre Mutter erinnert, dass sie sich – verärgert über sich selbst – zwei Hände voll des kühlen Nasses ins Gesicht schüttete.

»Das ist ein Irrtum!«, widersprach Viktoria energisch. Sie wischte sich mit den Fingern über die Augen, an ihren Wimpern klebten Wassertropfen. Dann maß sie Juliane mit scharfem Blick. »Ich dachte an meine Mutter und was die sagen würde, wenn sie uns hier sähe.«

»Gütiger Gott«, entfuhr es Antonia. »Meine Eltern waren schon alles andere als begeistert, als sie erfuhren, dass ich auf Forschungsreise nach Afrika gehen würde. Sie konnten sich nicht vorstellen, dass hier überhaupt irgendwer anständig bekleidet ist und nicht alle Menschen Baströckchen tragen.«

Juliane lachte, wurde aber überraschend schnell ernst. Ihre Blicke gingen ins Leere. »Es ist wie ein Märchen. Schöner als jeder Traum.«

»Dann solltest du dich vorsehen, dass es kein böses Erwachen gibt«, versetzte Antonia.

Viktoria schüttelte unmerklich den Kopf. Ganz so barsch brauchte die Ältere nun wirklich nicht mit dem Nesthäkchen unter ihnen umzugehen.

Doch die nahm die Warnung nicht übel. »Das wird es nicht«, versicherte Juliane strahlend. »Ich bin ganz sicher, dass er der Richtige ist … Und überhaupt: Ihr wollt ja nur wissen, wie es ist mit einem Mann … Ihr seid neugierig und neidisch. Das ist es.« Offensichtlich brannte sie darauf, jedes Detail ihres Erlebnisses zu erzählen.

»Ganz bestimmt«, erwiderte Antonia lahm.

Viktoria tat Juliane den Gefallen zu fragen: »Wie ist es denn?« Dabei war sie unschlüssig, ob sie das Geheimnis nicht lieber selbst ergründen wollte. Sie warf Antonia einen Seitenblick zu, die damit beschäftigt war, den Turban auf ihrem Kopf hektisch zurechtzurücken, obwohl sich Viktoria nicht erinnerte, dass dieser verrutscht wäre.

»Es ist … fantastisch!«, schwärmte Juliane und strich dabei versonnen über ihre Hinterbacken, die wie zwei Pampelmusen unter der nassen Seidenrüsche ihres Korsetts hervorlugten. »Ich glaube jedenfalls, dass es das ist«, fügte sie etwas weniger euphorisch hinzu. »Schließlich habe ich keinen Vergleich.«

Viktoria lagen etliche Überlegungen auf den Lippen. Es gab vieles, was sie über die körperliche Vereinigung wissen wollte – doch sie schwieg. Julianes Geste und die Offenheit, mit der sie ihre Erfahrungen teilen wollte, waren ihr peinlich. Noch einmal sah sie zu Antonia, der es anscheinend ähnlich erging.

»Kommt, gehen wir in einen anderen Raum«, schlug sie vor. »Ich glaube, wir brauchen ein wenig frische Luft.«

Antonia war sichtlich erleichtert über diese Idee. Juliane indes maulte, da es am Ende des nächsten, nach Orangenblüten duftenden Korridors keine Möglichkeit mehr zu einer intimen

Unterhaltung gab. Dort wurden die Freundinnen von Bademeisterinnen empfangen, die in einem unverständlichen Wortschwall die eigenen Fertigkeiten anpriesen. Es roch nach Karamell, Zitrone und Henna, und Juliane ließ sich bereitwillig auf einer Liege nieder. Viktoria und Antonia flohen jedoch in den benachbarten Ruheraum, wo ein Schweigegebot herrschte.

22
Montag, 13. August

Aufstöhnend wog Friedrich van Horn den Hammer in seiner Hand und betrachtete skeptisch sein Werk. »Ich weiß nicht, wie lange es her ist, dass ich zum letzten Mal eine Kiste zugenagelt habe«, sagte er, drückte die Rechte samt Werkzeug in sein Kreuz und streckte sich. »Mein Rücken ist entschieden zu alt dafür.«

»Leider bin ich völlig ungeeignet für jede handwerkliche Beschäftigung«, behauptete Roger Lessing und hob seine schmalen, gepflegten Hände wie zum Beweis für seine Ungeschicklichkeit. »Wenn ich etwas einpacke, bleibt der Inhalt zurück, und die Umhüllung geht auf Reisen. Und da ich nicht möchte, dass das Paket bereits an seinem Herkunftsort verloren geht, anstatt in Hamburg anzukommen, hilfst du mir netterweise.«

»Warum lässt du die niederen Arbeiten nicht von einem Gehilfen erledigen?«

»Du bist mein Gehilfe«, gab Roger grinsend zurück.

Friedrichs Antwort ging im dröhnenden Signal eines Schiffes unter.

Am Hafen herrschte das übliche Durcheinander von Booten, Dhaus aller Art und den kleineren Fischerbooten, den Ngalawas, die vom Strand ins Meer geschoben wurden und sich ihren Weg durch das Chaos am Ufer zu bahnen versuchten.

Größer noch als das Haus der Wunder, das höchste Gebäude der Steinstadt, erschienen dem Betrachter die weißen Kolosse aus England und Frankreich auf Reede. Die Dampfer verdeckten den Horizont, durchbrachen die türkisblaue Linie zwischen Himmel und Ozean.

Zu Wasser und an Land wimmelte es von Menschen. Den Passagieren, die vor der Weiterreise der *Marseilles* nach Madagaskar zu einem Landausflug drängten, und den Kaufleuten und Afrikareisenden, die an Bord der P&O-Linie ihre Heimreise nach Europa antraten, sowie den Arbeitern, die in waghalsigen Aktionen die Schiffe beluden.

Die Männer balancierten schwere Kisten, Säcke und Ballen auf dem Kopf, um das Stückgut durch die ihnen bis zu den Hüften reichenden Wellen zu schleppen. Kähne und Leichter wurden backbords gerudert, um kleinere Waren im Kabelgatt und größere Transportgüter im Schiffsraum zu verstauen. Eine Atmosphäre von Fernweh lag in der Luft, von Aufgeregtheit und Antrieb, wie dies immer beim Beladen eines Schiffes der Fall war. Der Geruch von Kohle wehte an den sonnenüberfluteten Strand, mischte sich mit dem bei der herrschenden Ebbe starken Gestank nach trocknenden Algen und dem Schweiß der Schwarzen, die für die Niederlassung des Handelshauses Lessing & Sohn arbeiteten. Die Tagelöhner waren gerade damit beschäftigt, Jutesäcke und Fardehlen mit Pfeffer, Nelken, Zimt und Muskatnuss von einem schwer beladenen Leiterwagen auf ein Ruderboot zu schichten, dessen Kiel bereits nach der ersten Auflage tief in den schlammigen Sand sank.

Friedrich trat mit der Schuhspitze gegen die Holzkiste, die Roger eigenhändig an den Strand getragen hatte und die nun verschlossen vor seinen Füßen stand. »Ich vermute, du hast mich zu deinem Gehilfen gemacht, weil du nicht ausgelacht werden willst. Eine Sansibar-Truhe in einer Teekiste ... tzzz... das ist doch mal eine exzentrische Idee.«

»Nein, ist es nicht«, erwiderte Roger und sah an Friedrich vorbei, um seine Lastenträger mit scharfem Auge zu beobachten. »Ich bin nur vorsichtig. Die Truhe ist ein Geburtstagsgeschenk für meine Mutter. Ich möchte nicht, dass die Schnitzereien auf dem Transport abgestoßen oder die Messingbeschläge zerkratzt werden.«

»Hätte sich dafür nicht ein Holzkasten geeignet, auf dem etwas anderes als *it pays to sell good tea* steht?«

Roger grinste. »Es dürfte sich in der Tat auszahlen, weil Engländer mit Tee erfahrungsgemäß vorsichtiger umgehen als mit jedem anderen Gut.«

»Hmmm«, machte Friedrich wenig überzeugt. »Teak wiegt deutlich mehr als Tee. Dein Schwindel wird auffliegen, mein Freund. Wenn du dir solche Sorgen um das gute Stück machst – warum vertraust du die Truhe keinem französischen Dampfer an? Die Franzosen haben doch angeblich mehr Sinn für Schönheit und Dekoration.«

»Ich mache keine Geschäfte mit französischen Reedereien«, erwiderte Roger brüsk.

»Ach, ja? Ist mir noch gar nicht aufgefallen …«

»*Abedari!*«, schrie Roger auf Suaheli, eines der wichtigsten Wörter, die er im Kontor gelernt hatte: Vorsicht!

Einer seiner Arbeiter hatte mit einem Pfeffersack zu kämpfen. Der Schwarze drohte unter dem Gewicht im knietiefen Wasser zu strauchlen und die Ware fallen zu lassen. Roger hatte schon erlebt, wie ein Jutebeutel trotz der üblicherweise großen Reißfestigkeit von einer an das Ufer angeschwemmten Koralle aufgeschnitten wurde; der Inhalt war danach verloren. Tausende von grünen Pfefferkörnern schwammen damals wie kleine Punkte auf dem Meer, bevor sie von den Wellen verschlungen wurden und untergingen.

Nachdem sein Arbeiter das Gleichgewicht wiedergefunden und Roger mit einem Lächeln und einem Nicken zu beruhigen versucht hatte, wandte dieser sich wieder an seinen Freund: »Ich hänge es nicht an die große Glocke, aber mir sind britische Schiffe lieber.«

Friedrich hob erstaunt die Augenbrauen. »Was macht den Unterschied? Ich kann keinen erkennen, aber vielleicht habe ich etwas Wichtiges übersehen und belade ständig die falschen Dampfer mit meinen Waren. Erlöse einen Unwissenden und verrate mir den Grund für deine Wahl.«

»Hast du noch nie von heimlichen Sklaventransporten unter der Trikolore gehört? Die Gerüchteküche brodelt doch. Das Land von Freiheit, Gleichheit, Brüderlichkeit erkennt das internationale Verbot des Sklavenhandels nicht an, was dazu führt, dass die menschliche Ware unter französischer Flagge verfrachtet wird. Kein britischer Marinekommandant würde es je wagen, die Ladung eines französischen Schiffes zu kontrollieren, womit dieser Transportweg eine ausgesprochen sichere Sache ist.«

»Ein privater Boykott also«, murmelte Friedrich. Offensichtlich kämpfte er mit sich, ob er das Thema vertiefen sollte. Er senkte den Blick und spielte mit dem Hammer, den er noch immer in den Händen hielt, schwang ihn hin und her wie ein Pendel.

Roger sah Friedrich an, dass dieser abwog, ob er ihn auf Zouzan ansprechen sollte oder nicht. Er war dankbar, dass der Freund von spontanen Bemerkungen über seine Geliebte absah. Damit agierte Friedrich diskreter als Luise, die Roger vor einigen Tagen ebenso taktlos wie peinlich gefragt hatte, ob er sich vorstellen könne, sich in Fräulein Wesermann zu verlieben.

»Mir liegt nichts ferner!«, hatte er entschieden geantwortet.

Dies hatte Luise mit einer wegwerfenden Geste kommentiert. Dann: »Wir sind zwar in Afrika, wo manche gesellschaftlichen Zwänge unbeachtet bleiben, aber wenn ein Mann viel Zeit mit einer jungen Frau verbringt und sich stundenlang mit ihr unterhält, kann man doch wohl annehmen, dass Sympathie in der Luft liegt. Es wäre äußerst schwierig für uns alle, wenn Viktoria unvorsichtigerweise annehmen würde, du machtest ihr den Hof.«

Es war sinnlos gewesen, Luise zu erklären, dass er Viktoria Wesermann mochte, ihre Intelligenz, ihren Witz und ihren Mut schätzte, mehr aber nicht. Sie war eine ausgesprochen reizende und darüber hinaus sehr attraktive Frau – gewiss … aber sein Herz war vergeben.

Im Gegensatz zu Luise zeigte die junge Dame Verständnis für seine Gefühle. Viktoria selbst achtete ihn als Freund, dem sie mit Begeisterung von ihrer Arbeit in der Schule erzählte und der ihr zuhörte, ohne über ihre Ambitionen den Kopf zu schütteln. Dabei war sie zur ungewöhnlichen Gesprächspartnerin gereift, die seiner Meinung nach ihresgleichen auf Sansibar suchte.

»Du wirst deiner Probleme bald enthoben sein«, unterbrach Friedrich die Erinnerung an Viktoria Wesermann und umschloss den Hammer fest mit beiden Händen.

Roger starrte ihn verblüfft an, hin und her gerissen zwischen Friedrichs Bemerkung und der Verbindung zu seinen Gedanken.

Hatte er etwas überhört? Oder hatte Luise einen anderen Heiratskandidaten für die junge Dame gefunden? Eigentlich unvorstellbar, dass eine so lebenskluge Frau wie Luise sich dermaßen damit beschäftigte, eine Fremde unter die Haube zu bringen, fuhr es ihm durch den Kopf. Genau genommen eine unerträgliche Vorstellung, dass Viktoria, die ungebunden sein wollte, derart unsensibel an den Mann gebracht werden sollte.

»Wie ich hörte«, fuhr Friedrich fort, »werden zwischen Reedern in Hamburg und Bremen sowie der Reichsregierung in Berlin Diskussionen über eine subventionierte Ostafrika-Linie geführt. Über kurz oder lang wirst du deine Waren guten Gewissens unter deutscher Flagge verschiffen können.«

Seltsamerweise fühlte Roger sich erleichtert, dass Friedrich ihm nicht die bevorstehende Verlobung von Viktoria Wesermann mitteilte.

»Eine direkte Verbindung ins Deutsche Reich ist nach der Übernahme Tanganjikas nur vernünftig«, nickte Roger und wandte sich wieder der Beobachtung seiner Arbeiter zu, die den Leiterwagen bis auf drei Säcke geräumt hatten.

»Ja, es wurde auch Zeit, dass die Ungewissheit endete und der Sultan die Abtretung öffentlich machte. Übermorgen wird die Flagge der Ostafrikanischen Gesellschaft über den Verwaltungsgebäuden des Wali gehisst. Sicher ein schlechter Tag für die Araber, aber ein guter für uns.«

Roger nickte. »Ein Grund zum Feiern. Deshalb hat uns Konsul Michahelles ja auch zu einem Empfang eingeladen. Wirst du hingehen?«

Die Vorstellung, Luise van Horn werde sich in eine Robe zwängen, die einer Soiree in der kaiserlichen Gesandtschaft angemessen war, erschien Roger höchst unwahrscheinlich. Soviel er wusste, waren die einzigen Kleider, die Friedrichs Gattin besaß, derart aus der Mode, dass sie sich nicht darin sehen lassen konnte, selbst wenn sie wollte. Die Frauen der Offiziere und Verwaltungsbeamten, die seit kurzem Sansibar bevölkerten und das bisherige ruhige Leben der Afrika-erfahrenen Kaufmannsgattinnen störten, hätten wenig Verständnis für Luises Geschmack. Erwartungsgemäß schüttelte Friedrich den Kopf.

»Schade«, sagte Roger und meinte es auch so. »Aber wahrscheinlich wird das ohnehin ein langweiliger Abend mit endlosen Lobeshymnen auf die Ostafrikanische Gesellschaft und dem zwanghaften Bemühen aller Anwesenden, eine gute Figur zu machen. Apropos: Wenn ich ehrlich bin, kann ich mir dich auch nicht im Frack vorstellen«, fügte er lachend hinzu.

»Da bist du nicht allein. Ich ebenso wenig. Was für ein Glück, dass du so vortrefflich in Gesellschaftskleidung herauskommst.«

»Ich?« Roger zog ein erstauntes Gesicht. »Das muss ein Missverständnis sein. Am liebsten würde ich den Empfang schwänzen und nach Hause fahren. Vermutlich sollte ich mich aber für ein Stündchen im Konsulat sehen lassen. Im Gegensatz zu unseren Hamburger Kollegen Hansing, Hertz und O'Swald habe ich es noch nötig, die Honneurs zu machen.«

»Das trifft sich gut. Dann kannst du Fräulein Wesermann um die Ehre bitten, sie begleiten zu dürfen.«

Roger, der einen seiner Arbeiter gerade gestenreich darauf aufmerksam gemacht hatte, dass die Teekiste zu Friedrichs Füßen ebenfalls zu dem englischen Dampfer gebracht werden musste, erstarrte. Ohne die Gewissheit, wie es um Luises Garderobe tatsächlich bestellt war, hätte er ihren Vorwand für ein Komplott gehalten. Dennoch war er verärgert.

»Was soll ich? Warum ich?«, fragte er gedehnt.

»Pass auf sie auf, bitte!«, sagte Friedrich eindringlich. »Luise macht sich Sorgen. Sie ist tief beunruhigt, weil Fräulein Wesermann sich mehrfach nach Prinz Omar ibn Salim erkundigt hat. Das ist der Dolmetscher des Sultans …«

»Ich weiß. Und?«

»Sie kennt ihn durch eine Freundin, glaube ich. Luise befürchtet, Fräulein Wesermann könnte sich in falsche Gefühle verfangen. Sie wäre nicht die erste weiße Frau, die den afrikanischen Sonnenuntergängen und der arabischen Literatur verfällt. Immerhin spricht Prinz Omar Deutsch wie du und ich. Dadurch ist er in der Lage, ihr seine Kultur …«

»Unsinn«, entgegnete Roger heftig. Er fragte sich, ob Luise noch mit etwas anderem beschäftigt war als mit dem Liebesleben von Viktoria Wesermann, doch diese Überlegung sprach er nicht aus.

»Ich kenne Prinz Omar«, sagte er nach einer Weile. »Er ist das, was man bei uns einen netten Kerl nennen würde. In Maskat warten zwei Ehefrauen auf ihn, und ich weiß nicht, wie viele Konkubinen. Er hegt gewiss keine ernsthaften Absichten.«

»Das habe ich auch nicht behauptet …«, Friedrichs Worte klangen wie ein Aufstöhnen. Es war ihm anzusehen, wie wenig ihm die Rolle des Postillon d'Amour gefiel, in die ihn Luise gezwungen hatte.

»Egal. Fräulein Wesermann ist viel zu klug, um sich auf eine Romanze einzulassen, deren unglückliches Ende vorbestimmt ist. Gütiger Himmel, Friedrich, wir sind auf Sansibar und nicht in Verona bei Romeo und Julia!«

Bevor Friedrich etwas antworten konnte, bemerkte Roger, dass ihm der Tallymann zuwinkte. Offensichtlich hatte der Ladungskontrolleur eine Frage zu seiner Fracht. Die Teekiste mit der Sansibar-Truhe. Roger seufzte. Friedrich hatte recht. Es gab Probleme mit dem Gewicht.

Er schlug seinem Freund jovial auf die Schulter. »Danke fürs Anpacken. Ich muss los …«

23

MITTWOCH, 15. AUGUST

Viktoria bedauerte, dass Luise sich geweigert hatte, das Fest in der deutschen Gesandtschaft zu besuchen. Allerdings konnte sie sich ihre robuste, unkonventionelle Gastgeberin nur schwer in dem illustren Kreis vorstellen. Dieser bestand wohl überwiegend aus den Vertretern der Hamburger Handelshäuser, deren Traditionsbewusstsein und Hochnäsigkeit seit den besten Tagen der Hanse Legende waren. Natürlich hatten diese Leute ein erhebliches wirtschaftliches Interesse daran, die Vertreter der Deutsch-Ostafrikanischen Gesellschaft und der Regierung in Berlin zum eigenen Nutzen in ihre Netze zu verstricken.

Roger Lessing wartete am Fuß der Treppe auf sie, die von den oberen Etagen in den Innenhof führte. Vermutlich hatte er schon ein halbes Dutzend Mal auf seine Taschenuhr geblickt. Als sie würdevoll die Stufen hinabschritt, steckte er die Uhr gerade wieder in die schwarze Tuchweste, die er unter einer knappen weißen Jacke trug. Ganz offensichtlich war er es nicht gewohnt, auf eine Frau zu warten, die ein wenig über die Maßen mit ihrer Toilette zugebracht hatte. Mit seiner Fußspitze, die auf der untersten Stufe stand, klopfte er einen unmelodischen, schnellen Takt.

Für seine afrikanische Mätresse wird er sich gewiss nicht in Geduld fassen müssen, fuhr es Viktoria durch den Kopf.

Aus irgendeinem unerfindlichen Grund bereitete es ihr Spaß, Roger Lessing zu provozieren. Deshalb funkelten ihre Augen mit den Diamantsplittern um die Wette, die in Gold gefasst an ihren Ohren hingen und den Jetkamm in ihrem von der Sonne ausgebleichten aufgesteckten Haar verzierten. Sie trug ein elegantes blauviolettes Kleid aus Moiré, dessen changierende Seide mit dem in der Dämmerung in allen Rot-, Grün- und Lavendeltönen schimmernden Himmel in Konkurrenz zu treten schien. Da sie kein Korsett trug, spannte es ein wenig um die Taille, und die Abnäher stimmten auch nicht mehr. Aber das störte sie nicht, zumal Lessings Augen ihr verrieten, dass ihr Spiegelbild sie nicht getrogen hatte.

Sein Mund, den er eben sicher für eine Zurechtweisung geöffnet hatte, blieb ein paar Atemzüge lang offen stehen. Staunen lag in seinen Blicken, dann Bewunderung. Es war unübersehbar, dass ihm gefiel, wofür sie sich stundenlang Mühe gegeben hatte.

»Wollen wir nicht endlich gehen?«, fragte sie, als hätte nicht sie ihn warten lassen.

»Sie sehen fantastisch aus«, erwiderte er und reichte ihr seinen Arm.

Viktorias Lächeln vertiefte sich zu einem kleinen Grinsen. Das war den Putz wert: die Bewunderung eines Mannes, der sie in einer Abendrobe attraktiver fand als im Evakostüm.

Beschwingten Schrittes spazierte sie an Lessings Seite durch die im Dämmerlicht verschwimmenden Gassen. Zum ersten Mal in ihrem Leben folgte sie der Einladung zu einem Empfang ohne ein Korsett. Sie fühlte sich frei und genoss es, ihre Lungen unbehindert mit der schweren, süßen Abendluft füllen zu dürfen, ihre Brüste nicht mehr eingeschlossen in das Mieder zu fühlen.

Mindestens ein Glas Champagner wollte sie auf ihre Emanzipation trinken. Auf das Glück, nicht mit Hartwig Stahnke verheiratet sein zu müssen. Und auf ihren Vater, der nicht einmal ahnte, welchen Gefallen er ihr mit dem Exil in Sansibar erwiesen hatte. Das Schicksal meinte es gut mit ihr, fand Viktoria. Deshalb wollte sie auch Luise nicht grollen, die sie im Befehlston darum *gebeten* hatte, die Begleitung Roger Lessings anzunehmen. Wenigstens war ihr seine Gesellschaft nicht mehr unangenehm. Und er machte wirklich Staat in seinem Abendanzug, selbst wenn er darin ein wenig wie ein Konditorjunge aussah. Sie waren gewiss ein attraktives Paar.

Das kaiserliche Konsulat befand sich im früheren Kontor des Hamburger Kaufmanns O'Swald direkt am Strand. Es war eines der wenigen Häuser in der Steinstadt, die nicht im arabischen oder indischen Stil oder in einer Mischung aus beidem erbaut worden waren. Die roten Ziegeldächer über weißen Mauern aus Korallenstein glichen einer sehr norddeutschen Bauweise, ebenso die Balkone und Treppenaufgänge, die preußischen Kappendecken und Kamine. Die Honoratioren und ihre Gäste bewegten sich zwischen einer Einrichtung, die ebenso in der Hansestadt oder in Preußen anzutreffen gewesen wäre: Möbel aus Mahagoni und Eichenholz, vergoldete Rahmen um dunkle Gemälde mit den ernsten, steifen Porträts der beiden verstorbenen und des jungen Kaisers in Uniform, Teppiche aus dem Orient, Wachskerzen in silbernen Kandelabern, elektrisches Licht in kostbaren, riesig wirkenden Lüstern. Zu Viktorias Überraschung duftete es auch nicht nach der schweren Süße Sansibars, sondern nach Kölnisch Wasser, Zitronen, Rosen und Zedern, nach Puder und Zigarren. Lediglich die schwarzen Boys in ihren schneeweißen Gewändern und bunt bestickten Kopfbedeckungen erinnerten daran, in Afrika zu sein. Doch der Schaumwein wurde in Kristallgläsern aus Thüringen serviert – und der Sekt selbst stammte aus der Kellerei Kessler in Württemberg.

Eine Militärkapelle spielte erstaunlich sanfte Melodien. Die Instrumente waren so leise, dass sie von dem herrschenden Stimmengewirr, dem gelegentlich dröhnenden Gelächter manches anwesenden Herrn, von Gläserklirren und Füßescharren übertönt wurden. Das unnachahmliche Plopp eines Korkens, wenn eine neue Flasche Sekt geöffnet wurde, klang wie ein Salutschuss. Immerhin gab es nicht weniger zu feiern als die Übernahme der Küstenregion Tanganjikas durch die Deutsch-Ostafrikanische Gesellschaft.

Aus diesem Anlass hatten sich wohl die meisten Deutschen auf Sansibar eingefunden: Kaufleute, Forschungsreisende, Marineoffiziere. Die wenigsten lebten mit ihren Frauen in Afrika, sodass ein deutlicher Männerüberschuss herrschte, und zu einem Empfang des Gesandten erschien man nicht mit einer Geliebten, so sie denn Schwarze, Inderin oder eine Weiße war, die, auf Sansibar gestrandet, Liebe gegen Geld verkaufte. Dennoch konnte sich das Auge an der Schönheit einiger Damen erfreuen, an ihren Juwelen, die mit den Kristallen an Decken und Wänden um die Wette glitzerten, raschelnden Seidenroben und ihrer, wenn auch zuweilen nur vorgetäuschten Anmut.

Lessing nahm gleich hinter dem Eingang zwei Gläser von dem dargebotenen Tablett eines Dieners und reichte eines davon Viktoria.

»Zur Stärkung«, erklärte er schmunzelnd. »Das werden Sie gebrauchen können. Ich wette, die meisten unverheirateten Männer werden sich um Sie scharen, sobald sie erfahren, dass Sie die Tochter des Reeders Wesermann sind. Wie haben Sie es eigentlich bisher geschafft, sich die aufstrebenden Junggesellen der Stadt vom Hals zu halten?«

»Ich habe den van Horns verboten, irgendwem zu verraten, dass eine sogenannte Partie bei ihnen wohnt.«

»Was für eine ungenutzte Chance für mich! Wie schade, dass ich gebunden bin ...«

»... und ich nicht daran denke zu heiraten«, fügte sie hinzu.

»Jaaa...«, erwiderte er langsam.

Er sah ihr in die Augen. Als suchte er etwas darin – aufmerksam, durchdringend, tief.

Sie fühlte sich von seinem Blick wie magisch angezogen. Die Geräuschkulisse um sie her wurde leise, als trennte sie eine Nebelwand davon. Sie nahm nichts wahr außer der Intensität seiner Gegenwart. Es kam ihr vor, als wären sie allein auf der überdachten Treppe, die eigentlich der Aufgang zur Loggia im ersten Stock war, ihr in diesem Moment aber wie eine Himmelsleiter erschien. Sie schwiegen – und doch war diese Stille nicht bedrückend, sondern beredter als jedes Wort.

Merkwürdig, dachte Viktoria verwundert, sehr merkwürdig.

Lessing räusperte sich. »Dann trinken wir auf unsere Freundschaft.« Er hob sein Glas, um mit ihr anzustoßen, den Blick nicht abgewandt.

»Viktoria!« Juliane hing lebhaft winkend über der Balustrade der Veranda. »Viktoria! Komm zu uns. Mein Vater möchte dich gerne wiedersehen.«

Sie fühlte sich wie neulich im Persischen Bad, als die Freundin sie mit eiskaltem Wasser übergossen hatte. Ohne darüber nachzudenken, erwiderte sie Julianes Gruß mit einer hoheitsvollen Geste, die ihrer Mutter wahrscheinlich größte Freude bereitet hätte. Dann wandte sie sich wieder zu Lessing, der sie über den Rand seines Glases beobachtete, während er einen kräftigen Schluck trank.

»Meine Freundin hat mich gerufen.«

»Das war nicht zu überhören.«

Sie wusste selbst nicht, warum sie zögerte. »Tja … dann gehe ich mal zu ihr … nicht wahr?« Wie albern. Erwartete sie, dass er sie davon abhielt, Juliane und Heinrich von Braun zu begrüßen? Eine derartige Bevormundung würde sie sich niemals von ihm gefallen lassen!

»Gehen Sie nur«, er lächelte sie mit einer Unverbindlichkeit an, die ihrer Handbewegung von eben in nichts nachstand. »Ich werde ebenfalls ein paar Bekannte begrüßen und nicht an Einsamkeit sterben.«

Wahrscheinlich war die Magie, die sie für einen Moment zwischen sich und Roger Lessing gespürt zu haben glaubte, nichts als Einbildung gewesen.

Viktoria sah sich nach einem Ort um, an dem sie ihr noch unberührtes Glas abstellen konnte. Da sie nichts fand, drückte sie es ohne Umstände Lessing in die Hand, was ihn zu verwirren schien.

Amüsiert und dadurch beschwingt schwebte Viktoria die Treppe hinauf. Ihre kleinen Siege über Lessings Überheblichkeit bereiteten ihr immer wieder ausgesprochenes Vergnügen.

Juliane küsste sie auf beide Wangen, Heinrich von Braun beugte sich über ihre ausgestreckte Hand. »Der Aufenthalt in Sansibar scheint Ihnen vortrefflich zu bekommen, Fräulein Wesermann«, meinte er galant. »Sie sehen ganz wundervoll aus, wenn ich das so sagen darf.«

Unglücklicherweise stand sie so bei ihren Freunden, dass sie Lessing den Rücken zukehrte. Sie konnte nicht beobachten, wohin der Strom der anderen eintreffenden Gäste ihn trieb. Ein seltsames Gefühl von Verlust bemächtigte sich Viktorias.

»Ich habe mein Glas irgendwo stehen lassen«, sagte sie gespielt heiter. »Könnten Sie so freundlich sein, mir etwas zu trinken zu besorgen.«

Heinrich von Braun winkte einen Diener herbei. »Möchten Sie ein Glas Sekt? Dann muss ich Ihnen unbedingt erzählen, woher dieser Begriff für Schaumwein rührt …«

»Oh!« Juliane stöhnte hörbar auf. Offenbar hörte sie diese Geschichte nicht zum ersten Mal.

Schmunzelnd nahm Viktoria ein Glas von dem Tablett mit Getränken, das ihr angeboten wurde. »Ich habe nicht die geringste Ahnung, warum Schaumwein Sekt genannt wird. Meine Mutter klammert sich an den Begriff Champagner, weil das weltläufiger klingt, nehme ich an, und luxuriöser. Verraten Sie mir bitte, was es mit dem Sekt auf sich hat.«

Der Weinhändler legte eine kleine, wirkungsvolle Pause ein, in der seine Tochter mit den Augen rollte. Dann räusperte er sich wie ein Dozent vor seinen Studenten und begann mit getragener Stimme: »Das Wort Sekt leitet sich vom englischen *sack* ab, was wiederum eine Form des spanischen *seco* für unseren Begriff trocken ist. Daraus entwickelte sich vor Hunderten von Jahren die Bezeichnung für einen trockenen Likör aus Andalusien …«

»Papa, du wolltest über Schaumwein sprechen«, erinnerte Juliane sanft.

»Ich komme gleich zum Punkt, mein Kind. Fräulein Wesermann wird die Geschichte nicht verstehen, wenn sie die sprachlichen Voraussetzungen nicht kennt.«

Viktoria schmunzelte. »Bitte, fahren Sie fort.«

»Im November achtzehnhundertfünfundzwanzig feierte

der Hofschauspieler Ludwig Devrient die gelungene Premiere eines Stücks von Shakespeare in einem Lokal namens Lutter & Wegener am Gendarmenmarkt in Berlin. Voller Überschwang wies er einen Kellner an: ›Bringe er mir den Säck, Schurke!‹ Gemeint war zwar eine Flasche aus Spanien, aber da der berühmte Mann üblicherweise Schaumwein trank, brachte der Kellner diesen. Und aus *Sack* wurde *Sekt*.« Zufrieden über die Pointe hob Heinrich von Braun sein Glas.

»Das ist eine wirklich schöne Geschichte«, versicherte Viktoria. »Ich liebe Legenden …«

»Sag das nicht«, unterbrach Juliane rasch. »Andernfalls wird dich mein Vater den ganzen Abend über mit Beschlag belegen und unterhalten wollen.«

Er nahm ihr diesen Kommentar anscheinend nicht übel, sondern stieß mit seiner Tochter und Viktoria an. Das Kristall klirrte wie eine helle Glocke. »Auf die beiden hübschesten jungen Damen des Abends, über deren Gesellschaft ich mich ausnehmend freue«, rief er leutselig aus.

Juliane und Viktoria lachten.

Während sie trank, gestattete sich Viktoria eine zufällig scheinende Bewegung, die ihr einen Blick auf die Treppe ermöglichte. Doch Roger Lessing war nicht zu sehen. Wahrscheinlich streifte er auf der Suche nach Bekannten umher. Vielleicht entdeckte sie ihn aber auch nur deshalb nicht, weil die Szenerie gerade etwas unübersichtlich war.

In einem Pulk seines Gefolges erklomm Prinz Omar ibn Salim gerade die Stufen und verdeckte so jeden anderen Gast in seinem Rücken. Ein attraktiver, in seiner Fremdartigkeit verführerischer, durch den ihn umgebenden Glanz machtvoller junger Mann. Die Vibration, die ihn bei der Sicht auf Juliane erfasste, griff sogar auf Viktoria über. Hoffentlich erträgt Heinrich von Braun diese Romanze mit demselben liebevollen Gleichmut wie Julianes Kritik, fuhr es ihr durch den Kopf.

Sie spürte, wie schwer es ihr fiel, Julianes Verehrer ohne die geringste Missgunst zu begrüßen. Das war ein ebenso ungewöhnliches Empfinden wie die Verwirrung, als sie insgeheim feststellte, dass sie sich leichter fühlen würde mit Roger Lessing an ihrer Seite.

Merkwürdig, dachte Viktoria wieder. Sehr merkwürdig.

24

Antonia langweilte sich. Gesellschaftliche Anlässe waren nichts für sie, und im Gegensatz zu dem Abend im Hotel in Aden trug sie nichts Passendes. Obwohl ihr Viktoria das schöne Abendkleid geschenkt hatte, lag es ihr fern, die Robe anzuziehen und mit ihr die Erinnerungen an jene Nacht überzustreifen. Anders als auf dem Schiff konnte sie sich jedoch auch nicht in ihrem Zimmer verstecken wie damals in ihrer Kabine. Sie wohnte im Konsulat, sie konnte keine Veranstaltung dort ignorieren. Es gehörte eindeutig zum guten Ton, dem Empfang zu Ehren des neuen Vertrags zwischen dem Sultan und der Deutsch-Ostafrikanischen Gesellschaft beizuwohnen.

In ihrer schlichten Alltagsgarderobe fühlte sie sich wie ausgestoßen von der glanzvollen Gästeschar. Da Seiboldt von der Menge verschluckt schien und Wegener sich einer Gruppe gleichaltriger Kaufleute angeschlossen hatte, war sie zwischen all den Fremden auf sich gestellt. Niemand machte sie bekannt, und überdies fühlte sie sich auch nicht wohl dabei, alberne Unterhaltungen zu führen, wie es von einer jungen Frau in diesen Kreisen erwartet wurde. Vorträge über ihre Forschungsarbeit gab Doktor Seiboldt höchstselbst zum Besten, und für Berichte über das Krankenwesen zog man eher wohltätige Damen wie Anna von Rosch heran, sofern die Arbeit in den Hospitälern an diesem Abend überhaupt für irgendjemanden von Belang war. Antonia beschloss, so lange die Zeit totzuschlagen, bis eine vorgegebene Müdigkeit nicht mehr ohne weiteres als Ausflucht zu erkennen war.

Natürlich hätte sie nach Viktoria und Juliane Ausschau halten und sich den Freundinnen anschließen können, aber dafür fehlte ihr die Energie nach einem anstrengenden Arbeitstag. Ihre Glieder fühlten sich bleiern an. Außerdem war Antonia überzeugt davon, sie werde neben den beiden anderen nur unangenehm auffallen in ihrer schlichten Aufmachung. Sie wollte Viktoria und Juliane jede Peinlichkeit ersparen. Wenn sie sich zufällig begegneten, würde man sich natürlich herzlich begrüßen, aber Antonia wollte nicht den Eindruck erwecken, dass sie sich wie ein Klotz an die Beine der Gefährtinnen hängte. Sie wusste, dass Freundschaften an zu großer Aufdringlichkeit zerbrechen konnten.

Ein aufmerksamer Kellner kam immer wieder mit einem Tablett und frisch gefüllten Sektgläsern an dem Platz am Ende der oberen Veranda vorbei, wo sie Posten bezogen hatte. Hier hoffte sie, ungestört zu bleiben. Und wenn sich tatsächlich jemand erdreisten würde, sie anzusprechen, könnte sie behaupten, die Aussicht zu genießen.

Die war auch wirklich fantastisch: Es schien ihr, als wäre das Firmament von unzähligen elektrischen Leitungen durchzogen, welche die glühenden Sterne in ihrer unendlichen Strahlkraft speisten. Durch die Fenster fiel das künstliche gelbe Licht der Lüster auf den Strand, über den die Schatten des Leuchtturms glitten. Die Laternen, die in der Dunkelheit heimkehrende Segler an ihre Masten gebunden hatten, wirkten wie Glühwürmchen auf dem Meer. Unwillkürlich fiel ihr der Abend ein, als sie hier mit Seiboldt gestanden und den märchenhaften Sonnenuntergang betrachtet hatte.

Nach dem dritten Rundgang des Dieners an ihr vorbei griff sie beherzt zu. Sie war durstig und trank viel zu hastig. Außerdem schmeckte Kesslers Schaumwein erstaunlich angenehm. Der Sekt prickelte in ihrer Kehle. Und sie hatte nichts Besseres zu tun, als die Sterne zu zählen und dabei an dem Glas zu nippen und die Zahl der Bläschen in dem moussierenden Getränk mit der Fülle am Himmel zu vergleichen.

Da die Himmelslichter ganz eindeutig eine größere Masse bildeten, war es fast selbstverständlich, dass sie ein zweites Glas Sekt benötigte, um eine halbwegs akzeptable Gleichung aufzustellen. Es schmeckte diesmal richtig süffig und ließ das Blut schneller durch ihre Adern strömen. Besonders durch ihren Kopf zirkulierte es mit einer Geschwindigkeit, die sie fröhlicher stimmte und die traurige Langeweile von ihr nahm.

Sie lauschte auf die Musik, versuchte, sich nur auf die melodischen Weisen zu konzentrieren und sie aus den herauswehenden Wortfetzen, dem Lachen, Poltern und Klirren zu filtern. Sie war daheim in München so oft wie möglich ins Hof- und Nationaltheater gegangen, hatte von einem gerade noch erschwinglichen Stehplatz im obersten Rang aus den Opernarien gelauscht und ihr Herz an den *Troubadour* und Giuseppe Verdi verloren. Meistens wurden jedoch Wagner-Opern gegeben, von denen anscheinend auch die Militärmusiker mehr angetan waren. Doch sie spielten keine schwermütige, tragende Arie, in der die Pauken ihre Akzente setzten, sondern das Liebesduett aus *Tristan und Isolde*. Als sie den Tönen lauschte und dabei in den glitzernden Sternenhimmel sah, wurden ihre Augen feucht.

Glücklicherweise kam der Diener gerade wieder vorbei und brachte ihr ein frisches Glas, dessen Inhalt ihre Tränen zu trocknen vermochte.

Nach dem vierten Sekt rauschte das Blut durch ihren Kopf, dass ihr schwindelte. Sie hatte Mühe, die Augen auf einen bestimmten Punkt zu fokussieren, die Sterne am Himmel verschwammen zu einer endlosen Fläche glitzernden Staubes.

Ihre Beine fühlten sich leicht an und gleichzeitig so schwer und gummiartig, dass sie fürchtete zu taumeln, wenn sie einen Fuß vor den anderen setzte.

Antonia beschloss, es sei an der Zeit, ihre Freundinnen zu suchen. Ohne wenigstens eine kurze Begrüßung konnte sie sich nicht von dem Empfang entfernen – auch wenn sie das Gefühl hatte, dass ihr Bett sie plötzlich wie magisch anzog.

Sie stellte ihr leeres Glas auf der Balkonbrüstung ab, fuhr sich mit der Hand über ihr Haar. Dann öffnete sie den obersten Knopf ihrer Bluse, weil ihr plötzlich warm geworden war. Diese ewig hochgeschlossenen Kleider mit ihren halsnahen Rüschen und Falten engten die Frauen ebenso ein wie die Mieder. Was war das doch für eine unpraktische Mode! Antonia gönnte sich nach dieser Feststellung gleich noch ein wenig mehr Atemfreiheit. Ihr Brustansatz wurde sichtbar, und das fand sie für eine Soiree durchaus angemessen. Schließlich waren Abendkleider häufig auch so tief ausgeschnitten, dass sich der Busen einer Dame mehr als nur erahnen ließ.

Im Empfangssaal wurde Antonia von einem übermächtigen Wilhelm II. in Uniform angestarrt. Er war erst neunundzwanzig Jahre alt und damit deutlich jünger als sein Vater und sein Großvater bei ihrer Krönung. Auf dem Bild, das einen Großteil der den Balkontüren gegenüberliegenden Wand einnahm, sah der Herrscher sehr gut aus mit seinem geölten, leicht gewellten Haar und dem gezwirbelten Schnurrbart.

Antonia steuerte direkt auf das Porträt zu, weil die Augen des Kaisers seltsamerweise nicht zu einem Karussell wurden, sobald sie in diese blickte.

Dass sie auf ihrem Weg nicht rechts und links guckte und manchen Herrschaften in die Quere kam, war unangenehm, aber eben nicht zu ändern. Sobald sie den Kopf nur ein wenig bewegte, drohte er sich in einen Kreisel zu verwandeln – und wie sollte sie sich dann fortbewegen?

»Fräulein Geisenfelder!«

Das war Max Seiboldts Stimme.

Gut. Den hatte sie zwar eigentlich nicht begrüßen wollen, aber ihn zu treffen war ebenso in Ordnung, wie Viktoria oder Juliane zu finden.

Sie sah ihn vor sich stehen. Er trat ihr in den Weg und versperrte ihr die Sicht auf das kaiserliche Porträt.

Das war nicht gut. Damit zwang er sie, ihren Blickwinkel zu verändern. Aber das leichteste Drehen ihres Kopfes ließ das Blut schneller durch die Adern rauschen. Sie spürte richtig, wie es hinter ihrer Stirn zu einem reißenden Strom anschwoll, der gegen ihre Schläfen drückte und den Horizont verdunkelte.

Seiboldt sah auch gut aus, das konnte sie immerhin erkennen. Was für ein stattlicher Mann! Er trug einen Frack ... wo hatte er den denn her? Hatte er tatsächlich neben Mikroskop, Arztkoffer, Medikamenten und Chemikalien, Schreibmaschine, Untersuchungsgerätschaften und tropentauglicher Alltagsgarderobe einen Abendanzug nach Sansibar geschleppt? Antonia erinnerte sich nicht, ihn jemals so elegant angetroffen zu haben. Nicht einmal auf der Überfahrt. Aber das lag wohl daran, dass sie den gesellschaftlichen Ereignissen an Bord ferngeblieben war. Wie dumm von ihr! Sie kicherte, weil sie es ziemlich lustig fand, dass er einen Frack trug und sie einen Rock und eine aufgeknöpfte Bluse.

Er berührte ihren Arm. »Was ist mit Ihnen? Geht es Ihnen nicht gut?«

Sie wollte ihm gerade versichern, dass es ihr nie zuvor besser gegangen sei, als sie der Gestalt in seinem Rücken gewahr wurde. Eine wunderschöne Frau. Nicht mehr ganz jung, aber von natürlicher Eleganz. Eine atemberaubende Erscheinung, die Max Seibolds Berühmtheit Glanz verlieh. Das Paar raubte Antonia in all seiner Pracht und Harmonie den Atem.

Es gelang ihr nicht, den Blick von der Baronin zu wenden. Doch je länger sie Anna von Rosch anstarrte, desto mehr schwindelte ihr. Ihre Knie wurden ganz weich. Sie taumelte, strauchelte.

Im nächsten Moment fühlte sich Antonia wie von Nebel eingehüllt. Die Musik drang nur noch vage an ihr Ohr, die Gespräche um sie her waren verstummt, Seiboldts an sie gerichtete Worte so unverständlich, als spräche er Suaheli.

Sie wollte ihm antworten. Doch irgendetwas stimmte mit ihrer Zunge nicht. »*Siyo nzuri*«, lallte sie unter größter Anstrengung. »Nicht gut.« Das passte, fand sie. Er redete schließlich in der Sprache der Einheimischen auf sie ein. Jedenfalls verstand sie kein Wort von dem, was er sagte.

Dann wurde es plötzlich finster.

Es kam ihr vor, als wäre ihr Gehirn ein großer, völlig leerer Ball, der ständig gegen eine Wand geworfen wurde, von der er ebenso oft abprallte.

Antonia getraute sich nicht, ihre Augen zu öffnen. Vielleicht war sie in der Hölle gelandet. Sie konnte sich nicht daran erinnern, wie sie in das Bett gekommen war, das sie unter sich fühlte.

Deutlicher standen die Bilder ihres Traumes noch vor ihrem geistigen Auge. Ein Treibholzfeuer war da gewesen, dessen Flammen nach dem glitzernden Nachthimmel griffen. Es war dem Inferno näher als alles andere, das ihr nach dem Erwachen durch den Kopf ging.

Sie versuchte sich zu bewegen und spürte unverzüglich Übelkeit in ihrer Kehle aufsteigen. Ein Würgereiz bemächtigte sich ihrer. Bitte, lieber Gott, flehte sie stumm, verhindere, dass ich mich auf das Kissen erbreche. Sie wollte sich aufrichten, doch eine kräftige Hand drückte sie in die Horizontale zurück.

»Bleiben Sie liegen!«, befahl eine vertraute Männerstimme.

Irgendetwas wurde zwischen ihre Lippen geschoben. Es brannte scharf auf ihrer pelzigen Zunge.

»Kauen Sie darauf herum«, forderte Max Seiboldt. »Es ist ein Stück Ingwer. Das hilft gegen die Übelkeit.«

Treibholzfeuer ... Ingwer ... Die Rezeptur des Medizinmannes ...

Antonia fuhr hoch. Sie riss ihre Augen auf und fand sich kerzengerade in ihrem Bett thronend wieder. Wenigstens war es tatsächlich das Gästebett, das man ihr zugewiesen hatte. Kurz erfasste sie Erleichterung.

In ihrem Kopf wuselte ein ganzer Ameisenstaat herum. Ihr war schwindelig. Sie konnte kaum die Lider offen halten, als sie Seiboldt ansah, der gelassen auf einem Stuhl neben ihrem Lager darauf wartete, dass sie seine Anweisung befolgte. Er trug den Frack, an den sie sich erinnerte, weil er ihr darin so gut gefallen hatte. Unwillkürlich tasteten ihre Hände über ihren Leib. Die Bluse war weit aufgeknöpft. Irgendwie war sie ihres Rocks und ihrer Schuhe verlustig gegangen, aber die Unterhose klebte – nass von Schweiß oder Urin? – an ihren Beinen.

»Was ... was tun Sie hier?«, fragte sie leise, bevor sie aufstöhnend in die Kissen zurücksank. Gehorsam lutschte und kaute sie auf dem Stückchen geschälter Ingwerwurzel.

»Ich hoffte, dass Sie Ihr Bewusstsein wiedererlangen«, erwiderte er ruhig, »um zu erfahren, was mit Ihnen los ist. Ich habe Sie bisher weder betrunken noch ohnmächtig erlebt, und beides auf einmal war ein ziemlicher Schlag.«

Langsam dämmerte ihr, was vor dem Traum vom Höllenfeuer geschehen war. Zwei, drei ... Hatte sie wirklich vier Glas Sekt in sich hineingeschüttet? Oder waren es noch mehr gewesen? Sie hatte den Verstand verloren. Anders war ihre Trunkenheit nicht zu erklären.

Welche Peinlichkeiten waren ihr widerfahren? Sie erinnerte sich vage daran, wie sie in den Empfangsraum getorkelt war.

Und dann? War sie tatsächlich in Ohnmacht gefallen, wie sie glaubte? Oder hatte sie die Freifrau von Rosch angepöbelt? Die Worte lagen ihr jetzt noch auf der Zunge. Hatte sie diese zu allem Übel auch noch ausgesprochen? Wohl kaum, beruhigte sie sich. Denn dann würde Max Seiboldt nicht an ihrem Bett wachen. Das wäre ein übertriebenes Maß an Fürsorglichkeit. Andererseits – vielleicht wartete er darauf, ihr Vorhaltungen zu machen …

Sie riskierte einen Blick durch die Wimpern. Ihr Kopfschmerz verschlimmerte sich, aber ihre Seelenpein nahm etwas ab. Er wirkte nicht wie ein Chef, der sie im nächsten Moment entlassen wollte. Jedenfalls sah er eher besorgt als wütend aus.

»Wie lange habe ich geschlafen?«, fragte sie matt. Wenn sie es recht bedachte, konnte es nicht allzu lange gewesen sein, denn durch die Schlitze der Fensterläden fiel noch kein Licht. Helligkeit schenkte lediglich die kleine Nachttischlampe, die sie sonst immer zum Lesen benutzte.

»Etwa zwei bis drei Stunden«, antwortete er.

Hundertzwanzig, vielleicht auch hundertfünfzig Minuten. Antonia war überrascht, dass sie so weit zählen konnte. Ihr Verstand arbeitete also wieder einigermaßen. Dabei war sie sich sicher, dass der Alkohol ihren Körper noch nicht verlassen hatte. Warum sonst sollte es ihr vorkommen, als wäre ihr Bett ein Karussell?

»Haben Sie mich hierhergebracht … und … entkleidet?!«

»Nachdem Sie die Hälfte aller Honoratioren Sansibars angerempelt haben, ziemlich uncharmant mit dem Finger auf Anna von Rosch zeigten, irgendetwas brabbelten, was niemand verstanden hat, und in Ohnmacht gesunken sind«, sagte er und richtete sich auf. Die Holzbeine scharrten über den Boden, als er den Stuhl zurückschob. »Es blieb mir nichts anderes übrig, als Sie in Ihr Zimmer zu bringen, nachdem ich Sie aufgefangen hatte.«

»Oh!«

»Glücklicherweise scheinen Sie nun auf dem Weg der Besserung zu sein, und ich kann mich zurückziehen, ohne befürchten zu müssen, dass Sie irgendetwas anstellen oder Schlimmeres passiert«, erklärte er, während er nachdenklich auf sie herabsah. Er legte seine Hand auf ihre Stirn. »Hmmm… Fieber haben Sie offenbar nicht …«

Seine Wärme – vielleicht auch der leichte Druck seiner Finger – linderte den Schmerz in ihrem Kopf.

Unwillkürlich hob Antonia ihre Rechte und legte sie auf die seine. Sie wollte nicht, dass er fortging. Seine Nähe beruhigte sie. »Bleib bitte bei mir«, flüsterte sie und schloss ihre Augen in dem wohligen Gefühl, beschützt zu werden und geborgen zu sein.

Eine Weile stand er regungslos neben ihrem Bett, die Hand auf ihrer Stirn. Durch die Fenster drang das Schlappen der Wellen an den Strand, das Klappern von Palmen im Wind. Ein Nachtschwärmer spielte weit entfernt auf einer Trommel. Im Haus war es jedoch ruhig. Die letzten Gäste hatten sich vermutlich längst verabschiedet, und die Diener hatten die Spuren des Festes bereits beseitigt. Irgendwo in den unteren Räumen schlug eine Uhr die halbe Stunde.

Antonia dachte, dass es schön wäre, beim Klang einer für ihre Ohren melodischeren Musik einzuschlummern. Die Militärkapelle hatte so schön gespielt …

Seine Lippen berührten ihren Mund. Es war ein zarter Kuss, fast nur ein Hauch. Wahrscheinlich nur ein Gutenacht- oder ein Abschiedskuss. Doch Antonia spürte ihn mit einer Intensität, die sie erschauern ließ. Ohne darüber nachzudenken, streckte sie den freien Arm aus und schlang ihn um seinen Hals.

Die Matratze bebte unter ihr, als er schwer auf den Bettrand sank. Seine Hand löste sich von ihrer Stirn und schob eine feuchte Strähne von ihrer Schläfe, bevor sie in ihr Haar fuhr und ihren Kopf zu sich hob. Sie ließ ihn gewähren, fühlte seinen Atem auf ihrem Gesicht wie die warme Meeresbrise, die auf Sansibar fast immer wehte.

Sein zweiter Kuss war weniger unschuldig. Er hatte seinen Mund kaum von dem ihren gelöst, und als sich ihre Lippen danach noch einmal fanden, erschien es Antonia wie ein Nachhausekommen. Sie schmeckte Vertrautheit, bevor ihre Sehnsucht seine Leidenschaft entfachte, spürte Zärtlichkeit, die in Begehren mündete.

Es war so anders als damals in Aden. Jetzt ist es richtig, dachte sie benommen.

Plötzlich ließ er von ihr ab. Er zog seine Hand, die eben noch ihren Kopf gehalten hatte, zurück. »Wir dürfen nicht weitergehen«, sagte er rau.

Sie sah ihn aus glasigen Augen an, in die Tränen stiegen. Wie oft wollte er sich noch vor ihr zurückziehen? Würde er jemals aufhören, sie zurückzustoßen? In ihrem Hotel in Aden hatte ihn eine Art Kreislaufzusammenbruch überwältigt, seine Manneskraft hatte ihm nicht gehorcht. Antonia hatte sich die Schuld an seinem Versagen gegeben, ihrer mangelnden Anziehungskraft auf ihn. Doch heute Nacht war alles anders. Sie hatte es gespürt. Sie hatte es geschmeckt.

»Nein!« Obwohl es ein Aufschrei war, klang ihre Stimme gepresst. »Geh nicht. Ich möchte so sehr, dass wir eins sind.« Es war ihr gleichgültig, ob sie bettelte. Sie wollte seine Liebe fühlen. Und sie war sich sicher, dass sie endlich die Erfüllung finden würde.

Er schenkte ihr ein trauriges Lächeln. »Es wäre unentschuldbar, deine Trunkenheit auszunutzen.«

»Ich bin nicht mehr betrunken. Mein Verstand ist ganz klar.«

»Wenn du die Angelegenheit bei Tage betrachten wirst, weißt du, dass ich recht habe.« Mit dem Daumenballen wischte er die

Tränen fort, die aus ihrem Augenwinkel rollten. »Weine nicht. Oder besser: Weine lieber jetzt als in nüchternem Zustand, weil die Situation dann unerträglich für dich sein könnte, wenn ich keinen klaren Kopf behalte.«

Sie konnte nicht verhindern, dass Ströme über ihre Wangen liefen. Wie konnte er sie nur abweisen? Welchen Makel besaß sie, der ihn davon abhielt, sich zu nehmen, was sie ihm freiwillig anbot? Griffen Männer nicht immer zu, wenn sie die Möglichkeit dazu besaßen?

»Ich liebe dich«, schluchzte sie.

Er hauchte einen Kuss auf ihre Stirn. »Das tust du nicht. Du bewunderst vielleicht den Wissenschaftler in mir, und das allein macht mich sehr glücklich.« Mit diesen Worten erhob er sich von ihrem Lager.

Sie legte den Arm über ihr Gesicht, damit er den Schmerz nicht sehen konnte, den er ihr zufügte, indem er sie verließ.

Doch er ging nicht sofort.

»Ich bin bald ein alter Mann, Antonia«, sagte er leise, »und habe eine so junge, kluge und wunderhübsche Frau wie dich gar nicht verdient. Dass du da bist, dass ich dich um mich habe, ist mehr, als ich von meinem Leben überhaupt noch erwartet hatte. Mehr kann ich vom Schicksal nicht verlangen.«

»Du liebst diese Anna von Rosch!«, schleuderte sie ihm entgegen, verletzt, verzweifelt. »Eine Frau, die ihren Mann hintergeht!«

Er schnappte nach Luft, wandte sich zum Gehen. Dann blieb er jedoch auf der Stelle stehen. Langsam drehte er sich zu ihr um. »Ich bin ihr Mann«, versetzte er leise. »Anna von Rosch war meine Frau. Alles andere ist nebensächlich.«

Sie hörte seine Schritte und hätte sich am liebsten die Ohren zugehalten.

Dann klappte die Tür. Und es wurde still.

Viktoria schwebte die Treppe hinab. Sie war bester Stimmung. Genau genommen hatte sie sich schon lange nicht mehr so gut gefühlt. Frisch, ausgeschlafen, gut gelaunt. Erfüllt von der Erinnerung an einen schönen Abend, die nicht einmal durch den kleinen Skandal getrübt wurde, den Antonias seltsames Erscheinen ausgelöst hatte.

Wenn sie heute Morgen daran zurückdachte, wunderte sie sich eigentlich nicht, dass ihre Freundin aus der Rolle gefallen war. Irgendwann musste die Eifersucht auf Anna von Rosch aus ihr herausbrechen. Unterdrückte Gefühle waren wie Wassermassen, die irgendwann über einen Staudamm strömten. Viktoria wusste das aus eigener Erfahrung. Ihre Sehnsucht nach dem Beruf der Lehrerin hatte zwar nichts gemein mit der Liebe, die Antonia wohl für Doktor Seiboldt empfand. Doch die Befriedigung, die ihr das Unterrichten verschaffte, war gewiss ähnlich. Und seit sie regelmäßig in St. Mary's unterrichtete, wusste Viktoria nur zu gut, wie großartig die Verwirklichung eines Traumes war.

Glücklicherweise war es im Konsulat zu keinem größeren Eklat gekommen. Viktorias schlechtes Gewissen hatte sich in dem Moment, in dem Antonia bewusstlos in Seiboldts Arme sank, in einen Riesen verwandelt, der ihre Schultern niederdrückte. Bei anderer Gelegenheit hätte sie versucht, die Last unverzüglich abzuschütteln, doch war es weder der richtige Ort noch der richtige Zeitpunkt gewesen, Anna von Rosch nach ihrem Privatleben auszufragen. Wäre es nicht um Antonia gegangen, hätte Viktoria ihr Interesse sogar mit dem Vorfall gestern ad acta gelegt. Die Baronin hatte sich nämlich bewundernswert benommen.

Sie entschärfte die Situation mit dem Ausruf: »Es ist ein gescheiterter Selbstversuch. Immer diese Forschungen. Die Arme.«

Damit stand für alle Beteiligten außer Frage, warum sich Doktor Seiboldt so aufopfernd um seine Sekretärin kümmerte. Niemand sprach von einer betrunkenen jungen Frau auf dem Weg zu einem Eifersuchtsdrama. Der Skandal war abgewendet, Antonias Verhalten und Seiboldts offensichtliches Einverständnis damit ließen höchstens einige Augenbrauen vor Missbilligung hochschnellen.

Viktoria machte sich keine Sorgen um ihre Freundin. Die war bei ihrem Chef in guten Händen. Bei Tageslicht betrachtet würde ihr der Auftritt sicher sehr peinlich sein, aber sie würde erfahren, dass Anna von Rosch ihren Ruf gerettet hatte, und sie würde zu ihrem Platz in der Gesellschaft zurückfinden. Alles andere war völlig ausgeschlossen, Viktoria zweifelte nicht einen Augenblick lang an Antonias Vernunft – Hauptsache, sie war wieder nüchtern.

Für sie selbst lag die Situation etwas anders. Sie wusste nicht mehr genau, wo sie eigentlich hingehörte. An die Mädchenschule, das war so weit eigentlich klar. Aber in einem winzigen Moment hatte Viktoria gestern Abend gespürt, dass es da noch ein anderes Verlangen gab. Das Problem war: Sie hatte nicht die geringste Ahnung, wie sie ihre Wünsche mit ihren neuen Sehnsüchten verbinden konnte und ob sich ihre Träume überhaupt miteinander vereinbaren ließen. Doch dieser Gedanke machte sie nicht traurig, sondern beschwingte sie.

Bedauerlicherweise war auf dem Empfang nicht getanzt worden. Es wäre gewiss angenehm gewesen, sich in Roger Lessings Armen zu wiegen. Sie hatte den ganzen Abend lang über diese Möglichkeit gegrübelt. Doch statt mit ihm zu tanzen, verlor sie ihn für lange Zeit aus den Augen. Sie unterhielt sich gut mit Juliane, Heinrich von Braun und Prinz Omar.

Lessing machte sich derweil rar und tauchte erst wieder auf, um sie zum Aufbruch zu drängen. Schweigend gingen sie durch die Gassen zu van Horns Haus. Viktoria empfand es nicht als peinlich oder belastend, sondern als einvernehmlich. Einzig der etwas kurze, schroffe Abschied betrübte sie. Doch später fand sie zu der Erklärung, dass ihn ein Geschäftsgespräch verstimmt hatte.

Sie erlaubte sich, die untersten beiden Stufen wie ein unartiges Mädchen zu überspringen. Ihre Mutter hätte diese Unerhörtheit vermutlich mit einem Ohnmachtsanfall quittiert. Über die Enge in ihrem Zuhause in Hamburg lachend, warf Viktoria ihren Kopf in den Nacken. Es war eine Freude, auf Sansibar sein zu dürfen …

In diesem Moment hallte das Greinen eines kleinen Kindes durch den Innenhof.

Verblüfft hielt sie inne. Dann breitete sich Entsetzen in ihr aus. Wie kam ein fremder Säugling ausgerechnet in Luise van Horns Haus? Gewiss lag da eine Unachtsamkeit der Diener vor, und Viktoria war sich sicher, dass sich die Mutter des Schreihalses einigem Ärger aussetzte.

Sie lauschte auf den Lärm und folgte dem Klang bis zur halb geöffneten Tür des Frühstückszimmers. Dort brachen die Laute plötzlich ab.

Und Viktoria starrte fassungslos auf das Bild, das sich ihr bot.

Luise van Horn saß am Tisch, ein Baby in den Armen, das an einem modernen Gumminuckel zu saugen begann. Offenbar war die dazugehörende Flasche frisch gefüllt worden, denn der schwarze Hausdiener räumte gerade einen Krug beiseite, in dem sich wohl die Milch für das Kind befunden hatte. Der Winzling wirkte höchst zufrieden. Sein Köpfchen lugte aus einer Schicht weißer Baumwolltücher hervor, in die der kleine Körper gewickelt war. Das Bemerkenswerteste an dem Kind war – seine Hautfarbe.

»Was ist das?«, fragte Viktoria und trat langsam näher.

Luises Gesicht war ein einziger Ausdruck von Glückseligkeit. »Ein Säugling«, erwiderte sie strahlend und ohne zu Viktoria aufzuschauen. »Wonach sieht es denn aus?«

»Ja, das sehe ich wohl. Aber …«, Viktoria brach ab. Sie wollte nicht unverschämt klingen und schwieg deshalb. Es war ihr völlig unverständlich, wieso Luise ein fremdes Kind fütterte. Ihre Gastgeberin, die so sensibel auf die Schülerinnen von St. Mary's reagiert hatte, würde am Boden zerstört sein, wenn sie das Negerbaby wieder abgeben müsste. Zu seiner Familie, ins Waisenhaus, seinem Herrn …

»Das ist Max«, stellte Luise vor.

Stumm trat Viktoria näher. Was sollte sie auch sagen? Ihr brach das Herz bei dem Anblick, der sich ihr bot.

»Sie fragen sich gewiss, was der kleine Max bei uns tut«, fuhr Luise lächelnd fort. Sie legte eine Pause ein, dann: »Ihre Freundin Antonia hat ihn mir geschenkt.«

»Bitte?«

»Auf dem Tisch liegen zwei Briefe«, ohne sich zu bewegen oder den kleinen Mohren in ihren Armen zu verlagern, wies Luise mit dem Kopf zu den beiden Schreiben, die neben ihrem Teller lagen. »Einer ist für Sie, der andere, geöffnete, für mich. Lesen Sie ruhig beide. Ich vermute, es geht um dieselbe Sache.«

Viktoria schüttelte unwillig den Kopf. Sie war es nicht gewohnt, Nachrichten zu lesen, die an andere gerichtet waren. Noch immer staunend, gleichermaßen angezogen wie abgestoßen von der rührenden Mutter-Kind-Szene, bewegte auch sie sich einen Moment lang nicht. Erst das Klappern des Dieners mit der Silberkanne weckte sie aus ihrer Erstarrung.

Sie nickte dem Diener zu, der daraufhin eine Tasse füllte. Das Aroma frisch aufgebrühten Kaffees zog durch den Raum und vertrieb ein wenig den süßen Duft des Säuglings.

Viktoria griff nach dem losen Blatt. Auf Anhieb erkannte sie Antonias ordentliche Handschrift. Sie las:

Sehr verehrte Frau van Horn!
Wir sind uns nur einmal kurz begegnet, aber ich schenke Ihnen trotzdem mein vollstes Vertrauen. Ich habe keine an-dere Wahl und bin sicher, dass ich das Schicksal des Kin-des, das dieses Schreiben in seinem Körbchen überbringt, in Ihre Hände legen darf. Sollte ich anmaßend handeln, ver-zeihen Sie mir bitte. Dann wenden Sie sich bitte an Vikto-ria Wesermann, und sie soll über die Zukunft des Jungen entscheiden.
Er heißt Max und ist noch keine drei Monate alt. Seine Mutter ist im Lutherischen Krankenhaus an der Cholera ge-storben, ein Vater oder eine Familie waren nicht ausfindig zu machen. Ich hatte mich seiner angenommen und ihn tau-fen lassen, sodass er eines Tages ein Christenmensch werden kann. Mein Wunsch wäre es, dass er in sicherer Obhut auf-wächst, eine Schule besucht und einen Beruf erlernt – jeden-falls niemals zum Sklaven gemacht wird. Wenn es mir mög-lich gewesen wäre, hätte ich für seine Zukunft gesorgt, doch die Umstände zwingen mich, Sansibar zu verlassen. Und dorthin, wohin ich gehe, kann ich ihn nicht mitnehmen.
Gott sei mit Ihnen.
Antonia Geisenfelder

Die Worte verschwammen vor Viktorias Augen. Sie verstand kein Wort.

Hastig legte sie das Schreiben beiseite, griff nach dem noch geschlossenen Briefumschlag, der an sie adressiert war. Sie öff-nete das Kuvert und zog einen gefalteten Bogen Papier heraus. Wieder erkannte sie Antonias Handschrift:

Liebe Viktoria,

ich wünschte, es hätte die Möglichkeit für ein Gespräch gegeben. Doch während Du diese Zeilen liest, werde ich gegangen sein. Ich muss fort, da ich nicht mehr auf Sansibar bleiben kann. Es ist ganz ausgeschlossen.

Mein Auftreten bei dem Empfang gestern Abend war so peinlich, dass ich das Gastrecht des kaiserlichen Konsuls nicht mehr in Anspruch nehmen möchte. Ich bin damit zur Belastung von Herrn Doktor Seiboldt geworden, und nichts liegt mir ferner, als seine wichtige Forschungsarbeit durch meinen persönlichen Fehltritt zu belasten. In der letzten Zeit war ich ihm auch keine gute Mitarbeiterin mehr, da ich mich zu sehr um meine privaten Belange und zu wenig um meine Arbeit gekümmert habe.

Deshalb nehme ich das nächste Schiff zum Festland. Schwester Edeltraut hat mich im Lutherischen Krankenhaus zu einer guten Pflegerin ausgebildet, und ich hoffe, dass ich in einer Missionsstation in Tanganjika Arbeit und Frieden finden kann. Diesen Brief lasse ich mit einem zweiten Schreiben an Deine Vermieterin durch einen zuverlässigen Boten überbringen. Er wird auch ein Körbchen mit einem Kind namens Max abgeben. Ich vertraue es Frau van Horn an, weil ich sicher bin, dass sie lange genug in Afrika lebt, um zu wissen, was das Beste für den Kleinen ist. Sollte ihr diese Zuwendung nicht möglich sein, bitte ich Dich, ihn in ein geeignetes Waisenhaus zu geben, wo er eines Tages auch eine Schule besuchen kann. Ich war der einzige Mensch, der sich seines Wohles annahm, und nun gebe ich ihn her, weil ich ihn nicht behalten kann. Nicht auf dem Weg, der vor mir liegt.

Ich weiß ja selbst nicht, wohin mich das Schicksal nun führt. Ich weiß nur, dass alles, woran ich glaubte, ein Irrtum war.

Deine Freundin Antonia

Um nicht vor Schmerz laut aufzuschreien, presste Viktoria die Hand auf den Mund. Sie las Antonias Brief wieder und wieder. Doch die Wiederholung änderte nichts daran, dass sie die Worte als eine Art Todesurteil auffasste. Zumindest war es der Dolchstoß für ihre Freundschaft. Antonia, die ihr Mut gemacht hatte, die sie in ihren Träumen bestärkt hatte, war fort.

Zutiefst geschockt sank Viktoria auf einen Stuhl. Ihr Kaffee wurde kalt. Das wundervolle Glücksgefühl dieses Morgens war verflogen.

DRITTER TEIL

Wir wagen die Dinge nicht,
weil sie so schwer sind;
sie sind so schwer,
weil wir sie nicht wagen.

Deutsches Sprichwort

1

Die Zahl der Verwundeten nahm überhand. Der Platz und die Möglichkeiten der kleinen Missionsapotheke und der Handvoll dunkelhäutiger Töchter Mariens waren längst ausgeschöpft. Dennoch trugen die Männer immer mehr Verletzte in den Behandlungsraum, wo Antonia mit den anderen Schwestern Wunden säuberte, Verbände oder Schienen anlegte und Infektionen zu verhindern suchte. Die Kranken lagen auf dem Boden, hockten in den Ecken oder lehnten sich erschöpft gegen die Wände; die Gesunden kamen mit ihren niedergemetzelten oder verprügelten Kameraden und gingen, um neue Patienten von der Straße aufzulesen. Es roch längst nicht mehr nur klinisch nach Karbol und Chloroform, sondern stark nach getrocknetem Blut, Urin und Angstschweiß.

Von draußen drangen unaufhörlich Geschrei und das Böllern von Schüssen herein. Seit einer Woche schon schlugen sich die Angehörigen der preußischen Marine mit den arabischen Küstenbewohnern und den Stammeskriegern aus dem Hinterland, aber so dramatisch wie heute war die Situation nie gewesen. Fäuste wurden geschwungen, aus Palmwedeln oder Bananenblättern gebastelte Knüppel und Holzstöcke eingesetzt sowie Macheten und Krummdolche, inzwischen wohl auch Pistolen und Gewehre.

Die Patienten waren gelegentlich Deutsche oder Araber und häufig Schwarze, gehörten also allen verfeindeten Gruppen an.

In der Obhut der Schwestern gaben die Männer Ruhe, selbst verbale Attacken blieben aus. Wahrscheinlich waren sie zu verletzt oder geschwächt, um den Aufruhr zu den Nonnen und ihren Helferinnen zu tragen, vielleicht auch zu verzweifelt. Wer in das Haus hinter dem riesigen Affenbrotbaum kam, hatte es nicht mehr in die französische Missionsstation der Brüder des Heiligen Geistes am Stadtrand geschafft, auch nicht zum arabischen Hakim oder zu einem Medizinmann und vor allem nicht zu dem Schiffsarzt der kaiserlichen Fregatten, die in mehreren Kilometern Entfernung auf Reede lagen, weil der Uferbereich zu flach war. Aber letztlich war die Frage der Herkunft für Antonia nicht von Bedeutung.

»Es ist fast wie bei *Mwaka Kogwa,* wenn sich die Männer am Strand von Sansibar treffen und gegeneinander kämpfen«, meinte eine junge schwarze Nonne, während sie eine Kompresse in eine Schale mit Alkohol legte. »Nur dass es jetzt viel schlimmer ist. Diese Gewalt hier hat keine Tradition.«

Antonia fragte nicht nach, was *Mwaka Kogwa* bedeutete. Auch unterließ sie es zu hinterfragen, wer Angreifer und wer Verteidiger in der jüngsten Auseinandersetzung war – die Lage war unübersichtlich geworden, aber das spielte keine Rolle. Sie arbeitete wie betäubt und ohne Unterlass. Erschöpfung schien das einzige Mittel gegen ihr ganz persönliches Leiden zu sein. Sie versuchte, so wenig wie möglich nachzudenken – am allerwenigsten über die Rituale auf Sansibar.

Purer Zufall hatte sie nach Bagamoyo geführt. Ihr eigentliches Ziel war das weiter südlich gelegene Daressalam gewesen, wo ein deutscher Arzt und Missionar ein neues Lutherisches Krankenhaus aufbaute. Schwester Edeltraut hatte vor geraumer Zeit davon berichtet und erzählt, dass Pflegerinnen dort höchst willkommen seien. Doch der erstbeste Skipper, den Antonia bei ihrer überstürzten Abreise im Hafen von Sansibar aufgetrieben hatte, segelte mit seiner Dhau nach Bagamoyo. Also war sie in der immerhin mehr als zehntausend Einwohner zählenden uralten Stadt gelandet. Und hatte es als Wink des Schicksals gesehen, an einem Ort zu stranden, dessen Name übersetzt bedeutete »Leg dein Herz nieder«.

Allerdings wurde Antonia das Gefühl nicht los, ganz ohne Herz in Bagamoyo eingetroffen zu sein. Das ihre hatte sie in Sansibar zurückgelassen. Bei Max Seiboldt, der gemeinsamen Forschungsarbeit, dem Traum von einem Medizinstudium. Und irgendwie auch bei ihren Freundinnen, deren Zuwendung ihr inzwischen fast so sehr fehlte wie das Zusammensein mit dem Mann, den sie liebte.

Es ist alles die Schuld des *Mganga*, redete sie sich ein. Der hatte nicht nur einen Bann über sie und Max Seiboldt gesprochen, sondern auch den Ingwer beschworen, und Seiboldt hatte ihr von der Wurzel gegeben. In Aden war er dem Kath-Genuss erlegen, auf Sansibar fielen sie einem Zauber zum Opfer. Was für ein Paar!, dachte sie bitter.

Sie fügte sich einerseits wie eine Maschine in ihre Tätigkeit als Krankenpflegerin, in eine manchmal monotone, häufig bescheidene und zugleich anstrengende Aufgabe mit sehr begrenzten Möglichkeiten, auf die sie in dieser Weise und an diesem Ende der Welt nicht vorbereitet gewesen war.

Andererseits war es die beste Lösung. Sie musste Vernunft beweisen, durfte sich nicht gehen lassen, musste vertrauensvoll und zuverlässig agieren. Unter diesen Voraussetzungen hatten die Töchter Mariens sie aufgenommen, obwohl sie dem Ordre du Saint-Esprit nicht angehörte; der Hinweis auf ihre Bekanntschaft mit Madame Chevalier auf Sansibar hatte freilich geholfen. Große Gefühle wie etwa Leidenschaft, Eifersucht, Enttäuschung oder Verzweiflung gehörten jedenfalls nicht zu Antonias neuem Alltag, und sie war dankbar dafür, denn sie fühlte sich innerlich wie tot.

Dennoch berührte es sie, dass sowohl Angreifer als auch Verteidiger bisher einträchtig Hilfe in der Missionsstation suchten. Und es stand keineswegs fest, wer der eigentliche Aggressor war.

Natürlich prügelten sich junge Männer jeder Hautfarbe überall auf der Welt. Antonia hatte genug Betrunkene gesehen, die vor den Münchner Wirtshäusern im Rinnstein lagen, nachdem sie mit Maßkrügen statt mit Fäusten gerauft hatten. Matrosen vertraten sicher eine ähnliche Spezies, ebenso leicht entflammbar wie manche Mitglieder der Dorfjugend.

Die harmlosen Schlägereien eskalierten jedoch, seit die Besatzungen der kaiserlichen Fregatten den Anspruch der Deutsch-Ostafrikanischen Gesellschaft zu ihrer Angelegenheit machten und die ansässigen Araber und deren schwarze Handlanger provozierten. Allerdings verhielten die sich auch ziemlich aggressiv, zumal der Wali als Verbündeter ebenso wie die mächtigen Familien den Pachtvertrag zwischen dem Sultan und der DOAG nicht anerkennen wollte.

Es hatte bereits vorige Woche heftige Zusammenstöße gegeben, als die Fahne der Handelsgesellschaft auf dem Gouverneurssitz gehisst werden sollte – über der Flagge des Sultans. Daraufhin stritten die Parteien, welches Banner höher hängen durfte. Die Vertreter der DOAG zogen kurzzeitig ab, doch Ruhe kehrte nicht ein.

Heute nun war Konsul Bohlen im Schutz von Soldaten des Sultans erneut erschienen, um vertragsgemäß die Verwaltung von Bagamoyo zu übernehmen. Die ganze Stadt schien deshalb auf den Beinen, wenngleich nicht unbedingt in friedlicher Absicht. Fast alle einheimischen Männer waren bewaffnet, Araber mit ihren traditionellen Krummdolchen, wie auch die schwarzen Krieger, die für gewöhnlich in Bagamoyo herumlungerten und darauf warteten, Karawanen zu den großen Seen zu führen; selbst die Bauern trugen Messer oder Schlagstöcke bei sich. Und es lag nicht in der arabischen oder afrikanischen Mentalität, so viel hatte Antonia bereits verstanden, von einer einmal gefassten Position ohne weiteres abzurücken.

Sie brauchte nicht auf die Straße zu gehen, um sich mit eigenen Augen von der dramatischen Situation zu überzeugen – die ständig wachsende Zahl der Verwundeten und der in den Behandlungsraum dringende Lärm genügten, sich ein Bild zu machen. Ob sie möglicherweise selbst in Gefahr schwebte, darüber machte sich Antonia ebenso wenig Gedanken wie die Ordensschwestern.

Die Tür wurde aufgestoßen.

Antonia seufzte. Wieder neue Verwundete. Sie blickte kurz auf, wollte sich wieder den offenen Stellen auf dem Rücken eines schwarzen Patienten widmen – doch sie erstarrte.

Im Eingang hatte sich eine Gruppe junger Araber aufgebaut. Vier oder fünf finster aussehende, bärtige Gestalten mit dunklen Gesichtern, die darauf schließen ließen, dass ihre Mütter Afrikanerinnen waren. Ihre weißen Gewänder waren an vielen Stellen grau vom Staub und rot vom Blut ihrer Gegner. Zwei von ihnen hielten Krummdolche in den Händen, ein dritter Mann richtete den Lauf seiner altmodischen Pistole auf einen am Boden sitzenden, halb ohnmächtigen preußischen Matrosen.

Ein Wortschwall prasselte auf Pflegerinnen und Patienten nieder. Es war Suaheli. Antonia verstand kein Wort. Hilfesuchend blickte sie sich nach der jungen Nonne um, die ihr das Verbandsmaterial gereicht hatte.

Doch die erklärte nichts, sondern starrte fassungslos auf den Tumult, der unter den Verwundeten auszubrechen drohte.

Plötzlich schienen die Fronten auch in der Missionsstation klar. Schwarze und Araber rückten zu den wenigen deutschen Patienten im Raum vor. Wer nicht aufstehen konnte, gestikulierte wild. Manche Einheimische, die nicht in der Lage waren zu laufen, krochen über den Boden.

Wortgefechte schallten durch die unvermittelt von Hass geschwängerte, durch Ausdünstungen, Feuchtigkeit und Sonneneinstrahlung stickige Luft.

Eine braune Apothekerflasche fiel vom Tisch und zerschellte. Das Klirren des Glases unterbrach für einen unheimlichen Moment der Stille die verbalen Attacken. Der durchdringende, atemraubende Geruch von Kampfer breitete sich aus.

Ein durch die Schlitze in den Fensterläden hereinfallender winziger Sonnenstrahl traf auf Glas. Die Scherbe in der Hand eines Mannes blitzte auf wie ein geschliffener Turmalin.

Der jungen Nonne an Antonias Seite entfuhr ein spitzer Schrei.

»Silence!« Die Stimme der Oberschwester übertönte den Lärm.

Überraschenderweise hielten die Angreifer inne.

Mutig trat die Leiterin des kleinen Hospitals vor die schwerverletzten Matrosen. In einer Mischung aus Französisch und Suaheli wies sie die anderen Verwundeten wie auch die Eindringlinge zurecht. Obwohl Antonia auch diese Ausführungen kaum verstand, war ganz klar, was die erboste Ordensfrau bezweckte.

Antonia blickte wieder zu der Nonne neben sich, die wie haltsuchend das Kreuz auf ihrer Brust umfasste.

»Was ist geschehen?«, flüsterte Antonia.

»Die Deutschen haben den Mast mit der Fahne des Sultans abgesägt.«

»Haben sie denn kein Recht dazu? Ich dachte, die Verträge ...«

Die junge Frau zuckte mit den Achseln.

Antonia zögerte. Wer fragte schon nach dem Gesetz, wenn es zum Aufruhr kam. Rache, dachte sie mit wachsendem Entsetzen. Rache ist die einzige Antwort.

Ihr Herzschlag beschleunigte sich, als ihr bewusst wurde, dass sie die einzige deutsche Frau weit und breit war. Ein An griffsziel für jene feigen Meuchler, die sich an den hilflosesten Opfern vergingen. Zum ersten Mal in ihrem Leben verspürte sie Todesangst.

2

SANSIBAR,
MITTWOCH, 22. AUGUST

»Sie müssen mir helfen!« Mit diesen Worten stürmte Viktoria in das Kontor des Handelshauses Lessing & Sohn, das sich in einem niedrigen Gebäude arabischer Architektur nahe dem Hafen befand.

Die geschnitzten Tore standen weit offen, und helles, heißes Sonnenlicht flutete in den weitläufigen Lagerraum, der gleichzeitig das Büro war. Vor den mit den üblichen Holzläden verdunkelten Fenstern am anderen Ende waren Säcke aufgestapelt, in einer Ecke befand sich ein Regal mit schweren, in Leder gebundenen Büchern, eine Art Theke nahm eine andere, deutlich hellere Ecke ein, offenbar wurden hier Warenproben begutachtet. In der Mitte erhob sich unter einem wunderbar altmodischen barocken Kronleuchter ein imposanter Schreibtisch, der für drei Sekretäre ausreichend war, tatsächlich aber wohl nur von einer Person benutzt wurde.

Roger Lessing saß nicht, sondern stand hinter seinem Arbeitsplatz. Bei Viktorias Eintreten war er über einen dicken Folianten gebeugt, richtete sich jedoch unverzüglich auf. Er trug nur Hose, keinen Rock, und die Ärmel seines Hemdes waren bis zur Hälfte des Unterarms aufgekrempelt, was ihn auf eigentümliche Art besonders gutaussehend erscheinen ließ. Eine Haarsträhne war ihm in die Stirn gefallen und verlieh seinem sonst so strengen Gesichtsausdruck eine sympathische Weichheit. Seine Augen leuchteten.

»Was für eine Überraschung!«, rief er aus. »Was verschafft mir die Ehre Ihres Besuches, Fräulein Wesermann?«

Einen Moment war Viktoria sprachlos angesichts der Attraktivität dieses Mannes. Sie fühlte sich in einer irritierenden Weise körperlich zu ihm hingezogen.

Obwohl sie sich gerne irgendwo angelehnt oder abgestützt hätte, blieb sie in einiger Entfernung zu Lessing in der Nähe des Eingangs stehen. Sie trat unsicher von einem Fuß auf den anderen und vermied jeden Blickkontakt, versuchte sich auf das Anliegen zu konzentrieren, das sie zu ihm geführt hatte.

»Ich … ich brauche Ihre Hilfe …«, wiederholte sie stockend und fragte sich gleichzeitig, warum sie nicht bei Friedrich van Horn vorstellig geworden war. Ihr Gastgeber hätte gewiss ein Ohr für ihre Fragen und wahrscheinlich auch Rat gewusst. Doch an den hatte sie überhaupt nicht gedacht, nachdem sie von den neuesten Nachrichten vom Festland aufgeschreckt worden war.

Lessing grinste breit. »Wollen Sie Vanille oder Zimt kaufen? Vielleicht auch Nelken und Muskat gegen böse Geister, Mücken oder Diebe?«

Sein leicht abfälliger, scherzhafter Ton reduzierte ihr Begehren. Energisch trat sie vor, stützte sich mit den Händen auf den Schreibtisch und blickte ihn über die mit Papieren, Folianten und Schreibwerkzeug übersäte Platte eindringlich an.

»Sie haben die Ehre«, gab sie indigniert zurück, »mir bei der Suche nach meiner Freundin Antonia zu helfen. Sie befindet sich irgendwo an der Küste, und ich mache mir große Sorgen um sie.«

»Mit Recht sorgen Sie sich«, erwiderte er trocken und sah ihr ernst in die Augen. »Die Nachrichten aus Tanganjika sind nicht gerade erfreulich. Pangani befindet sich bereits in der Hand der Aufständischen, in Bagamoyo ist die Lage unübersichtlich, von Tanga aus werden deutsche Schiffe beschossen, lediglich Daressalam wurde bisher von den Unruhen verschont. Aber der Handel ist an der gesamten Küste unterbrochen, allerdings gilt das für die Araber ebenso wie für un...«

»Hören Sie! Ich spreche nicht von Ihren Geschäften«, in Viktoria wallte Zorn auf, »sondern von einem Menschen. Einer Frau. Meiner Freundin!«

»Das weiß ich. Ich begreife allerdings nicht, was ich damit zu tun habe.«

Ungeduldig schlug sie mit der flachen Hand auf den Tisch. »Sie sollen mir helfen, Antonia zu suchen. Es geht um Leben und Tod. Das räumen Sie ja sogar selbst ein.«

Sein Blick verfinsterte sich. Er blickte sich kurz um – und da erst bemerkte Viktoria, dass sie sich nicht allein mit Roger Lessing in dessen Kontor befand.

Ein junger Mann, dessen Habitus sie unangenehm an Hartwig Stahnke erinnerte, war in der dämmrigen Ecke damit beschäftigt, sich Notizen in einer Kladde zu machen und den Inhalt von irgendwelchen Säcken zu prüfen. Ihr Wortgefecht hatte ihn jedoch innehalten lassen.

Mit vor Staunen offenem Mund und sichtlich neugierig starrte er zu ihr her. Offenbar war man das resolute Auftreten einer jungen Frau in diesem Kontor nicht gewohnt. Überdies hatte ihr Umgangston keinen Zweifel daran gelassen, dass sie sehr vertraut mit seinem Chef war.

Unter anderen Umständen wäre ihr die Situation peinlich gewesen. Doch hatte sie weder Lust noch Zeit, auf europäische Konventionen zu achten. Sie suchte nach Rogers Blick, anstatt diesem auszuweichen, wie es sich gehört hätte.

»Wissen Sie, wie viele Menschen dort in Lebensgefahr schweben?«, fragte er.

»Sie kennen Antonia. Wie können Sie so hartherzig sein?«

»Irrtum. Ich habe eine betrunkene Frau erleben müssen, die das gesamte kaiserliche Konsulat kompromittierte. Zu behaupten, ich würde diese Person kennen, erscheint mir doch etwas übertrieben.«

Viktoria schnappte nach Luft. »Sie machen wohl niemals Fehler, nicht wahr?«

Er zuckte scheinbar gleichgültig mit den Achseln und wandte sich den Papieren auf seinem Schreibtisch zu. Angelegentlich blätterte er in einem Stapel, schob die Schreibablage aus schwarzem Marmor hin und her, öffnete und schloss den Deckel des silbernen Tintenfasses. Viktoria würdigte er dabei keines Blickes.

Schließlich zog er ein loses Blatt aus dem Folianten, den er bei ihrem Eintreffen studiert hatte, und wandte sich an seinen Mitarbeiter: »Seien Sie doch bitte so freundlich und überprüfen Sie diese Aufstellung noch einmal mit dem Tallymann.« Dann ging er ein paar Schritte auf den jungen Mann zu und merkte an: »Am besten, Sie machen sich gleich auf den Weg, Hugo.«

Die Absätze der Herrenschuhe hallten auf dem Steinboden. Es war Lessings Mitarbeiter anzusehen, wie ungern er den Ort der Auseinandersetzung zwischen seinem Chef und der ihm unbekannten jungen Frau verließ. Der Sensationswert musste für ihn ziemlich groß sein, vermutete Viktoria. Von draußen drangen die Rufe eines Kokosnussverkäufers herein, und da es bereits auf Mittag zuging, nahm sie an, dass Hugo möglicherweise bald unverrichteter Dinge zurückkehren werde. Eine nahe Kirchenglocke schlug.

Ihre Augen folgten dem jungen Mann beim zögerlichen Verlassen des Kontors. Dann sah sie wieder Lessing an, der auf ihre Seite des Schreibtisches getreten war und sich in unmittelbarer Nähe zu ihr lässig gegen die Platte lehnte.

»Reden Sie immer in diesem Ton mit Leuten, die Ihnen helfen sollen?«, wollte er wissen. Seine Stimme war gedämpft, klang aber so schneidend wie das Werkzeug eines Edelsteinschleifers.

»Sie haben meine Freundin beleidigt«, protestierte sie. »Und niemand außer Ihnen war brüskiert, weil jeder an einen Selbstversuch glaubte. Tatsächlich war Antonia von Kummer überwältigt. Sie hatte an dem Abend zu viel getrunken, ja, und sie verträgt keinen Alkohol. Aber deshalb dürfen Sie sie nicht verurteilen. Sie ist ein wunderbarer, wertvoller Mensch. Ihre plötzliche Abreise hat mir unendliche Schmerzen zugefügt. Ich vermisse sie, und ich mache mir Sorgen um sie, weil sie so kopflos handelte und …«

»Wie kann man Sie eigentlich zum Schweigen bringen?«

Ungeachtet seines Einwurfs fuhr Viktoria aufgebracht fort: »… weil sie so kopflos handelte und niemand weiß, wohin an der Küste sie gefahren ist. Ich habe von den Unruhen gehört, und Sie selbst haben zugegeben, dass die Lage brenzlig ist. Antonia ist zwar patent, tapfer und klug, aber wie soll sie aus so einem Hexenkessel herauskommen? Sie ist nur eine alleinstehende Frau und dazu noch ohne Mittel …« Sie holte Atem, um Lessing weiter zu beschwören.

Im selben Moment beugte er sich vor und küsste sie. Sein Mund berührte ihre Lippen, die sich zum Luftschöpfen geteilt hatten.

Verblüfft ließ sie ihn gewähren. Es war gewiss nicht Absicht, sie konnte sich nur nicht dagegen wehren, dass sich ihr Körper dem seinen entgegenstreckte.

Dann spürte sie seine Hände auf ihren Schultern, den leichten Druck, mit dem er sie an sich zog. Sein Kuss wurde tiefer, fordernder, wenn er auch rücksichtsvoll und vorsichtig blieb. Sie hatte das Gefühl, dass ihn seine Leidenschaft ebenso überraschte wie sie ihr Verlangen.

Wie schön es war, von ihm geküsst zu werden. Wenn er doch niemals damit aufhören …

Abrupt ließ er von ihr ab. In einer hilflosen, fast verstörten Geste schob er die Haarsträhne aus seiner Stirn. »Entschuldigung«, murmelte er und blickte betreten zu Boden.

Viktorias Fingerspitzen berührten ihre Lippen. Sie taumelte und wünschte, sich irgendwo festhalten zu können. Ihre Beine fühlten sich an, als würden sie sie nicht viel länger tragen. Doch Roger lehnte wieder an seinem Schreibtisch und versperrte ihr damit den Weg zu einem Halt. Sie holte tief Luft und bemerkte erst jetzt ihr Herzrasen. Der Mann schafft mich, dachte sie und beschloss, die ungestüme Zärtlichkeit zu ignorieren.

»Ich wollte ja nur sagen«, hob sie mit zitternder Stimme an, während ihre Hand herabsank, »dass ich meine Freundin unbedingt retten möchte.«

Seufzend blickte er zu ihr auf. »Niemand weiß genau, was in den Küstenstädten vor sich geht. Keiner kennt die Zustände auf den Plantagen der deutschen Siedler. Dort irgendwo ziellos nach einer Frau zu suchen ist Wahnsinn.«

»Ja, aber …«

Er nahm ihre Hand zwischen seine Finger. »Viktoria …«, er räusperte sich, als sie ihm ihre Rechte entzog. Dann fuhr er gemessenen Tons fort: »Sie können für Ihre Freundin im Moment nichts tun, Fräulein Wesermann. Die Ostafrikanische Gesellschaft ist ja nicht einmal in der Lage, ihren eigenen Verwaltern ausreichend Schutz zu gewähren. Der Sultan ist schwach und wankelmütig, das nutzen die Aufständischen aus.«

»So leicht speisen Sie mich nicht ab!«

»Wir werden abwarten müssen, wie der Reichskanzler auf die Unruhen reagiert«, erklärte er streng und löste sich von seinem Platz.

Während er um den Schreibtisch herumging, dozierte er: »Wenn es zu einem offiziellen Eingreifen der deutschen Marine kommt, hat das weitreichende Folgen. Für das Reich und für jeden einzelnen Kaufmann auf Sansibar und auf dem Festland, also für den Handel in Ostafrika insgesamt, denn dann würde der Kaiser Tanganjika als Kolonie übernehmen. Das würde bedeuten, dass die Deutsch-Ostafrikanische Gesellschaft in ihrer ursprünglichen Struktur entmachtet ist, das Zollwesen etwa in die Hand des Staates übergeht. Das ist hohe Politik, meine Liebe. Das Schicksal einzelner Personen ist da zweitrangig. Tut mir leid.« Bei seinen letzten Worten beugte er sich wieder über den Folianten, in dem er bei ihrem Eintreffen gelesen hatte.

Für Viktoria war das letzte Wort noch nicht gesprochen. »Es ist mir unmöglich, Antonia einfach ihrem Schicksal zu überlassen. Wenn Sie mir nicht helfen wollen, werde ich es eben anderswo versuchen.«

Er hob nur die Schultern und schwieg.

»Antonia ist meine Freundin«, wiederholte sie beharrlich. »Ich kann doch nicht warten, bis sie niedergemetzelt wird! Antonia, Juliane und ich …«, sie unterbrach sich, da ihr bei der Erwähnung von Julianes Namen etwas einfiel. Es war nicht einfach für sie, sich nach dem Kuss in Lessings Gegenwart zu konzentrieren, doch allmählich dämmerte Viktoria, dass es noch eine weitere Person gab, die ihr vielleicht helfen könnte: »Prinz Omar ibn Salim«, murmelte sie in sich hinein.

Mit einem lauten Knall, der sie zusammenfahren ließ, schlug Lessing das große Kontobuch zu. »Was haben Sie nur immer mit diesem Mann?«, herrschte er sie an. »Prinz Omar ist nichts für Sie.«

Stumm vor Staunen blickte sie ihn über den Schreibtisch hinweg an.

»Prinz Omar ibn Salim ist kein Umgang für Sie«, behauptete Lessing. Seine Augen funkelten wütend.

Ein kleines, spitzbübisches Lächeln umspielte Viktorias Lippen. Sie wusste selbst nicht, warum seine Reaktion sie fröhlich stimmte. Wie schon mehrfach zuvor überlegte sie, dass es erstaunlich war, welche Regungen Roger Lessing in ihr hervorzurufen verstand.

Obwohl sie ihr Herz sonst nicht auf der Zunge trug, entfuhr ihr: »Sind Sie etwa – eifersüchtig?«

»Unsinn. Ich bin niemals eifersüchtig.«

Viktoria schmunzelte über seinen finsteren Gesichtsausdruck. »Wissen Sie, im Moment ist es irrelevant, ob Prinz Omar *etwas* für mich ist. Ich will ihn nicht ehelichen, sondern ihn bitten, mir bei der Suche nach meiner Freundin zu helfen.«

»In der Tat sollten Sie sich eine Heirat gut überlegen, wenn Sie nicht eine seiner vielen Gemahlinnen werden wollen«, schnappte er.

»Was?« Sie glaubte, ihn nicht richtig verstanden zu haben. Das Lächeln wich langsam aus ihren Zügen, ihre Augen glühten. Zwischen ihren Brauen erschien eine steile Falte.

»Hat er sich Ihnen noch nicht erklärt?« Ein bitteres, spöttisches Lachen entrang sich seiner Kehle. »Prinz Omar ibn Salim besitzt in Maskat mehrere Ehefrauen und Konkubinen. Vielweiberei gehört bei den Mohammedanern zum guten Ton, und gewiss ist es ihm nicht schwergefallen, sich mit diesem Los zu arrangieren, auch wenn er sein Auge nun offenbar auf andere Blüten als Wüstenrosen geworfen hat.«

»Ich glaube Ihnen kein Wort«, raunte Viktoria, und doch nahm sie ihm vorbehaltlos ab, was er sagte.

War es nicht Antonia gewesen, die sie und Juliane vor der Tradition der Araber gewarnt hatte, mit mehreren Frauen gleichzeitig verheiratet zu sein? Dennoch hatten weder sie selbst noch Juliane jemals hinterfragt, ob der charmante Prinz ein Junggeselle oder verheiratet war. Und Juliane machte sich Hoffnungen, seine Braut zu werden. Das hatte sie ihr und Antonia deutlich zu verstehen gegeben.

Immer wieder Antonia … Sie war wie eine Stütze für ihre Dreierfreundschaft gewesen. Viktoria vermisste sie unendlich.

Sie atmete tief durch, um Zeit zu gewinnen und den inneren Aufruhr zu besänftigen. Lessing durfte nicht merken, wie verstört sie in Wirklichkeit war.

»Es ist mir einerlei, mit wie vielen Frauen Prinz Omar verheiratet ist und was er sonst noch treibt«, versetzte sie. »Ich werde ihn aufsuchen und um Hilfe bitten.«

Lessings Hand wies zur Tür. »Dann werde ich Sie nicht aufhalten, Fräulein Wesermann.«

Sie zögerte einen Moment, irritiert von seiner Geste. Dann straffte sie jedoch die Schultern und wandte sich zum Gehen. Im durch das Tor hereinfallenden flirrenden Licht blieb sie noch einmal stehen und sah über die Schulter zurück.

Er stand bewegungslos hinter seinem Schreibtisch und beobachtete sie.

»*Ich* will ihn übrigens nicht heiraten. Ebenso wenig wie Sie, Herr Lessing.« Sie warf ihren Kopf in den Nacken und stolzierte davon.

3

Prinz Omar malte mit seinem Zeigefinger imaginäre Linien auf Julianes Venushügel. Der große, in einen schweren goldenen Ring gefasste Stein, den er trug, funkelte im Schein der einzigen brennenden Kerze. In dem warmen gelben Licht wirkte Julianes vollständig enthaarte Haut wie orangerote Seide.

»Halawa und Henna«, stellte er schmunzelnd fest. »Wie bei einer Araberin.«

Von seinen Berührungen ausgehend strömten süße kalte und heiße Wellen durch ihren Körper. Unwillkürlich hob sie ihm ihre Hüften entgegen. »Ich möchte schön für dich sein«, raunte sie atemlos.

Ihre Stimme klang anders als sonst. Das war ihr inzwischen mehrfach aufgefallen – eigentlich sogar immer, wenn sie mit dem Geliebten zusammen war. Ihr Tonfall war dann irgendwie schwerer, tiefer und heiserer. Wahrscheinlich macht das die Liebe, sagte sie sich. Vielleicht veränderte sie sich auch unter seiner Leidenschaft und den Zärtlichkeiten, die er ihr schenkte. Egal, was Viktoria behauptete. Gewiss veränderte sie sich!

Sie sprach viel mit dieser ungewohnten Stimme, denn sie traf Omar relativ häufig, wenigstens jeden zweiten oder dritten Tag. Sie sahen sich, sooft es seine Zeit und ihre Verstellungskünste und Lügen gegenüber ihrem Vater erlaubten. In dem Haus seines Freundes in der dunklen Gasse der Steinstadt sanken sie sich in die Arme, und danach dankte sie ihm mit ihrer ungewohnten Stimme, bewunderte ihn, schwor ihm ewige Liebe.

Nur ihre geheimsten Wünsche behielt sie für sich – und die Frage, warum er sie niemals zwischen den Beinen berührte. Dort, wo sich ihre Lust am stärksten sammelte, bis sie es kaum noch ertragen konnte. Auch jetzt sagte sie nichts, spürte die Hitze und hoffte, er würde ihre Gedanken lesen können.

Tatsächlich schien er ihre Geste zu verstehen. »Pscht«, machte er und hauchte einen zarten, feuchten Kuss in ihre Achselhöhle, während seine Hand ihren Unterleib sanft in die Kissen zurückdrückte. »Ich darf mir keinen Einlass zu deinem Himmelstor verschaffen. Dein künftiger Gemahl würde dich schon in der Hochzeitsnacht verstoßen.«

Sie war zu sehr damit beschäftigt, Lust und Sehnsucht in ihrem Körper zu kontrollieren. Deshalb drangen seine Sätze nur mit einer gewissen Zeitverzögerung zu ihr durch. Nun wirkten sie jedoch wie ein kalter Schauer. Verstört richtete sie sich auf. »Was meinst du damit?«

»Arabische Männer lernen früh, die Jungfräulichkeit eines Mädchens zu bewahren und trotzdem Glück zu empfinden.«

Das Kopfweh, das sie den ganzen Tag über geplagt und sich seit ihrem Wiedersehen mit dem Geliebten verflüchtigt hatte, kehrte unvermittelt zurück. Sie legte eine Hand an ihre Stirn, doch ihre Finger waren nicht kühl, sondern erstaunlich warm und bewirkten deshalb keine Linderung.

Abgelenkt von der beginnenden Migräne und mit einem im

Nebel des Schmerzes verhüllten Hirn klang ihre Frage ein wenig unwirsch: »Wirst du mich denn nicht heiraten?«

Erst als sie ausgesprochen hatte, was ihr auf der Seele brannte, wurde ihr bewusst, wie ungehörig eine solche Frage war. Vor allem: Welcher Mann schrieb einer jungen Frau glühende Liebesbriefe, wenn er sie nicht heiraten wollte? Mit wem vereinigte er sich auf diese intime Weise, wenn nicht mit seiner Braut? Juliane hatte diese Überlegungen bislang von sich gewiesen, weil ihre Zukunft klar in den Himmel geschrieben stand. Doch plötzlich hörte sie eine Alarmglocke irgendwo in ihrem Hirn schrillen. Die Kopfschmerzen und die Hitze in ihrem Körper verstärkten sich.

Omar, dessen Hand eben noch auf ihrem Bauch gelegen hatte, zog sich zurück. Er drehte sich auf den Rücken und starrte stumm an die Decke, offenbar grübelte er über ihre Frage nach.

Die relative Stille in diesem Raum war Juliane nach dem dauernden Lärm im Harem und dem Chaos in den Gassen immer ausgesprochen wohltuend erschienen, das gleichmäßige Plätschern des Brunnens hatte sie beruhigt. Jetzt zehrten die Wassergeräusche an ihren Nerven. Sie wünschte sich, dass Schritte der Diener oder ein Klappern mit Gläsern oder Geschirr das belastende Schweigen durchbrechen würden. Doch den Sklaven war natürlich untersagt, auch nur einen Fuß in den Empfangssaal zu setzen, solange der Prinz hier mit seiner Mätresse allein sein wollte. Dafür bediente er sich sogar selbst, wenn er nach dem Liebesakt ein Getränk aus der bereitstehenden Karaffe in ihre Becher füllte.

Ihr Herz klopfte so schnell und laut, dass sie fürchtete, das Pochen würde wie ein Echo von den Wänden widerhallen.

Nach einer lähmend langen Zeit drehte sich Omar wieder zu ihr.

Trotz der kaum ausreichenden Beleuchtung bemerkte sie bestürzt, dass seine tiefen, dunklen Augen in Tränen schwammen.

»Meine Rose«, hob er mit bebender Stimme an, »ich hätte niemals zu erwarten gehofft, dass du in Betracht ziehen könntest, mein Leben zu teilen …«

»Aber ich bin doch da«, flüsterte sie verwundert und auch ein bisschen verletzt. Dachte er etwa, sie würde sich jedem schönen, wortgewandten Mann derart leidenschaftlich hingeben?

»Ich verspreche dir, dass ich dir alles schenken werde, was du dir wünschst. Das Leben in Maskat ist anders als in Deutschland, auch anders als auf Sansibar, aber wir können reisen, wenn du es möchtest. Du wirst dich nur an unsere arabischen Traditionen gewöhnen müssen. Glaubst du, dass du dazu in der Lage bist, dass deine Liebe groß genug dafür ist?«

War dies ein Heiratsantrag? In den Romanen, die sie verschlungen hatte, waren derartige Szenen anders beschrieben. Aber da spielten meist ehrbare deutsche Junker die Hauptrolle und nicht geheimnisvolle arabische Prinzen, die die Geliebte in eine Märchenwelt entführen wollten. Juliane beschloss daher, Omars Worte als Heiratsantrag aufzufassen.

Viktoria würde Augen machen, wenn sie ihr davon erzählte!

»Ja«, hauchte Juliane. »Ja.« Sie streckte die Arme nach ihm aus, wollte ihn umarmen, ihr Glück spüren, seine Haut auf ihrem Körper fühlen. Doch er schob sie sanft von sich.

»Glaubst du, dass dein Vater sein Einverständnis geben wird? Es mag für ihn ein ungewöhnliches Arrangement sein. Das kann ich verstehen, aber …«

»Dann brennen wir durch!«

»Das würdest du tun? Du würdest meinetwegen sogar mit deinem Vater brechen?«

»Hundert Mal und immer wieder ja, mein Liebster.«

Omar neigte sich über sie, doch er küsste nicht ihren Mund, wie sie es erwartet hatte, sondern liebkoste ihre Augenlider mit seinen Lippen und seiner Zunge. Juliane stöhnte leise.

Plötzlich richtete er sich wieder auf. »Ich werde Sansibar verlassen müssen, meine Rose, aber ich komme, so rasch es geht, zurück. Dann nehme ich dich mit mir und lasse dich nie wieder los.«

Noch im Taumel des flüchtigen Glücksgefühls starrte Juliane den Geliebten an. Entsetzen breitete sich in ihrem Körper aus. Die Vorstellung, mehr als ein paar Tage ohne Omar zu sein, brach ihr schier das Herz. »Wo gehst du hin?«

»Mein Onkel, der Sultan, schickt mich auf das Festland. An der Küste ist es zu schweren Unruhen gekommen, als die Deutsch-Ostafrikanische Gesellschaft die Verwaltung übernehmen wollte. Was liegt näher, als einen Vermittler zu schicken, der die Sprachen der verfeindeten Parteien spricht?«

Juliane dachte, dass sie stolz auf ihren künftigen Gemahl sein sollte, der eine derart wichtige Mission zu erfüllen hatte. Dennoch machte sie der Gedanke an seine Reise maßlos traurig. »Ist das gefährlich?«

Zärtlich strich er die goldenen Locken aus ihrem Gesicht. »Nein, sicher nicht. Ich reise mit den Soldaten des Sultans. Niemand wird es wagen, unsere Karawane anzugreifen.«

»Wann segelst du? Ist das unser Abschied?«

Er atmete tief durch. »Ja. Und ich wäre betrübt, wenn ich nicht wüsste, dass meine Rückkehr unsere Vereinigung bedeutete. Wenn ich wieder auf Sansibar bin, werde ich deinen Vater um sein Einverständnis bitten.«

Ohne sonderlich darüber nachzudenken, antwortete Juliane: »Ich wünsche mir etwas von dir: Wenn wir heute auf Wiedersehen sagen müssen, möchte ich, dass dies unsere Hochzeitsnacht ist. Ich will ganz eins sein mit dir. Kein anderer Mann soll mich jemals berühren dürfen. Meine …«, sie schluckte, weil es ihr peinlich war auszusprechen, was sie sich mehr als alles andere wünschte. Dann: »Meine Jungfräulichkeit soll mein Abschiedsgeschenk für dich sein.«

Er zögerte, betrachtete sie schweigend. Unwillkürlich fürchtete sie, einen Fehler begangen zu haben. Ein leichter Schüttelfrost bemächtigte sich ihres Körpers, über den sie die Kontrolle zu verlieren schien.

Schließlich lächelte Omar. Er streckte sich und griff nach dem weißen Seidentuch, mit dem er sich gelegentlich Luft zufächelte und das er zuvor achtlos neben den Diwan geworfen hatte.

»Dein Blut wird das schönste Pfand unserer Liebe sein«, flüsterte er. Dann schob er ihre Beine auseinander und legte sich auf sie.

4
Donnerstag, 23. August

»Oh, das duftet aber herrlich!«, rief Juliane entzückt aus und steuerte ungeachtet ihrer Freundin auf die Garküche zu, die unter dem Dach eines Mangrovenbaums direkt am Hafen von einem Inder betrieben wurde. Das scharfe Aroma eines Currys zog über die Promenade und lockte hungrige Passanten an.

Auch eine Gruppe Unteroffiziere in der weißen Uniform der kaiserlichen Marine hatte sich um den Koch versammelt. Viktoria erkannte ihre Dienstgrade an den blauen Abzeichen auf ihren Schultern und dem goldgelben Besatzstreifen ihrer blauen Schirmmützen. Die jungen Männer lachten, alberten herum und genossen ganz offensichtlich ihren Landgang. Sie probierten das kulinarische Angebot und bedachten es mit zotigen Bemerkungen, die beiden Damen in ihrem Rücken hatten sie wohl noch nicht bemerkt.

Plötzlich dachte Viktoria an ihren jüngeren Bruder, und überraschenderweise wurde sie von Heimweh erfasst. Wie oft hatte sie mit Kadetten wie ihm, Portepees und angehenden Deckoffizieren das Tanzbein geschwungen? Es waren nette Burschen darunter gewesen, der eine oder andere durchaus in der Lage, ihr Herz zu erobern. Doch sie hatte jeden ernsthaften Verehrer abgewiesen, weil sie ihre Zukunftspläne nicht gefährdet wissen wollte. Und dann ließ sie sich auf Sansibar ausgerechnet von einem blasierten Kaufmann küssen, der seine schöne schwarze Mätresse liebte …

Wie hatte sie nur so dumm sein können? Warum hatte sie sich nicht gewehrt, ihm keine Ohrfeige versetzt? Der Kuss war ihr nicht einmal unangenehm gewesen!

Julianes glockenhelles Lachen unterbrach Viktorias aufwühlende Gedanken. Sie hob den Blick zu ihrer Freundin, die inzwischen von den jungen Männern umringt und angehimmelt wurde. Alle sprachen durcheinander, um die Gunst der blonden Schönheit wetteifernd, und Juliane genoss es offensichtlich, im Mittelpunkt zu stehen. Ihre Wangen hatten sich gerötet. Sie strahlte genüsslich, als hätte sie von dem Honig gekostet, den ihr die Kavaliere zweifelsohne gerade um den herzförmigen Mund schmierten.

In der Antike galt der Bienennektar als Zärtlichkeit der Götter, im alten Ägypten wurde der Wert von Honig in leibhaftigen Eseln gemessen. Doktor Seiboldt hatte ihr das erzählt, als sie durch den Suezkanal fuhren. Antonia war bei dieser Unterrichtsstunde an Bord der *Sachsen* dabei gewesen, und damals war Viktoria zum ersten Mal die starke Anziehungskraft aufgefallen, die Max Seiboldt auf seine Sekretärin ausübte. Ach, wäre es doch nur nicht zu dem Eklat gekommen!

Alle ihre Versuche, etwas über Antonias Aufenthaltsort herauszufinden, waren ins Leere gelaufen. Alle Bekannten schienen sich gegen Viktoria verschworen zu haben. Roger Lessing wollte ihr nicht helfen, und auch Friedrich van Horn hatte später dieselben Argumente benutzt. Nicht einmal ihr Billet für Prinz Omar ibn Salim war am Palasttor angenommen worden – man hatte sie mit den Worten abgewimmelt, er sei verreist.

Mit von Traurigkeit verschleierten Augen sah Viktoria zu Juliane hin, die Charme versprühte und mit den preußischen Offiziersanwärtern tändelte.

Da sie der Freundin nicht die Schau stehlen wollte, schlenderte sie einige Schritte weiter zu den alten Kanonen, die vor dem Palast des Sultans zur Demonstration der herrscherlichen Macht dienten. Drei beeindruckende Waffen, Hunderte von Jahren alt, die einst den Portugiesen gehörten und von den Arabern erobert worden waren. Viktoria erkannte die eingemeißelten Tore in dem portugiesischen Wappen, die ein wenig an die Burg im Stadtsiegel Hamburgs erinnerten. Obwohl das Eisen durch die starke Nachmittagssonne aufgeheizt war wie eine Ofenplatte, ließ sie vorsichtig ihren Zeigefinger darübergleiten.

War es wirklich Heimweh, das sie empfand? Oder war sie nur traurig, weil sich ihre Freundin in Gefahr befand und sie nicht helfen konnte? Ehrlicherweise musste sie sich wohl eingestehen, dass sie vor allem verwirrt war.

Sie war von den Gefühlen durcheinander, die Roger Lessings Kuss in ihr ausgelöst hatte. Wie gut, dass er auf seine Plantage gereist war und sie sich deshalb nicht wie sonst fast täglich in van Horns Haus begegneten. Er war auf seine Schamba heimgekehrt – zurück zu seiner Geliebten …

»Auf Wiedersehen!«

Viktoria sah auf, als Julianes Stimme zu ihr herüberwehte.

Fröhlich winkend verabschiedete sich ihre Freundin von den Offiziersanwärtern und lief auf sie zu, reizend an einer goldbraun gebackenen *Samosa* knabbernd. Die Teigtasche hatte sie wohl zuvor an der Garküche erstanden.

»Seit wann isst du in der Öffentlichkeit?«, fragte Viktoria erstaunt.

»Ich weiß, dass man das nicht tut«, erwiderte Juliane mit vollem Mund, »aber das spielt keine Rolle, denn ich tue inzwischen laufend Sachen, die man nicht macht. Möchtest du mal probieren?«

Viktoria schüttelte den Kopf. »Danke – nein. Aber ich freue mich natürlich über deinen guten Appetit.«

»Hab ich normalerweise gar nicht. Seit einigen Tagen ist mir immer so heiß und gleichzeitig kalt und schwindelig«, erzählte Juliane und lehnte sich bequem gegen eines der Kanonenrohre. »Das Klima setzt mir zu, glaube ich. Heute musste ich schon sämtliche Mahlzeiten auslassen. Deshalb dachte ich, ein kleiner Imbiss wäre angebracht. Schmeckt aber auch wirklich gut. Bist du sicher, dass du nicht wenigstens probieren möchtest?«

Unwillkürlich lag Viktoria auf der Zunge, dass sie nicht auf der Straße vor allen Leuten zu essen pflege. Das klang aber selbst in ihren Gedanken erschreckend altjüngferlich. Als wäre sie ein Abbild ihrer Mutter. Oder eine betagte Gouvernante, die ihrem verlorenen Lebensglück nachtrauerte. Die eine Vorstellung war so schauerlich wie die andere.

Verlegen warf sie einen Blick zurück zu den Marinesoldaten, die noch immer neben der Garküche standen, die Zeit totzuschlagen schienen und gelegentlich in ihre – vielmehr Julianes – Richtung schielten. Offenbar warteten sie auf eine Gelegenheit, noch einmal ins Gespräch zu kommen.

»Wie bist du die Jungs losgeworden?«

Juliane kicherte. »Ich habe ihnen gesagt, dass ich verlobt bin.«

»Oh! Ob das so eine gute Idee ...«

Ein Spielmannszug unterbrach Viktoria.

Die Palasttore hatten sich geöffnet und das Musikkorps entlassen: Soldaten des Sultans in einem bunten Durcheinander an Fantasieuniformen marschierten auf. Die Orchestermitglieder spielten auf verschiedenen Trommeln, Blasinstrumenten und Leiern. Während sie in mehr oder weniger geschlossener Reihe über den Vorplatz zogen, füllte sich dieser.

Vor allem Frauen mit ihren Kindern blieben stehen, lachten, gestikulierten lebhaft und kommentierten anscheinend lautstark die Qualität des wöchentlichen Umzugs. Luise van Horn hatte Viktoria einmal zu einem dieser Konzerte hergebracht und ihr erzählt, dass der Hymne von Sansibar häufig deutsche, britische und amerikanische Lieder folgten. Die Melodien seien jedoch wegen der für westliche Ohren ungewohnten arabischen Rhythmen nicht leicht zu erkennen.

Viktoria strengte sich an, um die Herkunft des Musikstücks auszumachen, das gerade so laut vorgetragen wurde, dass es sicher bis zu den auf Reede liegenden Dampfschiffen zu hören war. Leider musste sie passen.

»Ich finde diese Musik grässlich«, brüllte Juliane, um das Konzert zu übertönen. »Daran werde ich mich nie gewöhnen!«

Lächelnd zuckte Viktoria mit den Schultern.

Juliane zerrte ein Schnupftüchlein aus ihrem Beutel und wischte sich die von der inzwischen verspeisten *Samosa* fettigen Finger daran ab. »Der Sultan hat Papa und mich neulich zu einem Liederabend eingeladen. Zwei Stuhlreihen mit der feinen Gesellschaft von Sansibar im Garten des Palastes. Es war heiß und ohrenbetäubend laut. Ohne Prinz Omar an meiner Seite wäre ich überdies wahrscheinlich an Langeweile gestorben.«

Der Name des charmanten jungen Mannes berührte Viktoria unangenehm. Falls sie gehofft hatte, Juliane würde mit den Offiziersanwärtern der kaiserlichen Marine tändeln, weil sie kein Interesse mehr am Zauber Arabiens besaß, so wurde sie allein durch den weichen Klang in der Stimme ihrer Freundin eines Besseren belehrt. Sie musste ihr sagen, dass Omar verheiratet war …

»Weißt du eigentlich, warum der neue Palast des Sultans *Haus der Wunder* genannt wird?«, fragte Juliane.

Die Kapelle war weitergezogen. Ihr liefen die schwarzen, braunen und gelben Kinder tanzend und singend nach, gemächlich gefolgt von ihren schwatzenden Müttern. Mit dem Abtransport der Trommeln war auch der Lärmpegel gesunken, obwohl in dem Durcheinander von Passanten, Fuhrwerken, Eseln und Kühen die übliche Lautstärke herrschte.

Viktoria schaute zu den zahllosen Eisenpfeilern, welche die Balkone des dreistöckigen Palastes stützten. »Weil es das höchste Gebäude der Steinstadt ist?«, überlegte sie.

»Nein. Das wäre zu einfach. Der Name rührt daher, weil es das erste Haus auf Sansibar mit Elektrizität war und sogar über einen Fahrstuhl verfügt. Innen sieht es ein wenig aus wie ein europäischer Landsitz. Viel Holz, Kristall und so. Wenn ich erst hier wohne, werde ich dich einladen und dir den Palast zeigen.«

Viktoria, deren Blick noch auf der eleganten Schönheit des Beit al-Ajaib geruht hatte, fuhr herum. »Wieso wirst du dort wohnen? Ich meine, das tust du doch schon.«

»Bisher bin ich in den Frauengemächern nur zu Gast.« Juliane legte eine kleine, wirkungsvolle Kunstpause ein. Ihre blauen Augen unter der breiten Krempe des Florentinerhutes leuchteten wie das Meer im Licht der Sonne. »Das wird sich nach meiner Hochzeit jedoch ändern.«

»Was?«

»Du wirst natürlich meine Brautjungfer sein. Vielleicht kommt Antonia bis dahin sogar zurück. Dann habe ich zwei Brautjungfern.« Sie strahlte Viktoria Zustimmung heischend an.

Die Abreise von Antonia hatte Viktoria stark berührt, Julianes Mitteilung schockierte sie nicht minder. Die eine Sorge war fast so schlimm wie die andere. Juliane als eine von vielen Nebenfrauen eines omanischen Prinzen! Einen ungeliebten Mann zu heiraten war eine schreckliche Vorstellung; eine von zahlreichen Gattinnen und Konkubinen des geliebten Mannes zu sein erschien Viktoria ungleich dramatischer. Wie konnte Heinrich von Braun eine derartige Verbindung zulassen?

»Was ... was sagt dein Vater zu ... dazu?«

»Papa weiß es noch nicht«, erwiderte Juliane.

Verträumt ließ sie ihren Blick an den gebogenen Stämmen der Kokospalmen vorbei zum Meer schweifen, dessen Farben sich unter dem rosafarbenen Himmel des nahen Sonnenuntergangs zu verändern begannen und in allen Blau-, Grün- und Lilatönen wie ein großes Tuch aus Moirétaft schimmerten. Ihr Wegsehen wertete Viktoria als Eingeständnis, dass die Braut nicht unbedingt von der Zustimmung ihres Vaters ausging.

Nach einer Weile fügte Juliane trotzig hinzu: »Er hat uns seinen Segen noch nicht gegeben, weil mein Verlobter noch nicht bei ihm um meine Hand anhalten konnte. Omar musste in dringenden Angelegenheiten auf das Festland reisen. Der Aufstand ... er soll vermitteln ...«, ihre Stimme verlor sich, als würden ihre Worte mit den Gedanken an den Geliebten über die See wehen.

Fürsorglich legte Viktoria ihre Hand auf Julianes Arm. »Vielleicht ist es ganz gut so, weil du Abstand gewinnen kannst.«

»Wozu Abstand? Ich will Omars Nähe. Genauso, wie er meine sucht.«

Viktoria blickte der Freundin fest in die Augen, als sie fragte: »Ja. Aber willst du auch eine von mehreren Ehefrauen sein?«

Eine purpurne Röte zog über Julianes Wangen, die selbst der Schatten ihrer Hutkrempe nicht verbergen konnte. Sie schüttelte Viktorias Hand ab. »Was soll diese Frage? Natürlich will ich das nicht, und Omar wird dies auch nicht von mir verlangen. Er …«

»Er ist bereits verheiratet!«

In Julianes Gesicht spiegelten sich Staunen und Entsetzen.

Viktoria schluckte, hin und her gerissen zwischen dem Bewusstsein, dass sie gerade alle Hoffnungen Julianes zerstörte, und Mitleid mit der Freundin. Sie hob die Hand, um die andere ihrer Zuneigung zu versichern, berührte sie dann aber doch nicht. In Julianes Züge war eine Härte getreten, die sie erschreckte. Ihre Rechte hing für einen Moment wie hilflos in der Luft.

»Du sagst das nur, weil du neidisch bist!«, brach es aus Juliane heraus.

Wenigstens fällt sie nicht in Ohnmacht, fuhr es Viktoria durch den Kopf. Irgendwo hatte sie einmal gelesen, dass es erleichternd sein sollte, der Wut freien Lauf zu lassen. Die Hohepriester der Lebensreformbewegung behaupteten das. Ihr konnte es egal sein, solange der Zorn Juliane Trost spendete.

»Du bist eifersüchtig und gönnst mir mein Glück nicht«, schrie die Freundin.

Passanten sahen sich nach ihnen um. Offenbar machte es einen Unterschied, ob sich die Afrikanerinnen über Hunderte von Metern hinweg lauthals unterhielten oder sich zwei Europäerinnen in der Öffentlichkeit stritten. Viktoria spürte, wie ihr die neugierigen Blicke der vorbeischlendernden Frauen in ihren leuchtenden Kangas unangenehm wurden. Selbst die Kleinkinder, welche die Mütter in Tücher gewickelt an ihrem Körper trugen, schienen empört zu ihr und Juliane herzuschauen. Zwei Inderinnen, in bunte Saris gewandet und mit so viel Schmuck behängt, als müssten sie unter der goldenen, in der Abendsonne funkelnden Pracht zusammenbrechen, blieben in ihrer Nähe stehen, gestikulierten, unterhielten sich, kicherten und musterten sie unverhohlen.

Die Offiziersanwärter hatten ihren Beobachtungsposten neben der Garküche inzwischen glücklicherweise aufgegeben, vor Julianes Standhaftigkeit kapituliert und sich zerstreut. Von fern wehten die Klänge europäisch-arabischer Marschmusik heran, die näher zu kommen schien; offenbar bewegte sich die Kapelle des Sultans auf ihrer Tour durch die Stadt nun wieder in Richtung Palast.

»Komm!«, bat Viktoria. »Lass uns ein wenig spazieren gehen. Wir können darüber reden und dann ...«

»Ich will nicht mit dir reden!«, kreischte Juliane. »Nie wieder. Du bist eine bösartige Schlange, Viktoria Wesermann. Wahrscheinlich hast du dich Antonia gegenüber genauso schändlich benommen wie mir gegenüber, dass sie fortgelaufen ist. Du zerstörst jedes Glück.«

»Bitte! Prinz Omar ibn Salim ist wirklich verheiratet. Das ist die Wahrheit. Sogar mit mehreren Frauen. Und Mätressen hat er in Maskat auch. Das ist in seiner Kultur so. Bei den Arabern ist dieses Leben normal, das weißt du. Aber es ist doch nichts für dich!« Viktoria hatte so hastig und schnell gesprochen, dass sie von einem Schluckauf überfallen wurde. Sie presste ihren Daumenballen auf den Mund, um die Hickser zu unterdrücken.

Juliane maß sie mit einem abschätzenden Blick. »Ich bin sehr enttäuscht von dir. Und ich will dich nie wiedersehen. Niemals! Du bist nichts als eine niederträchtige Lügnerin.«

Einen Moment lang fragte sich Viktoria, was sie mehr verstörte: die Beschimpfungen oder die Drohung, auch von Juliane verlassen zu werden.

»Eine vertrocknete alte Jungfer bist du, die einer anderen nichts gönnt. Pfui!«

Brüsk drehte sich Juliane um und marschierte davon, ohne Viktoria eines weiteren Blickes zu würdigen. Sie steuerte auf den Palast zu, ungeachtet des inzwischen eingetroffenen Mu-

sikkorps. Wie kopflos lief sie direkt in den Spielmannszug und
prallte gegen einen Trommler, der beinahe sein Instrument fallen ließ.

Eine Träne rann über Viktorias Wange, als sie Juliane nach-
sah.

5
Dienstag, 28. August

Ein heftiger Tropenschauer trommelte gegen die Fenster, plätscherte auf die Dächer und lief an den Hauswänden entlang.
Das Meer schwappte als taubenblauer Teppich gegen den
feuchten, von Unrat übersäten Strand, die Luft war drückend,
und es roch nach Nässe, Fischkadavern und verschimmeln-
dem Treibholz. Durch die Gassen wanden sich sprudelnde Bä-
che, die sich mit dem Kot der Esel und der Hinterlassenschaft
streunender Hunde zu einem Jauchestrom verbanden. Vor dem
Lutherischen Krankenhaus hatte sich trotz des Unwetters eine
Menschenschlange gebildet, vor allem schwarze Mütter, die
ihre Kinder in Tücher gewickelt auf den Armen trugen. Das
Geschrei der Kleinen und die Stimmen der Frauen gingen im
Prasseln des Regens unter.

Der Fensterladen, den Max Seiboldt gerade aufgestoßen,
aber nicht befestigt hatte, schleuderte im Wind hin und her,
abwechselnd gegen Fensterrahmen und Mauer. Im Laborati-
um herrschte eine unangenehme Hitze, und er fühlte, wie ihm
der Schweiß ausbrach. Eigentlich hätte er das Fenster öffnen
und die Läden wieder schließen sollen, doch die aschegrauen
Wolken verdunkelten den Himmel bereits so stark, dass Hans
Wegener die Buchstaben auf der Remington kaum erkennen
konnte. Die Umschalttaste zur Groß- und Kleinschreibung war
vollständig aus seinem Blickfeld geraten, wie er behauptete.

Das elektrische Licht war wegen des Unwetters ausgefallen, und Max Seiboldt fühlte sich außerstande, sich um eine andere Beleuchtung zu kümmern. Sein Assistent kam seltsamerweise nicht auf den Gedanken, Kerzen oder eine Öllampe zu entzünden. Sicher überforderte ihn bereits die ungewohnte Arbeit an der Schreibmaschine.

Max betrachtete mit einer gewissen Bewunderung die Frauen und Kinder, die geduldig dem Regen trotzten. Es waren nicht so viele Menschen dem Aufruf zur Pockenimpfung gefolgt, wie die Leiter des Hospitals wohl gehofft hatten, doch war immerhin ein Anfang gemacht. Allein die Tatsache, dass sich die Gruppe unter den gegebenen Umständen nicht zerstreute, wertete er als Erfolg. Immerhin war es nicht leicht, den Einheimischen begreiflich zu machen, dass bei der Vakzination die Erreger der Krankheit in die Haut geritzt wurden und dies zugleich gegen einen möglichen Ausbruch schützen sollte. Im Osmanischen Reich und auch in Indien kannte man diese Methode schon länger als in Europa, weshalb die Araber damit selbstverständlicher umgingen als die Afrikaner. Diese Impfung war ein Sieg der Forschung. Hoffentlich, ging es Max durch den Kopf, wird es uns eines Tages mit der Cholera ebenso ergehen.

Er wandte sich zu seinem Assistenten um. »Nun, Wegener, sind Sie endlich so weit? Wie lange soll ich noch darauf warten, Ihnen meinen Bericht in die Maschine zu diktieren?«

Der Angesprochene hob seinen hochroten Kopf. »Es tut mir leid, Herr Doktor, jetzt hat sich das Farbband verheddert. Ich weiß beim besten Willen nicht, wie es Fräulein Geisenfelder schaffte, mit diesem Ding so gut umzugehen.«

»Nennen Sie diesen Namen nie mehr in meiner Gegenwart! Die Frau ist eine Deserteurin.«

Wutschnaubend kehrte Max seinem Assistenten den Rücken zu. Der jüngere Mann sollte nicht die Betroffenheit in seinem Gesicht erkennen. Nicht das Entsetzen über Antonia Geisenfelders überstürzte Abreise. Er war sich nicht einmal annähernd dessen bewusst gewesen, wie sehr sie ihm bei seiner Arbeit tatsächlich geholfen hatte und welch tiefes Loch ihre Abwesenheit riss.

Natürlich war er von Anfang an von ihren Fähigkeiten überzeugt gewesen. Deshalb hatte er sie ja eingestellt. Aber er hatte nicht damit gerechnet, dass sie ihm fehlen würde. Nicht nur ihre Tatkraft und ihre Intelligenz. Ihr freundliches Wesen, ihr hübsches Gesicht mit den fröhlichen Augen, ihre warme Stimme – ohne sie wirkte das Laboratorium leer und düster.

»Sorgen Sie endlich dafür, dass wir hier irgendein Licht haben«, schnauzte Max.

Er starrte blicklos auf die Regentropfen, die an der Fensterscheibe hinabrannen. Aus Erfahrung wusste er, dass das Unwetter bald enden und die Sonne die Pfützen in atemberaubender Schnelle trocknen würde. Das war die kurze Zeitspanne, in der die Afrikanerinnen ihre Wäsche in den Lachen wuschen. Bedauerlicherweise ließ sich seine kleine Welt nicht so einfach wieder ins Reine bringen.

»Ich habe noch immer nicht herausgefunden, wo Fräulein Geisenfelder die Kerzen versteckt hat«, jammerte Wegener, »und die Öllampe scheint kaputt zu sein. Es tut mir leid, ich kann damit nicht umgehen. Fräulein Geisenfelder hat sich immer um diese Dinge gekümmert.«

Verärgert fragte sich Max Seiboldt, welcher Teufel ihn geritten hatte, ausgerechnet einen unfähigen Dandy wie Hans Wegener auf diese Forschungsreise mitzunehmen. Tatsächlich hatten ihn nicht die Zeugnisse und Diplome des jungen Mannes überzeugt, sondern die Spenden seines Vaters, des reichen Besitzers einer Bierbrauerei, der sich für seinen Zweitgeborenen auf diesem Wege höhere wissenschaftliche Weihen erhoffte. Außerdem war Antonia da gewesen, nominell seine Sekretärin, aber vielmehr seine Assistentin. Er hatte keinen Grund gesehen, das Arrangement mit dem alten Wegener nicht einzugehen.

»Beim Militär würde man sie wegen Fahnenflucht erschießen«, brummte er.

»Diese Gefahr besteht durchaus!«, versetzte Wegener.

Max fuhr herum. »Glauben Sie, ich weiß nicht, was in Tanganjika los ist? Allein in Pangani sollen achttausend Mann zu den Waffen gegriffen haben, in Kilwa wurde der deutsche Bezirkschef tödlich getroffen. Ich habe keine Ahnung, ob die Präsenz der Fregatte *Leipzig* vor Bagamoyo eine abschreckende Wirkung hat, aber die Situation ist alles andere als erfreulich. Hoffen wir, dass Fräulein …«, er verschluckte sich fast an ihrem Namen und fuhr nach einem Hustenanfall fort: »… dass sie auf einem Schiff nach Europa unterwegs ist.«

»Sie ist bestimmt noch auf dem Festland. Ihre Freundin, Fräulein Wesermann, ist überzeugt davon. Sie stellt überall Nachforschungen an und wirbt um Hilfe auf der Suche nach Fräulein Geisenfelder.«

Mit zitternden Fingern begann Max, seine Taschen nach seinem silbernen Zigarettenetui abzuklopfen. Die Beharrlichkeit, mit der Wegener über Antonia sprach, beunruhigte ihn zutiefst. Es gab wenige Themen, die er so gerne vermieden hätte wie dieses. Wenn er doch wenigstens etwas zum Rauchen finden würde, um seine angespannten Nerven zu beruhigen. Seine Blicke wanderten gehetzt durch den Raum. Neben dem Mikroskop entdeckte er schließlich das Gesuchte.

»Ich habe Fräulein Wesermann bereits gesagt, dass es keine Möglichkeit gibt, ihre Freundin zurückzuholen«, nuschelte er, während er sich eine Zigarette anzündete. »Wir wissen ja nicht einmal, wo sie ist. Kein Mann, der bei Sinnen ist, wird nach Tanganjika segeln und Detektiv spielen. Das wäre Selbstmord.«

Wegener nickte traurig. »Leider fehlt mir der Mut dazu.«

Max sah ihn durch den Rauch scharf an. Empfand sein Assistent eine größere Zuneigung für Antonia Geisenfelder, als dies schicklich war? Was hatte sich zwischen den beiden im Laufe der Reise entwickelt? Vom Alter her passten sie sehr gut zusammen.

Unsinn! Er fiel sicher gerade einem Irrtum zum Opfer, einer Sinnestäuschung, die wahrscheinlich von seiner Übernächtigung herrührte. Antonia war keine leichtsinnige junge Frau, die sich erst dem Chef hingeben wollte und dann den Untergebenen nahm. Oder stimmte es doch, dass die gemeinsame Arbeit zu einem Durcheinander der Gefühle führte? Liebte Antonia etwa Wegener *und* ihn?

Ich werde verrückt, fuhr es Seiboldt durch den Kopf.

Warum hatte nicht alles so bleiben können, wie gehabt? Warum musste diese dumme Person mit ihrer Abreise alles zerstören? Die Forschungsarbeit war gut vorangeschritten, und sein Alltag hatte begonnen, in höchst angenehmen Bahnen zu verlaufen: Antonia war seine Sekretärin und Anna wieder die Frau an seiner Seite. Es hätte perfekt sein können …

In seinem Hinterkopf meldete sich die Frage, ohne welche Frau er leichter auskam. Doch darüber wollte er nicht nachdenken, es überstieg sein Vorstellungsvermögen.

Er drückte die zur Hälfte gerauchte Zigarette in dem Aschenbecher aus, der neben dem Mikroskop stand.

»Wenn Sie mit der Maschine nicht umgehen können, müssen Sie eben mit der Hand schreiben, Wegener, aber leserlich, wenn ich bitten darf. Die Herren vom Hygienischen Institut sollen nicht vor einem Rätsel stehen, wenn sie meinen Bericht erhalten … Und, wie ich schon sagte: Kein Wort mehr über …«, er räusperte sich, »… Fräulein Geisenfelder! Ich will nichts mehr von ihr hören.«

6

Dutzende Mädchenstimmen hallten durch das Gebäude. Ein glockenheller Sopran sang den Refrain von »Joy of the World«, und Viktoria fragte sich, warum die Schülerinnen von St. Mary's im August ein Weihnachtslied intonierten. Sie würde sich bei Elizabeth Kidogo danach erkundigen, beschloss sie, während sie gedankenverloren durch die Reihen der Bänke schritt, an denen die Klasse gerade über einer Geschichtsaufgabe brütete: »Die Ausbreitung der anglikanischen Kirche in England« stand zur Prüfung. Welch passendes Thema, fand sie, mit Psalmen als Untermalungsmusik.

Die Freude, die sie als Schulaufsicht und beim Unterrichten sonst empfand, wollte sich heute nicht einstellen. Genau genommen war sie seit Tagen bedrückt. Die Trennung von ihren Freundinnen setzte ihr stark zu. Da war inzwischen nicht mehr nur die Sorge um Antonia, sondern auch tiefe Traurigkeit über das Zerwürfnis mit Juliane. Anfangs hatte sie Juliane Zeit geben wollen, ihre Wunden zu lecken, und gehofft, sie werde sich bei ihr melden. Nach einigen Tagen jedoch hatte sie das Schweigen nicht mehr ausgehalten und einen Brief geschrieben. Bis heute keine Antwort.

Langsam nahm die Erkenntnis Gestalt an, dass sie weder Antonia noch Juliane wiedersehen würde. Ihre Freundschaft, die ihr zu Beginn des Aufenthalts auf Sansibar so viel Sicherheit gab, war zerbrochen. Nun stand sie allein da. Ganz so, wie sie es bei ihrer Abreise aus Hamburg erwartet hatte.

Die Glocke dröhnte vom Turm der neu erbauten Kirche, übertönte den Gesang irgendwo in der Schule, wehte weit über die Schambas und hinaus auf das Meer, mischte sich mit dem unmittelbar nach dem ersten Ton einsetzenden Füßescharren,

Gekicher, Geplauder, dem Klappern von Schiefertafeln und dem Rascheln von Papier. Bisher hatte dieser für ein Unterrichtsgebäude so typische Klang sie stets amüsiert, heute zehrte der freundliche Lärm an ihrem Gemüt.

Ein stiller Strandspaziergang wäre schön, dachte sie. Allein sein mit der Seebrise, dem Schlappen der Wellen und dem Rasseln der Kokospalmen. Vielleicht sollte sie doch mit Luise und Friedrich van Horn den lange geplanten Ausflug zu Lessings Plantage unternehmen.

Den Kuss vergaß sie besser, wenn sie ihren Frieden zurückgewinnen wollte. Es fiel ihr schwer, aber van Horns waren schließlich die einzigen nahestehenden Personen, die ihr auf Sansibar geblieben waren. Sie musste sich mit ihren Gastgebern und deren Freunden arrangieren.

»Fräulein Wesermann …«, eine rauchige, samtweiche Stimme unterbrach ihre Gedanken, »… auf ein Wort, bitte!«

Als wäre sie eine gefühllose Marionette, hatte Viktoria mechanisch Schreibtafeln, loses Papier, Hefte und Bücher von den Bänken eingesammelt, während die Mädchen in schwatzenden Gruppen aus dem Klassenzimmer eilten. Obwohl sie beobachtet hatte, dass sich die Schwarzen dem Klima hier anpassten, indem sie sich gemeinhin relativ langsam bewegten, rannten die Schülerinnen so schnell in die Pause wie ihre Altersgenossinnen im fernen, kühlen Norden. Meist ziemlich kopflos und unter Hinterlassen ihrer Utensilien. Diese hielt Viktoria nun in den Armen, als sie sich zu Anna von Rosch wandte, die in der Tür auf ihre Antwort wartete.

»Was kann ich für Sie tun?«, fragte Viktoria freundlich, wenn auch nicht sonderlich erfreut.

Die Baronin wirkte überraschend verlegen. Sie drehte den Fächer nervös in ihrer Hand, die Seide ihres maisgelben Rocks raschelte leise, als sie näher trat.

Im gnadenlosen Sonnenlicht, das in den Raum fiel, bemerkte Viktoria die Schatten unter den schönen Augen der älteren Frau und die Linien an ihren Mundwinkeln, die tiefer geworden waren seit ihrer letzten Begegnung.

»Es mag nicht opportun sein«, hob Anna von Rosch an, »aber ich möchte offen mit Ihnen sprechen. Sie sind die einzige Person auf Sansibar, der ich in dieser Sache vertraue. Deshalb bitte ich Sie um Ihren Rat.«

Viktoria sah sie erstaunt an, sagte aber nichts. Sie hielt das Unterrichtsmaterial in den Armen, rührte sich nicht vom Fleck mitten im Klassenzimmer und überlegte fieberhaft, ob sie ihrer Besucherin Platz in einer der Bänke anbieten sollte, die freilich viel zu klein und unbequem waren.

»Wir sind natürlich keine Freundinnen …«, Anna von Rosch klappte ihren Fächer auf und zu, »aber das sollte ein offenes Wort unter den gegebenen Umständen nicht verhindern. Ich … ehmm … Sie sehen, es fällt mir nicht leicht …«, sie holte tief Luft, dann: »Ich möchte mit Ihnen über Herrn Doktor Seiboldt sprechen.«

»Oh«, machte Viktoria zögernd. Was für eine Ironie des Schicksals, dass die Baronin nun ihrerseits ein Gespräch suchte, das Viktoria längst im Interesse von Antonia hätte führen sollen. Doch für den Freundschaftsdienst war es zu spät – und ihre Neugier über Details der Verbindung zwischen Anna von Rosch und Max Seiboldt erschöpft. Sie wollte nichts mehr darüber wissen. Um Zeit zu gewinnen und die Gönnerin der Lehranstalt nicht zu verärgern, trat sie an das Pult und legte dort die Tafeln, Bücher, Hefte und losen Papiere ab.

»Der Grund für mein Ansinnen ist, dass ich mir große Sorgen um Doktor Seiboldt mache. Er scheint nicht mehr Herr seiner selbst zu sein.«

Viktoria biss sich auf die Unterlippe. Was sollte sie auch erwidern? Dass sie der letzte Mensch war, der ihm helfen konnte? Es mochte lächerlich sein, aber sie fühlte sich auf gewisse

Weise verraten von ihm. Trug er nicht letztlich die Schuld an Antonias Abreise?

Als sie spürte, dass ihre Besucherin eine Reaktion erwartete und ihr Schweigen peinlich zu werden begann, sagte sie langsam: »Ich wüsste nicht, wie ich Ihnen behilflich sein könnte. Meine Bekanntschaft mit Herrn Doktor Seiboldt hat sich abgekühlt. Wir waren auf dem Schiff häufig zusammen, haben uns aber hier auf Sansibar kaum noch gesehen.«

»Das weiß ich wohl, Fräulein Wesermann.« Auch Anna von Rosch zögerte plötzlich, dann sah sie sich ratlos um. »Kann man sich darauf eigentlich setzen?«, fragte sie und deutete auf den Platz in der ersten Reihe.

Unwillkürlich lächelte Viktoria. »Bequem ist eine Schulbank für Erwachsene nicht, aber sie erfüllt gewiss ihren Zweck.«

»Das ist gut.« Anna ließ sich nieder. Dabei versuchte sie, sich so grazil wie möglich zu bewegen, was ob ihrer Körpergröße, ihres Korsetts und vielleicht auch ihres Alters eher schwerfällig wirkte. Zum ersten Mal bekam das geschliffene Äußere der Freifrau Kratzer, stellte Viktoria verwundert fest.

»Max Seiboldt befindet sich am Ende seiner Kraft«, berichtete sie unumwunden, nachdem sie die Rüschen, Bänder und Falten ihres Gewandes sorgfältig geordnet und den zuvor auf der Tischplatte abgelegten Fächer wieder aufgenommen hatte. »Er ist verändert, und ich fürchte ernsthaft um seine Gesundheit. Nie zuvor habe ich ihn so erlebt.«

Sie kennen ihn ja auch noch nicht lange, dachte Viktoria. Laut sagte sie, während sie sich auf ihrem Pult abstützte: »Das tut mir durchaus leid, aber ich wüsste trotzdem nicht, was ich …«

»Der Grund für seine … Ausfälle … ja, so kann man es nennen. Ausfälle. Der Grund dafür heißt meiner Ansicht nach Antonia Geisenfelder. Und die ist Ihre Freundin, nicht wahr?«

»Ja, natürlich. Ja. Aber ich habe keinen Kontakt zu ihr, seit sie Sansibar verlassen hat. Sie befindet sich irgendwo auf dem Festland, mir ist nicht einmal bekannt, wo. Daher kann ich Ihnen in dieser Sache nichts sagen.«

Durch das geöffnete Fenster wehte ein Luftzug und fuhr in die Straußenfedern an Annas Hut. Die feinen Federn flatterten im Wind. »Darf ich Ihnen eine Geschichte erzählen?«, fragte sie. »Es ist eine ziemlich alte Geschichte und an dem Ort, an dem wir uns gerade befinden, ein Geheimnis. Doch ich möchte offen zu Ihnen sein.«

»Bitte. Und selbstverständlich kann ich Ihnen versichern, dass nichts über unser Gespräch außerhalb dieses Raumes wiederholt werden wird.«

Viktoria war sich nicht sicher, ob ihre Floskel aufrichtig gemeint war. Sie fürchtete, dass sie jedes Wort verwenden würde, das ihr nützlich beim Auffinden ihrer Freundin Antonia sein könnte. Wenn Antonia erst wieder auf Sansibar weilte, würde sie sich sicher auch mit Juliane vertragen. Es würde alles gut werden … Viktoria riss sich zusammen, um Annas Geschichte zu lauschen. Halbherzig anfangs, doch mit der Zeit erwachte ihr Interesse.

»Max Seiboldt war noch ein junger Wissenschaftler, als er beschloss, seine Forschungsarbeit durch eine angemessene Heirat zu fördern. Mein Vater, der ein hoher Beamter bei König Ludwig II. von Bayern war, protegierte ihn, und es lag natürlich nahe, dass er um meine Hand anhielt. Ich war mir schon damals nicht sicher, ob er meine Mitgift oder mich liebte, aber ich stellte mich gerne in den Dienst von Hygiene und Infektionskrankheiten. Es ist schließlich für eine Frau von Vorteil, wenn ihrem Gemahl eine große Karriere bevorsteht. Deshalb war mir auch der Standesunterschied einerlei. Außerdem ist Max Seiboldt ein attraktiver Mann.«

Viktoria fuhr sich mit der Zunge über die trockenen Lippen. Sie hatte Mühe, das Gesagte in eine verständliche Form zu gießen. Dass Max Seiboldt und Anna von Rosch schon lange ein Paar sein sollten, klang reichlich unglaubwürdig. War die Baronin nicht mit dem Kommandanten einer kaiserlichen Fregatte verheiratet? Eine Frau mit mehreren Männern? Eine Bigamistin, die in Afrika hoffte, unentdeckt zu bleiben? Unvorstellbar!

»Leider musste ich ziemlich rasch erkennen, dass die Liebe meines Gatten ausschließlich der Wissenschaft gehörte«, fuhr Anna fort. »Er interessierte sich nicht wirklich für mich – oder verbarg seine Gefühle gut vor mir. Jedenfalls fühlte ich mich ungeliebt und gelangweilt. Das wäre gewiss anders gewesen, wenn sich Kinder eingestellt hätten, aber dieses Glück war uns nicht vergönnt. Somit führten wir über Jahre eine Ehe, die diesen Namen nicht verdiente.«

Unwillkürlich dachte Viktoria an ihre Eltern, die ein Arrangement zur Zufriedenheit beider gefunden zu haben schienen, das jedoch mit Liebe und Aufmerksamkeit recht wenig gemein hatte. Das Bild von Hartwig Stahnke trat vor ihr geistiges Auge und damit die Vision eines Lebens an seiner Seite, die ihr die Luft zum Atmen genommen hatte. Anna von Rosch mochte bei ihrer Vermählung mit Max Seiboldt anders gefühlt haben, aber ihre Worte klangen, als sei sie nicht bereit gewesen, ihre Hoffnungen den Wünschen ihres Mannes unterzuordnen.

Plötzlich fühlte sich Viktoria verbunden mit dieser Frau, die ihr Schicksal auf irgendeine Weise in die Hand genommen hatte. Ihr fiel auf, dass sie noch stand, was ihr zuvor eine gewisse Überlegenheit gesichert hatte.

»Sie sind nicht mehr verheiratet, oder?«, fragte Viktoria vorsichtig, während sie ihren Stuhl zurechtrückte und sich setzte.

»Gemach, gemach. So weit sind wir noch nicht. Das Ende einer Ehe ist nicht so rasch beschlossene Sache. Zuvor gibt es Verletzungen, Traurigkeit, Gefühllosigkeit. Es tut mir heute

noch weh, aber es gab eine Zeit, da habe ich Max gehasst ...
Nein, nicht ihn, niemals ihn. Vielmehr die Wissenschaft, die
Forschung, die Medizin. Es war mir unendlich gleichgültig, ob
er in der Lage sein würde, Leben zu retten. Schließlich hatte er
meine Zukunft an seiner Seite zerstört.« Sie legte eine Pause
ein, in der sie wohl die Vergangenheit Revue passieren ließ.

Viktoria stellte sich Anna und Max Seiboldt als junges Paar
vor. Eine elegante, schöne Frau und ein auf seine Weise anzie-
hender, kluger Forscher. Sicher waren die beiden die Attrakti-
on bei gesellschaftlichen Anlässen, sie geschmeidig, er ein wenig zerstreut. Allerdings kannte sie Max Seiboldt gut genug,
um sich auszumalen, wie wenig ihm an seiner Rolle gelegen
haben mochte.

»Er ging viel auf Reisen«, erinnerte sich Anna nach einer
Weile. »Ich habe ihn angefleht, ihn begleiten zu dürfen. Nicht
nur, weil er inzwischen ein bekannter Bakteriologe war, sondern weil ich bei ihm sein wollte und hoffte, in einer anderen
Welt zu ihm zurückzufinden. Ich hoffte, eine Gemeinsamkeit
schaffen zu können, ohne die mir unser Zusammenleben sinnlos erschien. Doch er lehnte alle meine Bemühungen ab. Max
ließ mich allein. Und ich fühlte mich wie in einem Gefängnis.«

Viktoria rang ihre Hände, als ihr entfuhr: »Ich befand mich
in Hamburg in einer ähnlichen Situation, war eingesperrt in
die Traditionen und Wünsche meiner Familie, doch ich konnte
eine erzwungene Verlobung verhindern. Deshalb bin ich hier
im Exil.«

»Das wusste ich nicht ...«

»Nein. Natürlich nicht. Wie sollten Sie auch?«

»Ich habe immer nur an mich gedacht«, gestand Anna von
Rosch. »Dabei beging ich jedoch den Fehler, die Folgen einer
Scheidung zu unterschätzen, als ich Max um die Trennung bat.
Ich war überzeugt, dass ich ein neues Leben beginnen könnte,

wenn ich erst diesen lästigen Ehemann los wäre. Eigentlich wollte ich nicht einmal neu anfangen, sondern genau da wieder ansetzen, wo ich mich vor unserer Hochzeit befand. Das war ein Irrtum. Und während er eine brillante Karriere machte, wurde ich als geschiedene Frau gesellschaftlich ausgegrenzt. Die Herren, die noch infrage kamen, mich zu ehelichen, entsprachen nicht meinen Vorstellungen ...«

»Aber Sie haben doch ...«

»Kapitän von Rosch ist mein Bruder!«

Viktoria starrte sie an. Sie fühlte sich, als schwankte der Boden unter ihren Füßen.

Die Baronin lachte leise. »Wir haben uns dieses kleine Komplott ausgedacht, als ich erfuhr, dass Max Seiboldt zu einer Forschungsreise nach Ostafrika aufbrechen werde und mein Bruder gleichzeitig hierher abkommandiert wurde. Da seine eigene Frau im Kindbett lag und nicht im Entferntesten an eine Reise dachte, nahm ich ihren Platz ein. Wir hielten dies für eine gute Idee. Ich wollte Max unbedingt wiedersehen und ihn davon überzeugen, dass ich mich ebenso für einen gemeinnützigen Zweck einsetzen kann wie er. Was für eine Kombination! Der Wissenschaftler und die Wohltäterin. Man würde uns im Reich die Füße küssen. Ich hatte jedoch nicht damit gerechnet, dass eine andere Frau an seiner Seite reist.«

»Seine Sekretärin«, hauchte Viktoria.

Annas Lachen wurde bitter. »Seine Geliebte, wenn Sie mich fragen. Machen wir uns nichts vor. Ich habe alles getan, um ihn zurückzugewinnen. Beinahe wäre es mir auch gelungen. Aber seit er von Fräulein Geisenfelder verlassen wurde, zeigt er nicht das geringste Interesse an meiner Person. Ihr Schachzug war brillant, denn seit ihrem Verschwinden beschäftigt ihn nichts anderes als der Gedanke an sie. Ich befürchte, dass er darüber den Verstand verliert.«

Hatte die Freifrau aus Liebe gehandelt? Oder wurde sie von

Eitelkeit und gesellschaftlichem Ehrgeiz getrieben? Viktoria schwankte zwischen Mitgefühl und Abscheu. Besonders Annas letzte Äußerungen verleiteten sie dazu, die tröstenden Worte hinunterzuschlucken, die ihr auf der Zunge lagen.

Sie legte ihre Hände geschäftsmäßig auf den Tisch und wiederholte, diesmal deutlich förmlicher: »Was kann ich für Sie tun?«

»Es wäre sicherlich sinnvoll, wenn Fräulein Geisenfelder zurückkäme und reinen Tisch machte, finden Sie nicht auch?«

»Ich würde viel dafür geben, Antonia wieder auf Sansibar zu wissen, aber, wie gesagt …«, in beredtem Schweigen brach Viktoria ab.

Gleichzeitig fragte sie sich, ob sie Anna von Rosch die Wahrheit verraten würde, wenn sie wüsste, wo sich Antonia aufhielt.

Viktorias Besucherin seufzte tief. Sie fächelte sich hektisch Luft mit ihrem Fächer zu. »Ich ahnte schon, dass meine Offenheit auf taube Ohren stößt. Nein, verzeihen Sie, ich möchte Sie nicht konsternieren. Sie können ja nichts für mein Schicksal.« Anna legte den Fächer nieder und zog ein spitzenbesetztes Tuch aus ihrem Beutel, mit dem sie über die Augen tupfte.

Ärger wallte in Viktoria auf. Über Anna von Rosch und vor allem über Antonia, die vor ihren Gefühlen geflohen war, und über Juliane, die der Wahrheit nicht ins Gesicht sehen wollte. Warum behelligen mich eigentlich alle mit ihren Problemen? Ich habe doch genug damit zu tun, mein eigenes Leben zu ordnen.

»Die Adresse von Fräulein Geisenfelder ist mir wirklich nicht bekannt«, sagte sie entschieden und erhob sich. Dabei stützte sie sich am Schreibtisch ab. Ihre Beine bebten vor Aufregung und unterdrückter Wut. »Und selbst wenn ich ihren Aufenthaltsort kennen würde – es wäre zwecklos. Sie befindet sich irgendwo in Tanganjika. Meines Wissens herrscht dort ein Aufstand.«

»Es ist schrecklich. Mein Bruder sandte mir ein Kabel von der *Leipzig* mit der Nachricht, dass die Küste von den kaiserlichen Booten abgeriegelt wurde …«

»Meine Freundin könnte ihren Aufenthaltsort demnach gar nicht in Richtung Sansibar verlassen, selbst wenn sie wollte«, konstatierte Viktoria nüchtern. Doch in ihrem Inneren begannen Sorgen wie ein Treibholzfeuer zu lodern. Annas Hinweis war nicht zu ihrer Beruhigung geeignet. Wenn sie doch nur etwas tun könnte!

Wir sitzen in der Falle, dachte Viktoria. Antonia in Tanganjika und ich auf Sansibar. Jede auf ihre Weise eingesperrt …

Das Knarren von Holz, als sich die Freifrau aus der Schulbank schälte, holte sie aus ihren trübsinnigen Überlegungen.

Anna trat einen Schritt auf Viktoria zu, hielt dann jedoch abrupt inne. »Sollte Ihnen einfallen, wie Sie mir behilflich sein können, wäre ich Ihnen sehr verbunden«, sagte sie. Ihre Stimme klang plötzlich nicht mehr warm und rauchig, sondern kalt und heiser.

»Wenn ich wüsste, wie ich helfen könnte, würde ich es tun«, versicherte Viktoria schulterzuckend und ohne genau zu erklären, welcher speziellen Person ihre Sorge galt. »Seien Sie versichert, dass ich unter anderen Umständen nicht tatenlos herumstehen würde.« Und das war die Wahrheit.

7

SAMSTAG, 1. SEPTEMBER

Ein weißes Gesicht beugte sich über sie. Das Antlitz einer fremden Frau, wettergegerbt, nicht mehr jung, abgearbeitet, aber auf eine angenehme Weise freundlich, trotz der müden Augen und der tiefen Sorgenfalten an den Mundwinkeln. Sie trug eine weiße Haube, allerdings anders als eine Nonne, da fehlte etwas an ihrem Habit ... Juliane war sich ganz sicher, dass etwas fehlte, aber sie erinnerte sich nicht, welches Kleidungsstück es gewesen sein könnte.

Sie wollte der – bestimmt sehr netten – Person gerne sagen, dass sie schrecklich fror. Ihre Zähne schlugen aufeinander, und ihr schien es, als würden alle Knochen in ihrem Leib klappern vor Kälte. Doch ihre Zunge gehorchte ihr nicht. Sie röchelte. Jedenfalls glaubte sie, ein Röcheln zu hören.

Aber vielleicht hatte sie ja doch gesprochen. Eine schwere Decke wurde über ihr ausgebreitet. Die duftete nach Weihrauch – und jetzt würde sie wieder sprechen müssen, um der Frau zu sagen, dass sie dieses Aroma nicht vertrug und davon Migräne bekam. Aber wie sollte sie die Worte artikulieren?

Juliane litt unter schlimmen Kopfschmerzen. Ständig. Sie konnte sich gar nicht mehr erinnern, jemals ohne diesen flammenden Druck hinter Stirn und Schläfen gelebt zu haben. Ihr war übel, vielleicht würde sie sich gleich übergeben.

Sie musste der Frau sagen, dass sie den Geruch des verbrannten Harzes nicht vertrug. Genauso, wie sie ihr gesagt hatte, dass der Schüttelfrost ihren Körper zum Beben brachte.

Ja, das würde sie tun. Ein guter Gedanke. Sie musste sich nur darauf konzentrieren und sich erinnern, wie es war zu sprechen.

Wieder ein Gesicht über ihr. Nein, mehrere Gesichter, und eigentlich waren es keine Gesichter, sondern reich bestickte Masken und schwarze Schleier, welche die Züge dahinter unkenntlich machten. Dunkle Augen sahen sie aus dieser Vermummung an. Schöne dunkle Augen. Dennoch fürchtete sie sich. Sie hatte sich schon immer vor Masken gefürchtet. An der Hand ihrer Mutter war sie während der Fasnacht Larven und Schemen begegnet und hatte sich beinahe zu Tode erschrocken über die künstlichen Fratzen.

Von ihrer Mutter existierte eine Totenmaske. Sie entsann

sich genau, wie es war, als der fremde Mann kam, um den Abdruck zu nehmen.

Ihre Tante behauptete, es sei unchristlich, eine Totenmaske herstellen zu lassen. Sie schrie und beschimpfte Julianes Vater, bis dieser sie seines Hauses verwies.

Heinrich von Braun weinte.

Juliane hatte die Tränen auf seinen Wangen gesehen. Perlen, die sich in seinem Bart verfingen. Nie zuvor hatte sie ihren Papa weinen sehen. Tat er dies, weil er auch nicht wollte, dass der fremde Mann in dem unordentlichen Gehrock mit dem steifen, schief sitzenden Kragen das geliebte Gesicht berührte? Sie jedenfalls wollte nicht, dass der Unbekannte eine dicke Fettschicht auf die kalte Haut ihrer Mama strich. Es war eklig. Eigentlich hatte sie es nicht sehen sollen, sie hatte sich jedoch heimlich in das Boudoir geschlichen und hinter den schweren Samtportieren verborgen …

Komisch! Wieso hatten die Fenster keine Vorhänge mehr? Überall nur durchbrochene Läden. Dabei sah das Zimmer ganz ordentlich aus, fast wie zu Hause. Es war nicht *ihr* Zimmer, das stand fest. Aber sie lag in einem Bett mit weißem Linnen, zugedeckt von vielen Tüchern, darunter auch solchen aus Wolle.

Warum gab man ihr so viele Decken? Ihr war schrecklich heiß. Der Schweiß brach ihr aus allen Poren. Es schickte sich nicht zu transpirieren …

Ihr Vater war da! Er war an ihrer Seite. Endlich hatte er Zeit für sie gefunden. Er arbeitete zu viel und vernachlässigte sie. Das sollte er nicht tun. Er hatte ihr doch versprochen, so viel wie möglich mit ihr zu unternehmen. Nur mit ihr. Aber – was war schon *so viel wie möglich*? Ließ sich das in Uhrzeiten messen? Weinte er, weil er sich ihr nicht öfter widmen konnte?

Sie entdeckte wieder Perlen auf seinen Wangen, die in seinem Bart kleben blieben. Weinte er etwa, weil sie sich nicht anständig benahm und schwitzte wie ein Bauer? Wusste er von den Perlenschnüren, die Omar ihr zum Abschied geschenkt hatte?

Dabei waren diese kein Preis für ihre Unanständigkeit, für den Schmerz und die anschließenden viel zu kurzen Wonnen. Sie gehörten vielmehr zu einer dem Manne auferlegten Pflicht, wie ihr Prinz erklärte.

»Man nennt eine Morgengabe in meiner Sprache *Sadaq*«, sagte Omar, während er das seidene Tuch sorgsam zusammenfaltete, mit dem er zuvor die Feuchtigkeit zwischen ihren Beinen getrocknet hatte. »Sie ist das Erfordernis für eine Eheschließung, von Allah auferlegt. Und ich werde dir Perlen schenken, weil sie bei uns ein Symbol für Jungfräulichkeit sind und die Melancholie vertreiben. Ich möchte nicht, dass unser Abschied dich traurig stimmt.«

Dann hatte er von irgendwoher einen Beutel gezaubert und Dutzende große und kleine elfenbeinweiß schimmernde Perlen über ihren nackten Körper rieseln lassen. Wie Tropfen waren die Kostbarkeiten über ihre Haut gerollt. Sie hatten sich kühl angefühlt, gerade so, als wären sie Tränen, die über ihre Brüste zu ihrem Bauch hinabliefen. Oder die Gischt eines Wasserfalls, die im Sonnenlicht wie ein Regenbogen leuchtete.

Wenn ihr doch nur nicht so kalt wäre und sie das Bild des Regenbogens genießen könnte. Die Decken rochen zwar nicht mehr nach Weihrauch, aber sie wärmten auch nicht besonders. Wahrscheinlich war Winter, und sie fröstelte deshalb so stark. Die eisigen Temperaturen taten ihrem Kopf ebenso wenig gut wie ein heißes Klima. Sie litt irgendwie immer unter Migräne. Selbst im Schnee.

Omar war gekommen! Er war den weiten Weg nach Württemberg gereist, um sie zu holen. Ihr Märchenprinz entführte sie in einem mit Orientperlen geschmückten Schlitten in den Oman, ein fernes Land unter der Wüstensonne. Gab es ein größeres Glück?

Enttäuscht stellte Juliane fest, dass sie nicht allein waren. Doch dann sah sie die zweite Person in dem Schlitten, und unendliche Liebe erfüllte ihr Herz.

Es begann zu schneien, und sie konnte in dem blendend weißen Licht fast nichts mehr erkennen. Die vertraute Silhouette sah sie jedoch ganz deutlich vor sich.

Von irgendwoher wehten die ersten Töne des Trauermarsches aus der Klaviersonate Nr. 2 von Frédéric Chopin in Julianes Ohr. Das Stück war bei der Beerdigung ihrer Mutter gespielt worden.

Wie dumm! Mama war doch gar nicht tot.

Sie streckte gerade die Hand nach ihr aus …

8

Ali, Roger Lessings Hausdiener, bastelte aus dem Bananenblatt geduldig ein Spielzeug. Erst hatte er es wie einen Bogen Papier zusammengeklappt, dann wieder auseinandergestrichen und erneut eingeknickt, um es anderswo zu falten. Er ging offenbar konzentriert zu Werke, obwohl seine Augen immer wieder zu seinen Zuschauern wanderten, als wollte er sich deren Aufmerksamkeit versichern. Das wäre jedoch nicht nötig gewesen.

Nicht nur der kleine Max beobachtete fasziniert, wie Ali aus den weichen mattgrünen Fasern ein Boot formte. Staunend und selbstvergessen wie ein Kind schaute auch Viktoria zu dem Diener hin.

Ihr Bruder konnte aus Papier kleine Kunstwerke dieser Art herstellen, und sie hatte ihn immer für seine Geschicklichkeit bewundert. Da sie handwerklich weniger begabt war, erschien ihr diese Fähigkeit wie Zauberei. Als Ali das Bananenboot über imaginäre Wellen durch die Luft gondeln ließ, jauchzte und strampelte das Baby vergnügt – und Viktoria klatschte begeistert in die Hände.

»Und wenn keiner mehr Interesse an diesem Spiel hat, können die Bananenblätter ja noch in der Küche verwendet werden«, grummelte der Hausherr und lehnte sich in dem Korbsessel zurück, der zu der Gruppe bequemer Rohrmöbel auf der Veranda gehörte. Lessing streckte seine Beine aus und zog den Panamahut tiefer in die Stirn. »Ich hoffe, es gibt kein *Matoke* zum Abendessen.«

»Was ist das?«, erkundigte sich Viktoria, ohne Ali aus den Augen zu lassen.

Der Diener stellte das Schiffchen zwischen den Bechern ab, die er zuvor mit einer Karaffe Zuckerrohrlimonade serviert hatte. Dann zauberte er ein zweites Bananenblatt unter seinem hochgeschlitzten, langen weißen Hemd hervor und begann mit einer neuen Bastelarbeit.

»Die Einheimischen essen es sehr gerne«, sagte Luise, während sie dem Kind auf ihrem Schoß das Boot reichte, nach dem es die süßen, runden Ärmchen ausstreckte. »Tatsächlich schmeckt es ganz gut, wenn man sich erst einmal mit dem ungewöhnlichen Geschmack vertraut gemacht hat. Bananen, die man in Afrika *Platan* nennt, werden in die Blätter gepackt und gedämpft. Man kann sie nicht roh essen, dann schmecken sie wie Mehl. Nach dem Kochen werden sie gestampft wie Kartoffelbrei und ebenso zu Fleisch und Fisch verzehrt.«

»Seien Sie versichert, dass Sie diesen Mus-Quatsch bei mir nicht bekommen«, brummte Lessing hinter seinem Hut.

»Das ist nichts für einen Mann«, stimmte Friedrich van Horn belustigt zu und stieß den Rauch seiner unvermeidlichen Zigarette aus. »Jedenfalls nichts für einen Mann, der nicht im Lendenschurz gewandet und mit einem Speer bewaffnet durch den Busch streift auf der Jagd nach Elefantenstoßzähnen.«

Lessing, der mit seinem Stuhl gekippelt hatte, richtete sich kerzengerade auf. Er schob seinen Hut zurück und blickte Viktoria scharf an, als wäre es ihre Schuld, dass sein Freund eine zynische Bemerkung gemacht hatte. »Ich habe meinen Koch angewiesen, sich außer bei Süßkartoffeln von der afrikanischen Küche fernzuhalten. Indische Currys sind mir lieber. Ich hoffe, Ihnen auch.«

»Oh … doch … ja …«, versicherte sie zögernd.

Ihr Zaudern rührte weniger von der Tatsache her, dass sie das afrikanische Gericht gerne probiert hätte und nicht wagte, es vor ihm zuzugeben. Es würde kein großes Problem sein, Elizabeth Kidogo danach zu fragen. In St. Mary's wurden fast nur einheimische Speisen zubereitet, sie hatte zwar bisher niemals an den Mahlzeiten teilgenommen, aber vermutlich gehörte auch *Matoke* dazu.

Viktoria war vielmehr irritiert durch den offenbar wachsenden Unmut von Lessings Freunden, seine Liaison zu akzeptieren. Sobald von Afrika die Rede war, machten Friedrich oder Luise van Horn zweideutige Bemerkungen, die als Stichelei aufgefasst werden konnten. Lessing spürte gewiss diese Abneigung. War die schöne Zouzan deshalb noch nicht aufgetaucht, seit Viktoria den Fuß auf seine Plantage gesetzt hatte?

Sie hatte geglaubt, das Wochenende auf Lessings Schamba werde ihr helfen, ihren Seelenfrieden wiederzufinden. Tatsächlich fühlte sie sich wie durch einen Fleischwolf gedreht. Nicht nur, dass es in diesen Tagen sehr heiß war, die Temperaturen gingen nachts kaum zurück. Dabei hatte Luise behauptet, der September sei der sonnenreichste und zugleich kühlste Monat des Jahres. Doch ihre Kleider klebten am Körper, da half es nichts, dass sie kein Korsett mehr trug und sich auch sonst tropentauglich kleidete.

Roger Lessing hatte seinen Gästen einen Wagen geschickt, der komfortabler war als der Eselskarren, mit dem Luise herumkutschierte. Bedauerlicherweise war der ausgeliehene Kutscher recht draufgängerisch. Er lenkte Lessings Landauer mit einer Geschwindigkeit durch die engen Gassen der Steinstadt, die Viktoria mehr als einmal dazu brachte, entsetzt die Hände vor die Augen zu schlagen.

Die Schatten unter den mit eng stehenden Affenbrotbäumen eingefassten Alleen außerhalb der Stadt hatte sie ebenso wenig genießen können, und auch nicht die von buschigen Tamarisken gesäumte Auffahrt zu Lessings Grundstück. Die Tamarisken waren mit flockigen hellrosafarbenen Blüten übersät und erinnerten Viktoria an die immergrünen Sträucher zu Hause bei frisch gefallenem Schnee. Leider erhaschte sie nur flüchtige Blicke darauf, während sie sich wie im Kettenkarussell fühlte – mit ähnlich aufgewühltem Magen wie bei einer, vor ihrer Mutter verheimlichten, Fahrt auf dem Hamburger Dom.

Die Zufahrt öffnete sich zu einer im Sonnenlicht des späten Nachmittags tiefviolett schimmernden Bucht, von einem Kliff begrenzt. Auf dessen höchstem Punkt lag das nicht sehr geräumig wirkende, mit weißem Korallenkalk verputzte Strandhaus, Lessings Refugium. Um die Villa herum blühten Sträucher in allen Farben, dahinter erstreckten sich zur Landseite hin endlos scheinende Reihen von Kokospalmen, Nelken- und Zimtbäumen sowie Pfeffersträuchern und Vanillepflanzen.

Obwohl Viktoria bei ihrer Ankunft lieber erst einen Spaziergang unternommen hätte, wurden die Besucher von dem zuvorkommenden Diener Ali gleich auf die Veranda geführt. Dort erwartete sie ein etwas aufgelöster, offenbar nicht sonderlich vergnügter Hausherr. Viktoria gestand Lessing zu, dass er wohl den Versuch unternahm, seine schlechte Laune vor den Freunden zu verbergen, doch so recht gelingen wollte es ihm nicht. Ein Gespräch kam nur schleppend in Gang, und sie freute sich aufrichtig über Alis künstlerische Einlage.

»Bald wird Max alt genug sein«, erklärte Luise, »dass ich ihn mit Kochbananen füttern kann. Das wird ein nahrhaftes *Hapa-*

hapa für meinen süßen Mohren, nicht wahr?« Sie machte ein kehliges Geräusch, und der Kleine quietschte vor Vergnügen.

Lessing gab eine Art Knurren von sich, was vielleicht als Zustimmung zu deuten war, vielleicht auch als Abneigung gegen die Ziehmutter und das Kind.

Stille senkte sich über den Hausherrn und seine Gäste. Das Rauschen der Wellen, die sich unterhalb des Hauses an dem Felsen brachen, mischte sich mit dem glucksenden Lachen des Babys.

Ali hatte aus dem zweiten Bananenblatt einen Hut gebastelt. Diesen setzte er auf das kleine Köpfchen, und Luise strahlte, als sähe sie die Pickelhaube eines Mitglieds der Garde du Corps vor sich.

Lessing sprang auf. Er klatschte in die Hände und sprach etwas auf Suaheli, das abgehackt und radebrechend klang, seine Wirkung aber nicht verfehlte, denn Ali verneigte sich tief vor seinem Herrn und schickte sich an, die Veranda zu verlassen. Im Vorübergehen schenkte er dem Kind ein strahlendes Lächeln.

»Sie möchten sicher einen kleinen Spaziergang unternehmen«, wandte sich Lessing an Viktoria.

Ohne ihre Antwort abzuwarten, fügte er einen Atemzug später mit Blick auf Luise hinzu: »Ich nehme an, du möchtest uns nicht begleiten.«

Friedrich machte eine wegwerfende Handbewegung und verstreute dabei Asche auf seiner Hose. »Geht nur. Wir kennen die Schönheit deines Landbesitzes bereits … Bewundern Sie ihn nur ausgiebig, Fräulein Wesermann, die Schamba ist Rogers ganzer Stolz. Wenn Sie zum Essen nicht zurück sind, sende ich einen Suchtrupp aus.«

»Aber es wird gleich dunkel«, protestierte Viktoria.

Sie wäre lieber allein ein wenig umhergestreift. Ihr stand der Sinn gewiss nicht danach, mit einem schlecht gelaunten Mann durch die duftenden Anlagen zu spazieren. Ohne dass er es explizit gesagt hatte, war es ihm aber offenbar ein Bedürfnis, unter vier Augen mit ihr zu sprechen – und das hatte keine freundliche Ursache, wenn sie seinen Gesichtsausdruck richtig deutete. Kein gutes Vorzeichen für ein friedliches Schlendern in der Abendsonne.

Roger ergriff ihre Hand und zog sie aus dem Sessel auf die Füße. »Na, kommen Sie schon …«, forderte er sie auf und zerrte sie ungeachtet ihres Widerstrebens mit sich.

Irritiert bemerkte Viktoria, dass er sie selbst dann nicht losließ, als sie ihm folgte.

Er führte sie einen abschüssigen Pfad hinab. Der schmale, sandige Weg teilte wahrhaft prachtvolle Anlagen. Sie konnte sich nicht entsinnen, im Botanischen Garten jemals eine derartige Fülle an blühenden Bougainvilleen, Oleander, Hibiskus und Wunderblumen gesehen zu haben. Im klaren Licht der untergehenden Sonne, das die verbrauchte Luft des Tages reingewaschen zu haben schien, leuchteten die Blüten in allen Rotschattierungen: Purpur, Rubin, Violett, Zinnober und Zyklam. Zwischen diese farbintensiven Gewächse war als Kontrast weißer Jasmin gesetzt worden, dessen schweres, süßes Parfüm den Duft der anderen Blüten überlagerte.

Schmetterlinge flatterten umher, schwarze Exemplare mit hübschen weißen Punkten auf den Flügeln oder goldgelbe, fast orangerote Falter mit schwarzer Zeichnung – schöner als auf jeder Abbildung, stellte Viktoria bezaubert fest.

Über diesem Paradies wölbte sich ein lichtblauer Himmel, der langsam an Strahlkraft verlor, aber umso mystischer wirkte. Am Horizont verschmolz er mit dem silbrig schimmernden Seidenband des Ozeans. Aus dem weiter unten gelegenen Teil des Anwesens erklangen Rufe auf Suaheli wie ein weicher Singsang. Es war nicht das Geschrei, das Viktoria aus der Steinstadt kannte, und nicht einmal vergleichbar mit den warmen Tönen der Arbeiter auf der Mbweni Point Schamba.

Die Magie dieses Ortes berührte sie so stark, dass sie dem Eigentümer ihre Hand freiwillig überließ. Stumm vor Staunen, mit einem tiefen Gefühl von Ruhe und Zufriedenheit in ihrem Herzen, hielt sie mit ihm Schritt.

»Warum haben Sie van Horns dieses Kind überlassen?«, durchbrach Lessing schließlich ihr Schweigen. Seine Stimme klang gepresst, als fiele es ihm schwer, sie nicht anzufahren – als könnte er seine Wut auf sie kaum unter Kontrolle halten.

Viktoria erwachte wie aus einem Traum. Verärgert über die Störung ihrer Harmonie wollte sie ihm die Hand entziehen, doch er umschloss ihre Finger mit eisernem Griff.

Entnervt protestierte sie: »*Ich* habe den kleinen Max niemandem überlassen. Das stand gar nicht in meiner Macht. Antonia hat ihn in gute Hände gegeben. Das ist alles … Und wenn Sie mir geholfen hätten, meine Freundin zu finden, wäre das Baby längst wieder bei seiner eigentlichen Patin.«

»Sie können Luise das Kind nicht mehr fortnehmen! Die geht in ihrer neuen Rolle auf. Ich habe sie nie zuvor so glücklich erlebt.«

»Dann ist doch alles gut. Worüber regen Sie sich auf?«

Er seufzte, noch immer aufgewühlt von dem Thema. Sein Schritt beschleunigte sich, und sie hatte plötzlich Mühe mitzuhalten.

»Mit einem kleinen Mohren im Schlepptau werden die beiden nicht nach Hamburg zurückkehren können. Das wussten van Horns auch, bis … bis …«, er blieb stehen und baute sich wie eine Drohkulisse vor ihr auf. Ihre Hand ließ er unvermittelt los. »Sagen Sie mal, Fräulein Neunmalklug, glauben Sie nicht, die beiden hätten längst ein Sklavenkind freigekauft, wenn sie einen Adoptivsohn dieser Hautfarbe wollten?«

»Was haben Sie neuerdings gegen Schwarze?«, flötete sie. »Über kurz oder lang werden Sie selbst ein Kind dieser Hautfar…«

»Nein! Das nicht. Ganz sicher nicht.«

»Aber Sie …«, hob sie spontan an, unterbrach sich jedoch früh genug, um nichts zu sagen, was sich für eine junge Dame nicht ziemte.

»Zerbrechen Sie sich bitte nicht meinen Kopf«, schnaubte er.

Sie war kurz davor, die scharfe Erwiderung loszuwerden, die ihr auf der Zunge lag, doch sie schwieg. Roger Lessing wirkte mit einem Mal seltsam verwirrt, wie ein kleiner Junge, der etwas angestellt hatte und nicht weinen wollte über die Schmach der Entdeckung, obwohl ihm die Tränen in die Augen stiegen.

Ob es einen Streit zwischen ihm und seiner Mätresse gegeben hatte? Hielt sich diese Zouzan deshalb verborgen? Oder hatte er sie verstoßen? Viktoria konnte sich nicht vorstellen, dass der Mann, mit dem sie händchenhaltend durch den Garten spaziert war, so grob sein würde, aber sie konnte sich auch nicht erklären, warum sie dieser Gedanke überhaupt beschäftigte. Sein Privatleben ging sie nichts an. Es sollte ihr egal sein, von welcher Frau er einen Erben bekam. Seltsamerweise war es das aber nicht.

Sie schluckte ihre plötzliche Verlegenheit hinunter.

»Friedrich und Luise van Horn gehen sicher nie nach Hamburg zurück. Jedenfalls glaube ich nicht, dass sie Sansibar verlassen werden«, sagte sie schließlich langsam. »Die beiden sind schon zu lange in Afrika, um wieder in den Kaufmannskreisen Aufnahme zu finden. Das Leben hier hat sie sehr verändert.«

»Es verändert uns alle.«

»Ja. Ja, da haben Sie recht«, ein freudloses Lachen entrang sich ihrer Kehle. Sie hob wie zur Kapitulation die Arme, obwohl ihr nicht ganz klar war, wem oder was sie sich eigentlich beugte. »In Hamburg hätte ich es niemals gewagt, an der Hand eines Mannes durch dessen Garten zu spazieren.«

Ihre Wangen glühten mit einem Mal. Warum konnte sie ihn nicht mehr anschauen und wich seinem aufmerksamen Blick aus? Durch Zufall entdeckte sie ein Schmetterlingspaar, das nebeneinander im Aufwind durch die Luft glitt. Die Flügel der Falter berührten sich, als wollten sie einander liebkosen.

»Es ist wohl Zeit für eine Erfrischung«, stellte Roger Lessing unvermittelt fest, und seine Stimme klang überraschend freundlich.

Sie zuckte mit den Schultern – hin und her gerissen zwischen ihren Gefühlen und dem engen Korsett der Konventionen, dessen sie sich nicht entledigt hatte. »Kehren wir zu van Horns zurück. Die beiden werden sicher bereits auf uns war…«

»Nein, nein.« Er lachte, und sie war sich nicht ganz sicher, ob er sich bloß über irgendetwas amüsierte oder einen Schabernack mit ihr trieb. »Lassen Sie uns noch ein wenig herumgehen. Kommen Sie … kommen Sie doch. Ich möchte Ihnen etwas zeigen.«

Um seinen Worten Nachdruck zu verleihen, ergriff er wieder ihre Hand – und sie ließ es geschehen.

Die Vegetation veränderte sich mit jedem Schritt. So dicht und dunkel wie heimischer Lorbeer waren die gelbgrünen Nelkenbäume belaubt, die den sich verbreiternden Weg säumten. Der Singsang der dunkelhäutigen Männer entfaltete sich wie eine Hymne, während Lessings Leute in den Baumkronen die sternförmigen Knospen pflückten und in Körben verstauten, die sie an Lederriemen um ihre nackten, muskulösen Oberkörper geschlungen hatten. Das Trommeln der Zikaden erklang wie Begleitmusik.

»Sansibar ist weltweit der größte Exporteur von Nelken«, dozierte der Plantagenbesitzer im Vorübergehen. »Die größten Schambas befinden sich in arabischer Hand, deshalb kontrollieren die Araber auch den Handel mit Gewürzen, gefolgt von den Indern. Mein Anwesen ist nur ein müder Abklatsch.«

»Das glaube ich nicht …«

»*Jambo, bwana*«, grüßten die Arbeiter ihren Herrn im Chor.

»*Habari*«, erwiderte Lessing.

»*Suri sana, bwana*«, antworteten seine Leute und fügten nach einem verstohlenen Blick auf Viktoria hinzu: »*Jambo, bibi bwana.*«

»*Jambo*«, rief sie fröhlich zurück.

Ihr Begleiter ließ sie los, um in einen Korb zu greifen, der bereits randvoll mit Sprösslingen war. Knapp halb so groß wie die Hälfte seines kleinen Fingers und noch grün, begannen sie an einigen Stellen, sich hellrot zu verfärben. »Nachdem der Fruchtstiel entfernt ist, werden die Gewürznelken in der Sonne getrocknet. Danach sehen sie dann so aus, wie Sie sie vielleicht aus der Küche kennen. Aber sie verströmen bereits jetzt ihr unverwechselbares Aroma … riechen Sie mal.«

Sie senkte ihren Kopf über seine Rechte und sog den süßen, intensiven Duft ein. Es kribbelte und prickelte in ihrer Nase. Im nächsten Moment musste sie niesen.

Lachend ließ Lessing die Knospen in den Korb zurückfallen und reichte ihr sein Taschentuch.

»Ich bin noch nie mit einer Frau durch die Pflanzungen geschlendert«, sagte er leise und klang dabei seltsam verwundert.

Viktoria lag der Hinweis auf der Zunge, dass er gewiss mit Luise van Horn schon einmal hier gewesen war, doch sie unterließ den albernen Kommentar. Sie ahnte, dass es keine Rolle spielte, ob er die Frau eines Freundes über seine Besitzung geführt hatte. Anscheinend war er nie mit einer anderen jungen Weißen hier gewesen. Sie sollte sich darüber freuen. Doch da wisperte ihr ein bösartiges Teufelchen ins Ohr: Er ist seiner schwarzen Venus eben treu ergeben.

Die zarte Flamme des Glücks erlosch. Viktoria drehte sich

auf dem Absatz um und trat damit demonstrativ den Rückweg an, noch bevor sie einen Fuß vor den anderen setzte.

»Wir sollten zurückgehen«, sagte sie bestimmt. »Van Horns werden sich Gedanken machen, wo wir bleiben.«

Er seufzte. »Eigentlich wollte ich Ihnen zur Erfrischung eine Kokosnuss von einer Palme holen lassen. Ihr Inhalt kann so süffig wie Sekt schmecken. Aber wenn Sie es anders wünschen, verzichten wir darauf.«

Schweigend gingen sie nebeneinander den Weg entlang, den sie gekommen waren. Ihre Hände berührten sich nicht mehr.

Der Abendhimmel färbte sich hellorange, rosa und perlgrau. Die Schatten auf dem Pfad hinauf zur Villa wurden länger, das Blattwerk erschien Viktoria mit einem Mal dichter. Zikaden und Grillen wetteiferten um die lautesten Töne, allerorts raschelte es, als erwachten Dutzende Tiere mit der Dämmerung.

Von fern erkannte sie bunte Lampions, welche die Veranda in rotes, blaues, grünes und gelbes Licht tauchten. In ihrer Abwesenheit hatte Ali oder ein anderer Diener außerdem Laternen im Garten aufgestellt, die ihnen in der rasch einsetzenden Dunkelheit den Weg zum Haus wiesen.

Plötzlich hielt Roger Lessing inne. »Ich hatte für heute Abend eigentlich einen Mondscheintörn auf meinem Boot vorgesehen. Ich fürchte jedoch, dass sich Luise nicht von dem Kind trennen und diesen Ausflug unternehmen will.«

Viktoria zögerte. Er hatte zweifellos recht. Und Friedrich van Horn würde Luise sicher nicht im Haus zurücklassen. Dennoch mochte sie ihm nicht gleich zustimmen, denn vor ihrem geistigen Auge erschien ein atemberaubendes Bild, das ihr Herz mit Sehnsucht erfüllte: die wie geschmolzenes Silber wirkende See, auf der das weiße Segel der Dhau wie der schneebedeckte Gipfel einer Berglandschaft leuchtete, darüber das funkelnde Sternenzelt und dazu absolute Stille, nur das Schwappen der Wellen gegen den Rumpf. Es würde wie Magie sein, die Erfüllung einer Illusion.

Aber natürlich war es unmöglich, dass sie allein mit einem unverheirateten Mann in der Dunkelheit auf das Meer hinausfuhr. Waren seine Pläne der Grund für seine Abneigung gegen das Kind? Luises Mitbringsel verdarb ihm wahrscheinlich die Freude an dem gemeinsamen Abend.

Zaghaft berührte sie seinen Arm. »Ich bin sicher, wir werden uns auch an Land gut unterhalten.«

Als Viktoria und Roger auf die Veranda traten, herrschte dort ein beschauliches Familienleben: Friedrich hatte von irgendwoher Karten aufgetrieben und spielte mit Luise Bridge, die moderne Variante des Whist, während der kleine Max in einer zwischen den Oleanderbäumen befestigten Hängematte selig schlief, zugedeckt und gegen die Mücken geschützt von einem dünnen Baumwolltuch.

Fast zwangsläufig wurde die nächste Runde zu viert gespielt, und so ging es weiter, bis Ali die Vorspeise auftrug: ein seltsam anmutender Salat in einer Sauce aus Mayonnaise. Dazu ließ Roger zur Feier des Tages aus Deutschland importiertes Bier für sich und Friedrich kredenzen und Palmwein für die Damen.

Viktoria betrachtete widerwillig das dünn aufgeschnittene, in seiner hellen schlammgelben Farbe nicht sonderlich appetitliche, sämig gekochte Gemüse. Obwohl sie sich bemühte, der Höflichkeit Genüge zu tun, bemerkten die anderen ihr Zaudern – und brachen in schallendes Gelächter aus.

»Probieren Sie es nur«, wurde sie von Luise aufgefordert. »Palmherzen schmecken ein wenig wie Spargel und sind eine wahre Delikatesse.«

»Es ist das Mark einer gefällten Palme«, fügte Roger Lessing schmunzelnd hinzu und häufte sich Salat auf seine Gabel. »Es ist selbst auf Sansibar selten, da die Palmen bei der Entnahme eingehen, wenn sie nicht schon gekappt sind.«

Zögernd griff Viktoria zu. Nach der ersten Kostprobe war ihr zwar klar, dass sie unversehrte Palmen dem essbaren Mark bei weitem vorzog, aber sie fügte sich in das Menü. Der zweite Gang bestand aus einem würzigen Lammcurry mit fruchtiger Mango, was ihr weit mehr zusagte. Anschließend servierte Ali Zimteis, und Viktoria bedauerte, nicht auf Vorspeise und Hauptgericht zugunsten des Desserts verzichtet zu haben.

»Hast du ihr deine Zimtbäume gezeigt?«, fragte Friedrich van Horn.

»Nein, wir sind nur bis zu den Nelken gekommen.«

Friedrichs Gesicht wurde von Rauch umwölkt, als er ausrief: »Da haben Sie etwas verpasst, Fräulein Wesermann! Es ist recht nett anzusehen, wenn ein Boy den dünnen Stamm des Zimtbaumes häutet und der Streifen Borke in der Sonne getrocknet wird, bis er sich rollt. So entstehen Zimtstangen.«

»Das können Sie sich ja bei Ihrem nächsten Besuch ansehen«, meinte Luise.

Lessing sah sie scharf an. »Werden Sie wiederkommen?«

»Irgendwann …« Aus einem unerfindlichen Grund scheute sie sich, Versprechungen zu machen. Dabei hätte sie eigentlich gerne ein »warum nicht?« hinzugefügt, doch sie fand die Floskel zu banal für eine korrekte Antwort.

Nach dem Essen trugen die beiden Männer eine Tischdrehorgel nach draußen, während Luise den kleinen Max in einem Gästezimmer zur Ruhe bettete. Ali musste ihr versprechen, ein Auge auf den Kleinen zu haben, und Viktoria teilte für einen Moment Rogers Meinung hinsichtlich Luises übertriebener Fürsorge, die in ihren Kreisen in Hamburg wahrscheinlich als *ungesund* betrachtet worden wäre. Dieser düstere Gedanke verflüchtigte sich aber rasch.

Die Freunde lenkten sie mit dem Vorschlag ab, die Musikauswahl zu treffen. Eine ziemlich umfassende Aufgabe angesichts der zahlreichen Platten, die der Hausherr für die Ariston vorhielt.

Abgesehen von »Die Wacht am Rhein«, was in irgendeiner Form – als Druckausgabe oder Notenscheibe für mechanische Musikapparate – in kaum einem deutschen Haushalt fehlte, und einigen Seemannsliedern besaß Lessing eine beachtliche Kollektion von Walzern und anderer Unterhaltungsmusik.

Viktoria blickte verwirrt von den scheinbar willkürlich durchlöcherten Platten auf. »Wollen Sie heute Abend etwa noch tanzen?«

»Warum nicht?«, ließ sich Luise von der Tür her vernehmen. »So viele Gelegenheiten haben wir dazu ja nicht.«

»Ich hätte nie gedacht …«, Viktoria unterbrach sich, weil sie nicht unhöflich sein wollte. Nein, Luise war gewiss nicht die Frau, von der sie vermutet hätte, dass sie ein Tanzcafé wie den Alsterpavillon vermisste. Doch anscheinend verbarg die burschikose Fassade noch so manche ungelebte Träume. Deshalb schlug sie spontan vor, Luise möge die Entscheidung treffen.

Sie selbst sah den Unternehmungen des Hausherrn und seiner Freunde mit gemischten Gefühlen entgegen. Die warme Tropennacht war zwar eine wunderschöne Kulisse für einen Tanzabend, wahrscheinlich würden die meisten höheren Töchter, die sie kannte, davon schwärmen. Die Anzahl der zur Verfügung stehenden Partner bereitete ihr jedoch Kopfschmerzen. Luise würde natürlich mit ihrem Gatten tanzen, aber sie wollte die nächsten Stunden unter gar keinen Umständen in den Armen Roger Lessings verbringen. Zum ersten Mal gestand sie sich ehrlich ein, dass sie sich dabei verlieren könnte.

Fieberhaft suchte sie nach Möglichkeiten, seiner Nähe zu entkommen, ohne ihn offen zu kompromittieren. Die Behauptung, sie könne nicht tanzen, würde jeder der Anwesenden als Lüge entlarven: Gustava Wesermanns Tochter hatte sich mehr mit den Unterrichtsstunden für den perfekten Walzerschritt als mit Französischvokabeln plagen müssen, das wäre allen sofort klar.

Am Ende verlief der Tanzabend weitaus weniger kompliziert, als Viktoria befürchtet hatte. Eigentlich hätte sie wissen müssen, dass Luise keine Melodien auswählen würde, die romantische Gefühle aufkommen ließen.

Polka, Galopp und Schottisch-Rundtanz wechselten sich in einer scheinbar endlosen Folge ab, die das Blut durch Viktorias Adern rauschen ließ, ihre Haare aus der Hochsteckfrisur löste, ihre Lungen bei den herrschenden Temperaturen fast zum Bersten brachte und ihre Füße in Mitleidenschaft zog. Da Luise weitaus häufiger mit Roger Lessing als mit Friedrich tanzte, war Viktoria der Tollpatschigkeit des älteren Kaufmanns ausgesetzt. Dennoch wusste sie auch nach dem x-ten Mal, als sie seinen Absatz auf ihren Zehen spürte, dass sie mit niemandem auf der Welt tauschen wollte. Sie erinnerte sich nicht, wann sie sich zuletzt so leicht und überschäumend gefühlt hatte. In Friedrichs Armen musste sie nicht befürchten, Verlangen zu empfinden oder gar die Kontrolle zu verlieren – sie konnte einfach sie selbst und aus ganzem Herzen lebendig sein. Dass ihr Roger gelegentlich über Luises Schulter hinweg einen aufmerksamen Blick zuwarf, vervollkommnete ihr Glück irgendwie, obwohl der Ausdruck in seinen Augen bei dem schwächer werdenden Licht der nahezu herabgebrannten Kerzen unergründlich schien.

Die Standuhr in Lessings Wohnzimmer schlug bereits die Viertelstunde vor Mitternacht, als eine völlig erschöpfte Luise beschloss, es sei Zeit, ins Bett zu gehen.

Roger, der gerade wieder die Kurbel des Musikautomaten bediente, gab vor zu schmollen, küsste die Freundin jedoch gleich darauf sanft auf beide Wangen und entließ das Ehepaar in die für die beiden hergerichteten Gästezimmer.

Gerade, als Viktoria van Horns folgen wollte, erklangen die einschmeichelnden Töne der populären Operettenmelodie »Dunkelrote Rosen bring ich, schöne Frau« aus dem blechernen Lautsprecher. Die jedem jungen Mädchen ihrer Generation bekannten Klänge wehten über die Veranda und mischten sich mit dem Zirpen, Trommeln und Gurren in dem nächtlichen Tropengarten und mit der Melodie der Wellen, die gegen den Felsen zu Füßen der Villa schlugen. Die Brise raschelte in den Blättern des Hibiskus, irgendwo klapperten leise die Palmwedel.

Roger griff nach ihrer Hand. »Darf ich um diesen Walzer bitten, gnädiges Fräulein?« Er wartete ihre Antwort jedoch nicht ab, sondern zog sie an sich.

Und Viktoria leistete keinen Widerstand. Sie wusste ja, dass es zwecklos war – weil sie es auch gar nicht anders wollte. Deshalb ließ sie geschehen, dass er sie fester umarmte, als dies auf einer öffentlichen Tanzfläche oder im Salon ihrer Mutter schicklich gewesen wäre.

Sein Körper fühlte sich warm an, sein Griff tat ihr wohl.

> »Dunkelrote Rosen bring ich, schöne Frau –
> und was das bedeutet, wissen Sie genau.
> Was mein Herz empfindet, sagen ich's nicht kann.
> Dunkelrote Rosen deuten zart es an …«

Viktoria wusste nicht, wie der Tenor hieß, dessen Stimme durch die Tropennacht hallte. Es spielte auch keine Rolle, denn die Worte trugen sie wie auf Wolken. Sie schwebte im Takt der Musik – und in Rogers Armen. Ihr Rock wirbelte um ihre Beine, ihre Füße schienen den Boden nicht mehr zu berühren.

Sie senkte die Lider und gab sich den Klängen hin, ihren Gefühlen, seiner Nähe, dem warmen Hauch seines Atems an ihrem Hals – bevor er seine Lippen auf ihre erhitzte Haut drückte.

»Ich wünsche mir nichts sehnlicher, als mit dir zu schlafen …«, raunte er, »irgendwann …«

Seine Worte verloren sich in der Musik, und Viktoria fragte sich, ob sie einer Sinnestäuschung zum Opfer gefallen war. Sie legte ihren Kopf in den Nacken – und sah in seine glänzenden, funkelnden blauen Augen, so tiefgründig wie der Ozean.

Bei anderer Gelegenheit – und wahrscheinlich bei jedem anderen Mann – hätte sie seine Dreistigkeit mit einer Ohrfeige quittiert. Und sie hob tatsächlich ihre Hand von seiner Schulter, doch nur, um ihre Finger auf seine Lippen zu legen.

»Psst!«, wisperte sie. »Das habe ich nicht gehört.«

Er küsste ihre Fingerspitzen. »Ich bin in dich verliebt, Viktoria, und ich habe vor nichts mehr Angst als vor diesem Gefühl.«

Seine Worte verführten sie mehr, als sein Mund oder seine Hände es vermocht hätten. Ihr Herz trommelte in wildem Aufruhr gegen die Brust, ihr Körper drängte sich seinem Leib entgegen.

Endlosen Wiederholungen von bekannten Bildern gleich tauchten in ihrem Innersten die Szenen ihrer bisherigen Begegnungen auf. Sie wiegte sich im Walzerschritt und dachte an den Nachmittag, als er sie im Bett überrascht hatte. Es verwunderte sie rückblickend, aber ahnte sie nicht schon damals, dass er der Mann sein würde, dem sie sich hingeben wollte? Später hatte er ihr zugehört, ihre Ambitionen nicht verlacht. Und er hatte sie geküsst. Wenn sie sich jetzt an die Berührung seines Mundes erinnerte, schienen elektrische Ströme über ihren Rücken zu fließen …

Irgendwo am Haus klapperte ein Fensterladen.

Es bedeutete eine unendliche Kraftanstrengung, sich aus seinen Armen und von seinem tiefen Blick zu lösen. »Ich sollte gehen«, entschied sie, »sonst kann ich van Horns morgen nicht mehr guten Gewissens unter die Augen treten.«

Roger ließ sie schmunzelnd los. »Ja, ich glaube in der Tat auch, wir sollten den beiden nicht zu viel Gesprächsstoff bieten. Ich traue Luise zu, dass sie auf jedes Geräusch im Haus achtet und auf nichts so lauert wie auf meine Schwäche.«

Sie erwiderte sein Lächeln. »Gute Nacht.«

Da ihr Zimmer eine Etage über der Veranda lag, lauschte sie seinen Schritten, als er die Ariston und die dazugehörenden Platten ins Haus räumte. Sie vernahm ein leises Gläserklirren und das unnachahmliche Plopp einer Flasche, die geöffnet wurde. Offenbar gönnte sich Roger noch ein Bier vor dem Schlafengehen. Wehmut erfasste sie und Bedauern, weil sie nicht in einem der bequemen Rohrstühle saß, gemeinsam mit ihm in den Sternenhimmel blickte und über all das redete, was unausgesprochen geblieben war. Ob sie sich noch einmal anziehen und zu ihm gehen sollte?

In diesem Moment vernahm sie Stimmen. So leise, dass sie anfangs vermutete, es wären die Geräusche von Tieren, die im Garten herumstreunten. Doch ohne auch nur ein Wort zu verstehen, gelang es ihr rasch, den Klang einer Frau von dem Ton eines Mannes zu unterscheiden.

Zouzan!

Wie hatte sie Roger Lessings Geliebte vergessen können?

Beinahe hätte sie sich ihm hingegeben, während … während … Ihr fehlten die Worte.

Übelkeit schnürte ihr die Kehle zu. Bevor sie sich bewusst wurde, dass sie weinte, spürte sie die Feuchtigkeit auf ihren Wangen.

Sie zog sich das Kissen über den Kopf, um nichts mehr zu hören. Doch den Nachhall der Stimmen wurde sie auch so nicht los.

Nie zuvor seit seiner Schulzeit im Benediktinerkloster zu Schäftlarn hatte jemand gewagt, derart vehement gegen Max Seiboldts Tür zu donnern und ihn aus dem Schlaf zu reißen. Damit nicht genug, wurde weiter heftig geklopft, sodass er die Störung nicht einmal ignorieren konnte. Eine Weile blieb er still liegen und wartete darauf, dass das Trommeln aufhörte. Eigentlich war er auch zu müde, um seinen schmerzenden Kopf aus den Kissen zu heben.

Er hatte kaum Schlaf gefunden in dieser Nacht – wie in den meisten Nächten in den vergangenen Wochen. Ihm kam es vor, als sei er gerade erst eingenickt, aber vielleicht hatte er wenigstens ein paar Stunden geruht. Das fahle Grau der Dämmerung hatte sich bereits in sein Zimmer geschlichen, durch die durchbrochenen Fensterläden drang blasses Licht. Die Sonne war noch nicht aufgegangen, also war es höchstens kurz nach sechs Uhr morgens.

Gestern am späten Abend hatte ein Kabel Konsul Michahelles, dessen Mitarbeiter und Gäste erschreckt: Aufständische hatten Bagamoyo in Brand gesteckt. Mehr war für den Augenblick nicht zu erfahren, man musste auf neue Nachrichten warten. Zum ersten Mal seit vielen Jahren hatte Max in dieser Nacht gebetet – darum, dass Antonia irgendwo Zuflucht gefunden hatte, aber nicht in der Feuerhölle, die sie das Leben kosten konnte, und auch nicht in Pangani und an anderen Orten, wo kein Deutscher mehr sicher war. Lediglich in Daressalam, dem »Haus des Friedens«, herrschte Ruhe, aber die Stadt war schon vom Sultan von Sansibar vernachlässigt worden, also interessierte sich wahrscheinlich auch kein Aufständischer dafür.

Nachdem Max annehmen musste, dass inzwischen sämtliche Bewohner des Hauses durch das beharrliche Klopfen ebenfalls wach waren und aufrecht im Bett saßen, schlug er das Moskitonetz zur Seite und setzte sich auf den Bettrand. Er hoffte, so dieses alberne Stolpern seines Herzens zu beruhigen. Das stellte sich in letzter Zeit immer häufiger ein und war jetzt gewiss eine Folge seines Ärgers über die Störung.

Der Störenfried ließ ihm jedoch nicht ausreichend Zeit, denn das Getrommel ging weiter. Wutschnaubend stapfte er, nur mit seinem Nachthemd bekleidet, zur Tür und drückte die Klinke herab.

»Was, um alles in der Welt erlauben …? Schwester Edeltraut!« Verblüfft starrte er auf die Pflegerin des Lutherischen Krankenhauses.

»Gott sei Dank habe ich Sie endlich aufwecken können«, keuchte sie, von ihrer Aktion offenbar ebenso erschöpft wie er von seiner Schlaflosigkeit. Mit dem Handrücken wischte sie sich den Schweiß von der Stirn. »Ziehen Sie sich bitte rasch an und kommen Sie mit.«

Max wollte sie fragen, was ihr einfiele, in einem solchen Befehlston mit ihm zu sprechen. Stattdessen entfuhr ihm unüberlegt, was er eben noch gedacht hatte: »Sind Sie von allen guten Geistern verlassen, einen solchen Lärm zu veranstalten? Was fällt Ihnen eigentlich ein, meine Nachtruhe zu stören. Brennt das Laboratorium?«

»Nein …«

Ein unangenehmes Brennen lastete auf seiner Brust, als er tief Luft holte. »Dann lassen Sie mich gefällst in Ruhe«, sprach's und wollte den Rückweg zu seinem Bett antreten. »Wenn niemand gestorben ist, gibt es keinen Grund, mich um diese Uhrzeit auf die Straße zu locken, was immer Sie dazu bewegen mag. Kommen Sie nach dem Frühstück wieder!«

»Fräulein Juliane von Braun ist gestorben.«

»Was sagen Sie da?« Diesmal klang seine Stimme weniger zornig.

Zu seiner größten Verwunderung begann ihn zu frösteln, obwohl es bestimmt weit über zwanzig Grad Celsius warm war. Er hatte zwar gelernt, emotionslos mit dem Tod umzugehen, selbst wenn es sich um Bekannte handelte, aber das Mädchen war Antonias Freundin gewesen, und ihr Ableben bestätigte auf seltsame Weise seine Sorge um Antonia.

Die Ordensfrau folgte ihm natürlich nicht in sein Schlafzimmer, sondern blieb im Flur vor der Tür stehen. Sie wirkte übernächtigt, als hätte auch sie seit Tagen kein Auge zugetan. Er dachte daran, ihr einen Sessel anzubieten, aber er wusste, dass sie das Gemach eines unverheirateten Mannes nicht betreten würde.

In ihrem Rücken tauchte schlaftrunken ein indischer Diener auf und rieb sich die Augen. Seiboldt schickte ihn mit einer Handbewegung fort. »Was ist geschehen?«, fragte er überraschend ruhig.

»Fräulein von Braun erlag am späten Abend dem Tropenfieber …«, Schwester Edeltraut rang die Hände. »Deshalb hätte ich Sie aber nicht gestört, Herr Doktor, da können Sie ja nun nichts mehr machen. Der Patient ist der Vater …«

Max hob erstaunt seine Augenbrauen. Er entsann sich eines kräftigen, munteren Herrn, mit dem er während der Überfahrt kluge Gespräche geführt hatte. In seiner Erinnerung wirkte Heinrich von Braun keineswegs kränkelnd. Möglicherweise hatte er sich angesteckt, und ab einem gewissen Stadium war die Medizin machtlos gegen die meisten Infektionskrankheiten. Das sollte die erfahrene Missionsschwester jedoch wissen.

»Herr von Braun ist wie von Sinnen«, sie schüttelte den Kopf, als könnte sie nicht begreifen, was vor sich ging. »Er will nicht akzeptieren, dass seine Tochter nicht mehr lebt. Er sitzt an ihrem Bett und weigert sich, die Wahrheit zuzulassen. Selbst den

Herrn Pastor hat er fortgeschickt. Aber die Arme muss beerdigt werden. Bei diesem Klima kann es nicht schnell genug gehen. Wenn Sie mit ihm reden würden, Herr Doktor, würde er gewiss ein Einsehen haben. Sie kennen sich doch von der Überfahrt. Fräulein Geisenfelder hat es mir erzählt. Herr von Braun wird auf Sie hören. Bestimmt. Bitte, kleiden Sie sich an. Das arme Mädchen wurde aus den Frauengemächern des Sultans in das Grand Hotel verlegt, damit ihr Vater an ihrem Bett wachen konnte. Bitte, kommen Sie mit dorthin.«

Er stieß die Luft aus seinen Lungen aus und wünschte, es wäre der Rauch einer Zigarette. Das Schicksal hatte Anna und ihm keine eigenen Kinder geschenkt, aber er war trotzdem in der Lage, Heinrich von Brauns Weigerung nachzuvollziehen. Unwillkürlich horchte Max in sich hinein. Wenn er eine Tochter hätte, würde er sich dann auch an ihre sterbliche Hülle klammern? Der Winzer war seines Wissens erst seit einem Jahr Witwer. Wenn nun Anna ebenfalls gestorben …

Doch vor sein geistiges Auge trat nicht die verführerische Freifrau, sondern eine Person, die durch ihren geschliffenen Verstand auffiel und ansonsten eine eher schlichte Erscheinung war. Sie hatten sich in einem oft wortlosen Einverständnis ergänzt, einer Harmonie, die den meisten Ehepaaren fremd war. Antonia Geisenfelder war wie sein zweites Ich gewesen. Die Frau, die seine Gedanken vollendete. Sie war so jung und auf ihre Weise wunderschön. Warum nur hatte er sie gehen lassen? Ihn blendeten seine Erinnerungen an Anna von Rosch, die wie alle Erinnerungen leuchtender waren als die Wirklichkeit.

Wie würde er also fühlen, wenn er erführe, dass Antonia umgekommen war? Dass sie in den Unruhen verwundet, vergewaltigt, vielleicht sogar gemeuchelt wurde von marodierenden Banden?

Bisher war er beleidigt gewesen, weil sie ihn verlassen hatte. Inzwischen spürte er Panik um ihr Leben in sich aufsteigen.

Eine Angst, die nicht einmal annähernd zu vergleichen war mit der Sorge, die ihm den Schlaf geraubt hatte. Denn diese Angst trieb ihn nun an.

»Ich komme«, versprach er der Krankenpflegerin. »Warten Sie bitte unten auf mich. Ich werde mich ankleiden und ein paar Sachen zusammenpacken.«

Schwester Edeltraut sah ihn an, als hätte er den Verstand verloren. »Sie brauchen aber kein Gepäck, um in das Hotelzimmer zu gehen, Herr Doktor.«

»Das weiß ich, Sie Närrin. Natürlich weiß ich das. Ich werde anschließend verreisen. Irgendwer wird mich auf das Festland bringen. Dort werde ich mich umschauen und mit etwas Glück in die Städte gelangen. Wissen Sie, so eine Karawane in gefährlichen Zeiten ist nichts anderes als eine Frage des Preises«, behauptete er zuversichtlich und fügte in Gedanken hinzu: Und der Hilfe Gottes.

10

MITTWOCH, 5. SEPTEMBER

Der Wind strich über die im tropischen Klima teilweise bereits verwitterten Kreuze und Steine, bog Grashalme, ließ die Fächer der Kokospalmen rauschen und fuhr in die Wipfel der Mangroven. Die Amaryllis duckten sich unter der Brise, die schwarz-weiß-roten Bänder, mit denen der letzte Gruß des kaiserlichen Konsuls geschmückt war, flatterten wie die Fahnen auf den Schiffen Seiner Majestät, deren Farben sie repräsentierten. In einem jähen Luftstrom wirbelte die oberste, lockerste Erdschicht hoch und trübte für einen Moment den Blick, als läge das Grab unter einem Moskitonetz.

Es war still geworden auf dem kleinen deutschen Friedhof, der verborgen hinter dichtem Blattwerk im Süden der Steinstadt lag. Der Pastor und die meisten Trauergäste hatten sich getrollt, das Knirschen ihrer Schritte auf den mit Muschelsand bedeckten Wegen war verklungen. In den wilden Feigenbäumen, unter denen Juliane bestattet worden war, gurrten Grüntauben, und kleine Brillenvögel hopsten auf der Suche nach Insekten zwitschernd umher. Wegen der Wärme war die Beerdigung auf den frühen Morgen gelegt worden, sodass die Natur noch recht lebendig war.

Viktoria wischte sich die Tränen von den Wangen, die sich nicht mehr wirklich stillen ließen, seit sie von den Ereignissen wusste. Als sie am Sonntag mit van Horns von Lessings Plantage zurückgekommen war, hatte sie ein Billet von Doktor Seiboldt vorgefunden.

Der Brief erschien ihr etwas wirr, denn der Mediziner schrieb in einer kaum leserlichen Handschrift, er müsse in einer wichtigen Angelegenheit unverzüglich auf das Festland reisen und könne deshalb nicht an der Trauerfeier teilnehmen. Aber diesen Worten maß sie wenig Bedeutung bei angesichts der erschütternden Nachricht von Julianes Tod.

Nicht nur der Verlust der Gefährtin war schwer zu ertragen – Viktoria fühlte sich schuldig. Natürlich nicht an dem Fieber, dem Juliane erlegen war. Wohl aber an der Zerstörung ihres Glücks, die vielleicht das Ende beschleunigte. Statt den Familienstand von Prinz Omar für sich zu behalten, hatte sie Juliane die Wahrheit aufgedrängt, ohne erst einmal abzuwarten, ob die Verlobung überhaupt zustande kam; schließlich hätte Heinrich von Braun ein gewichtiges Wort mitzureden gehabt.

Hieß es nicht, unglückliche Menschen wären anfälliger für Erkrankungen? Dann müsste ich auf der Stelle tot umfallen, dachte sie bekümmert.

Die auffrischende Brise zerrte an den schwarzen Bändern ihres neuen seidenen Trauerkleids, das von der Hand eines flinken indischen Schneiders stammte. Der Wind trieb Wolken über den kobaltblauen Himmel, die immer wieder ausfransten und sich zu aschegrauen Gebilden formten, durch die in langen goldenen Streifen die Lichtbüschel der Sonne strahlten.

Gewiss würde es bald regnen. Ein Tropenschauer. Der Himmel weint, weil er seinen schönsten Engel verloren hat, sinnierte sie. Nur wenige Atemzüge später fielen die ersten schweren Tropfen.

»Fräulein Wesermann … auf ein Wort …« Eine Hand berührte ihren Arm.

Sie wandte sich zu Heinrich von Braun um, der neben ihr an dem frischen Grab ausgeharrt hatte. Bis auf sie beide schien der Friedhof menschenleer zu sein. Kein Wunder, die meisten Trauergäste waren rechtzeitig ins Trockene geflohen. Wenn sie beide noch länger blieben, wären sie binnen kürzester Zeit nass bis auf die Haut. Selbst die Vögel hatten das Weite gesucht.

»Ich möchte Ihnen zum Abschied etwas schenken.« Obwohl sich Julianes Vater um Haltung bemühte, war ihm anzusehen, wie sehr er litt. Die Last der Trauer drückte förmlich seine Schultern herab, sein Haar schien über Nacht schlohweiß geworden zu sein. Aus trüben Augen sah er Viktoria an, während seine Finger in der Tasche seines schwarzen Rocks nach etwas suchten. »Es ist vielleicht nicht der richtige Augenblick, aber ich werde Sansibar mit dem nächsten Schiff nach Aden verlassen, und ich weiß nicht, ob sich die Gelegenheit für ein Wiedersehen ergibt.«

Viktoria nickte stumm. Der stärker fallende Regen vermischte sich mit den Tränen auf ihren Wangen, sodass nicht mehr klar war, welche Nässe ihre Finger vergeblich fortwischten. Sie gab es auf und erwiderte seinen Blick unter feuchten Wimpern.

Heinrich von Braun hatte das Gesuchte offenbar gefunden, umschloss es mit der Faust und drückte es Viktoria in die Hand. »Juliane würde wollen, dass ich Ihnen dieses Andenken gebe.

Ich habe die Fotografie ausgewechselt …« Er hüstelte verlegen, um die aufkommende Rührung zu überspielen.

Julianes Medaillon. Viktoria brauchte es nicht zu öffnen, um zu wissen, dass es nun das Bild ihrer verstorbenen Freundin enthielt. Sie starrte auf das Schmuckstück in ihrer Hand. Es glänzte von der feinen Gischt der Tropfen, die sich aus den Himmelsschleusen ergossen. Die Erinnerung an Juliane schnürte ihr die Kehle zu. Einen Weinkrampf fürchtend, nickte sie nur.

»Wussten Sie eigentlich, dass sich meine Tochter und Prinz Omar ibn Salim nähergekommen waren?«

Seine Frage brachte sie mit fast brutaler Härte in die Wirklichkeit zurück. Sie war Julianes Vater eine Antwort schuldig, aber sie hoffte, es wäre mit einem Wort getan, und er würde nicht weiter in sie dringen. »Ja«, flüsterte sie.

»Dachte ich mir. Freundinnen reden über so etwas, nicht wahr?«

Erstaunt zog sie die Augenbrauen zusammen.

»Ich habe tagelang keine Briefe geöffnet, weil ich keine Minute ohne meine Tochter sein wollte. Deshalb habe ich erst gestern …«, wieder ein Hustenanfall, der in ein Räuspern mündete, dann fuhr er heiser fort: »Ich habe gestern meine Post durchgesehen und ein Schreiben des Prinzen vorgefunden. Er bat mich darin um Julianes Hand.«

Viktoria konnte nicht umhin, die Frage zu stellen, die ihr Gewissen so stark belastete: »Hätten Sie dieser Verbindung zugestimmt?«

Er seufzte. Sie dachte, er habe sie nicht verstanden, da er lange schwieg. Erst nach einer Weile antwortete er, den Blick auf das Grab gerichtet, auf dem sich schmale, mit Regen gefüllte Rinnsale und kleine Pfützen bildeten: »Ich weiß es nicht. Ich weiß es wirklich nicht. Es spielt auch keine Rolle mehr, nicht wahr? Vor allem jetzt nicht, da auch Prinz Omar nicht mehr lebt.«

»Wie bitte?« Erschrocken fragte sie sich, ob sich Omar vor Kummer über Julianes Tod seinen edelsteinbesetzten Dolch mitten ins Herz gestoßen habe.

»Haben Sie davon noch nichts gehört?« Heinrich von Braun sah sie erstaunt an. »Auf dem Sultanspalast weht die schwarze Trauerflagge, weil die Aufständischen in Pangani in Prinz Omar keinen Übersetzer und neutralen Vertreter aller Interessen sahen, sondern einen Verräter. Es heißt, er wurde hingerichtet.«

Entsetzt schlug sie die Faust mit Julianes Medaillon darin an ihren Mund. »O mein Gott!«

»Es ist eine Tragödie«, stimmte er zu. »Vor allem, da sich das Gerücht hält, Sultan Khalifa spiele ein doppeltes Spiel, schließe mit der Ostafrikanischen Gesellschaft Verträge und versorge die Aufständischen gleichzeitig mit Waffen. Aber was geht uns die Politik an?!«

Schweigend standen sie Seite an Seite, eingehüllt wie von einem feuchten Schleier, und ließen ihre Gedanken über den Friedhof und das Meer hinausschweifen.

Genauso rasch, wie das Unwetter eingesetzt hatte, klarte es wieder auf. Die graue Wolkendecke teilte sich und ließ die ersten blauen Flecken am Himmel sichtbar werden. Plötzlich gurrten und zwitscherten die Vögel wieder. Von den Blättern und Palmwedeln fielen die letzten Tropfen, bevor sie in der Hitze der Sonne trockneten.

»Sie sollten nach Hause gehen und sich etwas Trockenes anziehen«, sagte Heinrich von Braun.

Ein trauriges Lächeln trat auf ihre Lippen. »Sie auch. Aber ich würde gerne noch einen Moment hierbleiben und von Juliane Abschied nehmen, wenn Sie gestatten.« Sie war zwar fast völlig durchnässt, aber es verlangte sie nach Zwiesprache mit ihrer toten Freundin.

»Leben Sie wohl, Fräulein Wesermann.« Er legte ihr zum Abschied kurz die Hand auf die Schultern – eine väterliche Geste, die sie zu schätzen wusste. »Ich hoffe aus ganzem Herzen, dass sich Ihr Glück auf Sansibar erfüllt. Adieu.«

Dann drehte er sich um und schritt davon. Ein gebrochener Mann.

11

Heinrich von Brauns Worte hallten in Viktoria nach wie die letzten Töne eines Instruments, die noch im Konzertsaal hingen, nachdem das Musikstück bereits verklungen war.

Regungslos stand sie an Julianes Grab und dachte zurück an ihre Ankunft – an drei junge Frauen, die voller Hoffnung an Deck standen und dem Abenteuer ihres Lebens entgegensahen. Wahrscheinlich kamen mit jedem Dampfschiff, das einmal im Monat Passagiere aus Europa brachte, Menschen hier an, die ebenso fühlten wie sie, Juliane und Antonia damals. War das wirklich erst acht Wochen her? Juliane war nun tot, Antonia an ihren Träumen zerbrochen – und für sie selbst wäre es vielleicht auch am besten, vor ihren Gefühlen zu fliehen. Nur, wohin …?

Viktoria beschloss, nicht über ihr eigenes Schicksal zu grübeln. Sie sollte von den Schwarzen lernen und das Morgen so akzeptieren, wie es kam. Zehn Monate blieben ihr noch auf Sansibar, bevor sie nach Hamburg heimkehren durfte. Zehn Monate, in denen sie den Archipel erkunden wollte. Der Mut dazu fehlte ihr nicht mehr. Es erschien ihr geradezu lachhaft, wie sehr sie sich bei ihrer Ankunft gefürchtet hatte, auch nur durch die Gassen der Steinstadt zu spazieren. Dabei gab es allein dort so viel zu entdecken.

Zu lange hatte sie etwa das harmlose, farbenfrohe Gepränge an Waren übersehen, das die indischen Bazare anboten – selbst für eine Verfechterin der Frauenbewegung das reinste Paradies: Seidenstoffe aller Qualitäten und Muster, Stickereien aus Arabien und Asien, Schnitzereien aus Elfenbein und Ebenholz, meist hübsche Elefantenfiguren, die dem Käufer Glück bringen sollten und in allen Größen verkauft wurden, feinster Schmuck aus Silber und Gefäße aus Messing. Ach, welchen Spaß hätten sie und Juliane bei einem Einkaufsbummel!

Viktoria öffnete ihre Faust und ließ die goldene Kette durch ihre Finger gleiten. Dann neigte sie den Kopf und legte sich das Medaillon um. »Ich werde dein Bild in Ehren halten«, sagte sie laut, »das schwöre ich.« Die Brillenvögel waren ihre Zeugen. In ihrer fröhlichen, sorglosen Lebendigkeit erinnerten sie sie schmerzlich an Juliane.

»Ich möchte nicht stören, aber ich würde gerne von meinem Leid erlöst werden! Ich werde mir eine Lungenentzündung zuziehen, wenn ich noch länger auf dich warten soll.«

Es gab nur einen Menschen, dem sie die Pietätlosigkeit zutraute, sie beim Abschiednehmen von ihrer toten Freundin zu unterbrechen. Auch ohne Roger Lessings Stimme zu erkennen, hätte sie gewusst, dass nur er für diese Aufdringlichkeit infrage kam. Langsam drehte sie sich zu ihm um.

Stumm maß sie ihn mit strengem Blick. Er wirkte rührend mit seinen feuchten Haaren und einem Anzug, der einem nassen Lappen glich. Offenbar hatte er sich während des Tropenschauers und ihres Gesprächs mit Heinrich von Braun im Hintergrund gehalten – und auf sie gewartet. Er hatte sich einer höchst unerfreulichen Situation ausgesetzt, um mit ihr zu sprechen. Obwohl sie ihr Herz verschlossen halten wollte, öffnete es sich für ihn.

Sie schüttelte den Kopf, wie um die Wärme und Liebe abzuwerfen, die durch ihren Körper flutete.

»Ich bin ein Idiot, Viktoria«, sprudelte es aus ihm heraus, als fürchtete er, dass sie ihn fortschicken oder selbst davonlaufen würde. »Ich hätte dich am Sonntag nicht ohne ein Wort gehen lassen dürfen. Da du dich nur bei Luise und dem Kind aufgehalten hast, gabst du mir keine Möglichkeit, mich zu erklären …«

»Ja«, erwiderte sie schlicht.

Die Stunden vor ihrer Abfahrt zurück in die Steinstadt waren eine Qual gewesen. Zouzan tauchte zwar nicht leibhaftig auf, war aber in Viktorias Gedanken allgegenwärtig. Deshalb vermied sie es, auch nur einen Augenblick allein mit dem Hausherrn zu sein. Obwohl sie wusste, dass sich Luise über ihre Anhänglichkeit zutiefst wunderte, war diese erfreulicherweise klug genug, kein Wort darüber zu verlieren, und machte bei dem Spiel mit.

»Ich war untröstlich, dass du mich auch in den vergangenen Tagen nicht sehen wolltest. Aber unter den gegebenen Umständen habe ich dich verstanden. Es tut mir sehr leid, was du durchmachst.«

»Hm.« Viktoria wandte sich ab und setzte sich in Bewegung.

Es wurde Zeit, dass auch sie ihres Weges ging. Wohin dieser führte, war ihr alles andere als klar, erst recht in Roger Lessings Gegenwart, aber sie versprach Juliane in Gedanken, dass sie wiederkommen werde, sooft es ihre Zeit erlaubte.

»Viktoria, bitte!« Er hastete neben ihr her. »Ich muss dich sprechen.«

»Das tust du doch schon.«

Ihre Antwort nahm ihm offenbar den Wind aus den Segeln. Trotzig stopfte er seine Hände in die Hosentaschen und zog die Schultern hoch. Obwohl die Sonne längst wieder am Himmel erstrahlte und die Wolken sich aufgelöst hatten, schien er mit einem Mal zu frieren.

Schließlich brach es gepresst aus ihm heraus: »Als ich dich damals im Bett antraf und du weder geschrien hast noch in Ohnmacht gefallen bist oder sonst einen Zauber veranstaltet hast, ist etwas mit mir passiert. Ich wollte es nicht wahrhaben, aber in diesem Moment wusste ich bereits, das ist die perfekte Frau für mich. Ich konnte nur nicht glauben, dass es eine solche Frau wirklich gibt …«

Warst du nicht von Anfang an anderweitig vergeben?, drängte es sie zu fragen, doch sie unterließ diesen bissigen Kommentar, weil sie auf dem Friedhof keinen Streit anfangen wollte.

»Zouzan«, hob er prompt an. »Meine …«

»Ich weiß«, antwortete sie knapp. Gleichzeitig wünschte sie, er würde von seiner schwarzen Konkubine schweigen. Eigentlich wollte sie überhaupt nichts davon hören, was ihm anscheinend auf der Seele brannte. Dennoch spazierte sie weiter neben ihm her.

»Zouzan«, wiederholte er nach einer Weile, »sagte mir auf den Kopf zu, du seist die Richtige für mich. Afrikanerinnen haben manchmal den siebten Sinn. Sie …«

»Brauchst du die hellseherischen Fähigkeiten deiner Mätresse, um zu erkennen, was du willst?«

Der Schlag saß. Er verstummte.

Sie war zu weit gegangen. Viktoria wusste es im selben Moment, in dem sie ihre bittere Frage stellte. Sie hatte unweigerlich eine Grenze übertreten und konnte es ihm nicht verübeln, wenn er sie jetzt stehen ließ, fortging und niemals wieder in ihrer Nähe auftauchte.

Tatsächlich beschleunigte er nach kurzem Zögern brüsk seine Schritte.

Ihr Herz zog sich zusammen. Die Tränen, eben versiegt, stiegen ihr von neuem in die Augen. Sie versuchte, den Schmerz hinunterzuschlucken. Er fühlte sich anders an als die Trauer um Juliane. Aber nicht weniger endgültig.

Sie sollte froh darum sein. Schließlich wollte sie ihr Leben nicht mit Roger Lessing teilen. Er war Hamburger. Ein Kaufmann. Nichts lag ihr ferner, als mit so einem Mann zusammen zu sein. Und eine Ehe kam ohnehin nicht infrage. Sie durfte nicht heiraten. Zu Hause warteten das Lehrerinnenseminar auf sie, eine sechsjährige Ausbildung, die Zölibatsregel …

Dennoch stand ihr eines plötzlich klar und deutlich vor Augen, als wären die Worte an den Himmel geschrieben: Sie wollte nicht auch noch auf ihn verzichten.

Vielleicht könnte sie bis zu ihrer Heimkehr wenigstens ein bisschen Vergnügen haben, sozusagen von der Liebe kosten. Zu ihrer beider Vorteil. In Ostafrika gingen die Uhren anders. Warum sollte eine vornehme junge Dame keinen Liebhaber haben? Sie suchte sich ja nicht einmal einen muskulösen dunkelhäutigen Kerl, was zweifellos ein Skandal wäre.

Was für frivole Gedanken am Rande eines Friedhofs! Viktoria errötete vor Scham und in Erinnerung an Juliane, die sie – das musste sie offen zugeben – ebenso verurteilt wie um ihre Romanze beneidet hatte.

Plötzlich blieb Roger stehen und drehte sich um. Er kam ein Stück auf sie zu. »Was ist so kompromittierend daran zuzugeben, dass Zouzan mir die Augen geöffnet hat?«

Sie zuckte mit den Achseln und schwieg aus Furcht, das Falsche zu erwidern.

»Falls es von Bedeutung für dich ist: Zouzan wird die Schamba verlassen. Es gibt da einen netten Vorarbeiter bei mir, sie wird zu ihm gehen. Eigentlich hatte ich ihr immer versprochen, sie eines Tages zu ihrem Stamm zurückzubringen, aber das geht gerade nicht. Deshalb haben wir einen anderen Weg gefunden: einen guten Ehemann, ein Stück Land, das ich den beiden geben werde, ein paar Kokospalmen. Sie werden ein anständiges Leben führen können.«

Ein umsichtiger Mann, fuhr es ihr durch den Kopf. Unwillkürlich zollte sie ihm Bewunderung für seinen Tatendrang. Er hatte keine Zeit verschwendet seit ihrer Abreise. Und er riskierte sogar, dass sie ihn zurückwies.

Der deutsche Friedhof lag auf einer Anhöhe, und sie blickte versonnen hinab auf die roten und weißen Dächer, auf Minarette und Kirchturmspitzen. Die beiden Türme der Anglikanischen Kirche erhoben sich als Zeichen christlicher Würde kraftvoll in den Himmel. Luise hatte ihr erzählt, dass das Gotteshaus genau dort errichtet worden war, wo sich vor zwanzig Jahren noch der Sklavenmarkt befunden hatte. Die Barbarei war zwar inzwischen verboten, aber trotzdem allgegenwärtig, ob durch freigelassene und freigekaufte Sklaven oder weil Menschenschmuggler ihr Unwesen trieben. Konnte sie unter diesen Umständen nicht sogar verstehen, dass Roger das Leben einer schönen, stolzen Frau hatte retten wollen und ihr dann verfiel?

»Würdest du bitte mal etwas sagen?«, unterbrach er ihre Gedanken. »Ich lege dir mein Herz zu Füßen. Ich liebe dich. Großer Gott, Viktoria, was soll ich noch tun, damit du mich heiratest?« Verblüfft starrte er sie an, da ihm offenbar Worte von der Zunge geflossen waren, die er so vielleicht nicht hatte sagen wollen.

Viktoria entschlüpfte ein Lächeln. »Nichts. Du brauchst nichts zu tun. Ich kann dich nicht heiraten. Eine Lehrerin muss ledig sein.«

»Nicht an einer Missionsschule«, widersprach er und kam näher.

Ja, dachte sie, St. Mary's wurde von einem Ehepaar geleitet. Möglicherweise war dies in anderen Instituten in Afrika ebenso. Sie hatte sich nie danach erkundigt, weil es nicht wichtig für sie gewesen war, denn sie wollte Sansibar in zehn Monaten verlassen, um in Hamburg ein völlig neues Leben zu beginnen …

»Ich werde dir wahrscheinlich nicht all das bieten können, was du von zu Hause gewohnt bist«, fuhr er zögernd und mit leiser, ein wenig heiserer Stimme fort, »aber ich liebe dich über

alles, Viktoria, und ich wäre der glücklichste Mann, wenn …
wenn du dir vorstellen könntest, meine Frau zu sein. Würdest
… du mich heiraten?«

Als sie damals mit Juliane und Omar ibn Salim den Ausflug
zu den Mbweni-Ruinen unternommen hatte, zitierte der Prinz
in seiner unnachahmlichen, blumigen Sprache ein arabisches
Sprichwort. Dieses kam ihr plötzlich in den Sinn, als sie in Rogers funkelnde blaue Augen sah, die sie immer ein wenig an
den Blick auf das Meer erinnerten – mit all seinen Untiefen.
Der Großneffe des Sultans hatte gesagt: »*Wähle dir einen Reise-
begleiter und dann erst den Weg.*« War das die Lösung?

Sie streckte ihre Hand nach Roger aus und nickte.

»Meine Eltern werden mich für verrückt erklären«, flüsterte
sie an seiner Schulter. Sie lachte und weinte gleichzeitig. »Ein
Kaufmann … ich! Und deshalb musste ich bis nach Sansibar
reisen.«

Zärtlich küsste er die Tränen von ihren Wangen. »Natürlich.
Wohin denn sonst?«

EPILOG

Geh eine Meile,
einen Kranken zu besuchen;
Geh zwei Meilen,
um Frieden zu stiften;
Aber geh drei Meilen,
um einen Freund zu sehen.

Arabisches Sprichwort

Die Ausgabe der bebilderten Zeitschrift datierte zwar vom August, doch für Viktoria war sie neu, denn die Lieferung per Schiff aus Europa hatte Sansibar erst vorige Woche erreicht. Glücklicherweise behandelten die wichtigsten Artikel das Thema Wintermode, sodass sie auf dem Laufenden darüber blieb, was die elegante Dame nördlich des Äquators trug und was nicht: Kostüme aus Serge- und Cheviotstoffen wurden empfohlen sowie aus Wollsatin. Aber diese dicken Materialien kamen für Viktoria nicht mehr infrage.

Früher hatten sich beflissene Modistinnen und Schneiderinnen um ihre Garderobe gekümmert, doch auf Sansibar musste sie selbst herausfinden, was schick war. Besonders bei der Bestellung ihres Brautkleides. Schuppenbordüren, geschnittene Fransen, Rüschen aus ausgeschlagenen Stoffstreifen, Guipûrekragen … wie konnte sie selbst dem mit der Nadel fähigsten Inder klarmachen, was damit gemeint war? Sie wusste es ja selbst nicht genau.

Immerhin fand sie bei der Lektüre heraus, dass bei Abendroben Metallfäden *en mode* waren.

Vielleicht sollte sie doch das Angebot ihrer Mutter annehmen, die eine Robe samt Brautschleier aus Hamburg mitbringen wollte, wenn sie zur Hochzeit anreiste. Viktoria hatte acht Reichsmark je Wort in ein Telegramm investiert, um ihre Eltern über ihre Verlobung zu informieren. Nicht ahnend, dass sie mit dem nächsten Kabel eine Reisebestätigung für Albert und Gustava Wesermann erhalten würde.

Aus einem späteren Brief erfuhr sie, dass möglicherweise auch ihr Bruder anreisen könne, wenn es ihm gelinge, sich auf eine Fregatte mit Kurs auf Ostafrika abkommandieren zu lassen. Das sei nicht weiter schwierig, hatte Gustava geschrieben, denn man höre im Reich, dass für die Seeblockade Tanganjikas mehr als die bereits vor Ort befindlichen Schiffe benötigt wurden. Gewiss werde sich Viktoria freuen, Alexander als Trauzeugen bei sich zu wissen.

Das tat sie durchaus, aber sie wünschte sich noch eine andere Person an ihre Seite. Als sie mit Roger das Datum der Trauung festgelegt hatte, bestand sie auf Donnerstag, den 13. Dezember. Nicht nur, dass der Termin den Reiseplänen ihrer Eltern entsprach. Sie hatte nicht genau anhand des Kalenders nachgerechnet, ob dieser Donnerstag turnusgemäß der richtige war, aber der Wochentag würde sie immer an ihren Jour fixe mit Juliane und Antonia erinnern.

Von Doktor Seiboldt fehlte seit seiner Abreise jede Spur. Hans Wegener war wochenlang völlig verzweifelt durch die Steinstadt geirrt, wie ein verloren gegangener Schoßhund. Er versuchte, Informationen aus Tanganjika zu erhalten, doch selbst Konsul Michahelles konnte nichts über den Wissenschaftler in Erfahrung bringen. Schließlich buchte Wegener eine Kabine auf dem nächsten Schiff nach Norden.

»Ich war nicht untätig in der Zwischenzeit«, hatte er Viktoria bei seinem Abschiedsbesuch vorige Woche berichtet. »Ich bin die Forschungen von Herrn Doktor Seiboldt durchgegangen und habe alles noch einmal genau verglichen. Meiner Ansicht nach hat er den Infektionsweg der Cholera bestätigt. Das Bakterium wird über verschmutztes Wasser übertragen. Ich werde die Aufzeichnungen in seinem Namen vorlegen und hoffe, meinem Chef damit ein Denkmal zu setzen.«

»Sie reden gerade so, als befürchteten Sie, er könnte niemals zurückkehren«, hatte sie protestiert. Gleichzeitig war ihr eingefallen, dass unter diesen Umständen wahrscheinlich auch Antonia verschollen bliebe.

Bei diesem Gedanken rieselte es ihr noch jetzt, Tage später, eiskalt den Rücken hinunter.

Seufzend blätterte Viktoria die nächste Seite in dem Magazin um. Sie war hin und her gerissen zwischen dem Glück, das sie an Rogers Seite erlebte, und den Sorgen, die sie umtrieben.

Dabei war es nicht nur die Angst um die Freundin, sondern die Furcht vor einer dramatischen Änderung der Verhältnisse in Ostafrika. Die Gewichte drohten sich zu verschieben, wobei im Moment nicht deutlich war, in welche Richtung. Die Unruhen schienen nicht beherrschbar, welche Rolle der amtierende Sultan dabei spielte, blieb unklar. Die Handelswege nach Tanganjika waren unterbrochen, und selbst die großen Kaufleute wie O'Swald schrieben inzwischen zornige Depeschen an die Zentrale der Deutsch-Ostafrikanischen Gesellschaft und an die Regierung in Berlin, um sich über die finanziellen Verluste zu beschweren, die ihnen die Situation auf dem Festland bescherte. Roger hatte als Gewürzhändler geringere Probleme, aber von Friedrich van Horn wusste Viktoria, dass er seit kurzem in wirtschaftlichen Nöten steckte. Sobald ihre Eltern einträfen, würde sie ihren Vater bitten, ihrem Gastgeber einen Kredit oder dergleichen zu gewähren …

»*Bibi bwana*«, ein Diener war vor sie getreten und verneigte sich, »eine Dame möchte Sie sprechen.«

Viktoria hob den Kopf. War sie tatsächlich über ihrer Lektüre kurz eingedöst? Sie sollte sich lieber mit ihren Büchern beschäftigen als mit einer Frauenzeitschrift. Diese Themen hatten sie schon immer ermüdet.

Sie hatte sich zur Mittagsruhe in einen der gemütlichen Sessel auf van Horns Dachterrasse verzogen, in den Schatten des geflochtenen Palmdachs. Luise war zu Friedrich ins Kontor gegangen. Seit das Geld knapp wurde, schien die Buchhaltung sie mehr zu beanspruchen als je zuvor. Viktoria erwartete sie nicht vor Sonnenuntergang zurück. Und einen Gast erwartete sie noch weniger. Sonst hätte sie es sich nicht in ihrem Hausmantel bequem gemacht. Sie bot keinen angemessenen Anblick. Und die Tasse mit gewürztem Tee, die auf dem Tisch vor ihr stand, sah kaum besser aus. Sie hatte das Getränk nicht angerührt, und die Milch war bei der Hitze geronnen.

»Wer immer die Dame ist, bring sie in den Salon«, wies sie den Diener an. »Sie möge dort warten, bis ich mich umgezogen habe …«

»Das wird sie ganz gewiss nicht!«, protestierte eine weibliche Stimme im Hintergrund. »Ich habe nicht alle Gefahren auf mich genommen, um nach Sansibar zurückzukehren, damit du mich in einem Besuchszimmer schmoren lässt.«

Die Zeitschrift fiel Viktoria aus den Händen, streifte dabei die Tasse und riss diese mit auf den Boden. Das Zerschellen des Porzellans verband sich mit Viktorias Aufschrei.

Antonia war dünner geworden, ihre Wangen wirkten eingefallen, und die Augen waren dunkel umschattet. Doch trotz der hinter ihr liegenden Strapazen sprühte sie vor Lebendigkeit und erinnerte Viktoria dabei seltsam an Juliane. Wie immer war ihre Freundin nicht so gekleidet, wie es die Autorinnen des nun mit Chai-Tee getränkten Modemagazins für wünschenswert hielten, und dass sich zumindest dies nicht verändert hatte, wirkte in gewisser Weise beruhigend auf Viktoria. Ansonsten glaubte sie, ihr Herz würde stehen bleiben, als sie Antonia stürmisch umarmte.

Sie sprachen so wild durcheinander wie die Araberinnen, wenn diese zufällig Bekannte trafen. Letztlich konnten weder Antonia noch Viktoria verstehen, was die andere plapperte. So viele Fragen mussten beantwortet, abendfüllende Geschichten erzählt werden. Sie hielten sich an den Händen, sahen einander in die Augen – und konnten wohl beide nicht fassen, dass ihr Wiedersehen kein Traum war.

»Max ... Doktor Seiboldt hat mich gefunden«, berichtete Antonia schließlich ein wenig atemlos und mit geröteten Wangen, nachdem Viktoria sie genötigt hatte, endlich Platz zu nehmen und erst einmal zu erzählen, wie sie zurück nach Sansibar gekommen war. »Eigentlich war es gar nicht so schwierig für ihn, meine Spur aufzunehmen. Er reiste zunächst nach Daressalam. Ich vermute, nicht nur meinetwegen, sondern weil es dort noch am ruhigsten war.

Jedenfalls verwies man ihn im Lutherischen Hospital, wo man mich natürlich nicht kannte, an die französische Missionsstation in Bagamoyo; man wusste von Krankenpflegerinnen, die dort arbeiteten. Die Entfernung beträgt nur etwa siebzig Kilometer, aber er benötigte eine gute Woche für die Reise und kam ziemlich erschöpft an. Das war alles auch nicht ungefährlich für ihn, denn er musste sich auf Träger verlassen, die jeden Moment die Seite hätten wechseln können. Und dann dieses Chaos in Bagamoyo ...«

Antonia schlug die Hände vor das Gesicht. »Es war schrecklich! Glücklicherweise werden die Missionare dort von den Einheimischen sehr geschätzt. Die Apotheke am Hafen musste zwar geschlossen werden, aber das Kloster und seine Bewohner hat niemand angerührt ...« Sie unterbrach sich, weil sie geblendet wurde.

Viktoria hatte sich voller Mitgefühl vorgebeugt, und dabei war das Medaillon aus dem Ausschnitt ihres Hausmantels gefallen. Es pendelte vor ihrer Brust hin und her und fing einen Sonnenstrahl auf.

»Julianes Amulett«, stellte Antonia leise fest. Sie hob die Hand und berührte das Schmuckstück. »Max ... Doktor Seiboldt hat mir erzählt, was geschehen ist. Es tut mir so leid, Viktoria. Es ist furchtbar. Und ich war nicht da. Vielleicht hätte ich helfen können.«

Noch jemand mit Schuldgefühlen, dachte Viktoria bitter und gleichzeitig dankbar, dass sie ihre Selbstvorwürfe mit einem Menschen teilen konnte, der sie verstand.

»Das weiß niemand, und ich glaube, Schwester Edeltraut hat dich gut vertreten. Man hat Doktor Seiboldt in Julianes Zimmer eine fast unberührte Arzneiflasche gezeigt ... Sie hatte so gut wie kein Chinin genommen!«

Antonia erbleichte. »Erinnerst du dich an Julianes ständige Migräne während der Überfahrt? Ich sagte ihr, dass das Chinin die Kopfschmerzen auslösen könnte ...«, sie brach ab, unfähig auszusprechen, welche Überlegungen sie erschütterten.

»Liebe, liebe Antonia«, Viktoria legte ihre Hand auf die der Freundin, »mach dir keine Vorwürfe. Niemand ist restlos geschützt vor Tropenkrankheiten. Das weißt du besser als jeder andere. Aber ich verstehe dich so gut. Es belastet mich schwer, dass ich mich kurz vor ihrer Erkrankung mit Juliane gestritten hatte. Wir haben uns im Zorn getrennt und nicht mehr wiedergesehen.«

Antonia rang sichtlich um die richtigen Worte.

»Gegen solche Zerwürfnisse sind wir nicht gefeit ... Und du hast natürlich recht: Das Tropenfieber ist tückisch. Aber wir können versuchen, gegen solche Infektionskrankheiten anzukämpfen. Deshalb werde ich alles tun, um weiter forschen zu dürfen. Die Erinnerung an Juliane wird mich dabei begleiten, vielleicht auch meine Schuld.«

Gedankenverloren griff Viktoria nach dem Medaillon und umschloss es. Einer der Diener im Haus hatte ihr neulich gesagt, dass es in manchen afrikanischen Stämmen verbreitet sei, in den Wolkengebilden am Himmel Bilder zu deuten. Mal einen Elefantenrüssel, mal das Gesicht eines Menschen. Die flaumigen Wolken heute waren zu fein, um etwas darzustellen, aber mit etwas Fantasie konnte sie den Kopf einer jungen Frau ausmachen, blond gelockt. Vielleicht hatte Juliane irgendwo da oben hinter den Wolken nicht nur ihren Frieden gefunden, sondern das ersehnte Glück mit Omar.

»Max«, hob Antonia wieder an, um sich zu Viktorias wachsender Belustigung gleich darauf wieder zu korrigieren: »Doktor Seiboldt sagt, er möchte als Nächstes die Malaria untersuchen. Wenn die Unruhen vorbei sind, will er eine Karawane zu den großen Seen organisieren. Bis dahin wird er versuchen, in Deutschland Gelder für diese Expedition aufzutreiben.«

»Und du wirst ihn begleiten?« Viktoria wusste nicht recht, warum sie fragte. Sie kannte die Antwort.

»Ich möchte keinen Tag meines Lebens mehr ohne ihn verbringen«, erwiderte die Freundin ernst. »Wir haben uns ausgesprochen, und ich kenne jetzt seine Verbindung zu Frau von Rosch …«

»Sie ist abgereist«, warf Viktoria ein. »Im vorigen Monat schon. Es kursierten eine Zeit lang Gerüchte über sie und Doktor Seiboldt, aber inzwischen sind sie verstummt. Niemand kümmert dieser Klatsch mehr.« Über ihr Gespräch mit Anna von Rosch schwieg sie. Vielleicht würde sie Antonia eines Tages davon berichten, wenn sich die Gelegenheit ergab. Heute erschienen ihr diese Details unnötig, und offenbar wusste Antonia ohnehin Bescheid.

»Nun, es gibt immer etwas Neues für die Leute zu reden, nicht wahr?« Antonia zwinkerte vergnügt. »Ich hatte meinen Fuß kaum auf den Strand der Steinstadt gesetzt, als ich zu hören bekam, dass der Kaufmann Lessing eine der besten Partien der Insel macht, nachdem er alle vornehmen Töchter vor Ort abblitzen ließ. Was für eine Überraschung!«

Die beiden sahen einander an und brachen gleichzeitig in befreiendes Gelächter aus. Es war dieses Wissen um die Gedanken und Gefühle des anderen, das nur in tiefer Liebe und echter Freundschaft verankert ist. Eine Verbundenheit, stärker als der Tod.

»Ja, ich weiß«, kicherte Viktoria. »Offensichtlich musste ich erst um die halbe Welt reisen, um einen Kaufmann zu finden, der alles andere als langweilig ist. Meine Rückfahrkarte wird jedenfalls noch lange ungenutzt bleiben. Sicher besuche ich Hamburg eines Tages wieder, aber mein Zuhause ist jetzt hier auf Sansibar.«

In Antonias Blick schlich sich leichte Skepsis. »Ich wünsche dir von Herzen alles Gute, aber was wird nun aus deinen Zukunftsplänen? Du hast davon geträumt, Mädchen durch eine höhere Schulbildung zu führen. Willst du das wirklich aufgeben?«

Noch immer lächelnd schüttelte Viktoria den Kopf. »Weder meine Heirat noch mein künftiger Gatte werden verhindern, dass ich lebe, wie ich es mir immer gewünscht habe. Als Lehrerin an einer Missionsschule muss ich nicht ledig bleiben. Es ist eine wundervolle Aufgabe, die beste, die ich auf Sansibar finden konnte.«

»Und das ist ja auch schon ein großer Fortschritt«, bemerkte Antonia.

Die Freundinnen ließen ihre Augen über das Häusermeer der Steinstadt schweifen, über Minarette und Kirchtürme und den im strahlenden Sonnenlicht türkisblau schimmernden Teppich des Indischen Ozeans. Die Glocken der Anglikanischen Kathedrale schlugen zur vollen Stunde, und kaum, dass sie verhallt waren, erklang der Ruf des Muezzins. Es war Nachmittag auf Sansibar.

NACHWORT

Pfeift man in Sansibar,
so tanzen sie
an den großen Seen.

Suaheli-Sprichwort

Fußnote zum Roman

Sansibar ist ein Traumziel. Der insgesamt 3067 km² große Archipel im Indischen Ozean war schon immer ein Sehnsuchtsort. Für die ersten Europäer, die Portugiesen, ebenso wie für die Araber und schließlich für die Deutschen, die eine ganz besondere historische Verbindung zu diesem Stückchen Erde haben. Auch für die Schwarzafrikaner galt viele Jahrhunderte lang: Wer als freier Mann nach Sansibar kam, hatte es geschafft – und wer als Sklave bleiben durfte, dem ging es wohl besser als andernorts.

Im 8. Jahrhundert entdeckten arabische Händler die Inseln und bauten vor allem *Unguja*, wie die Einheimischen die Hauptinsel nannten, zu einem blühenden Handelsplatz aus. Die Araber fanden später einen Namen für dieses Paradies: *bar zandji* – Küste des schwarzen Mannes. Als der große portugiesische Seefahrer Vasco da Gama Anfang 1499 nach Sansibar kam, war er tief beeindruckt von dem Reichtum und der Schönheit. Bis Ende des 17. Jahrhunderts blieb Ostafrika in portugiesischem Besitz und fiel dann an den Sultan von Oman. Im Jahr 1840 verlegte Sultan Sayyid Said seine Hauptstadt von Maskat nach Sansibar, in seiner Erbregelung teilte er das Reich unter seinen Söhnen auf, sodass es fortan das Sultanat Oman im Osten Arabiens und das Sultanat Sansibar in Ostafrika gab.

Die neuen Herren bauten in der sogenannten Steinstadt binnen weniger Jahre märchenhafte Paläste und beeindruckende Wohnhäuser. In derselben Zeit wurden sie reich durch den Handel mit Sklaven, Elfenbein und mit Nelken und anderen

Gewürzen. Im 19. Jahrhundert war Sansibar der weltweit größte Exporteur von Gewürznelken. Die strategisch wichtige Lage zog schließlich auch Kaufleute aus Amerika, Frankreich, England und Bremen sowie Hamburg an.

Noch bis ins 20. Jahrhundert hinein dienten Höhlen an der Nordküste als Unterschlupf für den Menschenhandel. Praktisch der gesamte Sklavenhandel Ostafrikas wurde über Sansibar abgewickelt, 6000 bis 10000 Menschen wurden jährlich verschleppt. Der Schmuggel blühte noch lange, nachdem die Briten den 1873 herrschenden Sultan Barghash ibn Said gezwungen hatten, den Sklavenhandel zu beenden.

Im 19. Jahrhundert begannen Forscher, Afrika zu erkunden. Fast alle berühmten Karawanen gingen von Sansibar aus, auch die noch heute bekannten Reisen des schottischen Missionars David Livingstone. Zur selben Zeit streckten die europäischen Mächte ihre Hände nach Afrika aus. Zunächst teilten das Empire und Frankreich den Kontinent weitgehend unter sich auf, der deutsche Reichskanzler Otto von Bismarck konnte sich für die Kolonialidee indes nicht so recht erwärmen. Die von Kaufleuten und Abenteurern gegründete Deutsch-Ostafrikanische Gesellschaft (DOAG) verfolgte daher rein wirtschaftliche Interessen, die allerdings mit der Unterwerfung der heutigen Staaten Tansania, Burundi und Ruanda einhergingen. Erst der am 16. August 1888 ausgebrochene Aufstand zwang den jungen Kaiser Wilhelm II., Militär nach Tanganjika zu entsenden und damit de facto zur Übernahme des gesamten Gebietes der DOAG in Staatsbesitz, was im Oktober 1890 besiegelt wurde. Es ist die Geburtsstunde der Kolonie Deutsch-Ostafrika.

Ich habe mir erlaubt, die Geschehnisse rund um die Unruhen an der Küste Tanganjikas etwas zu straffen. Tatsächlich brach die blutige Revolte nach dem Hochziehen der Flagge der Deutsch-Ostafrikanischen Gesellschaft in Pangani aus, alle anderen Städte wurden über kurz oder lang von den Unruhen überrollt.

Wie im Roman erzählt, waren die wirtschaftlichen Interessen aller Beteiligten massiv betroffen. Da es einer Handelsorganisation wie der DOAG nicht möglich war, sich ausreichend zu verteidigen, ersuchte Ende Oktober 1888 der Direktionsrat die Kaiserliche Regierung, »den Aufstand mit starker Hand niederzuwerfen«. Vier Wochen später verkündete Wilhelm II. sein Einverständnis, Anfang Dezember trat mit der Zustimmung Englands eine internationale Blockade Ostafrikas in Kraft. Ende Januar 1889 entschied dann der Reichstag über eine Intervention, in der das »humanitäre Ziel der Bekämpfung des Sklavenhandels« mit dem »Schutz der deutschen Interessen in Ostafrika« verbunden wurde. Zwei Millionen Reichsmark, Kriegsgerät sowie Offiziere und Mannschaften wurden bewilligt. Derart ausgerüstet landete der kurzfristig zum Hauptmann beförderte erfahrene Afrikaforscher Hermann von Wissmann im März 1889 in Daressalam, von wo aus es ihm auch mit Hilfe einer schwarzen Söldnertruppe gelang, die Anführer des Aufstands zu verhaften, die Rebellion zu beenden und sämtliche Küstenstädte Tanganjikan bis spätestens Mai 1890 in seine Gewalt zu bringen.

Übrigens: Als das Kaiserreich die Verwaltung des sogenannten Schutzgebietes Deutsch-Ostafrika übernahm, war der in Kolonialfragen so zögerliche Otto von Bismarck nicht mehr Reichskanzler.

Bagamoyo ist nicht nur eine sehr alte Küstenmetropole, sondern war gegen Ende des 19. Jahrhunderts auch die größte Stadt der Region. Die beschriebene französische Mission existierte tatsächlich, sowohl auf Sansibar als auch vor allem in Bagamoyo. Aus Respekt vor den Brüdern des Heiligen Geistes wurde das Hauptgebäude von keiner der Parteien angegriffen. Bagamoyo wurde zur ersten Hauptstadt der Kolonie Deutsch-Ostafrika, die Verwaltung zog jedoch bald ins südlich gelegene, bis dahin verschlafene Daressalam – der dortige Naturhafen erwies sich als praktischer für die Handelsschiffe, die vor Bagamoyo wegen des flachen Uferbereichs auf Reede liegen mussten.

Sansibar selbst war nie deutsche Kolonie, stand allerdings wohl als solche durchaus zur Debatte. Der »Vertrag zwischen Deutschland und England über die Kolonien und Helgoland« vom 1. Juli 1890, umgangssprachlich *Helgoland-Sansibar-Vertrag*, regelte die Gebietsansprüche und Beziehungen zwischen dem Empire und dem Kaiserreich in Afrika auf der Basis der Berliner Kongokonferenz von 1885. Somit fiel das Sultanat Sansibar in den britischen Herrschaftsbereich, und Kaiser Wilhelm II. erhielt die von ihm ohnehin bevorzugte Insel Helgoland in der Nordsee.

Nach der Unabhängigkeitserklärung im Dezember 1963 und einer blutigen Revolution schlossen sich Sansibar und Tanganjika 1964 zu dem Staat Tansania zusammen, der sich seinerzeit einem »afrikanischen Sozialismus« verschrieben hatte und enge Kontakte zur DDR pflegte. Inzwischen orientiert sich Tansania eher an marktwirtschaftlichen Vorbildern, gilt aber immerhin heute als einer der am wenigsten korrupten Staaten Ostafrikas, wie mir aus berufenem Munde berichtet wurde. Dennoch ist Sansibar eine der ärmsten Regionen der Welt.

Seit zwölf Jahren gehört die Steinstadt zum Weltkulturerbe der UNESCO, bereits länger bemüht sich eine Stiftung des Aga Khan um die Sanierung und Erhaltung der bedeutenden Gebäude. Tatsächlich ließ sich nicht an allen Orten der Verfall aufhalten. Das Lutherische Krankenhaus etwa, von dem in meinem Roman die Rede ist, stürzte bereits 1959 ein. Auch wurden Veränderungen durchgeführt wie das Zuschütten der Lagune, sodass die Brücke zwischen der Steinstadt und dem Hüttenviertel der Schwarzen nicht mehr existiert. Damit entspricht das Bild, das sich dem Touristen heute bietet, nicht mehr ganz den Eindrücken, die meine Protagonisten bei ihrer Ankunft im Jahre 1888 sammelten.

Ich möchte ausdrücklich anmerken, dass mein Roman keine Bewertung der historischen Ereignisse darstellen soll und auch nicht meine persönliche Meinung spiegelt. Die Geschichte ist aus der Sicht von deutschen Protagonisten geschrieben und wird deshalb vielleicht nicht allen politischen Details gerecht, aber dies ist nun einmal ein Roman und kein Sachbuch. Ich habe und musste mich bei meinen Beschreibungen vor allem auf Augenzeugenberichte aus dem 19. Jahrhundert verlassen, die in meinem Kontext relevant waren.

Hervorzuheben unter den vielen Büchern, die ich als Basisliteratur für meinen Roman gelesen habe, sind hier:

Paul Reichard, *Deutsch-Ostafrika. Das Land und seine Bewohner*, Leipzig 1891.

Heinz Schneppen, *Sansibar und die Deutschen*, Münster 2006.

Emily Ruete, *Leben im Sultanspalast, Memoiren aus dem 19. Jahrhundert*, Frankfurt/Main 1989.

W. H. Ingrams, *Zanzibar. Its History and its People*, London 2007.

Hilfreich für meine Arbeit waren auch die vielen veröffentlichten Briefe und Berichte auf der Internetseite www.jaduland.de, allen voran die sehr eindrucksvollen Schilderungen von Lonny Rohlfs aus dem Jahre 1885, der Gattin des Afrikaforschers und kaiserlichen Konsuls auf Sansibar Gerhard Rohlfs, dessen Biografie ich ebenfalls sehr gerne gelesen habe.

Eine persönliche Anmerkung

Vielleicht werden Sie sich, liebe Leserin und lieber Leser, jetzt fragen, warum ich eigentlich einen Roman geschrieben habe, der auf Sansibar spielt. Und ich möchte Ihnen diese Frage gerne beantworten:

Sansibar ist auch mein persönlicher Sehnsuchtsort. Deshalb soll dieser Roman als Liebeserklärung verstanden werden. Allerdings nicht nur an die Inselgruppe im Indischen Ozean, sondern auch an meinen Mann.

Vor zwölf Jahren sind wir uns in München begegnet. Bei einer unserer ersten Verabredungen landeten wir auf einem Spaziergang zufällig vor einem Reisebüro, das in seinem Schaufenster zahlreiche Urlaubsangebote ausgehängt hatte. Mein damaliger Verehrer fragte, wohin meine Traumreise gehen würde – und ich gab diese Frage zurück. Wir antworteten wie aus einem Mund: Sansibar! Das war der Anfang. Das Wissen um Gemeinsamkeiten, dieselben Gedanken, Hoffnungen und Träume. Die Grundlage einer jeden guten Beziehung, wie ich finde. Da habe ich mich in ihn verliebt.

Der Traum Sansibar kommt für mich allerdings nicht ganz von ungefähr. Der schwarze Kontinent spielte in meinem Leben bisher eine relativ starke, wenn auch leise Rolle. Land und Leute übten schon immer eine große Faszination auf mich aus.

Vielleicht lag das an den Geschichten über Großwildjagden und -transporte, die mir meine Mutter von ihrem Großvater Dr. Ernst Erhard Michaelis erzählte, einem der ersten Tierärzte im Hamburger Tierpark Hagenbeck.

Möglicherweise war dafür auch die frühe Freundschaft meines Vaters, des Komponisten Michael Jary, mit Vertretern der ersten freien afrikanischen Regierungen verantwortlich, Konsulatsangehörige gingen bei uns ein und aus. So wurde etwa durch einen albernen Zufall der Schlager »Wir wollen niemals auseinandergehn« zur ersten Nationalhymne Liberias.

Als ich Mitte zwanzig war, wäre ich gerne nach Ostafrika ausgewandert, doch eine Jungredakteurin brauchte man dort leider gerade nicht, weshalb ich in Deutschland blieb. Als Fan alter Bücher entwickelte ich danach eine Sammelleidenschaft für Geschichten aus der Kolonialzeit.

Aus all diesen Puzzleteilen entstand der Roman, den Sie in Händen halten. Ich habe mich bemüht, so authentisch wie möglich zu sein, und das Leben und die Sichtweise genau so wiederzugeben, wie es im Sommer 1888 auf Sansibar und in Ostafrika gewesen sein könnte. Meine Handlung ist rein fiktiv, wenn auch die Protagonisten durchaus reale Vorbilder haben. Doktor Max Seiboldt etwa ist eine Mischung aus den Bakteriologen Robert Koch und Max von Pettenkofer, zwischen denen damals tatsächlich ein erbitterter Streit über den Übertragungsweg der Cholera ausgebrochen war. Viktoria Wesermann und Antonia Geisenfelder stehen für all die mutigen Frauen, die am Ende des 19. Jahrhunderts für die Dinge kämpften, die wir heute für selbstverständlich halten. Frauen, die damals sogar bereit waren, der Durchsetzung von Reformen ihr persönliches Lebensglück zu opfern.

Und doch ist und bleibt es ein Liebesroman, der Sie entführen möchte in eine andere Zeit und Ihnen den Zauber einer anderen Welt nahebringen soll. Wenn mir das gelingt, würde ich mich sehr freuen.

Danksagung

Eine ganz besondere Rolle bei der Entstehung von *Sehnsucht nach Sansibar* spielte meine Agentin Petra Hermanns, ohne die diese Geschichte niemals auch nur angedacht worden wäre. Ihr gilt mein größter Dank. Gleichzeitig möchte ich mich bei meiner Lektorin Barbara Heinzius bedanken, die ebenfalls einen großen Teil zum Gelingen beitrug, vor allem oder gerade wegen ihrer endlosen Geduld mit mir, und auch bei meiner aufmerksamen Außenlektorin Marion Voigt. Die Augenzeugenberichte von Prof. Dr. Hans-Georg und Dr. Brigitte Dietz brachten mir Sansibar viel näher, und dafür möchte ich mich bedanken, ebenso für die prompten Antworten von Mitgliedern der Missionsgesellschaft vom Heiligen Geist in Dormagen. Besonderes Vergnügen bereiteten mir bei der Recherche die Besuche im Internationalen Maritimen Museum und im Spicy's Gewürzmuseum, beide in der Speicherstadt in Hamburg, wo ich sehr freundlich empfangen wurde. Mein Dank gilt auch den Mitarbeitern des Hotels Grand Elysée in Hamburg, wo die Autorenfotos zu diesem Roman entstanden. Und natürlich hätte ich ohne die Unterstützung meines Mannes Bernd Gabriel und meiner Tochter Jessica keine einzige Zeile zu Papier gebracht.

Abschließend möchte ich mich bei Seiner Exzellenz Mr. Mohamad Jawad Hassan aus Maskat im Oman besonders herzlich bedanken. Durch seine freundliche Hilfe erhielt ich unschätzbare Einblicke in das Leben im alten Sansibar. Shukran (danke)! Jazak Allahu khair (möge Gott es Ihnen vergelten).

I would also like to express my gratitude to His Excellency

Mr. Mohamad Jawad Hassan from Muscat in Oman. It is due to his help that I received rewarding insights into old Zanzibar. Shukran! Jazak Allahu khair.

Micaela Jary
Berlin im Juli 2011

Language	German
Author	Jary, M.
Title	Sehnsucht nach Sansibar
Type	Fiction
ISBN	9783442476664

Um die ganze Welt des
GOLDMANN Verlages
kennenzulernen, besuchen Sie uns doch
im Internet unter:

www.goldmann-verlag.de

Dort können Sie
nach weiteren interessanten Büchern *stöbern*,
Näheres über unsere *Autoren* erfahren,
in *Leseproben* blättern, alle *Termine* zu Lesungen und
Events finden und den *Newsletter* mit interessanten
Neuigkeiten, Gewinnspielen etc. abonnieren.

Ein *Gesamtverzeichnis* aller Goldmann Bücher finden
Sie dort ebenfalls.

Sehen Sie sich auch unsere *Videos* auf YouTube an und
werden Sie ein *Facebook*-Fan des Goldmann Verlags!

www.goldmann-verlag.de
www.facebook.com/goldmannverlag

GOLDMANN
Lesen erleben